U0529012

人民艺术家·王蒙
创作70年全稿

小说编

失态的季节

王蒙(中)在新疆

第 一 章

据说曾经有过这样的"科学幻想",当人们移动的速度超过了光速的时候,人们会走——不,冲到光线的前边,会追上已经散射过去了的光线,追上昨日的、月前的、年前的、往昔岁月的光,回首,看到往昔岁月的图景,如追上了时间,如回到往昔的岁月;正如我们在地球上看到的星星,与我们距离几万光年、几十(?)万光年,我们所能看到的是几万年或者更长更长久以前的它们发射的光,我们永远不可能感知它的现在,我们只能生活在它们的古老的过往的微光里。然而,同样栩栩如生,如光的今日,如亲切的遥远,如正在做着的闪耀的梦。而那个星球上如果有人,有人一类的灵性,有超灵敏的高倍望远镜,他们将在今夜看到几万年以前的我们的地球、我们的太阳系、我们的老祖先——类人猿还是原始人?——的同样是千真万确的生活。而我们的快乐,我们的悲哀,我们在地球上的胡作非为,我们的罪恶和忏悔的泪水,也只有在许多许多万年以后,在除了极少数极少数考古学家再没有任何地球人关心我们知道我们乃至相信我们当真这样生活过激动过哭泣过的时候,才能被那个辽远的星球上的智能人所觉察……他们想帮助我们……他们已经无法帮助我们了。

我们互为历史,互为博物馆的展览,互为寻找和追怀、欣赏和叹息的缘起。

我们互为长篇小说。

整整二十多年间,钱文常常想起那个最后的夏天,那个"夏天最后的一朵玫瑰",那个昙花一现的日子,那个日子布满了他的从此以后的生活,却永远不可能再出现一次就是说出现第二次。他的遐想一进入这一天,一进入那寂寞的奢华的自由的享受的——却又流露着青年人的一种难言的脆弱和惆怅的一天,他就会想起苏联彩色宽银幕故事片《苦难的历程》来。

在那种处境下面他居然赶上了到刚刚开业的宽银幕影院——首都影院去看根据阿·托尔斯泰的名著改编的最新电影,这只能说是天意。他下乡才一个月,远远不到可以休假的时间。到了休假时间也多半不会休假,因为积极,因为农业生产的需要,因为"大跃进"和多快好省,更因为他们需要改造、脱胎换骨的改造,革面洗心,重新做人,彻头彻尾,置之死地而后已,而后生……还能够生吗?这个时候忽然接到了上级的通知,说是要全体回城市看关于下放干部的成绩的展览,于是一个个心花怒放,心里头开花而表面上仍然是一副低头认罪、罪有应得、诚惶诚恐、夹尾缩脖、彻底晦气的样子。他们必须注意不要给人家得意忘形的印象,或者是想家想城市——意味着不安心在农村劳动改造也就是意味着没有改造好也就是意味着更亟须不让他回家不能让他进城只让他在农村劳动和改造直到他改造好了那一天也就是等到他根本不想进城不想回家只想在农村里劳动为了改造改造为了更好地劳动的时候才让他进城回家为止。

为了回家他们早晨——应该说是午夜——三点钟就起来了,很冷。山影风声水流响动都比白天强大。从村口到火车站十八公里,六点多钟会有一班汽车。但他们还是决定步行,步行更有把握。等汽车的话,万一汽车到时候不来怎么办?也许它路上抛了锚,甚至于出了车祸……火车是不管这一套的,到八点二十三分就会开行,有人上车没人上车汽车准点汽车晚点它都要准时驶离那个地形险峻的车站。过去,他们从来不知道其实离城市并不能说是很远,就有一个这样的小小的地名小小的车站。他们不知道到了大城市外边便立刻不是大城市了,就与大城市毫无共同之处了。

为了到达这个与大城市毫无共同之处但有一趟火车把它与大城市联结起来的地方,到了关键的时刻,能够信得过的只有自己的腿。而且,或许还有一个没有人愿意说出口的理由:这些已经失去了"人民"的称号因而理所当然地接受了并且至今接受着严酷的对待的人,这些自然而然地学会了严酷地对待自己的人,他们宁愿采取比人民更下一等的赶路方式。人民坐班车,他们走路,这也是锻炼改造。再说,在步行期间,他们可以短暂地脱离人民的监督,他们或许会暂时忘掉那种矮人一头的羞耻;他们会觉得——让我们偷偷地说,可真是罪过——自由一点。

他们在山间公路上走了四个多小时。有时候走大路,有时候为了抄近走牧羊人和他的羊们走出来的小道。星光闪烁,黑幢幢的已经枯干了的柴草与正在欣欣向荣地生长的、夜半时分溢出一股刺鼻的香气的青草常常绕住他们的脚,别住他们的腿。有的大得就像小树,甚至于划过他们的脸。凌晨时分下起了一阵骤雨。他们分辨不出雨是大还是小来,但觉得山变得更高路变得更滑石头变得更大更硬。一会儿顺着头发梢儿滴滴答答地流水。汗水和雨水混合起来。"我他妈的裤裆里怎么搞的也全是水!"不知是谁喊了一句,出现了猥亵的应答和制止这种语句的嘘声:"一顶帽子就够了,别他娘的再奔一顶'坏分子'的帽子戴!""我日他先人!"钱文也骂了一句,他摔了一跤,觉得应该骂人,可用这一类言语骂他显得算不上熟练自如。他根本看不到路,这一开始让他害怕,立即觉得像自己这样的人摔死也没有什么可惜所以也就没有什么可怕的,看不见路却也连奔带跑,跟跟跄跄,霎时他觉得他正在变成一头山羊,这种感觉颇有几分豪迈,真棒,他想。雨停了,山风紧吹,他们冷得牙齿打战,胸腹上脊背上裤裆里仍然是大汗淋漓。雨水混合汗水,立即化合发出了一种热腾腾的酸味。

"我算是知道红军长征的时候有多艰苦多伟大了。"

"少他妈的往那儿比。恬不知耻!"

"比蒋介石的败兵还差不多。"

"谁活腻了往那儿比!"

只是在天亮以后他们才互相看见了彼此的尊容,雨汗水涂的三花脸和脸上被树枝草叶划过的白道子红(血)道子。他们哈哈大笑,他们互相说真是"牛鬼蛇神""丑恶面目""三分像人,七分像鬼""被历史的巨轮轧为齑粉"。一个人提醒说:"小点声!小点声!"又忽然面面相觑,伸脖咋舌,叽叽咕咕,长吁短叹。

七点多钟他们到达了火车站。他们是这一天到车站上车的第一批旅客。还没有开始售票。他们充满了胜利的欢喜和由于缺少睡眠和过于兴奋而引起的晕晕乎乎无酒之醉意。他们到紧靠着车站的小饭铺去吃早点。有炸油饼和大米粥。嚼上第一口油饼,喝进第一口大米粥,忽然一切变得这样细腻香甜顺口,细粮和粗粮是这样不同,细粮对舌头和口腔的抚慰是这样深入全面和激动人心,这简直像是枕着土坯睡在麦秸上除了铁锨把儿再没有搂过别的什么的光棍汉生平第一次在床上吻到了抹了雪花膏的美丽的姑娘的脸。他们热泪盈眶,他们喟然长叹,他们幸福得喘不过气来。只是因了过去已经吃过几百几千次的炸油饼和大米粥。

我们变成了什么样子了啊。

生活真好,细粮真香啊。

能吃,有吃,让吃;也就行啦。你他妈的还要怎么样呢?

……午饭以前就到了家。这突然的回家是奇妙的。多么惊喜!多么快活!多么自由的从天上掉下来的日子!他们获准在家过两个晚上,第三天清早在西直门火车站集合返回。那就是说,除了第二天上午必须去中山公园看那个将给他们以深刻教育的题为"下放干部在前进"的展览以外,他有两个自由的下午、晚上和黑夜。东菊给他开了门。一阵笑声摇荡着屋宇。失去了一切,受尽了折磨和屈辱,死了又死,活了又活的东菊活着,惊异着。"怎么回事啊,这是怎么回事啊……"她不停地喃喃地说着,倒像她不是高兴,不是碰到喜事,而是恐惧,而是碰到什么凶险,碰到什么灾难似的。她的鼻翼抖动着,她的眼睛上浮着泪水,她看到他,惊讶、紧张、困惑了足足有一分钟。一切意外的事情都会使她惊慌不已,她受惊了,钱文心痛地想。她终于反应过来了,她的脸上从里到外渐渐出现了笑容,笑容使眼角的鱼尾纹变得突出而且细密了——她还不满二十二岁!她的笑容里仍然充满着困惑和愁苦。她的面容毕竟渐渐光朗起来。她不住地问:"怎么回来了?"对于钱文的解释似乎听而不懂。不懂也罢,反正不会是坏事,她明白了,完全明白了,她笑了,笑得眼泪都流出来了。

然后她忙碌不安,不知道该怎么招待他才好,好像他是个贵客似的。然后钱文笑了起来,她也笑了起来,她找到了自己应做的事,她给钱文用白糖拌了西红柿,她说西红柿是以一毛钱十五斤的处理价买的,她说连降了两次暴雨,菜园里的西红柿吸水过多都爆裂了。哦,她也懂农业了,是不是因为我的关系呢?哦,看,在清除了打倒了我们这些不齿于人类的狗屎堆以后,生活变得多么光明,蔬菜变得多么物美价廉了啊!钱文飞快地在脑子里一闪,他的眼泪也流出来了。他吃了一口甜酸的西红柿,他的眼泪也变成幸福的热泪了。……当天下午他们就去首都电影院去看《苦难的历程》去了。好像什么事情也没有发生过。好像他们还在一九五三、一九五四、一九五五……年,他们在恋爱,他们总是一起去看电影,看电影的时候仍然时时觉察到一个美丽绝伦的姑娘在一旁,时时接触到她的身体,听到她的呼吸,看到她的黑眼珠与瞳孔里反射的银幕上的故事,这比电影还要电影。苏联电影《在和平的日子里》《金星英雄》《没有说完的故事》……使他们感觉他们同样生活在天堂,他们同样是或者差不多是金星英雄,他们的故事同样地光明、充实、有趣。然而这一切都一去不复返了。现如今该怎么样看描写伟大的社会主义苏联的现实生活的崇高欢乐纯洁的美妙电影呢?崇高的主题和卑鄙的观众,欢乐的呐喊和向隅的悲泣,纯美的苏联人和丑恶的反党分子……他完全找不到自己的角色自己的感觉了。和过去不一样了,他进入不了影片的故事和氛围,他无法真诚地忘我地为影片而感动为英雄而欢呼为万恶的阶级敌人而咬牙切齿。其实他无法心安理得地坐在那里看电影。其实他根本不应该看电影而只应该坐在家里不停地忏悔检讨交代新问题和痛哭流涕,按照无微不至地关怀他教育他挽救他的党告诉他的他就是应该这样的。但他并没有这样,他没有完全听党的话,他自行其是,他苦中作乐,他得过且过,他当真是堕落了,就像亲爱的同志们告诉他的,他堕落了……然而,我总要活着啊。他想大叫。

扮演达莎——也就是妹妹的演员非常迷人。他断断续续地读过《苦难的历程》,印象并不是特别深。演员都很美,人物都很狂,革命与反革命都那么神气活现。视野宽广,俄罗斯大地一望无边,大地的辽阔是这样叫人忧愁。还有色彩,色彩,各式各样的色彩。唯独很少他在农村里印象最深的褐黑色。泥土,发好了的大粪,陈年的屋顶,颜色越来越深的裸露的柁、檩、椽子,铺在炕上与铺在屋顶上的苇席,水缸外的釉子,老腌咸菜,掺麸皮的饼子,劣质大粗碗,铜壶、铁壶、铜锅、铁锅,还有皮毛肮脏的牛、马、骡子,直到男人与女人的脸,劳累时候闭上眼睛看到的一切,都是这种褐黑色;睁开眼睛也是这种褐黑色。他疲倦了,他睡着了。而这时,叶东菊感动得也寂寞得哭起来了。

他醒了,又睡了。电影好像一会儿在演,一会儿又停了。说话和音乐声一会儿大,一会儿小,一会儿远,一会儿近。他的腿一会儿疼,一会儿酸,一会儿麻,一会儿又好像是没有腿了。屏幕上的人物突然大得可怕,突然又混成了一团。他胸口憋闷得要命,他轻轻地啊了一声,他大惊,他怎么能在看电影的时候出声音呢?他如果被认出来了,会不会被认为是破坏呢?可怎么办呢?

他惊醒了。电影已经快要演完,他突然十分十分地感动起来。他的脑子里出现了影片最初的画面,好像是克里米亚海滨,无数的彩色遮阳伞,更加彩色缤纷的泳装,似乎是象征着肉欲的贪婪的多血的男人与女人的身体。真是一大堆贪图享受的有闲的资产阶级的肉。往这样的一堆肉里投一枚炸弹是多么好哇。影片的画外音说:"这是最后一个夏天了。这个腐烂的生活再也不会这样继续下去了……"是这样说的吗?是这样的画面吗?他不能十分肯定。然而他能肯定的是他自己的突然的感受,那样分明,那样贴近,那样悲哀而又不无向往和兴奋。于是立刻出现了电影《马克辛的青年时代》里的一个画面,好像是圣诞节,狂欢的资产阶级坐着三套(还是更多的套?)马车奔跑,传出的是醉醺醺的淫荡的笑声,一条俄罗斯胖女人的大腿突然抬起了老高,裙子哗地往相反的方向撩起,资产阶级的白肉一闪而过,不会让你看清楚的。这也是资产阶级的最后一个圣诞夜晚了。然后是列宁领导的布尔什维克党所掀起的威严强大把旧世界打个落花流水的普罗列塔利亚革命风雷。资产阶级的肉变成一片血污,鲜血冲刷着旧世界。

现在,他也尝到这严厉的风雷的滋味了。它碾轧掉一切阻挡它的道路的毛虫癫狗,它一往直前无坚不摧,它堂堂正正气壮山河,它应许一个崭新的中国,一个崭新的世界,光明、光明,只有光明。当然,对于那样光明纯洁的世界来说,他钱文的存在只是一块污垢。钱文由衷地拥护它赞美它佩服它崇拜它服膺它……它不由分说地要求钱文的毁灭……那就只能毁灭了。毁灭了才有新生,欢乐与光明的新生。

于是他想起了他自己的毁灭前的最后一个夏天,香山。雷雨下的白皮松。火腿与半生不熟的煎鸡蛋。圆舞曲。彩灯。堆积着树叶的废弃了的游泳池。人民在受难。阶级在浴血奋战。而他在堕落向资产阶级。这一切都真实而且动人。一声震耳欲聋的枪响。子弹穿透了他的心。他是法捷耶夫的小说《毁灭》里的叛徒——美蒂克么?

电影散场,他的脸上现出镇静的微笑,东菊脸上现出温和的接受了一切也原谅了一切的笑容。不知怎么的,他觉得她的脸孔还有他自己的脸孔有一点苦。随着众人他们往外走。他觉得大家都很快活,说说笑笑,你呼我唤。事实证明经过这一场威严的风暴,世界更太平,生活更幸福了。事实证明向隅而泣的可怜虫屈指可数,无关大局,死活由之,根本不值一提不值一理。真是太伟大了。

于是他的情绪好将起来,他甚至与东菊谈起了自己对于劳动对于时局对于知识分子的思想改造的体会。只有经过苦难的改造历程才有光明的未来,苏联电影和小托尔斯泰也是这样说的,虽然看电影的时候他一次又一次地睡着了。东菊显得心不在焉,没有能形成谈话,钱文也觉得无趣。于是他们逛西单商场。从农村来到这里,他特别觉得干净明亮鲜艳高贵,人和货和店房都是这样。玻璃柜台又透亮又闪闪发光。香皂的包装纸、雪花膏的瓶子盒子、牙膏的商标……真是花花世界啊,他叹息了。穿行在花花世界里,与东菊肩并着肩,没有敢与她手挽着手,他似乎忘记了一切,他好像一个蝴蝶,一旦忘记了地下做蛹的滋味便陶醉在花丛里。他觉得他们应该买点什么,他想起了钱。

在农村人们最喜欢问的就是钱。"一个月挣多少钱?"无数次这样问他。领导上规定不准说实话,不准说出自己每月的工资收入。而钱其实是可爱的。就算别的高尚的目标与漂亮的话题他不配谈吧,为了钱,为了给他保留的月工资他也得好好地干下去改造下去。在乡下如果给一个农民这么多钱叫他赴汤蹈火也罢低头认罪也罢死命改造也罢他们会打破头抢着去的。为这么多钱割掉一个手指头农民也会乐意的。

他们走过了红红绿绿大大小小的儿童玩具货架,他们走过带着胶皮油漆和保护铁器的机器油味儿的五金电料,他们走过琳琅满目的食品部。他们停下来,买了一点鸡蛋卷和酸梅糕。为这酸梅糕,前几年他们也兴奋过感动过,酸梅糕也是党的英明伟大洞察一切安排一切的证明。据说农村实现合作化以后是敬爱的周总理提出了他中学时代在天津市吃过的酸梅糕的问题,他问酸梅糕怎么没有了……

于是有了酸梅糕。他排了一会儿队买了酸梅糕只觉得百感交集,觉得实在是愧对周恩来总理和他关心过的酸梅糕。他感谢总理。他听了传达,总理总结反右派斗争的时候说,右派分子全国有几十万人,但是你们这几十万人不可能凑到一起闹事。总理讲得真好,总理坚定了他们改造自己的决心。他又想起来,便去日用品部去买电池。他在乡下离不了的那个表面上是城砖花纹的手电筒里的电池快用完了,供销社里买不到;商场的售货员居然也说没有。他想起下乡前东菊为他买的银亮银亮的新电筒不免觉得心痛。虽然下乡还不到一个月,每拿起那个电筒他就仿佛看到了摸到了东菊的苦笑的脸孔,他就感动得心都溶化起来。他已经对不起党对不起人民对不起同志们了,如果他对不起叶东菊的话,那还不如死了。商场里还有绸缎、钟表、烟酒、收音机、镜框、贝雕、台灯……不要说购买了,就是从这些商品柜子间过一过也使钱文觉得又羡慕又赞叹又害怕,资产阶级,资产阶级……到处都是资产阶级。让我们也资产阶级一下吧,我们舒舒服服地资产那么一下,然后,我愿意为无产阶级流尽最后一滴血。这么一想,他活跃多了。他拉着东菊又返回到化妆品部来,他与东菊商量着下决心买了一罐"雅霜",这是上海的老牌产品,气味确实比较清淡,近乎茉莉花味——"好一朵茉莉花……又怕来年不发芽啊!"他花了一块四毛钱。够买二十斤原粮玉米。这是他送给东菊的礼物,为了东菊,他宁愿少吃二十斤粮食啊。

  太阳还高,可已经快到下班时间了。为了避免过一会儿的拥挤,他们提前到食品商场的二楼去吃西餐。西餐厅的天花板上悬挂着花纸条。西餐厅的窗子又大又明亮。西餐厅的桌椅都有闪闪发光的铝合金腿而脚底下踩的是镶木地板。他们要了红菜汤、炸猪排、咖喱角、面包片和奶油果酱,还要了——竟然要了两杯又加奶又加糖的红茶。他们拿起不锈钢的餐具,沉浸在一种和他们的处境,和我们的国家的熊熊燃烧的空气完全不同,完全背道而驰的氛围里:一点也没有革命跃进横扫骄、娇、官、暮、怨"五气"形势逼人形势喜人的气势。

他想起了他们同命运的这一批人中的那位娇滴滴的女性章婉婉,连章婉婉这样的人做起检讨来也是声嘶力竭、四肢抽搐、身体僵硬、背过气去。而他现在是多么自在、逍遥、若无其事啊。

人生是一次漫游。漫游,这两个字的发声是多么样地悦耳!

人生,是演戏么?有时候扮演这种角色,有时候扮演那种角色了。

这顿饭他们付了三块五毛钱。与莫斯科餐厅相比,这里是低廉的和简陋的。然而,三元五角,这是他们公社社员——农民们一个月的伙食费用啊!他这样对东菊说。"三块五?"东菊喊了起来,她无法想象。她哪里知道农民的伟大!

他们拿起了红茶。他们拿起了小铜勺搅动杯底的方糖,铜勺碰到玻璃杯底发出沉闷的声音,碰到玻璃杯帮发出清脆的声音。这种布尔乔亚的举止、响动和趣味简直令人发昏。他又想起那个最后的夏天来了,那个昙花一现的永远的夏天!

一九五七年八月,全国范围的反"右派"斗争已经开始。他们处在暴风雨前的平静当中。他虽然是他们那里的第二把手,他没有被吸收参加那里的反"右"三人领导小组。他有过一天的不安,后来便也没有再多想。他早已习惯了无条件地服从组织。这样他就轻闲了起来。三人小组极其秘密地紧张地开会,他根据不该问的不问的保密原则与三人小组拉开了距离。是叶东菊首先发现的。报纸的第四版右下角广告栏里刊登了一则香山饭店的启事:他们招揽到香山度周末的客人,一间房一晚上收五块钱,车接车送,店内有网球场、游泳池、台球和乒乓球设备,饭金另议。于是说咱们去吧,于是说"好",有点新奇还有点不安,都在忙在斗争在和组织一起在领受任务在把一切献给党,而他,要去香山了。那天下午,他参加编辑部召集的一个座谈会。他奇怪大家怎么会谈得那样愉快那样一厢情愿,他有一种变动的预感,他毕竟自小生活在普罗革命的气氛中。文人的豪情和想象使他觉得天真得怪可怜。《人民日报》打响反右战役的社论

《这是为什么》已经发表，国民党革命委员会的谭惕吾老太太已经揪出被批斗，毛主席的文章《事情正在起变化》已经在党内传达，为什么文人们还在那里畅谈辟专栏办特刊增加知识性趣味性还有百花齐放？他已经意识到了所有这些话题的危险。还是快一点与东菊悄悄地去香山吧……事后回想起来这一切竟然像是他计划好了似的：他去香山的时候已经知道好景不长好梦难再，他逃之夭夭，只此一次机会而已。

他找了一个借口，提前离会。他情绪沉闷，略有自责，并不光明正大。他按照事先约定来到北京饭店门口。东菊已在那里等候，她拿着一个大提包。他后来怎么也想不起那个包的式样，他记得一切，除去那个装着他俩的漱洗用具的大提包。他来到一种特定的光、影、微尘、树叶的抖动与绯红的夕阳以及烤面包的香味之中。那时候北京饭店是最老的饭店最高的楼，是周恩来总理宴请国家宾客的地方。一排一排的洋槐显得俊秀得体，不像梧桐那样吃力，不像松柏那样皱眉，也不像丁香那样无奈。还有几株挺拔的玉兰，稀疏的枝叶流露出一种迟疑的神情。几辆黑色的乳白的与橙红的小卧车开来开走，钱文觉得它们是出自另一个世界。从到达这里的一刹那起，钱文觉得自己似乎是换了一个人：悠闲，高贵，个人，寂寞，平和，一点也不像正在冲锋陷阵、伤痕累累、硝烟弥漫、你死我活、抱着必死决心的无产阶级先锋战士了。这使他觉得幸福，更觉得心虚。

东菊打开她的提包又关上了。东菊听着他关于自己没等开完会就借故溜号的描述，心满意足地笑着。她显然感觉不到钱文现在的这种激动和不安。她根本不认为这里边会有什么问题。她不等钱文说完，突然走开，使钱文一惊，然后魔术一般地拿来了一支双色鸳鸯冰棍。她爽利地把冰棍一撅撅成两根，把一根直接送到钱文口里而不是递到他的手里。在伸手接过她的冰棍的时候，钱文看到了她脸上的绒毛的反光，看到了她的细瘦而又姣美的脖子和青黄色的纯净的锁骨。

她是天使。钱文感动得说不出话来。人间有这样的天使，人应该皈依这样的天使，但是不行，人间更有残酷的阶级斗争。斗争刚刚开始，斗争正在扩大。这次扩大不知道会轮到谁。他看过一篇外国小说，那是形容一个村落的，那里每到赶集的一天都要举行一种牺牲的仪式，用拈阄的方法确定牺牲者，然后大家用乱石把他打死。看完他心乱如麻，触目惊心，而且觉得自己的思想很有问题，很有愧于革命有愧于党。他还在不久前看了苏联电影《第四十一》。被命运抛在孤岛上的红军女神枪手爱上了她的第四十一个靶子——一名白匪军官，而当白匪军官得到了接应准备离去的时候，女红军毅然枪杀了他。这是当然的，天经地义的，如果是钱文碰到类似的情况他也不会考虑做出任何别的选择。然而，电影镜头表现的是，她打死了她的情人——敌人以后，女红军声嘶力竭地痛哭着扑到了他的正在死去的身体上。这实在太可怕了。那割肝撕肺永在耳鼓的哭声撕裂了钱文的灵魂，碾轧着钱文的心。

我们还能这样轻轻松松、安安稳稳、得意忘形、优哉游哉地吃多少根冰棍呢？

这冰棍本来就不是属于我的啊。

这时他才看到冰棍车推过来。他的那根冰棍是樱桃色的，东菊的那根是奶油色的。冰棍吃到嘴里溶化为清凉甜香纯净的汁液，他长吐了一口气，忽然觉得人原来是那样平凡，幸福原来是那样平凡。东菊正在品评这根冰棍，他看到了东菊的一张一翕的嘴里的洁白的牙齿。他这才意识到，该上车了。

是崭新的捷克造大轿车，虽然是同样的车，它的一尘不染与公共汽车的千污百垢仍然成为鲜明的对比。他和东菊并肩坐在一把椅子上觉得自己很逍遥。每一个位子都坐满了，可见虽然斗争来势很猛，游离在斗争之外一心追求布尔乔亚的生活的也还是大有人在。都穿得整整齐齐，脸上带着隐约的满意的笑容，都得意的不行。他们是第一批也是最后一批五十年代的无组织无领导的自费漫游者，昙花一现,往事成烟,烟消云散,了无痕迹。

他们俩年龄最小。所以他们有罪。他们兹后的一切都是罪有应得。

小勺在玻璃杯里搅和。过后很久很久,他才知道按西俗这小勺只是供调匀糖奶而用的。但是看完《苦难的历程》那一次,他还没有这个常识。他以为小勺是用来喝茶的,他当真用小勺舀着红茶喝,不接受东菊的劝告。他想,用勺喝茶,应该说是更文静,一点一滴。红茶也是奢侈品,他以为,红茶的颜色太鲜而味道太香甜,喝红茶的生活未免太精致了,与他的身份他的处境他的自我改造的任务不合。他停了下来。停止了一勺一勺地啜饮,他更体味到了红茶的芬芳,舌头也变得温柔多情软弱,经不住阶级斗争群众斗争的风风雨雨。他舔了舔嘴唇,又心疼起剩余的红茶来,还是要趁热喝下去呀,越热越美好。

那年的捷克汽车到达香山的时候,暮色已经苍茫。山和树环绕着他们,抚摩着他们。不知道为什么,这使他想起巴尔扎克、莫泊桑和契诃夫的小说。车停在一个平台上,停在许多的白皮松之中。下车的时候他轻轻拉着东菊的手,有一种温雅从容,咀嚼着自己的每一个动作和姿势的微醺的感觉。然后他们走进一个有月亮门的满院丁香树和玉簪花的四合院子。月亮门上方写着"问竹"两个毛笔字。碧窗红门,小巧实用的雨廊四通八达,四角有小砖拱门与别的院子相通,一间间不大的房子并排相邻相对相为直角。一进院子就闻到一种夏季夜晚的山林气息,一种爽净的芬芳,一种温柔的酒意,一种多年来从未有过的矜持和遗忘在胸中漾起。

我是谁?您贵姓?

握手。不知道我是谁,我不需要知道我是谁。我知道你是东菊。我知道你是生活。我知道从前在我少年时,现在也还是少年时。世人不识余之乐,还谓偷闲正少年!花开花落年年有,人过了青春没有少年!他领到钥匙,他打开门,再推开铁纱门,他走进房间,他闻到一种檀香的味道。他想起了中南海怀仁堂的厕所。他们坐到厚实而又柔软的席梦思双人床上。他估计这就叫席梦思,他这是第一次接触到席梦思,过去他只是在书本上看到过据说是很软很有弹性的床面。他打开了用黄绸纱做罩的台灯。台灯放在一个小小的茶几上,茶几旁边是两个墨绿天鹅绒面的沙发。他紧紧地抱住了东菊,吻她,然后他们哈哈大笑,他们改坐到沙发上去,他们像小孩子一样地压一下弹上来,再压一下再弹上来,忽然,他们觉得有点不好意思:灯太暗,床太软,沙发太舒服,而天还太早,还不到上床的时间,不到时间他们已经感到了床的存在床的吸引。他们毕竟太年轻,而世道、确实他们感到世道还没有到这一步。

东菊忽然把台灯罩给摘下来了,六十瓦的灯泡亮得刺眼。"你干吗?"钱文问。东菊也为这灯光的刺目而不无歉意了,她把灯罩又罩了上去。

我们真幸福。

我们可以幸福么?钱文没有把握。钱文不安。钱文不好意思。

淅淅沥沥地下起了雨。风带着雨腥。山间的雨夜更显得凉。小雨使山舍更温柔。

"你喜欢广东音乐《雨打芭蕉》吗?"

"当然。"她哼哼起了《雨打芭蕉》的乐曲。

"还有《黛玉悲秋》呢?"

"我不会京韵大鼓。可是我爱听。"

钱文没有再说什么,他想不起他最爱听的《黛玉悲秋》是京韵大鼓还是梅花大鼓来了。现在不应该悲秋了,新社会,无产阶级,怎么能悲秋呢?现在要唱就应该唱钱文欢秋,春天应该欢乐,夏天应该欢乐,秋天和冬天也是应该欢乐,只应该欢乐的。一年十二个月,都应该只应该欢乐……解放以后的每一天都只应该是欢乐的日子。他忽然羡慕起林黛玉来了。简直是要死了。他难道要悲要哭么?

他们度过了结婚以来最为温柔缱绻的一晚。由于生疏,由于羞怯,由于对于肉体的亲近与燃烧的莫名其妙的罪恶感与恐惧感,也由于住在那可怕的大杂院里入夜以后他们的每一个动作和呼吸似乎都暴露在全院面前;他们每次只是偷偷地悄悄地静静地在一起那么一小会儿,昙花一现,电光石火,欲放还收,雨过地皮湿又干;然后静静地歇下大气也不敢出……有过还是没有有过?曾经还是未尝曾经?是已经结束还是等待开始?他们不问,他们也无法回答。就是这样吗?他们仍然幸福,仍然期待着再期待着,他们仍然是含苞待放的花蕾。

而今天,今夜只属于他们,山只属于他们,针叶树的幽香只属于他们,从未享用过的柔软的席梦思床只属于他们,世界只为他们而温馨沉静小心翼翼要活要死要刚要强哭哭笑笑云云雾雾火烧火燎融化流淌。

花,开了。

"多……么……好!"

"坏!……"

"好!"

"坏!"

"你怕吗?"

"怕极了。冤……你……哪!"

"我要死了!"

"只要我们一起……"

没有旁人。没有任务。没有请示汇报。没有组织。没有集体。没有思想的分析。只有赤裸裸的本来的两个人。两个人交织在一起,成为真正的人了。

他微笑着睡去。他听到了自己的鼾声,真奇怪,他过去不但没有在睡下以后听到过自己的任何声音也根本没有打过鼾。然而,明明白白,他这次不但听到了自己的鼾声,而且也听到了咳嗽,听到了呼吸,听到了一种既幸福又痛苦的呻吟,而且他的身体在摇,在飘,轻软得如同羽毛，充实得如同一艘装满货物的航船。忽然他觉得自己的生命如同铁锤，一下，一下，又一下地砸击着自身，自己便通红如火……他突然醒了，一身大汗，而且他不知不觉地摇头叹息。

只有他和她，太脆弱也太冷寂了啊。

只有夏末的山雨，夜雨，劈劈噗噗，滴滴答答，叽叽溜溜。雨中的虫鸣咝咝睢睢，咯咯啾啾，丁丁零零，都那么婉转、羞怯、凄迷。他感到的是秋天，是落叶，是萧瑟，是一个人脱离了热气腾腾的人群，是一种莫名的惶恐。过去有过一次、只有一次深夜醒来他有类似的惶恐感。那是在全国声讨批判胡风反革命集团的时候。他为了发言批判而找来了胡风分子的书。他发现他竟然喜欢路翎、绿原、鲁藜的有毒的作品还有吕荧翻译的《欧根·奥涅金》。他深深地为自己的软弱与不健康而歉疚。他知道自己的思想有了问题，这使他从脊梁骨上往外冒凉气。他发言的时候用更加激烈的调子响应党的号召批判声讨了他们，夜里醒来他又惊又怕，他感到了一种撕裂灵魂的痛苦，他为自己的有问题而痛心疾首。他从来思想都是最进步最正确最鲜明最忠诚最勇敢的，因为从小孩子时期他就接受了党的阳光雨露……而他居然爱起反革命的胡风分子们的毒物读物来了。这就是叛党！这就是两面派！否则，他为什么怕得浑身发抖？他曾经与东菊说起此事，东菊说："你简直是胡思乱想。"他想了想，也只能说是胡思乱想，一个绷得很紧的气球撒了气，便发现什么都没有。那么，今夜呢？他怎么了？是因为他们到香山来了么？党不允许这样么？是因为他没有参加"三人小组"么？他什么时候变得这样患得患失起来了？是因为幸福？可怜的人啊，我们是不能幸福的啊。他听过一个领导人的讲话，领导同志说，我们这一辈人不要讲什么幸福，幸福不是我们的事，我们的任务是为子孙后代创造幸福。听了这话，他又觉得伟大又觉得忌妒。

后来睡得乱七八糟，东菊睡得如此安详，连一点声音都听不见。这甚至使他不安起来，她还在呼吸么？没有出什么事情么？他有点心乱,便拧开了台灯。他看到了东菊鼻翼的张翕,他终于听到了东菊的轻轻的喘气声。原来方才是雨声压倒了她的呼吸声。他心疼得要命。东菊太天真,她对谁都那样好,他甚至曾经这样想过,如果她对谁都好,还算不算对他好呢?她好像没有任何对于灾难的准备,她没有应付厄运的任何办法。而我,我已经是老干部了。我知道事物的内里总是会有许多麻烦。我已经有经验了。我真不希望有这么多经验,而没有经验也是或者更是不行的啊。他忍不住俯下想吻东菊,又不忍心闹醒她。他披上衣服,悄悄到户外去了。

下弦月,正从黑云里钻出来。山影逼近,云团黑压压地,比白天显得巨大威严,却又因刚破云而出的些许月光星光而凝神不语,迷茫散漫,似乎可消可长,可漂可浮。树影茸茸,无风无力,袅袅婷婷,若有所亲。万物都在休息,万物都在眼底,无忧无虑,无争无求。只有如水的虫鸣,与虫鸣同起伏的山间夜风洗涤着我心。钱文难以自已,他感到了一种久违了的孤独,软弱,自由,超然,一种远离城市远离工作任务远离许多年来未曾须臾离之之政治活动的轻松。他又是他自己了,仅仅是他自己了。一个是他,一个是世界,世界在他心里,他在这个世界上。他已经很久没有在意过这个世界了,他也已经很久没有注意到他自己了,他已经忘记了许多许多事情了,比如山,树叶,月亮和虫鸣,还有他的童年,他的幻想,四季,海和吕琳琳,还有眼泪,不为什么的眼泪,当一切都静下来的时候,幸福的与飘摇的眼泪会夺眶而出。还有许多过去爱唱的歌。现在这一切都回来了,也就是一切都不在了。

这甜蜜的忧伤是无法替代的。

这甜蜜的忧伤使他变成了另一个钱文,或者说是变成了早先的钱文,漂游在人生的大河里,好奇,纳闷,多感,多思,一种神秘的激动使他心跳也使他迷惑,一种繁复的挑战使他苦恼也使他跃跃欲试,一种阔大的无穷使他赞叹也使他找不到自己的位置,一种天人的交汇使他平和也使他置身事外;他不再那么知道,那么能干,那么明明白白地投入。

他回到房间,非常非常幸福地睡下了。

醒来的时候又是一场大雨。他打起伞。伞和雨使心境变得更加悠闲。不知为什么一打伞他就想起了王维和陆游。打着伞保护着东菊时而在大雨中时而在廊子下走路使他觉得似乎在跳一种特殊的青春的和游玩的舞步,连并不潇洒的身体也变得更加优雅灵活。他是在一种自赏自爱的微笑中来到游客们吃饭的"红叶厅"的。"红叶厅"的名字具有一种久违了的雅致和闲暇。他们坐在一张铺着补花白桌布的小方桌边。桌面上甚至于放着一个彩色玻璃花瓶。即使花瓶里没有鲜花,彩色玻璃的五颜六色的反光也使他们提神地互望了一眼而后两眼放起光来。端来了两碟烤热了的面包,然后是半熟的圆而整的炒鸡蛋,金红的蛋黄甚至使他们想起初升的太阳,托着鸡蛋的青花碟子与蛋白周边的透明的油也使他们赞美。有一片当时是非常少见的火腿。"西餐。"他们说。过了一会儿是装在多棱玻璃杯里的牛奶,喝了一口他们便分辨出来是炼乳冲的,多半是鹰牌炼乳罐头,上海产,商标纸上有蓝油墨印的鹰像与婴儿饮用说明。

"我觉得这个比鲜奶更卫生也好消化。"

"只要你吃高兴了,你就一定能分析出道理来。"东菊笑了。

最后喝放方糖的红茶。他用不锈钢的小勺搅动茶水,使糖块溶解,再用小勺舀着茶喝。甜甜的红茶喝到嘴里有一种芳香,有一小会儿的滞留,这滞留的芳香使人想入非非:他好像进入一个只有在电影上才看见过的铺着地毯的大厅,他认定,大厅天花板上悬挂着乳白灯泡的伞形吊灯。他的身材在进入大厅以后便慢慢地变高变长,他的声音也变得浑厚优雅起来。开始奏起音乐,他惶惑地寻找旋律也寻找乐队,他的身上涂满了奶油,奶油欲化未化,光滑、细腻、明亮,令人没有办法不感到满足。奶油一点点地溶解,一只蝴蝶在屋里飞舞。他喝了一口红酒,暖遍了软遍了全身。"你的头发真软。"这是一个女孩子的声音,女孩子的胸前系着一枚红草莓样子的扣子。她的气息喷到了他的脸上。他不能说话也没有感觉了。莫非是他死了么？洁白的黑眼珠的护士把洁白的床单覆盖在他的头上。

"你怎么了？"

"我，很好。我是说，这杯红茶真好喝。"

"我们再要一杯好了。"

"不，不要找麻烦。每人一份，是有定量的。"

"那怕什么？我们多交一份茶钱好了。"

他们没有再多要一杯茶。钱文不喜欢东菊把一切看得那么简单的口吻，更不喜欢她动不动就提到钱，毕竟是大特务头子的女儿啦，他一想便低下了头。

这天上午他们冒着大雨游山。雨水在山径上流得很急很响，蜿蜒曲折，时隐时现，如龙如蛇。这使他们游兴大增。"我最喜欢下雨喜欢冒雨游览了。"钱文说。"我也是。"东菊回答。针叶树被大雨冲刷，洋溢出一种迷人而又振奋人的似乎是古朴的清香，令人如醉如痴而又神清气爽。路上的沙石砖瓦冲洗得干干净净，几片落叶冲到了道路的两旁，连落叶也不再枯萎瑟缩而是多情多姿。他们爬山中的喘气变成了一种享受，享受雨享受山享受树享受八月享受周末享受哪怕是暂时而又暂时的离群逍遥独处……就在这个时候，天忽然大黑了，乌云从四面八方飞来，向东西南北赶去，万物变成了暗褐色，有那么点惊心动魄。东菊叫了一声，钱文也不无紧张心理，但是他勇敢地仰天大笑。就在他们一喊一笑的同时，一道灰蓝色的强光悬空盖地而来，这来自上苍的强光陡地使他们变得庄严肃穆，他们互相看到了在悬空的强光下各自的脸孔。那脸孔就像庙宇里的金身泥胎佛像一般，反差强烈，神情严峻。他们一惊。就在这个时候，一声劈里啪啦把世界几乎炸成碎片的响雷引爆了，群山跟着轰鸣，群树跟着颤抖，他们紧紧地抱在了一起。

过了一会儿，他们才确知了自身与世界的安然无恙。

"吓死我了。"他们这样说，但是口气里已经不是恐怖而是更多的欣慰和满足。

大大小小的雷轰轰烈烈起来。电光中雨脚显得白亮而且粗重。我们怎么办？他们互相问。在山上，在树下，雷雨未免是太危险了，他们惊恐地说。没有办法，没有任何别的办法了。要下山还得走半个多钟点，走路下山说不定更危险，不但有雷击的危险而且有滑倒跌跤的危险。

"没有办法，我们听天由命吧。我们毕竟是善良的，我们没有做过伤天害理的事情。"钱文说，他说的时候很严肃，说完了又咯咯一笑。

"我想，如果我和你一起被雷击中，如果我们燃烧在一起，变成一个人，我也愿意呢。"东菊喃喃地说，她是认真的。钱文笑了，多么美丽的"小资产"，他想。

这雷雨使他们心潮激荡起来，他们一会儿相对或前后拥抱着，一会儿拉着手，扶着搀着推着搡着，在大雷雨底下尽情享受着青春和爱情。多么奇妙的青春与爱情啊。而且，这不无惊险意味的山上的铺天雷雨，以及他们两个人在雷雨下面的无遮无拦，无躲无藏，相依为命，又喜又甜又怕，似乎是在暗示着什么，似乎是在一场大的政治风暴前夕由上苍向这两个其实还年轻的孩子所发出的报警。

然后，一切都不再一样了，再也没有，而且再也不会有这样的周末，这样的香山，这样的夏末秋初的大雨，这样的一对毫无保护的孩子了。即使在几十年以后，在有了真正的旅游度假和豪华的与半豪华的酒店以后，也一切面目全非了。

喝完以后，钱文痛感到西单商场的这一杯红茶已不是当年的红茶了。

这样的红茶大概也喝不上几次了。

从二楼西餐馆下楼的时候钱文看到了从楼梯口走过的章婉婉。

回家以后，他把喝过的吃过的所有的一切都吐出来了。

第 二 章

曲风明的脸绷得愈来愈紧了。

曲风明,小小的个子,身材挺直,除了没有脖子以外其他各部位都还匀称周正。脸孔长年令人觉得浮肿,鼓鼓囊囊,挤得眼睛没有地方可睁。他的脸上还常常泛出一些青灰色,叫人联想起腌透了的咸鸭蛋的壳子。他整个面孔给人以拒人于千里之外的感觉,好像那不是面孔而是一堵墙或一个头盔或一个盾牌。

然而他又时不时地一笑,那是当他分析问题的时候。他最喜欢分析问题,分析问题总是很严肃的,像是一把风钻一样地无坚不摧无攻不克无可怀疑无可抵挡。分析得告一段落他会突然一笑,笑的时候,他的眼睛和嘴巴都很灿烂,笑声也大致响亮,但脸部的其他部分仍是紧绷着的。分析问题是他的最为高雅的愉悦,他的笑容表现着高高在上的满足、赏神益智的沉醉与真理在握的庄严。而他的笑声招之即来,挥之即去,笑完了,一切灿烂无踪无影,他的脸仍然保持着没有笑以前的样子,好像他根本没有笑过似的。

他的爱人——已经是妻子了,名叫闵秀梅。是一个令人忍不住多看几眼的女性。她的蓝色列宁服和青年服,一穿到她身上便显得鼓胀光泽,她的皮肤总是那样的细白和柔嫩,引人想起莲藕、乳酪和豆腐脑。她的粗睫毛下面的大大的黑眼珠即使随便看你一眼也会使你觉得莫名的不安。好像你无意中吃了一口或是舔了一口太甜太腻的糖,你的口水消化不了这样的糖,你不知道怎么样办才好。她的丰满的胸脯在那个时候的女青年中简直是绝无仅有,是平原中突然耸立的高峰,惊险的高峰。最妙的是,她说起话来有一种鼻腔的闷音,让人听起来有一种说不出的类似抓痒痒而且愈抓愈痒的感觉……唔,那个年代人们还没有听到过"性感"这个词,人们只是觉得看见闵秀梅和听着闵秀梅的声音有点脸红,有点热乎乎的。这样一位女子嫁给了曲风明——据说是闵秀梅听曲风明的理论课,找曲风明帮助分析思想问题,他帮助她入了党,而她也终于成为他的老婆的——一开初周围的人颇觉扫兴。或者觉得曲风明有艳福,或者觉得像闵秀梅这样的俗物,只怕不配做曲风明这样的理论大师思想工作能手的革命伴侣。爱情,爱情也只能是建立在革命斗争的基础上的啊!

然后传出了关于他们的夫妻生活的种种流言,虽然大家谈得很谨慎,很稀少,也很含蓄。即使是这样谨慎含蓄稀少的谈论也足以使青年共产主义者们脸红,因为他们一个比一个更纯洁高尚理想,他们认定性是一个下流的题目,只适合于西门庆、潘金莲、花蝴蝶(《小五义》里的"采花淫贼")、黄世仁……他们认定性是一种兽性,是对于人特别是对于女性的亵渎。而他们心目中的爱情是诗、是歌、是云端的光辉……像法捷耶夫在《青年近卫军》里描写的那样。

曲风明对于这一切当然讳莫如深。只是在婚后,在一些流言悄悄地不胫而走以后,他的面孔变得更加严肃,他的脾气变得更加暴躁,他分析起问题来变得更加说一不二、势如破竹,他批评起一些人和事来变得更加铁面无情、凶悍凌厉。他的一个同事周自尊婉转地问他要不要找医生看一看,并且告诉他他的二舅是一位擅长治疗那种男人的病的老中医;曲风明回头就走,就像没有听到周自尊的话一样。两个月以后,他向上级反映了周自尊的"问题",把他调走了。

就在一九五七年整风"鸣放"开始以后不久,闵秀梅提出要和他离婚。一开始他觉得相当意外。马克思列宁主义是无往而不胜的,为什么到了闵秀梅这里就不灵了呢?他给她讲婚姻关系首先是一种阶级关系,他给她讲爱情的物质基础并不是性而是两个人的经济关系和必要的生活资料,归根结底,婚姻关系也是一种生产关系,不仅与社会的物质生产有关而且与人类本身的再生产有关。他给她讲无产阶级的爱是忘我的无私的只有实现全人类的解放才能解放自身,他给她讲马克思和燕妮、列宁和克鲁普斯卡娅,还有恩格斯与胡志明,他们根本没有结婚。连印度的圣雄甘地也没有结婚,虽然他只是资产阶级,比无产阶级差着老鼻子啦,他们还是把一切都献给了事业和人民。

闵秀梅对于任何人都是甜蜜的多肉的和柔软的;但是婚后对于曲风明并非如此。她看曲风明用的是死鱼一样的眼神,她的面孔毫无血色,她的嘴歪,她的下巴像一个撅起来的铲子,她实在是变得很丑。而且,她像一段木头一样地对他讲的那些入情入理、感天地而泣鬼神的话语完全无动于衷。

她究竟还能不能算是一个革命者,一个共产党员呢？想当年她在市妇联的时候,他帮助她写入党申请书,帮助她准备与支部组织委员的谈话,是不是揠苗助长了呢？

他这样想。这样想了,他又突然感到一阵颤抖的爱怜。他爱秀梅,秀梅确实使他销魂。原则上,他爱一切漂亮的女人,李丽华、陈云裳、胡蝶、上小学的时候已经使他想入非非。他想了许多他认为是可怕的罪恶的事儿。他觉得他的身体里有一条凶恶的毒蛇,使他不安,使他不知什么时候就会做出最大的犯罪。日本投降的那一年他十六岁,随着"国军"的到来大批的美国好莱坞电影也来了。看完了《出水芙蓉》他一脑子女人的大腿,当天夜里睡梦中发生了他以为是最可怕最不名誉的事。第二天醒来,他头晕脑涨心跳恶心盗汗麻木,他认定自己必死无疑。他不吃不喝不出声躺在床上,父母叫他他也不应。他甚至于感到了自己的心跳愈来愈微弱,呼吸愈来愈憋闷,四肢麻木,痰涌咽喉,脊骨冰凉,口有臭气……那是一种过去从未有过的腐败的香油与变了质的萝卜的臭气……他真的死了一回。

他从小就知道什么是最大的犯罪最大的恶德。最可怕的念头,使他身败名裂的念头都是与女性有关的,这使他如醉如痴而又痛不欲生。愈是痛不欲生愈是有强烈的犯罪感他就愈是有强烈的欲望,他不断地想象自己大大地痛痛快快地犯一次罪,犯完这一次罪他宁愿自己被人用小刀一片一片地割成肉屑。他认真地考虑过把自己阉割乃至干脆把自己杀灭的问题,他想那是拯救自己的唯一办法。

从此他又迷女人又怕女人,见到一个漂亮一点的女人他只觉得天塌地陷,魂飞魄散。直到他参加了革命,迷上了革命的理论与革命的逻辑,他也年龄渐长,他的心理似乎正常一些了。然而婚后的生活使他又陷入了恐慌、尴尬与羞愧之中……

闵秀梅竟然在反右斗争的烈火刚刚燃起之际提出要与他离婚。这在政治上实在令人发指。资产阶级从各个方面向无产阶级进攻,他感到了刻骨的阶级仇恨;并且为自己毫不费力地燃起了这样的仇恨而确证自己已经无产阶级化了而无比的自豪。

然而闵秀梅的家庭出身是工人阶级。工人家庭又怎么样?她受到了小资产阶级干脆是资产阶级的影响。特别是她曾在部队的文工团呆过一个短短的时期。而文工团——哪怕是部队的——也是充满了资产阶级的腐烂的毒菌。她简直就是毒菌了。

他不能眼看着她就这样成了毒菌,成了毒害别人也毒害自己的社会主义的癌细胞。他要帮助她。从团结的愿望出发,经过批评或者斗争,达到新的团结。她必须革面洗心,脱胎换骨,换一个胚子,换一个灵魂。这是残酷的,然而这又是最大的温暖。

"我爱你!秀梅!"他轻轻地说。

他通过一番活动把闵秀梅首先送到了党校去学习。在如火如荼的反右斗争中党校的全部课程只剩下了揭发批判右派言论与右派分子。闵秀梅仍然是体格成熟而头脑单纯,她在学习讨论会上没有积极表态紧跟,却提了一些疑问:"不是让提意见吗?怎么又不让提了呀?""瞧那个漫画,把人家一个女学生画成什么样儿了呀。"她说,后一句话是说报纸上连篇累牍地发表着的揭示一个女大学生右派分子的丑恶嘴脸的漫画。漫画里的女大学生人不人,鬼不鬼,大脑袋,小胳臂,血盆大口如狗之狂吠,口沫乱喷,眼珠暴突,手如鸡爪,鼻梁歪斜,闵秀梅看了心怦怦跳,并且连续做噩梦好几天。

　　党校的一位同志把这些情况告诉了曲风明,意思是让曲风明提醒劝告一下闵秀梅,这种时候可不要随便乱讲话。秀梅是单纯的,但是她的没有经过深思熟虑的话说不定会被阶级敌人所利用。这位同志的用意当然是好的喽。

　　曲风明的态度很严肃。他说,闵秀梅的问题恐怕不是什么单纯不单纯的问题,而是立场问题、感情问题、政治问题。"我很痛心。我实在痛心。"他说,"但是原则问题是不能调和的,哪怕是一家人,是睡在一张床上。"

　　党校的那位同志听了曲风明的话十分紧张。曲风明的原则性与斗争性使他敬佩也使他畏惧。如果曲风明的话是正确的,那么不仅闵秀梅要出事他自己也可能出事。他对曲风明讲的话会被怎么样分析解释呢?是善意劝告还是通风报信?是心慈手软以原则做交易还是根本立场就有问题屁股坐错了地方?如果闵秀梅是立场问题,那么他不是也有立场问题吗?物以类聚,人以群分,他想讨好曲风明,却暴露了自己与右派至少是有问题的人同声相应同气相求的可疑面貌。多么危险啊!他面红耳赤,唯唯而退。

　　一星期以后,党校那边把闵秀梅"揪"出来了。那个与曲风明谈过话的同志坚决主张毫不留情地把闵秀梅揪出来。

　　三下五除二,就把闵秀梅批倒批臭了。

　　而闵秀梅居然在这种自身命运难测的情况下继续坚持与曲风明离婚。

　　"太危险了,太危险了!"闵秀梅的一意孤行自取灭亡使曲风明的苦心付诸东流。曲风明为她流下了从不轻弹的泪水。

　　曲风明在反右运动中的表现益发好了。那时上级认定:运动的主要障碍是心慈手软的右倾思想——有的人惜老,对一些有革命资历的老同志下不去手;有的人惜才,对于一些有某种才能的人下不去手;还有的人惜"青",对青年人下不去手。上级指出,同情右派,包庇右派,对右派下不去手的人本身就是右派。这个右派定义如惊雷地震,如醍醐灌顶,极大地鼓舞了人们无情地揪出与批判一切可能是右派分子的人。事情到了这一步,一个人认为张三是右派大家便都认为他是右派,因为如果你要说张三不是右派,其结果多半不是你救了张三,而是连你带张三一同划为右派,而且反过来会加重张三的罪名,你对张三的包庇证明了张三的问题的严重,张三的恶劣影响之巨大,你们是一唱一和,你们是互相呼应,干脆说就一个反党宗派集团,你们之间有攻守同盟的关系等等。这样哪怕你与张三的关系是刘玄德与关云长的关系,哪怕你亲自去征求张三的主意,他与你也宁可选择保一舍一即牺牲张三保护你老的办法,而不是把两个都舍出去,加一个无谓的牺牲,而又对那个已经注定要完蛋的人毫无裨益。

但即使做出了正确的选择,仍然会有批不真切斗不热烈的问题发生。正如毛泽东主席在批判"文汇报的资产阶级方向"的时候所指出的,有的人演惯了反派角色,现在要演正派角色了,似乎总是不大像,这就需要做出很大的努力来了。

而曲风明做这一切都是自然的,由衷的。应该说,他做得很精彩。他是难能可贵的。他很快就被吸收到系统的运动工作班子里去了。

由他经手和做具体工作,划定了一大批右派分子。他主要做两件事:一个是找本人谈话复核该人的右派言论,判明该人的态度,衡量该人的问题的严重程度。另一个则是敲定这些个落水狗的罪行材料。

他经手的第一个人是萧连甲。萧连甲的问题板上钉钉,他竟然对于国际事务胡说八道,纯粹是不知天高地厚,且又丧心病狂。当然,到他这儿来的都是已经被批斗多次、被铺天盖地的大字报乃至正式出版的报纸上的指名道姓的批判文章吓了个半死的晦气鬼。萧连甲来他这里的时候同样是面色苍白、面孔消瘦、目光中夹带着恐惧的。曲风明早就认识萧连甲,并且早就说过:"萧连甲到处发表那么多文章,我看不是好事。马克思列宁主义,马克思列宁主义,我们这么年轻,斗争经验这样不足,思想改造这样不够,马克思列宁主义是那么容易掌握的么?马克思列宁主义是科学,是指导实践的灯塔,而我们现在是一个社会主义大国的执政党,失之毫厘,差之千里,一个筋斗栽下去就是万丈深渊呀!他一个毛孩子哪里懂得理论、理论偏差与理论斗争的厉害!"

看到晦气的萧连甲,他想起了自己的具有科学性的预言。不由微微一笑。

这个笑容立刻在萧连甲脸上得到了反应。一刹那,萧连甲的脸上放出了怎样的光彩呀!他立即判断,已经好久没有人向萧连甲微笑了。

他趁势与萧连甲握了一下手,"请坐。"他说。他看到,萧连甲感动得眼泪都快流出来了。当然,同样已经好久没有人对他用过类似"请"这样客气的字眼了。

他一不做二不休,他甚至递给了萧连甲一支香烟。萧连甲本来是不吸烟的,但还是激动地把这支烟拿到了手里。这是关怀,这是温暖呀!

曲风明知道愈是这个时候,犯了弥天大错的人愈是需要党的温暖。他的一个笑脸确实使萧连甲五内俱热。他的握手与递烟几乎使萧连甲匍匐在地了。

曲风明的温暖是真诚的。他深信他是在挽救这些陷入泥坑的逆子,收回这些迷途的羔羊,荡涤他们身上的资产阶级的污泥浊水,治疗他们的精神脓疮,割除他们心灵上的恶性肿瘤,置之死地而后生,他是在做最好的事。苏联小说里把这种事叫做"为你(被批判者)而斗争"。对于社会来说,他是在进行一场政治思想战线的革命;对于被革命的人来说,他是一个起死回生的伟大外科医生。

而且,他这样做的时候丝毫不必顾虑自己会被认为与右派分子划不清界限。想到这一点的时候他不屑地撇一撇嘴。他深信,只有压根与阶级敌人划不清界限的人才需要时刻考虑界限问题而神经紧张;而他这样的确确实实与敌人从政治上、思想上、组织上把界限划得清清楚楚的人,像他这样的不但划清了界限而且对他们充满了阶级的仇恨与对他们个人的治病救人的热情的人,像他这样的不仅把运动视作党的号召更视作自己的强烈心愿的人,他怎么样做也是正确的。他胜任愉快,游刃有余,处处主动,得心应手。

事后许多许多年,他听到过一位大人物的说法,说是,(西方的)开明措施只有靠极右派来采取,愈是什么自由派开明派愈是毫无可取。许多许多同志不解此话之意。但是他懂。

他的温暖使萧连甲热泪盈眶五体投地肝肠俱热天翻地覆,如受了委屈的孩子见到了母亲,如旱了三天的鱼身上浇下了水滴。他先把自己从来没有吸过的香烟笨拙地叼到嘴里,在这个时候曲风明甚至划了火柴给萧连甲点烟。这应该说是二十世纪五十年代中国的反右斗争中的一个奇迹。萧连甲更加匆忙拙笨激动万分地总算是把烟点着了。他吸了一口,又呛又噎,又憋又哽,他哭成了一个泪人儿。他甚至以为,这一切礼遇暗示着他近两个月来所遇到的一切难题所受到的一切打击,不过是噩梦一场罢了。噩梦即将醒来,乌云即将散去,误解即将消除,然后又是革命理论的光辉照亮生活的每一个角落,到处都是战无不胜的革命理论的光芒,是掌握了客观规律客观真理的历史的主人——人民群众对于崭新的历史篇章的自觉创造,是团结、一致、奋发、乐观和幸福。而他萧连甲,从小就矢志革命,就服膺并学习掌握了真理的青年理论工作者,当然是党所欢迎的人民所欢迎的革命先锋、社会栋梁、救国救民的英雄、利国利民的义士的了。而所有的污水,所有的突然变得杀气腾腾的面孔,所有的突然的铺天盖地千夫所指的责难,多么可怕的无从分辨无从核查即使有千张嘴也说不清楚的责难啊——也终于可以烟消云散了啊!

他有问必答地全盘托出地谈了自己的所有的受指责的观点,他努力洗刷自己的无罪之身,他也回答了曲风明的关于此次运动的一些提问:

"是啊,太夸张了。他们贴的那些大字报一点都不实事求是。"

"那么报纸上刊登的对于章、罗、浦熙修、谭天荣的批判呢?你觉得这些个批判是不是实事求是的呢?"曲风明和颜悦色地问。

"那我就不好说了。"萧连甲似乎有一点紧张,他不知道该怎么说好。当一个人被指责为荒谬、错误、有害、混蛋的时候,他是可以提出疑问乃至驳论来的;但是当一个人被指责为十恶不赦的反动罪犯的时候,他还能说什么呢?他能承担得起鉴别——肯定或者否定一个十恶不赦的反动罪犯的罪恶身份的分量来吗?尤其是在他自身也处于难保的地步的时候。

"为什么不好说呢?"曲风明开始有一点颇感兴趣的表情了,他的脸笑得更加美好甚至有一点灿烂了。"无非两种可能。第一,这种批评是实事求是的,是科学的,是准确的,是对党对人民也是对他们本人负责的。第二,不是实事求是的,是冤枉了他们,是乱扣帽子,甚至于是别的什么,反正不是科学不是准确不是恰如其分。是他们正确还是党正确呢?是他们的言论正确还是批判他们的言论正确呢?这个问题是无法回避的呀!你可能没有想过这样的问题吗?你有什么看法,为什么不可以谈一谈呢?"

"这个这个那个那个……"萧连甲嗫嚅起来。

"要坦白,不要藏藏掖掖。要痛快,不要吞吞吐吐。要老实,不要鬼鬼祟祟。要勇敢,不要畏畏缩缩。是光明还是黑暗,是同志还是敌人,是转变还是毁灭,现在可是关键的时刻啊!"曲风明语重心长地说。

"这个那个,那个这个……"

"你怎么想的,就应该怎么说,哪怕是一瞬间的思想活动你也应该老老实实地向党交代清楚!"曲风明的温暖的话语里增加了威严的分量。

"是的是的,我就是有过这样的胡思乱想。我觉得批他们未免批得太过了。不论怎么说人家也是提意见嘛。我知道我是不应该这样想的,如果他们没有特别严重的问题,是不会在报纸上这样批他们的。不同的意见和探讨总应该是可以允许的,马克思主义就是在探讨、争论、驳难之中建立和发展起来的。马克思主义的发生发展壮大并不是在它处于社会的统治地位与一统地位的时候。恰恰相反,如果把马克思主义搞成神圣不可侵犯的教义,这个理论不再能够在实践中不断地发展、修正和完善,我觉得这未必是好事情。我确实是这样想过,我想我也许想得很不对,我希望您能够帮助我。"

曲风明深深地吸了一口气,他连连点点头。难道他同意我的想法?萧连甲一阵晕眩,他实在不敢再想下去。

"还有呢?"曲风明严肃亲切、满意而不满足地拉着长声问。

"还有,这个……"

"很好。还有呢?"

"我还想……"

"好的。你这样想是很自然的。你很喜欢想问题。你既然觉得现在我们这里马克思主义出了问题,那么你怎么考虑艾奇逊、杜鲁门、杜勒斯、艾森豪威尔他们对于社会主义和共产主义的攻击的呢?你是不是认为他们的攻击是有道理的至少是有一部分道理的呢?"

"我,我没有这样想过呀!"萧连甲忽然感到了一阵惊慌,眼前一阵发黑,脑门子上冒出了冷汗。他隐隐地感到了一个无情的铁的逻辑,像绞索一样地向着他逼近来,他透心冰凉。他赶忙解释:"不,我不会这样想。我十五岁的时候就参加了由美国海军陆战队士兵皮尔逊强奸女大学生沈崇事件所引发的抗暴反美斗争。我知道美帝国主义是怎样援助蒋介石屠杀中国人民的。他们援助蒋介石的子弹足够把全体中国人民射杀两次还有余。朱自清不食嗟来之食,表现了中国知识分子的气节。美国鬼子屠杀朝鲜人民的情形我也是很熟悉的。我全文读过朴正爱在世界民主妇联理事会上的报告,我负责抓过全区青年团员的仇视美国、蔑视美国、鄙视美国的宣传工作,我的工作受到了表扬。我……"他说不下去了。他看到了曲风明的脸上的几近怜悯而又夹杂着嘲弄的不以为然的笑容。他知道,面对严峻的政治思想战线的阶级斗争,面对决定人类命运中国命运的大是大非的斗争,他的这些前言不搭后语的婆婆妈妈的废话实在是太可笑太渺小太庸俗太低水平了……他这样说话岂不成了街道上的家庭妇女……

"这样说,你与帝国主义的反共叫嚣是划清了界限的了。你与苏共二十大以来的反动逆流是划清了界限的了。这么说,你是立场坚定旗帜鲜明的无产阶级革命左派的了。你觉得是这样吗?你是从一开始就认清了被国际范围内的反共逆流激发起来的中国的资产阶级对于无产阶级的猖狂进攻的了。是这样的吗?这样说你觉不觉得有那么一点滑稽呢?小萧同志!"

"同志"的称呼暖人肺腑。从运动一开始,萧连甲被"揪"了出来,同志两个字便离他而去了。"我们骄傲的称呼是'同志',它比一切尊称都光荣。"这是苏联作曲家杜纳耶夫斯基所作的家喻户晓的歌曲《祖国进行曲》中的一句词,它的首句"我们祖国多么辽阔广大"的旋律是莫斯科广播电台的呼号。这次运动搞起来,萧连甲才体会到"同志"这两个字的意义。不是同志,也就是说,他已经不是人民不是革命队伍的一员,那么是什么呢?正如人们正在批判的,是党和人民的死敌,是叛徒,是向隅而泣的可怜虫,是被历史的巨轮辗压而成的垃圾粉末……我的天!

而曲风明的分析使萧连甲有点发抖,有点毛骨悚然。萧连甲不是笨人,他对政治分析思想分析的庄严的逻辑并不陌生,他一点就透,他知道这样分析下去会把他送到什么地方,无可怀疑也无法改变,他面临的是政治的与个人的万丈深渊。而且他深信,这绝不是由于这位领导人的任何恶意,毋宁说,曲风明同志对于他是充满善意、十分亲切、满腔热情、苦口婆心、仁至义尽的,他无法想象会有更好的同志来负责分析批评处理他的麻烦问题。与两个月来"群众"对他的劈头盖脸不由分说乱棍打死式的"批判"相比较,曲风明的话语句句都如甘霖之落下龟裂的土地。曲风明的水平实在高,曲风明的头脑十分冷静,曲风明的态度最为平和;碰到这样的同志来处理他的问题实在是他的幸福!

"不要顾虑,要勇敢地面对自己的问题……"

看,他又在鼓励自己、推动自己、提携自己了。

"不要怕痛怕丑。思想斗争是痛苦的,你要挺得住啊!"

多么慈祥,多么温暖!

"你已经掉在泥坑里了,但是不要紧,我们要把你拉出来!我们费了这么多时间和精力,我们为了什么呢?批判你难道会对任何人个人有利吗?有哪一个人个人需要批判你吗?我们是为了挽救你呀!"

话都说到这儿了!如果还不痛痛快快地否定自己批判自己交代自己的问题,那就太没有良心了,那就是故意反对党破坏党所领导的伟大的反右运动了,那就真成了反对党反对社会主义的敌对分子了。

下个决心承认了吧!承认了,是自己态度好,不劳党费心,不劳人民费神,不劳领导一次又一次那样说破了嘴皮子地来挽救自己;承认了,说明自己的立场有了转变,自己的思想有了进步,党高兴,人民高兴,自己也会得到宽大的处理,得到目前处境下可能的最好的前途。批判从严处理从宽是党的一贯政策,自己又不是不知道,从严的目的是帮助,惩前毖后,治病救人,从宽的目的是团结同志,能多团结一个人就多团结一个人,除此之外还能有别的吗?真是何乐而不为乎!在这种情况下如果还硬顶着,究竟是与谁过不去呢?难道这还有什么看不清的吗?

是的,我坦白,我交代,我站到帝国主义和一切反动派一边了,我确实是反党反社会主义的右派分子,我妄想推翻党的领导和社会主义制度,我是打入到革命队伍内部的革命的最危险的敌人!我该死!

且慢,难道可以这样说话么?这难道是可以随机应变地说随便地说的么?这样说反而会有良好的后果?这样说难道是真实的与负责的么?

"我……我………从来都是……我写过很多歌颂毛泽东思想的文章……"

"小萧,你这就不对了!我们都是共产党员,我们之间应该用党的语言说话,我们之间不能容忍那种吞吞吐吐,含含混混,我们正在谈的是政治的实质问题而不是枝枝节节的现象。我们之间并没有兴趣纠缠一些个表面的假象。你已经走得很远了!我们想尽了一切办法来把你拉回来,你实在不应该拒绝我们向你伸出去的手!你的那些思想和杜勒斯一致和艾森豪威尔一致,你对待反右斗争的态度自始至终与章伯钧、罗隆基、林希翎、谭天荣一致,你否认得了吗?一个无产阶级先锋队的战士却在政治上与帝国主义头子一样,与右派头子一样,换句话说,一个把屁股坐到帝国主义和反动派一边的人却自称是革命者,一个和资产阶级站在一起的人却说自己是无产阶级,这讲得通么?你自己说,这是可以相信的么?"

"我……我……我我……"

"'我'什么?你陷得太深太深了!你陷入资产阶级反革命的泥坑而不能自拔!你的屁股到现在还坐在资产阶级方面!你太危险了!比国民党还危险!国民党至少是明的呀!你呀,打着马列主义的旗号,共产党的旗号,而在关键的时刻说着杜勒斯的语言!如果中国发生'匈牙利事件',你会把屁股放到哪一面呢?你自己说说,你危险不危险?你变成了无产阶级碉堡内部的敌人!而斯大林同志说得好,碉堡是最容易从内部攻破的。要害就在屁股问题上!屁股屁股屁股屁股!听见了吗?我说的是屁股!你屁股在资产阶级一边,你就认为你没有问题。你想想,如果屁股坐在地主阶级一边,黄世仁强奸喜儿也不是问题,地主少爷那是给喜儿赏脸!别的贫农女儿想得这份脸还得不上呢!而你如果一旦转变了立场,如果你把屁股移到正在与国际资产阶级浴血奋战的无产阶级一边,你就会豁然开朗,你就会一清二楚地看明白,你的问题有多么严重多么危险!同志,你错了!同志,猛醒吧!同志,你的机会已经不多了!"

"我,我,我实在也弄不清我自己的思想了。您讲得很深刻也很尖锐。我觉得您讲的是非常非常有道理的。我真心地愿意全部百分之百地接受您的批评。但是我实在说服不了我自己呀!我怎么不认识我自己了呢?我愿意把我的全部日记、笔记、书信都拿给您,我欢迎您的全面的严格的审查……我一定要提高自己对于自己的问题的认识。我保证……"

曲风明半举了一下手,止住了他,然后斩钉截铁地说:

"你的认识很差,最后表示的这个态度还是好的。但是更主要的是看行动。你要勇敢地投降!向党投降,向人民投降。你的前途仍然是光明的。但是要换一个灵魂!不然,就只能灭亡。就是这样。"

通过这次谈话,萧连甲开始接受了对于他的问题的批判,接受了对于他的问题的定性。他明白了,他面对的不是接受不接受的问题,而是接受抑或灭亡的问题。他不愿意灭亡,那么就只有一条路:乖乖地接受。

通过这次谈话,特别是阅读了他的大量的日记、笔记、书信材料以后,曲风明掌握了萧连甲的更多的问题,写出了萧连甲问题的具有更加过硬内容的材料,可以说是铁证如山,萧连甲就是地地道道不打折扣的反动透顶的资产阶级右派分子。他又找萧连甲谈了一次话,只用了四十分钟时间,利用他本人提供的材料,他摧毁了能言善辩的萧连甲的抵抗,使一个狡猾的资产阶级右派分子缴了械投了降,乖乖地向人民认输。这真是反右斗争的伟大胜利,也是曲风明为运动立下的新的功勋。

通过这两次谈话,萧连甲对曲风明可以说是五体投地。萧连甲本来是一个自命不凡的狂妄之徒,他本来一直是帮助别人批判别人以此起家专吃这碗干饭的,他本来自以为是真理在握正义在胸对于历史规律与人民利益都已经滚瓜烂熟得心应手,足可以教育全世界改造整个地球的。但是,与曲风明相比,他承认自己的火候还差得远。曲风明的风度、曲风明的语言、曲风明的逻辑、曲风明的深入浅出、颠扑不破、不温不火、入理入情、原则灵活、苦口婆心、雅俗共赏、无坚不摧、请君入瓮,使萧连甲不能不感到由衷的折服。他的折服的心情达到了这一步:即使曲风明判定他应该枪决,他也心甘情愿扒开胸膛接受正义的子弹。特别是曲风明讲的关于黄世仁强奸喜儿的妙喻,生动、深刻、通俗、强烈、鲜明,令人恍然大悟,令人叹为闻止。没有比这样的比喻更富有煽动力的了。想到喜儿被强奸,人们就会想到自己的姐妹自己的女儿从而热血沸腾义愤填膺……他无法不感到自己几乎成了一个强奸犯。他在终于板上钉钉地定成了资产阶级右派分子从而从党内人民内部清洗出来以后,仍然念念不忘这个妙喻,见人就讲这个妙喻,声称他的认罪服罪避免了犯更大的罪行实是得益于这个妙喻。而最后他的完全不应该发生的悲惨下场也是自开始怀疑这个妙喻而导致的。

也许应该为这个妙喻建设一个大理石的纪念碑。

下一个轮到了钱文。处理钱文的问题对于曲风明另有一番特殊的吸引力。钱文是从一九五三年开始写起诗来的。那年春天他与一批青年团员到鞍山去参观了苏联援助建设的鞍山钢铁公司,第一个五年计划的一个重点项目。他不知怎么地激动了起来,写开了诗,而这一组诗一下子取得了相当大的成功。光是歌颂鞍钢也还好,谁知道他写的内容愈来愈广泛,短短几年,他成了小有名气的青年诗人,并且调到了一个文学刊物的编辑部去当副主编。这一切使他的同志们觉得既新鲜又红火,在把一切献给党、一切的一切听从党的安排的火红的五十年代,他成了一个例外——他居然不待党的安排便自己安排了自己,不待党的提携便自己提携了自己,不待党的调动便自己调动了自己，令人眼热也令人心潮难平。那个时候已经有一些好同志感到不放心了。他们已经不断地提醒钱文不要骄傲，不要忘记自己首先是共产党员其次才是诗人，不要忘记个人只不过是一滴水，融入了党和人民的海洋才有了价值也才得以存在，而如果这一滴水悬浮起来突出起来膨胀起来，它就只有干涸蒸发消失的死路一条。他们警告钱文，文艺界是一个藏污纳垢的地方，从延安整风就整顿文艺界的问题，结果是问题愈整愈多。王实味是文艺界的，萧军是文艺界的，萧也牧是文艺界的，《武训传》是文艺界的，俞平伯是文艺界的，尤其严重的是，胡风也是文艺界的，更不要说他的那些个分子们啦，他们已经被无产阶级专政的铁拳砸了个稀巴烂！你本来干干净净，你本来忠心耿耿，你本来已经差不多已经是职业革命家了。你现在与那些受过批判对党不满、对党不满更要批判的自由散漫的文艺人们混到了一起，就像与结核菌与传播狂犬病的狗们在一起混一样，这不是没有危险的啊！

这一切都不幸而言中了。他们都有先见之明。

为了处理钱文的"思想问题"，曲风明先把钱文的所有诗歌审读了一遍。他的眉头深深地绞在了一起。

"对于你的思想问题，你打算怎么办呢？"他开宗明义地问钱文。

思想问题，这是当时对于正在定为右派分子的倒霉鬼的人的"问题"的称呼术语，与争取入党的人找组织汇报的思想问题不同，也与解放初期上革命大学的时候所讲的思想问题的含义不大相同。那个年代上革命大学所要解决的思想问题是指由于国民党的反动宣传而在青年知识分子中间形成的一些对党对革命的认识上的糊涂观念，例如认为是靠了美国的原子弹才使得日本人投了降，或是认为国民党抗日也有功劳等等。消除了这些糊涂观念，青年知识分子们可以立即变成积极热情的革命者。当时有一个电影，名为《思想问题》，表现了一个青年知识分子改造思想的艰巨痛苦的过程，虽然影片中也有一个敌特分子在做"争取"那个青年人的工作，而且那个青年知识分子的思想改造过程正是一个对敌斗争的过程,但是思想问题本身仍然指的是那个单纯的青年人的问题,而思想斗争云云,虽然尖锐激烈紧张难受,最后那位青年知识分子也还终于争取了过来,成了革命队伍里边的一名好同志从而昂首前进,皆大欢喜。而现在的所谓的"思想问题"本身就近于敌特了,天啊!

"这是建筑在沙滩上的海市蜃楼,这是用罂粟水吹起来的肥皂泡,这是一簇簇没有生命却发出了霉烂气味的黯淡的假花……"他用这样的开场白开始了对于钱文的帮助。把反右派斗争与文艺批评、与诗学论辩结合起来,他感到了一种特殊的有深度的喜悦,一种智力的自由与意志的奔放,一种俯瞰众小的崇高与政治语言艺术语言融会贯通得心应手的舒展。他感到了一种任何文学批评家从没有感受过的自信、充实、挥斥方遒、大自由大喜悦。他终于找到了可以痛快淋漓地发挥自己的话题了。

"'迷蒙的小雨',"他引用了钱文的一句诗,然后他反问道:"这是写什么?是写春天,写天气?你是为气象台或者编皇历而做的诗吗?"他笑了起来,他的话语里闪烁着智慧的火花。"'好雨知时节,当春乃发生。随风潜入夜,润物细无声……'你看杜甫是怎么样写雨的。杜甫是士大夫,他表现的是对于绵慈如雨的理想仁政的向往,他的中心思想是一个仁字。你呢?你的诗呢?迷迷茫茫,迷迷茫茫,连杜甫式的对于春风化雨的喜悦都没有,却只有没落阶级的卑微渺小的迷茫……你在什么时候迷茫?在第一个五年计划胜利开展的时候!在长江大桥建成的时候!在苏联援助我们胜利地进行一百五十六个重点工程项目的时候!在党的过渡时期的总路线提出的任务已经胜利完成的时候!在社会主义在九百六十万平方公里的中国的土地上取得了具有历史性的胜利的时候!在最终地挖掉了剥削阶级的根子的时候!你是为了第一个五年计划而迷茫吗?是为了剥削阶级在中国这块土地上被挖了祖坟而迷茫吗?这难道是偶然的吗?"

"我写的是迷蒙,不是迷茫……"说完,钱文便为自己的辩护的无力而后悔了。他本来是下定决心决不为自己辩护一个字的。

"诗言志。噢,迷蒙,迷蒙就更糟。你认为一切都蒙在一层幕布里。这其实是帝国主义的冷战语言,把社会主义阵营说成是蒙着铁幕……其实用不着逐字逐句地分析你的诗。把诗拿过来用鼻子闻一闻就明白了。气味不对,气味不对!右派分子们大错而特错了,他们说,不能光用鼻子,要用脑子。他们哪里知道无产阶级的鼻子的厉害!遇到任何事都要先用鼻子闻一闻,对谁有利?代表的是哪个阶级?屁股是坐在哪一边的?一闻就闻出来了。连这样的起码的政治嗅觉都没有,还算什么共产党员!什么是聪明?聪明就是对于无产阶级利益的敏感,反过来说也就是对于资产阶级的进攻的敏感。'像神话变成了现实',这叫什么话?共产主义的理论难道是神话?即使是变成了现实的神话!再说神话变成现实之类的说法也太俗气。什么叫神话变成现实?什么样的神话变成了什么样的现实?都是读书不求甚解,著文不求甚解,这叫什么诗!"

"您说得对!这一句诗是太弱了!"钱文服气地说。

"亚里士多德说过……"曲风明高兴起来,便尽情地纵横发挥,旁征博引。他少年时代也曾沉醉于诗,他也写过诗,后来革命了,他确实是自觉自动地收起了这些小资产阶级的玩意儿。今天与钱文谈诗,他很兴奋。而且他看出来了钱文对于他的态度的变化——从诚惶诚恐的畏惧到五体投地的佩服。他对于神话一句的批评使钱文无法不服气。他感到满意。

"写诗是一件大事。写诗不是那么容易的事情。随便拉出几行字就是诗了么?"说到这里他撇了撇嘴而且来了气,使钱文愕然甚至无法不暗笑:说这些干什么?他毕竟不是一般的热昏的文学青年,而曲风明也不是一个老作家或者文学院的讲师。从带有生死攸关性质的决定他的政治命运的"打右派"的谈话变成了对于文学工作的严肃的循循善诱而又自作内行长者的训导,这不能不使钱文觉得严厉中不无轻松却又不伦不类。

而曲风明却正兴致勃勃地讲着:"我们是对人民负责的。我们不是封建阶级的士大夫,不是资产阶级的没落文人,那么随随便便地就写出诗来了么?斯大林说过,作家是人类灵魂的工程师。斯大林同志又说过,共产党员是用特殊材料做成的。依我们思想改造的程度来看,我们还差得远……"

钱文又吃了一惊。曲风明居然把主语说成"我们",莫非他把自己与他放到一起来谈?居然以谦虚的富有自我批评精神的姿态把自己摆到里边来教育他……钱文甚至觉得他未免有些"划不清界限"了。真是个好同志啊!这次由他来帮助自己解决思想问题,真是不幸中的大幸啊!

"你的诗不能给人民提供精神的营养,因为你本身就是苍白的、衰弱的、病态的乃至有毒的。第一,你是受害者,你中了文艺界的那些陈年积毒,文艺界的思想问题实在是太严重了。"说到这里他龇一龇牙,做出一种极为牙碜而且恶心的表情,"第二,你是害人者,你又通过你的所谓诗歌毒害了大批的读者。像什么'怀念大海'啦,你怀念大海做什么?你本来就没有去过海边,你哪儿来的怀念呢?你生活在北京,生活在毛主席的身边,生活在革命的大家庭里,你不珍视这一切,却去怀念你见也没有见过的大海。这究竟是一种什么情绪呢?你的大海究竟是影射着什么呢?你对现实怎么会这样厌倦、这样不满、这样反感,而要去怀念虚无缥缈的远方的大海呢?大海那边有什么?台湾还是美国?苏联、社会主义阵营和中国之间并不隔着大海!"

钱文干脆傻了眼了。他一阵冷战。他想大喊:"不、不、不!不是那样的。怎么能这样胡解释!"但又喊不出来。可怕的是,面对曲风明的义正词严的提问,他竟然无法回答。是的,既然现实是这样伟大光辉壮丽丰富迷人,他为什么要去怀念大海去呢?他确实至今没有见过大海(曲风明对他的一切已经了如指掌了),他又为什么要写大海去呢?这完全违背了毛主席的教导,生活是创作的唯一源泉。

他想起了吕琳琳,他已经有五年没有与吕琳琳通过消息了。也许他写海是出自对于吕琳琳的怀念?事情的糟糕就在于,他自己也解释不清楚,他为什么写了这首诗而不是那首诗。他用这个"解释不清"来解释那是不行的。他如果那样解释,就一定会被认为是用文艺的特殊性复杂性来恐吓党蒙骗党威胁党,他就更加是罪该万死了。

　　他也不能说他的这首诗是献给吕琳琳的。他在今天的这种处境下,作为一个有妇之夫,为他的一首正在接受批判的诗,扯出一个非亲非故、非一个单位的同事,非恋爱关系非工作关系的有夫之妇、军属吕琳琳来,这算是什么意思呢?这样做实在是非常非常不道德的呀!这样做的人只能是白痴!这样做不但可能给吕琳琳带来麻烦而且会给他本人带来麻烦的。他年纪轻轻,已经见过一些世面。运动搞起来了,这种情况下什么说法都是可能的。如果他说自己的这首关于大海的诗与吕琳琳有关,说不定不但要把他定为右派分子而且把他定为坏分子。然后他不但玷污了吕琳琳而且玷污了我中国人民解放军海军;最终确实在玷污大海……他果然当真成了罂粟水、成了大毒草、成了癌细胞了!

　　他更加迷惑了。我为什么要写海呢?

　　海呀,你究竟是什么样子的呢?

　　而我已经注定要灭顶了啊。

第 三 章

　　事后许多年,时过境迁,恩消怨泯,重叠使记忆模糊,现实使往事冲淡,新的喜怒早已打磨掉了悲欢的陈迹,往日的忧虑在新的可能面前更像是一次幕间的谐谑插曲。所有这些当年觉得惊心动魄觉得千回百转觉得鲜血淋淋觉得天塌地陷的经验,都变成了不足与人道却又荒诞不经,有趣却又不无伤感的故事——汉语里边故事这两个字的组合是太妙了。故事就是往事,故旧之事;故事又是事故,事件,生活过程当中的花式子,是一种饶有趣味的话题,是对于平凡的世界枯燥的人生狭隘的经历的一点小小的补充和安慰,是茶馆酒肆里的说话人与近、现代的一些一无所长一无所成而又胡思乱想花言巧语牢骚满腹自命不凡的叫做"作家"的倒霉蛋们编出来骗人骗钱的不可当真的话语。

　　人为什么需要故事却又不愿意亲临其事呢?

　　于是出现了这样的故事——传说。说是一个十七岁的姑娘,在一个大机关里担任打字员。年终评奖,她得了头奖,周围的女性们不服,便说:"人家的小嘴多甜呀!""敢情人家会拍呀!""整天往科长办公室跑呗!"又当面叫她:"红人来啦!""快升科长了吧?""升上去了,还认得咱们小姐妹们吗?"等等。她一羞一怒当众把发给她的奖状撕了。这就不是对待小姐妹们的态度而是对于组织的态度问题了。结果呢,划为右派。便说她这个右派是评先进评出来的;后来这样说的人也受到了批评——怎么能够这样看待从列宁那时候就提倡的评先进活动呢？幸亏没有把说是评成右派的人再划成右派。于是大家取得了共识——她这个右派不是评出来的，而是"撕"出来的。谁让她撕了组织上发给她的奖状呢？

又一个故事：某一个单位在反右派斗争中的任务是划十六个右派。动员了又动员，加温了又加温，只揪出了十五个。单位负责人去上级那边汇报，为差一个没有完成任务而受到了批评。这位没有完成任务的基层领导火了，说："没见过这样反右派的，这又不是搞生产，哪里有定死指标的？不行你们就划我好了。"他自恃是贫农出身、一九四二年的八路、三等荣军，自以为自己的大左派是不成问题的，才倚左卖左，嗔怒戏言。谁能想得到就这样上级当真把他划成了右派分子？而且划的是"极右"，祸从口出，一句屁话直搞得身败名裂，妻离子散，家破人亡。这是可以思议，可以相信的吗？而且据说，所有的朋友至少在当年都不同情他，人们说："什么时候，竟然开这种玩笑？这是开玩笑的事么？纯粹是死催的！""划人者人恒划之，天网恢恢，疏而不漏。又有什么可说的呢？"

如果这个传说故事是真的，让我们祝祷他的在天之灵安息。

传播更广的是这样一个故事：说是一堆人在会议室里开会，他们的任务是在这个会议上产生一个右派分子。多么富有戏剧性呀！多么精彩的人际提防关系！冷酷？警惕？坚忍还是诡诈？这可能是一种富有东方情调的文化经验：大家大眼瞪小眼，谁也不吭气，紧张沉默，憋了两个小时——玩的就是心跳。无论会议主持人怎么样动员也是有呼无应，打不开一条缝。就在这个关键时刻，有一位老兄憋不住尿了——谁让他会前喝了那么多茶水？他起立去了厕所。等他回来，人们告诉他会议已经完成了揪出右派的任务：这位右派不是别人，正是上厕所的他。这位右派表现得很好，第一批就摘了帽子，后来的职业也过得去。最妙的是，戴上"帽子"后，他赢得了一位小娘儿们的欢心，虽说是续弦，可人儿貌美心善手巧，都说是那位一泡尿尿成的右派艳福不浅。后来这位娘子挖掘出来一位从台湾移民到美利坚合众国的亲爸爸,而把她一直填表时称为爸爸的共产党人正名为叔叔。最后她的台—美爸爸把他俩接到大西洋那头去了。一位挥笔于九十年代生怕上边不养自己养不活自己的作家准备以《尿缘》为题以他俩的故事为素材写一部类似《曼哈顿的明月》的长篇小说,许多评论家说是他的书名很有弗洛伊德意味因而必获成功呢。

到了一九七九年初,那一年差不多用一风吹的方法把这些个右派分子的那么吓人的罪名一下子都给"改正"——不叫平反而叫改正,以示政策上的微妙区别——了。那年春天,钱文为了自己的事情到二十余年前自己所呆过的那个单位去。几经风雨,逝者如斯,这个单位的人他已经一个也不认识了。比他小至少也有十五六岁的人似乎有点不耐烦地听着他说这些陈谷子烂芝麻的无趣的旧事,而且,他们的脸上似乎呈现出某种优越感。当然,说下大天来,被划过右派既不光荣也不吉利,他们自惭形秽,人家腻歪厌烦,都是理所当然。他强压住恶心,说了不能不说的话,听了不能不听的话,走出办公室的门来,在同一座楼的另一层另一个单位的"辖区",看到了阔别四分之一个世纪以上的闵秀梅。闵秀梅已经是白发,秃顶,把门的门牙四个掉了三个,又胖又笨,老态虽不龙钟却也歪歪斜斜。他完全没有认出她来。但是闵秀梅一眼认出了他。她说她也是为了同样的目的到这一幢楼来找另外一个单位的。闵秀梅见到钱文,面红耳赤地说了这样的话:"单位领导告诉我说,我本来就没有划成右派,基层是这样报了,上级根本就没批。我压根儿不算右派,所以也不需要改正。我二十多年的罪合着是白受了,还不如你们呢……"她神经质地笑了起来。突然脸色陡变,口眼歪斜,呼吸急促,冷汗渗冒……钱文送她去医院急救。幸好,还是救过来了。

钱文想了很久她的故事。从一九五一年夏季她调到钱文所在的单位,秋季旋即调离以来,他再也没有见过她。她并不知道她的来与走之间有什么故事。但是他不断地听说了有关她的故事,知道她的婚姻生活很不幸福。他一直为她而叹息。

所以，与那些毫无规律、抓不着线索、猜不出由头、找不到因果关系千奇百怪各色各样地成了右派的人们相比较，即使在当年，钱文也认为自己的被揪斗是比较事出有因，有迹可循的。

在他被揪出来以后，他不断地反省自己：我到底是怎么了啊？我究竟是从哪里离开了党的要求党的规范了呢？

他确实找到了自己的不少问题。

他立刻想起了路翎。胡风反革命集团的第一员写小说的大将。解放前他已经知道了他的名字。一九五四年他读到了路翎去朝鲜以后写出来的短篇小说《初雪》与《洼地上的战役》，他深深为那种细腻抒情的风格所感动。在一大批来自解放区的作家的作品里，他已经很少看到这种风格了。而在一批原本在白区的作家的作品里，他又得不到对于他的进行共产主义革命的内在渴望的满足——就连鲁迅的书也给予不了他这方面的满足。他渴望的是在每一本书里看到对于共产主义、对于党、对于艰苦卓绝的革命斗争的直接的悲壮讴歌：只有看到唱着《国际歌》的英勇就义、看到地下工作者的神出鬼没、看到战斗英雄怎么样拉响炸药包……他才过瘾。而现在路翎的小说把细腻抒情与革命悲歌结合在一起，真是可贵极了。路翎的思想与创作是这样地进步了！真让人叹服党的伟大，叹服革命的伟大！

就在他的快乐和感动还处在十分新鲜的状态的时候，对《洼地上的战役》的批判开始了。他震惊于批判的义正词严。他震惊于革命是这样地容不得一丝一毫的属于个人的最终仍然是属于革命的温柔美好的情感。他震惊于自己确实由衷地感动了一回——立刻就受到了当头棒喝。他的灵魂里果真——像毛主席《在延安文艺座谈会上的讲话》里所说的——有一个小资产阶级的王国吗？他感到了恐惧与痛苦。

在反对胡风反革命集团的斗争并随之群众性的肃反运动开展起来以后，他更是瞠乎其后了。

还有一个问题使他思无可解。他读过不少的苏联文学作品。他深信,苏联的文学是非常革命的,但又允许抒情,允许那些在中国注定会被判作"小资产阶级"的情调在作品里抒发。五十年代初期他就和满莎有过一次争论,满莎说苏联作曲家索洛维约夫·谢多伊作的歌曲《我们明朝就要远航》的感情是不健康的,而钱文说那样表达水兵的对城市对情人的感情是很动人的……同样是社会主义,同样是马克思列宁主义的党和国家,苏联文学和中国文学的尺度是如何的不同啊!这不是有点可怕吗?他居然想到这里去了,他的思想竟然混乱到这一步、混乱到寻找两个社会主义大国有什么差别这一步了,这不是比事情本身更加可怕吗?

但是这种可怕的思想混乱并没有造成大的波澜。因为有党。党是至高无上的真理,这种真理的光辉自然可以照亮一切朦胧与阴影。这种真理的规则自然可以排列一切无序与芜杂。党提出来的真理说得愈是惊世骇俗出人意料就愈是伟大光辉。当五十年代初期党提出来一九四九年中国的民主革命的任务便已经完成了的时候,当党对他看过也感动过的电影《武训传》提出严厉的批评的时候,当一九五五年毛泽东在他的论述农业合作化问题的文章中批评党的一些干部右倾、像个小脚女人的时候,他不是都震动过、狂喜过也五体投地过么?震惊之中容或有迷惑与痛苦,但紧接着而来的这种对于真理的大服膺大信仰大感动与自身的大羞惭却又给他带来了在思想斗争中又打胜了一仗的自豪感、功德感、神圣感与欲穷千里目更上一层楼的大欢喜。

这次反右斗争就更加天崩地陷般地令人震动了。他所崇拜的作家学者记者教授一个又一个地被揪出来,着实使他惊恐也使他感叹不已。除了共产党,谁有这个胆识和力量顶住这么多名流人物的进攻与抵抗,并把他们打了个落花流水!国民党时候是国民党当权者如过街老鼠,被这些学者名流所喊打。而现如今,是他们如过街老鼠,被党和人民痛打。被打的这些名流,一个个痛哭流涕,叩头悔罪,犹自被说是企图蒙混过关。他们当年的神气哪里去了?原来不论什么庞然大物,一旦触犯了伟大的党,就变成了一身晦气的落水狗! 政治思想战线上的斗争是愈来愈深入了。他的被揪出来就是运动的深刻性的标志。周碧云率先发难揭发他批判他就是运动的庄严宏伟的标志。党和人民火眼金睛看出了他的例如在洼地上的与党的二心来了。党洞察一切,党铁面无私,党对于每一个人每一件事负责,愈是揪出了他愈是狠狠地斗他,他愈是感到了党的伟大,党的温暖。

还有什么呢? 他遵循党的教导进一步挖掘自己的思想根源。他忽然想起了自己的一个老问题来了。他确实早就有问题了。比如说他不爱加班加点,他愈来愈不爱加班了。他愈来愈不喜欢在星期六晚上、星期天召开的会议了。他尤其不愿意去参加在新年或是旧年初一召开的什么总结会汇报会经验交流会现场会等等了。他简直不明白这些个人怎么会积极到这种程度,甚至在绝无明显的必要的情况下专门在这种大好的假日开会。难道他们就完全不需要休息、读书、听音乐、逛公园、买东西以及与家人团聚? 难道他们就完全不需要静一静,体会一下生活的变迁与世界的美丽? 难道他们就看不出那些千篇一律的汇报与总结晚一点举行丝毫没有妨碍,甚至干脆不举行也无关宏旨? 他还觉得奇怪,难道目前这种和平时期,表现一个人对于革命的忠诚性与积极性没有别的路子了,只能靠没完没了地为加班而加班地在大年初一开一些个又没有效率又没有实际作用的大同小异、互相重复、车轱辘话来回说的会、会、会? 无怪乎马雅可夫斯基要写一首讽刺开会迷的诗了。

从马克思到克鲁普斯卡娅与加里宁不是都讲全面发展的新人的吗? 他们在工作中不是也屡次讲过全面发展啦,共产主义新人啦什么的吗? 像他们这样的开会迷开会机除了开会只会开会算得上什么全面发展呢?

还有对于政治学习的厌烦,还有对于广播节目千篇一律的烦厌,还有对于《人民日报》上加了推崇备至的"编者按"发表出来的一篇小说的不敢奉承,那篇小说描写一个去登记结婚的农村青年一路上做好事以至于耽误了自己的结婚。他竟然看不起这样的宣扬利他主义精神的优秀小说而说它"矫情"。现在看来,他是怎样的自以为是、目中无人……他的思想已经走向了多么危险的地步去了呀!

……所有这些问题他都一一交代给组织交代给人民了。听了他的这些问题,不但别人大惊失色他本人也大吃一惊。周碧云代表他所在的原单位的同志们前来对他进行揭发批判分析帮助。他先做检讨。听了他的这些个思想问题,他的老战友老同事好朋友周碧云当即气得哭了起来。周碧云边哭边抽噎边咳嗽边倒气边指着他进行批判:

"过去我还以为你是好同志呢。你欺骗了我!你为什么不暴露你的这些反动思想?同志们在日以继夜地为了早一天在全世界实现共产主义而不惜一切牺牲,你却躲在阴暗的角落诅咒革命!共产主义的新人在蓬蓬勃勃地涌现,你却不相信!你从小就受到党的培养教育,你现在却反对党!你吃着人民穿着人民现在却背叛了人民!没有党我们现在还处于帝国主义封建主义官僚资本主义三座大山的压迫之下!没有党喜儿到现在还要受黄世仁的欺凌蹂躏!没有党成千上万的刘胡兰现在还要被阎匪大胡子用铡刀铡死!没有党……而你,你忘了党的教导忘了党的温暖忘了你入党时候的誓言忘了党对你的期望忘了党对你的信任忘了同志们对你的革命友谊……你你你你你气死……"

说到这里周碧云已经泣不成声。她一阵面红耳赤,一阵面青耳白,终于牙关紧闭,浑身抖颤,四肢僵硬,向后倒去,幸亏一位同志抢上了一步,接住了她……

她的悲愤欲绝使批判的气氛达到了高潮。一霎时连钱文自己也感到正义的怒火熊熊燃烧,他也恨不得亲手将周碧云所揭发批判的阶级敌人打死,手刃敌顽,人心大快,伸张正义,革命豪情!他也举起了右臂,高呼"敌人不投降就让他灭亡"!他恍然大悟,这里要消灭的敌人不是别人,正是他钱文自己。因为他看到了愤怒的同志们的喊口号时伸出的拳头已经伸到了他的鼻头上。只是由于一些领导同志的出面保护,他才没有被痛打一顿。奇怪的是,他一点也没有害怕,他丝毫也没有怕挨打。尽管他是十恶不赦的被批判者,他仍然觉得自己与党与大家心连着心,他坚信这个批判会是正义的必要的了不起的,他坚信他应该与大家一样地批判反党反社会主义的资产阶级右派分子,他不可能有另外的感情另外的态度,恰恰在这个时候,他觉得自己在大问题上与党仍然是同心同德,血肉相连。这种与党同在与党同心的感觉大大地使他平安而且自信了,他仍然是党这株大树上的一枝嫩条。他仍然是稳如泰山。他看到了无比的光明。不论现在批得有多么狠多么重,帽子有多么大,最终他的前途肯定仍然是无限光明的,因为他听党的。他不管有多少思想问题,最后他有一条保险绳,一粒还魂仙丹——那就是一切听党的。有了这一条他就什么危险也不会有,有了这一条他不论遇到什么风浪也会转危为安,逢凶化吉,绝处逢生,遇难呈祥!有了这一条他甚至觉得周碧云的激烈也是十分可爱的,他深信这不但是她对党的深厚感情的表现而且是她对于自己对于钱文的感情的表现。他说不上什么原因,他始终觉得他与周碧云之间是有一种美好的革命情感的。他深信周碧云的义愤是真诚的与善意的。当然不仅是周碧云,他从他们的发言中清清楚楚地明白,他的所有的老同志老战友都已经起来揭发他。他有几次说话学区委书记老吴的口音,这也揭出来了——证明他不尊敬老同志。他上厕所的时候停了电,喊道:"太黑暗了!"当然更要揭发了——多么反动的语言!他立即明白,当时他可以说"太黑了",却不可以说"黑暗",后者容易被认为具有某种政治的含义。他从来没有想到过自己会在政治上受到审查,以至怀疑。然而现在,他必须接受党对他的考验。有一次几个同志听时事述评的广播,他正好走过来,他立即拧动旋钮,改收外国轻音乐——这也揭发出来了,这也反映着他的思想更反映着他的感情:这是真实的阶级感情的流露。他还能说什么呢?他想起了联共十九大上米高扬要不就是卡冈诺维奇的话来了:"我们依靠的是世界上最为奇妙的力量,人民群众的力量!"人民群众的力量真是醍醐灌顶,无微不至,洞幽烛隐,纤毫毕现啊!

这样他虽然尴尬却不是特别的恐惧;他虽然不安却并不是如何的绝望;他虽然觉得周碧云的发言未免夸张却并不反感。因为他毫不怀疑,如果形势和党的指挥是要他来批判周碧云,他也会这样做。他从一革命就生活在这样的批评与自我批评的气氛中,批评与自我批评是社会主义的发展动力,批评与自我批评是共产党员保持与磨砺自己的党性正气和斗争锋芒的主要手段,批评与自我批评的严格严肃性正是同志爱的具体表现。他对运动的这种闻所未闻的搞法只能感到赞叹心服。他怀着好奇也怀着颤抖,他是怀着神圣的信念来接受反右斗争中对于他的批判的。

这是一次战斗的洗礼。他一再告诉自己说。

由于周碧云的正义晕厥,上午的批判会提前十五分钟结束。大家去吃午饭,两个小时以后继续批判。到哪里去吃呢?钱文最近的食欲不佳。他知道在这个特殊的时候更必须吃好保持身体好精神好,这样才能配合党把自己批判好。他说服自己,今天其实是一个大好的日子,这么多的思想好水平高的同志拿出这么多宝贵的时间来分析他帮助他,这实在是他的终身难忘不可多得的幸福。他应该庆祝这一天。是这一天同志们操刀动手术割去了他身上的毒瘤,使他重新健康起来。他应该挺起胸膛。他眼珠一转,决定到附近的欧美同学会俱乐部附设的西餐馆子去吃午饭。这些帮助他的同志当中没有一个人知道那里有这样一个西餐馆。他将保持他的一种特殊的孤独而又美好、警惕而又坚强的心情,他具有一种欢喜手术刀、迎接手术刀的饱满情绪,他要利用午餐时间更好地酝酿这种奇妙的情绪。他要静静地消化消化,静静地思想思想。他要好好消受这个伟大的时代加之于他的奇异的礼遇。

欧美同学会其实只不过开张了一个多月,似乎是,这个机构连同它的设施,也是在前一段号召(百家争)鸣、(百花齐)放时期刚刚建立的。刚建立就碰上了运动,显得它的名称与内容都不大合乎时宜。也许晚几天它根本就不会出世了。但是钱文还是发现了和喜欢上了这个地方。一进门就是一个堆着假山石并且长着阔叶植物的敞快的大院子。再往里走,上下高高的石阶,进一个垂花紫红门,便闻到了奶油、煮水果、烤面包与煎鱼的香气。西餐厅里的橙黄色的台布、蜡烛式的吊灯和墙下悬挂的风景油画与低声放着的舒伯特、莫扎特的音乐作品,使这里如同另一个世界。他温馨文雅地走进了这个世界。他还不可能完全忘记他的麻烦,他还时有乱糟糟的感觉堵上心头。但他又感觉他到达这里来吃饭本身就是一个胜利。

我挺得住,他对自己说。

今天到这里来吃饭的人很少。房子的另一角坐着一对白发苍苍的老夫妻。有一位女客背对着他。他发现,是廖琼琼。

有一位年轻的儿童文学女作家名叫廖琼琼,他很欣赏她的作品与风采。她极有童心,她的作品配上图画已经出了许多小本本,读之令人神往。她肤色红黑,肌肉紧凑,两眼有星月之光。她讲话是那种苏北人讲普通话的特别好听的口音。她从事写作要比钱文早得多,钱文对于她颇多尊敬羡慕之意。运动一开始,报纸上就展开了对于她的批判,说她怎么计较稿费多寡,怎么目无领导乃至怎么卖弄风骚。他看了这些批判文章心中颇觉沉重——当然他的这种心情也是极其有问题的,是应该老实交代与彻底批判的——他想一个一帆风顺、头发梳得光光、外翻的白衬衣领子一尘不染而且是长着北方人所不具有的大双眼皮眼睛的袅袅婷婷的女子,怎么受得了这种蒙头盖脸的泰山压顶泥沙俱下的批判?

他轻轻地走了过去。他叫了一声。

廖琼琼似乎一惊,她抬起了头。她的脸略显憔悴,但仍然梳妆打扮得十分整齐。稍稍分辨了一下,她才判断出这是钱文。她大概不会想到会在这里碰到熟人。她笑了,笑得仍然很有光彩。她做了一个手势,让钱文就坐到她身旁。她又向他一笑,绝不是苦笑。

"好久没见了。"他们似乎是同时说。

"这里,倒还清静。"廖琼琼说。

"是的。其实我也很少来。"钱文说完,又有点不好意思。

"你好吧?"廖琼琼问。钱文与廖琼琼的处境不完全相同,廖琼琼的"问题"已经定了性,见了报。而钱文的"问题"还处于最初的揭发批判阶段。从理论上说,钱文现在还应该算共产党员算人民,而廖琼琼已经算是敌人了。所以钱文实在不知道该怎么回答廖琼琼怎样对待廖琼琼好。是人民对待敌人吗?是敌人对待敌人吗?是犯人对待犯人吗?为了政治上不犯错误(这是联共党史上最常用的短语),也就是说为了老账上不要再加新账,他应该怎么样对待她好呢?

"凑合。"他吞吞吐吐地说。

廖琼琼的表情是无可无不可。

这时服务员送来了菜单。钱文想回自己的桌子。廖琼琼转过头异样地看了他一眼。他一下子就脸红了。他觉得自己很不好,他发现世界上最不像样子的事是一个已经开始陷入困境即将陷入更大的困境的人为了不陷入更大的困境而躲避而无情地对待比他早一点陷入困境的人。躲避的结果——效果在最好的情况下常常只不过是比早已经陷入困境者晚陷入更大的困境三个星期。而这是多么的不好意思啊!于是他没有走,他只点了一份三块五毛钱一客的套餐。回答要什么酒的问题的时候他说不要。但是廖琼琼说要一瓶黑啤酒,而且是要两个杯子。钱文的脸更红了。

在他喝了几口黑啤酒以后,在他拙笨地拿起叉子叉起沙拉里拌的火腿、黄瓜丁和青豌豆并把它们送到嘴里以后,他心里的石头蓦地放了下来。他那样贴近地感到了一种更好更干净更讲究的生存的可能性。他陡然觉悟,吃饭本来就是吃饭,吃窝头就是吃窝头,吃法式乡下浓汤就是吃法式乡下浓汤,吃饭的时候本来可以吃得很轻松而且很有滋味,一点都不用痛苦。想想世界上有高高兴兴地吃饭的可能性就让人够快活的了。

"……我至今忘不了苏联展览馆莫斯科餐厅开业的情景。份饭的标准是一块五、两块五、五块和十块。所有的服务员都是俄罗斯的姑娘,她们戴着白色的皇后式的帽子。所有的餐具都罩着银壳子。基辅黄油鸡卷,乌克兰红菜汤,大马哈鱼鱼子,中亚细亚羊肉串和果酱煎饼……一个苏联大胖子站在餐厅门口为顾客开门关门……人人都想去吃一顿,人太多了,便先发号,要想领到号您还得有点地位才行……"他哈哈大笑,得意洋洋,回到了当年那种好过众人的自我感觉中去了,好像关云长叙述自己过五关斩六将的英雄业绩似的。

"然而这并不是最好的俄式大菜。在北京您要是想吃俄式西餐,您得出东直门。那儿有一个年头久远的俄国东正教堂。教堂旁边是俄式餐馆,每顿饭他只卖二十客,多了没有。那才是地道的当年的尼古拉二世、叶卡杰琳娜一世吃过的正宗菜呢。十月革命后逃到北京来的一个白俄一代一代在那里看管教堂和经营餐馆。那个白俄养着许多良种奶牛,常和他的儿子一起赶着一辆四轮大马车拉饲草。你知道吗?"

廖琼琼谈起这一类的话题比钱文在行多了。钱文觉得怪羡慕的。生活是很有意思的呀。但是我们是没有这些个闲情逸致的了。我们已经把自己献给革命了——包括革自己的命。

"在旧北京吃西餐讲究的是去'国强',东安市场里边,那里号称是地道法式大菜。还有东安市场的'和风',它的特点是供应日本饭,但是到那里吃日本饭的人并不多,倒是去吃西餐的多。"廖琼琼继续说。放下了的石头似乎又捡起来了。钱文想起了报上登载的"廖琼琼的丑恶面目"来了,一个被党报宣布有着"丑恶面目"的女子,怎么能若无其事地与他大谈吃喝呢?钱文又食不知味起来了。他从小就对文字特别敏感。耳朵听好像还凑合,一变成了字他就敏感起来了。读到温柔两个字,他的心立即柔软起来,他好像立刻可以感到一种女人的气息。读到"狰狞"两个字,他立刻像是看到了恐怖电影上的僵尸或者怪兽,他不但感到了狰狞两个字的可怖而且看到了明白的狰狞的视觉形象。当他想起了丑恶两个字的时候,许多的魔影在他的眼前乱舞。近来他常常为这些词儿而失眠。他太脆弱了啊。

"去年冬天,我有一次去东安市场,看到'国强'正卖冰激凌呢。人家说,过去全北京市只有'国强'冬天也买得到冰激凌……"

钱文突然说不下去了。泪水蓦地涌出了他的眼睛。他这是在说什么呀!他们这是在说什么呀!布尔乔亚,醉生梦死,没落阶级的没落情绪,而党的期望党的教导党的挽救呀!我就这样冥顽不灵了吗?

"我也……不怎么好了……"他用蚊子一样的声音说。说完,似乎稍微轻松了些。他一笑。

"我知道……"廖琼琼用更加微弱的声音说。她低下头,用刀子切割一块土豆。切好了,她却吃不下了。她久久地呆在了那里。

然后她头也不抬,用很好听的声音说:"很深刻。这次搞得彻底。说这是社会主义关。好像孙悟空保着唐玄奘去西天,要过许多关,还要戴上紧箍帽儿。离着成正果可还远着呢!"

紧箍帽的说法使钱文倒吸一口凉气。

廖琼琼抬起头,现出了略带悲凄,更多的却是天真,甚至有点快乐的笑容。那笑容更像是她在开始写作一篇作品的时候,终于想出了一个有趣的,虽然并不是大团圆的儿童故事。

她好像仍然不懂政治,不懂阶级斗争。这里我们要面临的可并不是儿童故事。钱文想。怎么办呢?他产生了一种不祥的预感。

他们的这一顿饭高高兴兴地开始,冷冷清清地结束了。临别时候他们互相握了手。廖琼琼的手冰凉。那娇嫩的小手叫钱文好心酸。

钱文为这一顿饭付出了惨重的代价。下午的会一开,同志们便闻到了钱文口中的啤酒与奶油气味,连嗅觉也调动起来了。于是群情激昂,于是口号喊叫了起来。虽然不再有人晕厥,却有两个女同志气得哭了起来。于是钱文不再能那样高尚地观赏这次运动的气势与威严。于是他慌乱了起来。面对十目所视十手所指,钱文不能不感觉到人民的伟大与自己的渺小,人民的充实与自己的空虚,人民的光明与自己的阴暗,人民的苦口婆心与自己的自甘堕落,人民的热烈与自己的凄凉。总之,人民是沸腾的大海而自己是瑟缩的秋虫,人民是历史的主人而自己是历史的垃圾,人民是火红的太阳而自己是见不得阳光的魑魅魍魉……他真的是病入膏肓了。

于是他觉得他应该哭一场。此前揪出来的几个右派到了关键时刻都要哭一场的,虽然哭的效果不一定都好,有人甚至哭完了被说成是"妄图软化群众革命斗志"。但是不哭就更容易被说成是"顽固不化""毫无悔罪之意"。而且他犯了这么大的错误能不痛心吗?能不因为痛心而痛哭一场吗?如果这样痛心而又不肯痛哭,是不是真的痛心呢?

于是他拼命地想哭。使他沉重或者轻松的是他没有一滴眼泪。在内心的最最深处,他不敢承认更不敢正视的是他似乎还有某种幽默感。吃了西餐,批了个没完没了,体无完肤……我的天!

于是经过了闪电式的思想斗争,钱文全部干净彻底地交代了自己中午的吃饭情况,交代了他与廖琼琼的不期而遇,交代了他们的交谈,也交代了他们的每一道菜与他们喝过的黑啤酒——别的革命同志谁也没喝过啊——是什么牌子。

一面检讨交代一面驱走不了那种不合时宜的幽默感。

"这是顽固地坚持资产阶级立场!"

"去欧美同学会就是向往资本主义!"

"(与廖琼琼)不是不期而遇而是早有预谋!是有组织有计划地进行右派串联!是据守资产阶级的最后阵地!"

"什么阶级的人和什么阶级的人说话。我怎么就碰不到廖琼琼,你碰到了!我怎么就不知道一个欧美同学会的西餐厅?你知道了。我怎么就想不起来吃西餐,你们俩就都想起来了。这难道是偶然的吗？"

....

自从反右派斗争开始以来，报纸上常常报道把某个某个右派"批得体无完肤"，钱文一直认为这是一种浪漫主义的形容词儿，但是他的眼前也确实出现了一个人的皮肤成条成块成片地溃烂脱落割裂的刺激镜头。刺激也罢，毕竟是别人的事。而今天，今天这个即时批判、一出锅就批判、趁热批判实在是把钱文批服了。他确是身领神会地尝到"体无完肤"的味道了。他浑身的皮肤似乎都有了病态的反应。他突然发现，体无完肤也是一个颇含幽默感的词儿——特别是在一个又一个、愈来愈多的人体无完肤——然后自己也终于体无完肤起来之后。

钱文还不知道这件事对于他的命运所起的重大作用。直到二十二年以后，在一切都时过境迁之后，钱文才听说，当年为是否把他定成右派曾经不无争议。宣传文教系统的负责人，长一点小麻子的江苏人陆浩生书记曾经坚决不同意将他定为右派。陆浩生曾经在青年团系统工作过，对钱文的印象很好。陆浩生读了钱文的所有的发表了的与没有发表的诗，认为根本不能将它们解释为反党反社会主义的黑诗。就在陆浩生要拍板决定钱文不算右派的时候，曲风明发言了。他举出来的最有力的证据是钱文在批判他的关键时刻去欧美同学会去吃饭，去与已经划定了的右派分子廖琼琼串联，相互打气。曲风明还举出了钱文自己检查交代的所有问题：他对胡风分子的态度，他对加班加点的态度，他不爱参加政治学习与听中央（是中央！）广播电台的新闻联播，他对反右斗争的态度，他胆敢离间两个社会主义大国的关系……总而言之是铁证如山，他钱文不但够划一次右派，划他两次三次右派也足够资格。没有任何人赞成陆浩生的为钱文开脱的意见，陆浩生几乎变得有点可疑。

以后许多年，钱文只有在极其偶然的情况下才想起这次吃饭。廖琼琼早已不在人间。愿她的在天之灵安息。钱文有一个问题始终不敢正视。他那天吃完了喝完了说完了握手握完了,回去就不无幽默地坦白从宽地老实交代开了。他平白无故地交代了自己检讨了自己接受了使得自己体无完肤的深入批判,同时,他的这些行止与言谈却等于也交代了廖琼琼检讨了廖琼琼批判了廖琼琼。这些事会给廖琼琼带来什么后果呢?她也幽默得起来吗?他不敢想。当时他曾经想过给廖琼琼拨一个电话,但那时大家认为他自己也肯定认为那样做是真正的抗拒运动订攻守同盟,是登峰造极的十恶不赦。他没有这样做。那么,他交代了,廖琼琼当会怎样自处呢?她以后的厄运与他的这次无事生非的名为交代实为叛卖难道是没有关系的吗?

……他这一生,能够不为廖琼琼而接受报应吗?他还抬得起头来吗?再过许多年等到他快要离开这个世界的时候,弥留之际,想起廖琼琼来,他能不恐惧吗?他能找谁去忏悔呢?

而更加明显的与迅速的报应是这天晚上,叶东菊没有回来。叶东菊的处境比他还要险恶得多……

以后的事一团漆黑,一片空白。一次酗酒,一场游戏。是命运的冷眼,是偶然的翻车。不过如此,哭笑不得。天塌地陷,胡乱扯淡,信笔一挥,随机应变,难得糊涂,莫名其妙,醉雷公瞎劈(批),光着腚坐板凳——有板有眼!

以后钱文让检讨什么就检讨什么。反正他活该检讨,就不必小里小气地再去争什么。要检讨什么就给什么,大家都省心。他奉命检讨自己的世界观。他一直检讨到相信贝克莱的主观唯心主义与马赫的物理唯心主义;他还赞成伯恩施坦的"运动就是一切,最终目的是没有的"与考茨基的不打碎旧的国家机器的右倾主张。他本来还打算检查自己对于陈独秀、王明、李立三、张国焘的看法。后来领导也嫌烦了,没有再听他的。他过去并没有认真读过《唯物论与经验批判论》《无产阶级革命与叛徒考茨基》《国家与革命》等书。这次是为了检查自己而苦读马列主义经典著作的。一边读一边对照,果然发现自己过去对于许多问题都不明确,在许多问题上都没有认识到革命导师所阐释的那些道理。与真理的距离也就是受谬论的毒害。曲风明已经指出他钱文有着一个布哈林式的脑袋。钱文对此种论断亦不无兴趣,虽然他十分地不希望像布哈林一样地接受枪子。他犯错误毕竟也犯出了点名堂,有两下子。可惜他没有能找到布哈林的书,否则他当能找出更多的自己的思想问题做出更加深刻完备的交代。

批倒批臭以后,有三四个月把他放到一边,让他继续写检查材料与揭发旁人的材料。这一段日子也还算悠闲。一个人难得有时间来从从容容地清算自己,回味自己的所作所为,解剖自己的言行举措,包括审视自己周围的朋友。这种他自己也发而难收的没完没了的检查与检举,给他带来了颇具新鲜感的经验。他不觉得他失去了什么。

他确实是换了另一个人。也许当年他的革命化是太快太彻底了。突然间,所有的革命的语言革命的情操革命的方式都离他而去了。他不再出席突然召集的会议,不再汇报群众特别是落后分子的思想动向,不再起草教育一代青年的团课报告稿,不会在正吃饭正睡觉正拉屎的时候接到(下级)请示汇报或(上级)追究指责的电话,不需要研读并保密党内文件,不需要随时准备批驳反动错误言论,不要处处表现自己是特殊材料造就的……他甚至是轻松了些了呢。

他找了许多书来寻找对于自己的处境的解释。罗曼·罗兰、高尔基、奥斯特洛夫斯基与阿·托尔斯泰,似乎都帮助了他。他们都肯定知识分子改造思想的必要性,肯定革命的神圣性与改造思想的历程的艰苦性。甚至狄更斯的《双城记》也使他感动不已。那种善与恶的搏斗,生与死的交错,爱与仇的混杂,祸与福的陡转,那种大起大落大开大合大喜大悲千钧一发出生入死风雷闪电的情节使他觉得自己目前所经历的其实不算什么,使他觉得中外古今人们本来就是这样活的。没有这种风浪的生活反而是无意思的了。多么伟大的生活伟大的洗礼伟大的改造思想! 罗曼·罗兰说要赞美幸福,更要赞美痛苦。高尔基批判小市民的恶臭。阿·托尔斯泰说知识分子要在血水里洗三次、碱水里洗三次、清水里洗三次才能变得纯净而他这是刚刚下水浸泡,泡也还没有泡透呢。他觉得他应该相信,现在最伟大的事件降临到他的头上了;由于革命由于痛苦由于威严由于恐惧也由于不由分说和实在不好理解,他不能不相信这件事比他已经经历的一切事变都更加伟大,更加深刻。他深信历史就是这样的,历史的威严的步履踏碎了柔嫩的花草;历史的沉重的车轮辗压着软弱的泥沙;历史的狂暴的飓风席卷了灰暗的雾霭;历史的寒光闪闪的宝剑劈杀着一个个卑微渺小的灵魂。正像季米特洛夫在法西斯的法庭上所说的:在历史的风暴中,不做铁锤,便做铁砧! 与革命的大风大浪相比,他实在是太渺小了。渺小得哭都哭不出眼泪来。

与革命的大风浪相比,他目前的遭遇其实算不了什么。个人的生死也应该是置之度外的,忘却了个人,忘却了自己的五尺之躯,才有真正的大献身大欢喜!

于是他转而追求和去体验一种崭新的开阔与恢宏。"弃我去者昨日之日不可留,乱我心者今日之日多烦忧""天生我材必有用,千金散尽还复来"(毛泽东的战略——大踏步地前进,大踏步地后退)"谁道人生无再少,门前流水尚能西,休将白发唱黄鸡""僵卧孤村不自哀,尚思为国戍轮台""心迹罕兼遂,崎岖多在尘""夜思师友泪滂沱,光影犹存急网罗"……一直到"吾所以有大患者为吾有身,及吾无身,吾有何患?"那么多名言名句名诗他都想起来了,而且似乎都对他有帮助与他的处境沾边……就好像老子、李白、孟浩然、苏轼、陆游、龚自珍他们已经预见到了他钱文今日的处境了,而他自己读过那么多书记下那么多警句也是养兵千日,用在一时,这一切都是专门为了今天而准备的。

当然,钱文也不是总能够处于这样一种如醉如痴如悟如解的美好状态中。他不断地被要求写检举材料——这也是"光影犹存急网罗"。周碧云批判他的光影犹存,言犹在耳,他已经被急急地要求写周碧云的材料了。他毫不犹豫地网而罗之地写了。既然他钱文有

"问题",那么说和他气味大同小异的周碧云也有问题乃是天经地义的事。帮助组织上审查她也是天经地义的事。据说周碧云一度被批得更是狼狈不堪。

有一次在图书馆里他碰到了萧连甲,他们互相交流了一下近况,不免有些同病相怜,喊喊喳喳地说了一些话,也都是认为自己该批该斗,并互相鼓励要看到前途好好改造之类的话。当时有个半生不熟的人看了他俩一眼,钱文为之一沉。果然第二天他就被要求写出他与萧连甲谈话的材料。材料他毫不犹豫地写了。从此他连图书馆也不去了。

然后兴奋也没有了,苦恼也没有了,思索与发挥了悟也没有了。幽默感倒是始终还有一点。他发现再写材料也没有人看了。他把头低下来,把表情删除,他等待着一切该发生的发生,不等待一切不可能发生的事发生。他渐渐觉悟到沉重的日子还不会轻易过去,他必须接受和习惯这一切。只好如此了,他无可奈何地麻木不仁地笑了起来。

上学的时候是有寒假和暑假的。革命以后连年假(春节)都没有了保证。忽然,一连几个月,他得到了一个特殊的"假期"。不能说这一段他没有类似假期的闲暇与自由,他甚至也不能说没有假期的悠悠然的心情。他本来只是一个年纪小小的学生,一场革命的大风暴使他一下子变成了"日理万机"的革命家,现在同样突然地——或者是更加突然地他一下子就被革命的大机器的传送带甩出来了。他果真成了一只无枝可依的"乌鹊"了吗?他悲哀中确实又是长出了一口气。

他——当然是偷偷地——与东菊一起骑自行车去西山八大处游玩。车骑了近两个小时才到目的地。他们经过了许多砌着虎皮石墙的山村。他们在寻找一个暂属于自己的世界。在二处他们把自己午餐用的馒头掰碎喂鱼,千百条大红鲫鱼把清水弄得翻翻滚滚。他们的心像水一样的清澈像鱼一样的活泼。假山假水,红廊绿瓦,绿色的浮萍与红色的鱼群使人欢愉,他们忘记了这里本来是一座寺庙。他们在三处欣赏那古老的银杏。他们躺在树下静听万籁的音响。他们感到了一种天地自有的快乐生机,这样的生机几乎是摧毁也摧毁不掉的。他们在五处啜饮泉水。他们在六处思摩神秘,他们奇怪世上竟然有这样的佛理,与他们的革命理论竟是这样的不同。他们在七处俯瞰全城,觉得世界的奇妙与动人他们才刚刚体味。他们在八处捉摸怪诞,惊异于人生方式的可选择性是如此众多。

钱文为自己整整一天可以不革命也不改造而既兴奋又恐惧万分,忽然想起来便悠然自得,忽然想起来又颓然失色。

在这段时期他们还买了一件旧留声机和一大批唱片。"神童"唱的《鸽子》与《我的太阳》令钱文凄然泪下。柴可夫斯基的《天鹅湖》与《意大利随想曲》使他获得了那样一种感应——死也没有什么,活也没有什么,只要有这样一种共鸣,有这样一种沉浸,有这样一种忘却——一种甜蜜的消失。即使在押赴刑场的路上,只要能再听一次柴可夫斯基的音乐!世上原来有多少真正可贵的东西,而人们一次又一次地错过了。

第 四 章

天塌了。

萧连甲在与曲风明谈过话以后，真的觉得是天塌了。

萧连甲过去觉得"天塌了"这句话很有一些个可笑。虽然他听说过，毛主席爱说这个话。天不是屋顶不是大棚当然塌不下来也无所谓塌不塌。会有白痴以为天要塌下来？这样的话还用得着毛主席说吗？

这回天真的塌了。白天也看不到光亮，街上的人成了影子，高音喇叭里播放的音乐与新闻变成了不可理解的嗡嗡嗡嗡，到了开饭时间了，他无论如何也闹不清要吃什么。吃什么吃什么吃什么……他是不是已经死了？已经死了的人还要吃么？他完全闹不清自己是谁了。我是谁？萧连甲？我还是萧连甲么？萧连甲是这样的了么？那个得意洋洋的口若悬河的信心百倍的萧连甲哪里去了呢？咿咿呀呀，反党反社会主义的右派分子披着羊皮的豺狼画着一层皮的恶魔……这说的究竟是谁？是哪个犯了弥天大罪十恶不赦发晕第十三章的叫做萧连甲的混蛋呢？

他曾经愤怒起来过，纯粹的胡言乱语，纯粹的发晕第十三章。然而不是他萧连甲，也不是另外一个叫做萧连甲的人。而是这场运动，是这些惊慌恐惧而又兴奋激动愈斗愈狠愈狠愈斗的同志们。人事科长的爱人老于一个人就写了十五张大字报揭发他。这位老于连他写过的文章的字都认不全，她把他写的"沉思"认成了"沉默"，便批判他为什么沉默；把他写的"咀嚼"读成了"蛆嚼"，便批判他为什么要让人民嚼蛆；把他写的"要孜孜不倦地学习马列主义"说成了是"考考不倦地学习马列主义"，并且质问他你这样狂妄，你还要考考马克思和列宁么？

竟然是这等的批判斗争！而他只能接受，不能分辩！怎么可能是这样的呢？即使是他有错误，他的见解他的言论他的文章里边都有错误，然而他难道不是自幼革命至今，矢志革命一心革命为革命献出了自己的青春百分之百地要革命的么？怎么能够突然翻脸，把他当反革命来残酷斗争无情打击呢？

于是他更加愤怒了。他竟然开始反驳起对他的批判来了。他甚至自己也贴了大字报："我的自我批评与几点说明"。大字报里他用百分之八十五的篇幅表示对于同志们的揭发批判的欢迎与自己的沉痛检查，用百分之十五的篇幅说明了一下沉思不等于沉默、咀嚼不是蛆嚼而且孜孜不是考考等等。

没有想到这可惹了大祸。第二天大标语一张纸一个字从四楼贴到了一楼。"萧连甲不投降就让他彻底灭亡！"惊叹号大得像是美国轰炸机在朝鲜战争中扔下的炸弹，让人看着眼都发晕。毛主席爱说什么"雷霆万钧之力"，他也特别喜欢这句话，这样大的字组成的标语可真是雷霆万钧之力啊……在楼外边则是拉起一条横幅，红布上别着菱形橘黄纸块，纸块上写着"坚决把萧连甲这条毒蛇拉到照妖镜下斩断！"在食堂里卖饭的柜台两旁，贴着对联式的标语。上联是"假左派真右派真假大白"，下联贴着"露毒牙溅毒汁毒蝎心肠"。文字虽不工整，气势仍然磅礴。甚至连厕所里也贴着歪歪斜斜的标语："萧连甲，抗拒下去只有死路一条！""萧连甲，不把你批倒批臭决不收兵！"萧连甲的宿舍门里门外也都贴着标语和大字报，也都是"垃圾""恶臭""豺狼""顽固""猖狂""反扑""恶毒""狡辩""妄图""阴谋"……之类的令人心惊肉跳的字眼。在他的床位上边，是一张绿纸画着一个大拳头，拳头下面写着一行字"让萧连甲尝一尝无产阶级铁拳头的滋味!"在这样的铁拳下面,萧连甲只剩下了哆嗦,哪里还睡得成觉?睡不成觉耳边却响动着大字报纸的沙拉沙拉声与像私语又像喊口号的声音。用低声喊口号,用耳语不停地喊叫,向一个人不住地耳语:"打倒!交代!老实点……"使人毛骨悚然,这种感觉实在是可怕极了。

布告牌上写着通知:明天上午七点半各科、室、组召开"坚决粉碎萧连甲的疯狂反扑誓师大会"。第二天上午,除萧连甲一人而外全体工作人员包括炊事员、司机、公务员和已经被揪出来的"右派分子"果然开起了誓师大会,口号声惊天动地。一个词两个词地不断地传到萧连甲耳朵里。萧连甲甚至能设想出人们对付他的程序。按一般规律一上来要先打态度,要打气焰,好让他低头认罪趴下;接着要摆事实抛材料,说明他的罪行是铁证如山,板上钉钉,昭然若揭,数不胜数;然后让他自己交代,交代了就是材料上加材料事实上加事实罪恶上加罪恶;不交代就是态度恶劣罪加一等负隅顽抗自取灭亡……这真是一个精确无比的手术,鬼神难逃的天罗地网啊!

在这种情况下他与曲风明谈了话。他死了一条心,他知道,曲风明的逻辑是不可抗拒的。他愈是争辩他提供的材料就愈多。你说沉思不是沉默吗?曲风明说了,沉思比沉默更糟。依你的立场观点情感,你要沉思些什么呢?在我们社会主义的中国,真理如红日之当空,马克思列宁主义毛泽东思想是坦直的阳关大道,你偏要在红日之下大道之上沉思,你想让大家沉思到哪里去呢?你说孜孜不倦不是考考不倦吗?曲风明说了,你在孜孜不倦地学习马列主义吗?你明明是在孜孜不倦地反党反马列主义呀!说一位资产阶级右派分子孜孜不倦地学习马列主义,这不是对于马列主义的最大嘲笑吗?同志,你不要以为人家不认识孜孜两个字,孜孜与考考的区别,这有什么了不起的呢?领导同志说了,知识分子不就是多认识几个"狗字"吗?人家不认识孜孜,人家却认识了你的反党反社会主义的真面目哩;你说,你们两个人,究竟谁更有知识呢?萧连甲说得愈多,曲风明的分析就愈是得心应手。如果调换一下角色,这些分析这种分析方法萧连甲也是驾轻就熟,他也完全会用同样的方法去分析旁人。这样一分析谁也跑不了。他知道他完了。他只能认罪,他必须检讨,他不能有任何幻想。他只有承认自己完了,也许未来还有希望——有一点点希望。做出这种判断对于他并不是难事。他不是没有搞运动的经验。然而他最想不通的事是他的理论,他所钟爱的信仰的服膺的伟大至极光辉至极的革命理论——那真是颠扑不破势如破竹百战百胜的理论呀!他掌握了这个理论就立刻变成了胜利者、执牛耳者、指点者与先知先觉者。他从来就是拿着革命理论的探照灯为黑暗中的后知后觉者照路指路的。他从来都是拿着革命理论的大矛向各种非无产阶级思想冲刺所向披靡所向无敌的。现在究竟是发生了什么事使他一下子就变成了一个被革命理论所解剖批判抛弃痛斥的反动派了呢?这理论本来是属于他的,它具有一种尖锐性彻底性不可抗拒性泰山压顶性,为他所爱为他所用为他开路为他照亮为他长本事添威风的;现在,这个理论怎么变成了人们用来对付他的了呢?他可尝到了被革命理论对付的滋味了。究竟是什么时候为了什么他不知不觉地背叛了革命理论变成了革命理论的死敌或者是革命理论悄悄地离开了他变成了他的绞索了呢?这才是真正的天塌地陷啊!多少追求多少热情多少信仰开了多少会读了多少书写了多少笔记发表了多少革命的文章自以为自己是如何如何地革命,却不知道自己原来是革命的敌人革命的对象革命的蛀虫反革命的丑类混入革命队伍的最危险的敌人啊!

他想起了曲风明给他讲的黄世仁强奸喜儿不认为自己有罪的精彩比喻来了。我是黄世仁,他狂笑起来,笑出了眼泪。感叹不已,佩服不已,点头不已,又摇头不已。天干脆塌了,稀里哗啦,世界变成碎片,一团漆黑,黑与白,上与下,是与不是,孜孜与考考,沉默与沉思,黄世仁与萧连甲……不再有任何区别,也大可不必去分辨讨论。他只需要低头,需要认可。他渐渐冷静下来,不再苦恼,不再顶牛,不再较真了。

我认了。他悄悄地对自己说。

在他所在的这个研究单位,比他更早揪出来的"右派分子"是一位老干部、总务科的科长,名叫朱可发。朱可发一贯倚老卖老爱发牢骚讲怪话。这次没承想人们较了真,把他的"不打勤的不打懒的只打没眼的""干不干二斤半""老革命不如新革命,新革命不如反革命"(这后一句是建国初期的怪话,表示的是"老革命"们对于大量统战人物被安排高位的不满)……也都严正揪出摆在台面上当做右派言论来批。当群众问他认不认罪的时候每次他总是回答:"我认了这壶酒钱了。"大家一听不禁哗然。"什么态度,什么叫一壶酒钱?这是大是大非的问题敌我的问题,怎么成了一壶酒钱的事?什么意思?你是说谁谁喝了酒不交钱让你交吗?你是说我们的伟大的党赖了账了么?"

朱可发仍然笑嘻嘻地说:"哟,我没说不认呀。我革命这么多年从来是党指到哪里咱们就打到哪里。党让咱们背炸药包咱们就背炸药包。党让咱们当司务长咱们就当司务长。党让咱们当右派咱们连眼睛都不眨一下!"

……群众吼叫了几次最后竟然也就不叫了。他毕竟是一个号称工农出身的老干部,不是"资产阶级"的知识分子。他不会说"字话",不会说"低头认罪""承认错误"。而且他说来说去"认了一壶酒钱"意思无非是表示接受表示"认了"而不是不认不接受。由于他的不可救药地毫不畏惧地坚持到底地讲"酒钱",群众最后竟然也就"认了"他的这个"认了酒钱"论了。他后来"表态"的时候,又大唱他的听党的话认酒钱的调子。群众也没有再声讨他,而且许多人的脸上出现了一抹浅笑——谁说群众在政治运动中不是通情达理的呢?

萧连甲则费了很大的劲才"认下了酒钱"。当他想到朱可发的听党的话认酒钱的著名说法的时候,许多思想疙瘩为之冰释,许多痛不欲生的念头随之无影无踪。还是人家工农老干部政治思想强呀!无怪乎毛主席一再告诉我们没有知识的工、农、兵其实才是有知识的,而自以为是有知识的知识分子才是最最没有知识的!毛主席看得就是深呀!

然后他的任务变成了不断地检讨和检举。对他的批判开始扩展,一直批判到他的冬天戴帽子的方式,扬起两个"耳朵"便是张牙舞爪、自我扩张。批到他许多年以前对于他的初恋情人仲霁的态度,都说是他企图用围脖勒死仲霁,他被批成了杀人未遂犯。甚至仲霁也被他们拉了来参加了一次对他的批判会。她的发言是经过帮助准备的。她念稿子念得前言不搭后语,但总是证明了萧连甲确实是要勒死她,证明了萧连甲是一贯地反动凶恶,是连羊皮也披得很少的豺狼。仲霁胖了,增添了皱纹但全身的皮肤似乎更加细嫩了。听说她早已结了婚,已经有两个孩子了。唔,仲霁,你已经是人妇人母,我们早已经是井水不犯河水,形同陌路。即使留不下美好的记忆也罢,你说我是个混蛋王八蛋也就是了,又何必这个时候来到批判会上来证明我是个杀人犯呢?

终于他被批得差不多了。用朱可发的语言是:炒熟了没有?没熟就接着炒。最后他以不无欣慰的语气告诉朱可发,这回可真炒熟了,"熟得透透的了",他说。他立即奉命展开了疯狂的揭发检举。他确实开始觉得每个人的每句话都有问题。一开始,他有点紧张,这些材料写出来,对于被他揭发检举的人将会意味着什么呢?他想起了仲霁对他的批判来了。他想起了曲风明对他的"帮助",他更想起了对于"沉默"和"考考不倦"的批评。他想起了来自四面八方的材料来了。我的天!一下子有多少人揭发开了他!他还有什么可以顾虑的呢?口号声再次在他的耳边响起。他再次感到了天崩地陷电闪雷鸣。这是斗争!这是暴风!这是惊涛骇浪!这是烈火熊熊!他就是要揭发,无情地揭发无情地检举无情地斗争,要让每一个人都受到考验！不知不觉地成了反革命的人不可能只有他一个！让群众去分析吧，让党去定性吧，让他们也尝尝烈火炼金身的味道吧！要把世界斗他个干干净净！像《国际歌》里唱的那样：一旦把他们消灭干净，鲜红的太阳照遍全球！啊，如今是——一旦把我们消灭干净，鲜红的太阳照遍全球！

第一个被他检举的人是钱文。他已经听说了钱文有了麻烦。他被明确命令要写钱文等人的材料。写完了钱文的他写周碧云的。他想周碧云根本不可能比他或者钱文更革命。他听说了周碧云激动地批判钱文的情形；他更想快一点检举一下周碧云了。既然我们俩是反革命您也就是反革命，甭客气啦，姐们儿！然后他检举谁呢？赵林？洪嘉？当然还有鲁若。他早就听说鲁若有问题了。听说鲁若比他还整得凶。那个小子！他历来不喜欢那个人，整一整活该！还听说是洪嘉最先检举了她的爱人鲁若的呢。大义灭亲呢。可是洪嘉本人又怎么样呢？她有一次听党课竟然在听完以后说："全是老一套。"这难道不是典型的右派言论吗？对，也得检举洪嘉！

却原来，写揭发材料也是能写上瘾的，居然写得痛快了起来，他体验到了一种批别人整别人，硬是把别人分析成反革命的快感，咬牙切齿而又痛快淋漓。他一下子明白了，原来旁人批判他也会是很痛快很过瘾的呀！

他很庆幸自己那年没有与仲雳恋爱成功，至今没有结婚，没有明确恋爱对象，他的身份正适合写检讨，更适合痛痛快快地去大搞检举揭发。他义无反顾，如醉如痴。

这天是一九五七年的国庆节第二天，他正写着揭发材料。突然他一阵鼻酸，眼泪流个不住。他知道这眼泪也是不能让人看见的。让人看见了会说是他在那里鸣冤叫屈，实质上仍然是抗拒运动，拒不低头，罪加一等……

于是他茫茫然地走到了大街上。他进入一家百货店直眉瞪眼地盯着几种牙膏出神。售货员问他要白玉牌的还是黑白牌的，他回头就走。他害怕他看牙膏看出什么问题来。商店是国营的社会主义的。而他是反对社会主义的,也就是反对这家商店的。反对这家商店跑到这家商店来干什么?他不想买东西却进入商店装傻充愣,这算不算破坏社会主义的国营商业呢?他看了经过社会主义改造的工厂生产出来的牙膏却不买,这反映了他内心深处的什么情绪呢?是不是他在妄想变天,怀念原先的私营资本主义商业从而盼着美帝国主义国民党黄世仁打回来呢?

他觉得头脑里一阵乱七八糟,心里一阵翻腾滚搅。

他走进一条胡同。他听到了从一家的后窗中传出来的收音机里的苏联歌曲《遥远啊遥远》的歌声。这歌声使他感到那样的凄怆和荒凉,就像他一个人被甩到了大草原上去了一样。这个作曲家在中国会不会被划成右派呢?他哀哀地想。

"遥远啊遥远,"为什么会遥远呢?和谁遥远呢?就像他现在这样,觉得和一切都那么遥远——和党,和人民,和革命,和同志们……以致和自己和矢志革命在革命队伍中如鱼得水的共产党员即过去的萧连甲也那么遥远了。说这样一个遥远遥远的他不是右派,是共产党员——他自己也得承认是活见鬼了。

他现在是谁?是什么人?他正在认下来的算是一壶什么样的酒钱呢?这样的一壶酒,他还有什么必要继续喝下去呢?

他不要喝,他不要喝。他从有思想以来接受的就是革命的道理,他的人生就是革命,他的革命就是人生,被革命所抛弃就是被人生所抛弃,被革命所否定就是被人生所否定。充当反动派敌人和臭狗屎的人生不是他的人生,他不要这样的人生。他不能像一个罪犯一样地像一摊狗屎一样地苟且地活着。他不能使自己的存在成为革命的累赘使自己的生命成为人民的也是自己的负担。如果他已经不知不觉地成为了逼死杨白劳蹂躏喜儿的黄世仁,他宁愿意亲手镇压这样一个罪恶的反革命。他想起了蹂躏这两个字,这两个字使他恐惧也使他恶心。其实喜儿是他的姐妹,喜儿被蹂躏就是他自己被蹂躏,喜儿被强奸就是他被强奸。问题是强奸他自己的就是他自己。他对于一个反革命分子、一个黄世仁、一个毒蛇豺狼该怎么办,这还有什么为难的吗?

他的眼睛一亮。他忽然来了一点精神。他听到了广东音乐《旱天雷》的演奏。他心中的电闪雷鸣远远比幽雅的广东音乐激越得多。旱天雷是从一家药房里传出来的。他想起了安眠药。《日出》里的陈白露,还有实有其人的阮玲玉,不都是吞安眠药死的吗?他亲自处决一个罪该万死的右派分子,这不也是很有劲吗?

他走进了药房。他立刻闻到了浓烈的酒精和阿司匹林的气味。这气味使他兴奋又使他窒息。他庄严地走近了柜台,问道:"有安眠药吧?"

"您有医生证明吗?"售货员反问道。

他一惊。证明,现在谁能给他开证明呢?证明他是反党反社会主义的阶级敌人吗?

就在这个时候他听到了一声非常好听的呼唤:"萧连甲同志!"

他转过头来,他看见的是一张单纯而明快的小脸,人们一般称这种脸为娃娃脸。眼睛是上挑的,眉毛很淡,嘴角鲜艳而且有点嘟噜着,两颊上的笑靥即使在她发怒的时候也无法收起来,面色红里透白。他好像已经很久没有看到过这样单纯而且善意的面孔了,这几乎是另一个世界另一个轮回里的面孔。他不由得也一笑,虽然他自己觉得他笑得很有些酸苦。

"您不认识我了么?我是陆月兰呀。我在音乐学院听过您的哲学课,课后我还问了您许多问题。我给您写过信。您也给我回信了。您……"

这说的是真的。哲学。辩证唯物主义与历史唯物主义。矛盾论与实践论。从费尔巴哈、黑格尔到马克思和恩格斯。在绝对真理的长河中的相对真理的浪花。斯大林是正确的而托洛茨基、布哈林是错误的。毛泽东是真理而陈独秀、王明、李立三是谬误。所有的这一切他已经多么熟练地掌握了啊！简直是得心应手,舒卷随意。他一直在理论的大海里畅游,用理论的调色板作画,充满了自由和幸福,因为他的理论的大海里从没有资产阶级的恶浪旋涡,他的理论的调色板上从没有机会主义的污秽渣滓……然而这已经都是另一个不属于他的世界的事了,另一个一去不复返的轮回的事了。

遥远啊遥远……

"我走了……"他嗫嚅着。

但是陆月兰又紧紧地跟了过来。她说:"我看到了关于您的大字报……"她的声音很小。萧连甲立刻转过了头来。

"我……有好多事我不怎么懂。我只是想告诉您,您不应该垂头丧气。您讲的哲学一定能帮助您。您一定是很坚强的,您分析各种矛盾分析得多好！我相信您是好人。我相信您前途远大,未来光明……我希望您保重！"

"你?"萧连甲完全怔在了那里。他看到了陆月兰的大眼睛里放射出来的火热和柔润的光,他呆立在了离药房门口不远的地方。他听到了一阵鸽铃声。一群鸽子在蓝天上飞过。他无法相信他刚刚听到她——一个陌生的姑娘对他说了这样好听的话。

他和喝醉了一样忽然一阵头晕,空气变成了褐黄色,接着是一阵令人呕吐的旋转。他要说话。他的声音连自己也听不见。

……他慢慢地恢复了过来。他听到了广播里的歌唱家李光羲和李晋玮唱的歌剧《茶花女》的选曲:

> 让我们高高举起那欢乐的酒杯,
> 那杯中的美酒使人心醉……
> 青春好像一只小鸟,
> 飞去——不再飞回……
> 啊……爱情……啊爱情爱情……

他想起了在天桥大剧场看中央歌剧院用中文演出的由苏联专家

指挥的《茶花女》的情景。在演出休息期间他到灯火辉煌的小卖部要了一瓶葛瓦斯，他碰到了一位刚刚从苏联留学回来的工厂副厂长和他的穿着花绸连衣裙的妻子，他们的工厂是第一个五年计划一百四十一项——后来扩充为一百五十六项——重点工程之一。厂长说要请萧连甲去给他们的工人积极分子讲马列主义理论课。正说着来了一批苏联人，厂长介绍说，这是他们厂的专家，他们厂与苏联列宁格勒朝霞工厂是姊妹工厂，列宁格勒朝霞工厂从总工艺师总设计师到车间主任、工段长，来了一整套人马帮助他们的工厂的建设。萧连甲便与苏联朋友们握手。他们身上的香水味使他觉得自己也高级起来了。他青春年少得意洋洋风华正茂挥斥方遒。他的朋友也是一样的前途远大无限光明信心百倍勇往直前。他往四周一看，所有的观众也都是春风化雨喜笑颜开友好亲善天青日朗……

而现在呢？现在所有的人都是面露惊恐疑神疑鬼东躲西藏吞吞吐吐……

……他吃了饼干喝了葛瓦斯。他看见了一个给人以深刻印象的女孩子的娃娃脸。就在他的身旁，就在他与厂长朋友见面与苏联专家见面和喝葛瓦斯的时候，这个脸上的大眼睛一直注视着他。

马克思主义哲学的理论辅导……音乐学院……苏联专家……

后来《茶花女》歌剧里的男女声二重唱很快流传开来了。一九五七年的新年期间这首歌成为中央人民广播电台第一套节目的"每周一歌"曲目，在每天的黄金时间人们都会听到这首歌。

……而这一切都不见了。这一切都像是太奢侈了。这一切都像是资产阶级的了——连同苏联——多么可怖呀。

那一双眼睛一直在盯着我吗？

那一双眼睛在盯视着他。她守候着他。又过了一会儿，她说："您刚才面色很不好。现在好多了。我走了。你……可以给我打电话：五局，四二八九……"

青春好像一只小鸟，飞去不再飞回……

陆月兰是这个大城市的头面人物、领导干部陆浩生的女儿。陆浩生夫妇都是"一二·九"学生运动的积极分子，是当时的震动一时的青年组织民族解放先锋队的骨干。学生运动过去以后，他们双双到达了延安，在延安结了婚。一九三八年，陆浩生的妻子一胎生了两个孩子，一个男孩叫陆日出，一个女孩就是陆月兰。他们喝过延河的水又在一九四六年跟着部队撤出了革命圣地，跟着部队转战陕北。解放前夕到了河北平山，又跟着部队连夜转移，躲避傅作义部队对石家庄一带的偷袭。不幸的是陆日出与他妈妈乘坐的轿子滚下了山谷，妈妈只伤了一点皮，而陆日出活活地摔死了。

对于这件事陆月兰的反应之强烈甚至超过了他们的父母。当时正是革命凯歌前进的时候，几乎是突然间，敌我力量对比发生了戏剧性的变化；革命战争胜利的喜讯使人们兴奋若狂。他们盼胜利盼得太苦了，他们为胜利付出的代价太大了。儿子的死也是代价之一呀！而现在胜利当真来了，从此乌云散尽妖氛尽扫一旦把毒蛇猛兽消灭干净鲜红的太阳照遍全球。我们的儿子死了，但是千千万万人家的儿子从此获得了光辉灿烂的前途幸福光荣地千秋万代地活下去了！即使遭到了丧子之痛，陆浩生夫妇的胜利豪情也仍然无法不处于高涨状态。这胜利的滋味是何等地醉人！他们怎么可能一味沉浸在一己的小悲小哀里！

而月兰变得古怪起来。她哭了整整一个月，她听到她的父母的大义豪迈的劝慰便更加痛苦地满地打滚，一面滚一面捶打自己的胸脯，大把大把地撕下自己的头发。她一打滚陆浩生与他的妻子张银波便面面相觑一筹莫展。他们俩长期做政治思想工作，他们善于解决各种不同类型的上下级关系问题团结问题不安心工作岗位问题受了批评想不通问题失恋以后大发神经问题夫妻打架问题婆媳不和问题以及孩子教育问题……他们运用马克思列宁主义毛泽东思想的武器，充满革命激情，一面进行具体分析一面以国际国内的革命形势来开导他们激励他们升华他们几乎是无往而不胜……但是他们的对于下属的包治百病的思想灵药对于自己的女儿却是全不见效。他们又能怎么样呢？他们总不能把他们的为全世界全中国人民服务的宝贵时间都花在一个爱哭的女儿身上。女儿愈来愈大了，她有她的组织，正像他们有他们的组织一样；各人有各人的组织，各人归各人的组织管。女儿不仅是他们的女儿，更是党的女儿人民的女儿。他们的胸怀他们的使命也不是做一个孵蛋的母鸡；而是以天下人的儿女为儿女，以天下人的父母为父母，老吾老以及人之老，幼吾幼以及人之幼。他们的女儿可不仅是月兰一个呢。

解放以后他们便愈来愈成为了党的两名高级干部。他们很忙很革命，艰苦朴素，煞有介事，唯党命是听，同时又保留了知识分子的清高随意理想主义。他们住在一个大院子里，有五间北房归他们用，除了一间客厅里摆了公家的几件沙发和铺着挑花桌布的黑木沙发桌以外，其他几间房堪称是空空如也。除了睡眠他们很少回家。他们好像在比赛，你晚上十二点回来，我午夜一点半才回来。你星期六晚上不回家，我星期天一整天开会。他们一下子变得那么重要，他们的意见言论举动表情都受到人们的注意。张银波单位有一个丑丑的小姑娘，小小年纪患了乳腺癌症，悲观失望差点自杀，就因为张银波向她笑了笑还挥了挥手——张银波自己早就忘记了——不但没有自杀而且乳房病变出现了自愈趋势。这不但是医学奇迹更是党的政治思想工作的伟大胜利。这段故事被报道在报纸上了。这使陆浩生夫妇更加珍惜自己的时间自己的工作反过来也就更加不珍惜自己与自己的女儿了。

五十年代初期，月兰在师大附中二部——就是后来的一〇九中学上学。月兰担任过班长和团支部书记，她那个时候也很热衷于政治动员与主持会议。一九五三年以后，团的组织强调学好正课，学校对于功课抓得愈来愈紧，月兰这才发现她虽然喝过延河水转战过陕北夜间行过军而且为革命牺牲过弟弟当了班长当了团支部书记，她具有了如此不一般的优越条件,却没有学生的最一般的起码条件——她的功课一塌糊涂,她压根就没有好好学习过功课,爸爸妈妈从来没有管过她的功课。她懂得了,她太恨她的父母了,她的父母从来就不爱她不管她不关心她连她的弟弟死了他们都无动于衷,他们是太坏太坏了呀!

一九五四年夏季,她高中二年级最后一个学期,期终考试三门不及格。她生气了,她无法忍受老师和同学们的异样的目光——她原来可是班长团支部书记啊!她不辞而别,跑到郑州去了。

她在郑州无亲无故。她身上分文莫名,她在郑州呆了一个多月才被父母找了回来。她这一个多月究竟怎么过的,她守口如瓶。

⋯⋯父母为她请了一位家庭教师。这在当时是绝无仅有,父母已经为她做了可能的一切。

⋯⋯她拒绝补习功课。她干脆说补上了也没有用。家庭教师问她她究竟想干什么。她翻了翻眼信口一说:"我要学唱歌。"

陆浩生是分管文教方面的工作的,听到女儿的要求以后,他皱了皱眉头,哼了一声,话到临出口又变了。他本来要说"胡闹!",话到口边他忽然想起自己与妻子完全没有时间管她的事。为了别人的儿女,我们哪里有空闲照顾自己的孩子!他一阵鼻酸。

他说出来的话和他原来想的完全不同。他说:"噢,学音乐么?那也不难哟!"

他为女儿又找了一位音乐教师。陈丽,在法国学过声乐,在上海演过歌剧,老处女,身材窈窕,举止雅静;经常穿一身灰制服,只是头上系一条紫红色丝带,在当时已经显得十分与众不同了。同样的灰制服穿在她身上给人的印象也完全两样,显得十分高洁朴素。她的风度一下子就使陆月兰为之倾倒。她在陈老师面前完全是一个天真烂漫的傻丫头。女为己悦者傻,这是千真万确的真理。三弄两弄,陆月兰管陈丽叫起干妈来了。一九五五年新学期开始的时候,陆月兰成为音乐学院录取的旁听生,跟着她的干妈学起唱歌来了。

陆月兰虽说是旁听生,却干脆住在学院的宿舍里,并且受到校方的很好的照顾。离开了父母,她觉得自在多了;她认为她受到校方的关照是由于她的"干妈"的关系,她更爱她的干妈了。她长这么大还没有尝到过爱一个人讨好一个人伺候一个人的滋味。但是与陈丽在一起,她无法控制自己的感情。她一下课就往陈老师家里跑,给干妈擦桌子扫地,给陈老师打水买菜,把她弟弟死去的事情她对父母不满意的事情她三门功课不及格的事情以及她在郑州怎么度过了一个月的事情告诉了陈老师。说完,她在陈老师的面前大哭了一场。哭得她死去活来。她边哭边说:"干妈,我虽然有爹有娘而且都是高干,其实我一直觉得我在世界上是孤苦伶仃,一个亲人也没有……现在有了您了,我真愿意为您死呀!"

陈老师笑了,她抚摸着月兰的头发,不知为什么,摇了摇头。

月兰觉得,这一次她哭得痛快极了。有生以来还没有这么痛快这么甜蜜地大哭过呢。

……一九五五年春天,陆月兰听马克思主义哲学的公共讲座。萧连甲一走上讲台她又入了迷。她一眼认出来,萧连甲像一个人,一个她最亲最亲的人,一个永远失去了的亲人——是的,是她的弟弟,双胞胎弟弟,从出生以前就和她不能分离的弟弟。胖乎乎的脸庞,小而亮的眼睛,红里透白的肤色,透着聪明和骄傲的神态……他和她是多么的不同啊!

她目不转睛地盯视着萧连甲,她感动得热泪盈眶。弟弟没有死。弟弟又活了。这就是弟弟。是不是他落到山沟里大家误以为摔死了,其实没有死,最后被一家农民一个拥军模范老大娘救起来了呢?弟弟弟弟亲爱的弟弟呀!

讲完了课陆月兰不走,她又特意去找萧连甲提出了一些问题。萧连甲一一向她解释回答。萧连甲的样子很耐心,但是他无法掩盖他的骄傲自大,他的一笑与嘴的一撇充分表明了他对她的轻视。然而这种样子反而使陆月兰更加神迷。

月兰跑到陈丽那里讲了对于萧连甲的印象。陈老师抬了抬眼皮,嘘了一口气。

第二天,陈丽把她从学院马列主义教研室打听到的关于萧连甲的一切告诉了陆月兰。陆月兰给萧连甲写了一封信,叙述她那天听课如何爱听、收获大之类。萧连甲的回信其实很简单,公事公办,"谢谢,理论学习十分重要,马克思列宁主义的哲学是指导一切普遍有效的。望今后多加联系,祝学习进步工作顺利"云云。由于信纸比较洁白,字写得粗大恣肆,显得颇有雄风。陆月兰捧读再三,热从中来,兴奋得一夜没有入睡,她在宿舍里忽然笑出了声来,惹得同学们直看她。

她把这封信拿给干妈看。陈丽犹犹豫豫地说了一句:"他不会对你留下什么印象的……我看,他挺严肃的嘛……长得像谁,那不过是一时的一种……什么什么罢了。"

陆月兰半天没有说话,后来她掉出了眼泪。

陆月兰有几次在萧连甲的工作单位附近徘徊。下班了,一批戴着眼镜、微驼着背、讲着带南方口音的普通话、满嘴黑格尔、贝克莱、费尔巴哈与米丁、尤金的秀才走了出来。她看着这批学问高深温文尔雅真理在握的理论家羡慕得要命佩服得要死。她自惭形秽,无地自容,觉得在这一批人面前自己纯粹是傻瓜白痴。

然而这一次她没有等到萧连甲。她费了老大的劲进行"思想斗争",鼓起最大的勇气查出了电话号码并且给萧连甲单位打了一个电话,电话里说萧连甲出差了。

一个星期以后,干妈给她买了歌剧《茶花女》的票,她的座位在楼上,正看到精彩处,她一低头,正好看到了楼下的萧连甲。底下演了些什么,她完全记不清楚了。这难道不是天意吗?她去找,找不着。而恰恰在欣赏"茶花女"的悲哀的爱情故事的时候,她与他一上一下地见面了。

休息的时候她钻来钻去地找他。找到了,他正在与苏联友人说话。而她,以她的身份,她是不能随便往"外宾"那边去凑的。她一直瞪大了眼睛盯着他。好不容易萧连甲与外宾的谈话结束了。她走上去的时候萧连甲恰好回转过身来。她叫了一声"萧……"她不知道应该叫什么好了。她不想叫"老师",也不想叫同志,又不能直呼其名。一个最最技术性的问题难倒了她。她没有叫出声来,她的吞吞吐吐的"萧"连自己也没有听见。萧连甲似乎也有一点注意到了她,疑惑地茫茫然地看了她一眼,毫无表情地走掉了。

她是从爸爸那里听说萧连甲在反右运动中被揪出来的。那是在一个月没回家以后,她在一个星期天回到了家里。她听到她的爸爸正和一个她不认识的叔叔大声谈话。爸爸说:"萧连甲的问题有这么严重么?"这个名字的出现使她吃了一惊。吃晚饭的时候她便对爸爸说:"我知道萧连甲。萧连甲给我们上过哲学课,他讲得可好了。"

"唔……"爸爸没有做声。

月兰偏偏要追下去。她干脆直截了当地问:"他怎么了?"

"思想……思想方面有一些问题。兰兰,你要知道,这次的反右派斗争是非常严肃非常深刻的。有时候我们不以为是什么大问题,但是在国际国内阶级斗争形势特别尖锐复杂的关口,差之毫厘,失之千里,敌与友的差异也许只在那一点一滴。你说话一定要慎重啊……其实,我也不赞成把思想问题搞得无边无沿。这些,我会掌握处理的。问题是你,你太不注意自己的言行影响了,你怎么硬是没有阶级斗争这一根弦呢?"

"我怎么了?如果从延安来的我这样的人思想都有问题,那就没有人没有思想问题了。如果动不动就是敌人,那不都成了敌人了吗?"月兰悻悻地说。

"我也不赞成把右派划得太多。但是,政治斗争是无情的。比如说,匈牙利事件发生了。你是站在工人阶级的政权这一面呢,还是上街游行的工人学生这一边呢?一念之差就可以决定一切……你太幼稚,任性,不关心政治……"

陆月兰最不爱听的就是这一套套的教条。她干脆把筷子一摔,回头就走。回房间就收拾书包。气得爸爸大喊:"你太危险了!你太危险!"

走出了五十米以后,陆月兰窃笑起来。危险,什么是危险呢?危险才好玩呢。什么右派不右派的。人吃饱了可真会想花样儿!向左转,向右转,原地不动向后转!向前看!起步走!立正!一、二、三、四!努、力、奋、斗!她大笑了起来。毫不费力地就可以让爸爸瞎着一通急,多么可怜的老爹爹呀!

此后相当一段时间,一想到爸爸说她危险,她就不由得得意起来。

后来她去看了萧连甲单位里的大字报。她仍然感觉不到这里有什么危险或者严重。无非是大字报上乱扣了一通帽子罢了。她完全理解不了这样的帽子究竟能把人怎么样,右派就右派吧,反革命就反革命吧,她觉得这不过是乱嚷嚷一气就是了。如同做一次儿童游戏,愈嚷得凶就愈有意思。谁又能当真呢?而且她还窃自高兴,她对萧连甲的事情又多了解了许多。也许萧连甲现在正需要和她谈一谈吧。现在是一个需要帮手需要和他"一头"的人的时刻……她忽然觉得与萧连甲的距离缩短了。为这个她高兴了老半天。

于是有了在西药房的会面。陆月兰有了机会向萧连甲表达自己的心。而且,她看得出来,她的话使萧连甲十分感动。她甚至意识到,在这场游戏中,她能帮助萧连甲鼓励萧连甲玩赢。她觉得心潮涨得满满的,她相信世界上多了一个非常需要她的人。她觉得她是那样地被一个了不起的人所需要所期待。她幻想出一幕又一幕的她同情他帮助他支持他渡过困难的戏剧。比如说一群顽童喊着一、二、三把萧连甲推到了烂泥塘里,而她一把把他救了出来。比如说一帮坏孩子每人手拿一把尖刀向萧连甲刺去,而她挡住了萧连甲,刀是刺不着她的,她不怕刀。比如说她唱道:

> 月亮出来亮弯弯啊……
> 妹想那个阿哥在山中,
> 啊……

这时候萧连甲会唱什么呢?他会不会唱陕北的"信天游"呢:

> 你妈妈打你(你)和你哥哥(我)说,
> 为什么要把洋烟喝?
> 定下的日子你不来,
> 崖坂上踏坏了(我)三双鞋……

这真好笑。就像萧连甲是一个音乐学院的学生,是她的同班同学似的。而萧连甲呢,其实是一个马列主义者,他一张口就是一套一套的。您瞧这事儿,他马列主义了半天,得,崴了泥喽!

但是在谈到萧连甲的时候,为什么干妈愈来愈冷淡了呢?

于是她又偷偷落了几滴泪水。

啊,一个姑娘能又哭又笑又伤心又热闹又胡思乱想又一塌糊涂是多么幸福多么珍贵呀!她已经二十一岁了,她还没有这样胡思乱想过哭哭笑笑过。她活得多么可怜!这是危险?上天多给我一些、永远给我这样的危险吧!

对于萧连甲来说,与陆月兰的结识则不啻是一个超自然的奇迹。月兰是天使,当然是天上降下来的帮助他拯救他温暖他的安琪儿。自从与仲霁的那次不成功的爱情以后,他的原来就有的对于女性的轻视与格格不入发展到了病态的程度。这个谈恋爱那个结婚,这个跟那个"好"了,那个和这个吹了,这一类的谈论言语使他十分地不耐烦。他前后收到过三次女孩子给他写的信。他都以公事公办的态度打发了她们。除非有真正的天使下凡,否则我宁愿与马列主义的书结婚。他半开玩笑地这样表示,当他实在受不了同志们的一次又一次的关心,一次又一次地要给他介绍女朋友的时候。

孤独使他更易于咀嚼自己的伟大。未婚的庸人们一到星期六星期天就忙着打电话与对象约会。已婚的庸人则整天是孩子尿布吵嘴购物。他是多么瞧不起他们啊！而他,一切空闲时间对于他来说都是宝贵的与不够用的。他读书,他写文章,他听古典音乐和参观博物馆。他在拼命地造就自己,发展自己。他相信他将成为一个马克思列宁主义的哲学家理论家思想家大人物出人头地……他将成为巨人。到那时候他要找一个真正的天使,找一个令人眼睛发亮的女性,让他的那些自以为是小有聪明得意洋洋浅尝辄止的同伴们到时候瞪大了眼睛看吧……

他就是这样地鼓舞着自己硬挺着自己,虽然他也时而感到一种干枯的难忍,一种近乎爆炸的情欲,一种对于女性的渴求;但是与这种渴求同时而来的却又有一种对自己的厌恶,对单纯的欲望的厌恶,对叽叽嘎嘎、缺乏头脑、不会思想、不讲逻辑的仲霁式的女性的厌恶。

而在接受了反右斗争的洗礼接受了曲风明的教育以后,在他的一切关于自己的伟大不凡的自信与幻想陡然破灭以后,陆月兰的出现则如同救苦救难的观音菩萨。他沉醉在这不可思议的邂逅所带来的温暖里,沉醉在陆月兰对他的关怀的语言里,沉醉在陆月兰的独特的行事方式所带来的冲击里。这简直神了。这简直像是一个梦。在他陷入泥潭不能自拔狼狈不堪天塌地陷的时候出现了一个女神,一个领导干部的女儿,一个勇敢不俗的女性,这难道是偶然的吗？这是天意？噢,他是无神论者,他不相信天。他不相信上帝,不相信佛,不相信命运。然而他相信历史,相信历史的发展规律,相信共产主义的伟大理想。这一切,包括他的革命经历,他的对于马克思列宁主义的服膺与钻研,他的突然落马,对他的蒙头盖脸的批判,一直到陆月兰的出现……这难道是偶然的吗？这难道是互不相关的吗？

这就是历史。这就是庄严的革命和共产主义的历史。这就是他萧连甲的成长历程。这就是一种不以人的意志为转移的客观规律。

这就是人生。这就是紧接着严峻的考验的温馨的抚慰。在这样的抚慰之下,一切不能忍受的都变得可以忍受了。

人生是多么奇妙,革命是多么奇妙,爱情是多么奇妙,反右派斗争是多么奇妙,我们的党是多么奇妙啊!他所遭遇的一切,看似没有意义没有逻辑的,其实都有一种更加难以言传的意义和逻辑呢。

他静穆起来。他歌颂世界与人生的伟大。

萧连甲从此与陆月兰难分难解起来。在下乡以前,陆浩生非正式地找萧连甲谈了一次话。鼓励他"二十年以后又是一条好汉""不管多么多么大的错误,改了就好""要千锤百炼千锤百炼经得住考验"……单是找他谈本身就已经够让萧连甲感动的了,何况还说了这么多暖人心窝子的话。他这可真是感到了党的温暖了。他是离不开党的。他把这些告诉了月兰,他说他已经大大增强了生活的信心改造的信心。他说他非常感激她爹。

"我跟我爸爸也吵过好几回。他让我说得说不出话来。他说他其实也不赞成划那么多右派。但是他也没有办法。我真不明白,这个右派不就是人搞出来的吗?说你是右派你不承认也不行啊。既然那么多人不赞成划这么多右派,为什么非划不可呢?难道划右派是老天爷划的,划右派就像刮大风,是老天爷的事情,谁也挡不住吗?"

陆月兰的话反而使萧连甲有些失望,她的话降低了陆浩生与他谈话的意义。她的话却又增加了她自己的分量。萧连甲从这次运动以来,已经好久没有听到哪一个人可以这样无拘无束地说话了。大家都在左顾右盼谨小慎微。

在萧连甲下乡前夕,陆月兰在萧连甲面前大哭了一场。却原来是她与萧连甲的关系被她的父母知道了。父母强烈地反对他们的亲密来往。"这我并不在乎。他们从来就没有关心过我管过我,我也不让他们管,他们其实也管不了我。他们完全不了解我。不了解也就算了。是我愿意和你在一起,和他们有什么关系?我不伤心。让我最伤心的是这一切是谁向我的父母汇报的呢？你说,我的父母怎么知道得这么详细呢？"

萧连甲呆在了那里。他失去了对陆月兰的话做出反应的能力。

"是我干妈!"陆月兰大哭号啕起来,"她出卖了我!我最爱她。我把什么事都告诉了她。我把我不喜欢我爸爸妈妈的话也告诉了她。结果她把这一切都告诉了我妈妈,把我告诉她话时说过请她不要告诉别人的话也告诉了他们。她怎么能这样呢?你说,她怎么会这样呢?她是接受了我父母的委托套我的实话的吗?我觉得她骗了我!你说,她到底为什么要这样做呢?她那么文明,那么雅静,她去过巴黎!花腔女高音!"

萧连甲一开始甚至试图说服她,她的父母是对的,陈丽老师是对的。对于他这样一个现行的右派分子,他们的反应是并不过分的。然而他没有来得及说出来。现在已经不是当年他给仲霁一套一套地上小课的时候了,更不是他给音乐学院的大学生们上大课的时候了。他当然应该接受革命的领导干部陆浩生与张银波对于他和他们的女儿的关系的看法——应该说是指示。他当然应该赞成革命的——至少不是反革命的——老教师陈丽把有关情况报告给革命的领导干部。但是他又有什么权利不好好地听陆月兰的诉说呢?他又有什么资格去给陆月兰解决什么思想问题呢?他要教给陆月兰怎么与右派分子划清界限吗?由一个右派分子自己教育一个革命青年去与右派分子划清界限,这不是太讽刺了吗?

"现在,我再没有一个让我爱让我相信的人了。除了你!"她哭成了泪人儿,她扬起了脸孔。她的样子使萧连甲不由得把她搂到了自己的怀里。他亲吻着她的挂满泪水的湿漉漉的带咸味的脸。她的柔软,她的湿润,她的泪水的黏黏糊糊,她的温热与呼吸,以及她的身体的与他的接触使他产生的销魂之感,使他一下子忘记了一切⋯⋯

要死,就让我快快地死了吧!我只需要一次,一个真正的人那样的一次!他解开着月兰的怀⋯⋯

……忽然一阵莫名的恐惧自内心深处升起。我是一个坏蛋我是一个流氓我是一个匪徒我是一个杀人犯我是一个黄世仁……他的牙齿咯咯地响,他的冷汗浸遍了全身,尤其是他从未体验过的最可怕的感觉是十个手指突然被抽空了,酸软麻木,手指尖冒着冷气,瘫痪肢解,这种感觉又迅速演变成了反胃和恶心……愤怒的口号震响在耳边,他的头颅被行刑者一把提起……嚓,刀片从他的脖颈处砍过……他亲眼看到了自己的脑袋满地乱滚,两只大得吓人的眼睛兀自瞪出白光。

月兰哭了。无声地啜泣着。

完了完了,一切都完了。寂静下来以后,他的眼前仍然是陆月兰的幽怨的黑眼睛。

他再一次打算自杀。每一粒安眠药片都在郑重而奇妙地诱惑着他。他分两次去医院要了二十几片安眠药。他只消过两个星期再跑一趟内科门诊,就可以攒足能够杀死一人次的药量了。这也不难。

两天后他接到了月兰的电话。他听到了月兰的声音。月兰说:"我很高兴。我也不理我爸爸妈妈了,我也不理陈老师了……如果是朋友,就不允许背叛。如果不是真正的朋友,我宁愿一个朋友也不要。我活我自己的。你说对吗?"

他说了对。她面前的路还长得很呢。

第 五 章

　　经验和想象交融在一起。怀念和遗憾难以分析。也许不无夸张。也许不无吝惜。也许已经说得太多。也许终于还是却道天凉好个秋，欲说还休。也许忘记了小说不过是小说，还能有什么呢？也许沉湎在字、词、句的排列游戏里，忘却了郑重的悲喜。也许回顾未免沉重。也许血泪故事已经变为佐餐下酒的谈资。时间的距离使情节变得轻飘和那么易于承受。写作的啰嗦使生活益发过期。结构的要求修理着毛刺的真实。虚幻的美丽引诱着作者的操持。对于历史的认真愈来愈显得傻气。崭新的手段冷落了文学的情绪。时间的河流冲刷掉生命的温热。艺术的才华把活着或活过的男男女女变成了儿童手里的橡皮泥。还有猜忌与敌意。还有吹嘘与公共关系。还有乱哄哄的苍蝇蚊子污染了的针头与空中霸王 B-52 超级轰炸机。还有沸腾的坚硬的稀粥。还有堕落的恶棍。还有随着地球经度的变化而变化的时区。还有从甲型到戊型肝炎。还有令人沮丧的印数。还有终究会有的江郎才尽的皆大欢喜。

　　如今的长篇小说写作已经是多么的古板可笑啊。

　　然而有的写仍然是快乐的。

　　写什么呢？

　　钱文与叶东菊的结合，纯粹是小说的神来之笔，是意外，是偶然，是陡发的奇想，是未解的缘分，是不知来自何处的冥冥中的旨意。然后，无限的选择变成了唯一的选择，随机的神秘变成了命定了的事实,踏破铁鞋无觅处,得来全不费功夫。原来就是这样,根本就是这样!这就是命运的魅力。

人生正是如此。人生的刺激与平淡,命运的无常与呆板,正如小说的困难与趣味,你永远不能穷尽,你永远未知就里,你永远不冷不热,希望与失望共生并存,与生俱来,与生俱去。

钱文与叶东菊看完了电影《苦难的历程》第一部。他们在西单商场吃了西餐。他们回忆起了那最后的夏天,那夏天的最后的玫瑰。他们从二楼走下来的时候碰到了章婉婉。钱文忽然觉得恐惧。他想起了在欧美同学会西餐厅与儿童文学作家廖琼琼在批判的间隙一起吃西餐的事来了。

与廖琼琼共进西餐那时候是刚说什么什么右派,还不知道这顶帽子的厉害呢。还傻乎乎地该吃吃该喝喝呢。从那时候起已经过了差不多一年了。钱文已经知道自己是真的打入另册的了。而章婉婉……她可不是廖琼琼,钱文实在是怕她。她的沉稳,她的文明,她的慢条斯理的分析,她的义正词严,她的急于摆脱右派的屎盆子的愿望……

因为西餐毕竟是不知不觉地成为了异端,而异端等待的只可能是惩罚,灾难。为什么?不为什么。就是如此。

这一天本来是鲜花一样的日子,是天上掉下来的对于他们这一对不幸的人儿的赏赐,是一次自慰和自救。这一天使他们哪怕是暂时重新成为了他们自己。这一天把他们与他们曾经有过的比较光明比较美好的过去又重新连接起来了。

对于西餐的呕吐使这次意外的归来从一次喜出望外的惊喜急转直下变成一次沉重的心理考验了。

这天晚上钱文便变得有些前言不搭后语。他想掩饰自己在看到章婉婉后的失态。他可怜叶东菊的他认为必有的寂寞和孤独。一想到回来的时候曾是那样的高兴,他就不能不为这一天半的易逝而备觉凄惨。返回的喜悦的代价是分手时分的酸苦。这是没有办法的事。分手时候的酸苦,必然会迎来重新聚首的欢欣。这才是辩证法。钱文这样安慰自己。他已经精通辩证法。他反复地进行过辩证法的训练。这是颠扑不破的。但是这一次即使在颠扑不破地思前想后之后他仍然无法使自己快活起来。自己竟是这等脆弱,连一天半的哪怕是为了哄慰叶东菊而做出来的欢天喜地他也没能坚持下来。

于是他提起精神东一榔头西一棒子地说话。他说:"明天我一早就走了。我住在农民权大生的家里。他腌的咸菜比谁家的都香。可就是味太大。头几天,熏得我怎么也睡不着……"看看叶东菊没有什么反应,他便更换话题改说:"其实我在乡下生活得挺好。前天农历节气是立秋。农民们家家户户在门框上挂一枝核桃叶。美极了。一到晚上,秋虫唧唧唧唧、嘟嘟嘟嘟,东菊你根本无法想象,就跟海涛一样……"

"我也不知道海涛的声音是什么样的啊!"东菊笑了一下。但是钱文觉得她是在苦笑,觉得她笑得寂寞而且疲惫。他看到了她勉强地笑开的时候脸上特别是眼角上出现的细纹。东菊啊,东菊,你本来是脂玉一样润泽与透明,露珠一样清新与娇嫩的呀。这些事,这些事发生以后,你老了吗?

他慌乱地再次改变话题:"你吃过大芸豆吗?我小时候,老有一个老头到我们胡同来卖芸豆。芸豆有红的与白的,煮得面面的。抓一把,放在一块干净布里——说是干净罢了——使劲一拧,烂糊的芸豆结成了一个饼子。打开布,撒上胡椒盐,就吃这个饼子。啊,太香了。你吃过吗?"

东菊的回答是恍惚的:

"我……我不记得了。也许吃过?也许没吃过?不知道。"

钱文出了一身冷汗,他本来不应该问这样的问题。这样的回答使钱文格外地心疼。你可以哭,你可以闹,你可以满地打滚。你为什么茫茫然,木木然,问你十句话,你也不明明白白地回答一句呢?

这是可怕的。

"你在想什么,请你告诉我。告诉我,你都想了些什么吧。我不在,你过得好吗?你听广播吗?你散步吗?你看电影吗?你闷得慌吗?你最近想吃什么东西了么?现在正是吃西红柿的季节,一毛钱十几斤。用白糖拌西红柿比水果还要好吃。你……你有什么话就全都告诉我吧;不论是高兴的不高兴的,你想哭想骂想说什么就说什么吧……"

东菊摇摇头,那意思大概是说她没有想过什么,也没有需要过说什么。

"我们下跳棋好不好?好。把那副棋拿来。是的,旅行跳棋,正好让小男孩拿去弹玻璃球……你先来,记住啊。是你先来的。别讹搅……"钱文发现,说起下跳棋,东菊脸上还真浮现出了几分真正的笑容。

第一盘,东菊赢了。她说:"你的棋太差劲了。你怎么那么笨啊?"

"我让着你呢。"钱文不知道怎么回答好,便顺口说。

"瞧你这个人,输了不说输,说是让着我。没羞。"

东菊的调笑使钱文情绪大为高涨起来。他趁势大叫:"决战三盘,决战三盘!"

不知道是东菊有意凑趣还是确实来了情绪。她说:"不要三盘,咱们就一盘决战,谁输了就是输了。就永远承认他输好不好?"

真不容易啊,钱文回家第二天的晚上了,东菊这才刚刚显得活跃一些。于是钱文受宠若惊,大声喧哗起来。一边玩着,一边说着嘴,自唱自捧地喝着彩:"堵上你这条路!瞧咱们的,噔、噔、噔、噔、噔、噔……"他用嘴角为自己的棋子跳跃前进敲起了鼓点,得意洋洋,夸张万分。并且唱道:"社会主义好,社会主义好,社会主义国家人民地位高,反动派被打倒,右派分子想反也反不了,社会主义社会一定胜利,共产主义社会一定来到!一定来到!"

作曲家李劫夫作的这首群众歌曲在这个"大跃进"的年头特别

流行。那些被划为右派分子下乡劳动改造思想的人如钱文之流更要一遍又一遍地学唱这个歌,唱好这个歌。他们集合起来唱这首歌的时候情绪特别饱满,声音特别洪亮,吐字特别清楚。真弄不明白他们是真心的爱唱这首歌?是用高唱"右派分子想反也反不了"来表示他们的低头认罪,向人民投降,向党缴械?是一唱就升华起来,只感受到了社会主义伟大中国公民的胜利豪情却忘记了自己的可耻身份?抑或这也是一种奇特的发泄,一种自虐的痛快淋漓?

反正钱文为了调剂东菊的情绪唱起了这首歌。唱到最高兴的时候他忽然止住了。

他觉得他唱得并不得体。

他觉得东菊并没有随着他的情绪高涨而也高涨起来。

他觉得自己一阵子大冒其傻气,像是一种什么病。

比唱这个歌还要愚蠢的是,这盘棋他赢了。叶东菊输了。东菊悄悄地说:"我不行了。你赢了。差一、二……差三步呢。"东菊说这个话的时候面色很不好。

……天已经不早了。第二天清晨五点半钱文就要到火车站集合。他应该睡觉了。他便催东菊。叶东菊却有点不情愿似的。她精神不集中。她准备上床的一切慢慢腾腾。钱文已经倒在床上了,她打了一盆热水洗脸洗脚。她洗脸洗脚的动作是这样复杂缓慢,钱文只觉得她用了三十分钟。钱文悄悄地用轻柔的语言催她叫她,她仍然不慌不忙。他便没有办法,只觉得时间过得飞快,觉得不知为什么此身非己所有,此刻非己所有,快乐非己所有,转眼间只能有批判批判认罪认罪劳动劳动了。

东菊熄了灯才上床,他搂住了东菊。这东菊似乎转眼便将失去。他的日子艰难而且尴尬,但是并不孤独寂寞,毋宁说是太乱成一团,欲孤独寂寞而不可得了。而东菊的日子他以为是更加难熬,空洞渺茫,无从说起。而他们的爱,原来是那样的自负和充实过的,也同样地变得可疑起来,空洞起来,苍白起来。离开了新一代人的幸福与豪迈的体验,他们简直不知道该怎样爱下去。

他们似乎在犹犹豫豫。他们的亲热变得轻轻飘飘。他们的身体变得怔怔忡忡。他们的动作笨笨拙拙。他们双方终于都失去了主动、自信、热烈和渴求。但是他们必须开始。他们不能取消停止。明天就分手了,再分手就不会那么快团聚,今夜应该是珍贵的。"今宵离别后,何日君再来?"据说这是一首反动的歌。没有轻松和调笑也就没有了开端的刺激。随后没有了过程没有了幸福和快乐的陶醉没有了淋漓尽致的享受。他们甚至感觉不到结束,结束了就像压根还没有开始。这是最最糟糕的,这事竟成了走过场。钱文干脆不知道再说什么好。他不应该马上睡觉。他不应该转而谈其他。他不应该再延续肉体的温存,如果肉体的温存已经宣告离去。他无法谈事情本身,这本来就不是一个需要谈论的事情。谈论一个不应该谈论的事情,这只能使局面更加尴尬。他无所适从,无计可施……他一下子就睡着了。在快入睡的那一刻,他突然意识到自己是多么累,无眠,极度兴奋,三十六里山路,对于东菊的抚慰,这两三天他已经筋疲力尽了。

费了好大劲钱文才睁开了眼睛。他睡得那样香甜,那样遥远,那样忘却了一切。他简直不知道是什么声音使他回到了这边的沉重疲乏的世界上来。

这——这是在家。这是钱文。这是——下乡劳动了一段了突然喜出望外回到家里的钱文,也就是说,现在是一九五八年八月。也就是说他明天该走了。他睡得多么香,他为什么不接着睡了呢?丝毫不夸张,似乎经过了一个漫长的过程他才听到了一点声音,一点压得很低很低的声音,不知道是什么的声音,什么也不像的声音。又似乎经过了一个不太短的过程,他才明白了他本来一睁眼就应该明白的事情——东菊在哭。是东菊的微弱的坚持不休的抽泣吵醒了他。

意识到是东菊在哭的时候他的第一个反应是非常地痛苦。他已经非常地痛苦,没有东菊的哭他已经几乎活不下去了,仅仅从生理上看他也已经够呛了。劳动,改造,精神压力,恶劣的物质条件,缺吃少睡,自虐式的长途跋涉……然后回到家里参观游玩,像什么事情也没有发生一样地打起精神快快活活,不管实际上发生了什么,他必须一样地精神饱满精力充沛兴致勃勃兴高采烈。而现在,他累了,他真的累了。他睡了,他一塌糊涂地睡下了。他只有睡好这个觉才能顶得住明天的长途跋涉,劳动,"大跃进",山连着山,路绕着路,在密不透风的青纱帐里锄地,给白薯翻秧,检查与交代思想,不知道几点才能踏踏实实地睡下来,在浓烈的咸菜气味中,在察言观色的警惕与不知哪一脚又踏进陷阱的紧张之中躺下来。而且这样的日子无边无沿……

而东菊哭了。早也不哭,晚也不哭,早间也不言声晚间也不言声,就像不想与他说话似的……而现在她有了动静了。这究竟是什么意思呀?

但是他毕竟不能让东菊自己一径哭下去,他不能在东菊哭的时候自己一径睡下去。虽然他现在疲倦得除了睡觉对一切都丧失了反应。他用极为疲倦的声音问东菊:"东菊告诉我吧,东菊告诉我吧。你说话呀,你说话呀!"

东菊委委屈屈地说:"我自己难受,完全是我自己不好,你睡吧。"

"我知道你过得不顺心。唉。这一切总有一天会过去的吧。"

"其实也算不上不顺心。你睡吧,明天还得起早走那么远的路。"东菊还是很体贴他的。甚至于,她说这些话的时候有点破涕为笑的腔调。

钱文产生了一种感激的心情,他伸出手去搂抱东菊的肩膀。但是就在他的手接触到东菊的身体的一刹那,他毫无知觉地继续睡着了。

似乎是刚刚一睡,他立即又听到了压得低低的东菊的啜泣声音。不像刚才那样迷迷糊糊了,他立即醒了过来。他说:"我不睡了!"

最后东菊也没有谈什么。她只是含含糊糊地表示,她原来想了许多话要与钱文谈,最后一句也没有谈。"今天晚上我不是一直要跟你谈的吗?"钱文说。"你显得那么急,明天一大早,你又走了,一走也不知道什么时候回来了。你一会儿说这一会儿说那,我也不知道你到底要说什么。就听你一个人的了。我还谈什么呢?"东菊愈说愈伤心了。

为什么不谈呢?钱文不是问破了嘴皮子就是希望她与他说说自己的心情或者困难吗?钱文只是为了害怕冷场才不得不在他们俩相处的时候自己单方面地滔滔不绝。他简直不知道该怎样与东菊交流。不想说的时候她不说,你说得多了她不说,你有一会儿没有说话她也就不再说话,她反过来会说你另有心事,不知道你在想什么,既然你的心不在这里我也就没有必要谈什么了。这次呢?这次太匆忙了。我看着你说得正起劲,我不愿意打断你。你问得也太生硬了。你在想什么?你说我在想什么呢?这不跟记者采访,跟党支部书记要求一个人汇报思想一样了么?你说让我怎么谈呢?

钱文实在不知道说什么好。他干脆抖擞精神,耐心亲切,准备与东菊作彻夜长谈。东菊是太苦了,该让她好好说一说了。就算这一夜不睡吧,又有什么了不起的呢?

结果东菊仍是不说什么。她说:"对不起了,是我不好。我也不知道我为什么哭。我知道,你明天还要起早,你会很辛苦。我好说,我这儿什么事也没有。我真不应该打搅你的睡眠。别生气了,啊?"她用她的发烫的臂膀搂住了钱文的脖子。钱文又气又笑又感动又伤心,他这个做新婚丈夫的,不能够朝夕陪伴妻子分担妻子的忧愁分享妻子的快乐,他们的新婚竟然与屈辱打击分离联结在一起……即使再说上一千句好得没法再好的话,又有什么用呢?

眼泪浸出在钱文的眼角上。东菊立刻觉察到了。她更加温存地为钱文揩泪。她的手还没缩回去,就依偎在钱文怀里沉沉睡去了。

她也已经很累很累了,当然。

然而钱文却被搅得难以睡下去。他愈想愈觉得可怕。

一九五七年七月,反右派斗争的号角刚刚吹响,听说洪嘉就率先向组织上揭发了她的丈夫鲁若,说是鲁若向她说过非常反动的话。洪嘉为此受到了多次表扬。那时钱文还完全平安无事,听了这个消息仍然有些震惊。虽然从理论上说从党的一贯教导来说,遇到反动言论,管他是亲爹亲儿老公老婆邻舍友朋,当然要立即揭发,不容置疑的。但是当真听说了自己很熟悉的洪嘉揭发了自己同样很熟悉的鲁若,而他们俩又是那样一种关系,他仍然觉得有些惊心动魄。他想起了一个故事。一年前苏联导演帮助中国一个话剧团排演苏联名剧《柳波芙·雅洛瓦娅》,那个戏描写一个女性经过许多曲折终于枪杀了自己的白党丈夫。据说苏联导演指导中国女演员表演这位手刃丈夫——敌人的复杂内心世界的雅洛瓦娅的时候启发中国女演员:"比如你发现你的丈夫、你最爱的人是一个凶恶的反革命,你会怎么想呢?你将会如何地苦恼呢?"结果,不但是饰演主角雅洛瓦娅的中国女演员而且所有的参加演出的中国女演员都异口同声地回答:"把他捆起来送到公安局!""枪毙了他!""立刻报告领导,与他划清界限!"……苏联导演问:"可是,你爱他呀!你的拿枪的手,难道不颤抖吗?"中国人说:"不!不!不!我们不爱反革命!我们杀反革命的时候决不手软!"苏联导演最后不得不敬佩地却也是无法理解地说:"中国女同志的觉悟实在是太高了!"是的,苏联哪里比得了!

鲁若成了第一批被揪出来的右派分子之一,斗争的气势惊天动地,据说连他的床腿上也贴满了触目惊心的大字报,对他的斗争的报道立刻发表在大大小小的报纸上。不但批判了他的同情右派附和右派的言论,而且报道指出,鲁若是混入革命队伍的阶级异己分子、投机分子、胡风分子与蜕化变质分子,是一贯对党怀有刻骨仇恨的暗藏的反革命分子……报道还说,鲁若虽然百般狡赖,企图蒙混过关,终于在革命人民的强大攻势下对于自己的反革命狼子野心供认不讳。

传出了消息,说是鲁若最后终于承认了,他想当副总理。熟人们争相告诉:"听说了吗?鲁若这个小子他妈的竟要当副总理!""我看这小子太不像话了!"人们同仇敌忾地说。

据说,一开头,洪嘉得意洋洋,兴高采烈地在党小组会议上夸口:"我揭发他是对党负责也是对他负责。他的毛病实在太多了。我和他做过多少斗争啊!我苦口婆心,劝了又劝,我告诉他,我们俩不仅是夫妇关系更是同志关系战友关系阶级兄妹的原则性的关系。他不听呀!我不能眼看着他一步一步走向深渊呀!我的揭发也可以说是对他的爱的最大最深的表现。我说过了,只要彻底改过来,党会更欢迎的,我也会更欢迎的——我会更爱他的!"

据说在回答"你在揭发鲁若以前就没有思想斗争吗"的问题的时候,洪嘉轻松地说:"其实我早就觉得应该想个什么办法整一整鲁若这样的人了。蒋介石的八百万大军消灭了。地主阶级打倒了。旧社会的流氓地痞娼妓赌徒小偷强盗都改造过来了。《武训传》《红楼梦》①胡风路翎张中晓都打倒了;难道我们拿鲁若这样的小资产阶级就没有办法了吗?现在,反右运动开始了。这场运动治一治鲁若这样的小资产阶级是非常灵的。小资产阶级其实就是资产阶级,毛主席不是在中央宣传工作会议上讲过了吗?到了社会主义革命的时候,小资产阶级变成资产阶级再变成反革命,真是触目惊心啊!真是伟大深刻的阶级斗争啊!我太赞成搞这么一次运动了。不整一整就是不行了……"

对于洪嘉的小资产阶级——资产阶级——反革命论,当场就引起了争论,比洪嘉更加革命的同志指出,鲁若的问题十分严重,他不是什么资产阶级小资产阶级的问题而是反党反社会主义的现行反革命问题,洪嘉的说法表面上看义正词严,实际上仍然是划不清界限……讲得洪嘉头皮发麻浑身冒火,但是她不敢反驳。大多数同志也沉吟不语。总算没有出现对于洪嘉的批判。

---

① 系指批判俞平伯的《红楼梦研究》,洪嘉说得不准确,变成批判《红楼梦》了。

当报纸上纷纷刊登揪出鲁若的消息以后,洪嘉的神态也就变了。她咬牙切齿地说:"我劝了他多少次,劝了他多少次呀!他就是不听我的呀!他对得起党吗?他对得起我吗?他是那么自高自大目空一切张牙舞爪自取灭亡呀!我恨死他啦!他太可恨啦!"说到这里洪嘉就泣不成声了。

哭完了她又大喊:"让这个无耻的右派分子见鬼去吧!我主张把他抓起来,枪毙!谁让他反党反社会主义呢?他活该!我恨不得亲手毙了他!他是自找!自取灭亡!他是混蛋!他是狼心狗肺!他让我伤透了心!他让我把肺都气炸了!"然后她就嚎啕大哭起来。然后别人也就没了办法,劝也不是,不劝也不是,说她界限未免划得太清了也不是,说她其实界限并没有划清也不是,接受她的大哭也不是,不接受她的哭也不是。

洪嘉被要求进一步揭发鲁若,并且明确指出要揭发他的"道德作风"问题,负责审查批判他的专案组同志以极端嫌恶极端恶心极端牙碜的口气告诉洪嘉,鲁若的卑鄙堕落腐朽下流是令人说不出口的。说到这里,革命的同志脸都红了,脸红的同志羞羞答答地告诉洪嘉,无耻的鲁若——谁能相信?竟然在隔离反省写交代材料的时候手淫,大白天,硬是叫公务员撞见了。听了这话洪嘉差点没死过去。传出了这话群众舆论一致认为鲁若这样的人就是罪该万死死了活该不齿于人类纯粹流氓恶棍一个。这话的传播比报纸上登的那些材料要快得多,右派分子的丑恶面目算是暴露无遗了。

果然,洪嘉进行了又一轮的揭发,集中揭他的"道德作风问题"。可以想象,对于鲁若的又一轮大轰炸开始了。

报纸上出现了鲁若道德败坏实是一个流氓分子的新报道。报道没有正面提及"手淫"字样,我们的报纸还是很干净的。报纸上说,鲁若的流氓行为令人发指,他竟然在反省检查的时候进行不可告人的下流无耻勾当,充分暴露了资产阶级右派分子的腐烂恶臭面目。到了这时候,所有以前认识不认识鲁若的人见面谈起这个话题都摇摇头,比谈起他要当副总理的时候头摇得还要深沉悲痛,悲天悯人。即使最温和的人也叹息说:"鲁若这个小子,算是完了。"

那时候钱文正是欲揪出未揪出自顾不暇的时候,说实在的鲁若的事他已经顾不上谈也无法表示有什么关心了。一开始还可以说有所震动,到后来震动也没有了。但是,谁也想不到的是,天外横祸一般,鲁若的事竟然给他和东菊带来了灾难。

那是一九五七年八月十三日,那一天天气特别闷热,走到哪里哪里都蒸腾着热气,身上的汗水把衣服与皮肉紧紧粘在一起。一下午钱文几乎无法工作,他觉得自己像是一条狗一样地在那里伸着舌头喘气,他觉得人生实在是太苦太累太受罪太折磨人了。忽然一个同志说是傍晚有雨。有雨?他激动起来。他不断地伸着脖子看天找云彩,天空的白热的阳光使他迷迷糊糊头晕眼花。如果晚上真的有雨呢?一切不就都好办了吗?没有雨就硬是没有雨,而雨说来也就来了。就在下班的那一刻,不知道从哪儿来的,黑压压的云,哗啦啦的雨,说来就来了。钱文上班是带着伞的,但是这种豪雨使伞显得毫无用处。钱文一面高兴地赏着雨,一面躲着雨。清凉的风使他欢呼,他又不敢显得太高兴,谁让他已经被贴了好几张大字报,显得很有问题的样子;一个有问题的人怎么好那么欢势呢?和他一起等雨的人竟没有人理他。他好几次主动与旁人说话,旁人的回答都相当勉强,旁人回答问题的时候谁也不看他一眼。他一开始有点生气,又觉得有点好笑,莫名其妙;终于觉得可悲。他这是真正体会到了被孤立的滋味。他正在和已经成为党的弃儿人民的弃儿集体的弃儿。他说不定会被弃得更远更远。这滋味实在是太难受了。但他仍然哭不出来。毋宁说是他更想笑,笑着笑着笑成了苦笑。大雨的不见小下来也使他着急。一直等了近两个钟头,雨丝毫没有小下来的意思。天渐渐黑了,由于阴云密布天黑得早。最后,钱文也急了,便问说"(雨)小点了吧?"没有人理他,他自己也不想得到验证或者回答。他就在雨中冲了出去。

他到家已经八点了。他本来以为东菊会在家里等他。他甚至想东菊会在门口等他。东菊肯定会早已做好了饭,为他的久不归来而心急火燎。东菊这一天有点不太舒服,她委托钱文一早给她的单位打了请假的电话。钱文下电车的时候已经是全身淋湿落汤鸡一般。他三步并两步地冲着跑着到了家。他觉得自己跑得相当英勇。他已经好久没有觉得自己英勇过了。却不见东菊的踪影。没有东菊。他找遍全室也找不到东菊留下的一个纸条。再看看,东菊没有做饭,锅是冷的,火是灭的。

是不是她病情突然加重,到医院里去了呢?八点多也该回来了。而且他知道她的这个病的规律,不会怎么样的呀。

是不是她们单位有事?可现在下班已经好几个小时了。

她怕浇雨?她们单位坐车最方便,出门上车,下车就进门,比他方便多了。

……自从反右派运动开始以来,不知为了什么,钱文有一种十分软弱的、与叶东菊相依为命的感觉。在班上他想着回家,想着东菊。一切都在变化,只有东菊是如常的。回到家里,见到东菊他就会立刻踏实许多。他回家只不过五分钟,也许只有三分钟,他忽然觉得害怕起来。东菊出了事情!世界原来是这样陌生。一团团的烟雾时浓时淡,雨声变成了怪笑,这笑声不但稀奇而且有持续不断永无休止的可能。他不再了解世界世界也不再了解他。他也不了解东菊,当然。能不能从理论上原则上说叶东菊是人民而他是什么还不一定呢?从理论上原则上东菊到底应该怎么样对待他呢?这种理论和原则与实际上他们俩的感情,与他们的实际的生活是多么的不同啊!似乎是东菊并没有意识到这个问题的存在。他问过东菊:"给我贴了大字报了。说我是右派呢。你说怎么办才好呢?"而东菊一笑说:"这是不可能的。"东菊的麻木不仁甚至使钱文感到愤怒。都到了什么时候了你还这样若无其事?不,他和东菊也无法相互了解,东菊硬是体会不到他的处境之险恶。而他也硬是不能理解,为什么做过团干部

（少先）队干部的叶东菊政治上会不通到这个地步呢？

　　雨声不再像是笑了。雨声像是催促和呐喊。像是一片乱哄哄的喊叫：哇啦哇啦哇啦，淅沥淅沥淅沥，滴答滴答滴答，斗啊斗啊斗啊，打啊打啊打啊……他简直无地自容，他在雨里。东菊也在雨里。他像一只无家可归的兔子，被大雨浇灌，被雷电追逐，被狂风剥掉了毛皮。东菊呢，东菊比他要天真得多无助得多。一个天使一样的女孩子，永远也不会懂得生活里的陷阱机关……他害怕极了。

　　他应该给东菊的单位打一个电话。然而这边没有电话。他穿上了一件已经脱了一块块胶的旧雨衣。他换上一双黑雨鞋。他急急地走了出去。他连房门都忘了锁了。想起来以后他也不再回去上锁。东西丢了就丢了吧，找不着叶东菊要房子又有什么用？

　　一脚踩下去，他知道了，原来雨鞋是裂了口子的，裂了口子的雨鞋走在马路上发出一种类似蛤蟆叫的呱呱呱的声音。光脚丫子蹬着胶鞋底，蹬着雨水和泥沙，有说不出的别扭。他要穿过三条马路，拐一个弯，到一个茶叶庄去借电话。没走几步路，裤脚就完全湿了。破雨衣承接的雨水全部流到了裤脚上。雨下得正大。脚在鞋里滑，鞋在路上滑。他深一脚浅一脚地来到茶叶庄。他发现自己没有带钱。他本来应该先买茶叶后借电话的。不买茶叶只借电话他很可能遭到白眼，甚至遭到拒绝。店员只要说一声电话坏了，任何人也就毫无办法了。他曾经目睹这样的借电话而遭到拒绝的场面。而他今天的样子是这样的狼狈。他失去了去借电话的勇气。他转身走了回去。

　　转身回去以后他痛恨起自己的雨衣来了。他的雨衣湿乎乎地贴在了自己的身上，又冷又重又脏又黏紧接着又热了起来。全部的燥热都憋在湿冷的雨衣里边，一点气也不透。他拿了钱，干脆脱下雨衣一抛。他什么也不遮什么也不披地在雨中狂跑，落汤鸡般地回到了茶庄。他的样子招来了店员的不解的目光。他在店员的探询的目光下不自在起来。他立刻联想到他的这副面貌活脱脱一个被人民群众揪斗得狼狈不堪的反党反社会主义阶级敌人右派分子。我们对于阶级敌人的政策是坦白从宽抗拒从严、只准规规矩矩不准乱说乱动。他这副气喘吁吁顺着头发梢淌水的架势,像是规规矩矩从不乱说乱动的样子吗?想到这里他进也不是退也不是,买茶叶也不是不买茶叶也不是——不买茶叶你上茶庄来干什么呢?

他走近茶庄的柜台,他要说的是——我要一两三毛钱一两的茶叶……

发生了最最惊人的事情:他失去了声音。他张开了嘴。他的嘴哆嗦,下巴哆嗦,眼睛乱眨磨。一点没有声音,连哑巴的那点吱吱呀呀也没有。

难道我成了哑巴啦?

毛主席说愈怕愈有鬼。愈有鬼就愈怕。愈怕就愈有鬼,毛主席说得是多么对呀!毛主席真是预见一切洞察一切,那话就像是专门针对他钱文说的一样。他这是怎么了他这是怎么了,革命是多么的艰难多么的神奇多么的惊涛骇浪呀!

真是伟大的奇迹呀,在他想起了革命想起了毛主席想起了党以后,他的喉咙发出声音来了。虽然微弱,然而声音是分明的:"一两茶叶,要三毛钱一两的。"

买完茶叶他又说:"我想借一下电话。"

卖给他茶叶的店员似乎没有反应过来。他没有任何反应。

钱文狼狈起来。他不知所云地慌忙地说道:"我是联合那个什么编辑部的。我是编辑。我不是……反正现在还不是……这个有问题的……有一点大字报……我没有……我要给我爱人打电话……她是那个什么什么……我这个………"

店员终于明白了钱文是要用电话。虽然钱文的嗫嚅使他颇感惊异,他还是丝毫无意于弄清钱文的莫名其妙的话语的真实含义。他只是不耐烦地向电话机挥了一下手。

……事后许多年,钱文回想起这件事仍然羞愧万分。他简直成了白痴。他究竟是要什么呢?他要向茶庄交代他自己也完全莫名其妙的问题么？他要争取茶庄店员对他高抬贵手、宽大处理、坦白从宽么？他是见人就要表现自己的态度良好、低头认罪、"向人民投降"么？

事后许多年他仍然感谢那位店员同志店员先生。他对于他的噜苏的不耐烦，恰恰从无地自容的尴尬中把他救援了出来。否则一切真是不堪设想。他无法设想自己曾经这样白痴过，无法设想自己曾经这样愚蠢过。他甚至无法设想任何人、任何有正常智力乃至没有正常智力的人会做出这样不但是愚蠢而且干脆是下贱、是犯骚情、是十足的不堪与可耻的下流胚相的事情来。

……他打了电话，没有人接。这是当然的。已经过了下班时间很久了。那是个小单位，不需要留人值班。电话铃空响着，没有人答话，这使得钱文头发都炸起来了。这个时候向那个小单位叫电话，这本身就是荒唐的。但是除了叫电话他又去问谁去呢？除了叫电话他又能做什么呢？

他不能老是占着电话听着电话"铃声"的空响。于是他把电话挂上了。幸好，是大雨天，除了他这里没有旁的顾客，更没有人等着打电话。于是他又把电话拿了起来。拨号，通了，仍然是没有人接，当然。便又放下。又拿起听筒……

在他离开茶庄的时候，钱文比方才更加沮丧和心乱如麻。我的精神在崩溃。我的精神怎么这么容易就崩溃了呢？精神这么容易崩溃的人怎么可能是一个顶天立地的共产党员呢？啊，我的问题果然是太严重了！

……凌晨四时，叶东菊被一位街道治安委员送了回来。他们两个都已经陷入了严重的崩溃状态。叶东菊披头散发，发着高烧。见到钱文以后，除了流泪，再也说不出话来。

……这一段往事真如一片泥沼，回想这一段往事便似在泥沼中没顶。烂污、恶臭、一片漆黑，蠕动着自己的青春美梦和众人的大呼小叫……这是为了什么，这是为了什么呀？

为了什么竟会把叶东菊扯上？这和叶东菊有什么关系？叶东菊只是太天真太孩子气了。她喜欢革命正如她喜欢蓝色的天空与绿色的树叶。她热爱党正如她热爱自己的妈妈。她做少年先锋队的工作正如去做好自己的家庭作业。天下的事她从来不喜欢往复杂里想，天下的人她从来不会往坏里想。与钱文相爱以后她便不再积极做队的工作了。与钱文相爱以后她甚至觉得上不上学其实也无所谓。她这样告诉钱文，实在把钱文给吓坏了。钱文根据革命的人生观所要求的急急忙忙地给她讲起了大道理。他的认真与"教条"使东菊大为欣喜，东菊不说别的而是与他逗弄了起来："我要退学。是的我不念书了。好啊，家庭妇女就家庭妇女哇。我就是愿意当家庭妇女嘛。革命，干吗非革命不行呢？毕业，干吗非毕业不行呢？团员，干吗非团员不行呢？我不要革命，我不要毕业，我不要少先队也不要青年团……我只要你……瞧把你给吓的！"她咯咯地笑了起来。

　　她是在说笑话。然而她太淘气了，怎么能拿这样的事开玩笑呢？

　　这似乎平添了几分魅力。这似乎只是一种东菊逗弄钱文的游戏。于是他们嬉笑起来。于是他们你逗我我逗你，你捅我我捅你，你胳肢我我胳肢你，叽叽嘎嘎，叮叮咚咚，喝喝哧哧……那永远生动的新婚小夫妻的乐趣！在叶东菊被钱文胳肢得气也喘不过来以后，她保证说："是！我永远革命！誓为共产主义奋斗终生！万岁，万岁，万万岁！啊，我伟大的主琢！主琢！"然后她笑得满地满床地打滚！钱文也是又气又笑地与东菊翻滚在了一起。

　　什么是"主琢"呢？本来是"祖国"，钱文与东菊以前都是最喜欢讲祖国的。一讲起祖国来他们俩就会慷慨激昂，热泪盈眶。可不知怎的，自从他们俩相爱起来以后，在青春的热烈与嬉戏之中，在销魂的温存与迷醉之中，祖国这两个字的发音由 zǔ guó 变成了 zhǔ zhuó——"主琢"了。任凭钱文怎样纠正，东菊就是不会正确地读出"祖国"两个字的音来了。往往在狂欢与陶醉之后是短暂的静穆，静穆之后东菊会小声嘟念："啊，主琢！啊，主琢！"声音愈来愈大，然后是咯咯地笑,钱文只好也跟着笑起来。每念及此,钱文甚至有一种"痛不欲生"的说不上是高兴还是生气还是无可奈何的感觉。

……然而这是真的。实际上在与钱文相好以后,特别是在他们结婚以后,叶东菊对于政治对于革命事业已经远远没有过去的那种热情了。她并不讳言自己这方面的变化。但是只要一谈到这种问题,钱文就要急急忙忙地给她讲一番大道理。于是她就不再说什么。不说也罢。她这么快似乎就走完了积极革命的路,这使钱文不免惆怅而又更加心痛起东菊来。钱文想起了他最喜欢看的苏联电影《金星英雄》来了:那里边进行了关于什么生活的"激流"与"缓流"的谈论。似乎是,只有生活在激流之中才有价值,才有人生,而生活在缓流之中是一件最可悲的事。莫非东菊这么快就从激流落到了缓流中去了么?而他眼看着这一切,硬是一点办法也没有的啊!

也许这不是坏事?我有一个妻子,她只爱我一个,她关心的只是她与我之间的爱情。这不是蛮令人温暖的么?就让她生活在缓流里边吧。

……然而政治的急风暴雨还是找上了她。风暴并没有放过她。

就在鲁若的令人发指的流氓恶棍行为被揭露了以后,钱文看见过鲁若一次。这是他此生最后一次见到他了。那天钱文被通知到法院看大字报——大字报也是火种,是要互相点燃的。他走过一楼一角的一间小小的贮藏室的时候,随便往门缝里边看了一眼。他完全没有想到,他看见了鲁若。原来鲁若就在这间小屋子里"停职反省"。不知道是什么样的感应,就在钱文通过门缝往房间里看的时候,鲁若抬起了头。鲁若抓着自己的头发,他的脸上是一片虚空。这实在是最最可怕的面孔。不是损伤,不是疾病,不是恐惧,也不是丑陋,而只是被彻底地抽走了灵魂的什么都没有……甚至死人的面孔都比这样的面孔正常和安宁。

钱文回家后把看到鲁若的情形告诉了叶东菊。东菊毫无反应。钱文还有些奇怪,想当初他还是在鲁若那里第一次见到东菊的呢。

下大雨的这个夏天的下午,法院的领导通过叶东菊的领导找东菊谈了话。谈话的内容是,根据群众的揭发与鲁若本人的交代,鲁若这个流氓分子曾经担任少先队的校外辅导员,曾经与叶东菊有过交往。鲁若曾经对东菊有过非礼之心流氓之心,不仅是"心"而且有过流氓行为,东菊应该老老实实、百分之百、毫不顾虑、态度积极地把这一切揭发出来。找叶东菊谈话的同志直截了当地问道:"除了握手,他摸过你什么地方没有?他向你说过下流调戏的话没有?他向你提出过什么非礼的要求没有?你们一起所谓是谈工作的时候他坐得离你有多远呢?你们的身体是不是曾经挨到了一起?你不要有什么顾虑嘛!过去受他的蒙蔽受他的污辱是因为没有揭开他脸上的画皮嘛!是因为没有看清他的披着羊皮的豺狼的真面目嘛。现在知道了他的问题你当然会有新的认识了嘛。有了认识就要说嘛。对于资产阶级右派分子我们就是要狠狠地斗争嘛。不要心慈手软嘛,不要为了小资产阶级的面子观念而包庇凶恶的阶级敌人嘛。不要温情主义嘛。温情主义要不得!小资产阶级面子观念要不得!心慈手软要不得!你不谈鲁若迟早也是会交代的。鲁若其实已经交代了许多。我们让你谈并不是因为我们不掌握材料。不,我们掌握的材料不计其数。我们找你谈是为了通过对于鲁若的大是大非的斗争提高你自己!我们对于你是一片热情。顺便说一下,你可能已经知道了:你爱人钱文也是有一些思想问题的。应该说他的问题是相当严重的。反右派斗争对于我们每一个人来说都是一个严重的考验。一条路通向光明,一条路通向黑暗……叶东菊同志!你可是要下决心啊!我们知道你的家庭出身!你的家庭是反动的。然而你仍然可以有光明的前途!你要下决心啊!不要犹豫啊!"

听了这些苦口婆心的对于她进行教育的话以后,叶东菊没有回家。她在雨中走了一夜。

所有这些她都没有告诉钱文一个字,这一切是后来钱文听旁人说的。她无法接受这种丑恶,这认定了丑恶相信了丑恶只相信丑恶而绝对不相信美好的使人无法辩白无法洗刷无法说一个不字的比原本的丑恶更加丑恶的对待丑恶的做法。一个认定了生活是这样美好爱情是这样美好革命是这样美好的女孩子,一个面向着新生活像面向着太阳的女孩子,不接受生活的丑恶爱情的丑恶革命队伍里边的丑恶。她的清澈透明的眸子在滚滚的黑雾之中丧失了起码的视觉。她在大雨里走了一夜,她丢掉了自己的心,那充满了单纯的快乐和信任的心。

也许我已经死了吧?现在折磨着我疲累着我冻湿着我的只不过是我的空荡荡的躯壳而已。

这样一个念头终于使叶东菊的精神崩溃了。三天以后,她发作了精神病。

这一切经历都被钱文冻结在一旁。他永远永远不愿意再回想它,他不与任何人谈及它,当然,他也不会告诉东菊本人。一辈子,只有他一个人知道这情景。如果这是怯懦,他就承认自己是怯懦吧;如果这是自欺,就让他自欺下去吧。然而这些是当真的。他看到过东菊的失神的散乱的目光。他听到过东菊的吓人的恐慌的呓语,那么多的丑话脏话恶毒的话从豆腐脑一样洁净,水晶球一样晶莹,带着露珠的花蕾一样鲜润的东菊口里吐出来。这使钱文刀绞一样地痛苦。他的心怦怦然。他想起了一个"悲"字。人原来是这样的可悲。人生原来是这样的可悲。生命和灵魂原来是这样的可悲。当灵魂失去了操纵,感觉失去了梳妆,生命失去了遮蔽以后,却原来赤裸裸的灵魂是这样的痛苦,却原来上帝给予人的是一个这般苦痛、这般紧张、压迫和不安的灵魂。

一九五八年下乡以后,在一次放牧牲畜的劳动中,一匹马突然惊了。农民说起了惊马。老乡说:"马惊了跑过一道梁,人惊了跑遍世界。马惊了惊一时,人惊了惊一世。"这句谚语使钱文沉默了良久。

这么说,人不是比马更可悲吗?

天啊,让我完完全全地忘记这些事吧!有一个无形的哨兵,守在一条界线上,不准他越雷池一步。

然而他自己并不可悲,他有实实在在的劳动任务要做。他很辛苦。他要时时准备汇报思想检查思想表达思想谈问题暴露问题然后自己再用成篇大套滔滔不绝的自我批评来透彻明晰地解决自己的思想问题。他必须这样做。他只能这样做,他不可能有别的选择。

所有这些念头只不过是一阵风一样地一吹而过,他现在所要做的其实也很简单。他要睡觉。他要安慰一下东菊。东菊毕竟已经痊愈了;就像她根本没有得过那个病一样。他毕竟只能哄慰她。他所能做的充其量不过是哄慰一下她而已。汉字真好。哄既是欺骗又是安慰,所以叫做哄慰。然后再见。然后他无法帮助东菊,他更无法帮助自己。然而他能睡觉。现在不宜睡觉,他还是控制不住自己了。我这是怎么了?我怎么又睡着了呢?我是多么对不起东菊呀。我应该……我……天啊……疲劳,右派,帽子……是谁说的呢?有了帽子可以预防伤风感冒。有了帽子就不再失眠,不再胡思乱想,不再不服气,不再对任何人有什么不满,不再闹情绪,不再孤独,不再空虚,不再遗憾,不再惆怅,不再有任何思想问题,不再有野心,不再骄傲自满,不再有任何非礼的念头更不要说行为了。是的,戴了右派帽子的人绝对不会再犯什么乱搞男女关系……直到不孝父母不敬领导的错误。多么幸福的右派帽子!多么温暖的右派帽子!多么体贴的右派帽子!多么严丝合缝安全保险的右派帽子!大家都戴上右派帽子,东菊也戴上……多么奇妙!多么舒服!好!

他开始说梦话了。他的梦话很简单,只是一连串"好"字。他像是在唱,也像是在哭、在笑、在叹息、在喊叫:好,好啊,好啊,好好好,好……好……好……好……好……声音由大及小,由急转缓,由高及低,由令人恐惧而令人心痛,直至令人平静;使心潮滚滚意气难平而又无法表达自己的东菊终于安详地睡着了。

第 六 章

黑夜之后又是早晨。天还不亮,先是叶东菊悄悄地起了。她显然是过早地去为钱文准备早点、送行。她尽量蹑手蹑脚,希望不吵醒钱文,让钱文多睡一会儿。而钱文呢,则在东菊还没有动静的时候,就已经醒过来了。醒了,睡不着了,但仍然很疲倦。他闭紧眼睛,强令自己再睡一会儿。睡不着也起不来。东菊的早起与小心翼翼地为他准备早餐使他感动。他也就顺水推舟,假作自己还在酣睡。他不能挫伤东菊盼他多睡一会儿的苦心。他不能使东菊失望。他在对于东菊的感激的温暖中半睡半醒。他的心刹那中变得非常柔软。眼泪太浓了,淹痛了他的眼角。他醒了。他知道在东菊的爱情的温暖下边,他等于又得到了一会儿不似睡眠、胜似睡眠的安歇。他睁开眼,他觉得精神还可以。新的一天开始了,他仍然是高高兴兴地迎接即将升起的太阳。

东菊的心情好像也很好。她不但给他煎了鸡蛋,煮了稀粥,还给他从附近的小铺里买来了刚出锅的炸油条。油条的香气是那么温热、甜美和平庸,使他更觉得平平常常地活着的好处。

如果我不把自己想那么高,而是一辈子炸炸油条卖卖油条吃吃油条,不是也挺好么?为什么我把自己的人生搞得那么复杂呢?

"我送你去雁北台。"钱文吃着油条的时候,东菊对他说。

钱文一下子没有听明白。雁北台是钱文他们回乡下乘火车的下车站。从雁北台,他们再改乘长途汽车去他们"下放锻炼"的权家店。雁北台、权家店,这与东菊不怎么相干。从东菊的口里出现了"雁北台",这使钱文一怔。

"我们一起坐火车。"东菊解释说,"你不是说先要坐一个多小时的火车才能到地儿吗,我陪着你坐好不好?我们可以好好地谈谈话。"东菊说这话的神气是相当得意的。她在欣赏着自己的想象力。

"这个……好不好?"

"当然好了,有什么不好呢?花钱买票坐车嘛。不会有谁管的。我好长时间没有坐火车了。我想和你一起坐火车旅行一次呢。"

"这个……"钱文有点怕,虽然他也不知道他是在怕什么。

但是东菊的情绪很高,就像她是在谈论一次春天的郊游。他们的青年时代他们的恋爱行程,是和北京的名胜古迹特别是和北京郊区的风景点分不开的。他们曾经在潭柘寺的竹林里喝樱桃汽水。他们曾经在香山双清别墅的银杏树下玩扑克牌。他们曾经在西山八大处二处掰碎馒头喂红鲫鱼。他们也喜欢在钓鱼台的芦苇塘边引吭高歌,在夕阳下的蓟门烟树亭边散步闲话……现在,当东菊说起去雁北台的计划的时候,那神态宛似是在策划又一次有趣的唾手可得的旅游。

即使东菊受到了侮辱,受到了刺激,即使她一度精神崩溃了也罢,然而,她始终比我更加寄情于生活。钱文想。又有什么理由拒绝生活呢?

于是他们的动作轻快起来,好像有一架钢琴在为他们伴奏乐曲。和过去一样,和没有发生反右派斗争的时候一样。一首乐曲贯穿着伴奏着他们的一举一动。叮叮咚咚,咣咣锵锵,多咪瑞多,拉西拉嗖——他们都活着。他们活得还不错呢。他们都还年轻。他们身体健康。他们从来都是肯定人生的价值爱情的价值事业的价值。他们无法不认为自己的前途是光明的他们经历的一切所经受的一切他们的考验和痛苦都是必要和值得的。一支钢琴曲的旋律,它的节奏使他们的饮食、整理、梳妆、更衣、应答都像是一次得意洋洋的表演。他们在出席一次联欢,他们在完成一个有趣的节目。他们听到了掌声。然后他们离家,他们上了有轨电车。买完了车票东菊发现钱文的上衣扣错了扣子,她为他扣扣子,他大笑起来。他想说:"我仍然是世界上最幸福的人。"他想说:"我仍然并不羡慕任何别样的人生。"他还想叫一声"啊,我亲爱的妻子,啊,我的小媳妇!"……他只差大喊起来了。

他们买的是软席车票。他们从来都没有进过软席车厢。在那个年代,硬席车厢的整齐的车壁、坚硬的木椅、红漆地板与排成直线的挂钩也会使他们赞叹敬畏,更何况软席?宽敞的沙发座位,洁白的挑花窗帘,墨绿地毯,一尘不染的环境,含笑的女列车员,这一切使钱文一进车厢连脚步也迈得更加优美轻盈,似乎自己一下子变成了高级人,不再是"历史垃圾堆里的狗屎",不再是唯唯诺诺的芝麻小干部。他们舒适地坐好,他们用三毛二分钱买了一包饼干,用一毛钱买了两份茶水,又用三毛五分钱买了十粒冠生园出品的陈皮梅。他们开始了他们的奢侈的火车旅行。槐树和柳树从车窗前飞也似的掠过,铁路两旁的农家土屋的墙壁上画着关于仁丹与艾罗补脑汁的大字广告。车厢里的喇叭里播送着由《红旗歌谣》里的一个"大跃进民歌"谱成的铿锵明快的歌曲:

> 戴花要戴大红花啊——哈,
> 骑马要骑千里马啊——哈,
> 唱歌要噢唱跃进歌,
> 听话啊要听党的依话!

这是真的,在划了一大批右派以后,在把我们批倒批臭以后,全国的形势是何等的好啊!不再有犹犹疑疑,不再有牢骚怪话,不再有泄气自卑,不再有七嘴八舌,不再有顾影自怜,不再有迷茫困惑,不再有观望冷嘲……只有万众一心地干干干,人民的能量像原子核能一样地释放出来了。

"我想我们的前途还是光明的。中国正在跃进,三年超过英国,五年超过美国;中国太棒了,中国实在是了不得!中国要实现全人类的理想。我还年轻,我一定要好好劳动好好改造,我们一定会……"钱文信心十足地说。

东菊淡淡地一笑,她说:"不用管那么多。只要有你,我这儿没有什么……我只是想买一个四个管的收音机。我想听二胡曲。我最喜欢刘天华的《空山鸟语》。这要用差不多一百块钱。你说行吗?"

"当然行啦,这很好。不光是二胡,电台里的节目还是很多的。有些学习节目也还是听听的好。西洋音乐其实也是很不错的。你一定要听德沃夏克的《新大陆》,还有李姆斯基—哥萨科夫的《谢赫拉萨达》。孙敬修的儿童故事也是可以听的。还有卫生知识节目。还有俄语讲座。还有国际时事分析……"钱文不知道从哪里推荐好。他只是希望东菊生活得好生活得丰富多彩,他怕东菊闷得慌;而他其实又是无能为力的。

东菊只是微微一笑。如此而已。

钱文也不知道再说什么好了。

东菊问:"你怎么不吃陈皮梅?又酸又甜又苦,你说不清它的滋味……"

于是他们转而谈糖果,谈风景,谈铁路隧道,谈最近又要上演什么电影……又觉得这个话题不太好——因为不管是演什么电影,反正钱文是看不上的了。便又改说年糕张的艾窝窝……又觉得说这个也不好,因为钱文一下乡,年糕张的艾窝窝也不是能吃得着的。东菊也不说话了。

钱文哼哼起一个苏联电影的插曲:

> 我亲爱的手风琴你轻轻地唱,
> 让我们回忆少年的时光……

这个电影的名称叫做《晴朗的夏天》。很奇怪,这个电影钱文看起来有那么点伤感,有那么点无可奈何的叹息。看过了《列宁在十月》,看过了内战时期的《夏伯阳》,看完了卫国战争的《攻克柏林》,再看过胜利后的《库班的哥萨克》,如此这般,热情澎湃的年代一个又一个地逝去了。他们(我们)拥有的只剩下了回忆么?回忆少年的时光,啊,我的朋友!我们的少年时光就这么无影无踪地飞走了么?我们不行了么?苏联电影也不行了么?想当初,看一部苏联电影,我们是多么的为之热血沸腾啊!看完一部苏联电影,真恨不得抱上炸药包向敌人的碉堡冲过去呀!这样的日子,这样的激情,究竟流到哪儿去了呢?

一阵柔情忽然像潮水一样地袭来,欲说还休,欲说还休。一切都是瞬息,一切都会过去,而那过去了的就会变成亲切的怀恋。普希金就是这样写的。"商女不知亡国恨,隔江犹唱后庭花。"后庭花总是有人要唱有人要听的啊!天仍然是天,地仍然是地,东菊仍然是东菊,自己仍然是自己。过去的事也就是过去了。未来的路还长。然而究竟是什么灾难什么悲哀什么罪孽降临到他们的头上了呢?然而他相信这一切终将过去,他和东菊以及他们的朋友们终于会明朗起来。为了这一天的到来他一定努力改造自己,他愿意接受一切一切的考验,他愿意做一切他能够做到的事情。

多么好!马雅可夫斯基的诗:好!多么好!

"我想我还是告诉你的好。"东菊轻声说,她的面孔上浮着微笑,钱文蓦地一惊。

"已经正式通知我,"东菊说,"把我开除公职了。"

"什么?为什么?为什么?"钱文慌了。

"就那些。家庭啊,表现啊,阶级异己分子啊……"

他们沉默了许久。东菊轻声说:"我觉得还是我胜利了。我就是不去参加批判会。批判别人我不去,批判我,我更不去。我告诉他们,我是有精神病的!开除了,当然更不去了。没什么了不起的……总会有办法的……来,让我们把最后两粒陈皮梅吃掉吧!"

对于天塌地陷的大事，东菊的反应竟是这样的淡漠。钱文甚至痛恨起她来了。

只是在下车的时候他哭了。竟是这样的天塌地陷，天塌地陷！他定成了右派，但是他也还有公职；她没有定右派，但是她连公职都没有了！就是说连一个月的五十几块钱工资也没有了。他过去是从来没有考虑过工资的。过去他认为考虑工资之类的事是很丢人的。但是不考虑工资只能是在拥有工资从来不需要为工资发愁的时候。没有了工资就不能不考虑工资了。事情就是这样的简单。还有公费医疗。更重要的是，如果你没有了公职，你今后将怎么样回答别人"你是哪个单位的"的问题呢？而没有单位，不等于说自己是社会的弃儿、党的弃儿了吗？天啊，这究竟是怎么回事呀！今后东菊可怎么办呢？今后东菊可真是毛主席所说的孤家寡人了，比他钱文还惨！东菊跑出来百十里地来送他。他一下车自然就会碰到伙伴结伴而行到三十六里以外的权家店去。东菊呢，她还要等六个多小时，才有回程车把她拉回北京。六个多小时，东菊做什么呢？回到北京城里，她又能做什么呢？国民党大特务的女儿，右派分子的老婆，被革命队伍清洗出来的渣滓，谁能不这样看东菊呢？

东菊对他，东菊对他实在是太好了。不，他不愿意东菊对他这么好，东菊对他愈是好他就愈是辛酸。她那么恋着他，她简直离不开他。可是他有什么好呢？他觉得自己干脆是一无可取。他觉得自己干脆是东菊的灾难的根源。在五十年代初的那些日子，东菊是多么的快乐而且有十足的信心啊！现在呢？她将怎么样度过这与他分手的日子？他将怎么样去报答东菊对于他的情义呢？他的爱情他的存在应该是让东菊快乐让东菊骄傲让东菊满意而不是使东菊不放心使东菊愁眉不展使东菊尴尬使东菊孤独而又挂牵的啊！

他忍住了泪。下车分手的时候他给东菊显出了一个笑容。事已至此，还能没有一个灿烂的笑容吗？他转身走出去几步路了，他转过身，他看到了东菊挥动着的手臂，东菊忽然高声说："你注意身体！"

这"你注意身体"的呼叫显然是太突兀了。她的声音也有些失常。他觉得像哭。东菊历来不是一个喜欢大呼小叫的人。她怎么会在火车站上在人来人往之中喊叫起来？莫非一直表现得比较含蓄比较镇静甚至使钱文觉得她在病后对于他们生活中的种种风浪变故的反应未免麻木不仁的她，终于在这一刻体会到了他们的分手的痛苦？

"你注意身体！"这呼唤中包含着多少身体与注意的词字以外的呼天抢地！他对不起东菊，他不应该让东菊忍受这种苦痛、屈辱、焦虑、恐惧……只要他一息尚存，他要对得起她，他要做一些让她高兴让她体面让她幸福的事。如果说他还有什么目的，有什么野心，有什么个人的打算，让东菊更快乐些，这就是他的目的野心打算的一切了。即使只是为了这，我也得好好地活下去，好好地改造下去。

钱文就这样东一下西一下地胡思乱想着走去，把土坡上的雁家台火车站丢在了身后。

然后就首先发现了高来喜。"我也右派了。"高来喜不等他发问先主动告诉他。我们的队伍又壮大了，他哭笑不得地想。而后是一个又一个一起改造的家伙——他不知道应该说是"战友"还是"难友"还是"右友"，又不好叫"同志"。周碧云批判他的时候就大声疾呼过："你姓钱的，你根本就不是我们的同志！"少了一个人，是章婉婉。说到章婉婉没有来的时候大家相视而笑。然后走过一段难走的路，是正在修公路的施工现场。一堆一堆的沙石，刚刚从峭壁上炸下来的石块，各种钢铁工具，以及戴着护肩、墨镜、安全帽的人们。他们知道这里干活的都是城里商业系统的下放人员。而这些人之所以下放，想必是有某种"问题"。一方面下放是光荣的，是革命的必由之路，一方面是只有有问题的人才会下放；事实如此。修公路的活干起来比农活危险许多，但是这些半路出家的筑路工的生活方式与劳动待遇还保留着城市户口——工人阶级的水平。这使得钱文他们又叹息又羡慕。

到了汽车站，等车的时候钱文把还有些人不认识的高来喜介绍给大家。于是人人苦笑：又多了一个右派，又多了一个前来改造的伙伴，这实在难以说是值得庆幸，但又绝对不能说是有什么可悲哀的。人民又揪出了一个暗藏的敌人，又挖出了一枚定时炸弹——报纸上都是这样说的哟——革命的队伍更加纯洁更加富有战斗力；这不是只应该庆贺，不应该丧气的么？但是从另一方面来说，他们似乎也不应该太高兴，他们是右派分子，他们是人民的敌人，他们不可能也不配分享人民的胜利的欢欣；他们遇到这样的人民胜利右派丧气的事，最得体的表情应该是什么样的呢？沉痛？忏悔？心甘情愿？低头认罪？坚定改造乐观向前？按照逻辑，他们改造的决心愈大就与人民的距离愈小也就愈能与人民共欢乐愈加充满了回到人民队伍回到革命营垒的信心与豪情。那么他们的标准表情应该是坦荡和快乐。但是，领导们也曾多次教育他们改造的起点在于认罪，认罪才能悔过，悔过才能重新做人。悔过的标志则是沉痛，连沉痛都不沉痛，能够脱胎换骨、革面洗心、换一个灵魂么？那么说他们的标准表情应该是沉痛和恐惧。恐惧也是必要的，恐惧了人民才能相信你一定会痛改前非。而不恐惧，不是就像要执迷不悟，顽抗到底么？如何把沉痛的认罪与乐观的坚定；把承认自己是敌人的老实规矩服帖匍匐在地与向往人民靠拢人民与人民同忧共喜的表情分寸掌握好了呢？啊，当右派的学问还大着呢！

　　乘上了汽车以后，在钱文的催问下，高来喜吞吞吐吐地说了一些情况。高来喜是一直到一九五八年四月才定下来的右派。他的情人刘丽芳也受到了批判，但终于还是算人民内部矛盾了事。鲁若——说到鲁若的时候小高犹豫了一下，可能他拿不准该说还是不该说，他降低了声音，尽量含糊其词地说："触犯刑律，八年。"钱文没有再问下去。"触犯刑律"，这是一九五七年七月一日《人民日报》社论《文汇报的资产阶级方向应当批判》中的话。据说这篇社论是毛泽东自己起草的。这篇社论里讲了反右斗争的方针政策，讲到一般地说不给右派分子治罪，但是少数触犯刑律者例外。八年？什么八年？只能是有期徒刑八年。鲁若一下子成了囚犯,而且是八年的徒刑,这太可怕了。如果是他碰到这样的事呢?他也不怎么了,一些日子以来,所有的灾难他都觉得与自己有关。一听到谁谁出了什么事情,他就不寒而栗起来。他也就不敢再问下去了。

汽车走起来颠颠簸簸,尘土飞扬。一霎时,钱文觉得十分疲劳,他看看大家,也都十分疲劳。休完假的样子比加完班还垮稀稀。就是这样,没有休假的时候他们等待着休假,休完了假,他们又能等待什么呢?十分简单,他们的休假生活就此结束,北京呀王府井呀老婆呀孩子呀几路公共汽车呀打电话呀商场呀油条馅饼艾窝窝炸酱面呀全都成为了过去。一切亲情闲情温情全都成为了过去。在呛人的土气和困倦的朦胧之中,他们在最后地咀嚼他们的闪电般的短暂假期生活的余味,留恋也罢,麻木也罢,他们现在需要做的只是把这短暂的记忆抛却,硬挺起自己的心来,迎接劳动与改造生活的全部严峻。

在到站——到达权家店村口的时候,所有的归来的"右派分子"们都不约而同地长出了一口气。

回到各自的住所的时间不过是下午两点多钟。他们都显得十分懒散。没有意义地整理一下东西,擦洗一下身上的汗,打开携带的烙饼卷鸡蛋、面包夹香肠之类,算是这回最后享受一次城里的饭食。根据规定,他们携带与吃掉这一顿饭算是合法的——因为他们乘火车汽车,是要耽误一顿饭的。此外,为了真正向农民学习,一切下放干部严禁购买任何食品,也不得接受任何食品。

在他们吃这最后的午餐的时候,他们会趁机给农民的孩子们吃一点——按说这是非法的,规定说严禁给农民小恩小惠,钱文他们这样做甚至可以解释为腐蚀农民。但他们一般还是会给的。然后,一切似乎变得静悄悄的。他们整理一下从城里带回来的电池、茶叶、药品、鞋袜,然后颓然倒卧,半睡半醒,不再有什么喜怒哀乐。

回城归来的这一天晚上,由组长徐大进、副组长苗二进召集了一个短会。徐大进原来是贸易公司的一个中层头目,浓眉大眼,肤色黧黑，身材适中，常皱眉头。苗二进原来是干部进修部的副主任，大脑门，嘴唇突出，长腿，说话南方口音，肤色红白。两人都划定了右派分子，徐大进还定为三类处理——撤职降级降薪，算是处分得比较重的。但是他改造以来表现极佳，有口皆碑。就以此次回城名为看展览实为难得的休假一次为例，他自动放弃回城机会，留下值班，只此一点也叫钱文佩服得五体投地——他才下乡不到一个月，就已经深深地感到这次回城的珍贵与绝对绝对不可以放弃了。与之相比，徐大进是多么坚强，改造自己的决心是多么大啊！苗二进的特点则是自觉愉快地不断地挖思想谈体会做总结找教训写汇报表决心并且组织各种学习活动……把一个右派分子的思想改造搞了个有声有色丰富多彩其乐无穷。另外，这两个人一个叫大进一个叫二进，一个当组长一个当副组长，一个身体力行一个耳提面命，这简直是"天作之合"，是天意。他们二人不但屡屡受到监督领导他们的革命干部的首肯，也受到钱文等有志于改造自己的分子们的无比崇敬，至少对于钱文来说，他们俩的威信硬是胜过了当年还是革命异常的时候他的领导——例如赵林和祝正鸿。

　　大进与二进召集的这个会，倒也没有什么重要内容，轻描淡写地说了一下现在大田管理正忙，县里开了三级干部会，要早战夜战苦战，要"大跃进"要放卫星要一天等于二十年，另外还要搞什么工具改革，要献身农业走一辈子而不是一阵子战天斗地与工农大众相结合的道路。其他还有什么常讲的我们的改造的任务很重很重，要一心一意地改造刻苦地改造彻头彻尾地改造，不要怕痛，不要怕丑。二进说，一些同志刚来这儿就被太阳晒掉了一层皮，为此还叫苦。同志们，我们的任务是脱胎换骨，掉一层皮算什么？离脱胎换骨还远着呢！

　　大进和二进说，其他的革命干部（即与他们一齐下放劳动，但没有右派之类的帽子并负责监督他们的光荣的革命的干部同志们）还要过五天才回来，他们还要开会和学习文件。因此，这五天大家要加倍自觉,不要放肆。对此,大家也是一笑。开会也罢,学习文件也罢,反正革命干部不需要太早地回乡下来,革命干部需要的是多在城里呆几天。这使大家浮露出灿烂的笑容。这使大家分享了革命同志多在城里家中逗留五天的喜悦之情。

这样的会对于犯了右派错误的这一批人来说,就算是很平和很轻松了:没有点谁的名,没有大呼小叫群情激愤,没有剑拔弩张入木三分。会后,人们甚至觉得有些悠闲。人们互相交流一下在北京城里的见闻,众口一声地夸奖伊拉克蜜枣香甜可口,同时议论伊拉克的形势,一个政变就把反对社会主义阵营的"巴格达条约"捅了一个大窟窿;正如毛主席所说:帝国主义一天天烂下去,我们是一天天好起来;社会主义光芒万丈,抗拒改造的"花岗岩脑袋"(也是毛主席说的)只能化为齑粉。即使闲谈的时候人们也不忘记抒发痛改前非的决心与心悦诚服的诚挚。

特别是一位名叫郑仿的仪表堂堂的大眼睛南方人,谈起国际形势来更是头头是道。为此大家给他起了个绰号叫做"情报局长"。郑仿也是钱文到这里来以后才认识的。他是广西柳州人,他的爸爸是国民党的立法委员,在解放前夕经过儿子的工作通电起义了——那时郑仿已经是中共地下党员。反右运动以前郑仿担任了一家儿童文学刊物的主编,他一直倡议组织一个儿童文学研究会。后来在运动中被揪了出来,他的组织儿童文学研究会的活动被定性为摆脱党的领导,企图与共产党分庭抗礼的反革命罪行。据他说,在他的右派罪行暴露在光天化日之下以后,有几个热爱党热爱社会主义写了儿童故事被他退过稿的业余作者联名写信要求把他枪决。"我的民愤极大。"他酸溜溜地笑着,眯缝着眼睛,用那种拿腔作调的江南口音的官话说。一听到这种口音的话钱文就起鸡皮疙瘩。解放前,在钱文革命革得热火朝天的时候,有一次在收音机里他听到国民党的社会局长对青年进行训诫开导、劝青年千万不要革命的讲话。一听到温局长那种江南官话公鸭嗓,钱文差点没恶心得背过气去。就冲这样的局长讲话钱文也决心非打倒国民党不可。想不到时隔多年之后,钱文又听到了这种腔调。现世报呀! 郑仿可真是彻里彻外的反动派呀! 钱文这样想,而且在谈体会的时候他把他的对于郑仿的腔调的反感在小组会上公之于众了。难得的是,郑仿对此并无不快,而是在会后追着钱文屁股要钱文帮助他继续分析他为什么说话的声调自来就反动。他追得太紧太认真了,搞得钱文惴惴不安起来。终于钱文急了,大叫道:"反动不反动你自己还不知道么? 不反动人民会把你划成右派么? 你以为只有你一个人反动么? 咱们谁不反动呢? 不反动咱们能到这里来么? 你到底还要问什么?"

据说当初对于郑仿的斗争规模非常大,业余作者的发言都十分精彩。开一次会,一会儿揪上台来一会儿轰下台去,斗了个不亦乐乎。斗了两个多月——用他自己的话——才算炖熟了他。由于他是不但有思想有言论而且有行动有组织的反动分子,家庭出身又不好,处理得理应比较重:他是二类处理,保留公职,监督劳动,每月只发十八块钱的生活费用。为这个即使是在右派分子们当中,郑仿也显得有些个矮人一头,被人怜惜也被人轻视。这样他改造得也就最积极最认真。他对于一切批评意见都会认真对待。只是在谈起伊拉克的形势的时候,他的滔滔不绝使人们想到他博闻强记,才华横溢,毕竟是主编。但是人们是很难对一个二类处理的人真正服气的。于是人们转而想,为什么他最能记报呢? 原因很简单——他是单身汉呀! 没有家没有业,他回到城里,除了看报他还能做什么呢?

想到这里,李福宏——他们这里的唯一的一位来自工人阶级的反动分子——便说:"你他妈的别来这一套国际形势了。你一个右派整天研究国际形势干什么? 再谈国际形势也不怕枪毙了你小子! 哪个国的事有你的份儿呀? 不说快找个媳妇要紧,还一个劲儿地伊拉克呢! 连个媳妇还没娶就成了右派了,你真是枉为人也,白活了一辈子!"

大家哈哈大笑起来。

李福宏本来是理发师,浑圆矮胖,逗人喜爱。因为他不是干部,他们那里并没有开展反右派斗争,他没有右派帽子。他是在"大辩论"中被划为"反社会主义分子"的。他老家在河南农村,开展大辩论的时候他对农村形势发表了一些意见——"我这个嘴太臭,我这个嘴比他妈的化粪池还没有德性……我对不起党呀!"这就是他的经久不息的检讨,谈不上深刻,但也确实沉痛,一个工人,也就行了。人们对他还是高抬贵手的了。他一个工人为什么分到这里来与一些个干部文化人右派一起改造,这是组织上的事情,别人也就说不清楚了。

郑仿被李福宏奚落得狠了,脸红了起来。他从衣袋里一把抓出来两封信,面红耳赤地喊道:"柳州的来信,我的女朋友!两个!"

于是大家笑得更欢。苗二进叹道:"这就是思想改造的成果了。像郑仿这样的知识分子,过去要是搞个恋爱,还不得酸溜溜的神秘秘的!能像现在这样坦白豪爽么?"大家也都点头称是,齐颂改造的英明伟大与进行改造的欢乐幸福。

李福宏连忙向郑仿行举手礼,并且献殷勤说:"主编,您的头发太长了,不精神。来来来,我给您推一推理一理,拾掇漂亮了照个相也好寄过去呀!"

郑仿一面理发一面给大家介绍自己的两位女友,一个是他的中学同学,他们曾经相当要好过。后来郑仿革起了命,渐渐对于她的不太革命的女朋友不满意起来,终于使这位女士另字了他人。没想到,她的这位丈夫参加抗美援朝在朝鲜牺牲了。他们在最近恢复了通信。

出于对于烈士的敬意,大家没有多说话,只是沉默地听着。

李福宏嘟囔了一句:"敢情是个二婚头子……"

另一位则是郑仿的表姐,比郑仿大两岁。"她是很美的,"郑仿说,"然而她的性格有些个孤僻,她早就下了独身的决心。小时候我们曾经在一起做诗填词。她的名句是'燕子归去香巢空……'我回答她说:'何年不梦杏花红?'我们也是最近才恢复了通信的。"郑仿说着,呈现出一种似梦似幻的表情。

大家觉得郑仿的表现不够健康,此时倒也没有话好说——没劲,便搭讪着散去了。

钱文便去找高来喜,他想多知道一些老熟人们的情况,他已经与他们失去联系很久了。他自以为过去与高来喜的关系是很亲密的,高来喜当初甩了卞迎春与刘丽芳相好的时候,只有钱文对他态度还不那么激烈,对他还有所宽容。高来喜很喜欢学习新鲜知识新鲜事物,而钱文很愿意把自己知道的东西告诉给他。他相信高来喜是尊敬他的。但是此次的相逢高来喜却没有显现出丝毫热情。他机械地回答着钱文的问题。关于他自己,小高说,他是因为态度过于恶劣才被最后定为右派的。反右斗争领导小组找刘丽芳谈话,让刘丽芳揭发小高的问题。高来喜知道以后找领导小组大吵了一回——被定为破坏运动。然后搞了几条罪状。"就那些吧,我有一次说区委缪书记把'衷心感谢'读成'哀心感谢'是读了别字。后来这一条就算是往老干部脸上抹黑,还要算作是我认为外行不能领导内行什么的⋯⋯反正就是这些吧。"他懒洋洋地说。

钱文点点头,安慰他说:"戴上帽子好。你说没有戴上帽子以前,你有多少思想问题吧!想这个想那个,你有多少东西是想了半天做不到的啊。人活着是太闹心了呀。又是埋怨领导啦,又是和别人搞不好团结啦,又是闹待遇啦,又是要求调动工作啦,又是想出头露脸啦⋯⋯多麻烦!现在呢,真好啊,除了劳动,就是检讨,除了认罪还得认罪,什么思想问题都解决了,什么不愉快都没有了,真叫踏实呀!"

钱文自以为说得幽默、生动、豁达,以为他能逗小高一笑的。但是高来喜根本没有笑,他的脸上的表情是愤愤然的。

在说到刘丽芳的时候,高来喜说:"哼,我现在算是知道人是个什么样的了。我再也不想提她了。"

"你们……吹了?"钱文惊讶地问。

"没有什么吹不吹的。不要再提这个名字了。我不想再听到这个名字了。"高来喜冷笑了一声,这冷笑既冷酷又决断,使人觉得经过了反右的大风大浪以后高来喜不是像他们别的右派那样变得唯唯诺诺哆哆嗦嗦,而是反而更带刺更厉害了。难道这个世界更加容不下他了么?这是钱文所不能理解也完全没有料到的。

然后他们谈到别人。高来喜含含糊糊、断断续续地说起了王大新。喜欢读书、一身脏乎乎的汗毛的"南蛮子"王大新早在批判胡风、肃清反革命运动中就被揪了出来,斗了一阵子,也没有斗出个子丑寅卯来,后来就以思想不开展为由把他调到了图书馆去了。跑了初一跑不了十五,结果这次反右斗争中又犯了事,好像是他的一本什么笔记簿出了大事,他在上面写了不少反动观点,据说有攻击苏联攻击赫鲁晓夫攻击唯物辩证法。群众批判他他口齿不清地磨磨唧唧,最后定了个情节严重,态度恶劣,"一类处理",送去劳动教养了。

他们略略叹息。听了这些,钱文只觉得更加踏实。踏实,这是人生中多么难以达到的幸福境界!

"毛主席说过,"钱文体会道,"对于反动派,就是要消灭他们。消灭一点,舒服一点;消灭大部,舒服大部;彻底消灭,彻底舒服。真是说得太对了啊!"

高来喜似有似无地发出了一声冷笑。

这声冷笑使钱文不寒而栗。

高来喜便又说到周碧云。周碧云被批得也是一塌糊涂,特别是狠狠地批了她的"资产阶级恋爱观",还有些个生活上的事。"我一直在批她,"高来喜愤懑地说,"可最后呢,她不算是右派,据说她是一种叫做'中右'的典型,她的案例在区里还印发了书面材料。她最后算是人民,我呢,积极揭发了半天,我倒成了右派了!"

"我又跟你们不一样,我根本不是知识分子,我怎么会是右派?"高来喜愤愤地说。

钱文莞尔一笑。不一样不一样,来到这儿您还上哪儿不一样去?右派就是右派,没有什么不一样的。我们这些人,一开始还不是说什么"我们可和章伯钧、罗隆基不一样……"呸!钱文有那么点幸灾乐祸的心情。

他们俩沉默了一会儿。高来喜又说:"也许这就是报应吧。谁让我那么积极,去批判人家周碧云呢。"

钱文想说"周碧云可也积极地批判过我呀",但他没有说出口。他毕竟是已经当了一段时间的右派了,不像高来喜这么嫩,这么鼻子不是鼻子,眼睛不是眼睛的啦。不是也蛮有意思的吗,你批判完我也就该他批判你了。时候一到,谁也甭想跑!一个也跑不掉!最后是——他的脑子里出现了一个词儿——全军覆没;是——他脑子里又出现了一个词儿——一网打尽。批人者人恒批之,斗人者人恒斗之,右人者人恒右之……真是伟大呀,真是天网恢恢疏而不漏呀,真是替天行道大公平大舒畅呀,就像一种法宝,就像一种仙人绳仙人袋,把他们这些一个劲儿地革命实际上又不知道革命为何物一个劲儿地革人家的命实际上自己的改造根本就不合乎革命的规格的家伙全都缚了起来收了进去了。这样的伟业,除了当今谁又做得出来呢?古今中外,除了我们的伟大的党,谁这么做能做得成,做完了还让大家心悦诚服,三呼万岁呢?让你是愈挨批愈热爱党,愈挨斗愈矢志革命。被批得体无完肤了,倒了臭了肃清了流毒了变成了不齿于人类的狗屎堆了,你反而更感到党的伟大党的温暖党的英明了。谁有过这样的心情这样的体会呢?真了不起,真了不起,简直是奇迹中的奇迹,革命中的革命,天上的天,比太阳还要太阳的太阳呀!

"真棒呀,真棒呀!"他说出了声。

高来喜向他翻了一下眼。高来喜的表情有点不大恭敬。过去高来喜对他是很敬佩的,特别是在他写了一些诗,改做编辑工作以后,高来喜每次见到他都像见到了老师一样。对他,高来喜的脸上经常浮现着笑容,高来喜还经常向他请教一些文字方面、科学知识方面的问题,他讲到什么话,高来喜动不动就显出一种全神贯注、洗耳恭听、为之感动、为之叫绝的表情。他只要讲得幽默,高来喜一定最先笑出声来而且笑得最由衷;他讲得激烈,高来喜一定最先红起脸来而且立即挥拳顿足做出强烈的响应……但是曾几何时,现在高来喜对于他的态度已经完全变了……经过运动,他们反正都是臭狗屎了。那么多过去自以为是先驱志士功臣能人英雄豪杰的男男女女,陡然间全部失蹄落马……对于他们只剩下了"豺狼""狐狸""垃圾""画皮""腐烂透顶""丑恶面目"之类的形象描绘了。谁又还能看得起谁呢。

然后说到李意。运动当中最为安全的就数李意了。他早在一九五四年肃反运动以后就以年龄偏大、政治水平低为由申请调走。他的这种做法使大家侧目——这不跟革着革着命不革了一个样么?这不等于放弃了自己的应该说是无与伦比的政治上的光明大道了么?在人们的轻蔑与怜悯的眼光下他走了,他去到了一个最为平庸的地方——到五金交电公司做工会主席去了。据说做了工会主席他也不怎么管事,以胃病为由经常是三天打鱼,两天晒网,干什么都是一推六二五。前几年人们一提起他来就摇头,都觉得他是自甘沉沦,自甘堕落,不算是革命队伍的逃兵也算是革命队伍的掉队者。短短的几年过去了,他的命运成了为人们所羡慕的了。"鸣放"时期,他住了医院,动什么十二指肠的手术;当然,他是吱也不鸣,屁也不放。运动一来,他什么事都没有。

"这叫什么事儿呢?"高来喜问道。

钱文听了也不大服气。显然,过去李意是他们当中最落后的。为什么落后了倒平安,先进了先倒霉呢?一面不服气,一面频频地点头。点头,因为他坚信,一切都会是十分合理的。他这一段的经验是,不管多么难以想通的事,反正最后都得想通,通也得通,不通也得通,与其晚通不如早通,左右也是通,横竖也是通,不通即是通,通了就更通,一通百通,你通我通,无人不通。相信一切存在的合理性、可通性与必通性,改造起来就会更有成效,就能吃进饭去拉出屎来睡到铺上干在地里诸事正常六六大顺。一个右派分子还有什么可以怨天尤人的呢？而一个无权怨天尤人、绝不怨天尤人、不会怨天尤人的人的生活，不是会幸福许多么？

"深刻呀！真深刻呀！"钱文说。他想起了廖琼琼的"深刻"论。

"你怎么样？"钱文想起来，该关心关心高来喜本人了，毕竟高来喜年轻、单纯、没见过多少世面，作为一个曾经被他尊敬过的兄长，他觉得自己对他似乎负有某种予以开导的责任。

"有什么怎么样的！"

"你身体还可以吧？"钱文坚持要关心他。

"身体？身体有什么用？像咱们这样的，死了不过是臭一片地！"

钱文没有想到他会这样说话。他有点触目惊心。他立刻随着高来喜的话想象到了一个人的死，死了，腐烂了，搞得一块地都臭了。他嗅到了尸体的臭味，他嗅到了自己的臭味。原来一个人活一辈子，最后不过是臭一块地罢了。却原来，每个坟头都是臭臭的。右派就更臭了。是的。当然。

"那个卞……卞……卞……"他变得结巴了，怎么也没有把卞迎春的名字说出来。

高来喜摇了摇头。"她也揭发我了。"他冷冷地说。

"这也是报应吧。善有善报，恶有恶报；一切都会报、报、报……"他又补充说。

钱文觉得尴尬。他身上发冷，他转身打算离去。

"等等！"高来喜粗暴地说。等钱文再转过身来，高来喜问道："这到底是怎么回事？我总觉得咱们本来不是右派，这样弄来弄去，不是弄假成真了么？比如说我本来觉得你好，非说是我觉得你不好，这弄下来的结果会是怎么样呢？"

钱文向他摆一摆手。他走了。

这一夜，钱文睡得断断续续，一会儿来回翻身睡不成，一会儿似乎是睡着了,头脑里光怪陆离。一会儿又被东菊的"注意身体"的呼唤声唤醒了,一会儿又在高来喜的恶狠狠的"臭一块地"的语声中睡去了。来了去了来了去了……

到了后半夜,一个问题突然严肃地摆在他的面前:对于高来喜的某些说法——那显然是不健康不正确有情绪有疙瘩的说法——他应不应该去汇报给领导呢?真是无事生非呀!高来喜与他非亲非故,他却要去关心他个什么劲儿呢?这不是自找麻烦么?去汇报吧,先去关心人家,再去汇报人家,多没意思!弄不好还会把麻烦找到自己头上:如果组织上问,你驳斥他了吗?他怎么回答呢?不去汇报吧,明明高来喜的情绪不对头,难道他应该包庇他吗?别看自己是右派,却一心只想与右派划清界限,他可不想窝藏右派。如果这一次他不向组织上忠诚,下一次他会不会又有意无意地向组织上隐瞒重要的情况,愈来愈隐瞒,愈来愈与党两条心,最后变成托洛茨基、布哈林、铁托和刚刚枪毙的匈牙利事件的罪魁祸首伊姆雷·纳吉呢?

伊姆雷·纳吉现在算是臭了一块地了。

我不愿意作纳吉,我不要作纳吉呀!他竟然喊了起来,喊完了自己把自己吓了个发抖不止。

"钱,你咋了?"是房东权大生起来了,他一面咳嗽一面问。

钱文肯定是叫喊得太吓人了,把房东都吵起来了。

这里的农民称呼别人时候只称一个姓,这使钱文想起外国人的习惯来。

钱文连忙翻身下炕,摇摇晃晃地来到院里。他掩饰说:"没事,我魇住了。我睡觉的时候爱把手放到心口上,喘不过气来就喊叫。从小就这样,没事。"

权大生微驼着背,说话声音嘶哑,他问:"你是不是心口疼?我给你烧块热砖好不好?"

钱文笑了。权大生自己有个"心口疼"的毛病,他自己给自己治病的土办法就是把一块砖烧热,裹上几层布,放在胸前热敷。每个人都是以自己的方式来关心别人的。钱文想象着自己用烧热了的砖焐心口的情形，觉得怪有意思。

山区，一到夜间，风挺凉。钱文激灵了一下子。他闻到了庄稼和树木的香气，他也闻到了权大生身上的汗渍酸味儿。

"大伯，您睡去吧。别受了凉。瞧您，咳嗽得太厉害了。"钱文向权大生说。

"我咳嗽是吃咸菜吃出来的。不要紧，年轻人，好生照应着。别使（累）着。睡觉的时候别想这想那的。早晚你们还会回北京的。下来锻炼锻炼也好。唉，走到哪里说到哪里呗。人啊，只有享不了的福，可没有受不了的罪呀！"他说着，摸摸索索地给自己点着了烟袋，噗噗地吸着烟，咳嗽着回房去了。

远处一阵夜鸟的受惊的叫声。钱文抬起头，夜色中四周的山岭显得逼近，黑压压地迫人。

想着权大伯对他的关心和教诲，想着他下乡不足一个月，已经听了无数次的关于享福与受罪的警句，钱文不禁流出泪来。人民，这就是人民啊！人民的思想，人民的情感，人民的哲理，人民的格言！他想起共产党的语言里人民这两个字的分量来了。他愿意膜拜人民！他愿意承认自己过去知道的那一套只是臭狗屎，从今跟着权大生走！没有受不了的罪，多么深刻，多么朴实！就是要受罪的么，不受罪还算什么人民？他的心乱了。北京城，北京城，北京城里的人是多么孱弱和渺小啊！城里人，干脆算不得是人民。党的逼着知识分子下乡与农民打成一片的办法还真叫人拍案叫绝呢！

第二天他们到十里地以外的紫李子沟高山梯田去翻白薯秧。去的时候，一人背一篓子厩肥。一篓子厩肥大约一百斤左右，冒着一股子刺鼻的马尿味儿。背上它上坡，才几步汗水就哗地流出来了。钱文看到高来喜的面有难色样子，就更要显显英雄；他挑了一个大篓子，大步流星地向前走，一边走还一边与高来喜说笑："你看，这就跟压豆腐一样，刚一压，还没使劲呢，哗的一下，水就全下来了。"

高来喜淡淡地一笑。他面无表情地背起了篓子。走了三分之一的路以后,钱文才判断出,别看小高情绪不高,其实他比钱文有力气,能劳动得多。他走步一下是一下,腿不颤,腰不弯,气不喘,脸不红,有汗而不淋漓,不声不响,无精打采。他想起小高的话:"我跟你们不一样,我不是知识分子。"而钱文他们干起活来就要全身兴奋,调动起全部力气:用他们的一种下流玩笑话来说,叫做一背起篓子,把日狗的力气都使出来了。尤其是他们当中的一个名叫费可犁的长脸、眯缝眼的原组织部的处长,干起活来就更是吓死人。他背着篓子,气喘吁吁,喘气的声音二里地外也可以听见,一边喘一边还哼哼,不但像是日狗而且像是被狗所日。又有的老乡说,费干起活来可像那个砸明火。他的这副架势一开头曾经把钱文吓了一跳,以为他患了病。费可犁背着篓子不是走而是跑,跑得面无人色上气不接下气了,再把篓子放到梯田堰上休息。一起初,钱文总觉得他是在故意装腔作势,是为了表现自己已经使出了全部力气,甚至怀疑他是对劳动改造不满,是在那儿叫苦连天,要死要活,以为他的潜台词是:"我要累死了,我不行了,请看我这是使的什么样的力气干的什么样的活儿呀!看,你们这是在杀了我呀!"及至有所接触,钱文才知道他是非常心悦诚服积极努力地来劳动来改造的。大家说起他的干活来,都会浮现出笑容,说:"他呀,他就是这样。"

今天,钱文看看费可犁再看看高来喜,他看到了小高嘴角边的冷笑。他是在笑知识分子改造起来竟是这样丑态百出么?

"休息休息,休息休息,休息休息。"农民们见到下放人员便这样说。而他们这些人当中,杜冲也最喜欢这样说。尤其是,今天有才来的高来喜,他的关怀就更加亲切了。杜冲原来是一个大单位的办公室主任,定为右派以后,他仍然保持着一种谦和而又居高临下的翩翩风度,不论对于谁,他都是一位宽厚慈祥的长者。他的外号本来叫"首长",钱文来后不久,说是"首长"的绰号太严肃太政治了,与他们的身份不合,考虑到他的慈眉善目镇静脱俗而又从俗的样子,钱文建议将他的绰号改为"活佛",大家一致叫绝,于是他就成了公认的"活佛"了。

"活佛"的存在使他们的劳动改造气氛似乎显得缓和了一些。但对于那种特别积极的改造,疯狂的改造来说,杜冲这位"活佛"似乎是在拉后腿。该怎么说好呢?

路上用了一个小时,最后,不论是"日狗"的、嗷嗷叫的、无精打采的、慈祥亲切的……前后相差无几地到达了紫李子沟。

紫李子沟的风光很好。最高处有一株大梨树,银白色的树枝条上呈现着褐色的斑点。春天这里一片白花,老乡们说。往下每个梯田的堰根是一株核桃,铺张挺拔,明快洗练,使梯田大为增色。

紫李子在哪里呢?钱文曾经问。没有人能够回答。想从前也许是有过的吧?岁月使一切名都不一定符合实际了。

开始翻白薯秧。白薯在正式栽植以后,长得很快,从匍匐茎上会长出许多不定根,扎入泥土,最后这些小根上也会结出小白薯。农民们认为,只有频频地翻动白薯秧,不让白薯多余地扎小根分散养料,最后才能结出硕大的白薯来。干这个活要弯腰下蹲,即使是小矮子也会觉得自己的身量是多余的。如果一个人只有十厘米身高,干起这个翻白薯秧来是多么舒服呀!现在,腰腿都显得太大。他们要把自己尽量蜷曲收缩,他们干了一会儿便腰疼腿酸脊背麻木,而又燥热难当。太阳愈来愈高,晒得满身流油,但还是说笑声不断。毕竟今天只有他们和老乡,没有那些革命干部,他们觉得轻松一些。高来喜干得很快,顺手拔掉杂草,田地变得干净。他干一会儿,不等谁下命令自己就坐在田头歇凉,谁也不看谁也不理。

汗出得太多了,腻得慌。钱文干脆把光身穿的一件破斜纹布褂子抛到地头,还出汗不止,便又把长裤子脱下来扔到了一边。他只剩下一件内裤衩了。

他为自身的近乎赤裸而感到无限的快活。

多么解放呀!

他不理会农民对于他的劝告。农民说,这样精着身子干活是很危险的,杂草庄稼的茎叶都可能伤害他的身体,从蚂蚁到毒蛇也都是莫大的威胁。杜冲也过来劝他。他笑着说:"有毒蛇,就让它们来咬我吧。反正毒蛇是毒,右派也是毒。"说完他自己大笑起来,杜冲却没有笑。

干了一个多小时,队长叫歇。大家一起走到地头,纷纷掏出香烟旱烟。"钱,抽一袋!""高,抽一支!"农民向不吸烟的干部让烟。徐大进掏出一盒珍珠鱼牌劣质香烟,给农民们分了几支,自己胡乱抽了几口,把烟一扔,又钻到地里去了。他不理会叫他歇歇歇歇的群众呼声,他是在检查他的这支右派人马的劳动质量,把别人没有拔净的草拔光。他的这种放弃休息多做贡献的做法使大家普遍感到不安。钱文几次考虑也提前恢复干活,可他又觉得这样做也不大好。刚成立的人民公社、生产大队、生产队,做什么还是集体一点为好。他注意到农民们一开始招呼徐大进回来休息,后来看叫不回来便干脆看也不再看他。他注意到徐大进现在是进入了方才费可犁干过的地方,费可犁干得最猛最快,就是活儿不利索干净。费可犁一看徐大进现在是帮助自己"擦屁股",起身要去。杜冲招手止住了他。"歇歇歇歇,该歇就歇,该干自然就干。听队长的。"他说,带着一副很有把握的样子。费可犁已经探起了半个身子,便又勉强地坐了下来。杜冲干脆招呼他:"这边来,这边可以看到北京……"钱文也跟着他们过去了。站在山头下望,近处是层层梯田,像木刻似的分明强劲。远一点,山峦起伏中一条公路蜿蜒穿过。再远,就是一片模模糊糊的烟云了,烟云中似乎有几幢房子的身影。当然,这里是看不见北京的,只有靠想象,顺着公路走下去,也许最终能到达北京。

北京,我们在这儿呢。什么时候你能够再次接受我们呢?

虽然天气正热,一阵山风吹来身上十分的凉快。汗出得越多就越凉快。果然,钱文身上已经被植物叶子拉了好几道口子,凉风一吹,全身都是凉的,而那几道口子是又痛又热,火烧一般。疼痛,原来也能够这般的痛快!还是干活好啊!往年在北京,这样的炎夏八月,吹着电风扇、吃着冰棍、喝着汽水还昏昏涨涨、叫热不迭呢！什么时候这样精神过？

又是一阵风。钱文抬起头。虽然从地面看数紫李子沟最高，上山以后一抬头，上面仍然是连绵的山。山峰的西面，出现了一片黑云。

"今天怕是要濯上了呢。"农民们说。

于是他们接着翻白薯秧。凉风一阵一阵，使钱文确信，炎夏季节，在紫李子沟山顶赤身露体地翻白薯秧乃是人生一大享受。他想起《三国演义》里对于许褚裸体战马超的描写来了。真是快乐呀！过去我们从来没有享受过这样快乐的日子！过去我们从来没有享受过这样快乐的人生！

随着凉风的加大和阳光的衰减，白薯秧渐渐发出一种青草和麦芽糖混合的香气。醉人的香气使一切变得更加迷人。然后，刷的一下子，大雨倾盆而下。

……这才叫雨！这才叫夏天！这才叫活在人世间！这才叫劳动！这才叫农民！人们无处躲无处藏，人们都成了落汤鸡。大量的雨水汗水顺着头发梢顺着衣襟顺着肩背顺着裤裆里里外外地流。到了这时候人们反而不怕雨了。已经什么都湿透了，已经全身上下都是水了，雨下得愈大才愈痛快呢！

刚刚还热得大汗淋漓的人们在风雨交加之下冷得瑟瑟发抖。他们牙关打着战，一边笑一边欢呼："多凉快！多舒服！多美！"

陡的一道闪电，一个爆雷，农民们面无人色，右派分子们高兴地大叫起来。

许多年后，钱文仍然坚持认为，这个在紫李子沟劳动遭遇暴雨的一天，是他一生中最幸福的一天。想起这一天他就能闻到那雨后的山野的清香，那甘甜养人的空气，他就能看到那起伏的山峦和分明的梯田。特别那一次巨大的电闪雷鸣，是一次神圣的启示。他永远留恋它，珍惜它，思考它，温习它。

并不是每一个人都有这样的福气。

第 七 章

古代的谚语是"条条大路通罗马"。在新中国建立初期,人们把它改为"条条大路通向革命"。人们聚在一起,谈起自己参加革命的过程,不禁叹息中国之大,处处都孕育着革命的种子与动机,而一九四九年人民革命的伟大胜利实在是历史的规律——亦即无可讨论更无可抗拒的"天意"。反观人们走向革命的历程,实在是琳琅满目,妙不胜收。其中悲壮崇高之仁人志士自不在少数,滑稽梯突的非驴非马者亦大有人在。前面曾经提到过的萧连甲所在的那个理论研究单位的总务科长朱可发,就多次毫不避讳地谈及自己的革命发端,那可是一个与保尔·柯察金或者马克辛的革命化历程全然不同的经验(保尔与马克辛是做梦也梦不到这样的革命故事的)。

一九四四年冬季,那年朱可发十七岁,在河南省一个小镇的澡堂子跑堂儿。全镇只有这么一个洗澡的地方,从早到晚顾客川流不息,到了冬天更是人满为患。一天驻扎在镇上的碉堡里的日军小队长带着自己的女人要来洗澡,前一天就通知澡堂子第二天不许对外营业。澡堂子的掌柜的与伙计心怀不满,当然也不敢表露,只得打扫干净,恭敬伺候。小队长耗到天黑才来洗,他说是要等中国人的臭气散一散。来了,澡堂子的记账先生给他开了两个盆塘单间——这家澡堂子也只有这么两间盆塘——事先打扫干净而且点了一天的芭兰香熏香。结果鬼子小队长来了只要一间浴房——他要的是夫妻同浴。全澡堂子为之轰动:公母俩一堆光着腚洗澡,这样的事从盘古开天地以来从没在此镇发生过。全澡堂同仁义愤填膺,痛不欲生。都说两个鬼子这样无耻之尤,有伤风化,这不仅是对于全镇人民的侮辱而且是对于祖宗的在天之灵的大不敬与对于保佑乡里的诸神的亵渎。这种伤风败俗的禽兽行为必遭天惩,从此地震瘟疫水旱蝗风邪祟灾病将会接踵而来,纵然村口有四个石金刚镇妖辟邪,这个村的风水算是完了,真是上对不起祖宗,下对不起子孙!大家愈说愈气,怒火熊熊,只是毫无办法可想:小队长带着的两个护兵,刺刀上膛,外加一条狼狗,谁敢出一口大气?

底下的事就看史家们的春秋笔了。据朱可发说,当时只有他是舍生忘死,大勇过人,热血沸腾,一身正气:在小队长公然在他们的干干净净的澡堂子行那无耻之事的当儿,他推门进去闯了他们的窝,端了他们的铺,坏了他们的好事,大长了中国人民之志气,大灭了日本鬼子的威风,保卫了家乡保卫了民族。在他把鬼子吓得从此得了尿频症一辈子再不能干那活儿以后,他冒着生命危险,过五关斩六将,闯过了鬼子的刺刀与狼狗的利齿,毅然投身革命去参加了北山抗日游击队。

在定他右派的时候,这段历史的版本重写成了另一样:说是据调查,朱可发此人纯系混入革命队伍的流氓痞子。该朱(这里采用的是当时和以后在提到敌我矛盾者——不得称同志者——时的惯用构词法)在日本小队长前往洗澡的时候初则奴颜婢膝,认贼作父,围着人家日本人特别是围着人家日本妇人转,丢尽了中国人民的脸;继而下流成性,扒着门缝看人家日本娘们的光腚,被护兵发现,他落荒而逃——就这么当的八路军。这段揭发批判令多数人忍俊不禁,哭不得笑不得。继而愤然,女同志听了这个故事颇有自己洗澡被偷窥了的气恼;男同志听了这个故事,则感到了自己的妻女姊妹被偷窥了的屈辱;他们表现了国际主义的同仇敌忾与对于日本妇女的高度友好尊重感情;他们骂道:果然是臭狗屎!果然是照妖镜下显了原形!什么东西!枪毙了也不冤!

至于朱可发自己,一点也不紧张。他含笑说:"还不是由着你们说?原来说是那样,也是你们教会的我。现在说成这样,唉,又有什么可说的?要定右派了还能不批倒批臭吗?要是改成选劳动模范了,那还不全剩下了先进事迹?咋说咋好,咋说咋好,俺姓朱的,一直是一百一地听党的。反正我朱可发离开共产党连一顿干饭都吃不上。我要是反了党,世界上就没有不反党的了。当然了,你们分析得对,我欠学习,摆老资格,说话出圈,顺着嘴喷稀,犯下了右派分子的滔天罪行。我对不起党,对不起我那供给制的七斤半小米与薪金制的十九级干部待遇。要打要罚,全听你们的,需要扒咱们一层皮,咱也不带眨眼的。这壶酒钱我算是认定了!"

杜冲是朱可发的连襟,也就是说杜冲的老婆是朱可发的老婆的妹妹。这一担挑双双划了右派,朱可发的事迹和他的"良好"的态度常常挂在杜冲的嘴边,一边说一边笑:"真是条条大路通向社会主义!赫鲁晓夫同志说得多好!"

萧连甲则纠正说,"条条大路通向……"的句式并不是赫鲁晓夫首先提出来的,而是在联共"十九大"上由米高扬首先提出来的,而且原文是"条条大路通向共产主义"。对此,杜冲只是一笑,笼而统之地说:"都一样,反正都一样!"

当你问到杜冲怎么当的右派的时候他也是微微一笑:"右派就右派吧,有什么为什么呢?既然条条大路通向社会主义和共产主义,同样的道理,条条歪路邪路也能通向右派呀。你说是不是?我是小地方人,上学只上到初中,不像你们这些大城市的洋学生。八路军来到我们那里,号召参军,我就参了军。我不参军就得种地,种一辈子地,受一辈子穷,受一辈子气。当然是参军好了,当然是革命好了,八路军不去我们那里我也不会革命的。我革命可没有你们那么伟大呀激动呀闹神闹鬼的呀之类的。革了命还不是撞大运?十六岁我参军的时候我就知道革命一定胜利?说实话我可没有那么大觉悟。运气好了革命就又光荣又胜利。运气不好早臭了一方宝地了。现在倒也不赖,革了半辈子命混成了右派了!赶上点儿了呗,谁摊上谁认头呗!就像我可发哥说的,这壶酒钱不认也得认呀——我们单位的头儿是我们老乡,他最了解我了,快要提拔我做副局长了,头儿都跟我谈了话了。那我能不遭嫉么?就在这个节骨眼儿上你猜怎么着,头儿换了。新来的头儿一提起我那位老乡也就是他的前任他就气不打一处来,敢情他们俩是冤家。我哪里知道是怎么回事?新头儿为了打击原来的头儿,拿着我开刀。这不是,把我一搞原来的人马全乖乖的了。同样一句话说你没有问题你就没有问题,说你是天大的问题你就是天大的问题!总是要抓几个右派镇唬镇唬的呀。不镇一下能有现如今的'大跃进'?不抓你又抓谁去呢?其实咱们这也算是对于'大跃进'做出了贡献了!你说是不是?朱可发呀我呀这些老一点的也当了右派了,这个乡里的许多干部过去都是我的下级,他们也看到我在这儿劳动啦。我看这很好,我看这太好啦,就是要让大家看一看嘛,咱们的党铁面无私,犯了错误,对谁也不会客气的!"

是的,杜冲的心态、逻辑与别人完全不同,他不痛苦,不反省,不分析,不耿耿于怀。对于他来说,整个的反右斗争从大的方面来说是怎么回事他不知道也不想胡说妄言。至于他自己的失陷,完全是偶然的不走运,是人事纠葛的牺牲品。在这么一个党的领导机关的要害部门,硬要抓出几个右派,那就看谁倒霉了——除了认命他无话可说。改造不改造对于他也无所谓。他有什么需要改造的呢?无非是对于领导要尊敬尊敬更加尊敬,对于政策要拥护拥护更加拥护,对于报纸要相信相信更加相信,对于自己要检讨检讨更加检讨……其实他除了尊敬领导就没有尊敬过别的,他除了拥护政策就没有拥护过别的,他除了相信报纸就没有相信过别的,除了检讨自己就没有检讨过别的。正正常常,耗足了时间,右派的事也就完事了罢,顶多是一辈子不当副局长了——这又有谁能打保票呢,还有什么可说的?

对于徐大进和苗二进他是井水不犯河水,你好我好大家都好。看着他们那么积极他觉着也怪可笑。对于郑仿,他不但觉得可笑而且觉得可怜,没有枪毙了他还真是便宜了他了。瞧那副晦气样儿,一个月就剩十八块大洋了还跟着做诗学那个《红旗歌谣》呢!"摘下云彩擦擦汗,搬个梯子能上天",这是他的歌颂粮食丰收、粮囤高入云霄的名句。"嫦娥也要下凡来,公社远胜广且寒",这是他的革命浪漫主义的名句。唉,与其写这些不着边际的诗句,还不如多歇息会儿呢!

还有费可犁的疯狂劳动,还有钱文的苦苦思想,还有萧连甲的郁郁寡欢,还有章婉婉的左顾右盼,他都觉得是枉费心机。他经常是保持着一种含糊的笑容,注视着大家,这个笑容增添了他的魅力,也使他和大家拉开了一些距离。这个笑容和他的宽厚随和的仪态,使他赢得了"活佛"的绰号。

对于章婉婉,他是唯一的不侧目而视的一个。章婉婉的丈夫是一个工厂的厂长。章婉婉家住一套四间房子,而不是像别人那样最多两间。章婉婉的丈夫出门坐伏尔加牌小汽车,人们惯常把这种领导叫做屁股冒烟的干部,章婉婉也常常跟随着坐车。章婉婉说起话来有点南方味道,常常在话中露出"嘶嘶""哧哧"的齿音。章婉婉来到这里只要是一劳动就差不多要受伤,锄一次草会扭了腰,起一次粪会崴了脚,装一次车会错了环(脱臼),上一次远山会发一次烧。这一切的一切使在这里改造的众右派无法容忍,觉得她怎么会是一位这样的贵夫人,一位资产阶级的娇气鬼。"小姐身子丫环命",李福宏对她评论道。人们无法理解,怎么别人当了右派就变得那么下贱,而她呢,右派还得那么豆腐脑儿似的不能摸不能捅。她三天打鱼两天晒网地劳动着,别人一听说她请病假就气不打一处来,凭什么我们就得牛一样地干马一样地干而她老是休息?为什么当了右派待遇还是这样地不公平?大家想不通。尤其是最令钱文反感和恐惧的是章婉婉的开会发言,她说起话来严肃得要命,听那口气她活像是监管人员。大家不愿意搭理她,只有活佛不断地去看望她,关心安慰她。活佛还一再替她解释:"哎呀,人和人的身体就是不一样嘛!一个女人家你们管她干得多还是干得少呢？她多干了你也不能少干嘛！她少干了，甚至于就说她一点也不干吧，你也多干不到哪里去嘛！"

对于她的发言，杜冲也有自己的解释。他说："还不让人家说说？干活干不了再不说说，你还让不让人家改造，摘帽子？你活也让别人活嘛！"

钱文、郑仿、费可犁都是杜冲的朋友。和杜冲在一起他们觉得舒缓却又——庸俗。杜冲不相信崇高的革命，所以也不相信危险的反革命。杜冲不相信神圣的原则，也不相信可耻的叛变。"你们这些个吃屎（知识）分子啊，你们知道什么叫革命什么叫政治什么叫人民什么叫党？你们呀，闹着要革命的也是你们，真革了命你们又不自在了。讨革命的嫌招革命的厌害得我也跟着吃挂落儿的不就是吃屎分子们吗？"他常常感叹地说。等到别人追问就里，求他把真知真传告诉大家的时候，他就会优美地一笑，若真若假地摆摆手：

"算了算了，我知道个啥，我要是真知道还能当得了右派？我是反动透顶愚蠢透顶头上长疮脚底下流脓的坏种了。啊，真好，真好啊，清除了那么多坏人，多伟大呀！真是英明呀光荣呀正确呀有意思呀……瞧，'大跃进'搞得多么轰轰烈烈！不把右派揪出来，能有'大跃进'吗？看吧，云彩都摘下来了，好好地擦擦汗吧。你们说，药房里供应的避孕套，那玩意儿的质量到底靠不靠得住呢？我家的对门贡秘书长用到半途，套破了，漏了。他新得了个儿子，起名硬是叫'漏生'。你们说有意思吧？"

他显然是有意识地转移了话题。从吃屎分子与革命谈到避孕套上来了。

然后他心情沉重地说，为了防止"漏生"，他一次用双层套，结果呢，他长叹了一口气。大家也只剩下了苦笑，谈到他个人的性生活上来了，你还能搭什么腔呢？

回到权家店的这个晚上，大家散去以后只剩下了杜冲陪着郑仿理发。李福宏一面理一面念叨："我说您这个脑袋到底是怎么长的呢？南瓜不像南瓜，茄子不像茄子，方不方，圆不圆，端不端，正不正，扁不扁，长不长……这样的脑袋不当右派您还让谁当去呢？再说您的头发，我理发这么多年没见过这么不成规矩的头发！又干又硬，一个脑袋上四个旋儿，你这个头发纯粹是捣乱啊！比鸡巴毛长得还寒碜！那年我给局长理发，瞧人家那头，天庭饱满，地角方圆，大背头，戴五十九号的帽子，脑瓜皮不出汗，不出油，不落麸皮，头发不打绺儿……"

"你少啰嗦一点好不好？你自己的脑袋又长得如何呢？你脑袋长得很出色，跑到这儿来做什么来了？啰里啰嗦倒不打紧，小心些别剪了我的耳朵梢！"郑仿回击说。

"你爱信不信。人家领导同志的脑袋长得就是不一样啊！官愈大的脑袋愈好。我脑袋当然不好，我是东北人，我没有后脑勺呀！我再胖一点，这脑袋就像猪头了呀。您看一看，中央领导，往那儿一站，头这么一歪一摇一甩一低一扬，喝，瞧人家那派头人家那分量！有一个长我这号猪脑袋的吗？"李福宏说着大笑起来了。他和他的听众们都发现，世界上最开心的事莫过于自己糟践自己的了，又安全又滑稽又亲切又诚恳……真是可爱呀！

"这其实也挺好，工资也不少给，农村的活多美！乡下的空气多好！且比整天给人抓头皮强得多呢！理发这一行也是遭罪呀，一天下来，手指头让肥皂水都泡肿了！咱们现在在大田里干活有多豁亮！出了汗风一吹，绝对不长痱子！可比在理发店里捂着强老了鼻子了！上哪儿找这样的好事去？要说呢，我这一辈子好事太多啦！也该碰上点倒霉的事啦！我出生的那一年，我爸爸——他是拉洋车的——从马路上捡了一张彩票，结果，他得了头奖！十三岁上老爹送我去学理发，刚挨了师娘两天笤帚疙瘩，唉，咱们解放了，翻身了，不兴打学徒了，咱没有多挨揍就学成了手艺了。咱十九岁就娶了媳妇了。当时她那模样，人家都说嫁给我是一朵鲜花插在牛屎上了！你听明白了吧？二十岁上她一胎生了两个大儿子！上哪儿找这样的运去，您说！我女人呢，前年还入了党了当了工会干部啦，人家混得比我还强呢！可对咱们是百依百顺，想咋整咋整……这样的好运天也不容！天不容全乎人！懂吗？大学生！再不弄个什么什么分子当当，莫非等着长噎膈（食道癌）、出车祸、死儿子、碰电门不行？我那个大师兄就是这样呀，他什么都顺心，去年中秋，他上树够枣，树杈子断了，您猜怎么着？他摔死了，摔得脑子里头都错了位置啦，哪儿都不是哪儿喽！死就死了吧，反正咱们早晚也是一死，可他那么大人啦，死得也太没有价值喽！问起来咋死的？够枣，死还落个馋名呀！我一个工人，我跟你们又不一样，我犯个思想罪算什么？我又不想当干部，还不是一个样理发！顶多不给首长理发也就是啦。不碍吃不碍喝的，当两年分子就分子呗！我不就是嘴臭吗？这是党给我的教育！把我这个臭嘴大粪坑变成香水瓶玫瑰花！我感谢党！我乐意！"说完，他笑得更欢了。

"听你说话，心倒真宽，你是能开导自己的呀！"郑仿说。

"还是得向工人阶级学习！郑仿，你看出来了吧，就是当了分子工人出身的也比知识分子出身的强多了！"杜冲煞有介事地说。

"可不能那么说，"李福宏正色道，"玩笑归玩笑，我的玩笑话也不过是管丈母娘叫大嫂子——没话找话罢了。要不然哥儿几个您不闷得慌吗？要说真格的，那我得跟您们老几位学习！我呢跟您们老几位比，纯粹是白薯，纯粹是酒囊饭袋草包吃货！要说那觉悟，我是等于零！要说那理论我是等于屁！要说那个开起会来，我纯粹是聋子的耳朵哑巴的嘴瞎子的眼睛瘸子的腿！我是屁用不顶噢，向您们老几位学一辈子我也沾不上边呀！我说您哪！"

"你这样说就错了，"杜冲也正色道，"我们是反动的，你不应该称呼我们什么您，更不能说什么向我们学习，向右派学习起来那还了得！我们顶多是你的反面教员！就是说，你应该以我们为教训，千万别像我们这样啊！"

"瞧,您这一说就有了不是?说下大天来,你们老几位是革命理论的童子功啊!你们是年轻的老革命啊!您一张嘴就跟我们这些造粪机器不一样啊!您早晚还得官复原职,当我们的父母官呀……"

"不要胡说!这是说到哪里去了!我们要在这儿劳动一辈子改造一辈子!"杜冲做出喝止的样子。

李福宏偏偏不管不顾:"我跟您打赌!您要是能在这儿劳动一辈子,我把眼珠子输给您!"

见他执意要这样说,杜冲也就不再坚持,改问他道:"噢,双胞胎的儿子,现在都出息吧?"

"啊,可不是,有党的好领导,哥儿俩都上高小了,我整天教育他们要好好学习,天天向上,将来学出来要当干部,别像他们爸爸这样光知道个剃头!"

"当干部有什么好?犯了错误处理起来更严!"

"你们哪里知道当工人的苦处!当个干部,就算是隔三差五地赶上回右派伍的,也比工人强老了鼻子啦!"

"我一个月才十八块大洋!"郑仿哀鸣说。

"哪儿能呢!这就是党的教育嘛!有了错误,改不改?不改就还是十八块!改了,您八十块一百八十块也不止呀!有赏有罚,有疼有管嘛!"

说得杜冲干脆给李福宏鼓掌。

发理完了,李福宏把暂充作护巾的围在郑仿脖子上的一件旧制服褂子从郑仿身上扯下来,抖动它打一打郑仿身上的头发碴,并说:"给您做好了,限于条件,您多包涵!"

杜冲陪着郑仿到郑仿住的地方去。由于郑仿是右派里头处理得最重的,把他分配在乡支部妇女委员通常被称作"妇女队长"权二珍家里以利监督改造。权二珍四十多岁了,二目有神,说话飞快,"矬老婆高声",个子不高,手勤腿勤嘴勤,是村里一个著名的女性。一九四四年,抗日战争后期她就入了党,拥军支前,土改分田,抗美援朝宣传，贯彻婚姻法，农产品统购统销，直到合作化，"大跃进"……她是样样积极样样在前。不巧的是她的丈夫是全村最有名的落后懒汉白文才。白文才比权二珍大十多岁，高个驼背，肚子上开过一次刀，他见人就让人家看他的肚皮上的刀口，证明他重病在身不能劳动，不劳动而且整天呻吟，从早到晚。

  杜冲和郑仿走近妇女委员家，老远就听见了白文才的呻吟，彼此一笑。他们推门，门吱吱扭扭，也像是年老有病。他们的院落很大——人们说都是靠二珍挣下来的。由于积极，二珍把一间最大的厢房借给合作社做了仓库，为此二珍不知听了白文才多少埋怨，而乡亲们又传出妇女委员近水楼台先得月——从仓库里得到了好处的流言。两个右派走进院子见到了坐在石台阶上呻吟的白文才。刚刚过了立秋，天气还很热，白文才却穿上了一件烂棉袍——显然，他是感冒了。他牙齿打着战，见了杜郑二位呻吟得更加厉害，口齿不清地抱怨着："还不如死了好啊，还不如死了好啊！"这种抱怨在农村很有一种女里女气的风格。郑仿问："大叔，您好啊！"白文才丧气地说："你看不见我病成这个样子了，病成这个样子还有什么好？"郑仿尴尬，心想你病不病不总是这个样子么，改口问道："大婶不在家吗？"白文才更加不快地说："她什么时候在家过？她早就把个人卖给共产党了。她连个孩子都没有给我生养过，天底下哪有这样的女人？"

  他的言词——其中"卖给共产党"云云纯属比右派还要右派的反动言论——使郑仿更加手足无措。批驳或至少是予以宣传讲解——他一个右派有什么资格给革命根据地的老农上政治课？不予理睬吧，对于一个共产党员来说是自由主义，对于一个右派来说属于什么性质的问题就难说了……

  杜冲则笑嘻嘻地凑过去，二话不说，只是点着一支烟，自己先抽上几口，把烟递了过去，说："好死不如赖活着，活一天咱们就凑合一天吧。"

  白文才满意了一些，抽了两口烟，高声骂了一句粗话，杜冲也自自然然地响应了一句粗话,余香满口地与郑仿进了屋。一进屋他就哈哈大笑起来。

"你笑什么?"郑仿问。杜冲的大笑使他有点发毛。

"真有意思呀,怎么那么有意思呢?"杜冲似乎在心悦诚服地赞叹着什么。笑完他把香烟从口袋里掏出来,把只抽了两三根的一包纸烟往郑仿手里一塞,说:"你抽这个吧。"

这个举动里包含着对于郑仿的每月十八元的待遇的尽在不言中的同情与慰问,使郑仿颇感温暖。

"有什么消息么?"杜冲问。

郑仿的一位堂舅是高级民主人士,和上层人物颇有来往。郑仿回城里一般都要到堂舅家去一下,会听到一些上层情况。这事,这里只有杜冲知道。

"难说呀。说是还要反右倾,再反右倾。要拼死拼活地'大跃进'啊。省委书记高级干部里也要揪右派呢……"

杜冲嗯了一声。

"好像和苏联也分歧挺大。说是列宁和斯大林是社会主义运动的两把刀子,赫鲁晓夫一批斯大林不就丢了一把刀子了吗?赫鲁晓夫老是想着和美国谈判。美国那可是全世界工人阶级的死敌……依我看不如干脆跟美国人打一仗,咱们都上战场将功折罪,也考验考验咱们是不是忠于革命忠于党……只要和美国打起来,咱们的问题也就不在话下了……"

"不一定。"杜冲的面色是沉重的。他另外从口袋里拿出一包新香烟,抽出一支点着了吸了两口,改换话题说:"这些事反正得听上边的。咱们知道了也是白知道。我这次回去,见到了陆书记。他挺好,一再劝我不要背包袱,特别是他一再强调要实事求是,他说了好几遍。我看这是很重要的。咱们这儿强调改造当然是对的,只是咋咋呼呼,调门太高,包括你的那些检讨,我看是太不实事求是。"

郑仿点点头,心里充满了感激之情。忽然他自己也没有料到地笑了起来。他说:"说也逗,敢情自己批自己也是一件挺高兴的事情。你说我是狗屎,我说我不是,这就会搞得很不愉快,自己不愉快,人家批你的也不愉快。你说我是狗屎,我说太对了,我不但是狗屎而且是臭气熏天的鲜狗屎。你说我反对革命,我说我就是该枪毙……这有多么好!这时候还有什么想不通的?还有什么受委屈的?还有什么过不去的?和人民的关系还有什么不协调的?什么都拥护什么都接受什么都赞成……我看这才是最大的实事求是!"

"哟!想不到你还有这么两下子!真是士隔三日,刮目相看呀!告诉我你怎么长的出息?"杜冲也笑了起来。他问:"怎么样?你这两个女友有希望吧?"

郑仿却严肃起来,他摇摇头:"我们只是朋友而已。我们的友谊是纯洁的。我没有那种念头,她们也没有那种念头,没有那种念头,我们才长期保持友谊至今。小子无才,也还有几个红粉知己。"

"胡说!哪儿来的这种反动谬论!世界上的哪块田地不长庄稼?世界上的哪个女人不寻婆家?一只小小的麻雀还知道到时候蹬母儿呢!你们这些人读书读成了十足的废物!要不毛主席要改造你们!友谊是纯洁的!呸!是自己喜欢的女人就应该勇敢地去抱上啃!啃了就不纯洁了?都这么纯洁人类都绝了种了!"

几句话说得郑仿直翻眼。他感到了一种痛楚。他读过那么多描写爱情的故事、小说、诗篇。他做过那么多美丽的梦。他给好几个他心爱的女子写过情书。他很奇怪,他自以为是这样风度翩翩、才貌双全却在爱情上一无所成,屡战屡败!这些北方姑娘伤透了他的心啊!他常常想在爱情上他将是大器晚成,笑到最后笑得最好!谁想到爱人还无影无踪,自己先变成了臭狗屎!承认自己是臭狗屎是愉快的,想起臭狗屎怎么样去找爱人那可就叫人万念俱灰了。而这时候他听到了杜冲的"抱起来啃"论……这是多么煞风景的理论呀!

然而他又不能不承认杜冲说得也有一些道理。这次他到他的堂舅家去,他还听到堂舅议论一位他所十分尊敬的领导同志的妻子。

那位领导当然是一位非凡的人物,包括他的堂舅对此丝毫也不怀疑。只是——据他的堂舅说,那位领导毕竟年纪一大把了,说是那玩意儿不太行了;因此,他们的夫妻关系出了问题。听到这些话,郑仿说不上的难受,好像是喝着清茶喝出了一大块肥肉,吃着肥肉又吞进了一只苍蝇。好像是谁在他心爱的一坪青草上拉了一泡大便。他甚至为之心跳起来,好像是自己做了什么不文明不礼貌煞风景低级趣味的事。好像是一把长了霉锈的匕首刺痛了他的心。好像是他的堂舅把脏水泼到了他最珍重最向往的两个东西——一个是爱情,一个是领导——上。甚至在自己被定为人民的敌人以后,他也同样小心翼翼地崇敬地对待着的爱情与领导,竟被这样地无耻地议论着……他感到了撕裂胸膛的痛楚。他不明白世界上为什么有人那样毫不在乎地把旁人的一个美好的念头,一个美梦随意地粉碎。这样的经验他不准备告诉任何旁人。他只能独自咀嚼这被玷污和戏弄的痛楚。

然而今天——像是老天爷的旨意——他也遭到了报应。杜冲的务实的"抱起来啃"的忠告使他恍然发现自己也已经堕进了庸俗乃至下流的泥塘。两个女朋友,李福宏的调笑,他在窘态毕露的时候贸然把所谓两个女朋友的事抛了出来……那第一个是他的回忆他的往日,是他的往事的摇篮,像普希金写的,那是他夹在书里的一朵已经枯萎了的白花。他早已经把这朵枯萎的花弃之如敝屣了;只是在被"揪出来"以后,他才回到了往日,才重新又知道了往事的可贵,才又重新栖息在往事的温馨里,才又重新感受到了当年的那朵白花的洁净与香气……而一切已经何等地时过境迁了啊! 第二个呢,那是他的圣女,艳若桃李,冷若冰霜。"一春梦雨常飘瓦,尽日灵风不满旗""昨夜星辰昨夜风,画堂西畔桂堂东""三十功名尘与土,八千里路云和月"……混乱的诗句自他的心头掠过,忽然他憋住了气,一阵酸苦袭上了他的心胸,他好不容易才把软弱的眼泪止住。

与此差不多同时,他听着杜冲的万事皆看穿的腔调,他听着白文才的有病无病的呻吟,他看着玻璃罩已经破了边裂了口的煤油灯,他闻着他借住的农民房间的土炕、麻袋、高粱秸与似乎是已经浸透在墙壁里的农民特有的汗气味道;他突然悟到现在不是多情的时候,不是唐诗宋词雪莱普希金的时候。何必把人生想得那样美好,更何必把自己想得那样美好……想得愈美好生活就愈痛苦。书香门第,不过是剥削阶级寄生虫的别名,窈窕淑女,不过是资产阶级的自欺欺人的废物,爱情永恒,不过是云里雾里的鬼话,往日种种,不过是腥风血雨中一个摇摇欲坠的小巢,一个不顾老百姓的死活的自私自利的冷血者的安乐窝。往日的安详幻梦正是如今的深重罪孽的根源。长到了五尺高一百三十斤重的一条汉子,他何曾插过一棵稻秧割过一棵白菜?他其实只是一个喝人民的血汗的十足的寄生虫。他只能只应该忘记一切。他只能只应该自己捅破自己吹起来的肥皂泡。他应该从此做一个实实在在的人。抱上个女人啃一口,这又有什么可反感的呢?能啃,是福气!相反,自己正如李福宏所说的,活到快三十了,连个媳妇也没有娶上,不是枉活一世了吗?

"对。"他回答说,"我今后就是要抱上就啃,抱紧了啃!"他笑起来,他尽量学着北京的油腔滑调和一副满不在乎的神气说话。然而他学得有点走样,使活佛听起来都起鸡皮疙瘩。

"无产阶级!"这天夜里,郑仿不停地重复着这个名词。无产阶级,这四个字代表着强健、刚硬、粗大、坚毅、直爽、勇敢、冷静、严峻……而自己呢?自己这里只有梦幻、温柔、迟疑、敏感、娇嫩、脆弱、善良、小心……这是何等的不相称呀!而自己居然还混入了党内,还成了一个小小的头目!

向隅而泣的可怜虫!毛主席说得何等好啊!郑仿不就是成了向隅而泣的可怜虫了么?

所以他应该劳动,他应该、他必须在手掌上磨出茧子,必须把心炼成钢浇铁铸,必须把江南书香门第的痕迹彻底洗净,他要炼得自己也再认不出自己来!

他兴奋起来,他从杜冲给他的烟中抽出一支香烟,点上火狂吸了几口。本来他是最讨厌睡觉的中途吸烟的。但是从今天起,他的许多规矩都要破除了。他坐在炕上靠着墙吸烟,用右手的大拇指与食指拿烟而不是他过去习惯的用食指和中指乃至于用拇指与无名指——莲花指的姿势吸烟。烟灰落在他面前的被褥上,噗噜噗噜烧了几个小洞,他用左手手掌摩擦摩擦,新的带火的烟灰又落到了被褥上。他闻到了烧煳了的棉花臭味。日他妈,老子也要抱上个女人啃一啃,他骂着,似乎是在改造的光明大道上又前进了一步,他愉快地睡着了——直到不知为什么,他又一次莫名其妙地哭醒了的时候。

五天之后革命干部也回来了。下放干部带队的队长换了人。新来的队长是曾经亲自抓过他们的所在系统的反右斗争的曲风明同志。他的到来使人们一阵紧张又一阵兴奋。来到权家店以后,经过萧连甲的转述,曲风明的"右派——黄世仁"论已经使这些犯了错误的人叹为闻止。他们不由得一阵恐惧,他们深深知道在曲风明面前任何一点小小的思想言论都可以经过他的分析帮助以后变得凶险深邃成为无底黑洞。他们深深感到曲风明同志是如来佛而他们最多是孙猴子,他们跳不出如来佛的手心——不,他们再也不会是孙猴子,而只是一群被缚仙绳捆住了手脚,被仙人袋收进去了的小妖,看见谁都害怕,时时做检讨,有志气求上进的同志见了他们就躲。他们自己呢,每一句话每一个表情怎么设计都不得体不得劲……他们不是妖魔鬼怪是什么?用不着别人划清界限,连他们自己也真想与自己划清界限啊!

然而他们又很高兴。说实在的,在揪他们斗他们给他们戴帽子的时候他们是何等的重要!为了批他们可以把一切都停下来。组织了成十成百的精明强干的干部,花费了一个月又一个月半年甚至一年的时间来调查他们的问题,写下了一个本子又一个本子的材料记录来记载他们的罪行。还有那些朝夕相处的同志们呢,他们撂下一切工作,准备了一篇又一篇的对于他们的揭发批判,一个材料又一个材料,一张大字报又一张大字报,一次发言又一次发言,一次练兵又一次练兵,一次会议又一次会议。党和人民花费了多少气力来把他们定为右派分子啊！就凭这一点他们也该觉得自己是罪该万死了啊！

而定为右派以后呢,下来劳动以后呢,他们觉得简直是没人管了。原来的队长是机关的总务科长,他只管上工收工,生病治病,病假事假,伙食费用,从来不说别的。有一次,徐大进和苗二进请这位带队的科长前来他们的组参加思想总结会议。由于领导的前来,思想总结得分外精神,除了杜冲以外一个个争先恐后地发言痛骂自己分析自己揭发别人帮助别人表决心下保证又哭又叫煞是热闹。会开得比较长,右派分子们拿出来的是不批臭自己决不睡觉,不熬红了眼睛决不收兵,不狠狠地折磨苦自己不足以表明自己的悔过决心的慷慨激情,一个个恨不得拿出匕首割开自己的和别人的胸膛肚皮头颅来表白自己的改造决心,请党明鉴。他们这一来劲不要紧,劳碌一天的科长可受不了了。就在他们分析得头头是道血花流烂正在入港之时,他们听到了鼾声,他们在惊疑之中发现队长——科长已经入梦化蝶、会见周公、口水三尺、在煤油灯下闪闪发光了。

后来郑仿就暴露过自己的思想问题:费了九牛二虎之力来帮助我们解决思想问题,终于使我们低头认罪服罪了。认罪以后这才进入了改造的正题,怎么不管我们了呢？怎么不帮助我们了呢？党已经不要我们了吗？莫非是党已经帮助完了我们了？莫非这帮助只是为培养我们在大田锄玉米？农业劳动力要这样培养,代价岂不是过于高昂了么？

对于这样的思想问题大家觉得还有些不好回答。杜冲说了一句:"你以为那么批判你是为了你吗？"大家翻翻眼,似乎悟到了点什么。苗二进眼珠一转,马上洋洋洒洒地分析起来:"批判你帮助你是为了人民,是为了事业,是为了革命。让你劳动也是为了人民为了革命为了事业。让你劳动,让你在广阔的天地里把自己的心炼红,让我们自己组织起来自我改造自己帮助自己,这就是党对于我们的最大关怀最大爱护最大信任,让我们从此走上自新之路。你那样胡思乱想是很危险的!"

挤眉弄眼,满脸肌肉用力收缩的费可犁热烈地说:"怎么能够这样提问题呢?徐大进同志,苗二进同志,他们是受党的委托来领导着我们改造的。这就是说,第一,他们也犯了错误,他们也和我们一样有改造的任务。第二,他们代表党来领导着我们的改造,不能把他们的工作与党的关怀分离开讲,有他们做我们的组长副组长这就是党的关怀!"

郑仿唯唯,众人唯唯。但仍然似乎有那么点欠缺。费可犁的发言有一种给大进二进拍马屁的味道。杜冲听着费可犁的话脸上呈现了难以捉摸的笑容。这笑容使费可犁自己也不自在起来。再说,不管怎么说反正现在他们得不到运动中他们曾经得到的那种重视了。党不盯着自己改造了,怎么能够没有成为弃儿的遗憾呢?又怎么能够放心大胆地改造下去呢?

这回可好了! 曲风明同志来了。曲风明同志的到来当然是意味着对于他们的思想改造的进一步重视进一步加强。一股巨大的暖流激荡着他们的心房。

果然,第二天下工以后曲风明就召集大家开了一个长会,这个会是革命干部与犯了右派错误的人一块开,这本身已经又够使那些个人哭一鼻子的了。曲风明一张口就是"同志们!"而且他特别解释说:"我这里说的同志们也包括那些犯了错误并且愿意改正自己的错误的同志。也许你们今天严格地讲还不够称同志的资格。但是我相信你们,我期待你们,你们一定能够痛下决心重新成为我们的好同志!犯错误不要紧,改了就是好同志!"

几句话说得那些个人嗷嗷地哭了起来。

哭得最厉害的是章婉婉与郑仿,他们哭出了声。他们一面放声痛哭一面拼命压低自己的哭声,这样他们的既像痛哭又似饮泣的哭声便更加扯心扯肺,惨烈动人。

  钱文觉得自己也应该哭。但是他的眼睛里没有泪。这使他十分惭愧不安。难道他已经反动到听了这样暖心窝子的话仍然无动于衷的程度了么?他自信并没有那么危险与糟糕。他实在是希望自己也能泪流满面一下,以默默地流泪为最佳,因为他听了章婉婉与郑仿的有声的哭泣以后不知为什么觉得那么不自在。他甚至弄不清他们的对于哭声的特殊处理究竟是为了不让人听见还是为了更加让人听见。他还偷偷地看了看别人。杜冲的表情最为严肃神圣,一脸的诚惶诚恐认真郑重;这与他平时的那种活佛式的慈悲宽厚洞彻微笑的常态相去甚远,使钱文产生了不信任感。钱文接着又看了一下萧连甲的表情。萧连甲低着头,面如死灰,他的眼神如两个黑洞。他为之一惊,他想起了最后一次看到鲁若时的情景。他觉得萧连甲的沉痛远远超过了哭出声来的那两个人。他又看了一眼高来喜,高来喜则是一副什么都没有听到的样子。高来喜的样子使他不快。

  钱文的心更加沉重了。

  曲风明侃侃而谈。他说:"……现在是形势喜人,形势逼人,毛主席说,形势比人强!一个反右派,一个整风,一个向党交心扫五气①,你能不进步?你能不跃进?你能不出汗?你能依然故我?你能高枕无忧?不进步也得进步,不跃进也得跃进,不改造也得改造,不失眠也得失眠!几千年来咱们中国哪里出现过这样的大好形势?什么东亚病夫,什么一盘散沙,全都是俱往矣!什么英国,什么美国,什么苏联,我们都要赶过去超过去……赶过去以后又怎么样呢?我们面对的已经是共产主义关!共产主义就要在我们这一代实现!我们有毛主席,我们有鼓足干劲、力争上游、多快好省地建设社会主义的总路线!人,就是原子嘛!形势逼人,就好比是中子打到了原子核

---

① 交心与扫(官、骄、娇、暮、怨)五气,是在一九五八年"反右"斗争基本胜利结束后发动的人民群众自我教育的运动,人们用大字报来进行批评与自我批评。

里去了嘛！中子打到了原子里面,原子能就释放出来了嘛！请想想看,一旦人民的原子能释放了出来,一个撞击一个,一个激发一个,这将是多么大的力量！"

曲风明努起了嘴,显出了很有力量也很用力量的样子,也显出了很骄傲也很自信的样子。

众人点头称是。

接着他说:"现在有一些同志说什么压力很大。当然有压力了！没有压力钢铁怎么能够成材！没有压力怎么能够打牢基础,盖起社会主义的高楼大厦！没有压力哪儿来的今天的万众一心、众志成城、热气腾腾、战天斗地！"说到这里曲风明拍响了桌子,他用的气力太大,把一个农村的破桌子砸得直摇晃。他完全不在意地继续说:"你们有压力,领导上的压力更大！你们知道我身上的压力吗？"

说到这里,曲风明的右眼角沁出了一滴大大的泪珠。这滴泪珠使听者愕然,便都有些沉重压力起来。

可能是曲风明自己也感到未免太激动了,他吃力地笑了笑,伸出一只手向周围的人讨香烟。巧的是周围几个人都不吸烟。杜冲便缓缓地将自己的烟递了过去。曲风明抬头见是杜冲,向他笑了笑,说了声谢谢,把烟接了过去。这时李福宏也赶了过来,他也想递烟,没有来得及。他立刻点起了火柴,毕恭毕敬地给曲风明同志点着了烟。一个右派分子给领导递烟,一个反社会主义分子给领导点火,这种格局使人们不由得尴尬乃至紧张起来。直到眼看着曲风明同志亲密无间地接受了杜冲的香烟与李福宏的点火,众人一颗悬着的心才落了地,并且都感到分外的幸福。

吸了两口烟,曲风明同志恢复了自己的义正词严高屋建瓴的神态,他说:"领导同志说了,我们不是天天讲马克思列宁主义吗？我们不是把马克思、恩格斯、列宁和斯大林看作我们的革命导师看作我们的'祖宗'吗？那么,我们为什么看不见活的马克思、活的恩格斯,活的列宁呢？那就是我们的毛主席呀！什么马克思,什么列宁,毛主席就是当代的马克思和列宁！"

　　这一段话说得大家眼珠子都瞪了老大，一个个面孔庄重，呼吸屏闭，似乎彼此可以听到各自的心跳。然后，蓦地鼓起掌来，一个个兴奋得脸都红了。

　　钱文一连几天，心为之怦怦然。

　　再说那时，说完了谁是活着的马克思以后，曲风明对当场的震动效果十分满意。他的脸上出现了难得的笑容，兴高采烈地说："事实就是这样。我们不能不承认事实。在事关中国的与世界的命运问题上，我们不能谦虚。我们当仁不让！"然后他特别讲起了右派的改造问题。他说："这样的大好形势，改造也得改造，不改造也得改造。不改造只有死路一条！这是我们的一个创造！对于右派分子我们不杀不关，我们是创造条件让你们把自己改造成新人。这样我们就不会犯斯大林的肃反扩大化的错误。而且，同志们，不但是犯了错误的要改造，没有犯重大错误的革命同志也要改造，我也要改造。毛主席就说过嘛，'你们都不愿意当资产阶级知识分子，我来当！'在改造世界的过程中改造自己，这就是马克思主义。不肯改造自己，这就是反动派！不改造就会被历史的洪流冲成泡沫，不改造就会被历史的巨轮轧成齑粉。这也是事实，不需要讨论。或者说，这个问题早在三年解放战争当中已经用大炮和坦克和机枪步枪讨论过了。人民的胜利就是我们的讨论的结论。"说到这里，他又显出了颇为自得的笑容。

　　"事情就是如此！"苗二进喊道。"这是毫无疑问的！"郑仿以他的特有的半男半女腔扭扭捏捏地喊道。他们的呼喊使钱文想起了他读过的《斯大林选集》上的一些文章，那些是斯大林在一些会议上的讲话，讲话的间隙常有听众的欢呼："说得对呀，约瑟夫·维萨里昂诺维奇·斯大林同志！""那是由于您的领导呀，约瑟夫·维萨里昂诺维奇！"等等。这些都收入到选集中了。一开始，钱文还有点无法想象在正式的会议与庄严的讲话中怎么可能插进去这样的大喊大叫，现在，他明白了。就是要这样呀！

大家继续点头称是。

然后,曲风明同志布置了当前犯错误的人们的改造任务:做思想总结,做改造评定,给改造情况评级——即分成上游、中游、下游三级;当然了,改造得好的比较好的算是上游,改造得比较一般的算中游,而改造得不好的或者是很不好的算做下游。话音刚落全场就活跃起来了。把人分成上中下等,这可是个硬碰硬的事情,要动真格的了。大家不免有一点激动。

曲风明同志最后说:"希望你们从现在起就考虑一下自己的问题自己的改造。同志们,大家都要以改造为重啊!"他语重心长地结束了他的从国际到国内到本乡本单位以虚带实的讲话。

有些个惊心动魄。会散了,大进二进要求他们的人马留下继续开会。大家犹自二目有光、拳头握紧、面色绯红。大进二进再来个加码:劳动要超额,清晨要加班,除了队里的活儿以外每人每天还要为猪圈打猪草三十斤。思想总结三天写出初稿,再用三天互相阅看和提出意见。然后开会一个一个地通过。徐大进提出,要以"大跃进"的姿态进行改造。如此这般,又是自觉自愿地进一步热烈了一番。自是更加惊心动魄了。

进一步惊心动魄之后已经是深夜了。各自严肃兴奋地散去。

第二天听到了一个笑话以后,钱文的心情才稍稍放松了些。原来是理发师小李没有听明白"上游中游下游",他为了表示谦虚,他一再表示:"比起你们的改造,我差得远,你们是上流,我是下流。"上流下流云云,令众人大笑。这一笑,气氛才稍稍缓和了些。

三天以后,权家店所在的乡与邻近的三个乡联合组成一个人民公社的成立大会召开。权家店的人大清早就集合起来,举着红旗敲着锣鼓去开会。会议气氛十分热烈。有公社领导的讲话,有各个新成立的大队的挑战应战打擂台发言,还有批判发言,说是有一个有问题的下放干部在劳动中散布反动言论,攻击"大跃进"。最后大家唱了许多歌。

有一面特号的大鼓是来自邻村赵家坳的,赵家坳怎么会拥有这样壮观的鼓?没有人知其原因。鼓装在一架四轮专车上,四个大汉不停地擂着鼓,咬牙切齿,就像与鼓有仇似的。鼓声隆隆,使人又兴奋又紧张。人们觉得,战鼓声声催人前进,人们觉得,声声大鼓中旧的时代旧的生活正在成为陈迹,而一个伟大的恢宏的庄严的决绝的时代已经到来。他们不能不欢欣鼓舞。他们也觉得眼花缭乱。他们还觉得威猛可畏——至少是还没有习惯,摸不出深浅。

　　会后,郑仿给他的远方的女友写了信,钱文给东菊写了信,萧连甲给陆月兰写了信,费可犁也给自己的妻子写了信。他们的信都写得很乐观,高瞻远瞩,心情自然舒畅,社会突飞猛进,他们的各种问题到时候自然迎刃而解,根本无须发愁。郑仿的信里就这样写道:"用不了多久,连货币都废除了,我的十八块不十八块,又有什么意义呢?"

　　他们也都提到那个被批判的攻击"大跃进"的坏人。他们分外地痛恨这样的坏人,正是因为有这样的人,才激化了阶级矛盾,才使他们的日子变得严峻起来。

第 八 章

　　人民公社的成立带来了盛大的节日景象。一时农村工作的新事物像雨后春笋一样地从各处冒了出来。先是说办食堂,腾出了一处木匠房,由下放干部与农民一道用五天时间翻盖成了村里——现在叫做生产大队了——的食堂。各家各户把自己腌的咸菜自愿送到了食堂来。别人是送一缸,唯独妇女队长权二珍家是送来了两缸咸菜,她的这种模范行为使下放人员们大为感动。只有她的老伴白文才为之骂不绝口。家家户户挑着装满各种味道的咸菜的水桶前往食堂的情景蔚为大观,使这个老游击区的人民回忆起解放战争期间人们支援前线送军粮军鞋与抬担架的情景。食堂正式开张的那一天,吃的是这里有史以来人们吃过的极致美食——炸黄黍米年糕蘸蜂蜜。这个消息早在好几天以前就轰动了全村全乡乃至全公社。在权家店的长达数千年的历史中,还从来没有过整个一个村的男女老幼同时吃炸糕蜂蜜的盛况。到了吃黄米年糕蘸蜂蜜的那一天,这个村各家各户多年不来往的亲戚朋友全都扶老携幼到权家店来探亲访友。他们都获得了白吃一顿年糕蜂蜜的良机。他们有幸与食这个盛大的美食节日。权家店全村连吃奶的孩子都算上本来一共只有二百零四人,结果这一天来吃饭的人数达到五百零九人,真是一大二公,全世界无产者联合起来——《共产党宣言》提出的这一口号最初的中译是"四海之内皆兄弟"!一开始,村领导与食堂工作人员对外村来的显然目的在于蜂蜜年糕的人是不给吃的。无奈本村的人拼命说着各种各样的好话,管村干部与食堂工作人员亲热地称呼着"叔""伯""爷""哥",而且,所有来吃炸糕的人都讲着"人民公社真好""大跃进太伟大了""感谢党的好领导""听话要听党的话,吃糕要吃公社的糕"等等跟得上潮流而又令人愉快的话。何况农村最重的就是一个脸面,外村来的就算是客人了,今天是人家到你这里来吃糕,说不定哪一天你就要上人家那里讨糕吃了,世界上的事都是有来有往的么,怎么好意思有糕不给人家吃呢?生产队干部也有自己的亲戚,一个亲戚吃了炸糕以后,不让外村人吃糕的防线就全面崩溃了。

再说就是这一天大家的糕都吃得特别多。前好多天老乡就议论开了年糕了。农民们说:"白薯一溜屁,年糕二里地。"那含义是白薯不禁饿,吃完白薯放一溜屁也就完了;年糕就不同了,吃一块年糕可以支持你走出二里地去。不知道过去时候的人是不是认为走出二里地就是一件了不起的大事。反正谚语的意思是说年糕抗饥,年糕禁饿,这一舆论早在吃年糕以前已经为大家所知晓与认可了。只是开吃以后这个理论却没有发挥效用。人们是怎么吃也吃不饱。现在的年糕,哪能和过去比! 人们一面吃一面叹息。吃了几个人以后,队长权二虎已经发现吃饭不要钱还可以,这一点报纸上已经宣传多矣,管饱则碍难做到,问题是只要一说管饱大家就没有饱了。妇女队长权二珍叹道:"人啊,人,这个人啊! 好比一个大缸,每人往里舀一瓢水,缸里就满了。现在呢,谁也不想往里舀,可遇到往外舀就都豁了命了。这可怎么好呢?"妇女队长的觉悟和忧国忧民令下放干部们十分感动。

吃了几个人以后决定限量供应。吃了一百多个人以后决定限量减少一半,于是哭的哭骂的骂,跳脚的跳脚,人们不但与干部吵架也为谁吃多了谁吃少了互相吵架。为了谁的动作快谁的动作慢丈夫与妻子、婆婆与儿媳、父母与子女也吵了个一塌糊涂。干部们硬着头皮顶住了吵闹……如此这般,最后还是有三十几个人一口炸糕也没能吃上。其中有地富分子及其家属二十二人,领导干部及其家属十三个人。所有的在这里改造的右派分子都吃上了炸年糕,而原村支部书记现生产队长、原村长现生产队副队长、支部委员、妇女队长、团支部书记兼民兵队长及他们的家属却没有吃上。白文才为这个事吵翻了天。苗二进为这个事专门召集了一个会议,让大家谈对村领导的优秀品质的体会与感想,并对照检查自己的资产阶级腐朽思想。下放人员中吃得最多的是李福宏,他先是声称他吃了十七个,后来一学习先进他只承认吃了十一个了。他坚持是别人听错了他的话——七跟一本来就容易混淆,所以铁路上和邮电局都要把七读作"拐",而把一读作"幺"。倒是费可犁承认自己吃了十二个,并且为此而深感痛心。章婉婉就更加痛心,因为她只吃了五个而别的罪行比她严重得多的右派们却无耻地吃了那么多,导致了使大公无私处处起模范作用的农村干部们没有吃上炸糕的严重后果。如果大家都是只吃五个一切问题就会迎刃而解,人民公社的事业就会顺利得多。偏偏他们不这样做,连犯了严重错误的人也不这样做。这是多么令人义愤填膺的呀!

吃过炸糕以后不久就闹开了深翻地。愈翻愈深,直到翻到一人多深,远远望去,只见深沟而不见人影——活像是战争中在挖战壕。这里已经和平了九年了,整风、反右和"大跃进"又重新带来了战争年代的气氛。所有的农民都傻了眼,他们问,把阴土翻了上来,把阳土翻了下去,那玩意儿行么?郑仿给农民读报纸告诉大家就是要这样翻地才能多打粮食。报纸上说,深翻地就能使粮食生产翻几番,这样,就为进入共产主义创造了条件。现在,外省一些地方已经用绳索牵引机翻地,所以说,中国发明的绳索牵引机将把中国牵引到共产主义里边去。共产主义就在眼前了,你们还有什么不放心的呢?

"我们没有钱花。"农民们诉苦。

"到了共产主义货币就消灭了。一切都是各取所需。要钱做什么用呢?"

杜冲听了郑仿的读报与宣传微微一笑。钱文问:"你笑什么?"

杜冲说:"你看现在有多么好啊! 郑仿同志都能教给老乡种地了。"听了他的话,钱文觉得不是滋味。

可惜这里还没有那样先进的牵引机,暂时翻地还要靠铁锨。为了打好深翻地这一仗,区里提出人人要吃到地里睡到地里,清晨早战中午午战天黑夜战,白天战太阳夜晚战月亮,苦战大战奋战连续作战彻底改变家乡的面貌。权二虎队长告诉大家,县里表扬的龙泉西村广大社员为深翻地已经吃在地里睡在地里不分黑夜白天地苦干了一个星期了;权二虎还说,龙泉西村那里,包括瞎子聋子跛子也都上阵翻地去了。权二虎说权家店这里也要学习龙泉西村的经验,把老汉组成一个黄忠队,青年组成武松队,妇女组成穆桂英队,儿童组成罗成队,要挑战比武打擂台下战表。权二虎朗诵道:"老汉赛过老黄忠,妇女个个(是)穆桂英,青年都是活武松,儿童也都不稀松……"权二虎喝问道:"权家店的人怎么办?谁是英雄好汉,谁是稀泥软蛋,就看咱们的深翻地了!"讲到这里只听得一声沙哑的喝叫:"小虎子你可真长了出息了! 王八蛋做(读揍)的说起话来都他娘的一套一套的了!"

说这个话的是全村年龄最大的老人权行忠。他自称是快一百岁了,无人能够证实他是或者不是。他骂了权二虎一声就睡着了。于是大家一致大笑起来。

话是这样说了,实际上倒也没有干得那么邪乎。权家店这里只不过是在地里开午饭中午不准回家也大大缩短了歇晌的时间罢了,其他一切照常。章婉婉只在地里吃了一顿贴玉米面饼子就蒜拌山药(即土豆,这里习惯于把土豆叫做"山药")就拉开了稀,不但泻肚而且嘴里冒出了一股奇臭无比的"生食味",使你无法不同情她并叫她赶快休息。然后人们发现其实各人嘴里都有同样的"生食味",只是味道没有那么严重,而且——没有拉稀。确实,一拉稀章婉婉变成了皮包骨了。

刚翻了两天地,由于翻得太深,费工,没翻出多大块来,上级又来了紧急的新指示:大兵团的深翻地作战留待秋后再搞,现在急需的是加强秋田管理,争取秋田放卫星。说是全国到处都是卫星,就他们这一带什么卫星都没有……什么叫右派?不放卫星你他娘的就是臭右派!怎么放的卫星?哪儿把右派批得狠斗得凶揪得多哪儿就放卫星。某某省把省委书记斗了撤了,立刻卫星就放出来了:那儿的稻田扔上一个人都落不到地上——你说那稻子长得有多壮多密吧!说是为了放卫星和不当右派,权家店已经决定:两个月谁也不吃油,把吃的油上到秋粮上。说是玉米白薯花生豌豆特别是烟叶,要是"吃"了油,没准儿就都变成卫星了!

嚷得虽然厉害,实际上只有稀稀拉拉几个公社社员,几个地、富分子,再加全体下放干部拿了油瓶进到玉米田里往株株玉米的根部滴油。其他农民表示,自己家里早就几个月没有油吃了,上哪儿找油去?大队食堂那一次炸糕也把油用得差不多了,新的油料还没有收下来,集体也没有油施肥。本来人吃的油数量就不多,菜往下咽就已经"拉(读 giǎ)嗓子"了,把这点油再上到地里就更勉强了。徐大进动员他的人马三个月不吃油的时候给众人说:"在我们家乡河南,压根儿就不怎么吃油。农民谁舍得吃油?顶多家里预备一个油瓶,再预备一个铜钱,铜钱上拴着一根绳,遇到来客人的时候,一锅菜烧好了,拿铜钱往油瓶里一蘸,再把沾上油的铜钱往菜锅里一涮,这就算是吃一锅有油香的好菜了!"

徐大进讲得认真,大家听了肃然敛容。钱文、郑仿、费可犁、萧连甲都流出了眼泪。我们的人民,我们的伟大的人民生活得太苦了。而他们自己,从小过着养尊处优的生活,不知道做牛做马报效劳动人民,还要提这意见那意见出这故事那故事闹成了一个反党反社会主义,妄想让劳动人民吃二遍苦受二茬罪,真是罪该万死!他们的祖祖辈辈与他们自己比劳动人民光是油一项就多吃了多少呀!他们欠了劳动人民多少油呀!倾其一生,即使从此不再吃一滴油,倾其一生定量供应之食用油,全部用做肥料上到庄稼地里,他们也赎不完自己的与祖祖辈辈的资产阶级的或者不论是什么阶级反正不是无产阶级的多吃多占的罪孽呀。

　　这个活倒是很轻松，除了玉米地里有点闷热，再有就是玉米叶子有点割人肌肤以外，给每株玉米根部滴两滴油有点像做游戏。章婉婉休息了两天以后为有一件自己的体力完全能够胜任的工作而感到类似资本主义国家的失业工人找到了职业的那种兴奋。她穿上一身清洗得干干净净的劳动布工作服，肘部与膝部预先打好了针脚细密的补丁，拿着一瓶食用油，皱眉含笑地在加紧施油。一面施油一面高谈共产主义将由他们亲手创造出来，所以形势逼人，他们更要加油改造，所以他们完全不必为自己的思想问题而苦恼，说话就共产主义了，他们难道会戴着右派帽子进入共产主义吗？玉米地中传出她的笑声。郑仿说她的样子活像是梅兰芳在表演《天女散花》。

　　章婉婉是浙江人，吴侬软语，她说起话来永远有那么点软溜溜的味儿。她的腔调使北方人特别是犯了错误从而变得粗糙和自以为是狠辣了的这些右派们觉得难以忍受。她的家境并不好，她在档案中填写的家庭成分是贫困自由职业者，因为她的父亲虽然上过一个天知道什么大学却长期在家赋闲，没有固定的职业和收入。她的父亲和母亲都吸过鸦片，这一点章婉婉也只是有一个模糊的印象，未知其详；另外她的父亲喜欢喝酒，好像几次他都是因为喝酒而丢了饭碗。她的父母都死得太早，她后来是在姨家长大的。她的姨父是一个画国画的，生活非常拮据。总之她的家庭在旧社会是混得很不好以至于干脆混不下去的；她是天然地倾向于革命的。在她记事以后她就多次目睹过到了做饭时间了还在讨论用什么东西拿到当铺里去换钱买二斤杂面的窘态。然而她的运气又似乎是出类拔萃的：出世才半年，就凭她的一张照片，她的父母获得了教会与外国人办的慈善团体联合颁发的育儿奖——可惜这张照片已经找不到了。由几名无业游民所组成的小小铜管乐队吹着号敲着小鼓来他们家报喜，吹的是一首英国喜庆乐曲。街坊邻里以为是一家新的茶叶庄开业。她的照片刊登在上海一家英文报纸上。她在小学时学习成绩非常好,她的作文在全省的评比中取得了优胜,从此她获得了奖学金。一上中学她就参加了全省的中学生演讲比赛,她得了第三名,为学校赢得了一台银盾,一面锦旗,为自己赢得了一张奖状,一本笔记簿,一打带橡皮头的地球牌铅笔。她的崭露头角引起了学校地下党负责人的注意,她很快地几乎是畅通无阻地接受了党组织的开导,她坚信革命将使她这样的出身寒微而又出类拔萃的人获得前所未有的机会。她对于"无产阶级在革命中失去的只是锁链而得到的将是整个世界"的说法特别入迷;听了这样的话她只觉得又想哭又想笑,她想跪下向想出这样的话来的长着大胡子的革命导师致敬。多么幸福多么光荣多么开阔多么伟大,在一场决定性的阶级斗争中,世界将向她献出崭新的全貌,而一切锁链将从此寸断消失无迹。

高中二年级时家乡就解放了。解放才一个月她就被选拔到北京参加青年干部训练班的学习。在干部训练班她结识了英俊而又沉着,机敏而决不轻浮的秦经世。他们一见钟情,很快就难舍难分。不久,章婉婉才十九岁就与秦经世结了婚,并因此而调到了北京。一切幸福和机会总是属于她。她的生活比梦还美。她做梦也没有想到反右派的风暴会降临到她的头上。

钱文、萧连甲、郑仿、费可犁他们在受到反右运动的洗礼以后,感觉到的是如梦初醒:却原来革命并不是自己想象的那么一回事,却原来自己并不是革命所要求的那个样子。却原来革命的道路并不像自己想象的那样只是飘扬着红旗飘荡着歌声。他们从自己的青年的——或者更正确一点说是少年的革命梦中醒了过来,虽然痛苦,却回到了由大山、巨石、泥土、梯田结构而成的实地上。

而对于章婉婉,反右派斗争才是一个梦。从中央一号召反右,她就一直是十分积极,冲杀在前,勇猛无比的。她们单位头一个被揪出来的右派正是一个常常与她作对的女科长。这位女科长水平很低,咕咕哝哝,永远是长脸噘嘴对别人一肚子意见。这次她的长舌算是得到了报应——却原来她的那些咕咕哝哝就是资产阶级对党的猖狂进攻。章婉婉对她进行了勇猛的斗争,她衷心拥护中央关于反右派的战略决策。她之最后也成了右派完全是那些被她揪出来的真正的右派搞阶级报复,异口同声地检举她,咬住她不松口的结果。本来章婉婉已经发现她们单位的反右领导小组的组长对于右派斗得不硬不狠,她已经准备贴大字报把她的这位领导也干脆毫不客气地揪将出来。谁知道,她晚了一步,没有等到她动手,领导小组把她揪出来了。她坚信这不过是一个梦,这只能是一个梦。她检讨自己,她觉得坏就坏在自己还是不够坚决上边;自己对于右派领导其实还是手软了,于是反而受了右派之害。从反胡风斗争以来报纸上就天天教育大家不要做东郭先生,结果她还是做了东郭女士。她恨死这些个已经揪出来和还没有揪出来的右派了!

即使在划定了右派以后,她也认为这是一个误会,因为她从来没有怀疑过自己是反右的积极分子。她相信报纸上报道的那些个右派分子确实是反动透顶罪恶滔天,而她自己则只是遇到了一次惊心动魄的考验,至多是,她是在反右斗争中中了右派们的毒箭而英勇牺牲的一位烈士。秦经世告诉她,这种事并不奇怪,听老同志说,在延安时候就有不少误打误伤的例子。在延安搞着搞着整风搞开了抢救运动,到处抓国民党特务:有自觉的特务,有不自觉的被利用的特务,有被国民党特务机关登记了名字并且通过亲友关系与之建立了某种联系而自己由于觉悟不高当了特务却没有察觉的政治上的糊涂虫……抢救来抢救去,甚至于负责搞运动抢救别人的人对于自己是不是特务也没有把握了。秦经世并且说:"你还记得电影《列宁在1918》吗?你还记得列宁是怎么样回答高尔基的吗?当高尔基批评说当时的某些镇压措施是不必要的的时候,列宁回答:'在两个人互相搏斗的时候,互相都打出了许多拳头,你怎么去判断哪一拳是必要的,哪一拳是不必要的呢?'即使在这次运动里有一些人受到了那么一点点冤屈，那也不过是为了打中真正的敌人难免打歪打空乃至于打到自己人身上的拳头。就算我们挨了一拳，能把另一拳打到敌人的要害上，不也是很划得来吗？在我们工厂，一开始，只抓出来了一个右派，领导说了，只抓一个右派能有什么震动？怎么能够打开局面？怎么能够使人人振奋起来？也就是说，既然开展了对敌斗争，怎么可能一拳就打出胜负，打出分晓，打出威风来呢？怎么办？下狠心，再抓他五六个出来！赶上谁就算谁倒霉，这也是革命的需要。总而言之，道路是曲折的，前途是光明的，考验是严峻的，困难是暂时的。至于我们，我们对于革命的忠诚是没有什么好说的。"秦经世谆谆告诫她说。

果然，她来到权家店以后发现右派们一个个是这样神情委琐，语言苍白，举止呆愣，面目可憎，果然是天生的下流坏子；再对比一下她和她的爱人秦经世以及他们的朋友，一贯是站得高，看得远，一个个掌握着时代的舵盘，历史的巨轮，人民的力量，理论的威严；光明正大，器宇轩昂，高屋建瓴，势如破竹；比一比，谁是无产阶级谁是资产阶级还不洞若观火吗？这些人不正是革命队伍的蛀虫，新中国健康的肌体上的结核菌吗？

她在权家店劳动了三个月，受了两次外伤，得了三次内科妇科疾患，迎来了钱文。由于钱文写过诗，小有名气，她对钱文的到来开始还怀着好奇的心情。及至看到钱文觉得不过如此，毕竟是体无完肤为人民所唾弃为历史所淘汰的落汤鸡落水狗，会写几首诗也于事无补。一问，钱文是"六类处理"——免于行政处分，她一下子心乱如麻起来。原来，她是这里的右派们当中处理最轻的之一：她是五类处理，只降了一级。费可犁也是五类。其余徐大进、萧连甲、杜冲是四类——降职降薪，杜冲降得最多，一下子降了四级，徐、萧是降了三级。苗二进是三类，虽然也是降四级，然而他算是撤职重新定级，说法上要严重得多。其他像郑仿是二类处理，更不在话下。李福宏虽说是工人，撤职之类的事与他无涉，也还是给他降了两级工资。与他们相比章婉婉有一种安慰感与优越感，党毕竟是了解她的呀。

没想到来了个钱文竟然一级没有降,使章婉婉好长时间如吃进了一只苍蝇。钱文是在她到来三个月以后才来的,也就是说钱文比她少劳动三个月,她身体这样坏,却要比钱文多劳动三个月,这也是令人万分不平的。钱文那种动不动就皱眉想事情以至于别人与他说话他常常听不见的样子更使她十分反感。你以为你还在写诗还配写诗吗?有时钱文又飞快地从沉重的苦思冥想之中解脱出来,两眼灵动有神,天南海北地说一些笑话讲一些典故,他竟然不像别的右派那样呆傻。这种时候,章婉婉看他一眼会觉得身上冒凉气,不知为什么这种时候她会有一种被轻蔑被冷淡被视为草芥的感觉。钱文说起话来的一个侧影——特别是他的下巴的略略撅起的姿势使她怦然心动,使她想起了初中时候她所爱慕的一个同学,这也使她别扭。一天她看到钱文收到叶东菊的厚厚的来信,她十分惊讶,是谁会给他写这么厚的信?紧接着她又发现,钱文的家信不仅是厚而且来的频率最高,她从秦经世那里只收到一封信的时候,这个期间钱文已经从叶东菊那里收到了三封到四封信了。怎么会有这么多话说呢?她简直无法想象。难道秦经世与她的感情不好么?难道秦经世或者是她没有词儿不够健谈么?也许他们之间缺乏交流的热情?也许他们不会写信?岂有此理!尤其是当她得知钱文的爱人是一个策划过刺杀毛主席的大特务的女儿以后,一股强烈的阶级仇恨更是倏地熊熊燃烧起来。她只觉得怒从心上起,恶向胆边生……他们这样通信干脆可以说是向无产阶级示威,是太放肆了!

不久她就发现了问题。那是在钱文来到的第二个星期。上面号召大家为"大跃进"写诗,写"民歌",说是上级指示要搞新时代的采风,他们这里也要有"风",所以大家都要写诗,农民也要写。爱睡觉的行政科长特别强调人人都要写,犯了错误的同志们也要写。于是大进二进都把目光转向了钱文,那目光的意思似乎是说钱文应该对于这次新时代的采风负责。而且,这意味着他们戴罪立功的机会到了。钱文也很有一些兴奋,想不到一下乡就有任务来写诗——本来以为当了右派以后此生难以与诗再打交道了呢。钱文知道自己过去写诗受普希金、伊萨科夫斯基、苏尔科夫①的影响太大,实在惭愧,他的那种诗风与"大跃进"民歌的要求相去甚远,便自觉地改变诗体,相当吃力地写了几首半民谣半快板的顺口溜。一首是:

> 大战农业山复山,荒山变作花果园,
> 山高更有冲天志,地阔能无动地篇?
> 治山治水治思想,社会主义大发展!

还有一首是:

> 我为革命放群羊,走遍三山和五岗,
> 草肥水清牛羊壮,畜牧事业多兴旺,
> 羊毛剪下白云飞,羊皮做成好衣裳!

写完了这些,钱文相当激动。问题不在于这几首诗,也许他的这几首诗写得并不好。事情的要点在于,他开始写这样的诗了。他过去就非常羡慕像赵树理、马烽、王老五这样的作家,他羡慕他们身上的农民味儿;他相信他们这样的才是人民最需要的。他试了好几次硬是写不出类似的东西来。他太喜欢用什么"温柔的目光""树叶飘落了""金子一样的日子""遥远的湖边""你好,我亲爱的朋友""想你""多么幸福"这样的句子了。也许苏联人还喜欢这样的句子,但是在中国,已经没有这样的软弱多情的句子的地盘了。滚它的吧,什么温柔,什么目光,什么幸福,什么树叶,什么飘零……他就是亟须进行彻底的改造,他就是要写那种质朴、厚重、大实话、通俗、泥土气息的作品。他就是要和过去的钱文一刀两断,他就是要写"干活想起毛主席,如同吃馍长力气;半夜想起毛主席,一片红光东方起……"这种风格的诗。今天写的几首仿"大跃进"歌谣,虽然一般,却是他

---

① 普希金,俄国诗人。伊萨科夫斯基,苏联诗人,并写过许多歌词。苏尔科夫,苏联诗人,曾为苏联作家协会书记。

钱文获得新生的契机。他来回地吟诵自己写的歌颂"大跃进"歌颂人民的诗，愈念愈激动，直至流出了热泪。三天以后他们交了任务。

　　章婉婉正式在小组会议上提出，钱文的跃进诗写得很有问题。诗写不好说明什么问题呢？当然不是水平问题，不是文字问题，不是艺术问题，主要是——钱文的感情没有转过来！感情没有转过来是因为思想没有转过来，那么钱文的思想又是怎么样的呢？他的诗里说什么治山治水治思想。请问，什么叫做治思想呢？这里的"治"又是什么意思呢？还有什么地阔能无动地篇——这种绕脖子的话难道是给农民写的吗？什么叫能无？你是说中国可以没有惊天动地的篇章吗？你是说自己过去写的那些资产阶级的货色是惊天动地的吗？你是在讽刺中国这么大地面在党的领导下却没有产生惊天动地的作品么？你究竟是什么意思呢？还有什么山复山，太恶劣了！"大跃进"中还搞什么山复山！完全是陈腐透顶的语言嘛！更可怕的是他的关于羊皮的那一句话。什么羊皮做成好衣裳？这里的哪一个农民穿的是羊皮做的衣裳？那么钱文的关于羊皮做衣服的想法是哪里来的呢？让我们大家想一想。对了，却原来人们说右派分子是披着羊皮的豺狼。右派分子的衣裳才是羊皮做的——因为他们需要羊皮的伪装。钱文自觉不自觉地想要把伪装的羊皮永远披下去。这是钱文的阶级本能，这是不依人的意志为转移的。

　　钱文不能不倒吸一口冷气。他万万没有想到他的一心歌颂"大跃进"一心转变自己的思想感情转变自己的诗风的努力会招出这样的麻烦。钱文万万没有想到不是别人而是章婉婉，一个自来有点娇滴滴软绵绵的女性章婉婉说出话来会这样厉害。特别是关于羊皮的一套高论，简直使他佩服得吃惊。他立即检讨自己，是不是自己的思想情绪有什么问题？领导让他们"戴罪立功"，于是他高兴了，他以为是改造自己的机会到了，他还以为自己的诗代表了新的风格呢——这么说自己是不是有点得意忘形呢？

　　改造改造，改造是多么难呀！

别人对于章婉婉提的这些问题没有表态,但是一致认为钱文写得不够多也不够好。写得最多最好的是郑仿。他学时下流行的民歌极像极顺当。大家对此觉得说不过去,别人写不出好的"大跃进"民歌这没有什么,你钱文不是诗人吗?怎么一个诗人面对这么好的诗的源泉却写不出来了呢?怎么写得还不如一个不是诗人的受到二类处理的同志了呢?

从此,钱文一看到章婉婉就有一种压力感。似乎他确是有点什么短处。见到章婉婉,钱文就想起上小学时候的一段故事。那是小学三年级的时候,一天一位同学丢了铅笔盒,据说铅笔盒里还有一些钱。根据情节分析,东西就是本班同学偷的。于是教师给大家训起话来。教师说:"做贼心虚!偷东西的同学,你的脸色已经变了。你已经带出样来了。你是瞒不过去的。我们现在给你最后一个机会……五分钟以后如果你还不自首,我们就把你送到警察局去!"听了这种话,钱文虽然没有偷东西也吓得面如死灰。愈是怕被人怀疑就愈觉得自己的神色不正常;愈是觉得自己的神色不正常就愈是觉得人们在怀疑自己;愈是怕别人怀疑自己就愈是真的脸色不正常。就是说,人们不仅是做贼心虚,不做贼的人有时候也会在强大的压力下边心虚起来。那天他最后吓得尿了裤子。他是一个多么胆小的人啊!这样的人还要做什么职业革命家呢,这是多么大的误会啊!

看展览与休假两天期间,得知了令章婉婉觉得天塌地陷的事情——她的生活支柱,她的最大的骄傲,她的最大的幸运——也就是"屁股冒烟"的丈夫秦经世的屁股果真冒起烟来了。就是说秦经世也被揪出来了。秦经世解释说,他上了他的顶头上司第四工业局长的当。一次在部里开会的时候,他与局长争论了起来,从此局长对他嫉恨在心——本来局长的德、才,包括观瞻都不如他。秦经世咬牙切齿地讲这一切。我们认倒霉好了,二十年后又是一条好汉!然而章婉婉却认不下去。到这时候章婉婉才明白,丈夫对于一个女人是太重要了。秦经世的处境比她自己还重要。哪怕女方被搞成了臭狗屎,只要她有一个好丈夫,丈夫又对她好,那么一切就仍然是光明的。现在呢,现在只剩下了一团漆黑了。

她想多了解一点情况乃至于为他的事活动活动。她这才明白人人铁面无私大义灭亲是多么可怕;她这才明白误会也罢没有误会也罢,她的右派地位的可悲;她这才明白,自从她的丈夫被揪出来以后,她就不要再指望能找到什么友谊理解支持了。党,党,党!离开了党的信任他们哪里还找得到同志们的信任;离开了党的关怀他们哪里还能够得到同志们的关怀;失去了党的宠爱他们还能够到哪里去寻找亲戚朋友老上级老搭档的情谊?当初,她被揪出来的时候,她虽然痛苦但并不绝望;现在呢,她绝望了。

于是她考虑开了自杀。她考虑得十分具体,在她的眼前一遍遍演习了她自杀的全过程。她清清楚楚地看到了每一个细节,包括自己的死后的没有血色的指甲。她准备结束她的倒霉的一生。想到一生的时候她忽然激动起来了。她想起了自己的福气自己的时运。她坚信自己本应是一个幸运的人。不,她的一生还长远,不可能就这样结束。她必须受尽一切磨难一切侮辱,为了重新取得党的信任,她可以做一切别人做不到的事情。她要恢复自己的好运。为此她做好了种种准备。党啊,重新收回你的女儿吧!女儿在这里呢!

章婉婉每天都一次又一次地开导自己鼓舞自己。甚至已经躺在炕上了,开始入梦了,入了梦了,她还在滔滔不绝地饱含感情地与雄辩地教育着自己:要经得起考验,要充满信心,要沉住气,要寻找机会表现自己重新取得党的信任,路遥知马力,日久见人心,来日方长,风物长宜放眼量,真金不怕火炼,塞翁失马,安知非福,坏事变成好事,祸兮福所倚,福兮祸所伏,全心全意地改造自己,脱下裤子割掉尾巴……一觉醒来,她会累得口干舌燥气短心悸,因为她在梦里已经对自己讲演了与自己论辩了八个小时,她开足了马力教育自己,想停也停不下来。醒来以后她似乎也还是在内心不停地说话。她快累死了。

然而她没有能说服自己。她没有能真正扭转自己的情绪。因为——秦经世出了事情!

她仍然后悔而且自责。她只顾了让秦经世帮助自己分析问题解决问题,却忘记了告诉秦经世提防提防再提防。她只顾了向秦经世寻求帮助,却忘记了,在这险恶已极的政治风浪中,身为年轻的一帆风顺的屁股冒烟的领导干部的秦经世处境比她还要危险。她怎么就没有想到这些呢?

在京时间,她一直是热泪滚滚,以泪洗面。她拒绝了秦经世与她享受夫妻生活的快乐的要求,她咬牙切齿地强调,帽子没有摘以前,什么都不要再想了。

"改造为重",临别的时候,章婉婉把这四个掷地有声的话撂给了秦经世。

这样,章婉婉就延迟了回权家店的日期。她以去医院检查身体为名多呆了五天时间,然后她是与曲风明同志等革命干部们坐一趟火车一起回到权家店的。火车上,她看到曲风明那种慈祥亲切的样子,她便鼓起勇气坐到了他的对面。车开了,她把她看到钱文与叶东菊一起从西单商场的西餐馆走出来的事告诉给了曲风明同志。曲风明一笑置之。曲风明相当亲切地问起了她的身体状况,又与她聊开了家常。"你认识闵秀梅吗?"他问。"不熟。"章婉婉含混地说。"她是我爱人。"曲风明说。章婉婉点点头。"我们离婚了。"曲风明说,他的神态很有些悲伤。他的这种推心置腹使章婉婉受宠若惊并受到鼓励。她温和地轻声说:"我再给您介绍一个吧。"曲风明未置可否,矜持地,而且几乎是带几分调皮地一笑,他抬起头来看了章婉婉一眼,他这一看竟使章婉婉脸红了。

然后曲风明闭目养神。他的头轻轻随着火车的震动而摇动,显得轻松而又舒适。忽然隐隐约约,他哼哼起一支小曲,那是一支非常优美的外国曲子。听了这支曲子,章婉婉蓦地落下了眼泪。她知道一点曲风明的事;她知道他分析起别人的"问题"来能够笑嘻嘻地毫不犹豫地把一个又一个同志送进地狱。他坚持原则决不手软。他在沉静、温和、含蓄之中却饱含着威严。他像一个秤砣,一个小小的秤砣压住了千斤。像曲风明这样,是多么幸福啊! 即使离了婚也罢,他担任着领导,他把那么多人的命运攥在了手心里,那么多人,不论是男的女的,都得讨他的好,看他的脸色,围着他转;都看着他圣明、坚强、无畏、英俊、成熟、有分量;都恨不得跪在他的面前亲吻他的鞋子来表达他们的服膺。当他说"很好"的时候,不仅是他而且不知道有多少人随着他而喜笑颜开,而当他说"不行"的时候,也不仅是他而是不知道有多少人随着他而眉头紧蹙。处在这种地位的人的一举一动一言一行的滋味该有多么香甜! 这样的男人该有多么幸福! 嫁给这样的男人该是多么荣耀! 为什么傻乎乎的闵秀梅会与这样百里挑一千里挑一的男人离了婚呢? 她坚信从此闵秀梅的前途将是一片黑暗。只有失去了的东西才是可贵的,闵秀梅太不懂得珍重自己的幸福了! 他真的要自己给他介绍对象么? 啊,她太大胆了。幸运的女人是会忽然胆大起来的。然而她是恰逢多么的不幸啊! 依她的处境,又有谁会让她介绍对象呢,哪怕介绍的是曲风明这样幸福的人也罢!

　　章婉婉悄悄地退走了,她已经与曲风明同志说了过多的话也显得够热乎的了。依她的身份,她应该自觉地回避开了。否则那么多革命干部,将会怎样说自己骂自己呢,那是并不难想象的呀!

　　深翻地才一天她就拉稀跑肚满嘴的生食臭也使她悲哀。真是罪过呀! 为什么旁人劳动起来就那么自然,而自己是这么遭罪? 徐大进本来就是农村的,做起农活来驾轻就熟。李福宏是城里人,一个劲地说在乡下干活的好处。甚至连费可犁这样的两眼发直、大口喘气的半疯子,不论出多少洋相也还在坚持坚持再坚持,一副吃大苦拼老命轻伤不下火线百炼成钢的努力之极的改造样子。还有钱文,瞧他那副资产阶级相儿! 走路还挺着胸脯呢。你有无产阶级的粗大的臂膀吗？你有工人阶级顶天立地的气概吗？瞧那副一想什么事就两眼发直呆呆钝钝的样子！可毕竟钱文也一篓子一百斤地把粪肥背到了十里地以外的紫李子沟去了，不止一次。为什么她是这么迫切地希望表现自己的改造决心，这么真诚地希望表达自己重新取得党的信任、回到党的怀抱里来的渴望；而自己的身体却又是这样的不争气呢！她来了四个月已经请病假四次，工伤两次了。为什么为什么她一个女同志一心一意地热爱党拥护党却要受这样的磨难呢。她只要一请假便看到了这些人的不怀好意的嘴脸。多么自私自利的人们啊！他们难道不知道自己是一个女同志吗？什么关心别人，什么先人后己，什么阶级情谊高尚情怀……昨天他们还是革命干部共产党员还唱着《国际歌》心连着心呢；今天，今天他们确确实实已经成为地地道道的散发着剥削阶级的恶臭的资产阶级右派分子了！

能够使章婉婉略略提一点气的是曲风明同志关于根据改造情况把他们评出划分出三六九等的方案。这会很有趣，这会有点热闹可瞧喽。

虽然大进和二进做出了符合跃进精神的三下五除二的思想总结安排，总结与评"游"的日程还是因了农活的关系而屡屡被打断打乱。给秋田作物"上油"也没有搞多久，嚷得虽然很凶实际上只是拿出了很少一部分油给不到二亩地的玉米像点眼药一样地点了点罢了。而欠下了人民不知多少油的这些家伙只"偿还"了三天"油债"就又受命于新的任务了。九月初，山区已经有了秋意。下起了秋雨，气温急剧地降了下来。上级说这是造林的好季节——可能是上级的不同部门吧，今天说是翻地的最佳季节，明天说是上油（追肥）的最佳季节，现在又说是造林的最佳季节了。本来嘛，夏末秋初，山区农村，干什么事不是最佳季节呢？对于他们的改造他们的脱胎换骨，这也是最佳季节呀！在最美好的季节，他们有幸与伟大的人民一起"大跃进"。他们的口号是苦战三年变面貌，荒山变作花果山！他们唱的是：

> 共产党昂来领翁导噢，
> 把山安治日呀，
> 人嗯民的力依量昂，
> 大啊无唔边安。
> 蟠安龙翁山安上昂，
> 锁哦蟠安龙翁啊，
> …………

他们干的是洒下青春的汗水，绿化祖国的山岭。这不是改造的最佳时节吗？

于是这一天在革命干部与大部分老乡歇雨的时候，他们蓬首垢面地上荒山坡挖鱼鳞坑。下午上了一辆破旧的卡车，拉到了二十几公里以外的苗圃，冒雨挖松树柏树桃树杏树核桃苹果樱桃蜜桃杨树柳树的苗。满手满脸的黄泥黑泥，装好车，又冷又饿地随车回去抢时间把苗栽到山坡地挖好的鱼鳞坑里。衣服全部淋湿了，紧贴在身上，身上的体温与干活的热力又烤得衣服呼呼地冒热气。每个人就像个小蒸炉一般。这个活很苦，但是大家都很愉快。

苗二进一路上做着政治动员。他说，前人种树后人歇凉，我们现在做的是最伟大最美好最有意义最幸福的事。杜冲说，专门让最不好的人干最好的事，也就是希望我们这些最不好的人变成最好的人，也就是对于我们的最大关怀最大爱护；太伟大了，太温暖了！钱文说，啊，让我们想想吧，再过十年再过二十年这里会是什么样子！郑仿口占歌谣说：大雁大雁别害怕，这里就是你的家，荒山野岭何处去，处处果香处处花！又占一首曰：今日一滴汗，明日绿一片，松柏四季绿，水果全年甜！费可犁感动地说，我们有机会做这样的好事，不做坏事，党的关怀真是比父母还亲！他激动地一把鼻涕一把眼泪地喊着"我对不起党，我对不起党啊"！众人闻之惨然，几乎一起抱头痛哭。

徐大进怕大家真的嗷嗷地哭起来也不是个事,便要求大家献计献策:变成花果山以后怎样进一步发展生产。于是七嘴八舌,说是要建设罐头厂,要用果汁做酒,要搞木材加工,要大大地扩大养蜂,天天吃蜂蜜炸糕,要在树林里修建肺结核疗养院……说是他们要以权家店为家,要永远在这里做看林人养蜂人疗养院的工人……他们说得破涕为笑,哈哈大笑:他们人人都那样快乐真诚深挚,人人天真烂漫光明喜悦如婴儿赤子,人人都兴高采烈心满意足,人人都好像把在权家店劳动视作此生的最大幸福,把改造思想视作通向极乐世界的天梯。他们人人都似乎看到了天堂之门;虽然他们比革命干部落后了一大截,他们坚信他们终将得到打开天堂之门的钥匙。他们真诚地快乐地这样走下去,就能进入天堂;而如果他们还三心二意,如果他们迟疑不前,如果他们怀疑自己和别人的光明快乐的情愫的真实性,他们就只能堕入万劫不复的十八层地狱。这样说着,连愁眉不展的高来喜与莫测高深的杜冲也跟着大家起起哄来,情绪高涨。雨愈下愈大了,他们的每一根头发都像房檐一样的在滴水,他们的每一根头发都像烟囱一样的在冒着烟(气)。他们饥肠辘辘,浑身是泥,脚步踉跄。费可犁带着大家喊道:

与天奋斗,其乐无穷!
与地奋斗,其乐无穷!
改造思想,其乐无穷!

下工的时候天已经完全黑了。洗完脸,换上干衣服,已经九点多了。生产大队的食堂早已开过了饭,他们领了凉玉米面贴饼子和用陈年老盐汤腌的又臭又香的咸萝卜,又自己烧了一锅开水,边吃边喝。大家说,这贴饼子的滋味赛过了专给卖苏联专家的崇文门国际友人服务部的巧克力蛋糕,这老腌萝卜的滋味赛过了西单谭家菜的山珍海味。最妙的是开水,虽然没有汤料也没有茶叶,却被灶火柴烟熏出了一股农村的又像腊肉又像蒿子秆的清香。大家说,又是一天没有反党而是冒雨下地上山干活改造自己,所以心情舒畅踏实,吃什么都香,他们过了有意义的一天而不是过去的那种空虚的、苍白的、寄生的与腐烂的日子。吃完说完体会完高兴完,十点了,大进二进便宣布原定今晚举行的思想总结评议会推后一天,今晚改为个人加深总结。二进强调说今天大家植树的情绪很好,体会很多,一定要把这种新的体会补充到自己的思想总结里去。

钱文回到住处,权大生等着他。一面说着"别使(累)着,别使着",一面拉钱文进他的屋子。"你们城里人没干惯,慢慢地来!"他嘱咐说。他放下炕桌,拿出一小瓶白酒,两个咸鸡蛋:"钱,吃点喝点,身子是最重要的。唉!你告诉我,你们到底犯了什么错误了?"

"我们的思想……"钱文含含糊糊地说。他们这里有规定,不必与农民细说自己的问题。

"你们的思想咋了?我看你们的思想比我强多了。"权大生说。

钱文觉得非常尴尬,他脸都红了。这个时候,他只希望权大生也批判他们一顿,那他会安然得多,他这一天的疯狂劳动、自省与情绪高涨也就能巩固下来了。而现在,权大生这样说,不是成心折磨他吗?

"喝呀!"权大生给他斟了酒,催促他喝。

按他们公布的纪律,他是不可以吃老乡的鸡蛋更不可以喝酒的。不论谁的酒也不许喝,自己也不能买。

"我不想喝。"他说。

"别听那个,别听那个。"权大生摆一摆手,他早已洞察一切了,"雨淋了一天,不喝点酒是要受病的。给谁干也得保住身子……"他以多病之身给钱文痛陈健康的重要性,恳切得使钱文不能不端起酒盅,一饮而尽。两杯酒下肚,感动得泪流满面。

权大生不住地劝酒。钱文知道这里的农民都认为喝酒有益健康,因为酒是粮食的精华所生。钱文知道医学理论并不如是说。但他也不想与大叔辩论，他只感到每滴酒都确实是大地、阳光和人生的精华，滴滴入口，流入血液，温暖了全身的细胞。他想还是党说得对，劳动人民才是我们真正的母亲呀！

就在他十分满足和兴奋的时候，他听到了章婉婉的敲门声和呼叫声。钱文怔在了那里。权大生给章婉婉开开了门。

章婉婉是来找药的。她是和一位革命女干部住在一起的。那位女同志晚上突然发起烧来，她来问钱文有什么阿司匹林啊、羚翘解毒丸啊的没有。钱文把东菊给他准备的一盒羚翘解毒丸给了她。他虽然憋住气咬住牙，章婉婉临走的时候还是异样地看了他一眼；黑暗中，他似乎看到了章婉婉的眼珠一转，章婉婉的眼珠亮得惊人。显然他嘴里的酒味已经被章婉婉发现了。

怕什么就会有什么。完了。他想。

下乡快一个月了。他一直很注意遵守纪律。虽然他也时而感到那种整个身体的饥饿与贪婪，那种没有吃饱的屈辱与惭愧的负疚感，他在梦中常常吃到北京的年糕、红烧猪肉、炸油条和熘小丸子……梦一醒他就完全清醒而且冷峻了。他从来没有想到过可以偷偷地吃点什么，农民穷成这个样子，唯一的农村供销社要走出两公里去，走出两公里，除了白糖红糖茶叶和被农民称为"饽饽"的由于长久没有人有钱买而存放得有点变味的酥饼以外，再也买不到别的可口的东西了。他怎么可能想出在农民家里吃点什么这样的点子来呢。他尤其不可能为这样不值得的事情要什么手段欺骗党欺骗别人。刚才这盅酒他其实一直是推辞的——当然不是说他可以把责任推到房东权大生身上。已经喝下去了，再说什么推辞已经毫无意义。人的一辈子也许就是这样。不知不觉，一念之差，随随便便，无所谓的，然而他已经堕落了，他已经屡教不改了，他已经不可救药了。他背着党和同志们偷偷地喝酒了，他像个贼一样了，他是多么渺小卑鄙啊！

于是他进一步地反省自己。当初以为自己革命得了不得。因为他同情劳动人民，他愿意站在普罗列塔利亚特一边。他很小很小的时候看到从餐馆里走出来的戴礼帽的绅士与穿翻毛皮大衣的太太，他就已经学会了痛恨他们了。他很小很小的时候看到破衣烂衫的洋车夫与蓬首垢面的清道夫他就学会同情和热爱他们了。他自以为自己是坚定地站在无产阶级一边的。他自以为自己是手执利刃向着资产阶级浴血奋战不怕牺牲万般壮烈的。直到今天挖完鱼鳞坑起完树苗运回来植完树才明白原来自己一直过着衣来伸手、饭来张口的剥削阶级寄生虫的罪恶生活！如果说他小时候看到吃餐馆的戴礼帽的穿大衣的痛恨这些为富不仁的坏蛋的话，那么，那些烧一次菜至多拿铜钱涮一涮油的与整天在泥里土里雨里雪里毒日头里风里吃着猪狗食做着牛马活的农民看来，他钱文也好，萧连甲也好，又与那些戴礼帽穿大衣的人有什么两样，更不要说郑仿与费可犁了。他们更是祖祖辈辈喝穷人的血吃穷人的肉的啊！

　　祖祖辈辈的罪孽，人类历史的罪孽，人类社会阶级社会阶级分化阶级压迫阶级仇恨的罪孽现在由他们这一辈人来偿还了。真是天公地道、天道恢恢、天翻身来地打滚、大哉天道啊！

　　他应该庄严地前来还债。他用他的微薄的体力，他用他的咸臭的汗水，他用他的无尽的忏悔、认罪和检讨，他用他的恐惧、低三下四、口服心服，他用他短促的一生的每一天每一小时来还债。

　　欠了债是一定要还的，欠的时间愈长利息就愈高。想想罪恶的人类吧，从奴隶社会到封建社会到资本主义社会，多少白骨，多少血债，多少冤魂，多少强暴，多少侮辱，多少损害，多少掠夺，多少压榨……才有今天的无产阶级的革命，才有无产阶级讨回陈年老账的这一天！

　　他理应经受这一切，接受这一切，低下头来，再低下头来。认下罪来，再认下罪来。劳动，劳动，再劳动！

　　只有劳动才能赎罪。只有劳动才能净化自己的心灵。只有劳动才能不再白白地吃劳动人民种植出来的粮食。只有劳动才能在当前的大好形势下不算是完全虚度光阴……

  他的体会太多了,他的体会似乎放射着白亮的光芒。他掏出了笔和纸,把自己的切肤的体会全部写到自己的思想总结里。我是真诚的。我真诚地认识了过去从没有认识的那么多那么深。我觉悟了。他谆谆告诉自己说。

  突然他扑哧一笑,这一笑使他莫名其妙,而且有点发瘆。

  写完了,躺在炕上,翻来覆去。临睡着的时候,他忽然隐隐地听到了一笑。依依稀稀,他知道现在没有什么比睡觉更重要的了。依依稀稀,他忠告自己,现在只有睡觉才是真的,只要他明天还准备出工的话。依依稀稀,他相信这一切终将过去,等着吧,等着吧,随着时间的逝去,一切忧愁,一切烦恼,一切恐惧也就云消雾散了哟;而我们的生活将仍然是光明的快乐的幸福的与新鲜的……为了这一天的到来我们必须接受考验,我们必须忍受许多痛苦和屈辱。我们本来是罪有应得,应该接受更多的历史的惩罚。只有在清水里泡三次,再在碱水里泡三次,再在石灰水里泡三次,我们才能变得比纯净更纯净……到那时候,当我们回忆起这一切,我们就会莞尔一笑了。我们就会幸福了。

第 九 章

造林整整搞了一个星期。七天当中有五天是下雨,有两天是时晴时阴忽热忽冷。树种到第七天,天一下子放晴了,太阳比三伏天还要烤人。公社林业委员前来检查了一次造林工作,说是山坡地由于土质疏松,存不住水,雨停地干,墒情告急,树苗处于濒临枯干的生死关头。林业委员要求大家挑水上山,给树苗浇水。农民们听了大哗:"那些个筛子地,下一个月雨都不管用,挑那么两桶鸡巴水管他娘的个纂儿!""上也上不去呀!那都是没有路的荒坡,有路的话,早就种上谷子山药啦,还轮得上去挖坑呢!""能长树的地方起码得能长草,连草都不长的地方,你想让它长树,还不是瞎费力气!"

如此这般,挑水上山浇树苗,为荒山挽留绿树的又是最最光荣最最崇高最最积德修好的任务落到了最需要改造的人们身上了。由于村里的井深,摇起辘轳打起水来十分不便;也由于用井水浇树似乎有点浪费,他们一律出村二里地到小青河去打水。一群的铁水桶磕磕碰碰,叮叮当当,人们喊着加油摇晃着膀子就小跑开了。上山,上荒坡,双手握着两边的扁担钩子,遇到沟沟坎坎,连蹿带蹦,铁桶一抢,人一个大步,刷地就上去了。有时候水一家伙洒一地,有时候铁桶相撞或是水桶碰在了石头、树根上,铿锵作响,一片喧闹,人们也不在乎,而是平添了战天斗地、青春年华的壮志豪情。于是自发地形成了比赛,一个超过一个的时候叫着"加油!加把劲!",于是被超过的人就三步并两步地紧紧追上。费可犁这儿才撵上了钱文,只见徐大进等挑得快的从天而降,他们那儿已经挑完一挑下来了。空桶下行的时候水桶摇晃得更加厉害。为了减少碰撞,下山者两手把两只桶紧紧高高抓起,健步如飞,飞将军般跳蹦着往下冲。空桶在桶梁上吱吱扭扭地荡来荡去,好像是他的正在扑腾的两个翅膀。他们顾不上回答"都下来了?"的问话,只说上一句"快!"便一溜烟滚了下去,没有了影踪。

与前几天拖泥带水地挖坑挖树种树相比,这个挑水上山的活儿更加艰巨,纯粹的硬碰硬。大家在拼体力拼速度,迸发出一股奇特的热情。第一挑挑上去似乎还好说,第二挑便知道了厉害,本来空着手上那些无路又陡峭的山也不是容易的事,本来那两只大铁桶空着也有二十斤,本来平地上挑那两铁桶水对这些城里人来说也已经是两脚如捣蒜、细腰如麻花——这是徐大进对于郑仿的挑水姿势的形容——了,如今,装满了水挑上无路荒山,谈何容易!上山的时候一个个汗流浃背,气喘吁吁,这是与背篓上山一个样的,不同的是,篓子背在身上是死的,而水桶挂在扁担上却还在随着人的走步而摆来摆去,有一定的振幅和频率,使得挑水者一个个摇摇晃晃七扭八歪,如同喝醉了一般,别有一番挣扎和狼狈,也别有一番姿势。幸亏有人挑得快,已经空桶下山,于是空桶下山者正好给挑水上山者加油鼓劲,你促我我促你,你看我我看你,你比我我比你,七扭八歪者渐渐站稳走稳,脚步频率与水桶振荡相合拍,东摇西晃变成了类似舞蹈的别一种美的韵律。

挑完两挑之后,到了第三挑,气喘吁吁摇摇晃晃之中大家反而增强了信心。尽管看起来不可思议,尽管农民们一致反对,事实已经证明,把水挑上荒山是可以做到的,他们已经做到了。当然这水对于树苗是绝对有好处的,他们已经把甘霖送向了未来的参天大树的干渴的喉咙;他们倾倒一次水就似乎亲眼看到一次喝了水的树苗是何等地欣慰、舒展和变得碧绿。小风吹来,树苗微微摆动,似乎在向辛勤劳动的人们致以鞠躬礼。谁想得到险峻的只有山羊走过而绝少人行的山径,空着手上战战兢兢,脚下没根,随时随地有打滑的危险;而挑上两桶水以后,没有别的路可想了,没有迟疑的余地了——挑着水站在根本没有平放脚板的地方的山坡上趑趄不前,那不是比奋步疾跑还要费力与痛苦么——近百斤的重物压在肩上,两只脚增加了分量,走步增加了摩擦,增加了稳健,反而顺当了。挑上水以后人变得兴奋得多,平时做不到的这回都做到了;上去了也不知道怎么上去的,又下来了,也不知道怎么样下来的。总之在挑了三挑以后众人一致认为挑水上山比空手上山更安全也更愉快;挑上两大桶水以后,两条腿变得茁壮有力,顶天立地,排除了失足摔倒蹬空滑坡的诸种危险。众人笑说自己是挑水上山的命。"人就是这样的贱骨头呀!不压硬是办不成事呀!"杜冲叹道,大家听了咯咯地笑。

徐大进问钱文:"够压得慌的吧?"钱文想说一句俏皮话,便回答说:"没事儿,小扁担一条,重量在若有若无之间。"凡是听到的都大笑起来,连费可犁听了后也暂停了他的牛一般的喘息。

是体育,是劳动,是游戏,是回归大自然,是风景的欣赏,是自我革命的盛大节日。越是艰苦,他们的情绪越高,笑声越响,豪言壮语与巧言令色越多。正是在这样的劳动中,他们确实是获得了解放,他们回归了自身,他们成为了一个个年纪尚轻,身体健康,有热情,爱劳动,能干活,能吃饭,不怕艰苦,不怕疲劳,有胳臂有腿能跑能跳的完完整整囫囫囵囵的自己。当了右派是多么好啊!过去没有当右派的时候是多么不健康呀!天晓得他们几乎要这样说喽。

……许多年以后,他们仍然会回忆和温习这挑水上荒山的壮举。时过境迁,面对陡峭的山坡的无路之路,你也许觉得不可想象。竞赛,奔跑,青春,健康,好胜,初秋的太阳,山坡与山谷,羊粪蛋、落叶与青蒿的气息,小青河,鹅卵石的水影,一挑在肩时的豪情,一桶水倾倒在鱼鳞坑里时候的清爽欢愉,泥水上漂浮的白泡沫使你觉得你是在给树苗灌油,迈开大步与一次又一次地在艰险的半路上踏稳脚板的快乐,人的欢笑与水桶的振荡的融合,互相喊加油的亲密情谊,登上高山下眺晴川历历与阡陌纵横的辽阔欣然,人像黄羊一样地上蹿下跳是何等灵活……尤其是你的肩,你的背,你的胳臂你的挺直的力顶千斤的腰与你的变粗壮了的腿。只是在下乡劳动以后你才意识到自己的身体与四肢,只是在重体力劳动之后你才意识到自己的身体与四肢的膂力,成长,潜力。原来在体力劳动以前你的发育——这里说的是纯生理的发育——远远没有完成,也就是说,没有干活以前你就不算是一个完整的人!干完重活人人都觉得自己的身体四肢在长,在变粗变大变长变得有力起来,连手指头似乎也在发胀发力长劲。知今是而昨非!党啊!即使你在那次政治运动中搞得有些过于强横也罢,你把人们赶到山区农村劳动实在是太好太好了!简直是无与伦比的想象力与破天荒的大手笔!自从盘古开天地,三皇五帝到如今,上哪里去找这种城市的知识分子以及官吏职工下来发疯一般地劳动的盛况?又有哪一代人能这样真诚地愚傻地既是委琐地又是豪迈地全身心地投入?他们是光明的一代,即使是在这种处境下边他们也无法消除自己心灵上的光明与辉煌!他们是浪漫的一代,即使在这样的境遇下边他们也获得了自己的特有的高峰体验!这个权家店就是右派们的伊甸园!

也不妨设想一下许多年后他们当中的幸存者旧地重游的情景。到那时候,权家店当然是鸟枪换炮今非昔比了。不仅有商业大军早在一九五八年"大跃进"时修好了的公路,而且另一条铁路的延伸支线也已经走过了这边厢。还有专为百无聊赖的四体不勤而又没有机会经受毛主席的改造知识分子的伟大政策的洗礼的城里人准备的旅游专线与旅游专车。豪华旅游车当然是东洋造,沙发座,空调,八个扬声器的音响,坐一批四体不勤五谷不分细胳臂细腿经常吃安眠药与三九胃泰的一瓶子不满半瓶子晃荡的城市人……深山里的有色金属与煤矿已经大规模开采,房地产公司的干练的职员已经穿梭般来往于山区与闹市之间。农民们与原是农民的工人们早已是家家有电视,户户盖新房,摩托上下山,年轻人一边干着活还一边研究童安格与巩俐。甚至于我们还可以设想得更浪漫些,或早或迟,北方的农村也会像广东的某些农村一样更加富裕起来,这也是天若有情天亦老,人间正道是沧桑呀!

但我们的主人公们关心的不仅是农民生活的改善与农村经济的开发。他们要寻觅,要寻觅自己当年在这里疯狂劳动的痕迹。他们迷路了。他们已经不能方便地找到由他们绿化过的荒山。由于开发,一些山头已经被削去了许多或者干脆不存在了。一些当年上起来千难万险的山头已经显得很矮小无奇了。沿山的三级公路改变了上山的条件。上游水利枢纽的兴建使这里已经永远不需要挑水上山了。煤窑、石灰窑的吊车斗车打破了群山的寂寥,白色与黑色的粉末改变了山径的颜色。上班与下班的工人已经与当年的上工与下工的公社社员风貌迥异。小饭铺与杂货店窗户上贴着花花绿绿的纸条,有一张纸条上写着莫名其妙的英文字。从铺店里传出来了"何不潇洒走一回"的歌声……

变了变了,一切都变了。连说话的腔调也今非昔比了:不但是有更多的普通话,而且——请镇静——这里的女孩子里也偶尔有港、台、新加坡味儿的"国语",那话受了英语语流式发音的影响,带有英语升调与降调的全部特点与娇柔甜嗲的女性气息。这样的准港味儿国语在这里像是漂浮在大喊大叫的土话的大海里的几条白帆。甚至于你想在这里再吃一顿山药榆子(榆树嫩叶)小米饭也不可能了。过去,这本来是这里的最普及的"村饭"或者"店饭"的。蜂蜜炸糕也很难找到,代替蜂蜜炸糕的是饭铺里卖的爆炒三样、糖醋里脊、罐烧甲鱼与百货店里卖的面包果酱……这个第二故乡的一切已经难以辨认了啊!

然而毕竟还有没有拆走没有修缮也没有坍塌的圈门和戏台。有一株古老的几次被雷电劈击过的桑树,历经变故而龙钟依然。想到这株树的寿命与我们自己,我们禁不住要在树前默哀一回。妇女队长夫妇早已不在了,他们的给生产队做过仓库的大房子依然是常年锁着一把也许从来没有开过的式样古老的大铁锁。当年的生产队长权二虎已经须发皆白，他早就因为什么原因不再当干部甚至不再是光荣的共产党员了。他也不容易。然而即使是从没有见过公社，不知道公社为何物的孩子们也都管权二虎叫队长——然后再按照农村的习惯加上爷或者叔或者伯或者哥。即使是他，也不再能认出你们了。

一度亲切，重又陌生了么？

这一切都是可喜的，令人欣慰的，至少也是温馨的。然而，我们的树在哪里？

走遍权家店你几乎找不到当年这些生正逢时的人们所种的树。树没有留下来。解释是各样的。早死了——早说过土质不行，才需要挑水去浇；后来他们走了，就没有人给挑了呗！虫害。病害。羊吃了——畜牧业常常与林业有矛盾。开矿的时候修路的时候刨掉了。基建的时候拔掉了。"以粮为纲""大办粮食"的岁月里把它们全消灭了。"备战备荒为人民"的口号下提前采伐使用了……也许更好的回答是"谁知道是咋啦？"树木是安静的，它总是处于首先被牺牲的位置；反正没有了就是没有了，不要再挑起什么争论啦。

然而毕竟也难以绝迹。在遥远的紫李子沟的山坡上，已经长起了二十几株碧绿的油松树。松树长得慢，它们刚刚两人多高，如果不是有心人也许不会特别注意这几株树，虽然这里出现的油松令人觉得突兀。树虽然不高大，但很神气，针叶高贵而又芬芳，树干挺拔而又庄重。它们似乎是有那么一点点伟大的孤独。不论人间是怎么样地折腾，松树总是那么不慌不忙，一身静气。山风吹来，树枝微有晃动，针叶簌簌作响，似乎要告诉你当年它被栽植的以及由它见证的许多秘密。

让我们静静地倾听这些其实还小但也有了三十多岁的松树的诉说吧。

绿化刚刚告一段落，又掀起了收秋的高潮。人们从远远的山地收回白薯、玉米、花生、大豆、黑豆……一律拉到队上，临时挖薯窖腾仓库。与此同时，一拖再拖，思想总结正式开始，曲风明同志又来动员了一次，他提出要争取两个丰收：一个是粮食的大丰收，一个是改造思想的大丰收。要确保两个果实：一个是秋收的果实，一个是改造思想的果实。曲风明同志还强调说，秋天是收获的季节，是辛苦的季节，也是幸福的季节，让我们检阅我们的收获吧，让我们做最幸福最高尚的人吧。

曲风明同志解释说："什么是幸福什么是高尚呢？当然不是物质的享受，不是一己的满足，不是……不是……是什么呢？幸福就是对于历史规律的掌握，高尚就是按照历史规律的要求做出自己最好的贡献。那么改造思想呢，归根结蒂改造思想就是使自己的头脑符合历史的客观规律。因此，改造才能幸福，改造才能高尚。你们能有机会专门拿出一段时间，没有别的任务，一心一意地改造自己，讲老实话，我还有点羡慕你们呢。"

大家感动得鼓掌。

郑仿即席赋诗：

> 领导一席话，金光万道开。
> 改造有奔头，劳动最畅怀。
> 千军催万马，战鼓掀尘埃。
> 从此决心大，换骨又脱胎！
> 余虽罪孽重，天良未绝灭。
> 形势这般好，(我是)宁死(也要追上)新时代！！！

他读自己的诗的时候又是一把鼻涕一把泪。虽然诗的结语不见佳妙而且语焉不祥（详），现场人们还是很激动。曲风明同志当即与郑仿热烈握手，又拍了拍他的肩膀，给人家一种要与之拥抱的印象，着实令人热泪盈眶。

思想总结一开始，钱文就成了重点。章婉婉提出了钱文的吃西餐与喝酒的问题，令众人震惊。曲风明自己事忙，没有参加，他让一位革命干部代表他来听会。这位革命干部听了章婉婉的揭发，十分义愤，用洪亮的声音发了言。后来大家才知道他老原来是少年宫的唱歌教练。那天的会一直开到了晚十一点半，在农村，这已经是夜静更深，尽入梦乡的时分了。夜静中他老的带有腹腔共鸣鼻腔共鸣胸腔共鸣的官话十分威严有力。虽然他老读了许多别字，大家仍然肃然怵然慨然凛然凄然。于是李福宏首先响应，说是钱文的上衣少了两个扣子居然一个月过去了不钉上。这究竟是什么问题？李福宏表示他限于水平分析不清楚，请大家考虑。

不能冷场，这种时候是不能冷场的。钱文自己也十分明白，从反右运动以后，他就知道不论是批自己还是批别人，不批是不行的，不批就会找更多的麻烦，解释也是不可以的，解释就会使事情大大地复杂化。他希望大家踊跃地批，而他自己呢，当然要认真地听，要做出一种恍然大悟、醍醐灌顶、如饥似渴、如大旱之遇甘霖、如婴儿之叼上妈妈的奶头同时又被妈妈打了屁股的又沉痛又兴奋又虔诚又喜悦又吸吮又抚摸又哇哇地哭的表情。许多年了，他已经久经培养教育了。批评与自我批评，这是我们的基本功。靠这一条，他革了人家的命，也是靠这一条，他被人家革了命。还要靠这一条，他迟早还要洗干净自己，回到人民的尤其是党的队伍再去革人家的命。

虽然他久经锻炼考验，虽然他早已经习惯了最要好的朋友同志在批评与自我批评的场合义正词严地批评他正如换一个地位他也会毫不犹豫地在同样的场合去批评别人，高来喜的发言仍然使他吃了一惊。这是双重的吃惊：是高来喜而不是别人来提这样的"意见"，这是第一层。提出的是这个而不是别个，就更让他惊奇。

高来喜提的是此次来权家店下火车后他发现叶东菊居然送钱文送到了大雁岭，这算是什么呢？是小资产阶级的卿卿我我吗？是资产阶级的生活方式吗？是不愿意改造所以难分难舍吗？是这个那个如此如彼非驴非马吗？而叶东菊又是什么人呢？

于是话题转到了叶东菊身上。

于是钱文这一次是真的被打痛了。他开始面如土色。

问题不在于他所有不希望让人家知道的东西人家都知道了,也就是说"你的阴谋诡计已经暴露在光天化日之下了"——这是章婉婉说他的话。真的,这些确实像是阴谋诡计,如果不是阴谋诡计,他何必怕人知道呢?但是,如果说这就是阴谋诡计,这又能算是什么阴谋诡计呢?

他尤其感到不能容忍的是把东菊拉了出来。批我就批我吧,与东菊有什么相干?她老子不好,但是她一心一意地要革命,她没有做过任何损害革命的事情。她已经受了过多的伤害;你们没有一个人和她有过接触,除了高来喜没有一个人与她说过话,你们为什么要用那种语言讽刺丑化刻薄她呢?你们遭了什么罪是你们的事情,为什么你们遭了罪就希望遭罪的人愈多愈好呢?他一次又一次地眼看着别人因为他而毁损东菊,他连哼一声都没有,他没有为保护东菊说一句话做一件事;他算是什么东西!

他不再睡得着觉。

他第二天乏到了极点,胳臂抬一抬就累得要死,站着站着他只想倒下。他想起五十年代看过的苏联电影《萨特阔》,电影里有一个印度妖神,不停地怪声怪气地说:"长眠就是幸福!"他不停地默念着这句话。

晚上又开了一晚上批评他的会。虽然他已疲劳至极,他还是连连点头。他认真记录,他做出倾听深思牢记的种种姿态。声音洪亮的同志又发了言,声音更加洪亮。散完会他回到住地脸也没有洗就一头栽倒睡下了。再醒过来他的情绪已经好了许多。如果不特意去想,他根本不记得头一天晚上谁谁讲了什么什么批了他什么什么了。

于是他得出了经验,即使被打疼了被刺出血来了也只好随它去。反正最多是一宿的失眠,失眠一夜以后,第二夜将会像死猪一样睡去,从而把一切都补回来。

费可犁对他的批评特别严厉。费可犁提出了抗拒改造的问题。费可犁要求人们为钱文做出结论：钱文究竟是在改造还是在抗拒改造？他说："我们不能回避这个问题，钱文自身也不能回避这个问题。"费可犁提出这个问题的时候像他背篓子和挑水上山的时候一样气喘如牛。

钱文下不来台了。事情麻烦了。

就在这个时候费可犁出了事。

没有人说得清费可犁的麻烦是怎么样发生的。一个说法是，到紫李子沟去收白薯的时候他与郑仿又讨论开了应不应该翻秧的问题。他们上次来翻秧，遇到了雨，中途停了工，此后再也没有来过，因此是只有一小部分翻过秧，大部分没有翻。他们考察了翻了秧的与没有翻秧的白薯的产量，得出了不必翻秧的结论。农民听了很不高兴，便与他们争执起来。革命干部看到右派胆敢与农民大叔争论，被改造的敢与他们改造中的楷模争论，便训斥了他们并且把这一情况通报给了徐大进。

还有一种说法是，费可犁给农民读报纸。一张报纸说某某地方白薯一亩地打了八十万斤。权二虎队长听了大笑。他说，一亩地吊起来六面种也长不出这么多的白薯。费可犁觉得这样讲太反动太恶毒了，是可忍孰不可忍，便驳斥了他，还提到要相信党之类的原则性的话。权二虎本来脾气甚好，跟谁也是无可无不可的，对于这些"犯错误"的干部，他更是高抬贵手，自来带着一种对于弱者的同情的。但是由他们来从政治上教育他，这太超过他的容忍的限度了。他发火了，他说了几句难听的话。他一下子制服了费可犁。费可犁要制服，那本是不费吹灰之力的。这个情况同样被革命干部通告给了徐大进。

这就成了大事。对于钱文的意见再多，毕竟是他们"内部"的事，而现在，对于费可犁的意见则是来自革命干部与公社社员，就是说来自伟大的人民。这太吓人了。经过运动，大家都知道该怎么办。

首先是大进和二进,他们立场必须站稳。革命干部们把这件事通告给大进,这使大进又惊又喜。惊的是费可犁出了事,而过去他徐大进一直是非常器重费可犁的。当然这次不可能袒护费可犁。喜的是这种通告是对于大进的信任和依赖,等于承认这一批人的事属于大进的权限,通告意味着授权。这个权不但是那位早先的负责人、睡不醒的科长给的,而且在费可犁的问题上再一次从曲风明同志这边得到了确认。曲风明来了以后,大进有一点不把牢,曲风明究竟能在多么大程度上把这批犯错误的人的事情交给他来管呢?科长因为太爱睡觉了,也因为科长自己也弄不清这一帮人究竟是犯的什么事,便只好事事全权交给大进处理。科长自己对大进说过:"你们的事太麻烦了,过去,犯错误不是贪污就是乱搞男女关系,再大一点干脆就是通敌叛变,那也都是真凭实据摆在那里,叫咱们抓得着摸得住的呀!你们这叫什么呀,绕来绕去的知识分子真是要人命呀!连个错误也不会犯!"

徐大进知道,科长管不了他们的事,他们的事实际上只能由他来管。他为此感到自己的重要性。一同在权家店下放的革命干部还有一些,有的自己也不干净,这问题那问题,完全没有污点也就不会下放到这里来了。另外一些人与他们井水不犯河水,低头只顾自己。最后有少数几个人,喜欢当着他们的面摆摆威风,训斥他们几句,表达表达他们革命干部对于阶级敌人的义愤,也好,也该。但发发横是没有问题的,真来分析他们的思想问题那些人的水平还差得远。他看准了这个形势,自己也就当仁不让了。这让他很有几分兴奋。如果不是运动,这些个人他本来是够不着的。他们多数人地位比他高文化比他强革命资格也比他老。虽然此前他从不认识他们,但是他可以想象运动以前他们那副自以为是滔滔不绝的样子,他知道在革命队伍里这样的能说会道包治百病的人大有人在。只是天大的本事也罢,如今你得听我的。想到这儿他不能不得意。

但是曲风明的到来使事情变得不同了。他知道曲风明是分析思想问题的专家是改造旁人的能手,从曲风明第一天到达给大家讲话他就隐隐觉得自己的权力与责任完了。谁想到山回路转曲风明讲了一通又讲了一次接受了郑仿的颂诗以后就见不着了。曲风明同志很忙,三天在权家店,两天又不知道哪里去了。谁知道他动不动是去公社开会区里开会还是回了北京?徐大进暗想,毕竟曲风明也不想老呆在权家店和他们一样和农民一样地没完没了地下地劳动——说下大天来,还是开会坐办公室舒服!哪个会议室里不摆着几张沙发?哪个办公室里不是有桌子有椅子有暖水瓶有茶杯有电话冬天有火炉夏天有电扇?坐办公室开会的滋味与挑水上山能相比么?曲风明大概不想与这些一身汗臭,两眼通红,满嘴的检讨,干起活儿来不要命,三分像无赖,七分像白痴的家伙撂在一起干了。那怎么办呢?还是得靠徐大进。

徐大进对他自己管的这一摊子人一摊子事很有兴趣很看重。他甚至有点想入非非,他知道这一批人不论现在是多么狼狈,其实不简单;将来的事谁也说不清,由他来领导他们改造也是天赐良机,事实证明,现在只有他,只有他领导得了他们。谁也无法预料他的这一领导会给他的未来带来什么。他要干出点样来。人啊,真是各有各的运呀,谁能想得到,当初自己只能搞点行政总务,发发文具,管管伙食,几次闹着要调动工作也没有闹成个"长";这回呢,到了这步田地,他倒有了一展身手,显示自己的领导组织才能的机会了。

在重新确认了对他的信任,通报给他费可犁的问题以后,他就发动了对于费可犁的大揭发大批判。费可犁惊慌失措地为自己解释,他只是在探讨种地的科学,他只是在维护白薯卫星的荣誉。不等他说完徐大进亲自出马,义愤填膺地喝道:"你什么态度!照你说的你成了维护科学维护'大跃进'的了,劳动人民倒成了不讲科学反对'大跃进'的了,照你这么说不是农民帮助你改造而是你要帮助农民改造了。由右派分子来帮助劳动人民改造,你这不是颠倒黑白混淆是非吗?"

徐大进的权威性的判断、铁的逻辑与辛辣尖锐的批评使大家哈哈大笑起来。笑完了大家摇头，齐叹费可犁的不通已极。好好一个费可犁也是读过大学当过处长的人哪，怎么会糊涂到这种程度，不通情理到这种程度呢？想想吧，如果不是运动，这样的人还在党的要害部门盘踞着要职呢，可见这次运动是多么英明啊！

连费可犁也不由得不这样想，是啊，照我的说法，不等于是说农民错了我一个右派对了吗？我怎么会荒谬到这种程度呢？我疯了吗？我傻了吗？我彻底没有希望了吗？我由于反动变成了政治上的大混蛋了吗？我的脑袋变成了一个大木瓜了吗？费可犁哞儿哞儿地哭了起来。

他这一哭大家就更烦了。一个男人在那里哭，一个（曾经是）处长在那里哭，一个矢志革命的年轻有为的干部在那里哭，一个一表人才的大学生在那里哭，一个会讲各种革命道理会分析各种思想问题会把冰块说融化把黑夜说亮了把死人说活了的革命煽动家在哞儿哞儿地哭，一个已经成了不齿于革命干部的资产阶级右派在那里哭。这是何等的晦气呀！众人怒了。

"哭什么？你演的什么戏？"

"哭什么，摆事实讲道理嘛！"

"哭什么？谁把你怎么样了？你说！"

"你委屈啦？你不服啦？你还想较量较量吗？"

"有问题谈问题嘛，我们讲得不对了你可以反驳嘛。生产队长你都敢反驳，你能怕我们吗？你不是最会讲话的吗？"

"有话说有屁放，少装孙子！"

李福宏气呼呼地说："你太不知道自己是老几啦！干什么都是装腔作势的！你干一点活能把一道山给喘没了。背一篓子粪，你喘得就跟日狗啊似的。什么做（读揍）相！你说你就不觉着给你们老家儿散了德性吗？过去我挺怕你们知识分子的，可一见到你，我只觉得他八辈子背兴呀你说是不是？"

毕竟是工人出身,他讲得多么生动精彩呀!大家认真地听着,没有谁发笑。

费可犁越发前言不搭后语起来。众人越笑越喊越怒越是挖苦他他就越乱,他越乱就越是闹笑话,越是闹笑话众人就越是发怒。最后变成了不折不扣的斗争会,已经不再有发言而只有喊口号,变成了各种刻薄话挖苦话嘲笑话的语言竞赛了。人们全都调动起语言的潜能,你一言我一语你一刀我一剑,真是把费可犁千刀万剐了个体无完肤无地自容语无伦次丑态毕露稀里哗啦散了架!

费可犁也不明白,他原来在单位里是有名的笔杆子和嘴皮子,他能说会写,给基层上党课,给上级做汇报,与外单位发生了争执,写请示报告总结计划等等这些事从来是少不了他的,加上他的忠诚老实,实干傻干拼命干,上级说什么听什么,他是单位上最红最红的红人。以他的年纪,被任命成正处级干部,那是很突出的了。他的右派帽子,完全是自己"挣来"的。反右斗争一开始他就交出了自己的日记,接着交出了他的父亲给他的信,附有他自己的说明与检讨。他父亲的信里流露了对于农业合作化问题的反动思想,费可犁的附件里说,他曾经相信了他老子的反动观点,他曾经想把这封信隐瞒起来——把信烧掉;只是后来慑于运动的威势才在最后一分钟改变了主意。随着运动的进展他写了四次思想汇报,每次汇报的都是反动透顶的思想。每当最最器重他的领导同志为他说了好话的时候,他的新的反动思想汇报就交上来了。终于,最最器重他的领导同志也火了,大骂道:"费可犁这个王八蛋,纯粹是不折不扣的极右派!"他后来知道了这些情况,但是他坚信,即使他这个右派帽子确是自找的他也不后悔,有反动思想而不向党交代,那才要良心谴责一辈子而且不知伊于胡底呢!

如今他一下子失去了全部灵气,翻过来掉过去,怎么看他都显得傻乎乎的。这次到了总结会上,他自己也看出来了:"我费可犁干脆说是个白痴!"他连一句人话都说不出来了。不用别人发火,他自己对自己也是气得想给自己几个大嘴巴！

通过批费可犁,众人得到了锻炼,得到了反面教员,得到了语言撞击也得到了语言的游戏。在权家店这个偏僻而又匮乏的地方,通过这样的批评会,应该说大家得到了某种精神生活的丰富与满足。他们从费可犁身上看到了自己的改造的必要性与正义性,他们的精神生活变得充实起来,有事做有光荣任务起来——自己的思想问题大大减少起来。当人们万无一失地批一个晦气鬼的时候,一个个显得是多么立场坚定,爱憎分明,才华洋溢,舒卷自如,谈笑风生,从容不迫,入木三分而又雍容大度呀！人是通过批别人来实现自己的优越与自信的,实现自己的价值的。原来如此！当然他们也自觉不自觉地庆幸这个倒霉蛋毕竟是费可犁而不是自己,他们为此而感动而不能不更加卖力地批评姓费的。最后他们还讲了讲政策,讲了讲不论多么严重的错误只要转变立场痛改前非前途就仍然是无比光明的。真有意思,真有味道哟！

第二天晚上接着开费可犁的会。让费可犁先谈认识。费可犁终于挖出了思想根源——关键问题仍然在于认罪。如果真的认了罪,认了这壶酒钱,自然会把自己摆在一个正确的位置上,各种问题也就自然迎刃而解,也就不会和任何方面发生龃龉;也就会正确地看到劳动人民的主导方面本质方面;也就会看到自己的主导方面本质方面。人民的主导方面本质方面是革命的,而费可犁的主导方面本质方面是反动的。同志们啊,问题就在这里呢！

大家愈来愈认识到,改造的主要任务是认罪,认罪的主要目的是改造;改造的主要标准是认罪,认罪的主要标志是改造;不认罪就不能改造,不改造就不能认罪,在认罪中改造,在改造中认罪,认罪是改造的前提,改造是认罪的条件。认了这壶酒钱,认了这壶酒钱,认了这壶酒钱吧！费可犁指天画地,狗血喷头,承认自己是十恶不赦死有余辜的怪物了。

众人点点头,鼻子里哼了一哼,觉得有了一点门儿。大进和二进脸上出现了笑容。虽然说得还不够具体,大致上倒是这么一回事儿。便又都大同小异地重复地不厌其烦地分析了起来。他们讲到了党的关怀,讲到了社会主义革命的艰巨性,讲到了资产阶级进攻的危害性,讲到了一切阶级社会的历史都是阶级斗争的历史,讲到了《文汇报》的资产阶级方向必须批判,讲到了知识分子明察秋毫而不见舆薪,反而不如工人阶级能一眼看出问题的实质……讲得人人点头个个五体投地,讲得人人真理在握而个个正义在胸——都感到了那种终于坚决地执着地自信地重新沐浴在真理之光中的快乐。这种发言的气氛,你说服着我,我说服着你;你教育着我,我教育着你;你相信我讲的,我相信你讲的;你补充我的,我补充你的;你响应我的,我响应你的;你感动我的,我感动你的;你称赞我的,我称赞你的;你一言我一语,你开我的头,我接你的茬;各种意见水乳交融在一起,统一在一起,共鸣在一起,像一曲大合唱一样的亲切、磅礴、顺畅、动人。开完这样的会,就是被批评的费可犁也觉得那样的安全、有依靠、有收获、有热情、心境开朗、入光明境。别人呢,更是收获丰硕,心情百分之百的舒畅!

苗二进像一个大学生一样地感叹道:"看来我们的会议结出了一个小小的果子,果子虽然不大,但是非常香甜! 好啊,好! 说起来我们还是非常幸福的。我们有党的领导,我们有曲风明同志这样的好领导,我们还有徐大进同志这样的好同志虽然犯了错误然而如今事事带着我们前进。他是我们的好组长。我们这个集体也还是非常可爱的。一个一个地说,我们是丑恶的。但是当我们在党的领导之下组织了起来,当我们在正确的思想的武装之下组织了起来,当我们在一股改造的热情改造的决心改造的部署之下拧成一股绳以后,我们的集体就是无比强大的了。我们互相取长补短,我们互相提携推动,你落后了我们拉你一把,你背包袱了我们帮你卸下来,你想不通了我们帮你打通,你不改造也得改造,不进步也得进步。真是太好了呀! 我觉得我是太幸福了啊!"

郑仿说道:"是的,太好了,太好了,苏联小说家尼古拉耶娃写过,苏联的生活好比是一个不沉的湖,在这个湖里你是沉不下去的。现在,我们也是生活在不沉的湖里了!多么幸福呀!"

大家点头称是。忽然又觉得不太对劲,扯出个苏联来干什么?便又面面相觑起来。

萧连甲冷笑了一下。

似乎有点什么心照不宣的东西。人们已经从国际形势中从国际共产主义运动中嗅到了一点味道。什么不沉的湖?一个右派大谈自己生活在不沉的湖当中,而且是和苏联一样的不沉的湖当中,这不是不伦不类非驴非狗么?

人们还在这微妙的尴尬中觉察到一种同样微妙的快意。这些天,郑仿似乎太得意了。一个二类处理的家伙,倒像他改造得多好似的。苗二进说话,赞扬徐大进的"领导",有你搭碴的份儿吗?尤其是,曲风明来了以后,他们发现郑仿有点快活。瞧那天他的献诗一首的猖狂劲儿!据说地下的时候郑仿曾经与曲风明同志有过相当密切的交往。要不那天怎么会又拍他的肩膀又握他的手呢,就差与他拥抱接吻了!之后,郑仿说他与曲风明长谈了一次。曲风明谁也没有谈,情有独钟,只和郑仿谈了,只此,已经够大家羡慕的了。"你们谈了什么呢?给我们也传达传达精神嘛!"人们说。郑仿微微一笑,那一笑能叫人气昏过去。郑仿含糊其词地说他们"没有谈什么""谈了点私事""谈了我南方家乡的两个女友的事"。什么什么?你与我们的威严的领导者能大谈私事?还能谈你这个臭玩意儿的私事?都在那里积极表现而且自信自己的条件比二类处理的郑仿要好得多的众人有一种世界末日到来的感觉。

郑仿还透露,他们俩老朋友般地谈了曲风明与闵秀梅的离婚的事。谈到离婚的原因,郑仿挤了挤眼睛。"我要通过我的堂舅帮他找一些药。"他说。他的态度有一些个鬼祟。

冲这个态度,郑仿简直是死有余辜。但是,当你再追问下去的时候,郑仿挥一挥手,应付道:"没有什么,没有什么。"一副得了便宜卖乖的架势。

善有善报,恶有恶报。终于,郑仿犯骚情这回兴许犯到地雷上了。

萧连甲的冷笑似乎很是笑在了穴位上。他看也不看郑仿,从齿缝里过滤出了几句话:"恐怕不能笼统地说什么不沉。都不沉?那不成了阶级斗争熄灭论?不是修正主义布哈林是什么?阶级敌人就是要沉下去,敌人不投降就让他灭亡哟!右派分子向党进攻,怎么办?就是要让他们灭顶!就是要让他们沉底!就是要让他们永世不得翻身!改造好了当然就不一样了。那就不是落在湖里的问题了。我看我们还是不要随便引用什么苏联的一个什么什么娃的政治上经不住推敲的话。尼古拉耶娃的《拖拉机站站长与总农艺师》在我国就起了十分恶劣的作用。曲风明同志不是讲过了吗?我们有毛主席,难道毛主席的话我们已经学够了,所以要学尼古拉耶娃的话了吗?对于毛主席的伟大,我们是刚刚认识啊!"

众人产生了一种想给萧连甲鼓掌的冲动。但是萧连甲说完这个话就低下了头,把眼睛也闭上了。

郑仿连忙点头,表示完全同意。他们的特点是,每个人都随时准备同意别人,每个人都努力说那一说就会让旁人完全同意的话。而如果抓住了旁人说话的漏洞,那实在是一种绝佳的机会,那是不能放过的。

萧连甲来这里这么久了,沉默寡言,独来独往,本来公认他是属于"不暴露思想,不主动改造",所谓"把自己包得很紧"的那种改造得不好的人之列的。这次把正在风头上的郑仿一敲打,立刻显示了水平,显示了觉悟,显示了毕竟是理论家的不同凡响。

这个时候章婉婉异军突起,她痛苦地提出来,郑仿到处卖弄他与曲风明同志的老关系,直至议论曲风明同志的私生活问题,她觉得很不好……她觉得这不仅带有自由主义、庸俗吹嘘的味道,而且是政治问题,是混淆两个阶级的对立,是中伤领导同志,是对于此次思想总结的破坏活动。讲到这里章婉婉嘴角上出现了一丝笑意。

会议的气氛突然又紧张起来了。提到了曲风明,这可就不仅仅是一个"提法""表述"的问题了。引用尼古拉耶娃引用得不妥,这样的问题毕竟遥远与模糊得多。谁知道尼古拉耶娃是谁?反正不会给她戴帽子也不会派人去查她的言行。拉出曲风明同志来招摇撞骗,这未免太生动太贴近也太刺激了。事先没有听说过此事的人马上用惊愕万状的表情和瞪得圆圆的眼睛瞪着他,好像是郑仿蓦地长出了三只犄角。他们的惊愕的圆眼睛的潜台词是:"噢,老天,郑仿居然做(说)出了这样的事(话)!我们可不知道这回事,这事可与我们无关,可不是我们不明是非更不是我们知情不举……"

至于听到过郑仿讲曲风明的话的人则也感到尴尬。他们不知道该怎么样反应才好了。事实上完全可以不那样解释郑仿的说话,如果不是章婉婉这样说,他们当中没有一个人会这样解释的;问题是章婉婉已经解释了,谁又敢反驳呢?要知道给一个人定罪是顺理成章非常方便的,而为一个人辩诬,则是冒天下之大不韪了。根据经验,只要一辩,辩的一方与被辩的一方全都得罪加一等。谁会在这个时候来充这种害人害己的好汉呢?这时杜冲说话了,他说得含含糊糊。他说他认为同志们谈得非常好,是对于郑仿的很大教育,也是对于他本人的很大教育。他说认识自己的身份约束自己的言行是完全必要的。他说也可以说郑仿那样谈到曲风明同志是不够严肃不够慎重的,也可以说是影响不好的,效果也是可能不好的,郑仿是应该引为警惕的。但是总括起来说郑仿也好费可犁也好钱文也好,其实还都是努力改造的。大家都还是努力改造的。到现在为止,我们这里还没有发现抗拒改造的顽固分子嘛!

郑仿、钱文、费可犁连连点头。大进和二进皱起了眉头。章婉婉喘气的声音变得粗了起来。似乎是会议这条船碰到了暗礁,搁浅了。

费可犁却觉得责任在他身上。本来是开他的会么,批评郑仿是岔开了正题。于是他建议:"还是谈我的问题吧,同志们。郑仿的问题等轮到他的时候再谈不迟。"于是他表示起由衷的感谢来了。他认为大家谈得非常之好。这么好那么好这个好那个好实在是太好太好。他的这一大套鸣谢声明使会议之船绕开了暗礁,使会议的气氛又良好起来了。又是一个人说话人人同意,人人说话,如同一个人说话了。

但是最后费可犁冷锅里冒热气,或者说又大冒起傻气来了。他说他觉得大家对于他的帮助都很诚恳严肃,只是李福宏,会上对他也是揭发批判,说得尖锐生动有分量,会后却又对他说什么"让说咱们也得说呀,咱文化低也得说几句呀,你们要摘帽回家,我也有老婆孩子呀,我可不是跟你过不去呀,说轻了说重了您可多包涵呀……"这不是资产阶级政客的两面作风又是什么呢?为什么我们这些个同志的政治品质就这样坏呢?

费可犁问道:"请问,这是什么意思呢?我需要的是真批评而不是假批评。我们需要的是真改造而不是假改造。我们只能够对党老老实实而不能油嘴滑舌,更不能欺骗党……"费可犁的原有水平一下子突然又恢复了。

大家一惊,把目光集中到了李福宏身上。

李福宏的反应是神速的。"胡说,造谣!没有的事!我根本没说!他编的!我要说过这话,出门汽车轧死!资产阶级右派原来就是这样的!太坏了,太坏了!费可犁是资产阶级右派,不要相信他!我也不好,我是无产阶级败类,我攻击了农业合作化,我有罪,我一辈子不敢了!打死我也不敢了!我要再反党叫我断子绝孙!可是我不说瞎话,明人不做暗事,那些个话我根本没有说过。打倒狗日的日狗的费可犁!"

众人面面相觑。

徐大进眼珠一转,先把费可犁训斥了一下,把他急急忙忙还要反驳的心思压了下去。"现在是谈你的问题,你不要转移人们的注意力!"接着他威严地喝道:"不用忙,反正各有各的账!我也有我的账!"他的大义凛然与以身作则使会议重新郑重了起来。

于是展开了对于费可犁的新一轮的批判。批判又进行了五次,人人都发了多次言,慷慨激昂,声音嘹亮。每天晚上进行到近十二点钟,再没有一个革命干部来参加他们的会了,估计没有哪个革命干部陪他们熬得起。但是他们的大声喧哗惊动了革命干部更惊动了人民公社社员。权二虎问道:"见天见你们那是闹什么神呀鬼呀的?说杀猪不像杀猪,说宰鸡不是宰鸡,你们是跳大神吗?右派就右派呗,又不挡吃又不挡喝的,每月还照发你们好几十块的工资,对你们多宽大呀!不行咱们换,你们来当队长,我他娘的去当右派。给钱还不行?还穷闹腾个什么劲呀!你们这么一嚷嚷,真不知道哪方遭难!"

百岁老人权行忠骂道:"这些个狗日的杂种!天天闹天天闹!闹得我家的母猪也跟着闹!只要他们一吵吵母猪就嗷嗷地叫。这些个狗日的一宿宿地不睡,这是发的哪种畜类的情啊!这不是,一窝十四个头一天就死了仨!就是让这些个王八蛋日的给妨的!"

革命干部们提起来只剩下了摇头。他们都认为,那些人是不可救药了。这不是,尊重他们信任他们,让他们和革命干部们一样地劳动一样地吃饭,还让他们自己管理自己,结果呢闹成了这个样子了!

曲风明把大进二进找去训了一顿,说他们不执行党的政策,虚张声势,互相打击,乱扣帽子,在人民公社造成了不好的影响。他强调说:"对于右派的问题,毛主席的政策是宽大的。除极个别像鲁若那样的触犯刑律者外,一律不抓不杀,不剥夺公民权,大部分保留干部身份,让你们在劳动中改造,热切地盼望你们早早地回到人民队伍里来。而你们这是搞的什么呢?"

曲风明对于他们在会议上从费可犁的问题转到郑仿身上又从郑仿身上扯出他曲风明来十分愤慨。他断然要他们停止这种对于郑仿的批评,更不准把郑仿的事拉到他头上。他明确表示,据他了解,郑仿在这儿的表现是好的,是可以评为改造的上游的。

离开了曲风明同志那里,大进和二进沿着刚砍倒的玉米地走着,沉重地研究着贯彻曲风明的指示的办法。他们一致认为,为了巩固大家改造的情绪和改造的成果,为了不造成人们的思想混乱,鉴于不能过高地估计众人的思想改造水平,曲风明同志的指示就不要普遍传达了。两个人互相安慰勉励了一回,共同论证,他们的唯一目的无非是对于犯了错误的人要求严一些,抓得紧一些;皇天后土,殷殷此心,一片精诚,唯党可鉴。党啊,党啊,伟大的党啊!说着说着两个人的喉咙都咕哝起来了。

两个人分析了众人的思想情况,一致认为最危险的不是别人而是——杜冲。

费可犁的问题告一段落,郑仿的评定已内定为"上游"——很奇怪,很快大家都知道郑仿是上游了,对郑仿的意见也就平息了。上游反正也是二类,没有什么了不起;大家想。二类处理也罢,反正我也是上游,比你们强;郑仿则这样想。于是批判的重点重新回到了钱文身上来了。苗二进指出,发言一要积极二要低声,大喊大叫吵旁人是绝对不能允许的。靠嗓门大来表现积极实在是痴心妄想。众人唯唯。章婉婉小声提出,是钱文把这次思想总结的"上游、中游、下游"说成了"下流"的。钱文居然用下流来对抗上、中、下游的评比,这还能让我们容忍下去吗?

钱文不知道该怎么办好。下流云云,确实不是他说出来的,而是李福宏的口误造成,而又经过杜冲之口传开。但是他想,还是不辩的好。费可犁揭发李福宏受挫一事使他明白,李福宏毕竟是"工人阶级",与他们这些酸里酸气的前浪漫革命家加前道德家前"腐儒"大不相同,你搞到他的头上,他给你一个硬是不承认然后反咬你一口,你硬是一点办法也没有。他常常觉得费可犁好笑,幼稚得不可思议,咋呼得相当烦人,但是根据他对两个人的观察了解,他认为费可犁的"揭发"是真实的,李福宏的反驳则完全是硬顶,这也完全符合小李的脾性。当然,他也没有铁的证据给小李定案,再说费可犁也实在是讨嫌,你接受批评就接受批评好了,即使小李向你说了没有太多原则的话,起码也算不上多么反动的话或多么恶意的话,只能说是向你表示友好,如果谁一向你表示友好你就加以揭发,自找没趣,那才是活大该呢!

他告诫自己,要沉住气。运动以来,他的最主要的经验,他的最大长进就是要沉住气。说就说吧。不说,他们又能干什么去呢?反正他们这里没有家没有业,没有亲没有友,无处串门无处看电影,立秋以后,白天益发短了,黑夜益发长了,他们如果不开会说一说那将是多么可怕呀!已就是已就了,右派都"铁案如山"地当定了,再加几条喝酒西餐上流下流又有什么关系?

便继续说下去。在领导没有降速刹车以前,大家便挖空心思地继续挖掘下去。郑仿提出了一个新的问题,钱文为什么给杜冲起绰号叫"活佛"呢?活佛是什么意思呢?莫非在严肃的思想改造过程中,钱文皈依了佛教了么?显然不是。大家知道钱文并不吃斋念佛。那么活佛意味着什么呢?是钱文要在改造过程中拥立一个活佛式的精神领袖吗?

这个问题提得有些凶险。把吓人的话语压得声音低低的,帽子却又是大大的,听起来像是小时候听别人讲鬼故事。那种恶作剧式的故意吓人的调子,声音愈低就愈能制造恐怖效果。钱文知道这时用"玩笑话"是说不过去的。人们可以问,同样是玩笑,你为什么说他是活佛而不说他是死狗呢?再者,你为什么说杜冲是"活佛"而不说——例如萧连甲或者苗二进是活佛呢?

大家要求他做出解释。

他只好含含糊糊地说是他觉得杜冲挺有特点的,遇事想得开,宽大为本,慈悲为怀,在他们这一伙人当中只有杜冲是最平和的。

说到这里,徐大进发出了一声冷笑。然后他出乎意料地说是关于这个活佛请大家思考一下,究竟是什么问题,特别是请杜冲也思考一下,这究竟是什么问题。

杜冲立即表示,他非常讨厌钱文叫他活佛,他一贯讨厌诗和写诗的人。他还说,他一辈子不读诗今后也绝不读诗。他其实最不喜欢的人就是钱文。他过去与钱文素不相识,来到权家店以后他也与钱文从无来往。他认为大家在这里劳动并不容易,少没事找事,少出"幺蛾子"。什么活佛不活佛的,我一概不承认。

杜冲收起了微笑,一副不但是正言厉色而且是凛然不可侵犯的样子,使钱文浑身冰凉。他立即意识到了,他的玩笑有可能给杜冲带来麻烦。

"你不必紧张嘛。"徐大进皮笑肉不笑地对杜冲说。

杜冲撇了撇嘴。

人们一怔。

……时间已晚,钱文脑子已经麻木,他只希望一条就是散会。散了会就可以睡觉。"长眠就是幸福"。这时候说他是上游或是下游,上流或是下流,都是没有区别的。他开始对于天天开会耗到这么晚感到发指。他甚至于想说,枪毙也得先让我睡一觉呀!他想有时候人的需要就是这样的简单,困倦到极点的时候,好好地睡一觉就是幸福就是上游就是天堂就是共产主义;而明明困倦极了却硬是不让睡觉这就是痛苦这就是地狱这就是下流这就是帝国主义封建主义资本主义殖民主义。人生本来是多么简单呀,而他们这些个该死的,又硬是把一切弄得多么复杂呀!

他冻结了自己的思想,他不再注意谁谁说了什么没有说什么。他太累了。明天有早战,吃早饭前要先从远山背回两篓子萝卜。好吃的萝卜是多么重呀。而且,他已经不考虑要不要把他关于睡眠的思想检查交代给大进二进了。他长大一点了。

第 十 章

每天凌晨四点,敲钟的敲钟,吹哨的吹哨,再加权二虎队长直着脖子挨家挨户地吆喝,把人人都催醒了。睡得晕晕乎乎的人们,扣子也系不全,袜子也穿不正,眼睛也睁不开,背上一个空篓子就跑。磕磕绊绊,迷迷糊糊,一面喘气一面上山。山风吹来冷得沁骨,于是打嚏喷的打嚏喷,擤鼻子的擤鼻子,嗽嗓子的嗽嗓子,有的还嗷嗷地打着痛苦的哈欠:似乎要向苍天索回自己被截走了的好梦。他们边走边整理衣扣,边走边靠着篓子歪倒在梯田堰上睡了过去,刹那间也许还能梦见吃炸糕蜂蜜或者娶媳妇或者别的生活中的辉煌,而摆脱生活中的匮乏与煎熬。睡不到一分钟,明白过来了,睁开眼睛迈开步子再走。多么不同的山区生活啊,出门就是山,走道就是爬山,高高低低,上上下下,重重叠叠,影影幢幢。开始有了互相说话招呼的声音。钱,小心着道,别慌。李,你眼神怎么样?脚要踩实了,可不敢蹬空。农民们提醒城里人。又一声不是痛苦而是阔大洪亮的打哈欠的声音,引起了群山的共鸣,惹得大家笑了起来。下乡真好啊。在办公室,谁又有这样的气魄,能这样声震众峰峦地打哈欠呢?

到了萝卜地,先到的先就近装起篓子来了,谁的行动慢谁就要走远路上远地。每个梯田的萝卜堆成一堆,黑糊糊的像是卧着的巨兽。传来了咔哧咔哧的吃萝卜的声音,这是农民,因为下放干部中间有一个纪律,地里的任何东西不得入口,黑灯瞎火地刚起床就来吃糊满泥土的萝卜,他们也实在没有这个雅兴。乒乒乓乓地把篓子装满,农民们才不忙往下背呢,他们坐在山头——地头上先吧嗒烟。山风把火星吹得满世界乱飞,香甜迷人的灌木与腐叶的气味之中又混杂了烟草的辛辣与生萝卜的芥子气,不吸烟的人也渐渐醒了过来。开始往下背了,边走边停,边走边看,清晨从山峰上下眺村庄确实很美。亘天的紫黑色的云霞下面是山区农居的一间间石板顶子,用大大小小的石头砌成的虎皮墙凸凸凹凹,青石铺就的村里的干道上的牛屎马粪清晰可见。一家家升起了淡淡的炊烟——饭不做了,但总还要烧一些水吧。山村风光收入眼底以后才知道这个小村子是这样地招人怜爱,真恨不得把它装到自己的口袋里拿给自己的亲人去欣赏。困意虽然尚未全消,心情却好了起来。早战背萝卜,嗯,是的。不早战背萝卜他们能有机会有闲心起个五更爬山去欣赏自己的小村庄吗?像是童话故事里的小村庄呀,他们甚至于笑了起来。

天亮了,便互相检查着背了多少。为了表示自己背得多,大进二进们把萝卜装得枝枝权权,似乎萝卜从篓子里竞相伸展,生意葱茏。章婉婉找了一个小篓子,搁进去几根萝卜,就这样也是咬牙切齿,歪七扭八,看起来令人鼻酸。革命干部们一般也背不太多,右派们看了,隐隐有些得意,表面上做出一种老老实实干活,夹紧尾巴,非礼勿视的姿态,内心里却翘了翘尾巴。萝卜背到食堂,过秤,归堆,篓子一下子又变得轻飘飘的了。一大部分农民背完这一次就回家补回笼觉去了;干部与准干部们以及积极分子们与地富分子们继续背第二次。

第二次再来到萝卜地,把萝卜装满篓子,大家的心情颇有些轻松。管他强的弱的快的慢的上游的下游的反正只剩下这一回了,再积极也不可能比别人多背一回了,再落后反动也不会比别人少背一回了——这就进入了人生的一个高境界。装满篓子不急着背,人们在梯田上玩。于是他们发现核桃满地,都破了洞,只剩下空壳了。

"谁偷吃了这么多核桃?"郑仿怪声怪气地问,好像是他发现了阶级敌人的破坏痕迹。

权二虎告诉大家,是松鼠,松鼠最灵了,它们把核桃够下来,嗑开皮,把桃仁运送到它们的窝里去,以备过冬。"咱们快收核桃吧!"大家说。权二虎说还不行,因为现在上级狠抓的是深翻地,要全公社大兵团作战,集中到相邻的赵家坳去。收秋的事只能利用早战夜战搞。权二虎鼓励大家说:"你们吃吧,不吃也是白不吃。"

人们看了看徐大进的脸色。权二虎明白了,便把脖子一歪,眼睛一瞪,说道:"我是队长我说了算,这核桃松鼠吃也是吃,你们吃也是吃。你们吃了还能给我扛扛活嘛,过去地主收秋的时候也让扛活的吃核桃呀,谁说的不许你们吃?干部不也长着嘴了吗?右派不也有嘴?吃!"

革命干部首先突破了不准吃地里的东西的规定。于是纷纷砸起核桃来了。砸得急急忙忙,吃得急急忙忙。许多天以来他们的伙食实在太差了,一点营养没有。大家知道核桃的营养价值是很高的,此时不吃更待何时?每个人大口吃了许多核桃,吃得肚子里疙疙瘩瘩,顿觉蛋白质也有了脂肪也有了维他命矿物质也有了,自然心明眼亮气力倍增,背起篓子又跑上了。得对得起人民的核桃呀,他们边跑边说。

在食堂里喝了两大海碗玉米糁子粥以后,他们开赴赵家坳。除赵家坳自己的人以外,一共五个大队的人马开到了这里,气势很大。村政府的后墙上写着干劲冲破天、三年超英、十年超美、早战夜战苦战鏖战……的标语,有的地方还挂着横幅。可真正开始干活已经有十点了。早战背两趟萝卜的结果必然推迟了早饭时间,从集合人到抵达赵家坳又是五十分钟,进入阵地以后还要先坐下来抽一袋烟。农村就是这样,可以嚷得很凶,可以把劳动时间拖得很长,可以对付全各种程序,就是真正紧张不起来。

十一点叫歇。几个女干部唱起了电影《柳堡的故事》插曲"九九那个艳阳天哎哟"与《芦笙恋歌》插曲"阿哥阿妹情意长……"歌唱得甜甜的,令人酸酸的。这时驻赵家坳的工作队张队长来了,张队长一脸的苦大仇深,秃顶、尖脑壳,令人想起鸭蛋松花蛋来;他虽然面孔严肃,仍然质朴亲切。他一来,大家便站起身来干活。等张队长走后,有几个人又掏出烟袋来吸烟。就这样松松垮垮地干着到了十二点以后也已经是精疲力尽。中午由本村的食堂送来了饭和开水。炸糕的日子已经一去不复返了,苦战鏖战之中吃的也只有玉米面饼子就咸菜。然后接着翻地。人累了,铁锨硬是不能直着往下走,愈挖愈觉得土地硬如铁板。杜冲发明了一种挖法,他每次轻轻一跃,把重心移到前腿上,利用全身的重量把铁锨蹬入土地。大家称之为兔跃式。

收工后农民们回权家店去了,下放干部与准干部的晚饭仍然在赵家坳吃,因为饭后他们要参加这里的"大辩论"和夜战。赵家坳是全公社的重点,往这里专门派了工作队,搞了社会主义大辩论,开了好几次现场会。上级为了支持他们,特地在赵家坳组织了大兵团深翻地作战。

赵家坳这天晚上吃的是玉米面的饸饹,城里人只吃过白面面条和稻米面的米线,从来没有吃过粗粮玉米面的面条。据说是玉米面掺了一种用白榆树树根皮磨的面,就增加了黏性,轧得成条了。浇的菜臊子是盐水山药加辣椒,由于增添了辣椒的味儿也令人觉得非同凡响。虽然还不是北方人最爱吃的面条,但至少是代理面条了,他们吃得心花怒放,百感交集,几近于热泪盈眶。由于饸饹定量,每人一大碗,多了没有,吃到后来令人不忍再用,不忍卒食,最后是依依不舍,难分难解,余味无穷。他们叹息,长了这么大了,吃了无数次炸酱面打卤面氽面汤面刀削面焖面炒面……还没有吃得这样回肠荡气过。

晚饭以后光是等开会就用了近三个小时。三个小时当中一会儿这个人的肚子疼痛,一会儿那个人捂着肚子往厕所里跑。拉得面如黄蜡了,一个个才清醒过来:是早晨吃多了核桃,晚上又多吃了饸饹。增加营养的结果是把原来的一点点营养也泻出去了。人是多么的没有出息呀!

说是七点半开会,到八点了工作队的干部才到,八点半了本村的干部和积极分子才到,快九点了被"辩论"的一个老中农才到,等开上会已经十点多了,先来的人已经打起呼噜。本来一听辩论,李福宏就紧张了,他就是辩论成了反社会主义分子的。没想到会开得这样拖拉。及至开了会更是小孩哭大人吵,睡觉的睡觉做梦的做梦令人叹服这大辩论的会场竟变成了各行其是的自由世界,实在不可思议。

问了半天没有弄清被辩论的中农的名字,听着音像是赵尔铎或者赵耳朵或者干脆是他的绰号叫大耳朵。因为他的耳朵确实很大。主要发言人是张队长本人。张队长是山西人,发起言来很严肃,一脸的苦大仇深。他严厉地批判了赵耳朵攻击公社和公社食堂还有攻击"大跃进"的言论。他反复提及赵耳朵的大女儿是在二十多年前的一次饥荒中活活饿死的而赵耳朵的一个小妹妹也是在那次饥荒中卖给了人贩子的。他用山西口音质问道:"你说你现在吃不饱,那么,你在旧社会吃得饱么?你怎么不去控诉旧社会反而攻击新社会呢?怎么就你一个人吃不饱呢?你过去要是吃得饱,你爹还至于卖闺女吗?你自己还至于死闺女吗?你还有良心吗?你攻击共产党你对得起你死去的女儿和不知去向的妹妹吗?你女儿……你妹妹……你女儿你妹妹……"

大耳朵的老婆哭了起来。"别说了,别说了……"她歇斯底里地喊了一声。大家倏地静了下来。

张队长也哽咽了,他提起了精神,继续说了下去:"我也是苦出身。十二岁那一年就让毒蛇给咬了。十二岁我就给地主扛活就受地主的剥削了!"说到这里张队长的眼睛里流出了泪水。他捋起了裤管,给大家看他的左脚腕子,左脚踝骨上面有一道明显的环状疤痕,好像一个脚镯。他解释说当时被毒蛇咬了以后老年人要他把血脉勒死以免毒液上流,他用细绳勒了一个月,留下了这样的痕迹。看清了的人唏嘘不已,后排人没有看清便抢着往前挤。等挤到前面了,张队长已经继续发言了,失望的人们便叫:"再捋起来让我们看看……"从这句话里一些个男人听出了猥亵的意味,哄笑起来。于是一个女人骂道:"笑什么?你不就是多那二两臭肉吗?笑你妈去吧。"于是笑得更欢。几个工作队的干部出面制止,才恢复了会场的秩序。

难得的是张队长丝毫不为所动,仍然泪痕满面地继续批判下去。他揭露大耳朵说过:"社会主义好是好,就是吃不饱。"这时一个妇女用千啼万啭的花腔叫道:"可不!"她的声音清脆,音调婉转,有人窃笑,赵家坳的队长火了,骂道:"你要干什么?现在是辩论,你知道不知道?再不老实把你算一个坏分子,你儿子还想不想娶媳妇?"那个随便搭碴的女人的丈夫连忙走过来照他老婆就是一巴掌。女人又哭又闹起来。别人就说那男人:"新社会可不兴打老婆。"男人说:"不许她满嘴胡说!"女人说:"我跟你学的,你思想比我还反动呢!"男人更急了,说:"别听她这个白虎精的,她那年吃凉药吃多了,吃傻了。"女人反唇相讥道:"你倒是不吃凉药,不吃凉药你还成天把稀屎拉到裤裆里呢!"男人大怒,抓住了他老婆的头发,女人就往她老公身上撞。在一些干部模样的人的簇拥下,好不容易把这一对夫妇轰出去了。

露着光光的尖脑瓜顶的老张队长坚决地继续讲了下去。他现在讲到了九岁时候他的家乡被日本鬼子血洗的情况。日本人把全村的男人赶到了河沿,用两挺重机枪对着大家,狼狗嗷嗷地叫着,逼着村民交出八路。全村父老乡亲,没有一个人动摇叛变……说到这里他哇哇大哭起来,全场立即肃然。就在那一次,他的父亲、叔父、二舅、四爷,还有五个同宗哥哥,都被日本兵用机枪扫射死了。说到这里,全场先是妇女然后是老人,然后是壮年和小孩子,也都哭了起来。

工作队同志带领大家喊开了口号:

"牢记阶级苦,不忘血泪仇!"

"翻身不忘共产党,幸福不忘毛主席!"

"共产主义是天堂,人民公社是桥梁!"

"不能再受二茬罪,不能再吃二遍苦!"

"谁反对社会主义我们就和他拼到底!"

"打倒地、富、反、坏、右!"

"大跃进万岁! 总路线万岁! 人民公社万岁!"

"共产党万岁! 毛主席万岁! 万岁万岁万万岁!"

在激昂的情绪下人们果然指责开了赵耳朵:咱们在旧社会是过的什么日子,你忘了吗?你说话以前就不摸摸良心?共产党成天价教育我们还不是为我们好?你就不兴听一回?你现在住着五间北房,你还不知足呀,队长他家才三间!你说你吃不饱,那你还喂什么鸡?你拿什么东西喂的鸡?你动不动上邻舍家捡鸡蛋去,非说是你家的鸡把蛋下到人家那里了。可邻舍家的鸡上你家下了蛋,你怎么不给人家呢?你儿子打了狗子,你老婆反咬一口说是俺狗子打了他,跟俺撒泼耍赖,你们家横什么?你后院菜窖里还藏着二百斤山药呢,当俺们不知道吗?你就没有交食堂!你还有什么不够吃的?人心最怕贪!你就最贪!你年轻的时候上地主家吃喜酒,撑得满地打滚,你差点没有撑死!你光知道说饿饿饿,瞧你这点出息!共产党哪点对不起你了?没有毛主席能有咱们的好日子吗?你嘴上就不兴积点德?

这样,会议开得十分成功。十一点散会,散会后先去赵耳朵家起山药,把他隐瞒不交的土豆从窖里起了出来拉到食堂,许多农民拍手称快,也有些老太婆喟然叹息。干部说,这可太好了,你藏奸,你还胡说八道,这回可把你治了,看看谁还敢给我闹?奶奶的!

起了半天只起出一篓子土豆来,据说窖里还有一些,队长说给他留下吧,感动得大耳朵媳妇哇哇地哭。围观的人叫了一回好或者摇了一回头,见一篓子土豆背走了,都感叹大耳朵没事找事吃饱了个人做(读嘬),自作自受。接着是夜战,一起去马圈,又往地里背了两回粪。午夜过后,下放干部们才回到了权家店。都觉得确实是受到了深刻的教育。

一连几天这么干,当然,大进二进抓的思想总结也就又搁浅了。每天虽说是精疲力尽,倒也长见识。底下几天的大辩论是以念报为主了,上边念报底下农民的鼾声如雷,千声万态,美不胜收,特别是一次会上一个老头子居然用特别"荤"的脏话骂起了一个小丫头,使下放干部们叹为闻止。精彩的是小丫头不慌不忙,叫道:"爷,你吃吗长得这么大呀?准是吃狗屎了吧?"哄堂大笑。下放干部从中更体会到劳动人民的智慧是多么的伟大,劳动人民的语言是多么丰富,相比之下知识分子的学生腔简直是草包饭桶瘪三。他们这些人简直是枉活一世白吃了几十年的咸盐。改造改造改造再改造吧,他们太需要改造了。

回权家店路上,高来喜就说,他看见过一次一个眼镜先生与一个三轮车工人吵架,那是在北京医学院附属医院大门口,车夫骂得大荤大素痛快淋漓,把眼镜先生骂得无地自容。眼镜先生气得哆嗦,伸着个鸡爪子一样的手,憋了半天骂了一句:"结核菌,你是结核菌!"高来喜学着不会骂人的眼镜先生的上海腔。大家大笑。只有这一次,钱文觉得高来喜又像原来的高来喜了。

徐大进在一天饭后等待大辩论开始的时间,把钱文叫到一边说了几句话,要言不烦,大意是钱文的问题虽然不少,但不是最严重的,现在值得注意的是杜冲,杜冲的基本思想是与党的改造右派的方针相抵触的。钱文一来就称他为"活佛",可见对杜冲的感觉是敏锐的。钱文应该写一份杜冲的材料,把钱文认为是问题的不是问题的都写出来,供领导参考,以便更好地完成此次思想总结,更好地改造自己与帮助同志。

钱文连连点头。他的第一个反应是,徐大进真英明啊!他们一会儿抓钱文,一会儿批费可犁,一会儿搞郑仿,一会儿又揪起李福宏来了。但是真正话里有点话的,显然有自己的看法的,显然不是领导上说什么听什么的,甚至于多少有点要与大进二进分庭抗礼的——必是杜冲无疑。终于,挖到杜冲这里来了,好呀!本来就不应该死死揪住钱文不放嘛!领导就是正确呀,不服也不行呀!

他立即答应写这份材料。过了一两个小时以后,他又二乎起来。

杜冲到底怎么样了呢？他无非就是说话宽厚一些，态度平和一些就是了。相反，他们其他人动不动鸡猫子喊叫，咋咋呼呼的，这算是什么呢？是真的？是起哄？是逢场作戏？是给领导上看？那又有什么可取，对改造有什么真正的帮助呢？

这天夜间，钱文回到住处不睡觉先写材料。他虽然为难，材料还是得写。不管怎么说大进也算是领导。再说，既然杜冲没有什么问题，还怕写材料做什么呢？写出来让大家评嘛，摊开来让大家看嘛。于是他提笔就写，他必须快写，他也能写得飞快，要不他今夜就甭想睡觉了。

写了几句他又有些害怕。甭管什么材料，甭管谁的材料，只要是往批判会上一摊开，分析不出问题来才是活见鬼呢！帽子还不是归人扣！依他们学到手的扣法还不是想把谁定成什么就能定成什么！他的这份材料写出来交上去，又算是什么呢？

那么不写行不行呢？不写可就是抗拒了。他想起了叶东菊来了。东菊硬是一个字也不检讨，一个字也不揭发！她太傻了！她太意气用事了！对党怎么能够这样呢？她这不是自取灭亡吗？闹得她现在连工作工资也没有了。只是最近一封信说是她的工作有了点希望。她是……在这些问题上，他一直与东菊有分歧，但是他没法与东菊说。难道他能在东菊最倒霉最痛苦的时候也参加来批评东菊吗？唉，女人是太不讲逻辑太不讲理智了。她们永远学不好数学——她们硬是不知道何者为失何者为得哪个轻哪个重……如果他们男同志当中的任何人也像东菊这样做，不送去劳动教养去才怪！他还是要写，让写谁就写谁，让写自己就写自己吧，反正也不是第一次写这个。别人也不会少写了自己，这才叫互相监督共同促进嘛！写吧，写吧。互相……对了对了，会不会大进一面让我写杜冲的材料一面又让杜冲和别人写我的材料呢？他一阵发瘆。他愈想愈觉得完全可能。谁让他是组织呢？当一个组织的头头哪怕是犯了错误的一个小组的头头就能这样事事主动了，而不是头头就只能事事被动事事听喝。真是的啊!

我是抗拒不了组织的。我的胆子早就吓破了。我胆小。谁愿意嘲笑我就随他嘲笑去吧。除了乖乖的,我又能做什么呢?我又敢做什么呢?要知道这一切是我自己的组织、我自己的党、我自己的革命、我自己的事业所要求于我的呀!要知道这就是真理的化身呀!我面临的是自己与自己的搏斗,一边是真理是人民是历史规律,另一边是我自己。我需要克服的是自己而不是别个,只有彻底粉碎一己的尊严和反抗,也许我还有光明的前途。除了听领导的,我还能听谁的呢?难道我能听我自己的?难道我愿意自取灭亡?在党和人民面前,我愿意承认我只是一个渺小的可怜虫,也许我的唯一的希望就在我的惧怕和畏缩上呢。

自古以来,所有的良民百姓都是胆小如鼠的。对待国民党反动派我们是无法无天的。我们当然不是国民党的良民百姓。但我们现在,我们现在必须是良民,大大的良民。对待我们自己的领导,我们愈是胆小就愈可爱。如今,我们还需要对谁胆大,对谁抵抗呢?

就在他自思自解自慰自叹的时候,也是他的材料只剩下了最后三句话,大脑已经提前进入了临眠状态的时候他听到了苗二进的吆喝。原来是萧连甲晚间突发急病,腹痛吐泻不止,领导决定由钱文推车把萧连甲送往公社卫生院并应机处理。钱文不敢怠慢,并且有些受宠若惊,连忙抖擞精神,准备好粮票钱票,接过苗二进推来的独轮车,就往萧连甲的住地走。

萧连甲早已面无人色。钱文在本是用来在平路上推砖瓦砂石的独轮车上放上一条烂被褥,一个脏枕头,把萧连甲平放在上边,上边盖上一条线毯。由于腹痛剧烈,萧连甲蜷缩成一团,放到车上居然不占地方,独轮车装一个大活人居然还富富有余,使钱文纳闷也使钱文痛楚,甚至有点害怕。原来堂堂一条汉子,伸展起来顶天立地,煞有介事,畏缩起来还不如一条狗。他安慰着萧连甲,力求平稳地推动起独轮车。天上星光灿烂。地上坑坑洼洼。村庄早已睡去。夜风清凉,吹动已经收割完毕的田地里的杂草败叶与误了收割的田里的庄稼。萧连甲的呻吟与四野的虫鸣、小青河的水声交响成一片。钱文想起与萧连甲搞地下工作时在一个支部研究迎接解放时的情景,想起他突然掏出来就尿的习惯,想起他发表文章发表演说时候的不可一世的样子⋯⋯这才几年,他们至今也不过是二十几岁,一切已如隔世矣,真是不可思议。但是他弄不实在到底是革人家的命的时候不可思议还是如今的处境不可思议。

开始上坡了,钱文推得气促,腰酸腿痛,头晕眼花。好在这里离公社卫生院还不算太远,走公路四公里多,他推了一个小时多一点来到了卫生院。他把值班护士叫起来,又找来了医生。诊断是阑尾炎,需要做手术,公社这里做不了,要送到区里,不然迟了会导致穿孔。⋯⋯就这样钱文陪萧连甲乘公社的急救车去了区医院。

虽然在医院里钱文的吃睡都成问题——他困极了只能在走廊的长椅上睡一觉或者靠在萧连甲的病床上休息。吃则是乱买一点食品,饥一顿饱一顿。即使如此他反而能够吃得比农村好一些,能吃到炸油饼、芝麻烧饼、熟肉和茶叶蛋。尤其是,他总算暂时摆脱了一下他们那种整天苦战战完了熬夜没完没了地分析思想找问题的单调与乱乎。他甚至觉得自己是得到了一次难得的美差。

住的是一室十六张病床的大病房,又吵又臭又乱,萧连甲与钱文还是非常感激党的关怀与抢救,使一个臭右派的生命转危为安。他们很容易知足了,而中国最流行的箴言之一就叫做知足常乐。

外科一个小护士居然认出了钱文,她说她在学校上学时候听过钱文的团课。钱文颇感狼狈。他不知道说什么好,面红耳赤,支支吾吾。小护士一笑,低声说:"会过去的。保重自己吧。"又加了一句,"您的课讲得真好,我永远不会忘记您讲的,就是说,您说过幸福是一种永远的追求⋯⋯您的话会影响我的。"

显然,她什么都已经知道了,知道了一切仍然对待他这样好,仍然不忘记在那恋爱的季节他们所信仰所钟爱的所宣讲的一切,这太使人感动了。

然而她太天真了。她太不懂得保护自己了。祝她平安。钱文默默地为她祝福。

萧连甲做完手术的第二天,全医院卫生大扫除,一问,说是卫生局的领导要来视察。第三天,领导来了,钱文吃完烧饼夹肉回医院时正碰见他们。原来领导不是别人,是祝正鸿。祝正鸿早在一九五四年就调到郊区去了,听说当了卫生局长。没想到在这里碰了面。钱文赶紧回避。结果祝正鸿已经看见了他,向他微微地挥一挥手,嘴动了动,口形像是在叫钱文,因为人多声杂,钱文没有听清楚。他又一次受宠若惊,而且这次是大喜过望,连忙走过去想厚颜去握个手。没想到没等他走到局长跟前,一行人早前呼后拥地跟着他或是推着他走了,局长再没有转过脸来,使钱文觉得那微微的一挥手与招呼钱文般的口型其实只是自己的幻觉。除了惭愧,什么也没有留下。

钱文把看到祝正鸿的事告诉给萧连甲,萧连甲莞尔一笑。萧连甲稍好转一点就恢复了谈兴。他说他现在的方针就是把一切恼人的问题冻结。他说受点挫折也好。他说佛说"我不入地狱谁入地狱"。他背诵李后主的词"多少恨,昨夜梦魂中,还似旧时游上苑,车如流水马如龙,花月正春风"。他又吟道:"问君能有几多愁,恰似一江春水向东流!"他笑了。

忽然,他不怀好意地向钱文说道:"你这样看重祝正鸿的招手还是没有招手,这证明,说到底,是你想当局长,你的尘缘未断呀!"

"少说点话吧,病从口入,祸从口出……留点德吧!"钱文不太高兴地忠告他。他想起那次他们在图书馆相遇说了几句话紧接着就被下令互相写揭发材料。他难道忘记了么?"我看你在权家店挺蔫的呀……"钱文接着说。

"瞎掰!"萧连甲说了这么一句就合上眼养神去了。"大不了一死。轻如鸿毛也罢,重如泰山也罢,死了还不就是死了?曲风明同志分析得多好呀,他说我是黄世仁呢。"他又睁开眼睛,而且不无激动地说,"前天做手术的时候给我打了一针,我想那一定是一种安神的药剂。那一针太舒服了。我想死的时候大概也是这种感觉吧?你说是不是呢?噢,那一针!"

"不要瞎说!"

住院第四天,萧连甲闭目卧床吹起了口哨。是《茶花女》里的《祝酒歌》。"你挺高兴啊!"钱文说。于是萧连甲对钱文说了陆月兰的事。听说陆月兰是陆浩生书记的女儿,钱文乍一听几乎有些嫉妒了。这小子真走运。看来这次他的受挫对于他还真有好处。他毕竟是太傲太躁太狂了。将来如果能有陆书记的提携,他的前途仍然是美好的。

"祝贺你。"

"祝贺什么?"萧连甲问。

钱文不好意思了。他意识到了自己的庸俗。

"没有希望的。我知道。"萧连甲说。

第五天来了郑仿,说是派他来,等萧连甲拆了线送他回北京养病。钱文本来以为这也将是他的美差的,他已经兴奋得要命而且给东菊写信报告了喜讯。忽然一下子又吹了。他一时慌得不知说什么好。当然也没的说。他当晚回到了权家店。他不再考虑回北京的事,只求萧连甲与他的闲谈,不再惹出什么麻烦也就谢天谢地了。不管萧连甲怎么恶毒地嘲笑他,他的脑海里仍然不时浮现出祝局长在前呼后拥下视察工作的画面。他凄然而又醺然。

一回到权家店就赶上批评杜冲的高潮。虽然大进二进一再告诫大家说话要低声,仍然批得十分激烈。章婉婉揭露杜冲在她跌伤时对她讲过:"忍着吧,忍着吧,就是要让咱们受点罪,谁让咱们犯了错误了呢?不把你揉搓倒了,你能老老实实地改造么?"章婉婉说,她初来权家店是情绪很饱满的。但是杜冲的话使她灰心丧气,悲观失望。章婉婉流泪了,她显然是痛恨杜冲对于她的思想的毒害。费可犁作了长篇发言来分析杜冲的笑。他说杜冲动不动就那么一笑,那是喜悦的笑吗？不是。是满足的笑吗？不是。是由于改造中取得了成绩而欣慰的笑吗？也不是。那么是什么呢？那是轻蔑的笑，是反感的笑，是讽刺的笑，是抗拒的笑，是冰冷的笑，是狡猾的笑，是阴谋的笑，是危险的笑，是坚持反动立场的笑，是破坏对于他们的改造的笑，是与大进二进的正确领导分庭抗礼的笑……对于这样的笑不打倒行吗？这不是"大敌当前，有打倒之必要"吗？

他的发言使李福宏佩服得五体投地。小李兴奋地说："你们是真行呀！我这才知道，你们那才算是长了一张嘴！跟你们比，我哪儿能算是有嘴呀！我也就是有个嗑饭的窟窿，灌水的漏子就是了！知识分子，知识分子就是了不起呀！知识分子这张嘴那是黄金万两也换不来的呀！"钱文笑道："咳，什么知识分子，吃屎分子！人家批我们的时候说得好，吃屎分子是狗掀帘子——全仗着嘴！工人阶级才是最大公无私，最有远见，最具有组织纪律性，最有伟大的前途呢！"

"可不能那么说，"李福宏认真地说，"我看不管怎么说还是少不了你们。你们说起话来呀，真能说出花说出草说出八宝玲珑塔来！没有和尚尼姑你们也能把他们全说出来！你是说好，就那么好！你是说坏，管保能把你说得羞死愧死。哪怕说的是假的呢，人家爱听呀！这不是气死活人不偿命吗？听了就愿意信就更愿意听就愿意跟着你们走！你说厉害不厉害？"

次日晚上本来要接着开杜冲的会，谁想得到太阳从西边出来，权家店来演电影的了。这也是"大跃进"的成绩——提出口号来了，要消灭农村的放映电影空白点；再有就是沾筑路人的光，他们边修路边转移，到了权家店这边来了，据说是他们强烈要求看电影，他们架设了幕布，清理了场地，多次与电影放映队取得了联系。全村喜气洋洋，比谁家娶媳妇还热闹。

不演则已，一演一晚上就演三部。第一部是新片《徐秋影案件》，第二部是戏曲片、新凤霞唱的《刘巧儿》，第三部是苏联老片子《光明之路》。电影场就设在小青河边，那里相对来说稍稍平坦一些。电影放映的时候还可以时不时地听到流水的哗哗声。夜风吹动银幕,银幕上映出来的人和物品一会儿拉长一会儿弯曲。幕前坐了许多人,幕后的沟沟坎坎上也坐着人。有的人一面看一面幕前幕后地走动着,啧啧称奇。只有一台放映机,遇到换片子的时候就黑灯休息那么三四分钟。农民对于这种放映的节奏天生十分适合。遇到换片子的时候大家就又喊又叫,这个爷那个叔,这个姐那个姑的,亲热异常。还有的农民——恐怕是家境比较好的、有子弟挣得上工资的——带着手电筒,正好趁黑灯时间一显身手,把手电筒打亮,像探照灯般地射向幕布,射向河流,射向天空,射向姑娘的脸庞。妙龄的女孩子接受到探照灯的搜索或聚光灯的追身,初则骇然,继则大笑,如果搜索和追身还不停止,就会屄呀纂呀地骂将起来。不会真的骂起来的,因为电影片子在手电筒的表演之间已经倒完了。

可能一些能人觉得玩手电筒比看电影还重要或更有趣。居然有几位开始时忘记带手电的后生回家一趟拿来电筒,于是再次停映倒片子时展开了手电筒大赛,白光青光强光者为胜;黄光褐光弱光者为败。胜者趾高气扬,满天乱照,败者灰溜溜地关上了电筒。最后不知道是不是从派出所那里拿来的一只保卫人员专用的一气放六节一号电池的超级电筒,向天一照,只见一道白光直射斗牛,一些老人噢哟了一声,叫开了娘。确实,这道白光一照,连天上的星星月亮也黯然失色了。

也许是因为太多的日子没有看电影了——其实算不了多久;也许是因为他们实在压制不住他们内心深处的对于往日城市生活的依恋,所有的来这里改造的准下放干部,被这三个电影看得神魂颠倒如醉如痴。一个徐秋影就够他们哭一鼻子的了。哈尔滨,汽车,楼房,餐馆。某种城里人的情调。徐秋影[①]在日记上写道:"我是一颗不幸

[①] 电影《徐秋影案件》五十年代放映时即称是根据真人真事拍摄的。八十年代以后,所谓当过特务、自杀过的徐已甄别平反。

的种子,永远承受着不能发芽的痛苦。"这种感情和这种表述方式几乎使钱文大哭起来。徐秋影的怯懦与压抑,使她终于无法自拔,而陷入狗特务的泥坑。这命运也使他们同情不已,悔恨不已,就好像他们也被命运所捉弄堕入了特务机关的罗网,自己也当了特务一样。一失足成千古恨,他们其实也分担着徐秋影及所有对人民犯下了罪行并受到人民的惩罚的坏人的耻辱与忏悔……以及他们的并不值得同情的痛苦。

就连《刘巧儿》也令他们唏嘘不已。新社会的新生活是何等的光明质朴而又无比的美丽!一个健康美丽歌声嘹亮的农家女儿能那样纯洁爽朗地歌唱自己的爱情。这是何等的感动人啊!

我爱他,能写,能算,能识字,
我爱他,下地生产,他是有本领。
我爱他,能……
回家来,他能给我……做先生……

刘巧儿的花腔女高音,令他们泪眼模糊,心如刀绞。多么朴素,多么天真,多么善良,多么光明!尤其是多么健康!瞧人家这爱情!下地生产,他是有本领!如果是知识分子爱起来,我的妈哟,得多浪费多少言语多少细胞多少计谋!苍白的、空虚的、软弱的、渺小的知识分子!丰满的、充实的、强壮的、伟大的劳动人民!爱情是属于刘巧儿的,爱情是属于爱党爱社会主义的刘巧儿一样的劳动人民的,幸福是属于人民的。而他们,他们的可耻的罪行只给爱自己的人与自己有感情的或者亲属关系的人带来耻辱与痛苦!看着刘巧儿,他们只觉得自己是面对着巨人的侏儒!无地自容!

两年前看过的《光明之路》也同样让他们心潮如涌。不久以前,他们不是也像影片的女主人公一样,相信生活,相信奋斗,相信青春,相信热情与英雄主义吗?世上当真有青春与英雄主义的胜利吗?这个胜利是发生在苏联吗?苏联也搞过类似反右派这样的斗争吗?苏联,在反右斗争如火如荼地取得了决定性的胜利的时刻,毛主席、宋庆龄他们到莫斯科参加伟大的十月革命四十周年庆典去了。如果费可犁他们没有问题的话,他们将怎样的为之欢欣鼓舞呀!苏联苏联,从此苏联已经与他们无缘了啊!还有约瑟夫·维萨里昂诺维奇·斯大林……苏联是怎么了呢?《光明之路》上的这个无往而不胜,最后成为全苏劳动模范的女工,如果是在中国,依她的性格会不会也被划为什么什么"分子"呢?

三部影片使他们的空虚麻木的心灵中一下子满溢了泡沫翻滚、浓郁香醇、色彩斑斓、苦涩辛酸的酒浆,他们热了,他们醉了。

只有李福宏没有这种如醉如痴的反应。电影看完回家路上,他轻松地笑着说:"你们知道吗?新凤霞也是右派,现在在北大荒改造呢。"

什么?新凤霞——刘巧儿也是右派?或者,新凤霞是黑暗的右派,而刘巧儿是光明的新社会的主人?如果光明是由黑暗来扮演的,那还有真的光明吗?

幸好马上出来许多人反驳,说是李福宏弄错了,划右派的并不是新凤霞而是新凤霞的丈夫吴祖光。仍然困惑:黑暗可能是光明的丈夫么?然后他们议论起了报纸上批判过的吴祖光的问题。从吴祖光谈到丁玲,谈到李万春,谈到张权,原来文艺界的问题是这样严重,曾经被他们十分尊敬和爱戴的文艺明星被我们强大的报刊宣传批倒批臭了。许许多多美的东西在他们的谈论中败灭了。

也许世界上原没有那么多美好的东西,过去是他们自己太幼稚了。也许他们的幼稚不可避免地是要被撕碎的,然而这一切毕竟是来得太快太严厉太无情了啊!

三部电影的放映仍然给人们带来了欢乐。第二天,一首歌就在权家店的下放干部中间传起来了。不是刘巧儿——因为刘巧儿与右派有了瓜葛;不是光明之路——因为苏联也已经不是他们原来所想的苏联了;而是与徐秋影有关的一首歌:《丢戒指》。影片中有一个

徐秋影与潜伏特务在松江饭店碰头的场面,当时饭店的收音机里播放着一支东北民歌,非常动人:

  姐呀啊啊儿,
  花园啊嗯中,
  绣哇啊啊丝啊啊绒嗡……

  歌的东北风味非常足,听着歌你就想到东北人的开朗、幽默与滔滔不绝。著名的东北民歌演唱家郭颂唱得出神入化。啊啊啊的拖音与咿个呀儿哟的如话的诉说也特别亲切好听。金戒指不是值钱的宝,情哥哥给买的,一钱零三分,要是老头捡了去,请到家中赴酒席,情愿认个干亲戚;若是小伙捡了去,要什么礼物都乐意——就是不能拜天地……如此普通甚至是半通不通的歌词也使这些失去了过"日子"的权利的人们感到那样亲切,感到那久违了的普通人的幸福。做一个平庸的人是多么福气呀!他们曾经自以为是英雄,自以为是先驱,自以为是活着的英烈,自以为背负着历史的非凡使命……如今呢,欲做一个庸人,做一个给情人送戒指听情人唱情歌或者只是能与自己的家人厮守在一起的普通老百姓亦不可得了。

  唱起花园里绣丝绒,唱起刘巧儿自幼儿许配赵家,他们的心暖暖的、甜甜的、酸酸的、苦苦的;唱这些平庸的歌曲,竟是一种这样的精神的享受,禁果的享受。久违了,这种享受啊!

  可就在他们唱得高兴的时候送萧连甲回北京养病的郑仿回来了。他一听这个歌就告诉大家可别唱了,电影跟歌都批判了。他引证报上的话说,《徐秋影案件》美化和同情一个女特务,是不可取的。而《丢戒指》的歌词有一种不健康的挑逗的东西,也是不好的,现在郭颂都不再唱了。你们还唱什么呢?郑仿给大家带了一些伊拉克蜜枣来。大家吃得很兴奋,一边吃着风味独特的枣,吐着尖细的枣核一面议论着国际形势,中央的政策,帝国主义一天天烂下去,我们一天天好起来,以及除了伊拉克枣以外北京的市场上又出现了什么新商品，上边有什么新提法新精神。这几个枣似乎证明着他们与首都北京与世界人民的反帝斗争以及首都生活仍然保持着紧密的联系；他们毕竟与这里的庄稼人不同，他们从而气壮了些。

郑仿讲到一个说法，说是有个领导说了，要把北京搞成水晶一样、纯钢一样的城市，就是说要把政治上不好的人全都迁出北京……说是周总理上个星期六已经去逛王府井百货大楼了。等把北京搞纯洁了，中央领导就可以更随便地与各界人民同乐共处了。

这个消息叫大家兴奋，也叫大家惭愧。在清除了他们以后，我们的事业真是一日千里！他们又有些不安，如果北京要水晶化，那么他们还有资格再做北京的光荣市民么？

郑仿还传来了中苏矛盾的最新消息。说的与听的一沾这个话题就都严肃了起来，他们知道这里边蕴藏着极大的危险。幸好，大家倒还没有唱起《光明之路》的插曲来。在郑仿引用尼古拉耶娃的话受挫以后，人们已经不由自主地避开了苏联。

于是看电影的冲击彻底地被消除了。

早知如此，电影不看也罢咧。

不时仍然听得到下放干部与准干部哼哼起的姐儿呀，咿个呀儿哟。他们压低了声音。他们只能偷偷地唱——又一点可怜的精神慰藉被否定了。

似乎有一点寂寞。愈是寂寞就愈是没完没了地把杜冲批判了起来。名义上叫做"学习"，每天晚上他们聚在一起，不敢出大声，像是在偷偷地唱《丢戒指》一般地低声进行改造批判。但又全用一些大的帽子。又像演哑剧。又像在纷纷讲鬼故事，立志要把杜冲吓唬一番。说来说去，问题的实质在于他对大进和二进的"领导"的态度，大家都明白了。郑仿显然也被个别找了谈话。他一回来就义无反顾地投入了战斗。他揭露，杜冲说过徐大进是弼马温，是过官瘾，是做样子。尤其令人发指的是他说徐大进放弃休假坚守在权家店的岗位是由于他与老婆的关系不正常，而且竟然说这情况是他从苗二进那里听来的。苗二进一听脸就红了,他说,正像资产阶级不可能理解无产阶级的大公无私一样,坚持资产阶级立场的右派分子也不可能理解虽然也犯了错误但是正一心一意地改造与靠拢无产阶级的人的真诚与决心。至于官瘾、弼马温之类的话,无非是反对党的领导,把党的领导与人们的分工和旧社会的人们与官的对立混同起来。愈说词愈多,愈说气愈大。钱文一开头不想多说,最后也在群情激昂的感召之下发上了言。一开始只想平平地表一个态,及至说了起来自然而然地来了劲,词也花哨了,义愤也出来了。他也成了批杜冲的毫不落后的一员。发言中他忽然看到了徐大进向他送来的赞许的目光,他一阵不好意思。

杜冲不发一言。最后逼得紧了,他哼了一声,说道:"你们的发言纯粹是天方夜谭!"一下子就都火了,什么态度?什么态度?质问的声音愈来愈大了。钱文、郑仿、费可犁、苗二进竟发起抖来,不知道是气的还是吓的。他们还从来没有见过这样对待批评的,包括认了罪的和哪怕是不认罪的。钱文眼前已经出现了杜冲被当场加上手铐,由两名持枪的公安干警逮捕,迅速解往监狱,关入大牢,直到被依法枪决的情景:他好像看到了杜冲脑袋上流出的罪恶的黑血。他说不出话来了,只是簌簌地抖个不住。

徐大进威胁道:"杜冲,你刚才说的是什么?你敢不敢把你刚才说的话写下来?"他的脸扭曲了,露着牙齿。

于是李福宏凑了过来,他义愤地揍了杜冲一下,他确实想把杜冲揍一顿——大家也差不多认为就是该揍他一顿了。

章婉婉喊了一声,居然气得当场昏了过去。

第十一章

杜冲跑了。

就在李福宏对杜冲动手动脚的那天晚上过后,一大早费可犁就来找徐大进,他拿来一张字条说是他起床后在自己住房的门缝里发现的。字条是杜冲写的:

> 我因病回京治疗,请代告徐大进同志。杜冲匆匆。

当天晚上,大进召集他们开会,说是此事已经向下放干部队部做了汇报,由于曲风明同志不在,队部第二把手已经答应立即给曲风明挂长途电话,并请曲风明同志通知杜冲的原单位,要尽快把杜冲送回权家店。同时,队部领导指出三点:第一,杜冲的擅自回京是一种严重无组织无纪律的行为。第二,这种行为的实质是抗拒改造。第三,由此而产生的严重后果只能由他本人负责。大进讲到这里要求大家表态。

于是进行了"缺席审判",大进说这是一个大是大非的问题,态度含糊不得。于是人人态度鲜明,个个立场坚定,把杜冲臭骂了一顿,发言中把杜冲比做了蒋介石、托洛茨基、黄世仁、麦克阿瑟、李承晚与杜勒斯。这样的表态非常容易,因为本来也没有人认为他们竟可以想走就走,众口一声地骂几句,各个人就增加了安全感。但是大进立目横眉地听着他们一个一个的表态,不禁使表态的人产生一种被动感和渺小感,说来归齐,原来他们这些个人就是这么回事!本来也确是不赞成杜冲的做法的人,说完了批评杜冲的话,也觉得自己有点没意思。又过了十天。

这十天当中,山区的气候有了很大的变化。一次大风吹得万木凋零,落叶遍地。三天连绵的秋雨,下得一部分农民穿起了棉袄。一般还算是比较富裕的农民,也不过是两套服装,夏一套是单,冬一套是棉罢了。秋虫啼鸣愈来愈哀,愈来愈急,啼得田堰上杆叶上石片屋顶上青石大路上一层又一层的白霜。季节的更迭使他们悚然。一年中的前两个季节就这样闹闹哄哄地过去了么?他们的右派身份与长期改造的生活就这样地搞定了么?漫长的山里的冬天在等候着他们了么?冬天会怎么样,冬天过去了会怎么样,冬天以后的季节——过去了日复一日年复一年地过去了以后的以后又会怎么样呢?

"焦首朝朝还暮暮,煎心日日复年年……"在一次背着红薯下山的时候钱文听到了郑仿吟诵这样的诗。太忘情了,钱文想。他想与他搭一句话,终于没有说。就算我没有听见好了。他安慰自己。除了注意自己不要犯自由主义不要对别人说错话也不要听到旁人的错话随声附和以外,他实在没有能力去关心别人了。他们如同一些不会游泳的人落在了水里,愈是互相攀扯,就愈是没有获救的希望,而只能是同归于尽。他想着的是东菊。东菊来信说她已决定搬家,搬到自己的母亲那边去,她不想再那么孤单地过下去了。

权大生悲观地说:"今年这个冬天,我看不好过呀。各家的吃的东西都没有了。食堂里又有多少粮食呢?今年秋收得太粗了,萝卜堆在食堂大院里,糟践了多少呀!急急忙忙地挖的那几个大白薯窖,能存得住白薯吗?核桃有多少扔在山里了呀!哎呀哎呀!"说完,他可能怕是说得过分,便又找补说,"天塌砸众人,天塌砸众人,人民公社力量大,人民公社力量大,我一个人有什么可发愁的呢?"

权二虎哈哈大笑,他叫大生一声:"叔!"这里的叔读如寿,单叫一声叔的时候就更像是在叫"寿",队长叫着"寿"笑着说:"你就放心吧!共产党的政策是我饿不着你就也饿不着,我冻不死你就也冻不死。你操的个什么心呀！'寿'，你说良心话，祖祖辈辈，咱乡里人啥时候过过这样松心的日子！"

"可不！"权大生的脸上也显出了笑容，"现在是真省了心啦！"

这十天当中评出了上、中、下游和排列名次。徐大进、苗二进、郑仿是上游；章婉婉、李福宏、高来喜、萧连甲、钱文、费可犁是中游；杜冲是下游。大家都服气满意。章婉婉劳动那样差，当不上上游是理所当然的事，由于她的努力，她终于当上了中游第一名，也就不错了。费可犁、钱文挨了那么多批评还能维持中游也算是不幸中之大幸。钱文虽然是中游的倒数第二，比起费可犁来毕竟名次在前，这就叫比上不足比下有余喽！徐大进苗二进分别列为改造的第一名与第二名，自然是天经地义，众望所归；就是郑仿列为第三名，这也是根据曲风明同志的直接指示，当然是正确的喽，你得不到曲风明同志的直接指示，你又有什么可说的呢？起码他没有像钱文那样吃西餐与喝酒，又没有像费可犁那样甚至引起了农民的讨厌。领导总是正确的噢！

至于杜冲之下游，更是大快人心。难道他们都这样老老实实，而杜冲却可以自作主张么？活该！他们几乎是怀着期待的心情等待着严厉的惩罚降落在杜冲的头上。

十天以后，杜冲回来了。杜冲是与洪嘉、萧连甲三个人一道回来的。萧连甲病好了，回来了，不足为奇。洪嘉的到来引起了一阵议论。后来才听说洪嘉是来代替曲风明那个角色的；说是曲风明同志身体不好，不再来了，由洪嘉同志担任他们全体下放干部的队长。这已经使人们议论纷纷，曲风明来了这么短一段时间就走了，这是怎么一回事？对洪嘉前一段也颇有风言风语，鲁若的事情更是大家都知道，许多人不免对她抱着一种为之叹息的乃至觉得她怪可怜的心情。也还有一种盼着她干脆也划成个什么分子算了的心情。回想他们被批被斗的时候，唯一能够使他们得到一点点安慰的事情莫过于眼看着别人——特别是批过他们斗过他们的人也马失前蹄落于脚下了。遇到这种事他们会窃笑半天，觉得有趣得很。这回她来了，是因为她也有问题所以终于也下放了呢,还是她毕竟受到信任和重用,下来领导他们来了呢？他们说不上是惆怅还是欣慰。

最妙的是杜冲,他满面红光若无其事地回来了,精神比走的时候好多了。人们面面相觑地看着他,等着对他的超级大批判,等着对他的处分乃至法办。一天又一天地过去了,什么都没有发生。徐大进与苗二进居然也不提这个事了。大家不知就里但也不好乱问。他们便也调整了对于杜冲的态度,也做出什么事情都没有发生的样子。会上的你死我活与会外的你好我好能够相连得这么紧密,这也奇了,但是没有谁觉得它费解。

过了一段时间,杜冲自己说了一点情况。他回京以后找了市委的有关领导之一陆浩生同志。他的原单位的对他极器重的老领导为他写了一封信。陆浩生同志与他谈得十分好。陆浩生同志重点向他讲述了毛主席的一个指示精神。毛主席说,我们的目标是形成一个又有集中又有民主,又有纪律又有自由,又有统一意志又有个人心情舒畅的局面。陆浩生同志说,经过一番较量,右派分子的猖狂进攻已经被粉碎了,绝大多数的右派已经认罪服输,改造也得改造不改造也得改造,他们对于党的有组织有计划的大规模进攻已受挫。这种情况之下,我们对于右派的政策是一看二帮,让大家劳动劳动,也是给大家指出一个方向一个光明的道路嘛。你们自己应该稳定下来,做好长期改造的准备,平心静气地,同舟共济地,高高兴兴地重新做人嘛。不要再和反右运动中一样再没完没了地斗来斗去了嘛。一位领导在前不久接见去北大荒改造的一批右派文化人的时候就说："我们是不打不相识嘛。"斗争了一场,大家更了解共产党了,党也更了解你们了嘛。这就为你们的改造创造了新的条件了嘛。改造好了大家都是党的好干部嘛。陆浩生同志还说他准备给权家店这边打一个招呼,让这边把这些个胡批乱斗停下来。

杜冲还带回了一个绝密的消息。他说,领导上向他透露,从明年起,考虑每年摘掉一部分右派分子的帽子,所以他们的前途还是无比光明的。

"好日子还在后头呢!"

说到这里杜冲挤一挤眼,显出了他的惯常的闪烁的笑容。

大家先是一怔,然后五内俱热,一齐称颂起领导的英明来了。他们都很有分寸,他们不准备流露对于大进与二进的任何不敬,他们知道,即使否定了对于杜冲的胡批乱斗,大进二进仍然是他们的组长。而他们已经得到了惨痛的教训,什么长都不要得罪,尤其是不可以得罪组长。当然,他们也在考虑大进与二进会有什么反应,想到大进二进可能有些尴尬,他们也都有一些幸灾乐祸。

最惊人的还是杜冲透露的有关曲风明的消息:出乎任何人的意料的是,曲风明之所以不再回权家店,据杜冲说,是因为他服用了大量安眠药几乎就是自杀。依他的安眠药服用量来看,他是自杀,但他本人在抢救过来以后矢口否认自己是自杀,而说是用量过大。曲风明一直有服用安眠药的习惯,而且用量相当大。此次安眠药中毒,他说是由于连续数日失眠,一时急躁多用了药的结果。那么有没有可能是自杀呢?完全可能。据说曲风明在与闵秀梅离婚以后仍然剪不断自己的感情,不断地去找秀梅纠缠。不久之前,在秀梅家里,他被秀梅的哥哥——原来的理发师,现在的市饮食服务公司党支部书记——推了出去。有一个说法是他挨了自己的原来的大舅子的打。"原来曲风明同志的前妻就是闵秀梅呀!"说到这里李福宏大叫起来。"闵大刚那是我们哥们儿呀!他这个妹夫是个……不大中用的啊……嗯,那个那个,这个这个……我们都知道……好好好,我不说了……"他又吐舌头又缩脖,露出一副津津有味又鬼鬼祟祟的样子。

"听说不久前秀梅与一个上海人,好像是个没有正当职业的骗子,是个瘪三……也没有办手续就住到一块儿去了。为这个事曲风明非常伤心,为这个他找到秀梅家里,他说他要挽救秀梅——这我倒相信是真的——没完没了,最后让闵大刚给抓捏出来了。"杜冲补充说。

又怔在了那里。人人都不愿意相信,人们无法把这样的凡庸的甚至于是委琐的事情与每一个细胞都流溢着党性和正气的曲风明同志联系起来。他们宁愿曲风明同志完美无缺至高至上,这样他对于他们的思想问题的分析虽然严厉,他们虽然害怕曲风明同志的严厉,但是严厉本身又是一种精神力量的源泉。他们不能没有这个源泉。他们需要有个令人敬畏的师长、领导、裁判来监督他们推动他们支撑他们哪怕是震慑着他们;这样他们才会知道自己应该做什么,不应该做什么,能够做什么,不能够做什么;他们会变得比他们自己更坚强也更有力量更能克服困难。他们怎么能够没有曲风明同志的分析、领导、审判、监督和震慑呢?

如今,杜冲与李福宏竟然用那样的语言用那样的漫不经心的态度谈论曲风明同志的事,他的生死,他的婚姻,他的屈辱……李福宏愈是吞吞吐吐哆哆嗦嗦就显得愈"坏"愈心怀鬼胎。这个该死的"工人阶级的败类"呀,怎么可以这样说话呢?大家的脸色变得苍白了。

也还有闵秀梅的命运。钱文深深地为对于闵秀梅的命运的关切而不安。白白胖胖的,一心要求入党的工人阶级出身的知识分子闵秀梅如今会走到哪里去呢?他想起当年她因为没有确定自己的"对象"而引起的风言风语来了。后来是严肃的曲风明。后来闵秀梅竟也戴上了"帽子"……现在的上海瘪三又是个什么人呢?她是多么需要保护呀!

说到洪嘉来权家店的时候,杜冲放低声音说起了鲁若,杜冲倒是用一种比较轻松的语气来说鲁若:"听说就在清河,鲁若学会了织袜子呢。我看倒也不错,织袜子比当干部又有什么不好?谁能不穿袜子呢?"然后他更加含糊地小声说,"听说洪嘉正在搞对象,见了好几个了,还没有定下来呢。"

大家没有做声。

……自从洪嘉来到以后,钱文一直嘀嘀咕咕,他几次与萧连甲说:"咱们过去与洪嘉一起工作,后来分了手,现在身份不同,却又聚在了一起。我觉得我们应该去找她谈一谈。"

萧连甲听了,不置一词,眼皮也不动一动。

于是钱文决定,他自己去约一下洪嘉。毕竟洪嘉现在是代表组织代表党的呀,当然要请示汇报积极靠拢的啦。这是绝对不能大意也不敢大意的噢!

洪嘉满脸堆笑地接待了他。她似乎对钱文的约谈颇感满意。一看她的神色,钱文就很欣慰地判定,他来找洪嘉是找对了。她说:"许多年不见啦。谁想得到哇,你也会受到这么大的考验呀!我很难过呀!你是怎么搞的呢?我过去的印象你是很好的呀。你还记得咱们一起帮助资产阶级出身的李意吗?哎呀哎呀,就是不注意思想改造呀,我看得出来你是太傲气了。你太自以为是了。什么有头脑啦,什么独立思考啦,害死人哟!哎呀哎呀,这个教训实在是太深刻了呀!你看这次人家李意倒是没有什么问题的呀,人家夹起了尾巴来了嘛。你知道,为鲁若的事我也差点没活活气死呀!我劝了他多少次,他不听呀!阶级斗争的规律真是不依人的意志为转移的了。领导说得好,阶级敌人要自取灭亡,你是拉也拉不住的呀!就拿曲风明来说吧,他说得多好!跟他在一块儿,你还以为是马克思复活了呢!他下来就是因为他是有问题的呀。什么问题?怎么?你们不知道?文艺界好多右派的文章他都喜欢看呀!他一见这些个玩意儿就赞不绝口啊!赞完了他想赖账,假装没有这回事,这怎么行?欠了账是要还的,赖是赖不掉的,躲也是躲不过去的。是是是,回过头来他还批别人,这就是品质问题了呀!唉唉,没有这次运动你哪里看得出来!他还喜欢好些胡风分子那个叫什么来着?他喜欢他们的作品呀!前不久,他还说过关于鲁迅的反动言论呀!他说鲁迅如果活着说不定也要划右派呀,这是多么反动哟!怎么能这样说话呀?问题严重得很喽!我也是吓一跳呀!再说他的道德作风也不好呀,算了,说这些我也是很气愤呀!阶级斗争真是复杂呀!只是因为各单位反右的任务都已经完成了,也可以说是超额完成了吧,这才没把他曲风明划成右派。要是运动初期把他的这些问题揭露出来,他不划成右派才怪呢!这回算是便宜了他了。不提高警惕怎么行呢?"

洪嘉讲得很有劲,愈讲愈有劲。钱文听得很入神,愈听愈入神。他很惊异于自己能在一分钟前想到曲风明时还无比敬畏,而在一分钟后毫不犹豫地赞同洪嘉对于曲风明的批判。这真是一个批判与划界限的年代。在这个年代听到任何人出了问题,他们不但认为是理所当然的,而且还为之产生一种快感。

"你们来这儿有多久了?听说杜冲把你们的徐大进告了呀!你们也真是的!到了这个份儿上了,不踏踏实实地劳动,整天折腾个什么劲呀!来了几天我也问了问情况,唉,怎么搞的,你们可真是资产阶级呀!资产阶级嘛,一个个都是损人利己嘛!打击别人抬高自己,把自己的幸福建筑在别人的痛苦上,尔虞我诈,两面三刀,落井下石,残酷无情,这些个毛病你们可是都有哇!听说揭发杜冲的材料还是你写的呢。一起改造思想嘛,有什么问题不能一起谈谈,非得写材料不可?唉,钱文你怎么这个样子了啊!你们都这个样子还能有什么团结?还能有什么互助?还能有什么批评与自我批评?这可不对呀!你们要下个决心改造,首先从你钱文自己做起嘛,这本身就是改造嘛!唉,我也是思想负担很重呀!你说鲁若自甘堕落到那样,我好受得了吗?说下大天来,对于鲁若的事我不能说没有责任呀!我们也是夫妻一场嘛!小叶怎么样了?听说她连工作也不要了,怎么能够这样呢?她当年是多么单纯呀!她真适合做少年儿童工作。钱文你太不对了,叶东菊搞到今天这个样子,你能说你没有责任吗?是你腐蚀了她!是你毒害了她!是你毁了她!听说她送你来这里一直送到了雁家台,唉唉,你说说你应该负多少责任!你太对不起她了!你不但对党对人民欠下了债,也对东菊欠下了债,你也对我们——我们这些当初与你一起工作,一起生活的同志和朋友——欠下了债,你想一想,你对得起我们吗?听到你们这些问题,我们是多么生气呀!"说着说着洪嘉真的来了气,脸色也不一样了,用一种类乎科学家解剖蚯蚓的神情蔑视着钱文,问道:"你说吧,你现在有些什么问题?"经过洪嘉的一番滔滔不绝与转喜为怒之后,钱文完全不知道说什么好了。

"知道你来了,我很高兴。"他说。

洪嘉报之以一个冷笑。

"我很惭愧,也很怀念我们在一起的那些日子。"

"怎么样?"洪嘉问,她的调子不但是冷淡的,而且是警惕的。

"希望你多多帮助我。"

"你不谈自己的实质性的问题,让我怎么帮助你呢?我倒是想帮助你。你找我到底是要谈什么呢?怀念?你是来找我怀念的吗?你要谈的就是怀念吗?"

"我没有什么事。我只是想,洪嘉同志来了,她是了解我的,我应该去看看她。我就是这样想的。"钱文确实不知道说什么好了。

"好吧。你来找我,这很好;起码说明你对革命的同志还是有感情的吧。今后也欢迎你多来谈。但是谈思想一要老老实实,二要具体,不能吞吞吐吐,不能含含糊糊。空空洞洞的,别人说什么好呢?钱文你当初是个多么聪明的同志呀!我们当时就议论,钱文的前途是远大的,只是方向的问题,方向对了当然愈聪明愈好了,方向不对,那就是聪明反被聪明误了!钱文啊,我们都期待着你呢!可是如果你误以为'我们是熟人,洪嘉一定会对我温情一些',你就是大错而特错了!"

钱文唯唯。他只求这次谈话平平安安地结束,他的靠拢组织的活动能够不产生什么恶果,就已经是万幸了。

我活该。他想。杜冲不知道从哪里知道了钱文与洪嘉的谈话。他问:"怎么样?你们谈得很好吧?""噢,我们过去在一起。我觉得应该去看看她。"钱文似乎是在解释。

杜冲露出了他的"活佛"式的笑容。他也不再打探钱文与洪嘉谈话的情况,而只顾说起鲁若和洪嘉的趣闻轶事来。其中大部分是他们的性生活的一些笑话,杜冲讲得绘声绘形,真实生动,令人如临其境。钱文听也不好不听也不好,他几次想岔开换一个话题,杜冲讲得正在兴头上,不依不饶地讲下去,讲得钱文情绪低落。无论对于倒霉的鲁若还是积极的洪嘉,钱文都不愿意用这样一个调调谈论他们。他尤其不愿意公开地谈论性的问题。曾经是多么美好、诗意、神秘的爱情,怎么能变成赤裸裸的肉体的技术性操练呢?写血书要求去朝鲜的洪嘉,与母亲两代人衷心共享着解放了的明朗的天的洪嘉,除了革命再不知世上还有他物的洪嘉,怎么能把这样一个永远天真和浪漫的洪嘉说成一个野蛮的性白痴呢?还有已经受到刑事处分关了大牢的鲁若,曾经用怜悯与轻蔑的目光注视着他钱文的鲁若,在法院的小屋里目光掏空了的想当年风流倜傥花花草草的鲁若,在他已经成了劳改犯的今天,又何必再去形容他的色欲和花样翻新呢?如果可以这样谈论鲁若与洪嘉,那么自然也可以这样谈论例如他与东菊,谈论任何男人和女人,包括那些伟人、名人;那么世界上到底还有没有能够叫人尊敬叫人畏惧叫人向往叫人崇信的人和事呢?莫非人愈生活就只能愈冷漠,愈摆出一副把一切都看穿的姿态,而把青春的美梦一个又一个地完全打碎么?那是太可怕了啊!

不,我仍然相信那应该相信的一切。当然,我不能自命清高,不能孤家寡人,不能对生活总是怀抱着不切实际的幻想。于是钱文也只有微微一笑了。我也要慢慢修炼成活佛的吧?钱文笑得更有水平了。

经过杜冲的事以后,这里的批判斗争减少了许多,却增加了许多别的任务。先是说要三个月消灭中青年中的文盲,要分片包干用三个月的时间普及常用三千字。全体下放干部与准干部都分了扫盲对象,要求每天晚上去对象家授课至少两小时。钱文分的任务是扫权大生的外甥白小龙的盲。权大生的堂妹白小龙的妈妈人称"大香哥",与大生那种弯腰驼背一声咳嗽一口痰的风貌完全不同,她是虎背熊腰,深眉大眼,嗓音嘹亮,笑如银铃,雄健中不乏妩媚的出类拔萃的人物。农村里能有这样的女子,几乎可以说是令人人为之提气。她赢得了"大香哥"的绰号,也是名副其实。她一开初嫁给白家,有一子白小龙。小龙三岁上,亲爹患热病死亡。不久,大香哥改嫁给一个中年未娶的外乡人铁匠靳老力;把小龙带了过去,但是她坚持小龙不能改姓照旧姓他的白。白小龙长到二十一岁,更是虎背熊腰,肤色黝黑,身高力大,仪表堂堂。白小龙不爱说话,老大个子事事听他妈妈的,文化上更是一字不识。钱文一说是要扫小龙的文盲,权大生一听就反对。"你白费劲!"权大生劝阻钱文说。

自从领了任务,钱文天天晚上去小龙家。每次去,大香哥都态度爽朗地欢迎他。靳老力一边捶着腰一边骂食堂的饭,一副牢骚满腹的愤愤不平的样子。说得太长太多了就会受到大香哥的制止。大香哥一听烦了就迎头一顿臭骂,骂得老力只有入的气没有出的气了。白小龙则只是一味地抽烟。烟叶子质量很差,时吸时灭,灭了白小龙反而更来情绪,不用火柴而用原始的火石和火镰、火绒,起劲地咔咔地打着火镰,耐心地等待着火星溅到火绒上,把火绒点燃。遇到这种情况,钱文也会目不转睛地盯着他的手看,而忘记了教他识字。

"你会写自己的名字吧?"钱文问。

"写不好。"小龙闷声回答。

钱文让他写一个试试。小龙接过钱文的笔,吃力地画过来画过去,除了小字以外,白字和龙字都很难辨认。于是钱文教他写自己的姓。小龙笑了,笑得像一个孩子,半天,他说:"我学不会。"

钱文一遍又一遍地示范。小龙拿起了笔,画了画。他把笔放下,开始打火镰,这次怎么打也打不着了。他又笑了,笑得有些狡猾。他说:"我学不会。我不爱学习。"

"你爱什么呢?"钱文问,这话问得已经有些无礼。

"干活,吃饭,抽烟。"他总结说。

"你学学吧,人家钱同志来会子,别让人家为难。学好了写字,妈明年就给你娶媳妇。"大香哥说。

"那你也来学吧。"小龙说。这样的一个巨人用这种撒娇的口气与她妈说话,使钱文觉得有趣,这也减少了他一见白小龙的伟岸的身躯油然而生的自卑心理。大香哥说"学就学",也凑了过来,看了看钱文给小龙示范写的字,高兴地说:"你们识字的人写的字真好看,我说这比花还好看呢。"然后她对小龙说,"你也学几个字嘛,你这个傻大个子!"然后她笑道,"我这辈子是学不会了,下辈子吧。"妈妈的鼓励使白小龙不得不硬着头皮拿起笔来,画了一会,画出了一个白字。

"好极了!"钱文称赞说。

"我学不会。"白小龙坚持说。

……第二次来小龙这里的时候正赶上靳老力与大香哥骂架,钱文听了几句,夫妻俩吵的是小龙结婚的事。大香哥要求靳老力拿出二百块钱来给小龙娶媳妇,靳老力说是拿不出来。钱文说不出为什么,他挺替老力担心,他老觉得和大香哥与小龙共同生活是一件相当危险的事情。当他看到小龙的阴沉的脸色的时候他的担心就更加沉重了。

"今天不学了。"小龙说。他的脸色意味着这个问题是不可以讨论的。前前后后差不多用了一个月的时间,钱文觉得总算教会了白小龙写自己的名字,和认几个大、小、多、少、山、石、太阳、月亮、天、地之类的字以及从一到十的汉字。他汇报了他的工作进展情况,上面表示满意。不久,他们看到了区里发下来的表扬通报,通报里把权家店列入扫盲先进单位并表扬了在权家店的扫盲工作中做出了卓越贡献的下放干部。与此同时白小龙也表示他的学文化已经达到了最高峰,已经到了头,再多一天他也不干了。自从学认字以来,从来不知道什么叫失眠的他已经许多天睡不好觉,从来不知道什么叫头疼的他已经头痛欲裂,从来没有闹过牙病眼病的他,已经因为上火肿了一回牙床子长了一回针眼。他正式声明他再也不能学了,再多学一个字他就会抽风吐血了。"钱哥,你饶了兄弟我吧!"他告饶说。

再说这时上边又下来了新任务,扫盲的事又顾不上了。说是不但农业生产要放卫星,文化艺术也要放卫星。全区要开展赛诗赛歌赛画赛跑赛跳赛球……活动。洪嘉给大家做了动员,说是劳动人民当家做主也包括文化上当家做主,以后的社会主义中国的劳动人民人人都是郭沫若,人人都是梅兰芳,人人都是齐白石,人人都是郭兰英,人人都是姜永宁,人人都是穆祥雄……说得大家兴奋异常,但也觉得太难了。无论如何这给人们看到了远景,看到了狂热奋斗的一个目标。另外,全区下放干部也要举行一次汇报演出,要用文艺的形式汇报大家在农村战天斗地改造思想的深切体会与思想收获。洪嘉强调指出,这是一个自我教育与相互教育的好形式,也是对每个人的思想感情的一次检阅,一次展示,一次考验。

洪嘉讲完,大进二进连夜召集他们的人马开会落实。大进强调说:"我们一定要搞好这件工作,搞好了我们这里同样可以出好作品。改造右派这是具有国际意义的重大事件,它以新的经验丰富了国际共产主义运动,我看我们的改造就是一个好题材。我们要以这个题材搞出一个剧本来,表演我们的改造过程,我们要争取自己演自己,你郑仿就演郑仿,你钱文就演钱文。我们可以把这件事做得很好很好。我们要以'大跃进'的精神来做好这件事,要搞出影响来,要为社会主义的文艺填补一个空白。"

钱文听得目瞪口呆。他怎么会有这么大的气魄?他也抓起创作来了,我的天! 也许今后的文艺就是这么个样子,就应该由各个小组长大组长队长大队长书记主任来抓? 他无话可说了。

"你看怎么样?"徐大进偏偏问他。

"这个这个,您说得很对了。当然,这个,不太好写,最好是由左派来理直气壮地写,比如说《槐树庄》里就写了右派,那里的右派不过是一个妖魔鬼怪的影子罢了。总还是要这个,不能一出戏里一大堆右派,晦气得很。我主要是考虑我们的身份……"

钱文说得结结巴巴,好像是理亏,又好像是在故意谄媚;他已经见识多矣,有这样的人,平常说话好好的,一见了领导就变得大舌头和结巴颏子起来。我也变成了这样的人了么?钱文傻了。

"不不不不不……"不等钱文说完大进已经大摇其头了。"我们就是要转变立场么!我们就是要理直气壮么!我们要讴歌的是党对于右派的改造而不是右派本身么!右派分子是晦气的,如你所说,可是改造右派是光明正大的么!钱文我看你的文艺思想还得好好扭一扭。你们说呢?"他又转而去问郑仿。

郑仿也有点含糊其词,什么想法很好啦,不太好着手啦,自己不熟悉戏剧啦,可以试一试啦什么的说了一大套。

看看郑仿也不能令人满意,苗二进便出来维护徐大进的抓创作的计划,热情兴奋了一番。看看大进二进都这么说,别人也就都赞成,特别是估计这个任务反正落不到自己的头上的人就更赞成。又不用自己去做,说个赞成还用费难吗?

苗二进明确提出,这个光荣而艰巨的任务就交给钱文、郑仿和费可犁。钱文知道自己在劫难逃,便立即要求明确他们三个人的负责人是郑仿。当然啦,做什么事都要有一个组织有一个规矩嘛!郑仿立即提出请苗二进同志亲自挂帅。苗二进坚持说他没有时间,因为他正在写全面的思想总结与工作总结,另外他还要抓全面的文化跃进的工作包括其他文艺节目与扫盲以及建立文化室俱乐部等等。他一面说一面向徐大进递了一个眼色。于是大进发布命令:成立以郑仿同志为首,包括钱文与费可犁共三人的创作组,起草一个反映党的改造右派分子的政策的伟大胜利的话剧剧本。其他不参加创作的同志也要全力以赴地给以支援。

李福宏立即表示将连夜给三位理发,头发弄短一点舒服一点有助于头脑清醒,有助于文思顺畅。主要的是——去火。

章婉婉表示创作期间三位的洗衣服由她包了。

高来喜与杜冲联合表示,创作期间三位的给房东挑水的任务由他们二人承担。

于是大家注意到，尽管年龄相差不少，尽管高来喜来了不久而他们俩过去素不相识，来喜与杜冲还是迅速地取得了共同语言，取得了默契，成为了伙伴了。

萧连甲不能不有所表示，便说他愿意负责给三位抄稿子，并保证字迹清楚，抄写迅速，任务不过夜。

越说越兴奋，越兴奋越积极；你感动了我，我感动了你；为积极而感动变成了因感动而更加积极；积极不已从而感动不已。上哪儿找这样的写作条件去？费可犁说："我们写剧本的条件比曹禺还好！曹禺是'五四'以来迄今为止的最了不起的剧作家，但是请问，他写《雷雨》的时候，有人给他洗袜子吗？他写《日出》的时候，有人给他抄稿子吗？他写《原野》的时候，有人给他挑水送水么？那时候写戏只是他的个人的事情而已，我们现在呢，我们有一个多么强大的集体！我们是有组织有领导有计划的，三个臭皮匠，合成一个诸葛亮！"

郑仿也感动不已。一感动他就想说那个"不沉的湖"，他实在想不出更好的比喻。他忽然灵机一动，他说："尼古拉耶娃说什么不沉的湖，那是空话。连斯大林都否定了，连法捷耶夫都自杀了，他们怎么不沉？他们淹了一大堆了。"说到这儿大家笑了起来，郑仿觉得自己说话的效果还不错，便更加自信地讲了下去，"只有我们，我们才是不沉的湖。当然，阶级敌人是要下沉的，但是对于多数资产阶级右派分子来说，我们党采取的仍然是改造而不是苏联式的肉体消灭的方针。通过劳动改造思想，这是一件伟大的创举。我听一位领导说过嘛，恰恰是劳改队便于先实行大农业机械化生产嘛，劳改队先使用大型农业机械嘛。领导同志说，说不定将来是劳改队先进入共产主义呢！到了共产主义，不就是不折不扣的不沉的湖了吗？"

钱文也表示感动不已。他说他要尽最大的力量投入剧本创作，他要彻底扭转自己的陈旧的非无产阶级文艺观，要把自己这根毛，从附着在资产阶级那张皮上改为附着在无产阶级这张皮上。同时他心中暗自庆幸,总归是"以郑仿同志为首"的创作组,不是自己为首就好办。一开始苗二进把他的名字排在前头,可把他吓坏了。当然应该是郑仿负责,谁让郑仿是"上游"呢?总不能白白地当一回上游吧?好,我就听你这个上游的吧,唯上游是瞻,唯上游是听,那该有多么好!有上游在那儿顶着,我又有什么不踏实的呢?

于是从此又熬开了夜熬开了油。每天晚上三个人聚集在郑仿处,热烈异常地却也是黔驴技穷地讨论起了剧本的方案。郑仿的煤油灯罩打破了,供销社里买不到新的,他就不要玻璃罩而硬那么点捻子,光苗很小,黑烟很多,熏得他们鼻子眉毛都是黑的,熏得他们咳嗽。下放干部们的煤油灯大多如此了,互相开玩笑给这种失去了罩的油灯起个绰号叫做"秃小子"。他们在秃小子的照耀与污染下提出了各种写作的方案。费可犁提要写一个不认罪的人,他不服气,他胆敢与老贫农老党员争辩,他干起活来光咋呼而不出活。他在同志们的帮助下与农民老乡的教育下转变了立场,最后在挑水上山浇树的时候光荣牺牲,在牺牲前党支部书记与他握了手,对他说:"欢迎你回到人民队伍里来。"听了这话他溘然长逝。费可犁谈自己的方案的时候已经热泪盈眶。

郑仿提出来要写一个认罪非常好的右派,他时时事事以改造为重,他连续许多次放弃了休假坚持在劳动与改造的岗位上。他以身作则严格要求自己,他与一个坚持反动立场的右派英勇搏斗,受了重伤,在医院里受到了极好的照顾,由于他的血型特殊,最后找来找去是由一位女领导同志为他输了血。病好后他激动地说:"啊,现在我的身体里流着的是革命的血液!我再也不能犯右派的错误了!我的头脑我的血液都是属于党的!"

钱文听得目瞪口呆。

钱文很惭愧,因为他实在无法赞同他们老二位的剧情梗概,无法说一个"好"字,但是他自己又提不出自己的情节来。他的文艺观虽然有问题,但是他起码知道,文艺要表现的是最最美好的东西,而绝对不可能是丑陋的他们。他甚至于偷偷地怀疑徐大进是不是想让他们搞一个剧本来描写他自己,他不明白为什么人会那么希望自己成为文艺作品的主人公而全然不知文艺为何物。他觉得自己未免缺德,因为除了给他们泼点冷水以外他不知道自己应该做什么。他只能振振有词地说一些空道理。他说他认为这个戏的主人公绝对不可以是一个右派,不论是改造得好的或者改造得不好的右派;他认为这个戏的主人公只可以是一个队长。可以是农民中的生产队长,也可以是下放干部中的队长。戏剧的中心情节应该是人民公社与"大跃进",可以是修水利,可以是绿化,可以是深翻地,应该表现出广大人民的战天斗地超英赶美的伟大气概来。右派分子的改造只能是这样一个大背景下面的小插曲。改造的剧情应该侧重于他们向劳动人民学到的优秀品质,不必在剧本里折腾什么认罪不认罪,那样的话题是不会有观众感兴趣的因为那样的话题只能教育右派却不能教育人民。他一边说一边意识到,经过他的显然是站得更高也更正确的大道理分析以后,他们这个剧本多半是搞不下去了。但是郑仿不屈不挠,居然在什么都没有谈出个结果来的半夜拍板说:"我们就按钱文说的去办。"同时他不容分说地布置了三个人分工起草六场戏的方案——所以决定戏写六场,可能是因为六最容易分成三份吧。

……在他们三个人为了剧本而焦头烂额的同时,苗二进着迷于用旧瓶装新酒的方法搞一批歌曲。他闭门造车,自思自编,一下子弄出许多歌来。有一个歌是轮唱:"脱胎换骨改造自己,脱胎换骨改造自己……"两个人一部,好几部轮唱起来令人十分兴奋。他们练习了几次,果然效果非凡,一大片脱胎换骨的热气。他又搞了一个抒情味道的歌。歌词中有这么几句:"我吃着人民的粮,我穿着人民的衣,我住着人民的房,离开人民哪有我自己?想一想,问一问,你说了什么话,你做了什么事,你对谁有利?你可否对得起你父老兄弟?你可否对得起碗里的饭身上衣?你听的是党的话,你受的是人民的教育,你学的是革命的书,你讲的是无产阶级的道理,想一想,问一问,你说了什么话你做了什么事,你对谁有利?你可否对得起你父老兄弟?你可否对得起碗里的饭身上衣?你问问自己!你问问自己!!你问问自己!!!"这个歌用的是"我扛起了三八枪,我子弹上了膛……"的曲调,它唱起来更是感天动地,一个个唱得涕泪交流,翻肠搅肚(读堵),声嘶力竭。

苗二进还搞了一个豪迈并带有幽默色彩的歌,歌唱权家店的风光和大家战天斗地的豪情:

拿起了小铁锹,
挖地三尺三,
挖掉了剥削和封建,
建设新乐园!

挑起了小扁担,
挑水来上山,
灌溉了苹果和桃杏,
一片花果山!

握紧了小钢镰,
镰刀弯又弯,
割谷割草割荆条,
来把幸福编!

背起了羊粪蛋,
背起牛粪便,
大粪虽臭呀肥力大,
亩亩是卫星田!

我们来植树呀,

我们来种田，
风风雨雨炼红心呀，
汗水洗心田！

昨天我们错呀，
今天谱新篇，
党的教导威力大呀，
向左万万年！

向左的出处据说是北大荒。在北大荒，那些犯了右的错误的文艺名人的住地命名为"向左村"。一位文艺界的老朋友、一位老将军为他们题写了村名。

他们唱了又唱，练了又练，嘹亮欢快，声情并茂。唱起这个歌来他们由衷地感到了幸福，盛世盛事，与闻其盛，豪情满怀，革命是历史的火车头，一天等于二十年……并不是每一代人都能赶得上这样的火红的岁月：幸福从他们的眼角里嘴角边微笑中泪花中和喉咙里洋溢出来。

另一边洪嘉正亲自抓一个农民青年的合唱队。她从在校学生中选了十五个人，又从毕业还乡生产没有几年的一批上过学的青年社员当中选了十九个人，总共男十八人女十六人三十四人组成了农民合唱队。由她来指挥，每天晚上练一个半小时的歌，是社员的都给记一个半工分。半大小子半大丫头，本来很少有机会在一起疯闹，这次在洪队长的领导下，在"大跃进"的旗帜下凑集在一起，又唱又叫，开心得不得了。洪嘉教他们唱《没有共产党就没有新中国》《咱们的领袖毛泽东》《戴花要戴大红花》与《我的祖国》。《我的祖国》中的领唱部分由她自己唱，合唱部分由她训练的合唱团唱。此外，她还排练了一个《歌唱二小放牛郎》，其实主要部分是她的独唱，其他三十四个人在某些段落给以伴唱。尽管洪嘉的声带平平，唱的音也不算准，但是她的热情弥补了一切不足，青年（有的只能算是少年）们破天荒地第一次搞这样的合唱的新鲜感与幸福感弥补了一切的不足。每天晚上从队部经过,听到他们的歌声,不能不令人热泪盈眶。洪嘉激动地在下放干部会议上说:"人民中有无数的人才,过去,在剥削阶级的压迫下多少人才被埋没了!他们只是没有机会罢了!是毛主席,毛主席呀,焕发了多少农民的青春!"

为了迎接检查评比,洪嘉他们还突击搞起了农村文化室。她先是让下放干部捐了一些钱,又从公款中提出了一部分钱,跑了一趟公社又跑了一趟区里,买了些报纸杂志,买了扑克牌、象棋、军棋,又买了一副锣鼓一对镲;权二虎催着木匠打了几副桌椅。总共三天工夫就把一大间工具房布置成了文化室。苗二进他们帮助腾房子,然后把内墙东一道子西一道子地粉刷了一遍,再往墙上贴了一些伟人名言:"爱书吧……"是高尔基说的;"不会休息就不会工作……"据说是列宁说的,虽然出处不详;"倘能生存,我当然仍要学习……"当然是鲁迅的名言了;"青年人要做到身体好学习好工作好……"是毛主席的指示。这样他们也对这个权家店的第一座文化室做出了自己的贡献。

唱歌与建立文化室的成绩立竿见影。郑仿、钱文、费可犁的剧本创作也加紧进行。钱文是抱着死马也要当活马医的心情来一遍又一遍地与那二位一起讨论剧情并且拉草稿的。有时候他觉得自己应该尽最大的努力,让怎么写就怎么写,反正他不是负责人,他管那么多做什么?这样想的时候也就一切随它去。有时候他又实在想不通,明明不可能的事情自己为什么要跟着做呢?他这不是自欺欺人么?这不是不负责任么?他是在骗谁呢?

几次汇报演出都十分成功,不管歌唱得怎么样舞跳得怎么样,整个演出是掀起一个热浪紧接着一个热浪。农村青年与下放干部都是如醉如痴。在公社演出时公社给众演员招待了一顿猪肉萝卜馅白面包子;在区里演出时,招待了一顿大米饭就四个炒菜——炒猪肝、炖排骨、熬茄子与青椒炒豆腐。这也实在是惊天动地,至少是不比演出不惊天动地。

　　文化室的评比权家店获得了第一名,上面给权家店奖了一面大鼓,一个奖状。只是权二虎下令评比完了就给文化室锁上了一把大铁锁。五天以后,所有的文化用品被收到了木柜子里,农具又被请了回来。问到这件事的时候,权二虎气呼呼地破口大骂;原来是在农具放在外面棚子里的期间,从犁铧上的穿钉到马具上的后鞴绳丢失了好大一批物资。

　　没有哪个农民挂记文化室的事。昙花一现的文化室令下放干部而不是令农民有些依依不舍。下放干部们坚信,总有一天,乡乡村村都会活跃起文化室俱乐部来的。

　　剧本的事则在一次次努力之后,在一次次讨论、汇报、指示再指示、起草再起草之后终于自生自灭了。徐大进对此始终抱着遗憾的心情,他对这三个人不能理解与贯彻他的创作意图感到相当痛苦。他始终没有说"可以不搞了"的话。三个人中也没有谁说"那就算了吧"的话。甚至于在都已经明白是搞不下去了以后,三个人还熬了很长时间的夜,还装模作样地开了好几次会。在会上他们东一句西一句,说的事基本上与剧本无关,但是他们不睡觉。不睡觉就是完成了任务。每天谈到午夜十二点,大家才松了一口气,然后互相一笑。

第 十 二 章

乱乱哄哄也好，高高兴兴也好，精疲力尽也好，意气风发也好……他们始终有一个念头在心头徘徊，他们最关心的是这件事情，他们对谁也不说这件事情，人人又都明明知道没有人不想这件事情。他们常常欲言又止，欲问还休，互相打探消息，揣摩线索，试探口气，预测事态……他们说一千句别的话，表一千次别的态，其实未必动心，未必在意，未必相干。而有关这方面的一点点蛛丝马迹，定会让他们牵肠挂肚。

其实这件事再简单不过：我们什么时候能够休假呢？

原来说的是每两个月休假四天。本来按"存星期天"的方法计算，是应该一个月休息四天两个月至少休假八天的。修公路的商业系统职工虽然活儿苦，但一直是按时休假不打折扣的。唯独下放干部这边，把革命的积极性改造的积极性高度的政治觉悟偏偏表现在休假问题上：不但"自愿"少休假，而且视休假为不洁的恶习，为个人主义的异端，为不热爱党不热爱"大跃进"不热爱人民公社思想落后直至反动的具体表现。在到了两个月的休假期限以后，仍然若无其事地劳动着劳动着，改造着改造着。眼巴巴地看着时间一天又一天地过去了，心想着什么时候能回一趟家呢，然而大家都忌讳这个话题，没有谁说这个事。谁也不愿意显得是自己急不可耐要休假了；跃进这么热烈，改造这么紧张，你却老想休假的事！这该多么不好意思！一休假就要会老公老婆，就要行那男女之事，这也是没有人敢承认敢流露的。那样流露不就等于承认自己品格低下,至少是太无出息,不是一定会成为笑柄的吗？话是说不出口的,却又无法不想这件事；愈想就愈是不能说,愈不说就愈想。这也算是锻炼和改造的一个方面吧。

他们都曾经胸怀大志吞吐宇宙舒卷八方高瞻远瞩创造历史,他们都曾经视普通人的个人生活家庭生活为草芥并对一切私事羞于启齿。如今,不过是在离家百十华里的郊区劳动了两个多月,他们就这样地想家了,他们已经受不了了。虽然他们都假装是男子汉大丈夫,都能做到大禹治水的"三过家门而不入",虽然他们都希望自己做到但知有革命有跃进有改造有集体有意气风发斗志昂扬精神抖擞群情振奋舍生忘死勇往直前；而绝对地不知有其他……但是,他们不停地想着休假的事,想着回家、休息、吃一顿——比如红烧肉或者包饺子,还有啤酒,我的天呀,世界上居然还有一种能喝的东西叫做啤酒！在乡下的供销社里,你可以看到装在坛子里的散白酒,有时候也还有散装的乌红色的玫瑰酒与蓝绿色的青梅酒,高级一些的则有产自京郊密云的老牌"二锅头"酒,甚至这里还出现过一次天知道是怎么回事的四两（旧制）装小瓶金奖白兰地；但是这儿从来没有过啤酒。见过世面因而也见过啤酒的农民,在谈起他们对于啤酒的色、香、味、形体特别是泡沫的观感的时候,一致认为啤酒就是马尿,百分之百的就是马尿无疑。只有到了北京才有啤酒喝呀！什么是天堂呢？有啤酒,有花生豆,有一盘熏鱼,几片酱肘子肉,垂涎欲滴,长出一口气把它们吃下去,这不就是天堂吗？还有……

还有爱情,还有夫妻的恩爱,他们正年轻力壮,他们也是男人或者女人呀！还有孩子,还有对于你的关心和温情,还有父母,还有并没有把你完全当做阶级敌人看待的亲友,还有一张铺得厚厚的软软的床,还有广播,还有红绸舞曲与柴可夫斯基的钢琴小品《四季》,还有电影院,在长安街行驶的大一路与环行四路公共汽车,水果摊与卖菜的大姐的爽朗的笑声……这不就是天堂么？除此之外,哪里又还有什么天堂呢?

领导给他们讲话的时候曾经举过这样一个例子,说是一个下放干部在自己的笔记本上画了许多个圈,每过一天他就涂黑一个圈,他以为涂黑了六十个圈就会有休假,而涂够了比如五百或者六百个圈,他的下放生涯也就该结束了。他把下放看成了耗时间,凑日子,这是什么样的态度哟!领导对此加以嘲笑:怎么能把伟大的深受广大下放人员热爱和拥护的下放劳动看成度日如年的服刑一般?领导提出的口号是以(公)社为家,扎根农村,劳动一辈子改造一辈子!

在农村呆一辈子?真的?如果是真的,他们再也没有家了吗?他们的工资最后会取消吗?那就干脆把家搬来吧,也好。但又不像。如果不是真的,喊这样决绝和不近情理的口号又是吓唬谁呢?

钱文有时偷偷承认,他想其实所有的下放人员的心里都有一个笔记本子,所有的心里的本子上都画着一些圆圈,所有的圆圈都在一个又一个地被涂黑涂满,终于把这些众多的空洞的圆圈涂满涂光正是他们的愿望,正是他们的希望所在。如果没有这样的希望,他们在这里闹闹嚷嚷辛辛苦苦发疯发傻又是为了什么呢?

他们已经做了一车一车的傻事了。幸亏他们没有把心里头的本子与圆圈说出口来。他们才没有像那个呆子一样成为下放人员中的笑柄。

而成了笑柄以后,那个呆子大概就会面临更多更加画不完的圆圈啦。

涂满这么多的圆圈的前景也许还在遥远的未来。涂满六十个圆圈的希望却近在咫尺。涂满六十个圆圈就能休假回城回家的前景是太迷人太幸福了,幸福得钱文甚至不敢把这样的好事说出口来。好事多磨,好事是个娇嫩的东西,好事远远不如灾难执着皮实,无时不在无处不在。好事说没就没,坏事说来就来;钱文二十几岁的人已经有了这方面的深切体会。因此如果过早地泄露了好事情的天机,好事就会撞上煞星,就会被恶人恶鬼所伤害,好事就会流产。钱文二十几岁已经惯于相信恶言恶语而不相信好事了。

偶有闲暇,他想起可能快休假了的时候,他简直不能相信自己将会得到六十个圆圈以后的幸运。他愈是热望就愈是不敢去具体地设想那幸运的可能的细节,以免把幸运想"黄"了。幸福正像健康,只有在失去了以后才觉悟到它的可贵。幸福就像一件薄胎彩绘瓷瓶,惊人的美丽和脆弱,那么容易失手就把它打碎从而失去它。他其实已经把自己的最宝贵的瓷瓶失手打碎了,再也粘不上锔不上复原不了啦。现在有的是一个微小的和更加脆弱的瓷瓶,谁都有权力夺走或者打碎他的瓷瓶,他自己却无权无能保护它。从此对于这样的瓷瓶他不但再不敢随便去碰它,不敢漫不经心地去摸它拿它搁置它忽略它或者摆弄它炫耀它,甚至也不敢再随便去想它。一想起它来他大气也不敢出,他怕他吹碎了或者热化了它。他只能远远地回忆着它向往着它膜拜着它,他不再敢走近它了。

特别是叶东菊,他一想起来只觉得热从心来,泪流满面。一个天真的相信一切美好的言语和口号所以不会保护自己的女孩子,为了他和他的党,为了他曾经多次雄辩地与动情地在报告与团课里讲过的崭新的社会崭新的生活,献出了自己的一切。如今,她把一切都失去了。她本身就像一个失手打碎了的瓷瓶一样了。

钱文小时候常常喜欢叠纸船,洗脸盆里放上水,水上放一艘纸船,就像是航行到了大海上。可惜的是纸船都很容易浸湿,湿透了就失去了形状,终于沉到了"海"底。看到美丽的船儿好景不长,钱文常常被一种伤感的雾霾所浸润和笼罩。高小四年级的那年暑假,他精心叠了一只纸船,并且偷了一点家里的油对船纸进行了防水处理。在与几个同学去万寿山——那年月去一趟万寿山也是翻天覆地的大事——玩的时候他把它放到昆明湖水面上了。起了一阵风,他亲眼看到不湿不沉的美丽的小纸船随风迅速地航行,只一小会儿就消失了踪迹。这是他的"造船"生涯中最辉煌的一次记录,他和他的同学为之雀跃欢呼不已。筋疲力尽回到家里以后,钱文却为船儿的命运担起心来。它早已经被风吹翻了么？被浪打沉了么？漂流到什么地方去了呢？沉没在什么地方了呢？如果它沉没了,它就再没有可能被打捞上来,被晒干展平重新叠好,再获得一次航行的机会了么？如果它走远了,又有谁知道它的来历和制造它的人的忧虑呢？

叶东菊就是一只被时代叠好、被历史送到水里去的小船。而风——也许风是伟大的雄壮的与凛然的——永无停息的风呀,你要把东菊送到哪里去呢？

这样的想法使钱文泪从心头流泪在心头转。东菊只是一只小纸船。然而东菊承载着他,承载着他的狼狈和愁苦,也承载着他的丝毫并不脱俗的肉体和灵魂。有了这只纸船,他的身体和头脑才没有无边无际地沉落,沉落,沉落下去。只是一片纸船也罢,他有了依傍,有了栖息,有了一个呼吸温热怀抱柔软的家园；从万丈高楼上他被抛掷出来了,他在大虚空中坠落着坠落着,然而东菊抱起了他,他抱起了东菊,她是他的船,他是她的船,她是他的地面,他是她的地面。其实这个时候他只有对于她才真正有一些意义,也许是很大的意义；她对于他更成了生活的全部,愿望的全部；此外他是死是活又有什么关系呢？

啊,还有改造,不改造又怎么行呢？不改造是无法可想的呀！等到改造好了——什么叫改造好了呢？改造好了就是说他可以和东菊踏踏实实地过日子了,等到改造好了他们就抱在一起永远不分离了。不分离的那一天,那就算是改造好了噢哟！说实话,与其说是为这为那,不如说是为了东菊他才毫不犹豫地走改造之路的呀！

而现在他们必须接受分离的考验。他们也许只能算是近在咫尺,但是他们难以互相见面；他们也许会有机会见面,但是他们自己从不知道什么时候才能见面。这一切都不决定于他们自己。他们必须默默地愉快地接受命运的试炼,他们不应该有任何的埋怨。他们必须收起心中的所有情感,他们必须耐心地等待那个有形多半是无形的笔记本上的所有圆圈的涂满。他们应该镇静,他们应该感谢在这艰难的时刻他有了她而她有了他——不常在身边,还是在身边。

　　白天,正常情况下,钱文和同伴们谈的是改造和跃进。晚上,天黑了,睡下了,万籁俱寂了,便只剩下了东菊剩下了家。白天是只知有改造,回家的事休假的事谁也不说;晚上,改造的目的其实是为了回家,度过每一天的目的其实是为了等到休假那一个日子。当然最后还会有——大半是会有的吧——摘帽子的日子。

　　两个月到了,大家都觉得快休假了。脸上不由得显出了会心的笑容——偶尔也会流露出来,虽然这种流露都采取十分隐蔽的方式。郑仿有一次说:"我的牙太疼了,休假时候我一定要把它拔了。"费可犁说:"我的房东的咳嗽愈来愈厉害了,休假的时候我一定要给他买几瓶咳嗽药。"章婉婉说:"休假的时候我哪儿也不去,我要把我的思想总结再从头修改一遍,誊清一遍。"杜冲说:"我还要再去看看老领导,人家还是水平高呀……谈一谈开阔开阔呀!"如此这般,只为了拔牙、买药、写总结和找水平高的老领导谈话也罢(绝对不是为了回家更不是为了自己的老公老婆),他们还是欣然认定,该休假了。

　　两个月零五天以后是两个月零六天……七天八天九天十天……二十天二十五天三十天三十一天;也就是说已经三个月了,没有任何迹象要休假,连革命干部也纷纷议论起来,要求休假的舆论汹涌澎湃;结果被洪嘉板起面孔批评了一顿,说是世界上还有三分之二的人没有解放,说是苦战三年中国就会彻底改变面貌,说是我们不但正在过社会主义关而且是在过共产主义关,共产主义关过得去过不去就看是不是大公无私了,无数的先烈为了共产主义抛头颅洒热血家破人亡,我们晚休几天假又有什么了不起的?说得慷慨激昂。在少年宫工作过的腹腔共鸣很好的同志一边听一边磨唧说:"敢情你现在是光棍!"

　　犯错误的人不敢公开说什么,一副以社为家让进城也不进城的比革命干部还革命,极其积极忠顺的样子,实际却随着时间的逝去而焦躁了起来。他们的脸上显出了败类和敌人所特有的晦气而又憋气的表情,与广大人民的欢欣鼓舞气顺心安的表情构成了鲜明的对比。

在距上次进城看展览三个月零三天的初冬的一个大清早,杜冲早早地摸着黑起了床急急地跑出去了,过了好一会儿才回来,带着一身冷气重新钻到被子里。钱文依稀听到郑仿问了他一句话,该是问他是不是闹肚子了吧?不然这么早跑出去做什么呢?钱文这样估量而已,因为他自己并没有听真切。这时他听见了杜冲怒气冲冲的声音。杜冲说了一句粗话,他好像是说"干脆,把这些个人全骗了得了……"可能比骗字说得更加生动具体,有工具有动作有突出的多余器官还有——似乎有——声音和气味。钱文没有听清楚,但是钱文确实判断是那么一类猥亵而又血腥的笑话。这话使他一下子全身充了血,他好像受到了一根大棒的迎头一击,更像是被人一针扎到了自己也不敢打开来看一看的私处;耻辱、刺激、恶臭而又真实,令人一下子傻了眼。他不敢相信是杜冲说了这样的话。他更不敢相信是杜冲没有说这个话,那么这个话分明是他自己杜撰出来的——也就是说这种恶言恶语其实是出自他的思想。他怎么敢有这样的思想?

他簌簌地抖了起来。

不管杜冲说没说这样的话,反正大家心里似乎有了这话。不然怎么会是这样的呢?这天起床以后,一个个都垂头丧气起来,各自的眼光里流露着无奈的忧愁,竟似是果真被去了那话儿一般。

终于在一连劳动了三个月零六天即九十八天以后,李福宏首先传来了大家盼望已久的喜讯:他听那位曾经在少年宫教过唱歌的金嗓子批判家说,第二天将会休假——一次休五天。他面色绯红,眉飞色舞,压低声音,走漏了这绝密的风声。他说他这是冒着天知道的巨大危险,硬是不顾身家性命,为对得起哥们儿才通风报信来的。

人们不敢相信。他们已经失望得太多,他们简直不敢相信自己竟然有休息——回家的一天。李福宏再次冒险去问徐大进和苗二进,这就是组长的好处了——他们是可以预先知道是不是要休假的。徐大进与苗二进的原则性与修养令人无法不佩服。他们硬是守口如瓶,不置可否,面带微笑,无可奉告,外交风度,若无其事;严守了这里所可能有的最最重大的核心机密,为了不影响你的思想改造也不影响山区的"大跃进",就是不告诉你。只是在下了一天的工,喝完了作为晚饭的玉米面糁子粥加红薯,徐大进通知说:"晚七点咱们碰一个头。"他说这个话的时候脸上带着一种有点轻蔑又有点得意的高高在上的笑容,与素常他的那种认真至极厚实至极坚决至极苦大仇深的表情大不相同;这使人们不无惊奇。

于是大家明白了,他们盼望的那一个时刻到来了!

而且大家到这个时候才意识到:今天是星期六! 星期六云云,对于他们终于是有意义的了。

这简直不可思议,简直像是一个魔法,像是一个奇迹;更像是一个游戏,像是人人都参加演出的一部内容贫乏设计拙劣情节生硬乃至虚假造作的小儿科话剧。他们演得像是被牵线的木偶,说悲就全悲,说喜就一、二、三、在一瞬间全部露出了笑容喜气。他们自己确实感到不好意思,随着大进的这一声简单至极的宣布,一下子每个人从沉闷晦气的状态中陡地生动活泼起来了。他们像是被吹了一口起死回生的仙气。他们极力压制自己的快乐,他们不愿意流露真情,真情总是比表演危险得多。他们认为自己应该显现出一种不愿意休假只愿意劳动改造一听说休假未免感到意外感到遗憾感到对权家店和大雁岭依依不舍诚挚而又沉重的表情。他们应该听到休假就惭愧难过茫然困惑无地自容低头不语唉声叹气捏衣角搔头皮搓手搓脚。只有听到不休假才生龙活虎干劲冲天黄忠武松罗成穆桂英一般好生了得。从理论上他们应该是这样的表情;从利害上他们也显然需要这种笃定属于"上游"特征的表现;但是他们硬是表现不出来,表演不出来。一听徐大进关于休假的宣布,他们硬是一个个嘴角上翘,眼珠灵动,动作轻快,喜气四溢,活像是一群没有一点出息没有一点希望天真烂漫、智力发育不全的傻孩子。费了那么大牛劲说了那么多狠话大话要死要活地改过来造过去,无非要图个改造得积极的好影响好印象。谁想得到一说休假全都露了显然只能是"下游"特点的馅儿了呢。

终于等到了这一刻！公社化呀,玉米地里追油呀,深翻地呀,上山植树呀,早战午战夜战呀,批判呀检讨呀罪该万死呀歌唱呀感动呀幸福呀惭愧呀闹了一个六够,终于通向简简单单的一件小事——大事:明天我们休息回家。

徐大进与苗二进没有忘记在这个关头进行思想教育。休假不忘农村,休假不忘改造,他们提出了这样美好的口号。要利用休假时间定出今冬明春的改造规划。要利用休假时间向原单位的领导汇报思想。要利用休假时间学习中央文件与毛主席的一系列文章。要利用休假时间思考建设新农村的合理化建议,建议要把革命性与科学性相结合,要高瞻远瞩而又切实可行。一共休假五天,第三天上全体集合一次各自汇报自己完成"家庭作业"的情况……挖空心思,如此这般。按他们的布置,这次休假干脆还不如不休假轻松。一个个不由得皱起了眉头。皱完了眉头仍然止不住自己的喜气。他们是太高兴了,无论大进二进怎么样想法子折腾大家不让大家休息踏实了,大家仍然抑制不住自己的快乐。他们的快乐的火焰已经无法用大进和二进的冷水来扑灭了。

于是一切加速运转,明天快快到来。欢乐得令人昏迷。昏迷的欢乐更美丽。唱着"姐呀儿,花园中,绣啊丝绒"整理行装,毕竟也积攒了二十个鲜核桃三十颗红枣一斤玉米糁子还有几根红薯,可以带给北京的亲人一尝。吟诵着"虎踞龙盘今胜昔,天翻地覆慨而慷"擦洗身体和换衣,倒像是他们通过走向休假体会到了毛泽东主席指挥革命战争决战的伟大喜悦与胜利豪情。睡下了还在不停地兴奋地翻过来掉过去,活像已经与守着空房的右派妻子或者丈夫合了欢。今夜的公鸡也分外精神,才午夜就打开了鸣,把下放干部们特别是右派们全叫醒了。

当然,还是凌晨三点出发,步行山路三十多华里。这次的出发又与过去不同,他们增加了新节目。不知道是谁定下来的高招,说是离村以前先要互相搜身。

一个星期以前,洪嘉丢了手表。下放干部的队长居然把表丢了,这也是惊天动地的事件。她说是一天晚上她出去开会,忘记了把表带走,把表落在住室的炕上了,等重要的会议开完,她回到"家",一看,表没有了。她问房东,房东当然不知道是怎么回事。这个表当然不会是工人阶级的最亲密的同盟军农民弟兄们偷的,也不可能是革命干部当中有谁偷的。什么人最有嫌疑呢?按照阶级斗争的常识,理所当然的只能是右派了。

人们为之骚动起来,特别是章婉婉有点为之痛不欲生。她首先要求对自己进行搜查,她激动地说,如果是某一个右派偷了表,"又是右派又是贼",那怎么得了!仅仅是这种对于可能性的预测已经使她捶胸顿足了——她的激动活像是她抓住了贼的手,或者是大家怀疑是她偷了表她需要表明心迹。没有人接受她的对自己进行搜查的要求,她进一步建议干脆搜查全体右派,她要求对这个偷表的右派——不知道是谁——进行坚决的镇压。她甚至于颇有些兴高采烈地说:"咱们都搜一搜,免得人人都有嫌疑,费一点事大伙求得一个安心,这是多么好的办法呀!"这个建议也没有被接受。这个建议的没有付诸实行,使人们且喜且疑。喜的是他们感到自己是受到了尊重,疑的是他们觉得自己没有洗清偷表的嫌疑。他们在这里已经习惯于认定一切坏事都与自己有关联了。他们硬是摆脱不了丢表事件的干系。是不是我偷了表了呢?他们不能不想。虽然他们明知道自己没有偷,但是他们习惯于怀疑自己而不是怀疑别人。他们习惯于说"让我好好想想",而绝对不习惯于态度恶劣地断然说什么"不!"

这样,终于在他们得到了休假的允准的同时,也得到了互相搜查的命令——他们没有问也不想问这命令是谁下的。果然这法子合情合理,简易鲜明,与人方便,与己方便,何乐而不为?与其背着偷表的嫌疑而休假,还不如大家互相搜一搜呢。于是愉快地互相搜了起来,一边搜还一边开玩笑:"你他妈的可别把手表藏在屁股眼儿里!"

徐大进提醒人们不要拿这等严肃的事情开玩笑,徐大进提醒大家,一块表的问题,实际上不是一块表的问题而是社会主义革命进一步深化的情况下的一个阶级斗争的大问题。于是大家敛容,认真地互相搜查。一严肃就有那么一点悲凉了。

章婉婉却为那句玩笑话吃了心。她主动要求来一个女干部搜查她的内衣内裤与私处。大家说这么早怎么可以去叫醒谁呢?于是她表示,不经过彻底的搜查她宁可放弃休假。

于是人声鼎沸,大家都急了,这是什么时候,还在为章婉婉的洗刷嫌疑而耽误别人的时间!耽误了火车就要晚回去一天!大进还绷着,二进却也着了急,他也顾不了那么多了,他说他一定要尽快见到积极争取入党的妻子汇报自己的思想。于是他下令把章婉婉留下,交给洪嘉去处理,他们先出发了。

于是有了进一步的悲凉。

然而毕竟是开始休假了。与开始休假的事实相比较,徒然的悲凉显得无所谓。即使被混搜了一通也罢,反正搜完了就让回家了嘛!在旧社会,哪个工人农民没被资产阶级地主阶级搜过身呢?而今天他们是自觉自动自愿高高兴兴地互相搜查而搜查的目的是为了洗清嫌疑皆大欢喜;这是何等好呀! 这么一想,也就心平气和了。再说地主阶级资产阶级搜查劳动人民搜查了几千年也没有人吭气,那么他们作为资产阶级的反动分子,难道就不应该为资产阶级地主阶级还债吗?

即将回家的欣喜已经攫住了他们,别说搜兜,搜光腚也无法使他们不感到欣慰与感激。从迈第一步钱文就不停地在心里重复:"白日放歌须纵酒,青春做伴好还乡……"想停止也停不下来。他正在分享杜甫为"安史之乱"终于平定而感到的快乐。郑仿在朗诵着一首苏联的诗:"亲爱的不要紧,就让那白发霜生在两鬓,这是战争给我们洒下的白盐粉……"也是没有办法,他不是上尼古拉耶娃就是上苏尔科夫,虽然愈来愈不合时宜。李福宏唱起了京戏《大登殿》,嘴里带着锣鼓点哐哐咋咋以菜以才,他感受到的是叫花子当了皇帝,三宫六院七十二嫔妃……干脆没了谱了。而杜冲兴高采烈地给大家讲改诗的故事:"久旱逢甘雨,他乡遇故知,洞房花烛夜,金榜题名时。"这本来是人生极乐的四大幸事,偏偏遇到一位先生要给这首诗"进补"(吃补药),于是杜冲喊道:"十年久旱逢甘雨,万里他乡遇故知,和尚洞房花烛夜……"没等他说完大家已经笑成一团,"和尚洞房花烛夜……"真是精彩绝伦了啊!真是达到顶峰了啊!大家重复着这言简意赅趣味无穷而又惨烈悖谬哀不忍闻的比拟,似哭似笑地闹个不住,他们高兴得要发疯了,到这时候大进二进再说什么也没有一点用处了。寂静的山坡与山谷都跟着沸腾起来了。

人生如牛负重,如马衔环,又能有几次这样的放肆和欢欣?

徐大进终于也笑了。

而等到回到家去以后呢?在吃了一点酒肉,说了一些互相关心其实又互相隔膜的话(就像一个经历了交通事故的幸存人,喋喋不休地诉说自己的奇遇或者险遇,即使说得再动人,事过境迁,已经无法传达当时的心情,无法取得共鸣、同情或者回应;倒更像是在说旁人的不相干的事),甚至于在与妻子(丈夫)睡过了以后,"和尚洞房花烛夜"的兴奋顿然消失,"一家一本难念的经"的现实也许使他们产生"还不如不回家呢"之叹。做爱以后,杜冲遭遇到了老婆仇素芬的严重抱怨,他老婆说是再也不能容忍她的小姑子的是是非非了。在杜冲不在的时候,小姑子杜玫动不动就跑到他们家来"侦察",贼眉鼠眼,东张西望,鬼鬼祟祟,盘问查核,没完没了。先是她来了一回,走了之后发现是家里丢了一条白裙子。最近一次,她又来过,她走以后发现是家里丢了她叔叔送给他们的一盒龙井茶叶,还丢了好几封新来的信。"我忍无可忍了,我问她把东西拿到哪里去了,她撒泼用最难听的话骂我……她说我'不要脸',我长这么大,我爹妈也没有骂过我不要脸呀!"

杜冲如堕五里雾中。他本来在十六岁时在老家娶过一个妻子,解放以后回家一趟好不容易与这个比他大四岁的妻子离了婚。妻子离婚不离家,仍然生活在他们家里,与杜冲的父母相处十分融洽;杜冲的父母与妹妹似乎宁愿承认她是他们的儿媳或者嫂子,不管她还是不是杜冲的妻子。一九五〇年,杜冲与本机关一个刚参加工作的打字员仇素芬结了婚。一个女人而姓仇,字面上立刻叫人想到仇恨,而仇作为姓读 qiú,不可能不令人想到"屎";这些问题都令杜冲颇伤脑筋。杜冲的妹妹杜玫,更是坚决反对她哥哥为她讨一个又姓仇恨又姓河南人口中的那话儿的女人做嫂子。她喜欢她的老嫂子,老嫂子才有老传统,而老传统总是像老牌子老字号一样令人眷眷依依难割难舍。在家乡的时候老嫂子做了饭总是亲手端给她,而且从来不让她洗碗。仇素芬戴一副黑框眼镜,女人还戴什么眼镜,而且眼镜居然是黑框,这也使杜玫如芒刺在背,常起无名怒火。她对这场婚事说了许多反对的话;但是杜冲毕竟是一个讲求实际的人,他回味与设想"啃一口"的刺激性与激动性大大地超过了推敲对方姓名的语音学热情。万事只要不推敲也就不会有心理负担。他与仇素芬结了婚,啃得很过瘾,比老传统有味道多了。回味之余,想到妻子竟然姓 qiú,他甚至于觉得"啃"起来更有劲道了。这使他得罪了妹妹。

　　杜冲的妹妹本来在农村上学,上到高小,一九四九年以后,哥哥帮助她来到北京去革命大学学习了一个月零四天,在学习期间她光荣地参加了中国共产党,从此她成了一个能说会道朴实而又不乏内在机巧的革命干部。哥哥二次结婚以后,她由于对嫂子不喜欢,本来已经很少与杜冲他们来往。在哥哥划成右派以后,她忽然表现出来了极其浓郁的火热的手足之情,她带着猪头肉与羊蹄以及白干酒一次又一次地来看哥哥,安慰起哥哥来声泪俱下。从这里又发出了老传统的芬芳,迷人动人不已。她的潜台词很可能是这时候嫂子是靠不住的了,这时候正是妹子派用场的时候。杜冲与仇素芬没有听懂她的潜台词。当时杜冲也还有仇素芬正需要人的同情、慰问与商量,在号召与右派分子划清界限的关头,妹妹能不顾个人的利害伸出援助之手,只能使他们夫妻感到温暖。家贫出孝子,国乱显忠臣,同样的逻辑也适用于评价兄弟姊妹。于是,经过阶级斗争的考验,他们夫妇与杜玫的来往又热乎起来了。

如今,这是怎么了呢?杜冲愈听愈糊涂。她知道妹妹是一个任性并且有点头脑简单的人。但是妻子说的似乎是妹妹偷了他们家的东西,这太过分了。他的妹妹可能有千条万条毛病千种万种不懂事,但是他可以保证,他的妹妹不是贼,不会偷他们的东西。兔子不吃窝边草,妹妹即使是贼也不会偷他们家的东西。于是他说了这个意思的话,劝慰妻子说:"不必跟她小孩子一般见识。丢了的东西也可以再找一找嘛,一般地说,她偷咱们家东西的可能性不大。别的事我会批评她,她从小任性惯了,倒也不至于对我们有什么特别坏的心思。"

如此这般,他觉得他说得很委婉也很温和。他一边说一边打哈欠,即使是真正的和尚的"洞房花烛夜",也该偃旗息鼓,一宿无话了。他这样想着便失去了知觉。

"这样说话纯粹是混蛋!"似乎是自遥远的天边传来了恶狠狠的骂声。"是混蛋,是混蛋,混蛋混蛋混蛋,蛋……蛋……蛋……"他自己的脑子里似乎是在重复着与回应着,他似乎谛听着高山与峡谷的回声。他有一种温情和喜悦浮上了心头。

"你怎么连一句人话都不会说?照你说的是我栽了人家杜玫的赃了!我为什么心会这么坏要污蔑人家杜玫?人家没有坏的心思?我有!我的心思最坏!我是世界上最坏的了!"

在仇素芬的咒骂与哭泣中,杜冲徐徐醒来。他忽然觉得与自己的家是这样陌生,与仇素芬是这样陌生,与北京是这样陌生。这里究竟有我的什么事情呢?在杜玫与仇素芬的冲突之中,他甚至于觉得自己成了陌生人。

她为什么这样凶恶?她为什么会这样与我说话?早先,她不过是一个新参加工作的打字员而已,即使在婚后,她对于我还是很恭敬的嘛。现在怎么成了凶神恶煞了呢?如此这般,如此这般,这只能有一个解释:因为我现在成了右派!连你也来欺负起我来了!天啊!真是蛟龙失水遭鱼噬,虎落平原被犬欺!欢迎欢迎,你们有本事就都来欺负我吧!你们就都来骑着我的脖子拉屎吧。他缩一缩脖子,喘着粗气紧紧闭上了双眼。他下定决心,要采取死猪政策,打不还手,骂不还口,睡觉要紧,天明了再说,赫鲁晓夫同志不是爱讲这个俄罗斯俚语嘛:"人们在早晨往往比在晚上更聪明。"和一个姓屎的女人,睡完了,还有什么聪明话好说吗?

他的沉默使仇素芬更加恼火。她继续数落道:"没有特别坏的意思,说得真好听呀!我说她有什么特别坏的意思了吗?我说她要杀人了吗?我说她要放火了吗?我说她偷汉子了吗?她偷了我的东西当然不算特别坏啦!你们家的人就这么个德行嘛!姓杜的就是这个样子的嘛!她侵犯我又有什么特别坏的呢?"

"好了好了……"杜冲劝慰着。

"你敢情好了。人家等着你回家等了那么多日子,什么时候回来人家也不知道。你敢情想回来就回来了。愈盼你回来你愈不回来。我受了欺负不跟你说又跟谁说去?好容易你回来了。你拿我当人了吗?回来先吃,吃完了就把我'那样',拨拉过来再拨拉过去,你算是完了事儿了,你睡得跟死猪一样,你睡得跟旁边没有我这个人一样。我等你这几个月不是白等了吗?我是怎么过的你连问都不问。我不是人。我不是你老婆。我只是你家里养的一个猫!养个猫几天不见还要胡噜胡噜毛呢!"

仇素芬伤心地呜呜地痛哭起来。

杜冲一阵清醒一阵瞌睡,一阵起火一阵无可奈何,一阵想大喊大叫一阵只想息事宁人。听到最后他又心疼起素芬来了。他打着哈欠伸出自己的胳臂,用疲倦的手掌去摩挲素芬的脊背。他确实是抱着胡噜胡噜猫毛的柔软心情。谁想得到他的手一接触素芬的脊背,素芬一阵痉挛,像是被蛇蝎咬了一般,立即躲开老远,并且缩成了一团。她哭得更加伤心了。

"别号丧了!"杜冲的大叫使自己吓了一跳。怎么他想的是温存,叫出来的却是镇吓呢?他怎么会叫起来了呢?他怎么也会像发了疯一样呢?裤裆里放屁两下里走,他的所想与所为怎么会是完全脱节了呢?

我病了。这样一想,杜冲更加烦躁起来了。

"你叫什么?你要杀人吗?"被他的大声喊叫激怒了的仇素芬回敬道。

"你混蛋!你姓仇的才是大混蛋!你还嫌我倒霉倒得不够吗?你还嫌我死得不快吗?就算她杜玫杀了人,你找公安局去呀,你上法院呀,你让警察枪毙她去呀!你揪着我纠缠个什么?你觉得我心烦的事太少了是不是?你有本事为什么不去跟杜玫去算账呢?有刀动刀,有剪子动剪子,我也没有拦着你嘛!你怎么就不能放我睡一觉呢?我被批判被处分每天熬鹰认罪糌大地掏大粪,就这样党也是让我睡觉的呀!你比党厉害多了!你今儿晚上到底要我干什么呢?"

杜冲有点一不做二不休的劲儿了。

"我要你干什么?你自己照照镜子!你看看你那个要吃人的样儿!你一口把我吞下去好了!你对我真是刻骨仇恨呀!你才要吃了我呢!你……我算是瞎了眼了呀!"

"你当然是瞎了眼了。没有我你能评上行政十九级吗?一个打字员,放到别处,能评上二十二级就不错!还不是看我的面子!现在我是不行了!我还有什么用呢?朱买臣马前泼水的故事你不是也知道吗?你不就是逼着我写休书吗?你再找一个去嘛!换一个姓赵的姓王的姓刘的大左派,你也跟着威风威风嘛!"

"这可是你说的话!你把这话都写出来!反悔就不是人生父母养的!你也太反动啦!划你个右派可真不冤呀!太英明了!太伟大了!你就是反党反社会主义的臭右派呀!"

"我是右派,那你就是漏网右派!王八蛋!"

……然后是大打出手。乒,一个耳光。嘶啦,衣服扯了。又抓又咬又踢又撞。多么丑恶,多么腐朽。我们确实不是人,我们只是野兽,牲口罢了。

大打出手以后是赔不是,是做尽了的人间检讨,比给党做的检讨还细致深入。然后是几个月存下的泪水的流呀流呀流,然后杜冲开始自己打自己,足足打了半个小时,最后仇素芬突然一把抱住了他。……第二天疲惫不堪。杜冲甚至于想,即使是天天受同志们批判也比受老婆批判好。他利用素芬去上班的机会去找自己的妹妹。杜玫的样子也是一脸的紧张肃杀,如临大敌。杜玫说:"我气不过。哥哥对嫂子是这样好。哥哥这才下乡几天,她和一个姓仇的男人在家里吃葱花油饼,还有拌豆腐,正好让我撞上了。哥哥,她对不起你,她人头太次,她没有良心。想让我像对待原来的嫂嫂那样对待她吗?我一生气,就把那个臭男人送给她的东西拿走了,我把它们扔到垃圾堆里去了!"

"什么东西?"

"你问东西干什么?你不问那个人,不问那是个什么东西闯到你家里来……"

"姓仇?那是她叔叔呀!过去我也是见过的呀!"

"叔叔?叔叔就更不应该!叔叔不守着她婶子,跑到侄女儿这里做什么来?他不知道你不在家吗?他安的什么心?"

妹妹的脸色由白而青。杜冲无法与妹妹的悲愤共鸣。妹妹看出了自己一心一意为了哥哥而采取的非常行动并没有得到哥哥的认可与赞许,妹妹更是悲愤欲绝。接着扔进垃圾堆的东西的清单出现了不同的版本。依仇素芬的说法是:白色裙子一条,龙井茶叶一盒,数封信件,被杜玫偷走了。按杜玫的说法她采取非常行动的对象则只是一条姓仇的狗东西——姓仇的已经从臭男人变成了狗东西了,究竟是不是姓仇,也是问不清的。——送的花裙子。杜冲叫苦不迭:如果是白裙子,那是一年前他还欣欣向荣形势大好的时候他给自己的老婆买的呀!如果是花裙子,确实,一个当叔叔的,在"侄女婿"这种处境下,给侄女儿送花裙子做什么?再说大形势也不对呀!现在正是号召革命化无产阶级化艰苦奋斗勤俭建国苦干加巧干超英赶美的时候,这个时候穿花裙子干什么?叔叔会做出这样的糊涂事么?老婆会接受这种不合时宜不得体的礼物么?妹妹会不看清颜色就采取断然行动么?还有龙井茶叶呢,信呢?老婆说的是叔叔的信,妹妹说的是花裙子,怎么走到两岔里去了呢?他尽量委婉地问妹妹关于龙井茶与信件的下落,妹妹听后勃然大怒:"胡说!扯谎!骗人!放屁!是嫂嫂做了见不得人的事,把柄落到我手里了,她要遮羞脸,编出来一个龙井茶!去她不要脸的龙井茶!没羞没臊的龙井茶!还有信?这就更有问题了。谁的信?是哥哥的信么?我偷我哥哥的信做什么?是别人的信么?叔叔?我就不知道她有个叔叔,我拿他的信做什么?是不是姓仇的那个大流氓给她写了信,一块吃完葱花饼和拌豆腐难道还不够,还要写信来吗?"

"走,咱们一块去,我要找她这个不要脸的当面对证!让她坦白坦白,到底有多少野男人给她写了信!信上都写了些什么!"妹妹愈说愈来了情绪。

便成了扯不清的糊涂账,成了永远的解不开的谜……这实在比国际政治历史上的许多空白点还要神秘而且离奇。即使在许久许久以后,那时候杜冲已经与仇素芬离婚多年,他们俩各自结婚已经多年,他俩之间已经早就没有了恩恩怨怨;那时候杜玫也早已经当了高级领导干部,她谈话的内容已经离不开省委书记以上干部特别是政治局班子的组合、变迁与沉浮,她早已就对哥哥的婚姻失去了过问的兴趣,如果谈到什么家庭琐事男女秘闻,也只限于谈论级别比她更高的干部——对于他们的家事她也早已经见怪不怪了。即使到了那个时候,杜冲仍然弄不清,是叔叔还是姐夫,是花裙子还是白裙子?是除了裙子别无他物还是另有龙井茶叶和信?什么信?谁给谁的信?

两个人都言之凿凿,斩钉截铁。两个人都不可能颠倒黑白,无中生有,讹诈欺骗。两个人即使相互印象不佳也还不至于故意编造瞎话陷害别人——而且这种瞎话又能有什么意义呢?两个人都是他的亲人,即使后来他与仇素芬离了婚,他也不相信素芬会在当年与她的叔叔有什么瓜葛或者当年仇素芬会编瞎话陷害他妹妹,正像他不相信妹妹会编瞎话陷害嫂子……她们俩何仇何怨,以至于斯?她们两个人都论证是自己对他杜冲好而另一个人不好,那么,她们俩又能有什么动机要骗他呢?人生,历史,亲情,两口子之间的鸡毛蒜皮的无聊琐事,竟是与例如托洛茨基与肯尼迪的被刺,孙立人的"谋反"与林彪的出逃,斯大林的妻子之死与卢森堡间谍案一样的充满了疑点黑洞;从生到死,谁能清楚,谁能明晰呢?谁又有权利动不动谴责别人故意隐瞒了事实呢?

钱文碰到的则是另外的麻烦。在权家店,钱文曾经收到东菊的信,说是她由于寂寞,已经搬到自己的母亲那里去了。当然,她也时不时地回到他们自己的家,她特别愿意在与母亲共同生活一段以后回去自己清静清静。"一回到我们这个小破屋,我就像是听到了你的声音,看到了你的身影,我常常想起我们在这间屋里度过的日日夜夜……我想起我给你做你爱吃的糖拌西红柿,你吃得津津有味的情景……都是我不好,一回到咱们自己的家来我就后悔,你总共回来那么短时间,我究竟是要让你做什么呢?我是要让你休息得好精神愉快身体健康呢,还是要折磨你麻烦你挤对你让你不愉快上加不愉快呢?我真是对不起你也对不起自己呀!我真是世界上最傻最不好的人啊!你说,我为什么到时候自己也不知道为了什么就跟你其实也是跟自己过不去呢?"

读信读到这里,钱文就会热泪盈眶起来。一边流泪他一边躲藏,他总觉得身后有一双比如章婉婉的眼睛。他知道自己没有权利收到这样有感情的信。他不知道把这封信藏到什么地方才好。他甚至不敢及时回信,他到邮局发信发得太勤,他感到了邮局局长的异样的眼光,他毕竟因为与东菊来往信件太多而受到过章婉婉的批评……世上又有什么事可以掉以轻心呢?不敢大意,实是不敢大意呀!

他拖了一个星期给东菊回信说:"……再也不要说什么你是世界上最不好的人了。听了这样的话我真觉得活不下去了。我惦记你,你将怎么样度过每一天呢?这里有山有石头有许多树,这里能听到牛的声音马的声音羊的声音流水的声音秋虫的声音老乡们的声音同志们的声音,但是我听不到你的声音。冬天到了,你还像过去那样怕风么?你怕风的时候怎么样安慰自己呢?你再也不要说自己是世界上最不好的人最傻的人了。如果你是最不好的人,那我是什么呢?我给你带来了多少苦恼和耻辱呀!但是请你相信,我们会好起来的。不会太久的,一定有那么一天,所有的耻辱都会成为过去,所有的沉重的记忆都会成为欣慰的一笑。我们会重新团聚一处共享人生的幸福……"

东菊回信说:"再也不要说什么耻辱不耻辱了。我们没有什么对不起别人的,也没有什么对不起自己的。我们只是太善良了罢了。我们只是太相信了罢了。跟你在一起就是快乐,跟你在一块就是光荣,跟你在一块就是幸福。我才不管别的呢……"

感动之余钱文更急着把东菊的信藏起来。"灵魂里保留着一个小资产阶级的王国",钱文默默地背诵着毛主席在《在延安文艺座谈会上的讲话》里所作的著名论断。他是多么的惭愧呀!他的改造是多么的不彻底呀!他是不是愈来愈退步了呢?他为什么不能够把自己与东菊的通信公开出来呢?少奇同志在《论共产党员的修养》当中不是说要"无事不可对人谈"吗?改造当中不是说要把自己的一切都摊到阳光底下来晾一晾晒一晒吗?曲风明同志不是说……

他不安。

对于东菊的搬回她的母亲那里,他很赞成。说起住家来他也只能叹息。结婚的时候他们从机关要了一间房子,方方正正,四白落地;与他原来与母亲合住过的破房子相比,已经是天上地下之别了。

他曾经想把母亲也接到机关来住,他认为他们住那个破烂院子的纸顶棚、闹耗子、糊窗户纸、透风漏雨掉土、蚊蝇土鳖俱全的屋子的历史早就该结束了;那样的破房子只能是属于没有前途没有希望的旧社会,那样的破房子早已经应该是随着旧社会而被埋葬了。他的母亲坚决不肯放弃旧房子,经过解放初期参加工作的兴奋以后,她似乎很快就平静和实际起来了。她说住在机关里,上班是这些人,下班了,还是这些人,她觉得不方便。她说谁家没有点自己的杂七杂八的事呢?谁家没有点想避开人的事呢?她说说不定什么时候这间破房子仍然是有用的。到那个时候找一间哪怕是很破很破的房子也不是一件容易的事。"我一个人住着方便。"她含意不明地说。

当时钱文不懂得妈妈的用心。他觉得妈妈忽然变得非常的守旧了,他隐隐地觉察到妈妈的话里包含着一种对于他和东菊的不信任心理,一种被他的父亲厌恶地称为"性恶论"的狡诈的东西。他感到了沮丧。

这难道是老人的预感?一个文化很低的老太太,一个被自己的丈夫视为"劣根性"的代表的无知的妇人,为什么会想到这一步的呢?她在一九五七年的新年第二天突然患脑溢血去世。想到了母亲生前的一再坚持,钱文才没有急着把房子交给区房地产管理局。紧接着就是一九五七年春天的鸣放与夏天的政治风云。幸亏有这间破房子,在一整天的沸腾斗争火热批判深刻分析翻天覆地以后,他还可以游离躲避那么几个小时,可以放心地喝一杯茶,可以喘一口气,可以乍定惊魂,想一想到底怎么样才能把这一关过去。而如果没有这一间旧社会留下来的房子,他以及东菊说不定就要一天二十四小时生活在革命批判的枪林弹雨爆破轰炸之中,他的神经将要无时不绷得紧紧的,他的面容将无时不闷得灰灰的,他的声音将无时不压得低低的,他甚至连一顿炒肉片或者摊鸡蛋也不敢大大方方地吃——一个阶级敌人有什么资格吃目前许多劳动人民还吃不上的高级营养食品?那样的话,他还有活路吗?一天二十四小时的高温高压,他能够不蒸熟烤烂变为脱骨扒鸡吗？然后接踵而来的是东菊的事情。如果一天价在机关，东菊的精神还能够恢复正常吗？

他感谢这间小破屋，感谢母亲的预见。感谢毕竟还有这么一个小小的落后和陈旧的角落，没有完全沸腾起来。在批斗的空隙，他在这里睡过觉，吃过木樨肉，喝过散装白酒，与东菊一次又一次地互相安慰和彼此开导。他们就是在这间小破屋经风经浪，完好地活了下来。当然即使在这个避风港，钱文也是小心翼翼的。他不准东菊高声说话，他为自己在梦中大声哭泣而惊慌万分，他生怕自己与东菊有什么"问题"被街道组长汇报上去。他再不能罪上加罪了哟！

在他下乡以后，他又为东菊在这间小破屋的孤独而担忧起来。他也说不明白，为什么一对曾经是叱咤风云的革命积极分子的有为青年，其中一个被揪出来以后，立刻变得这样软弱娇嫩不堪一击。他无法想象东菊一个人会怎么样在那间破屋子里生活。一个人吃饭又能尝到什么滋味？一个人睡觉又怎么样去对付那些风声雨声鸟声虫声呢？所有这些问题他都控制着自己不去想它，一旦想起来他就无法再在权家店有声有色地改造下去了。

后来传来东菊找到了临时工作在小学里代课，一个月挣三十六块钱的好消息。后来又传来东菊搬回她的母亲那里的消息。他的这位岳母就是当年国民党大特务的小老婆。钱文几次与她见过面，她没有什么文化，人很精明，身材娇小，眼珠灵活，喜欢上上下下地打量人。这最后一点使钱文不太舒服。解放以后，钟（她姓钟）伯母也参加过各种政治学习，也接受了不少革命道理。她曾经在学习会上发言，把她的做大特务的小老婆作为旧社会压迫妇女的一个铁证来控诉。她曾经与东菊多次商议，她希望能改嫁给一个有一定地位的革命干部，彻底改变自己的政治地位与政治身份。东菊说不出什么，但不知为什么她一听这话就觉得有些不好意思，始终没有痛痛快快地说一声好。钟伯母也就一直没有实现自己的计划。只是在钱文一九五七年"出了事情"以后，钟伯母在一九五八年四月与一位商业局的孙科长结了婚。孙科长其实外表还可以,只是他一嘴的大黄牙使叶东菊退避三舍,叶东菊实在无法接受这样一个看样子是一辈子没有刷过牙的后爸爸。

在"大跃进"年代,一些领导干部喜欢说一句话叫做"形势比人强"。钱文想的则是"生活比人强"。什么愿望呀脾气呀情感呀尊严呀志趣呀这些属于人的东西,在形势的发展或者生活的需要面前,其实算不了什么。胳臂是扭不过大腿去的;人是扭不过生活的。这不是,东菊不也终于搬回到钟伯母家——也就是孙科长家里去了吗?

钱文给东菊写信说,他太赞成东菊的安排了。这样他就放了心了。同时他提出,他休假的时候他希望东菊还是搬回他们自己的小破屋里去,这样他们会方便得多。可是究竟什么时候休假呢?他就说不上来了。

二人同心,东菊来信说早在十月二十日起,也就是距上次进城看《苦难的历程》才只有两个月,东菊就搬回自己的破屋子了,她将在这边每天每夜等待钱文的归来。钱文在这边等的时候,也就是东菊在那边等的时候。钱文与东菊等的都是休假,同时也都是对方的苦等的结束,一想到东菊正在苦等,钱文便更加不安起来。但是他没有任何办法可想。他同时又为这个东菊的等待而熨帖甚至骄傲。她等着我呢,他不出声地对自己说。

等到真正休假那一天,经过起早、搜身、长途步行和火车汽车,他回到家的时候,却找不到叶东菊了。他回到自己的破屋,没有什么迹象能够说明东菊今天会到哪里去。他找东菊留下的字条,他认为东菊总是该猜想到他是可能今天休息因而会给他留下字条的。没有找着。他想到了去东菊所在的小学里去找一找,这才想起来今天是星期天。不,她不会在学校里。这么说是到她继父家里去了。她信上说过将日夜在小破屋里等他,但是没有明确这是否包括星期天,更不能排除她星期天去继父与母亲处呆那么几小时。继父的家在西北郊而他自己的家是在东南角。双方都没有电话。他先试图通过公用电话与对方的公用电话联系。他找到了自己家附近一个油盐店代管的公用电话。在他之前正有一个人讲着话,另外还有一个人在排队等候。讲话的人的废话之多使钱文想有朝一日得了手他一定要想办法割掉他的五分之四的舌头。好不容易这位说完了,排队在先的人拿起电话就拨,怎么拨也拨不通。同时他决不放弃他的先打电话的权利,绝对不肯把电话拿给钱文先用。后来他好像拨通了,然而通的只是总机,他要的分机仍然不通。他仍然不肯罢休,一次又一次地要这个总机号,并要求总机给他接他所要的分机。最后那个总机接线员大概嫌烦了,要他等一会儿再打,他和那位总机接线员吵了起来:你是什么态度?你管我是什么单位的呢?我就是要告你!我看你就是有问题。吵哇吵哇,仍然不放下电话机。钱文恨不得给他跪下求他允许自己拨一个电话。他放下电话回头就走,被看公用电话的油盐店店员拦住,要他付款。他说是电话没有通,不能付。店员说,通了总机就是通,他已经通了五次,他应该付五次通话的款。他们俩争吵起来,钱文总算得到了拨号的机会。他怎么拨也拨不通,他这才意识到在这里浪费时间其实是没有意义的。即使拨通了电话——公用电话,他能做的不过是请求送一个字条去,要东菊快回这边来,他仍然无法知道东菊的确切消息;相反,如果他拨通了电话,传过了话去,他也就把自己拴了起来,不管东菊是否真正收到电话传递的消息,他都不能再有所动作,而只有枯坐等待一法了。如果是电话并没有送到,那他不就惨了吗?总共休假只有那么几天,他能够令一天就这样枯坐着过去吗?于是他干脆放弃电话,改变计划,立即出发上电车去找东菊。他倒是没有交电话费,白费了那么多时间,他连四分钱电话费都没有用出去。他真不知道与那位花了两毛钱而没有叫通分机而且与总机接线员吵起来的人相比,究竟是谁更不顺心。

倒了三次车,用了五十多分钟时间,他到达了孙科长与钟伯母的家,东菊不在。钟伯母说一连两个星期了,东菊没有回这边来。"怎么你才休假?还没有见着东菊?不是说你早该休息了么?"钟伯母打量着他,使他觉得愧对岳母更愧对妻子。他觉得钟伯母的打量里有一种潜台词:你是不是犯了新的错误了,才被推迟了休假?你是不是成了犯人,才被取消了正常的休假?不然是怎么回事呢?

然而惭愧与否毕竟并不重要,重要的是底下他该怎么办呢?立即返回小破屋?万一今天东菊回这边来怎么办?这是完全可能的,今天是星期天,她本来就可能回这边来,何况她在那边已经耐心地等待了他两个星期。在这里再等下去?如果她不回来怎么办?难道在他已经回来了以后还要她在那间破屋里孤独地焦急地等了又等吗?

这边还是那边?这是在捉迷藏吗?

　　我没有找到你,
　　你没有等到我,
　　虽然我们互相寻找,
　　虽然你就在我的身边,
　　我就在你的身边……

他犹犹豫豫,心急火燎。钟伯母与孙科长看着他如同看着一个异物,并且问着他:"那么东菊呢?那么东菊呢?"就像是他把东菊抛弃了或者藏起来了,是他应该对东菊的找不到负责一般,就像是他做了什么对不起东菊也对不起东菊的"父"母的事,是他应该对东菊的"父"母做出交代一般。糟糕的是,他一起初只是准备给这边打个电话的,灵机一动就跑过来了,他本应该在破屋给东菊留个字条再过来的。东菊没有给他留字条是因为东菊不知道他的到来;而他不给东菊留字条,则纯粹是他的混蛋。东菊一回家,看到他的提包,核桃和枣,当然会知道是他回来了,知道他回来了,东菊怎么还可能动地方呢?他在这边等不是白等吗?

……他们最后才见了面,在他好不容易休假开始,抵达北京六个小时以后。这六个小时实在是太漫长了,比他一连在权家店劳动三个多月似乎还要漫长。这六个小时是太焦急了,比他在山村等待休假还要焦急。

　　……事后许多年过去了,他们生活在一起,很少相离开,钱文仍然常常做一个梦,他梦见给东菊打电话,他梦见东菊虽然近在咫尺,他东找西找,就是找不着。你感觉得到她,却看不见听不见她,更让人心急。醒来,东菊就在自己的枕边。他放了心,但是仍然觉得很疲劳,就像当年星夜出发休假,到了北京还要再辛辛苦苦地找东菊一样。

　　第三天他与东菊才正式回到钟伯母这边来。钱文在与东菊团聚以后,立即从焦躁变成了兴奋与得意。他对岳母与岳(继)父滔滔不绝,讲植树的心得,讲他扫盲的趣话,讲他身体因劳动而愈来愈健康,吃得如何之多,睡得如何之香,进入了青春高峰,极佳境界等等,他的样子活像是在上课授业,传经送宝,要推广当右派的经验当右派的乐趣指出当右派是有出息有作为的人们特别是青年们的人生与革命的必由之路——反正是只有过五关斩六将,绝对没有走麦城的了。

　　吃晚饭的时候发生了意想不到的事情。人是不能够太高兴的,积近三十年之经验,他深知人要是一高兴底下就一定要倒霉。不能翘尾巴,只能时时夹着尾巴,毛主席的教导那是千真万确不服也得服的。而他……喝酒。讨论问题,他说了一些话,居然卖弄起自己的口才和知识——这是他事后才检讨出来的。他摔了一个茶杯。是故意的么?是因为喝酒才兴奋过度摔了茶杯么?是因为摔了茶杯才争吵起来了么?或者是因为争吵才激动以至于失手或者故意把茶杯打到了地上的么?何者在前,何者在后,何者是因,何者是果,以及究竟他们争吵了什么问题,全都记不清闹不明了。他只记得,钟伯母十分痛心地说道:"过去我是没有觉悟,从打解放以来,我就没有做过对不起党对不起人民的事,东菊也从来没有做过对不起党,对不起人民的事。现在,这是怎么了啊,这是怎么了啊?"钟伯母又说:"我不臊天不臊地,我就臊一个右派女婿,我自己跟过国民党特务,我已经没有脸面见人了,我闺女又随了右派,我这是缺了几辈子的德呀!"

　　孙科长有意回避,没有多说话——但是钱文仍然认为这场争吵是他幕后发动的。也许这个想法不大干净,也许这冤枉了孙科长,但他无法不这样想。孙科长只是叹息了两句:"立场问题,立场问题,立场问题是太重要了。咱们的能力有大小,水平有高低,只是不论什么事都要站稳人民的立场呀!"

他一下子呆在了那里。

说是争吵其实是不对的。因为钱文一听到这些打中要害的话立即从兴奋变成了痴呆,嗫嗫嚅嚅,哼哼唧唧,欲争无言,欲辩无语,根本就没有回应,没有构成对立的一方,与翘尾巴时期判若两人。自始至终,就是钟伯母一方的咏叹调与钟伯母、孙科长的男女二重唱。在钱文像一个被人训斥的哑巴一样地光颤动嘴和抽搐面部肌肉却说不出一句整话的时候,叶东菊瞪着眼睛看着她妈,回过身,收起衣物拉上钱文就走,一句话都没有。

叶东菊的行动要比钟伯母的话语厉害得多。钱文甚至于觉得是东菊而不是伯母太决绝了。他反而瞻前顾后,欲行还止。东菊只管走,钟伯母的面色由激动的涨红变成了衰弱的苍白,孙科长的"立场……立场……"的坚定的说教也半截就卡在了喉咙里。钱文看不过,便说:"我们走了,明后天再来。"

钟伯母突然激动了起来,她先对钱文说:"我跟你没有话。"然后立即转过头去,以一种可怖的变了腔的声音向东菊吼道:"走!走!走!再也别让我看见你!"

他们回到小破屋里。东菊不停地笑着唱着歌。她竭力说一些有趣的事。她说她爱吃臭豆腐。她说她的一个南方籍同学喝了一口豆汁差点背过气去。她学着新凤霞唱《刘巧儿》,搂着钱文的脖子唱:"我们俩的恩爱唉嗨哎,比海嗨深痕恩。"她还学着当年他们俩都熟悉的一些老朋友老同志的口音和动作,惟妙惟肖。钱文笑了,却总觉得笑得不大自然。东菊的快乐远比她如果表现出来了愤怒或者悲痛更令钱文紧张。难道能够如此轻松愉快地就与自己的母亲决裂了么?而且钟伯母他们用的是大义凛然的政治语言。"我跟你没有话",钟伯母的这句不带任何批判或者斥责意味的话语深深地刺伤了钱文。钟伯母不是曲风明,钟伯母不是周碧云。钟伯母不是大进二进,更不是看着他不顺眼的章婉婉,她只是一个平头百姓小老太太,她对他的"没有话"不是为了站稳立场表现积极,不是为了执行党的任务,更不是为了争"上游"与比他更早地摘帽子,当然也不是因为与他个人有什么芥蒂。一个平头百姓小老太太没有什么直接的理由却由衷地厌烦他憎恨他"没有话"他,这比任何有组织有领导的批判更可怕。何况这个小老太太是他的丈母娘!没有比这句话更能表达钟伯母对他的轻蔑与厌烦的了;也没有比听到这样的话的女婿更悲惨的了。

看到钱文的恍恍惚惚,东菊低头在床底下找,她找出了一瓶二锅头酒,又找出了一包花生米。她给钱文与自己倒了酒,她说:"我在死了那次以后,便再也不烦恼了。我们其实并不懂得政治,我们懂什么政治?"她笑起来,笑个不住,喝了一大口白酒,嗞嗞哈哈,辣出了眼泪,继续说:"我现在只相信爱情,到现在为止,只有爱情还没有骗我。我妈妈那样对待你,我再也不理她了!她也骗了我!能与自己喜欢的人一起生活,你还要什么呢?有多少人一辈子没有找到自己喜欢的人呀!又有多少人找到了自己喜欢的人却不能与他生活在一起呀!你看不上我,我还看不上你呢!把我们开除了党籍、团籍、公职……现在又从家里把我们驱逐出来了,我觉得真棒!我觉得是我们胜利了!我需要的只有你!此外的这个那个,净是废话!瞎掰!只要有你就行。你要是死了或者不再理我了,我也就一下子结束一切,干干净净,痛痛快快……"

"别胡说了。"钱文止住了她。他们互相碰杯。他们把胳臂绕起来喝交杯酒,这种喝酒的姿势还是一九五四年看青年艺术剧院上演的、由苏联导演列斯里排演的契诃夫的话剧《万尼亚舅舅》的时候学来的。万尼亚舅舅的侄女索尼亚与她的继母和好以后,两个人喝了交杯酒。这算是一个什么故事呢?那么多情,那么莫名其妙,那么百无聊赖。当初看了还泪流满面呢!如果把这些人物拿到中国来,拿到中国来改造改造,那才有得看呢!

然后他们唱起了歌。他们喜欢的会唱的都是革命的特别是苏联的歌曲。他们唱"我们是民主青年",他们唱《喀秋莎》,他们唱话剧《保尔·柯察金》的主题歌,他们唱"兄弟们向太阳向自由向着那光明的路",他们唱"红日照遍了东方,自由之神在纵情歌唱",他们唱"山那边哟好地方,一片稻田黄又黄,大家唱歌来耕地呀,永远没人做牛羊",他们唱"生活是多么幸福,生活是多么美好,我愿意永远这样生活,让蓝色的星儿照耀着我",他们唱"延水浊,延水清,情郎哥哥去当兵",他们唱《斯大林时代》和《斯大林颂》:"阳光普照美丽的苏维埃原野,原野成为光明的地方,我们编了一首美丽的歌曲,来把挚友和领袖歌唱。斯大林是我们胜利的旗帜,斯大林是青年的曙光,我们团结着歌唱着迎接胜利,我们永远歌唱斯大林!"……

他们唱得动情,他们唱得激越。以往的充满信心和自豪的日子似乎随着歌声又回到了他们的房间。他们欢迎解放军的到来。他们表决心抗美援朝。他们倾听志愿军的英雄模范报告。他们给青年少年讲要做革命的接班人……他们一瞬间又成了光荣豪迈的新生活的开拓者与缔造者,成了时代的荣誉智慧和良心、伟大的共产党的嫡亲儿女。他们不再垂头丧气,不再自惭形秽,他们抬起了青春的头颅,他们重新奔流起了青春的血液,他们的心里只有一片光明。

……不知道是二锅头的力量还是东菊的力量,也许是酒神与爱神的力量的联合吧,更是革命歌曲苏联歌曲革命精神的力量与伟大的党的力量光明的力量,差不多两年了,只有在这个晚上,钱文觉得自己又成了一个人。他是一个男人,一个不论是算是革命还是一时反革命,算是光荣的共产党员还是一时算是可耻的党的叛徒,不论是处理六类改造中游还是处理二类改造上游,也不论是正常休假还是不正常休假,允许回家还是不允许回家,总之不论处境如何仍然不折不扣地应该算是人的坦荡荡的男性。他们并没有被去势也不应该自动去势。在这间破屋里他们享受了青春,他们享受了爱情,他们享受了人生,他们并没有白白地走了阳间一遭。就让我们这样幸福地死去吧,钱文祝祷道,他想起了一九五四年他读过的《二十夜问》,那是许地山即落华生翻译的印度古典文学作品,它写到男女主人公终于幸福结合的时候,写到他们的性爱的时候,神灵接受他们的祈祷,把他们化为灰烬。一九五四年时他是对于这样的结尾感到莫名其妙的,现在,他理解了,他震动了,他享受了。他感谢人生,他感谢党。

　　第二天凌晨,钱文醒来,又空虚起来恐惧起来。歌声已经消散,酒意已经消失,幸福感已经被疲倦感与惊恐感所代替。甚至于回忆起那些美好的歌曲钱文也觉得分外难受。几年以前,他是和周碧云,和赵林,和祝正鸿,和满莎,和那么多被神圣的革命纽带联结在一起的生死与共哀乐与同的同志们一起引吭高歌的,他们歌唱的是集体的伟大,唱歌的是伟大的集体,他们是唱着歌去迎接胜利去创造新生活的。而现在,曾几何时,只剩下他和东菊顾影自怜与面对面互怜地自拉自唱至多是对口唱了……他已经是一个被善良的人民奉公守法的人民宣布为与之"没有话"的人了。他和东菊已经在开除党籍开除团籍东菊并被开除公职以后,进一步被开除"家"籍了。而昨晚他与东菊干什么来了呢?他们有什么资格唱那些革命的美好的歌曲呢?然后他们的勾当,他们出的声音在这个一点也不隔音的破屋里不是已经被各家革命人民所洞悉无余了吗?他们还有脸见人吗?如果这个材料被章婉婉提到他们的生活会议上去了呢?不是当真不仅下游而且下流了吗?我是不是已经堕落成了野兽了呢?我这不是与动物没有区别了吗?我已经进一步毁灭了吗?

　　他想过来掉过去,禁不住叫醒了东菊。他说,经过他的慎重考虑,他认为,东菊还是应该回到自己母亲那里去。她的母亲与继父,说下大天来他们的意思与政治方向还是对的。继父说关键问题在于立场,这不能说有什么不对,他无意反对她的继父的话,他也同样地迫切地要求改造自己的立场,他迫切地需要继父这种有原则的爱护。

他的母亲的情绪反应,应该说是表达了普通人对于党的热爱与对于阶级敌人的仇恨,这其实是很可贵的。他们应该无条件地支持钟伯母的革命行为与革命语言。再说,几天以后他就走了,他能让东菊为了她而与她的母亲与继父断绝交往么?那是不可想象的。还有……

"知道了。"东菊止住了他。过了许久,她说:"一切都会过去的。我和我亲娘的事还用得着你来费心吗?"

第二天一天,东菊很少说话。她似乎是在默默地流泪,当钱文问她,她不承认。钱文拼命地说这说那,似乎是他愈说得多东菊就愈不想说。吵架"出走"的那一晚上,也就是微醺于二锅头酒的那个晚上,他们的痛快淋漓,他们的亲密无间,他们的纯真与忘情,他们的充满了罪恶的肉体与灵魂……一下子都成了遥远的往事。而所有的人间的麻烦艰难困境,在他们痛快完了以后,反而以两倍的威严四倍的沉重向他们压了过来。

休假第五天也就是最后一天钱文与东菊吃完饺子上街去遛弯儿,走过缸瓦市的时候他听到了一个人尖着嗓子叫他。他们回过头,是周碧云。

见到周碧云,钱文又兴奋又惭愧。毕竟是老朋友了,钱文想起周碧云感情危机的时刻对于他的"情有独钟"的表现来,想到了她的天真、热情、傻气与痛苦,钱文便忘记了运动当中周对他的揭发批判了,他感到了一阵亲近与熨帖,他的脸上浮现了久违了的出自心的深处的笑容。

"周碧云,真想不到在这里见到你!我一直想找你聊聊呢。"

"好啊!我家就在旁边。我已经调到这边一个中学教音乐来了。走,去坐一会儿吧。"

"不,不,今天来不及了,下次有机会再来吧。"叶东菊连忙推辞。钱文不知道,为什么东菊对于周碧云会是这样的冷淡和陌生。周碧云不冷不热地邀请,东菊坚决推辞,钱文一心要去,三个人三个样在街头争了一会儿,东菊拗不过钱文,便随周碧云到她家去了。

周碧云住着一大间楼房,东西堆得一塌糊涂。满莎和两个儿子都在,第一个儿子有五岁多了,大嘴巴,厚嘴唇,肿眼泡,长得确实是不像满莎。钱文想起当年高来喜大半夜不睡觉等着要抓她与凌函栋的事情来了,想起风闻运动中她这方面的大字报封到了她的门口贴到了她的床上,钱文又想起她原来的在天津的男朋友来了,呜呼……夫复何言?钱文为之唏嘘不已。

"……我们都很生气。"

钱文一走神,没有听清周碧云的话,最明确的是"生气"二字。生什么气?钱文一怔,他抬起头来。他看到了周碧云的眼睛,看到了周碧云的肮脏的头发——她的头发一贯就是比较肮脏的,但是过去远远不是这样稀薄,现在一眼几乎可以看到她的头皮,看到她的憔悴的面容——真是面如黄蜡,又看到她那种急急的样子,他恍然大悟了。他不想这样谈下去,便问:"你身体好么?我觉得你的气色有点不太妙呀……"

"周碧云大炼钢铁,一次值班三十六个小时,这样的班她值了三次,两次她都是晕倒了以后才回来的……"满莎在旁边又怜惜又得意地说。

"这算什么?"周碧云的眼睛里出现了泪花,"为了党……我对不起党……"周碧云有点泣不成声,钱文也面红耳赤起来了,一阵激动,一阵自责,他只觉得无地自容了。

"我实在生气。"周碧云继续说,"你怎么能写那些资产阶级的诗呢?你怎么能反对共产党反对社会主义呢?听说你还怀疑毛主席在延安文艺座谈会上的讲话,你还喜欢胡风分子的作品,你这是怎么了,你这是怎么了啊……"她气得浑身发起抖来了。

钱文吓得不轻,他这才想起了周碧云在批判他的会议上气死过去的情景。他太糊涂了,他送上门来找批判这倒没有什么,也可以说是有利于他的思想改造吧,可把周碧云又一次气成这个样怎么行呢?她的身体太单薄了,她这样义愤填膺又那样去炼钢,这不等于自杀么?无怪乎东菊躲着她呢……怎么东菊处处都比他高一筹呢?怎么与东菊一比他这个聪明人却显出了白痴的味道来了呢?

……他与东菊好不容易才摆脱了周碧云的义愤。钱文是满怀友情而来,狼狈尴尬而去。好久好久,钱文倒是有点为周碧云抱冤,她对于党绝对是忠诚得紧呀,为什么这样的人也要批判一通呢?其实原来周碧云也是要划右派的呀,后来只是因为指标超过太多才硬性停划了右派,她的最后不算右派其实完全是偶然……好同志呀好同志呀,让一个小资产阶级变成真正的革命者,也真不易呀!

他接着想起了自己。如果是他呢,如果是他,在被批斗一个够的最后关头又终于不把他划成右派,他会不会也和周碧云一样地感动和愈发忠诚——无边无际地忠诚起来呢?而那样的话一切就会大不相同了啊!

啊!

而郑仿的休假是最甜蜜的了吧?来到他的堂舅那里,他收到了他故乡的两位女友的复信。他不给她们留权家店的地址而只让她们把信寄给他的阔亲戚再转给他。两位少年时代的朋友的信都写得有感情。

洁身自好的没有结过婚的女友——他的表姐在信上吟诗道:

> 往事如云烟,
> 壮志发冲冠,
> 大江滔滔岂反顾?
> 青峰寂寂望平安。
> 忽闻蜀道多艰险,
> 玉京龙凤未可攀!
> 行路难,行路难!
> 狂风暴雨信有时,
> 饿虎狂鲸亦凤缘。

>烽火连三月,
>尺素飞鸿恁欢颜!
>余音绕梁,琴韵堂前。
>慰我心,舒我意,
>旧谊如酒暖人间——
>但愿人长久,
>千里共婵娟。

她套用了李白杜甫苏东坡的诗词名句,虽不工整,却也令人抚今思昔,惆怅难已。

另一位死了丈夫的多情女友在信上写道:

>你没有忘记我这个渺小的不幸的女子,这已经够我温暖的了。我知道你是个不平凡的人,你的经历也不是平凡的。求仁得仁,又能有什么遗憾的呢?忘记我吧,我只是沙漠里的一粒流沙,我只是大海里的一滴苦水,除了浪费工农大众生产出来的粮、油、棉、麻以外,我又能对这个社会有什么意义呢?"你我相遇在黑夜的海上,你有你的"——我却没有,没有我的"方向",当然也就没有光亮了。困难的境遇,这只不过是暂时的罢了。你仍然要展翅高飞的。而我,注定了一辈子黯淡无光的了……

她引用了徐志摩的诗《偶然》里的两句,又改得它更加灰暗、静谧。这里似乎另外有一个世界。

两封信使郑仿哀伤温馨,融化弥漫。他只觉得一下子得到了两个多情女子的爱情。但愿人长久,千里共婵娟,这不就是愿与他永结同心的意思吗?有一种古色古香的书韵,有一种红颜知己的侠骨柔情,更使他回忆起久违了的旧社会的君子与淑女的学子情调。每天吟读古诗,背诵英语单词,演算数学题,每星期天去教堂望弥撒,男生与女生互相传字条,字条上写的都是世界文化名人的警句;此外动不动呻吟道:"罪恶的人世啊,让惊天的霹雳把你炸成粉碎吧!轻薄的负心人啊,你刺伤了多少少女的心!美丽的学府啊,你又能保护我们不受社会的污浊到几时呢?"

空洞,遥远而又温存……那时,他郑仿也是学校中才貌双全、风流倜傥的佼佼者。曾几何时而面目全非矣!

那时的一切是肥皂泡也罢,给我以瞬间的缤纷与幻想吧!而真实的生活和最最浪漫的革命,结果又是多么的严峻与坚硬粗粝呀!

徐志摩的诗他也早就忘记了。谁有工夫读徐志摩的诗!我是天空里的一片云。可不是云么?是沙,是苦水一滴,生命才是一瞬,她的丈夫,家乡的美男子,高才生,时时事事压他一头,有了他,郑仿的成绩最好也只能是第二名,令他嫉妒不已的先生啊,已经作古,古人叫做"天人相隔"的了。生命不过如此,遑论其他?我又能有什么方向呢?不过是大时代的洪流冲下来的一个泡沫,最多是短暂的一朵浪花而已。又怎敢辜负这大好的形势,宏伟的潮流呢?

就在这缱绻的温柔乡中,在这如诗如酒的陶醉中,郑仿忽然想起了杜冲所说的"抱上就啃",他真想啃她们啊。啃啊啃啊啃啊,啃她们的鼻子,啃她们的脸蛋,啃她们的脖子……一想到这里,他浑身的血都热了,不管是谁,只要能抱过来啃就行啊。

他想入非非,他亦俗亦雅,他爱欲难熬,他流连感伤。他编织着一会儿与那个古板洁净的处女一会儿与这位饱尝哀乐的寡妇的凤凰于飞的美梦。他哼哼起了《结婚进行曲》与《快乐的寡妇》圆舞曲,他又唱起了白光曾唱过的流行歌曲:"我的心里两大块,左推右推推不开……"他忽然觉察到了自己的可爱自己的价值。请看,这么两位素质极高的女子双双向他倾心,这可是常人能有的幸运?这可是孬种能有的艳福?她们可有丝毫因他的右派身份而对他另眼看待的苗头?她们极其含蓄地表达了她们对他的安慰,对他的始终不渝的尊敬。十八块就十八块吧,区区小事,何足挂齿?"我的兜里十八块,左省右俭用不来……"这一曲唱出去多么潇洒啊。他完全可以与白光唱二重唱了!

灵机一动,他又改编开了词:"我的兜里十八块,左派右派派不来……"是的,当然,十八块又怎么样派用场呢?这里的派是分派、使用的意思。"我的兜里十八块,左也爱我右也爱!"妙极了!"一个派字两大怪,左蹿右跳逃不开……""我的心里两大派,左批右斗斗不过来!""一个右字八个怪,两个可人抱过来!""一个爱字十八个怪,左边也来右也来……"郑仿想唱,想写,想叫,喜得喘不过气来了。

真的,天啊,为什么不来就一个也不来,如今又一下子来了两个可人呢?他将怎么样把自己撕成两半呀!

就在他梦断故里、悲喜欲狂、派派块块的得意时刻,他听到了堂舅的孩子的一句话,无心听到的也可能是完全无心的话,使他一下子从美丽的气球——肥皂泡上跌了下来。在星期天晚上晚饭前,他去卫生间洗手。他只听见表舅的小儿子从外边回来,问他们家的女佣:"那个来吃饭的右派还没走吗?"

他一下子脸上着起了火。他成了什么角色了啊!……他回到了机关宿舍。这间地下室本来住着三个人,其中一个是司机另一个是采购员。他住进来后不久两个人都搬走了——没有人愿意和一个一个月只挣十八块钱、免不了事事要揩吃别人的右派住在一起——他便乐得过起了一人一间屋的高级干部生活。当时的未婚干部,只有局长级的人才能一个人住一间房子。他回到地下室以后慢慢地清醒了过来。他一下子又灰了心。和一个老相识倒霉鬼通通信安慰两句是一回事,真的以身相许永结同心将自己的命运与一个这样晦气的人拴在一起毕竟是另一回事。他其实仍然是啃不上的。他除了啃嚼自己的灰溜溜以外实在并没有什么处女的或者寡妇的脸蛋可啃。他除了手指儿告了消乏以外,实际上并没有拥抱得着什么可人。他除了老老实实地赎掉自己的右派罪孽以外其实并没有什么左右逢源的艳福可享。狗掀帘子,全仗着嘴,他刚才只不过是过了过嘴瘾就是了。他混成了什么样子!他悄悄地啜泣起来了。

第 十 三 章

他们常常觉得自己的身上有一个电门,电门一拧:回家,大城市,一去不复返的欲留恋也无从留恋起的往日情怀,相关联的恩恩怨怨,本来已经被一阵风吹得七零八落无影无踪了的死寂的黑洞,一下子就通了电,一下子所有的已经破碎熄灭很久的灯泡全部闪亮起来,生动起来,刺目起来,令人眼花缭乱、浑若不胜起来,无解无端、一团乱麻起来。

死亡与复活,也许二者是同样的残酷。

而后时间到了钟点到了,电门往反方向一拧,刷,全关上了,继续熄灭与沉寂下去。另一串——更大更长的一串灯泡经过瞬息的休止,一下子全亮了。这些灯泡是暗淡的,严厉的,漫长的,有时候令人兴奋有时候又是相当枯燥和无聊的。但毕竟,这些灯泡才是严正的与属于他们的。兴奋过后是疲劳,这些灯泡使他们疲劳,而又踏实。

几天休假过去以后,人们筋疲力尽而又不无欣慰地回到了权家店。他们发现,少了一个萧连甲。

"萧连甲呢?"问了一下的是李福宏。

"萧连甲正走桃花运呀!"杜冲透露了萧连甲与书记的女儿的事,大家啧啧称奇,羡妒不已。虽然庸俗,但是他们立即觉得萧连甲已经与他们不同了,别一样的光明的前途在迎接着他。

"这小子净碰见好事。"李福宏口齿不清地咕哝着。

没有人再议论萧连甲的误期。平常没有休息,休一次假也是不容易的事，你要借这个机会去补牙，他要多呆两天去验血，这位的爸爸病危，那位的老母远道来京缘得一面……回村的时候缺三短俩本来也是常事。休不休假由你，销不销假就由我了，天网恢恢，有来有往，什么买卖其实都全部或部分是相互的与公道的。萧连甲的不回来也很合理。至多是按时归来的人见到这个或者那个没有回来，自己觉得有点"亏"了，他们会想，其实不必那么急于回来罢了。

亏的事儿还多着呢。

回来后没有几天，苗二进要求大家在"生活会"上汇报自己在休假中的见闻与思想。

这一汇报起来，可真是花样翻新，琳琅满目，令人叹为闻止。

费可犁最老实，一汇报就面红耳赤，苦痛万状，如坐针毡，如腹绞痛；却原来是他回家后干那事时避孕套破裂了。为此他至今吃不下饭睡不着觉，如果妻子又怀了孕，该怎么办呢？他说："这是我对党对人民也对我的妻子对我的孩子犯下的新罪行，改造期间出现这种事件，我请求同志们批判我处分我。"

大家忍俊不禁，却又确实理解费可犁的苦恼沮丧，为之嗟叹。

章婉婉说得最严整，宛如无缝钢管，无懈可击："我回家以后，与秦经世是分房睡觉的，我们早就说好了，不摘帽子，绝不同房……"她的话还有一种与费可犁进行鲜明对比的效果，使费可犁听了张着嘴点头称是——低头认罪。

她说得大义凛然正气冲天的当儿，李福宏插了一句嘴："敢情你们家房子多。要我们家，就一间住房，我倒想一个人一间房清静清静呢，没门儿！能和我家里的合用一间房一张床，没让她给踢到床底下来就算不错啦，还分房睡觉呢，您老！"不知为什么，说着说着说出了天津卫味儿。

大家一笑，就把章婉婉的无缝钢管像纸糊的玩具一样地给捅破了。她底下再说什么与秦经世怎么着怎么着互相交谈思想怎么样怎么样互相开展批评与自我批评，怎么样互相监督改造思想……也就没有什么人听了。

钱文谈了他在岳母家中的遭遇。徐大进为之击节赞赏:"就是要这样!好!我们的人民觉悟太高了!你狗日的不改造试一试!你狗日的再反党试一试!我们全家对我都是这样的!从我戴上帽子以后,我的兄弟姊妹都不许我再进他们的家门!我的兄弟姊妹都是老干部,现在最低的也是正科级了!他们说:'我们是老区来的干部,我们查遍了族谱,五服以内,只出了徐大进一个右派!岂能容你!'是呀,他们怎么能容得我!我爱人家对我也是这样的,从我划了右派,连孩子叫我爸爸都不许!她们住在机关的楼房里,那个地方我是不许去的,我只能回一间破房子——那本来是她们放杂物的仓库……阶级斗争嘛,连这么点声势都没有,那还成!好!实在好!就是好!好得很哟!大右派储安平不是也说过吗,他当了右派,连去理发也有人认出了他,批判了他!在社会主义的中国,想反党反社会主义,你就甭想有活路,是亲爹也不能饶,是夫妻也不能客气,是儿子也得叉出去!就是要全民声讨,施加最强大的压力,你是改造也得改造,不改造也得改造!不改造只有死路一条!人都是逼出来的,不逼人能有出息吗?钱文,你这才尝到一点点滋味罢了!这才叫人民的革命运动呢!你的真改造就应该从这一天算起!你要写一个材料!太好了,着实好呀!精彩的还在后头呢!"

钱文唯唯。

杜冲矢口不谈他的家事,而是大说特说他见到了机关哪个领导哪个老同事,处长副处长科长局长副局长书记副书记一大堆。这个提升了,那个调离了,谁谁给市领导做了一次汇报,大受赏识,已经内定担任区长了,谁谁运动中偷偷写了上司的材料,可是上司后台硬,这回他吃不了兜着走了……说得大家翻眼,大进二进也只能翻眼,大进几次想说不应该这样"小广播",话到嘴边又让杜冲的气势压了回去。

杜冲又说了一些各地的大好形势,粮帅升帐,钢帅升帐,电力先行,交通先行,毛主席是主帅,运筹帷幄,决胜千里,现在打的是经济建设的淮海战役,粮煤产量已经超过了美国,钢产量再有几年就把美、苏全甩到后面去了……他总结说:"现在的形势对于我们的改造十分有利,同志们,领导们对于我们都十分关心,他们见了我都态度亲切,嘘寒问暖。噢,陆书记让我替他向大家问好,今天我这个好就算带到了啊。其实同志们对我们的态度还是很好的么。李总编辑就跟我说,希望我到他们那里去工作呢。他说:'右派问题也可以在工作中解决呀。'他们报社的两个画家,最近就从劳动的地方调回来了,工作需要嘛,他还说要我去他那里管点事呢。当然啦,我说'不忙不忙,等帽子摘了再去也不晚嘛……'"杜冲笑了起来。大家也笑了起来。

人们多多少少也意识到了,杜冲的说话的调子与徐大进完全不同,很可能杜冲这样说话就是为了驳这个煞有介事的大进。但是他不会承认这意图的,他们对这种矛盾也并不想去深究。辩证法嘛,这么讲也是对的,那么讲也是对的,二者而且是不矛盾的,总的精神是一致的。这种问题还不会分析吗? 对你态度好是为了鼓励你改造,所以这种态度是正确的感人的;对你态度不好,也是为了敦促你的改造,所以这种态度也是正确的和尤其感人动人的。他们已经受过这方面的训练了,他们不劳曲风明同志或洪嘉同志的帮助,自己也会进行这样的分析了。

最为别致的是苗二进,他也以普通一兵(?)的本色向生活会汇报了自己在休假中的思想情况。他在会上读了他的爱人的入党申请书。他的爱人在一所大学的中文系教写作课。她的入党申请书真是一篇完美的抒情散文,里面包含着她对于党的热爱,对于各尽所能,各取所需,消除三大差别的共产主义的向往,她自己在解放前所过的糊里糊涂的生活和对于这种生活的痛恨,她为党献出一切的决心,自己的爱人——当然是指二进了——出了问题对她的心灵的冲激(二进强调是激动的激而不是打击的击),与"大跃进"的形势对于她的

鼓舞,最后归结为自己的始终不渝的对于党的追求:

> 成为光荣的中国共产党的一名党员,成为无产阶级先锋队的一名战士,用自己的鲜血和生命把镰刀斧头旗帜染得更红更艳,为中国的与全世界的被压迫被剥削的奴隶的翻身解放而奋斗终生,这就是我唯一的愿望,考验我吧,接纳我吧,我亲爱的党!

二进是含着泪读完他的妻子的入党申请书的。大家也沉默了一会儿。大家觉得敬肃,悲伤,温暖。人间仍然有一些也许是很多不应该随意玷污随意碰撞的东西。他们觉得确实是自己不好。

晴天霹雳,半个月以后传来萧连甲自杀了的消息。

这是一个令大家发呆又令人们三缄其口的消息。听到这个消息以后,他们呈现出一种非常惊慌紧张的表情,好像是他们的一只肮脏的手被人抓住了,好像是他们当众被扒光衣服展览了他们的暗疾,好像是他们身上的一个什么不能接触的穴位被攮了一刀,好像是他们涉嫌杀害了萧连甲,应该由他们对萧连甲的命运负责。

好像他们犯了事。犯得不轻。终于犯了事了。看你哪里逃?

他们小心翼翼地探询了几句便一句话也不再多说。这是一个十足危险的话题。死因吗,又有什么可问的呢?当然是有死因的了,这还需要问吗?如果问了,他们的渺小的身躯和怯懦的灵魂能经得住那真实答案的冲击吗?

洪嘉找他们简单地讲了一下,无非是说萧连甲的事只能由他本人负责,这是个人主义严重发展和不暴露思想不接受改造的结果,这就叫做自取灭亡。我们不应该这样的。希望大家继续好好劳动好好改造,前途还是光明的。既然中国正在向共产主义跃进,谁的未来还能不光明呢?

大家也应应付付地表了一下态。反正都说他死得不对,如果认为他死得好那还得了!为什么要死呢?形势一片大好愈来愈好,认真改造前途一片光明愈来愈光明。我们不会走这样的路的,我们一定会活下去,我们不要死。说到这里发出了轻微的笑声。

听到笑声洪嘉显出满意的表情,她频频点首,很像一个领导。

郑仿面带恐惧地问道:"我还欠他十块钱呢,怎么办呢?"

他解释说,由于此次休假他回去要拔牙,怕钱不够,跟萧连甲借了十块钱,如今萧连甲已经没有了,他该找谁去还钱呢?他诚惶诚恐地请求道。

郑仿说到自己"怕钱不够"云云,洪嘉听了讨厌,并且直觉到这种说法带有对党不满的因素,对曲风明为什么会把他评成改造的"上游"颇不以为然。她厌恶地挥一挥手,说道,"你把钱拿来好了,组织上会替你还给他的亲属的。"然后立即转过脸去。

众人想起郑仿在生活会上的发言,便觉得他的自找没趣实在是活该。他在会上发言谈了他的两个女友给他来信的情况,并且提高到原则上自吹自擂说:"这是人民呀!这是人民对我的鼓励呀!人民是希望我们好好改造的呀,人民是不希望我们抗拒改造的呀。只要我们好好改造,我们是不会受到人民的冷淡的呀。我已经向她们报了喜呀,我的改造状况是上游呀……"

大家觉得他说得很没意思。这次咋咋呼呼地说什么欠十块钱的事也没劲,什么事啊,算是交代问题呢还是表现清廉呢?他这不是在没话找话对人家洪嘉犯骚情吗?洪嘉对郑仿的冷淡态度,那确是体现了领导的英明正确。人们不能不暗自称快。

……人们学会了谨慎,人们不愿意再对死人吐口水,这个会开得很简短——洪嘉也不想对萧连甲的事大放厥词。死了毕竟是死了,一了百了啦!吹啦!洪嘉也知道死的严肃性与彻底性。死是不在意批评的。面对着死亡,批评与自我批评的武器失去了威力了。当然。

人们接受了萧连甲的死,同样,人们也可以接受——例如萧连甲与书记的女儿要好从而逢凶化吉,遇难呈祥——他不必再劳动改造而可以提早"官复原职"乃至连升三级。或者也可以接受全然更糟的情况——例如萧连甲加重了处理送到监狱去了,枪崩了——又当如何呢?有什么不可以的呢?

人们学会了冷面铁心,直把死一个人看作也无所谓。他们连谈论也不想再谈论它。如果他们自己无意轻生的话,他们的当然选择只能是避开这个话题。他们还能怎么样呢?

他们选择了生。而生的话题是别样的。

生的话题当中最使他们感兴趣的莫过于另一条"新闻"了:他们宁愿津津有味地说起这个来没完。那是在回来了好几天以后,从洪嘉的嘴里传出来高来喜在这次休假中结了婚的消息。真有他的!这是足以与萧连甲的死讯相对抗,以至驱散萧连甲的死的阴影的特大新闻了。高来喜来权家店以前在南郊劳动了六个月,乡长的女儿看中了他。这不足为奇,高来喜的样子本来就是讨人喜欢的。乡长的女儿不介意右派不右派,这个信息也使人们感到鼓舞,使人们的身体的一部分活跃了起来。毕竟是农村,农村才不管那么多呢。中国的农村,中国的农民,真是太好了!神不知鬼不觉,经过组织批准,并且根据本人要求,在保密的情况下,他在这次休假中成了婚。除了透露出对方姓苏以外,包括洪嘉对这位下嫁右派的乡长千金一无所知。

钱文想道,高来喜真敢干也真实惠,居然在这种处境下边与一个乡下女子结了婚!想当初,为了弃乡随城,他抛掉了青梅竹马的卞迎春选择了活泼热烈绰号叫做刘巴的刘丽芳。后来,刘丽芳在他搞成了右派以后又抛掉了他,他只能与一个更乡下的女子成亲了……真是天网恢恢,疏而不漏啊!可从另一方面来说,他倒是当机立断,总算一个老婆到了怀里了,有的"啃"了,不像郑仿,到今天黏黏糊糊,哼哼唧唧,八字没有一撇儿,还人民人民的呢!

姓苏,也很好,他喜欢这个姓。

他们试图给高来喜道道喜,按惯例对他讲点吉利话,至少也要与他开开玩笑,敲他的竹杠,要他请大家吃糖,哪怕是乡间卖的劣质糖。他们总算是同命运一场——同"事"同志一场,朝夕相处一场。特别是钱文念念不忘他们曾经共同度过的美好岁月,念念不忘是他对于高来喜的"对象"更迭采取最宽容和理解的态度。在高来喜弃卞追刘的时候,别人都谴责他,而他是尊重小高的私生活的。他为他还说过话。他们曾在一起度过了多么光明的日子!小高不会不记得了吧?如今,他正经结了婚,他怎么可能什么都不告诉他,视他如路人呢?

徐大进与苗二进则念念不忘他们二位也是领导——怎么结婚这样的大事高来喜竟敢不向他们透露分毫?更谈不上请示了!他怎么连在生活会上也不提一提呢?照他这样,生活会还有什么意义什么权威呢?

这样,几个人便轮流以友好的与严厉的态度向高来喜询问起他的婚姻大事来。

高来喜守口如瓶。对于自以为是友好的询问,他回答"没有没有没有",否认自己是结了婚。如果追问,他只是一笑置之。再追问,干脆连笑也不笑了,只做是又聋又哑,听不见你的问话,把你晾在那里。

而对于大进二进的要求汇报式的审问,他的回答是:"我向组织上请示过了。"大进与二进不甘心,嗫嗫嚅嚅地说什么"和我们也谈谈嘛"。高来喜眉毛一扬,冷冷地说:"领导上已经同意我的请求,没有和你们谈的必要。"

他的拒人于千里之外的坚决,令所有的人惊讶也令所有的吃瘪者毫无办法。再没有脉脉含情,再没有起码的社交与礼节。用不着讨好任何人。用不着把什么大进二进之流当成"领导"。用不着把钱文之流当做什么同志朋友。用不着把这一伙人看成一个集体(罔论什么"不沉的湖"乎)。用不着把他们的生活会看成当真的一个什么"组织"的"生活",干脆用不着把他们这个劳动班组看成一级组织。用不着对所有这里的人有任何真诚和友谊。用不着考虑群众关系——他们压根儿就不算是群众,哪儿来的群众关系?旧情已经割断,新生尚未开始,现在的事什么也不算!我与你们在一起只是不得已,我与你们井水不犯河水,除了真正的共产党我谁也不怕,除了真正的共产党我用不着你们管。我不相信你们有什么阶级友谊同志爱护,你们也用不着相信我。我不想搭理你们你们也少搭理我。少跟我套近乎,少跟我来你们这一套:一会儿互相关心,一会儿你咬住我我咬住你不撒嘴扣帽子告密找岔子无所不有。算了,全他妈的算了吧!他的潜台词作如是说。

钱文脊背上冒凉气,他好像又被刺了一刀。连李福宏说起这事也不住地摇头,说是大家抬头不见低头见的,小高办事未免太绝了。大进二进在小高的坚定决绝面前败下了阵,他们神气不起来了。只有杜冲独具慧眼,他称赞道:"你走你的阳关道,我走我的独木桥;何必狗扯羊肠子,没结没完,鸡巴毛炒韭菜,分也分不开呢!"他竖起了大拇指,"小高有两下子!真正称得上大彻大悟的,咱们这里只有高君一人而已!"

杜冲感触良多地告诉只剩了翻眼的众人:"爱欲生烦恼,烦恼生智慧,智慧则更生地狱的痛苦。心象生万象。万象生幻象。幻象压死人!没有什么留恋的。留恋就是枷锁呀!不跟咱们黏糊了,也就不背这套枷锁了。那么咱们又为什么背上枷锁不肯放下来呢?放下来吧,放下来吧,阿弥陀佛!"

"三天不批判你又痒痒了不是?"大家取笑他说。他正色道:"我这是批判个人主义呀!对于诸君,你们还要求正规的马克思列宁主义课程么?你们配么?这样旁敲侧击地说一说也就行了……怎么样?郑君钱君费君?哈哈,我看今后咱们就互相称呼'君'好了,称同志有点自己不把自己当外人,称先生有点反动,我们互相称君好不好?"

又过了一段,他才陆续告诉别人,萧连甲的死他是估计到了的。上次亲爱的集体批判他,他一怒进城见到陆浩生书记,陆书记就与他说了女儿陆月兰与萧连甲恋爱的事。陆书记说月兰太任性又受了太多的不健康的影响,她与萧连甲的关系是完全没有前途的。萧连甲应该安心改造。月兰应该安心学习。陆书记甚至委托——杜冲说,陆书记的原话是"拜托"——杜冲去劝一劝萧连甲,晓以大义,晓以利害,劝他迅速断绝与月兰的来往。杜冲觉得这事很不好办,他不认为萧连甲是一个听得进别人的话的人。他只答应了尽力而为。他还献策说,关键还得看小兰,他称呼月兰为小兰,有意无意地流露出他与陆书记的亲密关系,令听众心头一动。陆书记说,小兰那里好办,听说她最近竟然荒唐地代萧连甲去领工资,她受到了萧连甲单位的财会人员的盘问和冷遇,她受到了很大刺激。陆书记说以此为契机他正准备找女儿谈话解决这个问题。杜冲说到这里大家就明白了。

于是费可犁说起他的爱人的诉苦,说是她再也不想去领丈夫的工资去了。发工资的出纳的那种冷淡那种白眼,那种一个女人对于一个素不相识的另一个女人的轻蔑与厌恶,实在让人受不了——比让她挨一次斗还难受。说到这里大家面面相觑,都想起自己给家属带来的罪孽,不由得同情起陆书记来了:是呀,如果是他们的女儿,也不能让她去跟一个右派呀,何况是市委的一个书记呢。想到萧连甲的爱情奇遇,不由得想起"癞蛤蟆想吃天鹅肉"的俚语,齐声叹开了气。

杜冲自称他知道这事并不好办,他只是略略点了点萧连甲,暗示他不可对于陆月兰的事太当真,他只是强调了"高干子弟"的兴之所之,未必靠得住。萧连甲无反应,他也就没有再说下去。"我是知道这个事要麻烦的。"杜冲叹着气说。

回避也罢,冷漠也罢,渐渐传出了有关萧连甲的死的细节。据说在他与月兰分手以前两个人一起在颐和园玩了一整天。初冬的颐和园,光枯的枝丫与满地的落叶,夜间昆明湖已经结一层薄冰……这本身就充满了凄清,据说月兰一直是哞哞地哭,而连甲一直在安慰她。据说他们在排云殿前合了影。据说他们还划了小船。天冷了,这是游艇开放的最后一天了,全天只租出去了五条船。据说当时月兰就要跳昆明湖,连甲阻止了她。据说在船上他们对唱了歌剧《茶花女》的选曲。据说他们在后山呆了很长的时间。据说他们在后山的一个山洞里已经结合,据说这是小兰自己向她的声乐教师陈丽坦白的。据说在他们离开颐和园的时候他们的神态引起了东门派出所的注意,一个老警察盯住了他们,几乎扣留下他们进行盘问。

  据说在休假最后一天,也就是他们诀别于古老的颐和园的第三天,萧连甲乘火车来到了只有首长与外宾夏天才去一去的北戴河。据说那一天下着小雨,风也刮得急。据说萧连甲那天穿了一件"资产阶级味儿"的米黄色的风雨衣,他就是这样在凄风苦雨里走向大海的。据说只是在五天以后渔民才在海里发现了他的尸体。没有人认识这具尸体,泡涨了的尸体已经面目全非。也没有人寻找不见了的萧连甲。这具尸体在招领了几天以后就作为无主野尸由当地渔民掩埋了。是月兰在说好了与萧连甲各自东西以后过了一星期,突然心惊肉跳,她夜里做了噩梦。据说她梦到的情况与实际相去不远——所以也可以说是连甲给她托了梦。当然这是迷信,也是事实。于是她去连甲的住处找连甲,没有;问他的原来单位,说是不知道,又把长途电话打到了乡下,也没有,也不知道。是她认定萧连甲出了事,利用父亲的关系,她直接找到了公安局长。这样,重新掘尸验尸,才找出了连甲的下落。

  听完了这一段故事以后,最不解的是李福宏。他一直磨磨叨叨:"死就死吧,何必搞得那么麻烦?其实上吊最简单了,最后还落个全尸。跑到人家北戴河去干什么?人家哪儿招你了呢?一口一口地让海水淹死多呛得慌呀!"

  没有人响应他的说话。没有人参与这个怎么样自杀最合理的专题讨论。他们的心头一片灰雾,一片汪洋,一片浊浪。他们只盼望迅速驱散自己心头的灰雾汪洋浊浪。他们害怕。他们感到恐惧的是会不会自己也有这么一天,会不会轮到他们当中的另一个人或者干脆就是自己走萧连甲的路。他们的眼神里充满了惊恐。

正好这几天组织他们学习毛主席的《介绍一个合作社》。大进和二进根据他们的思想情况要求他们学习毛主席的文章要联系自己，联系最近发生的萧连甲的事件。毛主席的文章里提到旧的上层建筑的土崩瓦解的形势已经形成，人们的思想不变也得变，除了少数几个带着花岗岩脑袋见上帝的反动人以外，全体人民正在进行伟大的思想革命思想解放。

大家马上受到了启发：像萧连甲这样，不就是带着花岗岩脑袋见了上帝了吗？到此为止，不必再批判下去了。杀人不过头点地，毕竟人已经死了嘛，花岗岩脑袋已经或者正在腐烂成花岗酱了嘛。

大家在联系自己的时候就不那么客气了。大家纷纷表态，自己绝对不做花岗岩，大家都声称自己绝对没有做花岗岩的意思更没有做花岗岩的胆量。杜冲声明："我们不是花岗岩，我们宁愿做'糁子粥'。"入冬以来，权家店的饭食只剩下了糁子粥一种了，黏黏糊糊空空洞洞流来流去，抓也抓不起个儿来，吃又吃不多，吃完了又不解饱，它像一团糨糊一泡稀屎，更像一摊鼻涕。他们强调自己是糁子粥而不是花岗岩，以此表现自己的诚惶诚恐，驯顺谦卑，屁滚尿流，胆碎肝破，东倒西歪，语无伦次，永远投降，永不翻案，再无危险，只求开恩……这比喻既是即景生情，又是饱含内蕴，很有些个意在言外，不但形似尤其是神似。所以人人咀嚼，个个温习，不断重复，笑声连连。果然大家不再想萧连甲的事儿了也不那么惊恐了。糁子粥的妙喻确有奇效。

后来杜冲提醒，好话说三遍，神仙也讨厌，不要再没完没了地再"贫嘴"下去了，大家才见好就收，没有因为一时笑得痛快找出新的麻烦来。

在糁子粥的生动比喻的化解下，活着的人继续有滋有味地活下去了。而青年理论家萧连甲就此与读者告别，把他的痛苦留给了陆月兰，让陆月兰一生一世再不要想得到幸福了。

又过了一个星期，传来了有关萧连甲的死的新的细节。据说在他的宿舍的字纸篓里,发现了许多他写过字又团成一团的纸条,每张纸条上写的是:"我不是黄世仁!"这个细节使众人愕然。

杜冲摇摇头,评论说:"人就怕想不开,怕就怕这个想不开呀!"

钱文做了一个梦,梦见了一些字条和萧连甲的模糊的脸,他吓醒了。

天网……不漏。你相信吗?他们颇不忠厚地拿着糁子粥自嘲,他们的嘲弄中流溅着毒汁,他们终于得到报应了。糁子粥报复了他们。

这一个冬天只剩下了糁子粥。在匆匆挖就的地窖里储存的生产队的白薯,全部冻烂了。有的白薯冻成了黑褐色,味道苦辣。有的白薯冻成了鲜艳的血红色,令人心悸,似乎是白薯被凶杀而出了血,味道腥臭,更叫人难以忍受。除了刚刚收白薯以后,他们吃过一些受过伤无法入窖的残破白薯以外,人们包括栽白薯的农民再也没有白薯吃了——往年白薯一收是立即分到各家由各家自己想办法保管的,今年,谁也没有。

山药——土豆,已在秋后吃光。剩了一点点也都受了冻伤。土豆冻了虽然发黑发麻发木,但还比冻白薯好吃一点。可惜的是冻土豆也很快就吃完了。人啊,怎么硬是这样能吃呢?

便只剩下了糁子粥,遥想几个月前吃蜂蜜炸糕的日子,恍如隔世。冬天天短,一天只喝两顿粥。粥很热,很香,看起来也还稠,实际晾凉了一搅,便成了稀水。喝到肚里,撑得肚子老大,硬是不抗饥。喝了两大海碗,一个多小时以后,就开始撒起尿来,一会儿一泡尿,尿在寒冬热气腾腾,而人是愈尿愈冷,愈尿愈饿愈尿愈睡不着,愈睡不着愈尿。"愈穷愈挨剋,愈冷愈撒尿(读虽)",李福宏叹道。他看着自己身上的本来就不多的热气随着尿而散失,心疼得要死。

郑仿最敏感。他从小没有在吃的方面受过任何罪,也从没有以稀代干,以粥代饭的饮食经验。别人喝两碗,他喝一碗已经觉得大腹便便腹胀欲破。他比别人喝的粥少,便饿得更快更狠更惨。饿到下一顿,常常是两眼昏花腰酸背痛……郑仿自幼接受良好的教育,立坐走跑……都有正确的姿势,他是从来不像一般同胞那样微驼着背的。但是,喝糁子粥喝得硬是顿顿直不起腰来。

于是这些个人便在扩大肚腹容积上狠下工夫。李福宏无产阶级一马当先,首创一顿喝粥三大海碗的纪录。据说这种碗一碗是装二斤半水的,干货再少,粥也比水的比重大,三碗下去岂不将近八斤?一个人总共才能重多少斤?郑仿与费可犁讨论来讨论去都认为一气喝八斤稀粥理论上是不可能的。但是理论上不可能的东西实际上却做得出来——要不怎么说理论是灰色的而生活之树常青呢?

有了标杆人人齐上进。杜冲没怎么样费力也喝到了三大碗——这也清楚地说明了阶级的烙印,杜冲毕竟是从农村走出来的。大进二进不言不语,悄悄地也都喝到了三碗,这个情报是李福宏侦察出来的。他连续几天喝粥时不苟言笑,两眼诡诈,东张西望,最后提供了这个重要的情报,令众人佩服不已,佩服大进二进,也佩服李福宏师傅。

最最令钱文兴奋的是,除去这些出身好有来头在旧社会苦大仇深从而公认会是处于喝粥前列的家伙们以外,第一个达到喝粥上游水平的竟是他钱文!他钱文何德何能,竟有如此殊荣殊就!短短适应了两三天,他就一顿喝了三碗,意犹未尽,竟然又加了三分之一碗!钱文万岁!改造万岁!糁子粥万岁!就凭这肚量,他也能在改造的路上信心百倍地大步走下去!

郑仿着急起来,这样下去,他还怎么过冬,怎么保持改造上游的喜人纪录?他向杜冲去取经,问杜冲怎么样才能喝下去更多的粥。杜冲笑道:"一个粥嘛,百分之九十五的水嘛!喝水能撑死人吗?怕什么?尽管去喝就是。唉唉,咱们这个粥呀,您就别提啦!你注意过没有?咱们入冬以来拉出来的屎是什么样子的呢?"

郑仿摇头。

"咱们一拉屎也是一大摊,可屎一干呢,只剩下了皮子壳子了,风一吹,咱们的屎一点就不剩了,连臭味都没有啊!郑君,你还当你自己有多臭呢!如今是想臭也臭不起来呀!"

"你观察得倒挺细致。"郑仿嗫嚅道。

"我观察的?"杜冲大不以为然地说,"这是农民弟兄祖祖辈辈传下来的生活经验。哪个老乡不这么说?哪个农民不研究大粪?你没有听这里的农民说过?偌大的北京城,什么也不出,就出一个大粪!大粪大粪,这里边也是有学问的呀!去北京掏大粪,东城和西城的大粪的价钱就不一样:东城阔人多,吃得好拉得臭,粪的价钱就高一些;西城就不行啦,穷人多,吃的没有油水,拉出来的大粪上到地里也没有什么劲呀!唉,人穷就是罪呀,连拉出屄屄来也是低人一等的啊!至于咱们这吃糁子粥拉的粪,说实话,白送也没有人要!"

"这可真是头一回听说。怎么农民就没有人跟我说这些呢!"

"郑君那个酸溜溜的改造成上游的样子谁愿意理?我看你还真应该改造改造!连这都不知道你还改造什么?你连这个都不注意,你还怎么和农民阶级弟兄打成一片?过去农民最上心的就是一个屎!给地主扛活可以,有屎一定要回家拉到自己的茅坑里!什么时候你知道自己拉什么样的屎啦,你就算改造得差不多啦,我的大少爷君!你们真是养尊处优惯了。"

"向你学习!向你学习!先教教,怎么样才能喝得多吧?喝还不会喝呢,学会了拉臭屎也没有用!"郑仿起着哄说。

"怎么样才能喝得多?你给我使劲喝就是啦!这样的东西你还有什么客气的?什么肚子胀啦胃疼啦,全是资产阶级的一套!全是撑出来的毛病!别听那个!反正谁饿谁难受!晚上这一顿,你就给我喝,不喝够三碗,决不能饶了自己!"

郑仿果然照办。这天晚上,他一闻到粥味就两眼圆睁脉搏加速起来。我郑仿不怕蒋介石,不怕离乡背井,不怕挨斗,不怕背篓挑水上山,不怕当右派;难道还怕软绵绵香喷喷的糁子粥吗?喝!

果然他咬牙切齿两眼发直地一口气喝了三大碗,还不甘心,他又

289

加了一勺。喝完了却不知道是怎么喝进去的。

"三碗?"杜冲问道。

郑仿点点头。他想说话然而已经出不来声。他想,原来,吃粥也是一件伟大的壮举。

喝完三大碗零一勺已经一个多小时了,郑仿只是觉得肚子里又重又胀,好像是千斤的分量坠在了肚腹里,坠压得要命。他的眼睛一直瞪得大大的,他的拳头一直握得紧紧的,他的呼吸一直喘得粗粗重重的,像牛;他的额头一直是汗津津的。他想放松休息一下,硬是放松不下来。我这是怎么了? 他想出去转一转和同事们说说话开开心,也硬是说不出话来。他紧张起来了,一紧张,眼珠子瞪得更大,拳头攥得更紧,气喘得更粗了。

他不敢怠慢,慢慢躺在了炕上,直觉得身体僵硬躺不下来。刚一平躺下来,便觉得一肚子的粥往回涌,差不多涌到了嗓子眼上。他连忙又欠起身子来,抄过来一个大枕头半靠在上面,肚腹坠得生疼。往左歪一歪,左边大疼,往右歪一歪,又坠到了右边。他似乎看到了自己的惨状,薄薄的一个小胃里装满了糁子粥,粥熬得很稠,实际上又很稀——没有多少干货,粥软软乎乎,其实糁子又粗又硬煮不烂嚼不碎愈嚼愈粗。八斤多粥坠在那里,随着他左歪就往左压,右歪就往右压,他只觉得胃壁快要撑破了。

我的亲娘呀! 一股又酸又苦而且带有臭味的带有拉嗓子的玉米糁子颗粒的液体从他的嗓子眼里倒涌了出来。好一个郑仿! 他咬紧牙关把这些颗粒和液体硬是又点滴不漏地咽了下去。我的亲娘……胃壁一阵生疼,他直以为是穿了孔,额头落下了豆大的汗珠,终于大声呻吟起来了。

妇女队长不在家,白文才闻声走了过来。"郑,怎么了?"他问。然后不等郑仿答话,他自己又咳嗽又喘又呻唤起来了。

"没什么没什么,我这儿放几个屁就好了。"郑仿赶紧声明,他不敢说是粥喝多了,怕那样政治影响不好,尽量说得轻松。白文才打量了一下郑仿,狐疑地走开了。

　　白文才前脚刚走,这里郑仿已经支持不住了,方才的故作镇静也是要付出代价的。他一放松,只觉得天旋地转起来,一阵堵胀一阵疼痛周身就像被拧成了麻花,真是比死了难受,我郑仿莫非就死在今日了吗?他一闪念间,哇的一声,啊的一声,只觉得大江大河从心底翻滚,惊涛骇浪自身内喷薄,天翻地覆慨而慷!哇的一声啊的一声——他把喝下去的糁子粥全部呕吐出来了。

　　呕吐一共进行了三次,每次进行得山崩海啸,全身心地跟着颤抖跟着抽搐跟着用力跟着拼命,每次都是生死的搏斗痛苦的挣扎孤注一掷的冲锋,他到了这时候就什么私心杂念都没有了,他只想吐,吐,吐,把一切都吐光,把自身的肠子肚子肝脾胃肾都呕吐干净才好。而吐出来的东西,也就是他一两个小时以前拼命收取进去的东西竟是这样恶臭狼藉脏不忍睹;却原来呕吐是这样痛快这样扫荡自己这样收拾自己,呕吐竟使他郑仿又哭又笑哭完了就笑笑完了就哭起来。呕吐可不像吃饭那样费劲那样一点一滴地往下压那样慢慢腾腾;呕吐起来是毫不客气的,呕吐起来如日月经天长河贯地如龙腾虎跃如哪吒闹海,慢慢压进去的东西几下就吐了它个一干二净,太痛快了,太舒服了,太轻松了,我再也不为这些身外之物而肿胀而煎熬而辗转反侧了……

　　人之大患在有吾身!在大呕吐之后的快乐的晕眩之中,郑仿想起了这么样一句话。

　　……夜半醒来,郑仿只饿得肠翻肚搅,全身一阵阵地痉挛,脑袋也跟着嗡的一下哼的一下,被击打了一般的发昏;一种新的与刚才呕吐前的恶心体验不相同的恶心有节奏地向他的身体袭来,他只觉得是在摇,摇,摇,像晕船一般在被摇来荡去。他又乏又软又全身难受。乏软之中刚刚入睡,立即被难受的感觉摇醒了。刚刚被"摇"醒,又在极度的疲乏中昏然睡去。依稀中他想起来革命家的受刑,打昏过去,再被冷水浇醒。他这算是什么呀,远远还没有受刑呢,怎么已经是这样的痛苦了啊!

　　凌晨五点了,天还漆黑;郑仿看完了表就再也睡不下去了——他虽然穷饿潦倒,倒还是趁一块手表。然后他再也无法入睡,同时饿劲达到了最高潮,冷劲也达到了高潮,他把身体缩成一团,哆嗦个不住。我快要饿死了,他想。这时候想起糁子粥来,他觉得是多么香甜呀!从现在五点起到十点吃糁子粥还要等五个小时呢,这五个钟头可叫他怎么过呢?

　　在一阵大饿劲儿涌过来的时候,他忽然想起,如果刚才呕吐出来的那些东西他放到一个罐罐里,他现在会毫不犹豫地把那些吐出来的东西再吞咽下去……人之大患在有吾身!吾身吾身,吾身是多么的不争气呀!没有尊严,没有文明,没有风度,没有一点体面!

　　终于等到了十点钟。他佝偻着腰,哆哆嗦嗦地喝了两碗糁子粥,他没有敢再多喝。他觉得自己勉勉强强活了回来。但是他更饿了。他想吃鸡蛋、油条、米饭、汤圆、红烧肉和清蒸鱼;这几样食品中的任何一种都足以使他销魂失魄。如果现在有谁能赏我一口这些吃的,我情愿给他下跪我情愿管他叫爸爸呀!他几乎喊出了声。

　　上午饭后他被派到马圈去起粪,和他一起起粪的还有几位革命干部,其中就有那位腹腔共鸣很好,批判起他们来声音蛮好听的原少年宫的声乐教员。声乐教员干了一会儿活觉得热了,把棉袄脱了下来挂在了一根拴马的柱子上。郑仿很奇怪他为什么会热,而他只觉得又冷又饿。一次他送完了粪,挑着空粪筐走过那根拴马柱子,他多看了一眼,只见声乐教员的棉袄兜里露出了半块乡下人叫做甜饽饽的核桃酥。这里的合作社卖核桃酥了?人间竟有桃酥在!毕竟有桃酥在!郑仿只觉得五内俱热。看看周围没有人,别人已经歇了,是他腿肚子发软,腰抽背弯,挑粪挑得最慢,回来得最晚。一阵冲动使他的心狂跳起来,他只觉得世界上已经没有任何一种力量能阻止他,他就是要把手伸到那个棉衣兜里掏出那块桃酥来了,他再也不能不吃这块摆在他的面前摆在他的嘴边的桃酥了。如果他坚持不吃这块桃酥,他就会饿死馋死急死发起疯来。他的眼前只有两条路,一条是吃了这半块桃酥活下去,一条就是不吃这块桃酥他就一定要死去了。我也长着嘴长着肚子,为什么我就不能吃他吃剩下的桃酥呢?他不能再折磨自己了,他不怕什么耻辱,又是右派又是贼也行,吃完了就枪毙也行,他为什么要折磨自己看着这块现成的桃酥而不吃?他太想吃这半块桃酥了,还完欠萧连甲的十块钱以后,他自己连买这半块桃酥的钱也没有了,早知道还不如不还呢,不还又有什么?穷而且穷得这样酸,何苦来?

就在他忍着心脏的狂跳走向那个棉袄的时候,他听见了一声咳嗽,是权二虎走过来了。"郑,歇歇吧,你这个身子骨不行啊,瞧你瘦的,别一阵风把你吹跑了呀!"队长关心地说。

"唉,你们还是跟我们不一样呀……一天两顿糁子粥,叫你们怎么受?"

"无产阶级,资产阶级,无产阶级,资产阶级……"他嗫嗫嚅嚅,惭愧得无地自容了。

"人之大患……尤其是资产阶级之大患在有吾身,为有吾身,乃为下贱,乃为罪恶,乃为耻辱,乃为万劫不复之深渊……"他想起萧连甲来了,萧连甲那样做是有他的道理的,我什么时候什么时候才能舍掉吾这罪恶的身躯呢?

硬是舍不掉呀,硬是舍不掉呀!

一天两顿糁子粥的结果是大家都生起病来,不仅右派生病,非右派乃至左派也病起来了,久经考验的农民弟兄也今天你病明天我病起来了。吾身即尔身,彼身亦众身,却原来娇贵也罢低贱也罢,众身对于食物的要求也是一样的呀!可怜一个臭皮囊,竟是这样落后孱弱没有革命精神!

郑仿在那次三海碗粥事件以后,肠胃大大虚弱起来。先是一连四天拉不出屎,第五天蹲坑蹲了半点钟,腿麻耳鸣眼花头晕,一块东西顶在屁股门上硬是出不来,再一用力肛门口如同刀割。郑仿无法只好自己下手去抠，一抠，硬顶在那里的硬块又收缩回去了……最后抠出了血来。他只好把血擦一擦，把裤子系上去找杜冲。正好李福宏在杜冲那里给杜冲理发，见郑仿愁眉苦脸地跑来，蓬头散发，两眼惊恐，一跛一颠，骨瘦如柴，三分像人，七分像鬼的样子，忙问哥哥您是怎么了。郑仿说明情况，李福宏扑哧一笑，忙说："那是你来了月经了！"郑仿只顾痛苦，也不反驳，眼巴巴地看着杜冲。杜冲连忙献策，他说其实他已经便秘很长时间了，一天两顿粥还有什么屎尿屁可拉？可不拉硬是不行啊！他说根据他育儿的经验，遇到这种情况可以用浸过水的肥皂往屁眼里捅，一捅一润滑屎就出来了。他自己就是这样做的。杜冲讲得津津有味，做出姿势撅着自己的屁股给郑仿看。郑仿反而搞得老大不好意思。都是堂堂正正一表人才的人，都是满腹经纶即使不能治国平天下也能分析自己的与别人的不少思想问题的原来与未来的干部，居然还一人长着两瓣臭烘烘的屁股！这已经够令人沮丧的了，结果这一部分还出事他还得为这一部分的事去请教旁人，等于公开自己的隐私，更令人汗颜。李福宏的玩笑粗鄙不堪，几近侮辱他始终无缘亲近却始终满怀敬意的女性，令人为人自身的野蛮而黯然。他一个没有多少文化的工人，可以不予置理。那么，堂堂杜冲，就不能把话语和动作变得含蓄些？就不能说个"臀部"代表屁股，用"肛门"代表屁眼？说就说吧，又没有什么难懂的，何必撅着腚比画？而这一切都是他引起的呀！他何以自容自处呢？

  倒也算是取来了真经。郑仿如法炮制，果然奏效，最后抠出来的不过是一枚羊粪蛋似的硬球。郑仿为之良久叹息。想当年他的自我感觉是多么良好啊！名门大户出身，名牌教会学校的高才生，身高一米七十八，眉清目秀，鼻端口正，说不上风流倜傥也算得上是仪表堂堂；上大学那年他还穿过西装打过花领带呢！反右斗争一开始，他就把这张西装照片上缴给领导了——那当然是他的资产阶级身份的铁证。他不但文字能力强，而且英语也学得不错，他摸了摸底，一起劳动的这些个家伙里边只有他懂英语——他确实是罪孽深重呀！过去就连拉屎他和他们也不一样啊！他什么时候想得到人也可以拉出羊粪蛋儿来？过去,即使是他上过的最差的茅房也比现在强得多呀！他在他堂舅家上的厕所什么样儿！光是厕所里的镜子也让他心明眼亮,精神为之一振呀！

这也是教育,这也是人生！正是这次的糁子粥,使他看清了或者开始看清了自己,不仅看到了自己的仪表五官身躯四肢,而且看到了自己的牙口,自己的肠子肚子,如今更是不能不面对自己的屁股与屁眼了！原来他是那样飘飘然醺醺然怡怡然巍巍然人五人六,人英人精,羽毛光洁,神气活现。到如今……从吃到吐到拉到抠……老百姓世世代代不就是这样过来的吗？让他也尝一尝——哪怕是只尝一次老百姓的生活的滋味吧。嘴上说说无产阶级与实际上做一做无产阶级滋味大不相同呢！让所有的资产阶级代表人物与自以为是无产阶级代表人物实际上又没有过过无产阶级的生活的人物都来拉一次抠一次羊屄屄蛋屎来吧！他还有什么可骄傲的吗？他还能把尾巴猖狂地一翘老高吗？

人之大患在有吾身。一个人,不论是资产阶级或者是无产阶级,能每天或者每隔一天正正常常地拉一次屄屄,是多么幸福呀！

再高明的理论,再伟大的信仰,在最平凡的吃喝拉撒睡问题没有解决以前,也显得是多么苍白,多么匮乏,黯然失色了啊！

十余天以后,传来了好消息:第二天晚上将要吃南瓜。南瓜是从公社调来的,这完全是洪嘉同志的功劳。本来,最近中央有文件,是不准许搞调拨——叫做"一平二调"的,但是洪嘉去公社开会的时候汇报了下放干部们的健康问题与营养问题,她要求调一些南瓜来,她答应将以适当方式对这批南瓜做出报偿;她论证这批南瓜对于干部的革命化将会起积极的而不是消极的作用……总之经过努力,南瓜来了,即将进入他们的肚子。费可犁当即找出了一本谈食品营养的书——他在这里居然还带着谈营养的书,不改造行吗——翻出了有关南瓜的分析:它含有碳水化合物,含有蛋白质,含有矿物质,含有维他命 ABCDE,含有微量元素铁与锌……总之从理论上分析,一个南瓜几乎包含了人体所需要的一切,从理论上分析,吃完这次南瓜以后,他们的营养状况将会发生根本性的变化,他们将由饥变饱,由弱变强,由营养不良变成营养丰富,由孱弱多病变成健康茁壮;他们的精神面貌将由萎靡疲惫变成欣欣向荣乐观向上。

他们把一切希望寄托在这次南瓜的享用上了。

果然南瓜吃得盛况空前,十分动人。钱文边吃边感谢称颂洪嘉的英明领导,并把他对于洪嘉的称颂与对于党的拥护结合起来。他深感洪嘉已经今非昔比,已经大大地成熟了,已经能够把原则性与灵活性巧妙地结合起来了,已经能够掌握火候体察下情争取人心无微不至体现政策体现关怀体现党的温暖了。他深深地为洪嘉的成长而欣慰,为自己的不争气而惭愧,为自己当初曾经瞧不起洪嘉而后悔不已了。

想不到的是在吃过南瓜以后,首先是钱文,接着是郑仿,再接着是费可犁泻起肚来了。第二天杜冲和李福宏也泻开了肚。徐大进不屑地说:"那么馋干什么?南瓜要吃,要营养也得要命呀。南瓜是公社的,肚子是自己的呀!"二进止住了他,并且悄悄告诉他,二进自己也已经泻上了。只不过二进觉得这样说起来影响不好,没有把自己泻肚的情况告诉别人罢了。

第二天下午,徐大进也泻开了。农民中吃了南瓜的,也有少数泻肚的。总体看来,农民比起知识分子,他们的优越性伟大性坚强性还是明显的。那么这么多人吃了南瓜泻肚的原因到底是什么?一直是众说纷纭。一说是南瓜里有油,而他们已经很久没有吃过油了,骤然一接触油,焉有不拉稀之理?一说是南瓜本身有问题。还有说是南瓜性温,玉米糁子性寒,一寒一热,如同湿暖空气与干冷空气在高空相遇,阴阳不调,就形成了降雨——水泻之势。

所有这些假说在它们提出来的同时也就被驳斥得体无完肤了。根据费可犁的营养书,南瓜基本不含脂肪,因油致泻说不能成立。凡是吃了南瓜的人无不对于南瓜的成色深信不疑,而且他们说公社方面外销的南瓜是四远驰名的,许多人都吃了这里的南瓜,既然别人吃了南瓜收效很好,而只有他们一小部分人才吃了闹肚子,这就说明不是南瓜有问题而是他们的肚子有问题。至于食物的寒热问题,本来就没有经过科学的实证,即使按照中医理论,也没有吃寒性食物便只能一味吃寒,吃热性食物便只能一味吃热这么一说,正因为食物有寒有热,吃起来才阴阳调和,寒热互补。这样,这次吃南瓜而众人泻肚事件便得不出科学的解释,而从一正一反的各种意见的辩论中,这些因饿而馋,因馋而大吃南瓜,因吃南瓜而腹泻而更加失去营养的倒霉蛋们,仍然显示了自己的口才、思辨与论证能力、思辨与分析习惯、知识的驳杂不纯、判断的似是而非、在实际生活面前的无能为力;他们仍然会瘦骨嶙峋滔滔不绝莫衷一是半明半暗地活下去改造下去辩论下去研究下去,任虽未必重,道那倒是确实很远很远的。

然后是外科与内科的疾患。钱文先长起了针眼——麦粒肿,左眼皮长完了鼓包右眼皮又长,疼痛难忍,丑陋不堪,他甚至于失去了对于治好针眼的信心,因为只觉得针眼是在一个接一个地长下去。费可犁长起了脓包,长在屁股与腰眼之间,害得他整天龇牙咧嘴,弯腰斜背,痛起来呻吟不止。杜冲则大闹其湿疹,他见人就说阴囊部位瘙痒的滋味,毫不避讳地当着众人在阴部抓搔不止,有时愈抓愈痒,一时兴起,隔着裤子搔还意犹未尽,干脆当着男女同胞就伸手进自己的裤裆,抓搔到流血流汤为止。李福宏都看不过去了,建议他动作上雅观一些,他理直气壮地说道:"病就是病,丑就是丑,痒就是痒,臭就是臭,我本来不是资产阶级,现在犯了资产阶级的错误,你们看见了吧?就是要表现出资产阶级的丑恶,不丑恶还费这么大劲改造什么?丑恶了才能接受点教训。酸文假醋的还能够改造吗?岂止是抓破一点皮呀,我是头上长疮脚底下流脓,全身都彻头彻尾地烂掉了,我就是反面教员嘛!"

李福宏被他说得五迷三道。李福宏自己也正为冻疮而苦恼,他不但穿了棉衣棉袄毛窝（棉鞋），戴了棉帽子，还戴了脖套耳朵套手套，只是全身冻疮不止。至于章婉婉，早已经因了诸病齐发回城治疗去了。

其实回城也就好了，根本用不着治。人们说。

针对这种说法二进布置大家讨论。确实，农民世世代代就这样生活过来的，就比这样还苦得多地生活过来了，他们没有叫苦，他们没有闹事，他们一直提供着城里人需要的粮食棉花吃的用的，他们究竟有什么特权不能过农民的生活呢？其实他们的生活还是远比真正的农民强得多。除了惭愧，他们到底还能说什么呢？

农民也在病着，只是他们并不觉得这病有什么稀奇就是了，在村里唯一一个医生那里，革命干部们，犯错误的干部们，农民们常常见面。唯一的这位医生是中医，他当过兵，一条腿在朝鲜战争中失去了，他的妻子是一个年轻美貌的哑巴。很难说他胡乱开出的药方是有效还是无效，但是去医院——也就是他的家——找这位医生看病并趁机欣赏他的哑巴妻子的美貌，倒也不失为一种乐趣。他家里经常是病人满满当当。

这位医生与他的妻子都红光满面，令人羡慕。杜冲去了几次很快就与他们混熟了。据杜冲自己说，他在他们那里不但看了病拿了药而且受到了煮鸡蛋与炒花生的招待。杜冲的叙述引起了极大的骚动。花生？这使他们如闻神话！自从五年前食油与油料统购统销以来，他们哪里见过花生？杜冲何德何能，竟有这样的幸运！断腿的医生与不会说话的妻子何德何能，竟有这等的享受！能有这等享受，断腿又有何妨？不会说话又有何妨？娶一个美丽的哑巴并且共享煮鸡蛋与炒花生——或者炒鸡蛋与煮花生——的幸福梦，竟然使郑仿也陶醉了遐想了许多天。高来喜的模式告诉他，与农民结合的婚姻也是大有前途的，远远比他的远水不解近渴的故乡故人之思更实际得多。找个漂亮哑巴，啃上一口，她又不会说话，不会犯错误不会有右派言论，啃上一口她至多嗷嗷地叫一叫而已，不是别有风味么？

他羡慕起跛医生与哑美人的生活来了,他想象着他们俩啃过来翻过去的情景,一个是独腿英雄,一个是无言美女,此处无腿胜有腿,此时无声胜有声……夫唱妇随,有吃有穿,受人尊敬,不用下地劳动,两口子天天在一起,跛与哑都不会影响他们的实实在在的"啃",在众人因为营养不良而感染百病的时候,他们俩居然有花生招待朋友……你还能想象更好的生活吗?你还能想象比他们更健康的配偶吗?与这一对夫妻在一起,究竟谁是残废人呢?为什么他们要把人生搞得那样复杂,又是革命又是反党反社会主义,又是恋爱又是失恋,又是旧情难舍又是扑朔迷离,又是书香门第的大少爷又是剥削者尊贵者的贰臣逆子,又是没顶者又是不沉的湖的衷心的讴歌者……到如今三十岁的人了连一个女人的滋味哪怕是哑女人盲女人的味道都没有尝过,居然还为一下子收到了两封远方来信而沾沾自喜;想当年参加地下斗争的时候自己偷了家里的金条交党费,到如今只剩下了每月十八大块,连外甥都把自己看成一个吃闲饭的人,半块桃酥几乎让他发了疯,这一切是多么的荒谬呀!

他又不得不劝慰自己,他告诉自己这一切代价都不会白白付出,不,白白付出是不可能的,他选择了艰难也选择了充实,他选择了高扬也选择了试炼,选择了光荣也迎接了耻辱……他又有什么可后悔的呢?

他在这个与那个之间动摇。真的是改造呀!反正自从下乡以来,他的许多想法都发生了变化,虽然他似乎更加惶惑了。

到了年底进行年终结算,上级指示说,成立公社的第一年,社员收入只准比头一年高级农业合作社的时候高,而绝对不可以比那个时候低。当听到这个指示的时候大家都傻了。他们没有忘记他们的大吃炸糕蜂蜜,没有忘记在匆匆挖就的大窖里发臭变质了的白薯与萝卜,没有忘记因为忙于深翻地而丢在地里的大秋作物,没有忘记他们为了参加辩论大耳朵而无偿地投入给全社重点赵家坳的工——上哪儿收入高去？

为了贯彻上级的指示，首先需要开会研究。但是权二虎说他们队里连买煤油的钱都没有了，是洪嘉从下放干部的活动经费当中拿了一些钱给队里买了煤油——洪嘉真棒——否则权家店连晚上开个会都不可能了：你总不能让男男女女老老少少摸着黑坐在一个屋里开会。那样开会的话会出什么事你能保证你能负责么？

在大家为了贯彻上级的指示而一筹莫展的时候，在成熟了稳健了气派了的洪嘉也想不出任何办法的时候，大队（乡）干部们想起了他们当年的老领导杜冲，他们把杜冲调到大队参加年终分配工作。

杜冲被请到乡里研究决算问题。此等殊荣不仅使杜冲停止了抓搔阴部的不雅举止，也使众右派特别是自以为是杜主任的好友的郑仿与费可犁喜笑颜开。"党还是信任我们的，党还是用得着我们的！"他们毫不掩饰地如是说。

"您这可是戴罪立功呀！"李福宏感叹道。

杜冲果然不负党的期望也不负众望。他提出：这只能靠计算来解决，这是一个计算方法问题——我们漏掉了多少收入没有计算进去呀！在计算的时候不要忽略可以作为收入的每一分钱，情况就大为改观了。例如炸糕也好萝卜也好，全部是预支嘛，已经进入了人民公社社员的肚子，当然就是收入了，这难道还有疑问吗？去年没有炸糕，今年有了炸糕，这还不是收入增加的铁证吗？其次，社员从队里得到的一切，包括在食堂吃的饭，成立食堂前从队里分的蔬菜，从队里拿的农具，从队里拿了给工伤者涂抹的二百二药水与纱布橡皮膏高锰酸钾……自然也是收入；社员的家庭收入虽然不多，但是也可以算一算，养鸡下蛋啦，编了笤帚啦，捡了柴火啦，挖了野菜啦……过去不算是过去的失误，现在算上不就比去年高了吗？还不够。还不够吗？让我们再想想，让我们算一算，一个社员一年要"偷"多少东西吧——这也是公开的秘密，是分配的一个补充收入的一个方面嘛。其实根本就不是偷嘛，从自己的队里把东西拿回家去用一用，这怎么能说是偷呢？反正人也是公社的人，家也是公社的家，死也是公社的鬼嘛，叫做以社为家嘛！我们可以测算一下，光在秋天收获季节顺手牵羊吃的大枣与核桃就不下每个人七块钱的，装到口袋里裤袋（裆裢）里鞋窠落里带回家去的也有四块钱的。还有甜玉米秆，还有生白薯，还有树上的一切果子，基本上按收六成、吃三成、揣一成计算，决不会冤枉任何人；还有队里大量消耗与丢失的绳子、钉子、电池、火柴、蜡烛、肥皂、纸张、铅笔与圆珠笔……其中至少有百分之八十五被社员们所收入了，这难道会有任何人怀疑吗？

还有一项就叫做其他：什么叫其他呢？算不出来想不起来的就叫其他呗！其他，每人再增加收入——干脆就算他是六块钱，六六大顺嘛，图个吉利嘛，有何不可？

算，算，算……最后，权家店的社员收入在成立公社以后比高级社的最后一年提高了百分之十三，不但是全公社而且是属于全区全市增收率最高的"上游"之列。权二虎为此成了先进人物，说是还要安排他到全国各地参观取经传经之类。权二虎大喜，他向杜冲叫了一声："哥！我算服了你啦！有你这样的能人，别说社会主义，共产主义也是说来就来！你可真是一个好同志呀！我真想给你磕一个头呀！我是说话算话的，这样的好同志划了右派，这不公呀！这不符合党的优良传统呀！我们这里是抗日游击队的老根据地！从咱们这里出去当了大官的有的是！我要找市委去！我要找中央去！甭管他官有多大，见了权家店的人他们还得叫伯叫爷，该叫什么叫什么，有一个局长论起辈分，他还得算是我的重孙子呢……你不是右派！你是对党忠实，有魄力有经验有办法的好同志，不能划！这样乱划我日他祖宗！要划让他们划他祖爷爷我！我才不怕划右派呢，划了右派就算一个月给十八块，也比我当这个鬼日的队长强呢！去他娘的屁吧……"

杜冲如实地把权二虎的快人快语告诉给自己的同伴。大家无不佩服。最后杜冲说了实话："你们猜，我这一套是从哪里趸来的吗？

告诉你们吧,这全是小高的学问!毛主席说得好,群众是真正的英雄呀!小高呢,肯定是从他老婆、丈人那里学的呗!当然。我也不客气,我是发展了,咱们毕竟是在上级机关当过头头的人,咱什么没有见过?把丢的东西也算做收入,这就纯粹是咱姓杜的的发展,叫做青出于蓝而又胜于蓝啦!"

众人啧啧叹服。

晚上开会宣布决算,一报账,是这么多那么多;宣布分配方案,是扣了这个扣了那个,最后百分之四十的户一分钱也分不上,百分之三十多的户算完了是倒欠队里钱,百分之二十几的户还可以分一些钱,钱数自一块两块三块五块至四五十块不等,结余最多的一户是本村唯一的地主——他居然结余一百六十三块。原因很简单,这个"狗地主"饿死也不敢从队里支钱。所有有结余的户现在分不到钱,因为账算下来,社员欠队上的多于队上欠社员的,欠账的社员不还清账,有结余的社员和候补社员(按政策,地、富分子算是候补社员)也就分不到钱。如此这般……

会议乱成了一团。真称得上是哭的哭,叫的叫,喊的喊,笑的笑,打的打,闹的闹。"给地主扛活扛一年也不能这样呀!""就让我们喝西北风吗?""还说是提高了收入了呢,哄你先人去吧!"大家也不怕辩论了,什么难听话粗话都出来了。权二虎也急了,他历数自己家里生活的艰窘状况,声泪俱下。他破口大骂:"这个队长我现在就撂了,谁他娘的愿意干谁就干,我要再干我就是杂种操出来的!""干了一年我们就白干了吗?"连一贯积极的妇女队长也喊起来了:"谁算的账?你们想怎么算就怎么样算呀!哄你老娘去吧!这么损德呀,不怕烂了'贝儿贝儿'吗?"

"贝儿贝儿"是这里的土话,是那话儿的俗称,改造诸君一听马上联想到了杜冲的湿疹部位与他的不雅的举止,刚刚赞叹过佩服过杜冲的人立刻又拿杜冲开起玩笑来了。他们甚至于从此以轻蔑的口气把"烂贝儿贝儿"当成了杜冲的诨名,一见到他既不叫姓名也不再叫原先的绰号"活佛",而是边笑边叫着难听的"烂贝儿贝儿"。革命干部们虽然没有直接叫他做烂贝儿贝儿,他们与杜冲过不着这种玩笑,但是当他们自己人互相说闲话的时候也毫不犹豫地用这个称号来代表杜冲。杜冲本来是一个大而化之无可无不可的人,自己糟践自己本来是他的一大乐趣,偏偏这次对这个被妇女队长命名的诨名十分介意,烂贝儿贝儿这个词不知为什么触到了他的痛处——是不是他觉得"贝儿贝儿"要远比脸面更重要呢——因而受到他的坚决抵制。别人一说这个词,他就红起脸来正言厉色地予以制止。他愈在乎,大家叫得愈觉有趣——干脆说他那副发怒的样子活像一个"贝儿贝儿"。叫得杜冲有一次大怒了,他指着他们斥道:

"你们知道世界上最最靠不住的东西是什么吗?最最成事不足败事有余的东西是什么吗?那就是群众!呸!你们这帮趋炎附势毫无主见因人成事傻气十足的狗尿苔!"

"狗尿苔"是北京人对于一种劣质蘑菇的俗称,大概起因于此种蘑菇常常长在狗尿过尿的地方。这里,为什么杜冲说他们是狗尿苔,就没有人细琢磨了。

李福宏小声说:"这个贝儿贝儿怎么说硬就硬起来了?"

二进也忍不住参加到这个玩笑里去了,他纠正李福宏说:"那不叫硬,叫勃起!"众人笑成一团,连杜冲自己也绷不住了,他也"破涕为笑"起来。

第 十 四 章

凑凑合合地到了春节。这次春节从阴历腊月二十七至新年正月初八放十一天假,他们将要有自己的十一天与家人团聚的十一天,这使他们个个有龙恩大赦、屁滚尿流、春风化雨、受宠若惊、阳光灿烂、茁壮成长的感觉。他们相互莞尔,摇头摆尾,再也不在乎糁子粥的稀稠,似乎糁子粥其实也与红烧肉一样的养人,他们得知了春节休假的消息以后就从糁子粥里闻到了红烧肉的芬芳摄取到了红烧肉的营养,身材也都长高了许多似的。

苗二进不失时机地宣布,各位改造同志在京休假期间,自正月初五各机关上班起,自愿参加座谈四天,每天的座谈时间定为上午九点至十二点,下午一点半至五点。苗二进强调,完全地绝对地自愿参加,家里有事的,个人有困难的,不需要请假,不来就是了。

"我参加。家里有事,个人有事,还有什么事比改造更大?"徐大进带点气地说。由于认真严肃,他说话有点结巴,他的脸红红紫紫,憋憋涨涨,令人遐想。他没有摆出一号人物的架势,而是以普通一兵的姿态做出了表率,更令人无法不接受他的号召并跟上来积极一番。

杜冲微微一笑,笑完了看看大家。人们觉得,他是在告诉别人:"看,大进二进他们二位是在演双簧呢!"要不,他这一笑的意思是说大进的脸绷得像个不雅的家什……当然,人们也知道,这话只能心照不宣。如果你挑明了说杜冲有意见,杜冲一定会说:"谁说的?我笑,是因为二位组长讲得好!好!好!就是太好了嘛!"

人们怔了一下,屁滚尿流的感激开始变成了屁息尿止的冷静计算。初五至初八,四天,十一天里去了四天,手下仍然留情,反正不能让你太舒服了,不能让你忘了改造,不能让你闲着;上午九点至下午五点,八个小时,减去中午的一个半小时,实际上只用六个小时,恩情浩浩荡荡,还是很宽大的。于是一个个地点头称是,说是自己确实非常自愿,从心眼里就是愿意休假期间开会做检讨,并认为这是一个对于改造很有利的绝妙安排。言下之意似乎是说,如果不这样休着假也搞总结的话,他们将怎么样改造下去乃至于活下去呢?如果不开会,他们又何必休假进城呢?

李福宏急了,他脸一红,说:"我有事,我不参加。没听说过,几个月休一次假,还得占上开会的。从八月到现在,咱们就休过两次假,人家商业筑路大队已经歇过五次了,每次都是四天,没有一天是拿来开会的。"

"我看你这个小李,讲话太有问题,你也太不知道自爱了。"大进斥责他道,"说着自愿嘛自愿嘛,你不懂得自愿这两个字吗?你不参加就不参加好了,你发什么牢骚?你对谁不满?筑路大队筑路大队,有什么可比的?各有各的情况。农民呢?农民劳动一年,有假吗?给公社养猪的喂马的,过年也没有假呀!你想休,猪和牛能休吗?人家饲养员跟你比了吗?筑路大队里有几个反社会主义分子,有几个不属于人民内部矛盾,你了解过吗?"

徐大进几句话就把李福宏给镇压下去了。当然,一提到"反社会主义"的帽子,李福宏立即就撒了气。郑仿想起了杜冲的名言:"戴个帽子是多么好呀!只要有了帽子,什么思想问题都好解决,什么私心杂念都好克服,消食化气,降火去瘟,安神补中,调阴理阳,四季平安,长命百岁!"

"我回老家。"高来喜说。他没有明说,但是否定了参加座谈的可能性。

"你请假了吗?"徐大进乘胜扩大战果,以同样的居高临下的姿态问道。他似乎完全忘了二进一开始所作的"不来就是了"的宣布。

高来喜不回答,也毫无表情。

"我也可能参加不了。我爱人病了……我岳母也病了,她要住院开刀……我住的那个房子要修顶棚……我还要……"钱文吞吞吐吐地说。他实在忍不住了。

没等他说完,李福宏红着脸打断了他。他说:"组长,我错了,我是自愿参加,一定自愿参加座谈!"

徐大进满意而又不经意地点了点头。

没有人理钱文。这反而使他自己不安起来。李福宏的戏剧性的转变与神速的进步使钱文处在了孤立的地位。他没有想到李福宏会在眨眼之间进这么大的步。改造的成绩真是不可低估!不知为什么,他觉得恰恰是他钱文对于李福宏的"抗议"的响应为李福宏的转变创造了机会,促使了李福宏的转变。现在的事就是这样,你说一句话如果许多人反对你,你有点紧张然后知难而退,自打嘴巴,这就叫有了进步,结结实实的进步。这就叫祸兮福所倚,坏事变好事。李福宏今天的牢骚恰恰为自己创造了当场转变进步的机会。几秒钟内转一个一百八十度的大弯,这样的进步多么辉煌,多么喜人!相反你要是说一句话大家都赞成你,那才真是大祸临头的征兆,是你即将成为罪魁祸首的预兆。被拥护得愈多倒大霉的可能性就愈大,这样的事例近年来他还看得少么?事情还不仅如此,他的响应使李福宏找到了替身——替补者,这不是,李福宏一转变,所有的可能的与一定的不积极改造直至妨碍破坏改造的罪名,不就都成了他钱文一个人的事儿,钱文落了一个"被窝里放屁——独吞"的下场,而李福宏可以立即脱身立即干干净净了吗?

他知道,本来最好一句话也不说,如果不想去,到时候不去,然后随便找个理由就行了。临时不去,更显得是临时发生了紧急情况,增加了可信性,减少了蓄谋性,而且回避过当场表态这一关,也就不那么刺激了。这些他全懂,如果说过去他不懂,那么现在,他早已经懂了。然而,他仍然没有做到,他还是如呻吟般地,有气无力地,却仍然是明确无误地表示了异议,跟着李福宏冲了上去。

然后,李福宏一下子就把他晾在那里了。

乌拉,李福宏!真棒呀,李福宏!有你的呀,李福宏!

话已经到了嘴边。这时候只要有个什么人——不一定是组长——问他一句什么话,例如问他:"你不能再好好安排安排争取参加座谈吗?"他就会说:"好吧,我自愿了,坚决自愿了。我错了。"他也会这样说的,转变的速度不会比李福宏慢。

一切的一切不过在一念之间,眨眼之间,没有比转变更容易的了。他已经转变过投降过许多次,他随时准备投降:向真理投降是光荣的,他已经有了经验也有了口号。

没有人说什么话,没有人给他搭这个台阶。连杜冲也没有。下不了楼了。杜冲只是有滋有味地看着他,不知道是安慰是鼓励还是戏弄。杜冲的心情很好。

他没有做到当场转变。这使他颇觉晦气。

后来他想,他就是还需要改造呀!怎么就硬是遇事压不住自己呢?这当然只是一件小事。但是,以他的智力与学识,加上他的经验,他的人情世故他的修养他的狡黠,他仍然不能理解为什么偏偏好不容易过一个年的时候会有这样的积极性和这样的积极表示。大进就不说了,他要开会,开会才证明他是组长,而且,他的妻子和家人竟是那样对待他,他真是世界上最可怜的人。他的说法有些可疑,因为说得太严正了,即使他的妻子是公安局长岳父是炮兵司令他的岳母是坦克师尖兵他也无法想象他们将这么样对待自己的亲人。反正不管怎么样,他在家里是得不到温暖得不到乐趣的,主持开会要比在家里呆着强得多。二进就已经不同了,他到现在还能入迷地读他妻子的入党申请书,那申请书的文笔活像一个五十年代初期的文科大学生。他能不珍惜这短短的假期么?

今天,除了李福宏与他两个人冒傻气说了不去的话紧接着李福宏戏剧性地浪子回头金不换了以外,别人竟然一致接受这种为开会而开会为积极而积极实在是缺德带冒烟的安排。他不相信这当中有一个人是真的自愿,包括大进和二进的自愿其实也是可疑的。他不相信他与李福宏只代表少数人的意见。也就是说,他无法相信他面对的事实是事实。然而,当事实都不是事实的时候,还有什么是事实呢?就是为了一个"积极"吗?为了一个积极把黑的也说成白的了,为了积极竟然能够把自己的舌头摘下来煎炒烹炸熏腌焖烤,做成一盘小菜端上去,为了积极可以在自己的嘴巴上演奏"打击乐"……他气死了,他不知道说什么好了。积极,积极,为了表示积极竟然可以说假话做不愿意做的事,这样的积极,不是应该活见鬼去吗?

那么,他将会为他的不够积极付出什么代价呢?

一错百错,一步赶不上,步步赶不上。中国的这些俗语真吓人。散会的时候他只觉得大难临头。

要不写个检讨,出发前给大进送去?他一激灵。他也是要摘下舌头烧小菜的。他也是要自打嘴巴给别人听响儿的。他与李福宏绝对没有什么区别。他已经写过那么多检讨了,再加这么一个又有什么关系呢?他终于没有送去什么检讨。为了东菊就让我冒一回险吧,想起东菊他的眼角也就湿润了。他已经有点麻木了。遇事先是激动,再是恐惧,然后顺从,然后麻木,这已经是规律了。是福不是祸,是祸躲不过,这句俚语包含着一种叫人心安的成熟。这也是改造的收获吧。

回到家里他觉得叶东菊看起来有点喜气洋洋。他随便问了几句,却原来他为之苦恼的她和她的母亲与继父的关系呀什么的,压根儿就不是问题。他在的时候才有这些问题,他不在了,她与自己的亲娘与自己的后爸爸,又有什么问题呢?想到这里,他不免觉得自己成了局外人——如果还不算是多余的人的话。他为了"捍卫"自己的休假为了东菊的春节快乐而不惜"铤而走险",其实,没有他甚至于东菊也是一样地过。他想起鲁迅笔下的孔乙己来:孔乙己使人快活,但是没有他人们也是一样地过……鲁迅反复地写道。其实不仅是孔乙己这样。他有些悲凉。

他一见面就告诉东菊关于大进二进决定自正月初五至初八组织四天座谈的事，他述说自己的愤怒，又为自己做了出头椽子而深感懊丧，他希望得到东菊的安慰与参谋。但是东菊听了反应淡然，她急于告诉他的是她的喜讯：她搞到了大年初二晚上的两张舞会的票。舞会在政协俱乐部举行；这里是一九五七年以来唯一还可以比较公开地举行交谊舞会的地方，而这个地方，除了少数高干与高级民主人士，一般人是进不去的。他们俩可以在大年初二晚上一起过"高级"的生活了，他们是多么幸运啊！

钱文对于这个喜讯的反应，也是淡然的。

他还能"高级"？

东菊喜欢跳舞。她不讳言，她看了四次苏联电影《丹娘》，最喜欢看的就是丹娘——卓娅的中学时代的迎接新年舞会那一段。对于东菊来说，交谊舞不是与旧社会的腐朽堕落而是与新社会的无比光明联系在一起的。她喜欢那些风格全新的舞曲，《步步高》与《彩云追月》，《春天的花园花儿开得美丽》与《红莓花开》，《迎春舞曲》与《人民海军向前进》，《花之圆舞曲》与《蓝色的多瑙河》，都是她入迷的。所有这些舞曲都与她的最美好的一段记忆相关联：《彩云追月》使她想起了青年团员的夏季露营，学生的小乐队在月光下演奏着一个又一个美丽的曲子，即使他们的生疏与拙笨的手指端发出来的乐声走了调，那演奏也一样地或者是更加地动人。"春天的花园……"使她想起苏军亚历山德洛夫红旗歌舞团在中国的演出，是潇潇洒洒的戴眼镜的尼基丁唱的这首歌，在主歌与副歌之间他的那一声"嗨唉"，与随着的一摇头一甩发，不知让多少女学生目眩神迷。慢着，他是戴眼镜的吗？才几年啊，怎么就会搞混了呢？《人民海军向前进》使她重新回到五十年代的大型少年儿童队日，全区的少先队员集合在北海公园，蓝天白云碧波山光塔影，无数只鼓号演奏着这只欣欣向荣的乐曲,身穿白色制服的威武的海军战士列队走过,他们是这次队日特别邀请来的贵宾。而《花之圆舞曲》呢,来自柴可夫斯基的舞剧《胡桃夹子》的这首圆舞曲不能不使她想起她与钱文参加的,在北京饭店举行的,与苏联青年一起欢庆新年的联欢舞会来。与钱文跳舞的一位胖胖的俄罗斯金发姑娘,她手里拿着一柄小小的紫红色鹅毛扇子,一身的娇憨,这甚至于使东菊有些吃心。而她的舞伴长着一双灰蓝色的眸子,这不可思议的眼珠是那样温柔,与他的多毛的手臂和庞大的身躯成为鲜明的对比。她尽其可能地与他说了几句俄语,她只记得他说:"莫斯科,莫斯科……"跳完全场之后在乐队伴奏下大家齐唱《莫斯科——北京》,大家围成一圈,你搂着我,我拥着你。苏联人都是使用香水的,她的记忆发出了沁人的芳香。

  而所有的这些记忆都是她与钱文共同拥有的。这些记忆使她与钱文变成了二而一一而二的不可分割的共同体。是她教会了钱文跳舞与钱文度过了舞场上的一个又一个甜蜜的夜晚的。她还记得钱文开始跳舞时候的犹豫。钱文给她讲过,解放前夕在武汉举行的一次有国民党的达官贵人与美国军官参加的舞会上,跳着跳着舞突然停了电,黑暗中发生了集体强奸案,一些国民党要员的妻子受到了美国军人的轻薄,这真是国民党与美军的一大丑闻,共产党利用这件事做了多少宣传呀。可能从此在钱文那里跳舞就与什么不光明的事情联系在一起了。是东菊去掉了他的偏见,使他在美好的音乐伴奏下边翩翩起舞的。钱文一走就好几个月不回来的时候,她不是没有胡思乱想过:如果钱文不再回来,事情会是怎么样的呢?什么时候她能再与钱文共舞呢?

  送钱文去过大雁岭以后她回来悄悄哭了一场。那么大的山,冰冷坚硬凶险,钱文走在山里渺小得像一只老鼠。望着他渐行渐远的背影,她只觉得是大山吞噬了他,她确实觉得钱文是不会再回来了。一开始是大大的山与小小的钱文,后来是更小更小的钱文和更大更黑的山,再后来就是庄严巍峨的逼人的山,而没有钱文了。这太可怕了。这个过程使得叶东菊透心冰凉。当然,她没有把这话告诉钱文。

如果大山果然把钱文吞下去了,如果她的身边没有钱文,如果她的身边是另外一个人,也许她仍然能够生活,也许她仍然可以过下去,就像如今她的身边没有了钱文她也还是要过下去一样。这样想大概是残酷的,然而是可能的甚至于是现实的。她冷冷地想。只是有一条,她怎么样去与另外的这个人谈她的旧事,谈她的光明的往日呢? 也许那时候她太天真了,也许她甚至于是太幼稚了。人又怎么可以不天真不幼稚一下子就成熟起来呢? 没有天真的成熟是多么讨厌的成熟呀! 没有幼稚的人生是多么虚假的人生呀! 而天真与幼稚——如果没有人知道,没有人分享,没有人见证,她的经历,她的往日的欢乐与痛苦,还能是真实的与可信的么?

所以她没有想到也无法体会钱文的淡漠与隔膜。他难道忘记了他们一起跳的《彩云追月》与《红莓花开》了? 回到家了还说那些山里的事做什么,我找来舞票不就是为了让你忘记那些山里的事情吗?

更惊人的是,过了一会儿,钱文自言自语地说:"现在这个时候,跳个什么舞!"

东菊没有话了。在钱文不在期间,她已经去政协俱乐部跳过一次舞了。她与一个年轻人一起跳着舞,然而她想着的是钱文。她对于钱文的想念给了她跳下去的信心。跳完舞回家她更是一直想着钱文。夜里,她在梦中与钱文拥抱在一起。许多天以前,她已经在策划,在活动,在幻想,怎么样弄到票,怎么样换一身干干净净的新衣裳,怎么样在乐队的伴奏下翩翩起舞,怎么样在起舞当中共同回忆他们的青春岁月……当她终于得到了票的时候,她兴奋地想着自己是世界上最幸福的人——有这两张票,一切的苦难,一切的代价,近一两年来的一切的令她无法解释的遭遇,就都得到了报偿了。

如今,见到她昼思夜盼的钱文还没有一刻钟,她的这些幸福的肥皂泡就完全破灭了。是钱文亲手把它摧毁了的。她流出了眼泪。

……最后钱文还是在大年初二与她一起去了舞会。一切依然。

音乐仍然动人。灯光仍然动人。翩翩起舞的时刻仍然有一种过去十分熟悉的青春的、高雅的、摇荡的与迷恋的情绪袭来。在一刹那间他们似乎真的感动了,在一刹那间他们似乎又回到了那无忧无虑的所向无敌的时代。好啊,多么好!马雅可夫斯基的诗歌里所表达的也正是他们这一代中国青年的情绪。阳光普照美丽的祖国原野,苏尔科夫的诗句写的是光明的苏联,但也是中国。千万青年,跟着毛泽东,永远向胜利,永远向光明……这样的口号唱起来令人心花盛开。听着那样的舞曲她的心就像是装满了葡萄美酒,美酒跟随着舞步,快要摇曳出来了。

钱文跳的时候一起步就起错了,然后他笨拙地解释说:"我这一双腿只会走山路背篓子了。"——以走山路背篓子的双腿跳"蓬拆拆"确实有些硌硬。东菊咬住了嘴唇。她觉得他没有自信,舞场上她只觉得他的双腿是多余的,他好像是一个土老赶,第一次被带到了舞场。她不相信这是走山路走的。不必那么惊天动地,走过了山路又有什么了不起。许多老干部都是走过山路的,如今他们走过山路的腿完全适应舞曲的节奏。自从一九五三年钱文与东菊要好以来,是东菊教会了他跳舞,他后来本来已经跳得不错了的;虽然他的姿势实在是不正规,但他跳起来有一种韵律感,他能欣赏伴舞的音乐,他能通过自己的进退表达自己的感情。每次跳完了舞他们俩就要咯咯咯地笑个不住,直到两个人紧紧搂在一起,融合在一起……但是,这都是老话了。

于是他们发现了自己的面目全非,葡萄酒洒光了,那两条腿不知道是在爬山还是在掼跤。东菊也觉得蹩脚,头昏,人影热气与嘈杂的声音使她恶心。《彩云追月》依旧而人事已非,彩云变成乌云而月光丝丝凄凉;《步步高》变成了步步虚步步空步步软步步不知踩向何方。东菊也发现往日已经不能再来,她的快乐几近于自欺欺人,两张票恢复不了往日欢愉,两百张票也不行。快乐不是强求,回忆不能,爱情不能,青春更是不能。

东菊认识这里的几个人,他们走过来与东菊打招呼,主动地向钱文寒暄乃至向钱文伸出自己的手。东菊向他们含笑介绍自己的丈夫,她发现了钱文的尴尬与畏缩;尴尬与畏缩如同热病一样地立刻传染给了她,她的微笑变成了僵硬的苦笑,她的话语也变得模糊和错差起来,她怎么成了一个口齿不清的人?朋友们知趣地退避了。

于是享受变成了折磨,快乐变成了沉重。他们连互相商量一下也不曾,连目光也未曾交流,各自低了一下头,然后,一前一后地离开了政协俱乐部。

他们向公共汽车站走去。他们没有说一句话。已经走近了汽车站了,传来了对于东菊的呼唤:"叶老师……"

"叶老师怎么刚跳了这么一会儿就走了啊?"这是一个穿着长呢子大衣的高而瘦的青年。那个时候穿呢大衣的人还非常少非常少,这使钱文觉得陌生与敬畏,也觉得对方面目可疑,有一点不祥。

钱文只是回头看了他一眼便加快脚步离开了他们。他独自走到了汽车站。他站在站牌下面看着东菊与这个陌生的青年在他的几步路以外谈话。他们的身影在寒夜的星光与路灯的灯光下显得有些个优美而又古老。他听得见却又听不清他们在说什么。他们好像说得很急。不知为什么他想起了普希金的《叶甫根尼·奥涅金》与托尔斯泰的《安娜·卡列尼娜》,他觉得一点点不自在。

车来了。"东菊!"他声音不大不小地叫了一声。车破破烂烂,车身上悬挂着让钢铁产量翻一番——"誓夺1070万吨!!!"的标语。车"吱嘎"一声停在他的眼前。车门打开了,传出来的是气阀放气的开门声音。"上啊,快上啊,大冷的天别让大伙冻着啊!"售票员以北京人特有的热心与饶舌催促着他。

车门不耐烦地砰的一声关上了。钱文觉得自己很不好。他错了。

叶东菊小跑着赶了过来。她跑得何等的轻快呀!钱文想。

"他是我们学校李老师的弟弟。他叫李大林。你知道张天翼的小说《大林和小林》吧,就是这个大林……"

说这个干什么?钱文想。

"……他就在政协俱乐部当管理员。他会吹萨克松,就是说也像一把号似的……"

西洋乐器我不懂。钱文想说,没说出声。

"票就是他给我们的……"

给你的。

"他很想认识你。他读过你的诗……"

管理员。你和他跳过舞?

"他说欢迎我们再来。"

我们已经耽误了一趟车了。

钱文冷冷地一笑。

又一辆车来了,钱文没等门完全打开便一跃而上。他步履矫健,身材灵活,年轻有为,生怕再错过去一辆公共汽车。东菊似乎没有反应过来,她一怔,这辆车偏偏走得太急,它立即关上了门,开走了。

> 就这样,我们错过了,
> 在梦醒的时刻,
> 一片被遗忘的树叶,
> 飘落到除夕之夜……

钱文坐了一站,又一站,从车上下来了。他在骑河楼站看到了下一辆车上的东菊,他再次上了车。他心疼自己多花了四分钱的票钱,他知道如果是权家店的农民,是绝对舍不得花费两倍的四分钱的。为了东菊。他以为他的行为会使东菊高兴的。但是东菊没有反应。

"对不起,也许我扫了你的兴。"回家以后,钱文说,"我知道你是好心,你搞到了舞票,挺不容易的。"

"无所谓。"东菊淡淡地说。

钱文似乎被噎了一下,他咽了一口吐沫,继续说:"我知道是我自己的问题。我知道我不应该沉沦,不应该自暴自弃,我知道挫折只是暂时的,我们应该热爱生活,充满信心……"

你动不动就要上团课。东菊想。

"人的心情是很难被理解的。几个月过去了,一年多过去了,我满脑子全是改造改造劳动劳动,一冬天了,我们每天只喝两顿稀粥……"

你告诉过我了。你一回家就说了。你这是说第四次了。也许是第五次,如果不是第六次的话。

"我们的幸福我们的一切都寄托在我的改造上。我们不是在唱歌在朗诵诗……"

"别说了别说了!"东菊叫了起来。她的近乎歇斯底里的反应使钱文吓了一跳。沉寂了一会儿,钱文又试探着说道:

"一切决定于时间、地点、条件。这是斯大林的话。跳舞当然是好事情。然而你就不想想我的处境了吗?我能有心思去跳舞吗?你知道杜牧的一首诗吧:'商女不知亡国恨,隔江犹唱后庭花。'当然,你不是商女,我也没有亡国。我只是说,我们不能自己安慰自己实际上也就是自己欺骗自己。我和你谈我们初四开会的事,你连搭碴都不搭碴。我知道你对我好,你送我一直送到了大雁岭,没有一个人会这样做的,为这个章婉婉甚至于还给我提了意见……"

我送错了。以后再也不送了。我真傻。

"你说话呀,你倒是说话呀!我憋了好几个月啦,许多话我不知道跟谁说好,我只能说我错了我要改造,我只能检讨检讨再检讨,我只能说我高兴极了我幸福极了改造思想其乐无穷极了,我只能说我不想回家我只想劳动我要在农村干一辈子一辈子不进城不要老婆把一切献给党。然而我过的是什么样的生活你知道吗?我瘦成什么样子了你注意过吗?我长了多少次针眼你知道吗?人家说长疖子长针眼都是营养不良的结果你知道吗?这两次休假回家,临走以前我们先互相搜身,你知道吗?人到了要互相搜的份儿上了,是什么滋味,你知道吗？我怕你受不了,这一类的事情我从来不告诉你,我对你只是报喜不报忧的,你知道吧？好了好了我不谈这些了我自己也觉得自己晦气,我自己也觉得自己没有意思,与你谈这些就更没有意思。与这样的没意思的人在一起生活是非常痛苦的。你比我单纯得多,你其实不应该受我的牵连。你其实应该有你自己的更加美好的生活……"

钱文哽咽起来了。

他想哭,他没有眼泪。

仍然没有动静。叶东菊无动于衷。

叶东菊不要听这样的话。这样的话对于叶东菊没有什么意思。这样的话或者类似的话她已经听过不知道多少次。但是他们必须活下去。不管有多少话,他们也还是要活下去的。

既然能活就要活下去,为什么不去跳舞？重复那些没完没了的话语,难道是有用的吗？

她只有不做声。只能不做声。

钱文觉得自己要爆炸了。他忽然变成了瞎子。或者如他过去多次想过的,他的眼睛变成了空空荡荡的两个黑窝。这个世界再一次崩陷了。

在他灰心丧气,一塌糊涂,筋疲力尽,欲哭无泪,欲罢不能,天昏地暗的时候,东菊突然抱住了他。"别说了别说了别说了。一切都会好的。你说的这些我都知道。愈这样咱们愈要好好地过。对不起对不起。不说那些不高兴的了,我求你了行不行？啊啊啊啊……"

东菊想哄慰他,想温暖他。他只觉得头像铅一样的重,气也喘不上来。她的身体变得愈来愈巨大,她的温热变得愈来愈炽灼,她的呼吸变得愈来愈深长。他幸福,他却喘不过气来。他融化,他的心却像是一个坚硬的铁疙瘩。他沉醉,他的牙关却又咬得紧紧的。终于他的冰凉的身体渐渐暖了起来……

这一夜,他做了一夜的梦,梦见与东菊跳了一夜的舞。所有他喜爱的舞曲都在梦里听到了。天不亮他就迫不及待地把梦境讲给东菊听。最惊人的是东菊说她也做了差不多是同样的梦。比他更精彩的是东菊说她最后梦见了他们在海面上跳舞,海涛按照鼓点颤抖,海鸟就在他们头上飞,浪花与他们共舞,脚下有许多的鱼。钱文想起了"同床异梦"的成语。其实这没有什么稀奇,同床异梦是理所当然的事。同床同梦那才是奇迹。为这奇迹所激动,他们再次紧紧地拥抱在一起,结合在一起。

初三晚上他们去参加区青年宫的春节联欢会。青年宫解放前原来是基督教青年会,"大跃进"中终于停止了教会的活动,由区团委管理起来把它从宣扬圣经的布道场"改造"成了宣扬社会主义的大课堂。当东菊告诉钱文青年宫的工作人员专程送来了入场券的时候钱文的眼睛一下子瞪得老大了。

"他们不知道我的处境么?"钱文问。

"怎么可能不知道?"

"那他们还给我发票?"

"不知道。你要是嘀咕,咱们就甭去了。我也不想见那些个人。听说赵林祝正鸿他们都去。"

"那怎么行。这,这怎么说呢?这就算是党和人民向我们伸出了手,我们却躲开了,这又会算是什么问题呢?"

东菊没有话说。

到了晚上,他们按时去了。人声嘈杂,热气腾腾。主厅里的大桌面(揭下桌布就是乒乓球台)上摆着脆枣、柿子、葵花子、水果糖和香烟茶水。这些东西甚至使钱文回忆起自己的婚礼。他们一九五六年国庆节结的婚,他们买了不少脆枣瓜子香烟糖果招待客人。与五十年代初期的婚礼不同的是,他们还买了两瓶二锅头酒。一开始钱文只买了一瓶,后来听人们说婚礼上的一切都要成双成对,才又补了一瓶。一九五七年反右运动中钱文"出了事"以后,每遇到不愉快的事情钱文就会想到这一瓶或者两瓶二锅头酒的典故,觉得一切都事出有因,觉得这一与二之间似乎有什么天机,有什么先兆,有上天的警告。如果我一开始就买两瓶就好了。他想。但毕竟后来是补上了的。这说明我的这一切还是可以弥补的。我要想尽办法弥补这一切。他似乎好过了一些。然后他喟然长叹。我成了,我成了什么样的啦!

他边想边搜寻乒乓球台改成的大桌面。果然,如他所希冀的那样,这里摆着两瓶二锅头酒。他一下子激动了起来,心跳加速,热泪盈眶。在他的本命年鸡年——一九五七年他倒了霉,现在,鸡年过去了,相邻的狗年也过去了,猪年已经降临,这两瓶二锅头酒预兆着猪年的大吉。一定大吉,绝对大吉,各种好事将会在猪年到来,感谢党!感谢生活!感谢上帝——如果有的话!

老朋友新朋友们都来了。赵林穿着一身毛哔叽的中山服,脸也刮得干干净净,一看就是新从国外回来或者常常出国的人。"外国有什么意思?"他正在大放厥词,"我去过澳大利亚了。说是那是很富的地方。一到夏天,草地上沙滩上全是晒太阳的人,男男女女都不穿上衣,大姑娘都露着乳房……露着奶吧,可又不让人看,谁要是盯着看就骂谁。"

"你亲眼看见过吗?"工人出身的万德发问。他可能问得很实在很真诚;但是他的问题与赵林的叙述接得这么紧这么"寸",具有一种反讽的意味,令人忍俊不禁,大家笑得弯下了腰。而万德发却似是浑然无觉,他困惑地看着大家,一副天真无邪的样子,就更哏儿了。

"真是太不像话了,太腐朽了。"张雅丽痛苦地说,她那样子活像是别人要剥光她的衣服。她接着问:"澳大利亚那里,一年要发生多少强奸案呢?"

"那里倒是不用强奸,你上海边,花钱就是了……"赵林说着说着自己先坏笑起来。大家不知道他的话的含义是什么也不知道他笑什么,但也跟着笑了起来,愈笑就愈想笑。钱文也开怀大笑了,东菊却又绷起了脸。

祝正鸿是与束玫香一起到的。他一如既往,见到谁都是诚挚的笑容,眼珠闪烁着令人捉摸不定的光辉,谦恭克己而又带着一种旁观者清的冷静与胸有成竹的信心。他说话的声音浑厚而又清晰,声音不大却又直达每个人的耳边。他与钱文紧紧地握手,长达一分钟,边握手边说:"好啊好啊,'下去'好啊!你这个机会太好啦!没什么,有错误改了就是了。咱们谁没有错误?一定要相信党!没有党,咱们懂什么?"说到党的时候他的样子活像是一个大孩子。"党是了解我们的。"他继续说,"你可是不简单呀!你看看,你看看,你现在也有了在农村劳动的经验了,你的经验更全面了。这太好了!这我们就会变得实际多了嘛!诗也是要写的嘛,农村的实际也是要了解的嘛!了解了实际,诗会写得更好的嘛!"

他说得钱文脸都红了,兴奋得笑个不住。他想起了上次送萧连甲看病的时候与祝局长的巧遇,他当然没有提这件事。任何一个人,只要是自信与党站在一起,马上就变得聪明了万能了有水平了,真是这样的啊!

周碧云一进门就大喊大叫上了:"李意,我看你小子太不对了,怎么不把袁素华带来?我有两年没有见到她了。你把她带来,我要和她谈一谈呢。她原来的表现很不错嘛,生孩子归生孩子,政治上不应该消沉呀!"

李意连连点头,脸上一副与世无争的样子。"整风反右"运动中,真正资产阶级出身的李意与他的早就被组织处分了的妻子袁素华双双安然无恙,其实比周碧云自在得多。谁不知道周碧云,运动高潮里差点定成右派,吓得差点没有走了后来萧连甲走的路。只是因为当时划右派已经超额太多她才幸免了的。现在,元气恢复,大喊大叫地要来教育袁素华来了……好在大家也了解她,她就是这么一个脾气。李意更是一笑而已。

与李意嚷嚷完了,周碧云向钱文走来。钱文避也不是迎也不是,颇有些进退两难。没有想到周碧云一见他就又拍他的肩膀又搂他的脖子:"你小子受苦了。我知道。这也是考验,没有什么。我们经得起。不管有多少曲折多少过程,人的前途是光明的。运动当中我就跟人吵过,我说:'不错,我是出席了批判他的会,我也发了言。但是我坚决相信,他是能够改造好了的。开除了党籍也没有什么了不起,能开除就能再入嘛。我相信钱文最后还是要回到党的怀抱里的!'关键是要相信党,你相信党,党就会相信你,党相信你,人人就都会相信你。那个时候也给我贴大字报呀,我也痛苦得很呀,可是有一条我从来没有动摇过,那就是党呀!"

她的热情的滔滔不绝使钱文想哭想笑也想与她拥抱。她显然忘记了前不久在她家里的那一次义正词严的谈话。不管怎么样,她的几句话说得钱文连连点头称是,服帖而又感奋,庄严而又快活。

人很快就到齐了,还有一些区里的老同志与接替这一批人做青年工作的新同志。大家说说笑笑,人人如坐春风。却原来这里的每个人身上也都有一个电门,电门一扳,便都斗争起来批判起来检讨起来紧张起来铁面无情起来。再把电门扳回来,就又都很亲热很好说话很自然然了。

赵林和他身边的一些年轻同志交谈,越谈越严肃起来。他压低了声音,神秘而又沉重地说:"很复杂,很严重。就是得跟他们斗呀。领导同志说了,什么是共产党?什么是共产党人?共产党人就是不怕死的人嘛。'不怕死的跟我来!'这样号召来的才是真共产党嘛!怎么能够讲什么和平过渡呢?'要和平过渡的跟我来!'这样喊一声跟上来的不都是些胆小鬼、投机分子、稀泥软蛋吗?这样的党还搞什么马克思列宁主义?干脆搞考茨基主义伯恩施坦主义右倾机会主义社会民主主义算了!"

赵林口若悬河,谈笑风生,一如既往,令听者无不点头。他引用的领导同志的话其实不少人直接或者间接听过,但是经过赵林一引用一发挥话语就变得格外生动有趣。他的心和党贴得是多么近呀!只要贴近了党,天王老子也就不在话下了。曾几何时,他给女中学生讲话的时候还把苏联吹到了天上！而现在……赵林多么幸福！

就在钱文想到赵林的片言只语而且颇有感触的时候，传来一阵清雅的敲击声。从绝对的空无之中，从无垠的混沌之中，开天辟地，发生了、降临了创世的绝响，于是清风吹过，于是河水盘旋，于是天地区分，于是万物灵动，于是焦渴的心灵得到了滋润，于是出现了久违的笑容和泪花。

是钢琴？

是钢琴。青年宫有钢琴，就放在大厅的一角。弹琴的是周碧云。"已经有许多年许多年没有摸过钢琴了……"她一面弹琴一面转身告诉别人，似乎是在回答别人的问题。她弹的是贺绿汀作曲的《牧童短笛》。她的琴声使钱文一惊，已经好久没有听过这种像是泉水叮咚，像是舞步轻盈，像是秋虫唧唧，像是盛夏突降的冰雹一般清纯的声音了。没有想到他还会听到这样的声音，陌生而又清凉得渗骨，遥远而又温柔得令人心醉。钱文甚至于一下子紧张起来，一阵痉挛，似乎是一条冰蛇走过他的脊梁，是一把小刀剜进了他的骨节，直到他的心。他战栗着，他呆住了。

这是周碧云？另一个周碧云？

弹完了大家鼓掌。周碧云又弹起了另一支曲子，欢快，又有些辽阔和寂寞。钱文知道，那是柴可夫斯基的《四季》中的《十一月》，也叫做《雪橇》。雪橇在大雪原上飞驰。他在收音机里常常听到这首曲子，由于中苏友好，连柴可夫斯基也变得亲近了。现在呢？

但是周碧云没有把这首曲子弹完。她中途突然换了舒曼的《梦幻曲》，显然，虽然多年"没有摸"，这才是她的曲子。深沉，惆怅，亲切而又全然的遥远。无言一般地诉说。一下子，她把大家的心都揪起来，悬起来了。真不知道世界发生了什么事情：地球在一片一片地塌陷，天空在一块一块地堕落……怎么会是这样，怎么会是这样的呀？

钢琴戛然而止。"再不弹这些资产阶级的玩意儿了。"周碧云说。她的声音有些发抖,她的眼里充满了泪花。她的眼神里充满了迷茫。她从来没有这样动人过。

她仍然是那样的周碧云。

她似乎听到了钱文的什么话。她对钱文说:"从前学过琴。对了,是跟亦冰学的。这个曲子一般叫做《梦幻曲》,它是《童年》——childhood 的一节。我们的童年早已经过去了呀。"

她想起了舒亦冰。钱文想。

> 如果有了如果,
> 如果你弹奏童年的梦幻,
> 如果有的是冰凉的小花蛇,
> 你会说什么?什么?什么?

这令人无法相信。然而,这是事实。

联欢开始了。本来安排的是先由祝正鸿讲一个话,祝正鸿死活不肯讲,坚持让赵林讲。赵林也推让了一下,然后激昂快乐,口角带着白沫地讲了起来。他先讲了国际形势,结合他在国外的见闻,论述了中国的国际地位正在迅速提高,全世界人民都在把希望寄托在中国身上。在国外,外国人一见到中国人就会伸出大拇指,欢呼"毛泽东!毛泽东!"他学着外国人说中国话的腔调,令听众动容大悦。

讲到国内形势的时候他透露了一些内部资料,讲了领导同志的一些重要指示,既要敢字当头,又要实事求是;既要保护人民群众的积极性又要给以科学的引导;既要敢于打破旧的平衡又要力图保持新的平衡;既要讲主观能动性又要讲唯物辩证法;既要多快又要好省……说得大家五体投地。

然后他用诗一样的语言概括道:"同志们,我们为了新中国的诞生与不受侵犯已经献出了我们的青春。我们为了新中国的繁荣富强,正在努力奋斗。今天我们欢聚一堂,缅怀往事,心潮澎湃,展望未来,信心百倍!希望在明天,明天更灿烂辉煌!共产主义的巨轮的桅杆已经在地平线上升起！共产主义的美景已经出现在我们的面前！作为毛泽东时代的战士，我们光荣，我们幸福，我们骄傲，我们立志献出自己的一切！"

掌声如雷。

掌声中，赵林已经准备退下了，他忽然想起了什么，又走到麦克风前，他说："我还有几句话要补充一下。今天参加我们的春节联欢活动的，还有一些在我们分手以后，走了弯路，跌了跟头，受了挫折的老同事老同志老战友。你们的错误使我们愤怒也使我们痛心。你们的情况使我们关切也使我们欣慰。虽然你们跌了跤，但是我相信你们，大家相信你们，我们毕竟是共同战斗过来的，我们一起度过了多么不平凡的岁月！你们对于党的感情，对于革命的感情是不会泯灭的！大家了解你们！党了解你们！你们是一定能够改造好的！置之死地而后生，这正是革命对你们的教育！革命的道路还长，人生的道路还长，考验还在前面。各有各的教训，谁也不能掉以轻心。三十而立，我们正在走向三十岁，我们大多数人还不到三十岁呢，我们当然立不起来了。立不起来就摔跤呗！没有什么！但是有一条，我们要认准一条：跟着党！跟着党！与党相比，我们其实是幼稚可笑的。我们很幼稚，我们很无知，我们随时都可能犯错误，但是党会把我们扶起来。你们是一定要回到党的队伍里来的！俗话说，'浪子回头金不换！'你们再也不要右了，这不就好了吗！你们曾经是我们的亲密的同志，今后也一定是我们的同志，战友，阶级兄弟！祝你们春节快乐！祝你们改造成功！祝你们阖家幸福，前途光明！"

"讲得好！他代表了我们大家！"洪嘉喊道。

众人异口同声地附和。祝正鸿一边夸好，一面不住地点头，又向钱文笑笑，一副特别友好动人的样子。

如果在权家店，众右派不哭成一团嚎啕打滚才怪。但是这里毕竟只有极少数人具有这种身份和习惯。钱文一开头觉得自己应该痛哭，以报答赵林等的好意。最后硬是哭不出来——他为什么这样不会哭？每遇到关键该哭的时刻,他都哭不出来。急死人！后来他发现今天气氛并不宜大哭,便低下头,咀嚼赵林的话的分量,并愈发感动起来。

讲话以后由区里几个大工厂的业余演出队表演文艺节目。第一个大合唱是由几个队联合演出的。第一个歌是《社会主义好》。不分演员观众,大家齐唱：

> 社会主义好,
> 社会主义好,
> 社会主义国家人民地位高。
> 反动派,被打倒,
> 右派分子想反也反不了,
> 社会主义社会一定胜利,
> 共产主义社会一定来到！
> 一定来到！

大家唱得都很开心,包括那些"想反也反不了"、便只有革面洗心脱胎换骨重新做人一条路了的人们也唱得愈来愈自然愈来愈高兴。从这一点上,钱文也体会到自己改造确有成绩,心情益发好了起来。

在准备好的节目演出过程中,时时插进一些被"啦啦"出来的节目。先是赵林被要求表演节目。他唱了一支据说是印度尼西亚的民歌,他在印度尼西亚呆过一个月,这在别人看来已经是"神"啦。他的民歌唱得软软的,比解放前的电影演员白云唱得还要温柔多情沉醉,拿腔拿调,令大家忍俊不禁,却又不好意思笑出声来。联想到他刚刚做的高屋建瓴、文情并茂、充满党性、讲究政策的开场白,人们更感到了赵林的可爱。

热烈的掌声中"群众"要求赵林和他的新婚妻子同唱一曲。赵林带来并且介绍给大家的新婚妻子名叫汪珍珍,精瘦,高挑,肤色红黑,说话声音嘹亮,健康爽朗,只是言语动作中带几分"假小子"气,说得重一点是带几分"二百五"劲儿。她是赵林新单位的同事,赵林自己说他们是"速战速决""再也不搞夜长梦多了"。大家一边看着她一边想起林娜娜,不免叹息。

汪珍珍一"出场"就把赵林甩到了一边。赵林对她说唱苏联歌曲《小路》吧,汪珍珍说:"不行,那是女声二重唱的歌曲。"赵林说那就唱《喀秋莎》,汪珍珍说谁唱那种老掉牙的歌子。她一点也不给面子,令赵林下不来台,别人也觉得她未免过分了。赵林说那就你决定吧。于是她一个人唱开了电影《降龙伏虎》插曲。赵林跟不上,她就向着赵林挥手打拍子,"指挥"开了。赵林再跟不上她就扩大了嗓门,一个人唱两个人的音量,而且模仿起男声来。她的嗓子确实很好,她的底气也很突出,掌声与笑声响成一片。喧哗中大概也就把林娜娜忘啦。

什么事都有个了……还能说什么呢?

然后大家啦啦祝正鸿。祝正鸿则建议由他和周碧云一起唱电影《幸福的生活》的主题歌。祝正鸿似乎模模糊糊地说到了钱文的名字。祝正鸿似乎向钱文招了招手。

钱文没有看清也不敢相信。他寻找着证明,他想证实是不是祝正鸿叫了他。他看到了祝正鸿的含笑的目光。本来当年这是他们三个人合作唱的三重唱歌曲,是他们的保留节目。钱文的心跳到了嗓子眼儿上。像梦一样,怎么今天所有的割断了的经历又都衔接起来了,所有冻结了的情分又都复苏起来,所有告别了的丰富多彩与高歌猛志又都回转了过来……也许噩梦从此消失,也许生活从此光明,也许青春的欢乐革命的豪情从此又饱满洋溢?他简直想也不敢想了。

然而就在他犹犹豫豫的时刻,满莎已经随着周碧云一起上场了。祝正鸿没有再对钱文有任何表示,周碧云与满莎也没有多看钱文一眼。钱文失去了重温好梦的机会,失去了在这么多过去的伙伴可贵的战友同心同德的兄弟姐妹面前一展歌喉的机会。他本来可以借着唱这首歌告诉大家钱文别来无恙,钱文还是钱文,同志还是同志,困难正在克服,曲折即将跨越,教训自会汲取,革命照旧革命。

但是他没有利用成这个机会。他与这样好的机会失之交臂了。

他想也许最后人们会想到他。也许人们会啦啦他表演一个节目。会不会呢?

"不在那遥远的彼岸,不在那汹涌波涛那边,我们的幸福和我们在一起,就在我们亲爱的祖国……"熟悉的歌儿唱完了。大家鼓掌。汪珍珍喊道:

"唱个中国歌!唱这么多苏联歌儿干什么?赫鲁晓夫这个秃子!"

她的喊声与随之出现的哄笑声使钱文打了一个寒噤。

满莎一笑,即席朗诵道:

> 亲爱的朋友你说什么?
> 唱一个中国歌,唱一个中国歌,唱一个中国歌!
> 当然,我们是中国人,唱的是中国歌,
> 歌唱《东方红》,歌唱《没有共产党就没有新中国》,
> 歌唱长江,歌唱黄河,
> 歌唱延安,歌唱奴隶打破了千年铁锁!
>
> 亲爱的朋友你说什么?
> 唱一个中国歌,唱一个中国歌,唱一个中国歌!
> 高举着共产主义大旗的是中国!
> 坚持着马克思列宁主义的是中国!
> 全世界革命者向往的是中国!
> 啊,中国!中国!我伟大的祖国!
> 一切的光荣属于你,一切的希望在你身上,
> 我们怎么能不为你高歌?

> 苏联是十月革命的故乡,
> 克里姆林的红星仍然在闪烁,
> 列宁与斯大林的旗帜永远飘扬,
> 社会主义苏联的歌声永远不落!
>
> 啊,你的歌,我的歌,
> 革命的歌,人民的歌,
> 中国的歌,世界的歌,
> 最美好的是毛泽东的歌!
> 让我们高唱起来吧!

诗朗诵到这里,他为齐唱起了音:"南京到北京,哪一个不闻名,咱们的领袖,就是毛泽东!一,二!"全体唱了起来。

众人议论纷纷:满莎实在是天才。满莎这才是人民的诗人。满莎的诗应该登在《人民日报》上。满莎的诗写得太好了,既有思想性又有艺术性。满莎比那些著名诗人强多了,他们写不出诗来还要乱搞男女关系,还要反党。文艺界的思想问题实在太多了,他们的屁股问题即立场问题始终没有解决。

满莎得意洋洋。他高兴中向钱文喊道:"现在请我们的真正的诗人钱文给我们朗诵一首诗好不好?"

机会来了考验来了,钱文的脸孔刚刚红了一下,立刻变得苍白了。

他能像满莎一样即席创作即席朗诵吗?他为什么不能呢?他还算是一个诗人呢。他称得起诗人吗?人民需要他这样的诗人吗?他能符合人民的需要吗?他这不是当场出丑吗?

> 失去了的就是失去了,
> 错过了的就是错过了,
> 没有的本来就是没有的,

……糁子粥是多么稀薄哟!

他的心跳愈来愈快,他的冷汗在鬓角渗出,他不知道是怎样走到前面去的,他看着一个个熟悉的、亲切的、期待的也是审视的面孔,他多么希望自己能够像满莎那样,口占成诗,即席朗诵,表达自己的光明的心胸,忏悔自己的失误,重新抓住跃进大潮的时机,塑造一个崭新的、一步一个脚印的新钱文的形象啊!他的嘴唇哆嗦起来,一团烟雾出现在他的眼前。灰蒙蒙的,渐渐变黄,变褐,变黑,而此时声音渐渐远了小了轻了淡了,他似乎听到了一声低声的警告:要——死——喽——

他相当清醒地慢慢瘫软了下来,他终于失去了知觉。

第 十 五 章

　　一九五九年春节过去以后,钱文的沮丧与失落达到了极点。他自己都不能相信,他竟然是这样地无趣、羸弱、晦气、丑陋。他干脆叫做马尾穿豆腐——提不起来啦。
　　这是糁子粥造成的吗?
　　这是他自己的罪过吗?
　　然而他又怨恨叶东菊。她不能了解我,她完全不能了解我呀!即使同样受到了挫折也罢,她哪里知道戴上帽子的滋味,她哪里知道互相监督着改造的滋味,她哪里知道一天两顿糁子粥的滋味!俗话说得好,饱汉不知饿汉饥!真是不错呀。俗话又说:人是铁饭是钢,一顿不吃饿得慌啊!什么样的英雄好汉,让他吃两个月的糁子粥,他也就老实了呀!爱也罢,永结同心也罢,我凝视着你,你凝视着我也罢,一个甜蜜的吻令人销魂也罢,拥抱在一起,燃烧起来交融起来也罢——即使是罗密欧朱丽叶、梁山伯祝英台式的爱情也罢……爱并不等于相互了解,爱不等于彼此体谅呀!
　　她能体谅这一切吗?
　　——且慢。为什么一个男人需要一个单纯而又多灾多难的女子的体谅?你还嫌她的日子过得太轻松了是不?当她在政协俱乐部的门口与她的什么同事老师的弟弟李大林交谈的时候,她不是很幸福很自然么?她不是不需要花力气去理解谁,也不需要被谁来体谅么?要别人体谅,就是转嫁自己的思想负担,就是折磨旁人呀!没有比要求旁人体谅的人更自私的了。没有比要求旁人体谅的人更令人不愉快的了。如果——不是如果而是当她和李大林一起在《彩云追月》的笛子声中翩翩起舞的时候,她又需要了解什么体谅什么呢？为什么一个人要这样要那样应该这样应该那样就是不能想怎么样就怎么样呢？

　　……在月光和灯光的下面,个子高高的李大林优雅地微微低着头,含笑的叶东菊无邪地微微扬着头……那像是一幅画,一幅优美的与和谐的画面。又像是一首歌,一首轻声的无字背景合唱,一把渐行渐弱的提琴……是如歌的行板还是回旋曲？她为什么不应该生活得快乐而又从容,自在而又满足？他有什么理由再要求再指望她为他去做什么或者不做什么？就因为他们在少不更事的时候的邂逅,在梦境似的巧合中他扮演了"高人"的角色？时过境迁,回想六年前的那个春夜,回想那个春夜的北海公园的相会,那究竟是郑重的命运之神与爱神的降福还是他们年轻人的浪漫与荒唐？他是高人吗？他不是在骗人吗？他只是爱悦东菊的白色的羽毛一样的纯洁和透亮罢了。他欺骗了东菊的天真与轻信,以他的平凡与拙劣而居然赢得了东菊的心,他战胜了对东菊不无觊觎的鲁若与满口革命词句的醋意大发的洪嘉,他以为是他保护了她。难道不是他玷污了她么？现在鲁若已经进了班房了。他呢？他呢？他呢？

　　回到权家店以后他听说,鲁若死了,病死的。什么病？不知道。他由于流氓罪判了刑,七年。听说他在劳改队织袜子,最初大家还都说好,七年过后,他就会是一个熟练的针织工人了,就有了技术了。谁想到,他没有挺过来……反正是死了,就是死了。

　　他原来这么脆弱。

　　对于鲁若的死的反应就更淡然——可能这与他的身份有关,他只是个触犯了刑律的劳改犯而已。不像萧连甲的自杀,那还有点惊心动魄。

　　鲁若的死讯是高来喜透露出来的。高来喜本来是和大家没有多少话的,是杜冲在那里说洪嘉搞对象的事,高来喜完全不经意地说:"你们知道么?鲁若咯儿屁了。"

高来喜不是北京人,"咯儿屁""咯儿屁着凉""咯儿屁着凉大海棠"之类的俏皮话他说起来并不顺溜。但他还是恰到好处地用了"咯儿屁"这个词儿。用这个词也许能带来某种快感。再说,劳改犯的死大概只配算是咯儿屁。

钱文只觉得自己的心里"咯噔"一响。

只有李福宏不知道鲁若是谁,他傻呵呵地问:"谁?谁咯儿屁啦?"

没有谁觉得应该回答他。杜冲有点为他感到尴尬,便转移话题问道:"你说,光头好剃还是平头好理呢?"

"当然是光头了!这还用问?"李福宏为杜冲的缺乏常识而感到惊讶。

杜冲连连点头,做出颇受教益的样子。

钱文也不会比别人更关切鲁若的死。别人说"咯儿屁"他没有说"咯儿屁",而是反问了一句:"死了?"然后他得到了肯定的答复,他只怕自己的反应有什么不得体,便也若无其事。

私下里他还是心惊:不过二十多岁怎么说没就没了呢?说实话,他从来就不喜欢鲁若,他不喜欢鲁若的油光光的小分头与"臭美"的打扮,不喜欢鲁若见到任何一个有几分颜色的女孩子时候那种酥了骨头的样子。鲁若显然也不喜欢钱文。他还记得几乎是唯一的一次他与鲁若的脸对脸的交谈,是在大街上,那时候正在进行如火如荼的抗美援朝的宣传。两个人骑着自行车迎面相遇,鲁若立即下了车,钱文不得不也下了车。鲁若见到他,不停地"啧啧啧,这这这,你这是怎么搞的嘛!"鲁若的样子活像是高高在上的老板在抱怨不争气的小伙计。鲁若是批评钱文穿的衣服不够合体——也许不仅是衣服,钱文的风格使鲁若痛苦,正像鲁若的形象,使钱文常常感觉一种生理的不舒服。他和鲁若完全是两路人……他甚至于可以承认鲁若在运动中搞得狼狈到这种程度,可以说是事出有因直到是罪有应得,他压根儿就是讨厌嘛;然而鲁若仍然不应该死。鲁若的死使他大大地震惊——虽然他也作无事状,作听"咯儿屁"而莞尔状。一个其实是乳臭未干的年轻人,说革命就趾高气扬地革起命来,说风流就翩翩然飘飘然地风起流来,说右派就觳觫万状地右起派来,说流氓就丑态毕露地流起氓来,说囚犯就小猴戴锁链般地囚起犯来——而如今呢,说咯儿屁也就又着凉又大海棠地咯起屁来……二十几岁小小年纪,这发展真是迅雷不及掩耳,也太快点了呀,也太容易一点了呀,哪儿能是这样的呢?哪儿能呢?

于是钱文心怦怦然。

钱文几次都想看一看洪嘉的神态。鲁若死了,洪嘉不会没有一点反应的吧?他什么也没有看出来。他早就发现,洪嘉已经成熟多了。杜冲说——他什么都知道——洪嘉已经和一个比她小三岁的组织部的干部"搞成"了,今年"五一"结婚。

又是"五一"!还是"五一"!永远是"柔和晨光,在照耀着,克里姆林宫古城墙,无边无际苏维埃联邦,正在黎明中苏醒……"的"五一"歌曲极为精彩地歌唱着的"五一"国际劳动节;鲜花的海洋,旗帜的海洋,领袖的光荣,群众的力量,必胜的进军,人类的理想!

杜冲评论说:"听说那是个小白脸呢。有喜欢黄花闺女的,有喜欢小媳妇的——小媳妇浪起来,那才有大劲呢!你看洪嘉吧,一看她那翘翘嘴就知道,她劲特大;你看鲁若,那小子是有贼心没贼本事,外强中干;要不洪嘉能那么厌弃他?一日夫妻百日恩,谁要是让我睡一觉,我一辈子都会想着她!你们看着洪嘉检举鲁若是洪嘉积极,其实呢,我就不说了。反正是韭菜黄瓜,各有所爱,稀泥软蛋,到哪儿也没人待见呀!"

大家又惊又乐,哭笑不得。郑仿、费可犁指指自己的嘴,警告杜冲不可放肆。

然后杜冲略显严肃地说:"我已经和我那口子达成了君子协定。

只等我一摘帽儿,我们俩就离婚。"

真的?

当然是真的。这又有什么好假的呢?离婚就离婚呗,我又不是没有离过。

为什么要等摘帽儿?

这就是中国人的仁义了。我当主任的时候她和我结婚,我当右派的时候她和我离婚,她还想不想再找婆家了呢?

"我主张好离好散,买卖不成仁义在,做一个女人也够苦的了,你再人五人六,按倒下,还不就是个夜……"

杜冲说得益发不堪,被大家骂了一顿。

对于杜冲的离婚,反应最强烈的是李福宏。别人听了一惊,再听听杜冲的粗话与杜冲对于仇素琴的人性与他的妻子与妹妹的矛盾的介绍——这个介绍使所有的听者为之头大如斗——也就不再说什么了。而李福宏的反应十分痛苦。他问大家:"好好的两口子,说离就谁也不认识谁啦?"他无法理解。

"你们不是说,还有那个什么,那个叫做什么爱情的玩意儿吗?你们干部知识分子不是都信那个爱情的吗?怎么这个爱情说来就有,说走就没了呢?我们也不懂爱情,我们也不会说那个叫人酸倒了牙的什么'我爱你'呀,什么'我啃你'呀,可我们从来不离婚!"

众人哈哈大笑,众人觉得李福宏的话是那样的可笑,觉得爱情这个词儿是那样的可笑,觉得在此种场合而研究什么爱情不但可笑,几乎是可耻,是反动,是鬼迷心窍不可救药。李福宏好好一个工人,怎么受他们的毒害一至于斯!

"笑什么?"李福宏偏偏要一问到底。

"人还不如狗!人还不如牲口!牲口发了情,该干什么就使劲干什么不得了!瞧人找的这些个事!全他妈的瞎掰!"杜冲突然大怒,"你们就看看洪嘉吧,她男人死了,她怎么样?没有她,她男人还死不了呢……"

人们看看周围,示意他闭上嘴。好一个杜冲,眉头稍稍那么一皱,立即转怒为喜,快乐地说道:"是啊是啊,洪嘉同志真好哇!我们的女同志的觉悟真是一个又比一个高呀,这样下去,真是前途一片光明的呀!好哇,好哇,好哇!太好啦,太好啦……"

杜冲赞叹个不住,令人哭笑不得。

……也许洪嘉看出了点什么,她找了一个机会,是在供销社,她碰到了钱文。她把钱文叫到了一边,看看周围没有别人,她对钱文说:"你知道了吧?鲁若死了。"

钱文点点头。

"他太不像话了。"洪嘉激愤起来,"他……腐朽!他彻头彻尾地烂掉了!他自取灭亡!我一点也不心疼他!死了一个害人虫!死了一个流氓!早就该死啦!"她说得决绝,但是她说着说着哭起来了。随着她的话和哭声,她呼出了一团一团的白气;这一天天很冷。钱文没有想到一个人竟然可以吐出那么多水气来——快成了火车头啦。

她一哭,钱文立即紧张起来,不知说什么好。

"我是恨得才哭。"洪嘉略略解释了一句,继续吐着白气,转身走掉。

钱文心神不定。一连许多天,他弄不清自己这一夜一夜究竟是睡着了还是失眠了。鲁若的死,杜冲的粗鄙,洪嘉的无情,还有东菊与李大林的身影,自己的一件又一件可耻的记录……不论多么残酷和野蛮,他无法不面对这一切,他无法不听任生活的美妙的诗意的绸纱被一条又一条地撕碎,他无法不面对生活渐渐露出的狰狞与丑恶。他害怕。他恶心。他敬畏。他睡着像是醒着,醒着又像是睡着。说他睡了吧,一夜一夜,他似乎从未停止地在思考在盘算在自言自语磨磨唧唧,各种词句占领着他的神经使他从来没有休息;他的脑细胞的活动一秒钟三万转,一分钟也没有停止。说他失眠了吧,他对于自己的思维活动完全没有记忆;他艰难地却也是糊涂地度过了一夜又一夜,迎接了一个又一个黎明。他是处于非睡非醒非思非语非此非彼的状态。睡着睡着想着想着他忽然惊叫一声,自己把自己吓一跳,不知道这一声是睡着睡着忽然把自己叫醒了,还是醒着醒着忽然疲倦地大叫一声——标志着要睡了。

然后他泪流满面。他觉得自己一切全完了。

他恍然大悟,原来他自以为改造是最重要的,以为自己的改造是生活的重心。然而错了。其实,最重要的是东菊,他活着的重心,他活着的依托是东菊。事实上从他七年前邀请她去吃小豆粥的时候起,她的洁白的羽毛一样的纯洁和美丽已经就是他的生命的一切了。是她使他觉得自己必须活下去,是她使他觉得自己必须改造下去,使他觉得在许多个日日夜夜以后会有他们的相遇与交欢,在严峻与耻辱后面还会有温馨与幸福。

然而他到哪里去找她呢?他找不到她。她就在他的身边,他知道她的电话,他知道她的地址。他不停地拨电话,他不停地敲门,然而接到哪里找到哪里她都是刚刚离去。

"她不在。"他的耳边响起了这永远不变的回答。

她就在你的身边。她刚刚离去。你找不着她。这是实有的经验。这是梦境。这更是一种象征,一种暗示。一个无情的结论。

他应该做决定了。他不能只相信青春,他不能再以为诗里写的都是可以成为真实永远成为真实的。世上又有什么是不能变的呢?

喂,喂,喂,请问东菊在吗?啊?不在呀。请问,您知道她是到什么地方去了吗?

不知道,不知道,不知道啊。

一朵鲜花插在了牛屎上了啊。

于是他毅然给东菊写了信,他建议分手。他说他没有权利再把东菊拖累下去。

信写完了,他自己还偷偷哭了几场。他考虑了几种可能。一种可能是他最后也会走萧连甲的路。但是他怕。自缢?脖子实在是太痛,据说绳子一勒喉管气管都要勒断,实在是叫人想也不敢想。跳楼？跳起来以后落到地面上以前,这一段时间是会多么可怕呀！脑袋触地的那一瞬间,脑浆迸裂的那一刹那,我的天！一个活泼泼的脑袋被击碎,那会是多么疼痛,多么悲惨！这与往脑袋里射入一两颗铅弹又有什么不同呢？而走入大海呢,他承认连甲死得有些个浪漫,但是他钱文会游泳呀！他想让水淹死自己也是淹不死的呀！

而且,这样的浪漫究竟算是浪漫吗？当水呛到肺里肠肚里胸腔里的时候,当内脏的血与苦咸的海水混合起来的时候,你还会觉得浪漫吗？当这样的死亡被判定为顽固不化的花岗岩脑袋的自取灭亡的时候,被判定为对于人民的新的罪行的时候有谁会觉得这是浪漫的呢？他为什么要死呢？如果他就这样死了,他算是一个什么样的革命者呢？他算是为什么而活,又算是为什么而死的呢？说来归齐,连甲死是因为他的心气太傲,鲁若死是因为他花花公子而偏偏要革什么命,真是飞蛾投火啊。革命,不就是要消灭这些花花公子寄生虫之属的吗？怎么鲁若就没有看出来呢？怎么,鲁若的伴侣和朋友们,洪嘉和他们大家,就硬是没有看出来呢？革命是那么好玩的么？连甲与鲁若,他们是多么的经不住火候呀！而他呢？他固然算不上什么无产阶级,比起连甲鲁若他们来,他还是要普罗得多呀！他自我感觉可没有那么高贵呀！他的生活要下层得多,所以他也就经摔经打得多呀！他没有像连甲那样抵触郁闷,他也没有像鲁若那样格格不入,他是能够活下去改造下去的呀！

不死而又离开了东菊,那是很难很难的呀！

只要不死,也就总还有可以好好活下去的那一天,也许那一天他还可以娶媳妇呢。也许他还可以娶一个红里透白的哑巴那样的呢。也许他还可以娶一个健壮泼辣、大香哥那样的呢。也许他还可以娶一个……只要不是洪嘉那样的,都行。什么爱情,什么永恒,该啃是要啃的罢了……

这么说是我有了二心是我有了问题,反而是东菊成了我的喜新厌旧的资产阶级思想的受害者了么？

我不但是懦夫而且是流氓而且是无可救药了么？说实话，坦白坦白，洪嘉的那块表是不是你偷的？会不会是你无意识地偷了那表呢？会不会那块表就在你的被褥底下呢？

他半夜里点起了灯，对自己进行大搜查，连自己的表他都看了老半天，这究竟是不是一定是自己的表呢？会不会洪嘉的表也是这个牌子这个型号呢？他有什么证据能够证明这块表一定是他的而绝对不可能是洪嘉的呢？

哦，喝糁子粥喝的，连脑子连情感，都成了稠稠的黏黏的混混的糁子粥了啊！

十几天以后，他收到了东菊的回信。东菊的回信出奇的简单。她说她已经把钱文的去信烧了，因为那信"太刺人，刺人神经"，她说那信写得"讨厌死了"。她警告说："再也不许写这样的信了。要不，我可真跟你急了。"

她居然根本就不重视钱文的血泪信！他的心头在滴血，而她居然不以为意。

钱文估计到她可能——多半不会接受钱文的分手建议，这样她的回信对于他将会是极大的安慰。甚至于东菊也可能默许他的建议，倒也是一种解脱，置之死地而后生，运动中那些帮助他们的人不是屡次给他讲这样的道理吗？世事皆是如此。死一次再活过来，可以肯定从此会活得更好更皮实。更可能的是东菊先不答理他；这样的大事，不可能是一封信就决断得了的。还有……

然而他没有想到，东菊会这样地不以为意。这对于他不是太轻蔑了么？东菊，你会后悔的，他暗暗切齿。

叶东菊的信上还说，他离家的那天下午，陆月兰到他们家来了。陆月兰自我介绍说她是萧连甲的女朋友。她说她已经决定永远地离开自己的父母，因为是他们杀了她的弟弟又杀了她的男朋友。她已经决定到南方去做自己的事。走以前她想见一见钱文，因为萧连甲生前说过，他的唯一的可以称为朋友的是钱文，虽然他与钱文也互相写过揭发材料。

东菊说,她告诉她钱文已经回农村了,陆月兰要钱文在权家店的通信地址,东菊没有给她。

"你的环境和心情是那样,而这位陆小姐又是这样神经质,我没有把你的地址告诉她。我想,我是有病的,你也是有病了,再不要和这样的神经病的大小姐联络了。"东菊冷静地写道。

看到东菊写到陆月兰来访的时候,钱文的眼睛一亮。他还从来没有见过这个女性。但是他对她很感兴趣。看到萧连甲说钱文是他唯一的朋友的时候,他甚至于还颇觉熨帖,这样的意思萧连甲从来没有向他表示过——这就更珍贵;当然藏在心里的友谊比挂在嘴边的友谊难得。无论如何,萧连甲与他也算是同学一场,同事一场,同志一场,战友一场;而陆月兰作为市委书记的女儿能在萧连甲这种处境下爱上他,此举起码是非同凡响。东菊怎么也不与他商量一下就拒之于千里之外了呢?这是东菊么?这是天使一样的东菊洁白的鸽子一样的东菊么?东菊会对一个不幸的青年女子这样冷淡无情么?这真令人不快,这真令人遗憾的哟!

神经病?或者正确一点说是精神病?世界上如果像这样的爱得神经,走得神经,死得神经,说得神经,做得神经的人一个也没有,还能有革命吗?还能有爱情吗?还能有诗吗?人还有什么有价值的东西值得为之走一遭吗?

东菊,东菊,我已经是马尾穿豆腐,提不起来的啦,可你呢,你这是怎么了啊!

已经于事无补。萧连甲已经走了。陆月兰也永远地再见了。他不应该也不可能去向什么人打听陆月兰的下落。死了的冷冷地死了,活着的也只能在冷眼中活着。

最美好的东西是最容易失去的。最鲜艳的东西是最容易褪色的。最纯洁的东西是最容易玷污的。最神圣的东西是最容易令人失望的。最高贵最细致最完美的东西是最容易落在地上打碎的。认识到这一点是多么痛苦呀!

一波未平,一波又起。就在三月初的一个刮大风的晚上,区公安局来了两个警察,把高来喜铐上手铐带走了。

洪嘉告诉大家,春节期间,刘丽芳结婚,但是就在她举行婚礼的那一天上午,高来喜勾结了一伙子人,在王府井大街街头,借故把刘丽芳给打了。"他这是找死呢!"洪嘉说。

大进和二进喜形于色,连忙开会要大家表态批判呀什么的。

又是面面相觑。杜冲问:"小高打刘丽芳,这个有证据吗?"

"没有证据能逮捕他吗?"徐大进反问道。

"那就太不应该了。对于我们这些人,应该是只准规规矩矩,不准乱说乱动。何况你农村里已经娶了一个啦,你还管人家刘丽芳的事做什么?"郑仿说。

费可犁说:"我认为对于高来喜应该枪毙!这……这……这,"他说着说着结巴起来,"这不是……是……普通的感情问题,这不是情场变故,这……这……这其实是阶级报复。洪嘉同志说了,刘丽芳为什么与高来喜断绝了恋爱关系,就因为小……不……不……不,不是小高,是高来喜,暴露出了自己的反党反社会主义的狰狞面目。刘丽芳同志的决定是正确的,是革命……命……命……的!而高来喜是反革命的!"

大家笑了起来。不知道是笑他的激动中的结巴还是笑他的枪毙一词,这个词确实挺过瘾,挺有劲,火辣辣鲜亮亮地给人带来了不少快感——特别是当意识到自己的脑袋十分安全,全无被枪崩之虞的时候。

无论如何,人们不喜欢高来喜。他对人太冷冰冰了。高来喜的被捕,确实给人以活该如此的感觉。

钱文想象着高来喜"勾结"人众,殴打刘丽芳——刘巴——的情景,心如乱麻。刘丽芳,她本来是青春的象征,自由的象征,热情的象征;她的绰号叫做刘巴,而刘巴是苏联小说苏联电影《青年近卫军》

里最可爱的最迷人的人物。当他一遍又一遍地阅读法捷耶夫的《青年近卫军》的时候,他是怎样地为刘巴而沉醉呀!也许刘丽芳与苏联青年近卫军里的刘巴——刘波芙·谢芙卓娃并无共同之处,那仅仅是她的一个绰号罢了。前几年就是一个绰号也能令他如醉如痴,使他深信不疑的呀!就是一个绰号也能让他想起那么多美好的事物来的呀!

他思量,他当初对于高来喜的变心——抛弃卞迎春,投向刘巴的怀抱——全无深责,这也是绰号的力量使然吧?同时他也喜爱高来喜的性格,天真,土气,脆生,全身心地追求和吸收新鲜事物,追求和吸收城市文明,追求和吸收苏联的鲜红的洋味儿。他固然也同情卞迎春,但是他更相信高来喜与刘巴的相爱是新社会的无边的美景的一个部分,是生活多么美好、蓝色的星星照耀着我们的新一代人的一首插曲……

然后是风云突变。亲密变成陌生。转眼便成陌路。分手与背叛。仇恨与报复。刘丽芳在大街上走,撞倒了一个孩子,几个人上来打了刘丽芳几个耳光,逃逸而去。刘丽芳的嘴角出了血。所以那天晚上青年宫的活动刘丽芳没有去。噢,原来是这样。然后是刘丽芳想起了高来喜,她断定这是高来喜干的,她坚决要求公安部门对高来喜严惩……然后是逮捕,然后是枪毙,嘎——咕——高来喜的脑瓜破裂了……

他想不下去了。

难道他原来把一切想得那么美好是错了么?如果原来是错的,那么现在是对的么?如果仇恨、报复、殴打才是真实的,而爱情、信任、理想全部是虚幻的,那还活下去做什么呢?如果美好的东西确实是真实的和压根儿应该如此的,那么这一切可怕的事情又是哪里来的呢?

我是多么糊涂,我是多么愚蠢呀!

让我再多愚蠢一些时候吧!

就在钱文为了萧连甲与鲁若的死亡,为了杜冲的夫妻分手,为了陆月兰的远走,为了他与东菊、世界上最好的东菊的芥蒂,又为了高来喜的被捕与刘丽芳的挨打而耿耿于怀的时候,权家店流行起了——据卫生局说——细菌性肺炎。农民们与干部们一个又一个地病倒了。干部们一个又一个地跑到门头沟然后是北京去住院,一个又一个地带着各种在农村里难以想象的好吃的营养品痊愈归来了。

钱文感冒了许多天,其实从入冬以来他的感冒就没有好过,流鼻涕打嚏喷咳嗽吐痰流眼泪哑嗓子的症状从来就没有消除过。然而他始终没有大发烧,怎么试表也不到三十八度。而他们这里的规定是不到三十八度就不可以送区级或者市级医院,不到三十八度,您最多送到公社卫生院躺几天,而据说公社卫生院是又冷又脏,全卫生院只有四个针头,给这个打完了针把用过的针头针管放到铝制饭盒里,从水缸里舀上半舀子水放到铝饭盒里,再把饭盒放到黄烟还没有冒完的炉火上煮一煮,就算是消了毒……于是钱文宁可硬抗着也不想去公社卫生院。他不禁羡慕起那些不生病则已,一生病笃定三十八度以上的幸运儿们起来了:因为生病便去一趟区上,再坚持发两天烧就回北京,上哪儿找这样的好事去!我无论如何也要想个办法让自己发起烧来呀!不行含上一口热水再去试表?据说这也是骗病假条的一个办法呢。

当然,他没有这样做。其实,他从来不敢、不会、不能做这种事。

至于农民,不论你是三十八度还是三十九度乃至于四十度,就只有那位拥有一个红里透白的哑巴妻子的跛医生了。先是权大生病了,他的憋气的喘气的声音能传出半里地去。钱文去找跛医生。跛医生一跛一拐地前来出诊,开了药,钱文花钱买来了药,但是权大生刚吃进去就全部吐了出来。权大生说跛医生开的药他从来吃不"服",最好是不吃,吃了只能催他死得快些。权大生说完这话就再也说不出话来了。

第三天晚上权大生就死了。钱文一直怀疑自己热心找来的跛医生和他的药,是不是起了催命的作用。他懊恼不已。

然后是白文才。白文才是妇女队长权二珍的丈夫,而权二珍是觉悟极高的老党员老积极。大家张罗着把白文才送公社卫生院,白文才的反应是破口大骂。只好不送。白文才倒是很相信跛子的医道,吃下了跛子让他吃的所有的药。七天的药全部吃光,然后第八天晚上,他终于咽了气。据说他死前变得非常清醒,他还对妇女队长说了"我死了好,我死了,也就没有人让你受气了。你就积极去吧。可也别太苦了自己……"之类的话。可谓人之将死其言也善了。

白文才咽气的前一个小时,喜欢亲昵地大骂生产队长的那个全生产队年龄最高的百岁老人权行忠也溘然长逝。于是农民们说,白文才是跟着老人去的,是到了阴间伺候老人去了。

村里的人本来就沾亲带故,与这三个人一排辈一论亲戚全村的人就都包括进去了。于是全村办起了丧事,人人系上了白腰带——他们没有布票也没有钱买布,所以置不起孝服。哭丧声此起彼伏。又赶上连日大雪,梯田一片洁白,堰壁一色乌黑,一番治丧景象。队长权二虎叹息说:"老天爷又收人了。年年起春这个时候,老天爷就要收人喽……"接着他问下放干部:"刘,给我讲讲,人活着到底有什么意思?活着,吃不上穿不上,你得死受;说声死一瞪眼一蹬腿,你就没了,让这方哭,让那方叫,其实,谁又能哭谁呢?我死了,就谁也别哭……"

活着是为了革命,个人是渺小的,短暂的,然而革命是伟大的长远的,一代又一代的人革命,誓让全体劳动人民生活在天堂里。下放干部这样回答。

"好好好,你说得好,你这样说对,谁让我是共产党员呢?谁让我参加了革命了呢?可我问的不是我自己,我问的是人,祖祖辈辈的人。譬如说我们有祖爷爷,祖爷爷上边还有祖爷爷,他们出生的那阵子没有共产党没有革命呀,那他们这一辈子又一辈子究竟算是活了个啥呢?他们活完他们的一辈子,不是也没有第二回了吗?"

大家笑了起来。

于是下放干部也都学着权二虎队长的腔调,互相问道:"你说,你这是活了个啥呢?"说完再笑,笑完再说,又都觉得有那么一点悲凉。

钱文颇为感慨。农民们死得太容易了。如果他们吃得好一些,如果他们的食物里稍稍有那么一点蛋白质,如果他们多少有一点医疗,哪怕是稍稍有一点卫生和医药知识,如果他们也能够到区里或者市里去住医院,那他们根本就不会死的,权大生和白文才每人至少还有二十年的阳寿,老人家那出奇的长寿体质也还可以再活他五年六年。当他婉转地与其他农民说起这个意思来的时候,人们笑着说:"唉,钱,乡下人看什么病!得了病,死不了就活着,活不了就拉倒呗。有钱的好说,没有钱的拿什么去看病?钱花完了,病治不好怎么办?全是命,全是命呀!"

中夜骤醒,钱文恍然大悟,这就是启示,这就是教育,这就是脱胎换骨的改造呀!劳动人民,世世代代,由于营养不良,由于缺医少药,由于剥削压迫,由于被剥夺了受教育的机会从而也没有应有的卫生知识与习惯;应该活下来的人早早地死了,应该活七十岁的只活了三十岁,应该活到六十岁的只活到十五岁。他们的死亡成群结队,他们的死亡无声无息,"杀人如草不闻声"!是旧的社会制度,是剥削阶级杀了他们呀!他们能够到哪里去讨回自己的天年,讨回自己的生命呢?有人替他们说过话吗?有人替他们鸣不平吗?有人替他们痛哭流涕吗?所以才有了共产党,才有了无产阶级的政权呀!娇娇嫩嫩的小资产阶级呀,直到现在你们也是比劳动人民娇嫩过十倍呀!萧连甲是自己要死,鲁若是受不了改造的苦生了病,其实就是在劳改期间,他的生活也不一定比权家店的农民差多少呀。说不定比一般农民更好一些呢。包括萧连甲与鲁若在内,想当年,你们不也是颐指气使吗?你们不也是在无产阶级专政的旗帜下痛痛快快地革别人的命吗?怎么就不兴革一革你们的命呢?怎么刚刚一革你们的命你们就受不了了呢？在一场大的变革当中，代价是不可避免的。死几个人又怎么样呢？权大生不是也死了吗？他的一家子都等着他养活呢。白文才不是也死了吗，他的妻子还是全区的劳动模范，她的事迹还登在《共产党员》杂志上呢。死了的就死了吧，而我还是要坚定地活下去，我还要坚定地改造下去，我只能永远站在世世代代受压迫被剥削的劳动人民一边，我不能惧怕考验，我不能惧怕代价，我就是要把自己改造成彻头彻尾的无产者共产主义者，只能按照无产者的面貌按照共产主义者的面貌改造整个世界也改造自己的灵魂，绝对不能心疼小资产阶级的那点娇嫩！

是的，他懂得了他感到了世世代代劳动人民的无边无际的屈辱和痛苦；是的，只有劳动人民才是这个世界的债权人，只有劳动人民才有权利向世界讨回血债。只有劳动人民才有权利向剥夺者报仇恨！几千年来，当劳动人民初次发出自己的声音的时候，在劳动人民的山呼海啸雷霆万钧面前，小资产阶级的蚊子似的嗡嗡吱吱哀鸣又有什么值得注意的呢？

考验，痛苦，启示，进步；再考验再痛苦，再启示再进步；这就是他的苦难的历程，这就是他的心灵史，这就是他的生活的意义，这就是他的——幸福。当他意识到自己的思想已经愈来愈靠拢着无产阶级靠拢着共产党的时候，当他意识到自己的心也愈来愈坚强愈来愈硬朗愈来愈健康的时候，那种幸福的体验是难于名状的。真是与党近一分与人民近一分心情就开阔一分，信心就增加一分；与党远一寸与人民远一寸就会与整个人生格格不入，心情就会是乌云弥漫，路子就会是愈走愈窄，直到自取灭亡！所以说是改造自己其乐无穷呀！就这样一步一步地走向前去吧！

一个月之后，高来喜无罪释放了。他相当憔悴，但是精神极佳。对于自己的事，他只有三个字："没事啦。"大家知道他的脾气，便不再多问。事后才慢慢透露出来，却原来小高也不可等闲视之。他的农村老丈人，是一个老积极老模范老干部，别看他只是一个小小的乡长,他认识许多市里的大人物——许多大人物都到他的那个乡去蹲过点,听取过他的汇报,接受过他的照拂;有的干部——例如在"三反""五反"运动中——也没少整他;最后是查无实据,官复原职,不打不成交,愈是整过他的大官愈是跟他交情瓷密。每年旧历年间,他都要带上乡下的土特产到北京给大官拜年,各位大官也都欢迎这位久经考验的老干部,都愿意通过与他接触来密切与群众特别是与我们的基本群众农民兄弟的血肉联系,更多地掌握农村的真实情况。自己的好女婿糊里糊涂被抓起来了,这如何能善罢甘休?老泰山亲自出马,进京打通关节;三活动两活动,领导同志的秘书一个电话,就把高来喜给保出来了,何况说是高来喜勾结人众打了人,本来就没有证据。当初抓高来喜无非是鉴于他的右派问题,不能不准允刘丽芳的控告。最后在较量中,刘丽芳根本不是高来喜的老泰山的对手,高来喜喜气洋洋地回来了。

包括认为高来喜应该枪毙的费可犁和一起初认定高来喜被专政是大快人心的大进二进,都高高兴兴自自然然地欢迎高来喜的归来,就像他们什么也没有说过什么也没有表示过似的。

高来喜一回来,大家的同情立刻又转向了高来喜。可不是么,有什么证据呢?怎么可能是高来喜叫人打了刘丽芳呢?捉奸要双,捉贼要赃,你刘丽芳凭什么咬住人家高来喜不放呢?你甩了人家也就可以了,你害得人家鸡飞蛋打,也就可以了,你还要斩草除根,要人家的命吗?反目成仇,这也太过了吧!女人的心真是太毒了呀!大家一致这样说。没有人不这样说,就像当初没有人不说高来喜该抓一样。

于是杜冲摇摇头又点点头,他赞叹道:"真有意思,可真有意思呀!"

据说,高来喜只向杜冲一个人透露了自己的心曲,据说他是这样说的:"什么事只怕是弄假成真呀!我本来不知道什么右派不右派,结果把我搞成了右派,我想想自己还真的多少有点右派的意思了。我本来没有打刘丽芳这个贱货,这回,我倒是真想给她俩嘴巴了!"

非礼勿闻,非礼勿言。当杜冲闪闪烁烁吞吞吐吐地说起小高的心曲的时候,大家觉得不妥,便都主动回避,没有人听清了,也没有人认为有汇报的义务。显然高来喜其实并没有说过这样的话。

但是钱文难过了很久很久。他想不通的是,小高的这点破事怎么会和一个被叫做"刘巴"的女孩子联系在一起。刘巴,这个俄罗斯的杰乌什卡(姑娘)的名字本来是多么美好!青年近卫军!那么崇高,那么美!那么纯洁,那么生动!提起刘巴,提起奥列格,提起邬丽娅,提起邱列宁,提起华丽亚,他是多么的尊敬他们热爱他们呀!如今,可恶的高来喜可恶的刘丽芳,你们的丑陋歪曲了刘巴的名字,你们的肮脏,玷污了青年近卫军的成员,你们的卑鄙,污辱了钱文对于苏联共青团与中国共青团的最美好的感情……真是可恶呀,真是可恶呀!

事后回想一九五八——一九五九的冬春之交,那一连几个月的玉米糁子粥,其实只是一次小小的预演罢了。那时候至少在北京城里还是可以买得到各种吃的的。春节休假、肺炎养病之后,差不多人人都带回来了食品。饼干桃酥、牛肉干猪肉松、松花蛋咸鸭蛋、奶粉麦乳精……带什么的都有。这样从北京往这儿带食品,不太合法,也不太不合法。饿了要吃,毕竟是天经地义,何况这个病了,那个死了,一直糁子粥下去,确实不是好玩的。革命干部带回来的食品其实更多。慢慢地开春了,要下地干活了,农民——公社社员们也拿出了一些食品积蓄——包括土豆、核桃、枣、鲜菜腌菜等。从理论上说他们的这些东西已经没有来源也不允许自己留贮,人民公社化已经把这些全部划给公社所有了。但是最后显露出来的是,仍然有许多家存了一点搞到了一点,最最有效率的措施仍然不可能制造百分之百的纯度。这样,临到开春,农忙季节到来的时候,一个个肚腹的状况都有了很大的改善,饥饿的程度有所缓解,便都提起了一些精神。在这个基础上大家学习毛主席关于"忙时吃干,闲时吃稀,不忙不闲时吃半干半稀"的指示便深感主席是多么了解中国农村,他的指示是多么切实和英明。

自己吃得好一些了,人们便更加从外地的跃进喜讯中汲取鼓舞和力量。人们深信虽然个人苦了一点,整个国家还是实力大增,面目一新,因而如果不是花岗岩脑袋,便理应欢欣鼓舞,豪情壮志。有了豪情斗志,便能更好地面对新的问题。

春暖花开以后,洪嘉召集全体开了一个会。会议内容是号召党员团员同志捐出自己的布票,不去买布,以缓解棉布供应方面的紧张局势。洪嘉说,我们的国家实在是太大了,人口也太多了。一个人多吃一块肉,请想想全国得多消耗多少肉;一个人多扯一尺布,请想想全国得多生产多少布;一个人多用一块肥皂,请想想全国得多消费多少肥皂!中国这个大"家"是多么难当呀!现在的困难是暂时的,而困难的造成,是由于形势的大好。请同志们想想看,旧社会有几个人吃得上肉?在河北省,连地主也是破衣烂衫,一年才吃一次肉,五年才做一身新衣裳呀!现在呢,广大老百姓也吃起肉来了,工人也穿起连衣裙来了,农村也用起肥皂来了,各种商品怎么能够不脱销呢?资本主义国家为什么生产过剩?因为广大劳动人民是贫困的,他们眼巴巴地看着各种商品就是买不起。社会主义国家的商品为什么常常脱销?因为劳动人民生活提高得太快了!毛主席最近也指出来了,要解决这些问题。毛主席说,他就不相信社会主义国家的人民吃不上肉。所以党团员同志们带头把布票交回,就是帮助国家帮助"大跃进"。至于不是党团员的同志,你们可以自愿交,不交也行。

于是纷纷表态。可不是吗,现在都吃起肉来了,过去谁听说过?农民用肥皂有什么稀奇?他们还用四合一、八合一香皂呢!八亿农民洗脸洗得香喷喷的,这是闹着玩的吗?这也是虎踞龙盘今胜昔,天翻地覆慨而慷啊!过去,我们的家乡至多用一点皂角灰呀!谁听说过肥皂,更不要说什么香皂了呀!我们的困难是前进中的困难,是暂时的困难；而资本主义国家的困难是灭亡中的困难，是无可救药的困难。我们的规律是斗争，失败，再斗争，再失败，直至胜利；而敌人的逻辑是捣乱，失败，再捣乱，再失败，直至灭亡。我们是不会违背这条规律的，敌人也是不会违背这条逻辑的。解放以后人民生活提高得这么快，谁没有三件五件衣裳？一年不买布要什么紧？两年三年不买布又要什么紧？新三年旧三年，缝缝补补又三年，这是我们的传统美德，也是我们的勤俭建国的精神，我们现在要发扬，今后要发扬，一百年以后还要发扬。我们的江山是靠小米加步枪打下来的呀！三年不买布我们仍然会穿戴得整整齐齐！放心吧，没有人会露出肉来的。我们不是党团员，是的，太惭愧了，可我们原来是啊，我们受的党的教育不比任何人少啊！我们对不起党，对不起共青团呀！但是我们要捐献布票，一连捐三年！

最后还是杜冲说既然党团员才捐一年的，我辈捐三年似乎有点不合适——总不能盖过党团员、将党团员的军嘛！总要照照镜子明白自己的身份嘛。

于是，事态没有继续往更积极更更积极方面发展下去。

从此暂时困难就多起来了。正如他们所分析的，亿万人民都用肥皂香皂的结果是肥皂香皂动不动就脱销起来。然后是买不到电池了。人们分析，想当初，电池也是个稀罕物。李福宏说他有个舅舅，旧社会是跑"口外"的——就是说他是个行商，常常去外蒙——现在的蒙古人民共和国——跑买卖。他说，老年间，一个手电筒外加两节电池，拿到蒙古包里就可以换一匹骏马，蒙古牧民是把手电筒视为神物的。这么一说，电池脱销也是大好形势的征兆了。大家听了都觉得很有说服力。杜冲更是对于李福宏夸奖个不住——讲得太好了，真有意思呀，你真是进步啦。

就在春耕大忙，形势大好，百物奇缺，半饥半饱，干劲冲天的时刻，忽然来了一道命令：立即转移阵地。所有革命干部悉数官复原职，回北京照做干部不误；他们这一批改造任务很重的"同志"除李福宏外全部转到北京近郊的一个机关生产基地去。李福宏呢,说是改造得很有成绩,而且毕竟是一个工人,过去忘了本,如今想起本来了也就行了。李福宏打道回府,回理发馆推头;他的情况不适合在王府井或者西单的大理发馆里供职,把他调到东郊双桥农场的一个理发店里去了。大家为之欢欣鼓舞,临别时纷纷赠言,互相鼓励,许多人都谈到了李福宏不久前谈电池脱销问题的发言极好,说明立场对了头各种思想问题也就都会迎刃而解,大家一致肯定,李福宏的立场算是改过来了。

李福宏极其激动,他说与他们这些个人在一起,他学习到的东西实在太多了。今生今世,我不会忘记大家给我的教育!有文化的人就是不一样啊!我过去是屁事不懂呀!我感谢党给了我重新做人的机会呀!你们到我这个店里来理发我是绝对不收钱呀!

见他愈说愈激动,怕他说得言不及义,二进赶忙帮助他增加了一些正经道理。二进解释说,感谢也好,剃头不要钱也好,关键是要大家努力改造下去。改造不好头发理得再漂亮又有什么用?听说鲁若的头发就很漂亮,现在他的那一头漂亮的头发哪里去了呢?小李说是感谢我们,那么我们又感谢谁去呢?当然是感谢党了。就拿我爱人来说吧,她的入党申请支部已经通过了,可是区里没有批;我想这是因为我的问题还没有解决的缘故。那怎么办呢?我爱人的情绪丝毫也没有受影响,她愿意接受组织的考验嘛!小李呀,以后的路还长得很哟!

"玉米还没有种完,我们撂下说走就走了,这不太好吧?"郑仿依依不舍地说。

说起离开权家店,大家都有一种惆怅。在的时候,确实是——至少有时候是度日如年地盼望着及早完成这一段使命。如今忽然说是要走了,又都感从心来,特别是眼巴巴地看着人家回北京回机关,而他们,转移一个地方,外甥打灯笼——照旧(舅)去劳动改造;真是又悲又喜,又思又叹。

关于郊区生产基地的情况他们也已经听到了一些传闻,他们的心里已经有一本小账。该地离城里只有四十多公里,骑自行车两个小时也就到了。因此,估计到那里以后,每月都可以休假,一个最大最大的问题解决了。其次,那里全部是吃商品粮的城市职工,人人有不低的按月定量,冬天夏天一个样,再入冬,没有一天两顿糁子粥之虞。据透露,他们到了那里,也就享受城市职工待遇,自己起伙,吃得比农村强多了。种种种种,他们也算是离城市近了一步。归根结底,转移阵地的消息是一个好消息。

大家虽然想了许多,毕竟没有在正式的会议上说出什么来。看到郑仿的充满感情的表示以后,人们不免互相使了一个眼色。

"我建议,不行我们把郑仿同志先留在权家店好了,他以为没有咱们这些个人权家店就打不了粮食了呢!"章婉婉忍不住了,她变颜变色地挖苦道。自从上次思想总结郑仿得了上游之后,章婉婉就看着郑仿不顺眼了;她把原来针对钱文的那股子酸气一股脑儿转移到郑仿身上来了。

郑仿不甘服输。他马上说:"好,好,好。咱们报名吧,谁愿意留下来继续春耕,谁签个名吧。"

"你们这是干什么呀?无组织无纪律!在哪儿劳动改造,这是由我们自己挑的么?签什么名,这是什么活动呢?"杜冲正色道。

郑仿碰了壁,大家觉得开心。

于是离开了权家店、大雁岭的山山水水,沟沟坎坎。告别的时刻乡亲们还真的哭了起来,干部们许多人也落了泪。早战夜战,辩论斗争,萝卜白薯,背篓拉锄,挑水上山,休假销假,炸糕蜂蜜,糁子榆子,扫盲做诗,看病送葬……这一切经历是多么新鲜,多么珍贵,多么亲切,多么可爱!这里也是北京,这里也是北京的一部分。不来这里,他们一辈子也不会知道还有这样的一个北京呀!整天从东单到西单,从地安门到正阳门,那又有什么意思?只做一个城市的饭来张口衣来伸手的寄生虫,那样的一辈子只能算是畸形的一辈子,无聊的一辈子,罪恶的一辈子……确实是党给他们创造了脱胎换骨重新做人的机会,千载难逢的机会,黄金难买的机会呀!他们的收获太大了,他们是太幸福啦,他们开始懂得了什么叫粮食,什么叫农村,什么叫人民,什么叫劳动,什么叫生活……他们再也不相信那些臭知识分子的夸夸其谈、信口开河、自以为是、目空一切、骄娇二气、神神经经的了。他们再也看不起那种狗掀帘子——全仗着嘴的家伙们了。他们再也不敢自以为比党还高明,在党的面前翘尾巴龇牙齿皱眉毛了。他们至少是老实多了实际多了,离劳动人民近多了,而这,是终生受用不尽的呀!

  他们热泪盈眶地一步一步地离开了权家店。他们忘不了那遍山的奇香的荆蒿,他们忘不了那遥远的梯田上白花盛开的老梨树,他们忘不了那崎岖的布满了羊粪蛋的山路,他们忘不了那昼夜哗哗流淌的似瀑布又似山涧的混浊的河流,他们忘不了那荒山上的坚硬的石头。山区是石头的天下,山上是石头,沟里是石头,梯田堰是石头垒的,权家店的圈门是石头的,房屋的墙壁也是石头砌的,路边也都是石头。众多的石头饱经风吹日晒、严寒酷热、坚硬实在,默默地铺路垒墙!这才是人民,人民是山,人民是永远流淌的大河,人民是在寒风烈日下巍然不动的巨石,人民最坚强,人民最沉着,人民最质朴,人民最伟大!过去他们也有过积极革命的时刻,然而他们的许多感情是空的浮的虚的假的一碰就碎一捅就破的,现在他们才开始迈步做人!他们觉得是在权家店他们才补上了人生的第一课。由于缺少这第一课,他们才付出了那么多代价;没有这第一课,他们永远是畸形儿,是傻子是疯子是生活在黑暗里,而有了这第一课,才可能有此后的一切。

  他们是怀着虔诚的感动离开这里的。

第 十 六 章

　　新的生产基地位于北京的南郊。一下子,山没有了,河没有了,坚硬的石头世界与异香扑鼻的荆蒿没有了,带有浓重的乡音的乡亲也没有了。剩下了一片开阔,一片被矮小的柳树与杨树行分割开的农田。剩下了道路、池塘、低矮的土屋与无尽的氤氲。从早到晚,有听不完的运输汽车的声音——离这里不远,便是公路干线;来往的车辆表示着他们这里与北京城的密密麻麻的关联,安慰着他们也撩拨着他们。入夜,他们头上的天空倏地空旷起来,遥远起来;一下子覆盖上来了那么多在权家店找不到的星星。使他们更加觉察到自己的渺小,却也体会到一种与天空与大地同在的安详与亲切。比起严峻、突兀、艰难与壮烈的山区,平原是更加宁馨也更加从容。似乎是,他们来到这里会过一种更加和平的生活。而这种和平与从容却更加漫无边际,更加愁绪无端,更加令人摸不着底细。

　　到底还要我们怎么样呢?

　　这里的牲畜也比山村多得多。一俟汽车安静下来,鸡鸣与狗吠便涌动如潮,时不时地还夹杂着牛吼马嘶。有时候会有一种沉闷的哞哞声传来,这声音不像是来自空气的振动,倒像是来自土地的郁闷。民工说,这是一种昆虫,老百姓把它称作地牛。这种虫子常常把尖嘴插入到地里,再发出雄浑而又痛苦的声音。这个说法令大家十分惊讶。

　　这是一个小小的生产基地。除了我们已经熟悉的改造任务重的伙计们以外,只有一个管理干部,三个从附近的农村招聘来的民工。管理干部来自机关总务科,除了生产的事别的一概不问。人们来到这里有一种松了一口气的感觉——却又不无寂寞。

没有人管我们了。而没有人管是多么可怕,多么痛苦呀!即使整天批你斗你也说明是重视你呀,而往那儿一撂,不管了,这才叫人六神无主呢。

他们住在一所往日的庙宇里,破破烂烂,依稀还可以闻得见陈年香火的气味,他们要费些力气来想象当年香火茂盛时期人们在这里敬神拜佛的情景。搬进来的时候,他们在东侧厅发现了一个残缺不全的罗汉木胎。于是出现了嘲笑、踢摔、哄闹……亵渎神灵的许多言语和行动。他们竞相表现自己的坚定的无神论立场,甚至于是在表现对于神灵的一种仇恨。直到连徐大进也看不下去了,他面有怒色地说:"行了行了。"然后他小声自言自语:"干什么呢!"

离小庙不太远,有一片杉树林,依傍着杉树林是一处年久失修的坟墓群,坟头已经渐渐削平,断石残碑上面可以看见"先考""先妣""生于""殁于"以及"孤哀子""不孝男"等等字样。他们走到这里,谈起人生人死,嘎嘎嘎笑个不住。"死了就臭块地呗",一致这样说。他们所表现的豁达、乐观、无忧、无惧,同生死而齐存殁;也许会让不知就里的人认为他们都是得了真传,故而大彻大悟,先知先觉,抵达了常人修炼终生也难以抵达的人生的最高境界。

后来得知,这百十来亩地地势低洼,又是盐碱地,常常是颗粒无收,种上一年连种子都收不回来,故而被生产队撂荒。恰巧这时由于副食供应紧张而各机关纷纷搞自己的副食生产基地,这样,领导机关就要了这一片地种瓜种豆种菜种萝卜,也还种了一些玉米。领导机关依仗自己的"机械化"与权力优势,在这里打了机井,拉来了电线,用拖拉机平整了土地,又上了化肥。赶上这一年比较旱,所以各种作物长势良好,颇有一种欣欣向荣的好势头。

于是大家表态,继续改造不停步,继续务农不动摇,战天斗地炼红心,铁定认罪不翻案等等。只有杜冲来了一句:"来到新的战斗岗位,我要为改善领导机关革命同志的副食供应,使领导同志们吃得更好更有营养而献出我的青春和力量。"杜冲本来是从来不说这种"字话"的,这种学生腔与这个内容从杜冲口里出来,显得分外酸溜溜的,于是人们笑了起来。

"笑什么?"他正色反问道。

果然不出所料,粮食定量四十五斤,肉蛋蔬菜大增加,骑自行车出去十分钟,就可以从附近的一个大队供销社买到茶叶白糖桃酥蜜供饼干乃至面包;领导——实际上就是大进二进——放松了"政策",上述食品一律可买,只限制了含酒精饮料一项。大家欢欣鼓舞地拥护上述规定,吃面包桃酥蜜供都是为了增加热量种好菜蔬,至于喝酒,立场还没有转变过来就喝得晃里晃荡,那就不是喝酒的问题而是改造的态度认罪的态度政治的态度问题喽!

休假也正常多了,每月一次,一次四天,回家也容易多了。大多数人第一次休假以后,就都是骑着自行车回来的了。一人一辆破车,没事出去买点什么,似乎随之自由度也扩大了,底气也增加了些。

"就这样干一辈子也就不错了。"第一次休假完了,杜冲叹息说。

钱文"啊"了一声。

最令人想不到的是,五一国际劳动节这一天——也就是洪嘉再婚的这一天和许多年前好几对夫妻成婚的纪念日,叶东菊来到了他们的生产基地——小庙。钱文事前一无所知,他也压根没有给东菊留下地址。因为这里目前并没有地址,邮递员是不往这里投递信件的。上级机关有事,他们会把电话叫到附近的生产大队,大队部自会有人来找他们,这样联系也就足够了。五一这一天,他们这里并不休息,而且几天以前还特别找他们开过会,就是说五一期间他们不要擅自行动,不要到别的地方去,其含义大家自然领会。过去,在他们没有出事情的时候,他们也常常这样做节日的保卫工作:告诫那些有"问题"的人节日期间,只准规规矩矩,不准乱说乱动。中午饭后,钱文无聊地蹲在"小庙"前边晒太阳,他的目光被一群麻雀所吸引。这种蹲着休息的姿势,他也是在权家店培养起来的,用此种姿势歇晌,似乎多了一点工农大众的味道也是改造收获之一端。看麻雀蹦蹦跳跳也有看累了的时候,脖子低酸了,他便抬起头看远处。忽然,他发现远处土路上走来了一位女子,那袅袅婷婷地走路的样子,一看就不是农村妇女。那身材和走路的姿势好熟悉呀。哟,走到田间的小路上来了,倒像是向着小庙来的呢。那样子像是叶东菊呢。啊?可不是叶东菊嘛!叶东菊找到这儿来了。她,来干什么?他吓得心怦怦跳了起来。

叶东菊一路打探着找了来,什么事也没有,想钱文了,又是美好的五一劳动节,便心血来潮前来看望。来就来吧,看来她还精心穿戴了一番。她的头发是新做的,额头的大花非常大方。她穿了一件墨绿色罩衣,一件少有的合体的灰格呢裤子。尤其是她还穿了一双半高跟翻皮鞋面正皮鞋帮皮鞋;钱文方才明白为什么远远望去,她走路的姿势是那样袅娜。她提了两匣子从崇文门国际友人服务部买来的西式点心。"我拿来给你的朋友们过五一的。"她说。

钱文心神不定,他想说你怎么来这里,这里的一切都是不能按正常的逻辑来判断的,就拿这两盒点心来说吧,如果送到别的地方,你起码会受到感谢。但是这里呢,章婉婉会说什么?高来喜会说什么?郑仿会说什么?费可犁会说什么?实在难说。

但他还是硬着头皮"欢迎"了叶东菊的到来。他想来想去,有什么问题只能是他自己承受,他实在无法也不愿意向东菊谈他们这里的某些情况,他不能告诉东菊,就连她的来看他也是没有先例因而是危险的。他决心独自负担一切后果。于是他就转忧为喜,放松了自己的表情。他把叶东菊介绍给大家,他把点心包打开了请大家吃。徐大进通情达理地给他放了半天假让他休息,陪东菊在附近转一转。他陪东菊来到了墓地。安安静静,除了太阳呀、麻雀呀、土路是怎么找到的呀他们没有说什么。钱文觉得不太自然,但是这样过了五一还是令人心头温暖。

最后黄昏时分他把东菊送走了,才长出了一口气。

东菊走了以后,他才慢慢地兴奋起来。

他觉得像是一个梦。像是——那个,例如是画中人的故事:从画里下来一个女子,给他带来了幸福,带来了芳菲,带来了另一个世界的光辉。

许多年了,他没有像这次这样地为东菊而心疼。她的黑色翻正皮半高跟鞋是多么娇小啊!如果不是他们两个人结了婚,这双女鞋和鞋里的双脚怎么可能与他这样亲近!她穿的墨绿色罩衣与灰格呢裤子还是他们结婚时购买的呢。那天他们冒着轻雪去王府井大街购买结婚物品;与几年前的五一时的四对男女同时举行婚礼时相比,他们已经是够奢华的了,那时候穿一身新咔叽布制服也就不错了。可惜的是,新婚没有多久他们的命运发生了突变,叶东菊就再也没有穿过这身衣服。今天她当然是为了他而特意穿起来的了。他能不感动吗?那灰格呢裤子穿在她身上是多么可体呀!还有她的迷人的头发,她的洁白的肌肤,她的脖子上的洁白的肌肤上的一颗黑痣,是多么可爱!有了她,有了她他还能要什么,他还能抱怨什么呢?

他应该把世界想得更好一些,把生活想得更加值得一些。至少是因为有东菊。不管东菊与谁谁跳了多少次舞,也不管他有多么泄气,在"柔和晨光"照耀着的五一国际劳动节,是她,只有她,离开了那鲜花和旗帜的海洋,离开了人人心向往之的祖国的心脏——天安门广场,不顾一切地边走边问地打听到了他们的小庙,"下凡"来到了他的身边。

并不是每一个妻子都会这样做的。今天这里,只有东菊这样一个妻子。想到这里钱文便喉咙哽咽起来。

他又觉得她不应该来,她不该来这里,这里不是她可以随便来的地方。在田间小路上穿着半高跟鞋走路,这太委屈。把国际友人服务部的奶油花点心拿到这里,也太不般配,太扎眼。他们最好互相回避,他们最好只在一起回忆过去,在一起看电影,在一起唱当年喜爱的歌,在一起吃点什么,就好像什么事情也没有发生一样,就好像一切都还与从前一模一样。他们只应该在一起体验人生的快乐爱情的美好家庭的温馨,然后在一起谈论光明的未来。

他并不想让她看到他的生活的现实的一面:脏乱的宿舍,臭烘烘的房间,东倒西歪的洋镐、铁锨、大筐与扁担……他宁愿她去权家店,那里还有农民,还有诗意;到那里去显然是为了艰苦的与意义重大的思想改造;而这里只有"为改善同志们的副食供应而奋斗"的百十亩地……他宁愿从抽象的形而上的观点赞许改造的必要性与他的这一段经历的伟大意义:他们当然承认所有的试炼都是必要的,所有的困苦都是通向空前的崇高与光明的必由之路。他目前的生活愈是渺小和卑鄙,就愈是证明了他正在通向伟大和光荣,为了这伟大和光荣他不应该吝惜自己。

但是他吝惜东菊。他绝对不愿意把东菊拖进这个试炼和苦斗里。

还好,没有立竿见影,没有出现就爱人带点心来看他的事对于他的什么批评。

过了一段时期,杜冲告诉他,徐大进有一次与苗二进对东菊评头品足,说"钱文的老婆敢情是一个资产阶级"。钱文听了相当愤怒,特别是当他想到他把东菊拿来的最好的两块点心给了大进二进,而大进二进丝毫没有拒绝这"资产阶级"的糖衣炮弹,毫不客气地、连一个谢字都不说地把点心吞了下去,他更觉得这两个人的无聊。

但是毕竟他们没有当真提出来什么,他们只是窃窃私语,他也是只有叹息而已。无非如此,又能何如呢?

五月底调整了一次粮食定量,把他们的四十五斤降为四十斤。人们一怔,吃饭的事,怎么说减就减了那么多呢?开会分析了分析,也就都释然了,却原来少吃一点对身体是大有好处的。原来吃那么多,别的不说,就是晚上这个屁也叫人受不了,大家想想看,一晚上每个人要放多少屁? 大进的分析生动具体有说服力。四十斤,吃起来更香了,消化好了屁也就少了。有时候觉得亏一点,就拼命地喝白糖水,白糖也是有热量的。这些个知识分子虽然办不成别的事,对于怎么样维持自己的营养倒也都还不傻。紧接着白糖也实施定量了。于是人们开始反省自己前一段吃白糖那么多实际也是大大的罪过。不是农民们说过吗,将来到了共产主义社会天天都要吃香油和白糖,香油和白糖,这是许多农民心目中的共产主义呀,怎么能够随心所欲地胡吃海吃呢?

等到夏初再休假的时候,就是在北京吃一顿饭也是不得了的事情了。那次钱文与东菊为了看一场苏联电影《海之歌》耽误了晚饭。晚上八点五十分看完电影,再去找一家吃东西的地方,硬是找不着了。所有看得见的饭馆都早早关了门。难道今天要饿肚子么? 他们家里已经没有什么吃的了,而这早晚,副食店食品店更是早已打烊。好不容易走到西单,看到一家开张似乎还不久的饭铺,字号奇奇怪怪叫个什么"木鞭芙"的,还开着门。钱文与东菊大喜,连忙跑步向前。却原来那里已经是排了大长队。这么晚了排大队买饭已经有些稀奇,多年来,北京人有几个不是下了班就吃晚饭,十点多钟就睡觉的? 下了班不吃饭睡觉您要干什么去? 您不早一点睡觉,第二天您怎么"早战""鏖战""开门红,日日红,(时时红,)红到底"? 何况班前还有动员会还有政治学习还有誓师表决心下战表挑战应战这战那战? 怎么会有这么多人到这当儿了还没有吃饭? 他们明天就不需要早早上班的吗?

听说话的口音好像大部分是外地人。大大的跃进当儿,这么多外地人不就地跃进,跑到北京做什么?

问题还在于排队的人一个个心情紧张急迫,你挤着我我挤着你,你看着我我看着你,生怕别人插队,更怕卖到自己这里食物告罄。到了钱文排到,大鱼大肉已经卖完,只剩下了一个肉片烧茄子还算油油糊糊,一个西红柿炒鸡蛋和一个豆豉豆腐还算营养,其他就只有拍黄瓜、拌粉皮、虾米皮炒洋白菜了。

  人们不但排队的时候表情紧张,吃起来更是专注深沉,紧张肃穆。一个个食客心无旁骛,目不斜视,口无闲言,脸无表情,一点笑声一个笑容都没有。吃的人满满的,排队的人也是满满的,整个饭馆拥塞不堪,但又由于一个个食客都是直奔主题,风卷残云般地吃完就走,几乎没有别的声息活动,灯光又暗,人众遮光,直像是没有多少活人,而只有一幢幢的黑影,走马灯般地转来转去。这一顿饭给他们俩留下了难忘的印象。紧张,侥幸,还有点害怕。

  想起苏联电影《海之歌》来就更觉得后脊背冒凉气。《海之歌》的旁白活像是圣人附了体,导师附了体,指指点点,神神道道,一个作家一个导演居然要君临一切,这样的电影拉到中国来不把他们划成右派才怪!一面是人影子排队抢饭,一面是大而无当的夸夸其谈,一面是政治思想战线上的严峻革命,一面是无边无际的思索和议论,一面是诚惶诚恐地夹着尾巴改造改造再改造,一面是干预生活揭露阴暗高高在上像煞有介事,中国是怎么了?苏联又是怎么了呢?

  果然,一九五九年一年讲得最热闹的就是苏联的变"修"。所有的正式的非正式的消息都在说苏联怎么坏怎么坏赫秃子是多么坏多么坏,布加勒斯特会议上秃子赫鲁晓夫提出来世界各国共产党工人党要对对表,就是要让大家都跟着他的指挥棒转。又一次什么会议上赫秃子提出来要像丢掉"破套鞋"一样地抛弃那些过了时的僵化共产主义活动家,这实际上是辱骂我们的领袖的……赫某十月一日国庆节到中国来讲话中污蔑我们是好斗的公鸡……云云,不一而足。

  于是立即同仇敌忾。从秃子长秃子短,联合国会议上脱靴子不成体统,米高扬一仆二主,斯大林是一把刀子,莫洛托夫受了打击……直到苏联红军大官打小官军官打士兵,莫斯科大街上有许多妓女,大学女生宿舍里准备着阴茎套,苏联飞机上供应的竟是马肉,又直到一九四五年八月苏联红军在东北强奸妇女搬走机器……各种老话新话一下子全都出来了。

特别是关于"破套鞋"云云,更是如辱考妣,使人们义愤填膺。不论什么身份,大家不由得面红耳赤地破口大骂。

钱文当然也不甘落后,也赫秃子秃子赫的大骂连声。他知道这是大是大非的问题,是来不得半点含糊的。遇到大是大非的问题,即使是自己的亲娘老子也是来不得半点温情的,何况八竿子打不着的苏联老毛子?

然而钱文也窃自起疑,原来说的苏联那么好,怎么一下子就又这么十恶不赦地大坏而特坏了?是真的都那么痛恨苏联么?如果从一九四五年八月就痛恨苏联,那不是思想太反动么?那时候不喜欢苏联是反动,现在如果喜欢苏联当然也是反动,这是多么可怕呀!也许政治家说爱就爱,说恨就恨,该敌就敌,该友就友,可是百姓们呢?青年们呢?他们原来爱苏联是真爱而不是假爱呀。由真爱变成真恨,那就连打个"等儿"都不需要么?就没有一点过程么?

钱文相信这样重大的问题中央一定会有正确的决策。钱文在国际问题上正像在一切问题上一样,除了以中央的意见为意见并没有也不可能有更不敢有别的想法。他只是微微觉得别扭罢了。他向往过苏联,向往过克里姆林宫上的红星,他爱唱那么多苏联的歌曲,他爱读那么多苏联作家的作品;在苏联电影上他看到了那么广袤的土地,那么可爱的人民,他听过伏尔加河沿岸的摧人心裂的民歌声。在苏联电影的画面上,他常常看到无边的麦浪中的那些健壮而又热烈的俄罗斯妇女,梗着脖子,伸着胳膊,昂首挺怀,用一种半男半女的嗓音,嘹亮、奔放、深情而又寂寞地唱着俄罗斯民歌。她们与俄罗斯大地,与一望无际的麦田融为一体,她们自己就像大地一样质朴而又厚重。他爱她们,他无法不爱她们,他甚至幻想过自己会投身到她们的怀抱里去。他无法想象这些人会成为自己的敌人,他无法想象一个产生过这样美丽崇高的诗、歌、电影、小说的国家会一下子"烂掉了",实在是太快、太快了啊……如果连这样美丽崇高的东西都说烂就烂,那么世界上还有什么让人为之敬仰、为之奋斗、为之牺牲的东西呢?这一切,这一切可叫他怎么办呢?

他真恨赫鲁晓夫,他真恨赫鲁晓夫呀!是赫鲁晓夫把一切搞糟的呀!

他真羡慕那些说爱就爱,说恨就恨,说是"老大哥"就赞不绝口,说是修正主义就破口大骂脏话连篇的同志们啊。他们的立场是多么坚定,他们的觉悟自来就是多么高呀!

他有时也想,他们是不是在握手拥抱大喊中苏友谊万岁的同时,已经准备好了满桶满腔仇恨的诅咒与切齿的决绝,只待一声令下就可以扑头盖脸地泼上去扑上去冲上去呢?

"中苏友好是万古长青的事业",这是他最敬爱的一位领导同志在欢迎一个苏联青年代表团时候讲的话里的句子。他曾经为这句子的美妙与情感的真挚一直到唇齿音、平仄搭配的音乐感而激动不已。万古长青,在汉语的一切成语当中,没有比这个成语更令他心潮澎湃的了。在这个成语里,他感到了悠悠岁月,感到了永远的生命,这四个字是无比神圣的。他曾经把这样的句子写到自己的笔记本上……从少年时代一听苏联这两个字他已经无比珍爱了。

当然。他绝无二心。他当然无条件地相信中央的决策。他又哪里可能真的知道多少苏联的情况!他连中国的事情也要从头学起,遑论苏联?然而,揭露与批判苏联,这毕竟是挖掉他心里的一块肉呀!他不明白的只是,为什么所有昨天还在对苏联赞不绝口的人,改起口来是那样的胜任愉快,平滑无碍呢?好,就让我们认定苏联背叛了十月革命,成了国际共产主义的叛徒吧!发现一个亲密的盟友和兄弟变成了叛徒,我们难道就没有痛苦吗?我们难道没有眼泪么?

他真恨赫鲁晓夫,他真恨赫鲁晓夫呀!

一颗明星黯淡了,

一只瓷瓶打碎了，
　　一朵红花凋谢了，
　　一件往事逝去了，
　　一些话语丢失了，
　　一个梦醒转了……

　　他知道，这些话是不好随便说的。他格外认真，不敢怠慢地一次又一次地参加学习，一次又一次地痛斥苏修。每痛斥一次就习惯一点点，每习惯一次就轻松一点点。一开始，他是怀着紧张情绪来参加这样的会的，后来，他变得愈来愈喜欢开这样的会了。他像是得了重感冒的病人，而参加学习就像是吃羚翘解毒丸和喝红糖姜汤再加盖棉被。吃一次药喝一次汤加盖一层被子也就出一次汗，出一次汗当然也就舒服一点症状减轻一点。终于，汗发过了，"火"去除了，阴阳调和，虚实得宜，寒热俱退。他痊愈了。

　　学习真是一个好办法呀！你一言，我一语，想不通的也通了，想得通的更巩固了，不积极的变积极了，本来就积极的，从集体的反应中取得了验证，从而益发自信，益发热烈与所向披靡起来。通过学习和发言，钱文愈想愈对苏联的变成修正主义感到气愤！好好的一个斯大林，你胡乱批判他个啥！"阳光普照美丽的祖国原野，原野成为光明的地方"，没有斯大林的英明与伟大，怎么会有这样美好的诗与歌？有了这样的诗与歌，怎么能够不证明斯大林与苏联的光明与美丽？没有苏联的变修，没有赫鲁晓夫背叛了马克思列宁主义，哪里会有匈牙利、波兰事件与世界性的反动逆流？没有世界性的反动逆流，哪里会有中国的右派进攻与反右派斗争？没有右派进攻与反右斗争，只根据他们几个人的一点不健康的思想和牢骚话怪话，又何至于搞成了敌我矛盾！一句话，他们的挫折，他们的耻辱，不都是苏联闹的，赫秃子闹的吗？他本人就是赫鲁晓夫的受害者嘛！赫秃子毁了我们，赫秃子是罪魁祸首呀！他怎么能够不痛恨苏联修正主义，不痛恨赫秃子呢？他怎么能不钦佩我们的"天垮下来擎得起，世披靡矣扶之直"的伟大的毛主席和中国党呢！这些个渺小的修正主义虫豸啊！真是"小小环球,有几个苍蝇碰壁",真是"蚂蚁缘槐夸大国,蚍蜉撼树谈何易"！学习真是个好办法呀！觉悟就瞪着眼一步一步一点一点在噌噌噌地提高呀！

愈想愈通,愈说愈对,钱文的发言愈来愈精彩起来！他的学习会上的发言情理并茂,鞭辟入里,义正词严,入木三分,丝丝入扣。他的发言受到了大进二进的表扬,连一贯找他的麻烦的章婉婉也说钱文讲得好,讲得透,讲得有感情。

对于自己的认识过程,钱文也轻描淡写地说了几句,原则地说,他对组织仍然是非常老实的,他没有回避自己对于现代修正主义的认识是有一个过程的,他没有回避自己有过的震惊之情。但这一切"交代"与自我批评又以不引起误会,不给自己找麻烦为限;他完全明白这玩意儿如果说多了说过了说得太具体了会带来什么样的后果;他再也不会干那样的傻事。何况,他不是发言发得很好吗？他不是早已经一通百通完全跟上了吗？他还有什么自己跟自己过不去的地方呢？

他积极响应、坚决拥护(他时刻记得曲风明同志关于屁股坐在哪里的精辟论述)而又瞻前顾后、讲究分寸地,相当成功地经历了自己的思想的震动与国际共产主义运动的大是大非的考验。他感到了自己的进步与成熟。

就在反修批修的高潮之中,在庆祝建国十周年的日子里宣布了对于一批战争罪犯的特赦与摘掉一批改造好了的右派分子的右派帽子。他们这里是徐大进、苗二进以及章婉婉摘掉了右派帽子——光荣地回到了人民的队伍。大家拼命鼓掌,与光荣的三个人热烈握手表示祝贺,也都表达决心,争取自己也有这样光荣的一天。真奇怪,头一天还在一起同甘苦共命运,彼此彼此;开完这个宣布摘帽子的会以后,再一看这三个人,就是容光焕发,神清气爽,谈笑自如,举止有定——绝对是高他们一等一截。这简直可以称为魔法:同样的人,同样的时间地点,同样的工作条件,同样的粮食定量……一句话就变了样子,叫做判若两人了。

热劲过去以后人们慢慢回过了一点滋味。大进二进云云,那是天生的改造得好的"同志",他们的摘帽子是没的说的。他们从当上了右派第一天开始似乎已经开始扮演起了带头改造带头劳动带头摘帽子的角色;诚于中而形于外,他们二位的一言一行一颦一笑就是与别的家伙们不同;如果有一个名额,那么摘帽子的应该是徐大进;如果有两个名额,那么摘帽子的应该是徐大进和苗二进;这是毫无疑义的。

然而章婉婉是怎么回事?就说下乡劳动这改造的必由之路吧,她才劳动了几天?恐怕统计起来她的出勤连一半时间都不够。而且说老实话,她的群众关系不好,对她的反映不好。开头,杜冲对她还好一些,后来有了几次经验以后,杜冲也是尽量躲着她;都不愿意招惹她。再说,前一年如火如荼地搞的那个思想总结与改造等级的评定,章婉婉说下大天来也不过是中游而已,郑仿好赖还混了个上游呢。莫非这又都不算了吗?好,不算就不算吧,那表现好的也还有郑仿、费可犁、杜冲、钱文、高来喜他们呀!怎么也不会轮到婉婉呀!

当然组织上的决定是正确的。那就是说还是章婉婉思想好一点呗。劳动好不好,出勤好不好,群众关系好不好,发言好不好这都是看得见摸得着的,都是别人也可以说话的;但是这一切并不一定代表思想,这一切都可能只是假象。而思想怎么样呢,这是内里的事,深处的事,是需要领导鉴别的事,是他们这些人未必能看得清说得明的事。显然,章婉婉的思想好,这实在是最珍贵最值得他们大家学习的呀!

杜冲倒是不慌不忙,他说:"有早有晚,反正都是要摘的喽。陆书记讲过的嘛。"

到了冬天,三个人摘帽子的事情的冲击已经变淡了。大进二进虽说是没有帽子了,暂时没有分配工作,照旧在基地劳动。只有章婉婉,摘帽子才一星期就调回去了。人们向她道贺,也就罢了——一个女同志,何必与她攀比呢?但愿她从此一切顺利。

一天,高来喜忽然私下里破口大骂起来:"章婉婉太卑鄙了!为了摘帽子她采取了最最卑鄙的手段!她……"

没有人知道他指的是什么。也许是由于他的嫉妒便信口雌黄起来?也许这只是他的葡萄酸酸葡萄?也许这里边有什么误会?也许这里边有什么内情确是旁人不知道的?

高来喜拒绝提供进一步的细节。

关于章婉婉摘帽子的内情,传闻有一些,互相矛盾,难以作数。

这是一个永远的秘密——也算是他们的这一段特殊的经历中的一个空白点吧。

(据说后来在"文化大革命"中,外调人员曾经要求高来喜揭发章婉婉这方面的问题,但是高来喜根本不承认他说过这样的话。为此,他被打了一个死去活来,他始终没有透露这个秘密。最后还是那时已经成了大人物的卞迎春救了他。而他……)

一面是三个同志摘了帽子,一个同志回去工作了;一面是在一九五九年的最后一个月最后一个星期,他们的队伍又增加了一名新成员。

他就是曲风明。曲风明的事他们早已有所耳闻,开初是说他在前妻闵秀梅再结婚的那一天大量吞服安眠药企图自杀未遂,从此他就算是被揪了出来。一揪出来,材料也就愈来愈多了。据说仅仅闵秀梅写的揭发他的材料就有六十页之多。材料虽多,时机不大对头,上级单位的反右领导小组已经停止办公了,反右办公室也已经撤销了,没有办法再划右派了,错过了这个村也就没有这个店了。于是揪出来以后挂了好久,直到最近由于彭德怀的问题,厅局级以上领导干部中开展了反对右倾机会主义的斗争,正好正式给他定性为右倾机会主义分子,开除党籍,下放劳动改造。他也就舒服了,据说已经不失眠了。但是与他们不同的是曲风明同志仍然算是人民内部矛盾。

大家也见怪不怪了。曲风明之最后成为一个什么"分子",还令大家感到"有哏",令大家感到一种说不出的消食化气的快意与舒服,曲风明也未见尴尬。只是日常接触之中人们觉得曲风明还是有一些傲气,学习会上发言的时候他仍然喜欢撇着嘴说什么"资产阶级右派分子的反动本质""右派分子的资产阶级本性"之类。显然,他对于自己的优越性的意识是很自觉的。大家也无所谓,只是一干活他就低人一等了。他使铁锨的时候撅腚探脖,样子痛苦已极,丑陋已极;一锨下去却又装不上什么土。民工便嘲笑他:"瞧你这个样儿,你这是劳动呢吗?老远一看,以为你是在这儿操狗呢!"

众人笑成一团。从此见了他就狗长狗短,又操又日。一辈子没有听过这种脏话的曲风明面红耳赤,气急败坏,正色制止不成,便忙不迭地捂住耳朵,嘴里念叨着"这也太不像话了,太腐朽了,太下流了……"愈是正人君子面红耳赤,大家调笑得就愈凶愈有味道,而且联系到早就传开了的他的性无能,把他取笑了个不住。尤其令人惊异的是,在生活会上,苗二进还把这个问题作为曲风明的缺点提了出来。二进说,大家调笑的实质与依据是民工对于曲风明同志还没有能过"劳动关"的批评。要改造思想,就必须过劳动关与认罪关还有群众关,曲风明同志的表现说明,他这三关都还没有过好。过了劳动关的人,使铁锨还能像操狗吗?过了认罪关和群众关的人,还能像他那样沾沾自喜高高在上、酸不溜秋吗?总而言之,曲风明同志,你要加油啊!

这样,算是把他的威风打掉了些。

……到了一九六〇年的冬天,粮食问题一下子变了脸。由于自然灾害,由于消费量的增加,也由于共产风的影响,粮食出了问题。一九六〇年十月,又重新调整定量,把下放干部的工种定为轻体力劳动者,粮食定量是每月三十三斤。也就是说,每天只能吃一斤粮食或者略多一点。宣布这次调整的时候,显然连大进二进也打了蔫了。他们在动员大家正确认识和对待这次粮食调整的时候,脸上的表情也是苦兮兮的了。

真正是大眼瞪小眼。吃的粮食,这能有多少商量? 从四十五斤而四十斤,从四十斤而三十三斤,这不是明摆着的吗? 过去一天可以吃一斤半,现在一来只可以吃一斤了,这怎么行呢?

附近的农村传来了消息,农民的粮食定量降到了一天五大两,一个月十五斤。

怎么了?

不管是怎么了,反正说降就降了下来。

吃饭变得紧张了。你必须精打细算。过去月粮食定量四十多斤,比如早晨你可以吃三两或者四两,中午或者晚上各吃半斤,不算充足,但总还过得去。现在呢? 你早晨只能吃二两,这样才能保证中午与晚上各吃四两,也就是说中午与晚上可以各吃两个馒头或两小碗米饭。中午与晚上你无法设想吃得更少,如果劳动完了连两个馒头或两小碗米饭也没有,那就没有办法再活下去或者干下去了。可是早晨呢? 一个馒头二两,一碗稀粥一两。如果早晨起来不喝稀粥,干吃一个馒头,这不仅是饿的问题,更无法忍受的问题是太"秃"。一个馒头,咬两口就完了,吃了与没有吃一个样,不但不饱而且连必要的程序都没有,连该走的过场都没有,这是太困难了。如果吃半个馒头一碗稀粥呢? 倒是有干有稀了,像是吃一回早饭了,可那才是真的走了过场了呢! 半个馒头,浑若无物;一碗稀粥,清可鉴人;几根咸菜,叫水叫渴。几泡尿一撒,热气也没有了,热量也没有了。每顿饭吃过,"你几两?""你呢?"互相打问,互相探讨,交流经验,唯恐自己的安排不智。经过仔细的调查研究切磋,他们终于发现,稀粥的粮食含量,根本就不够一两! 喝粥吃亏论的舆论传遍小庙。一天早晨,稀粥熬出来了,硬是无人购买,一盆粥剩在了那里。气得炊事员骂道:"你们奸什么? 你们不是奸吗? 这盆粥我马上把它倒了! 浪费的粮食也不是我一个人的,浪费多少还不是从你们哥儿几个的定量里再抠出来!"

生产基地通过上级的关系从酱油厂拉来了一车酱油渣,喂猪用的。炊事员试了一下,用一些酱油渣掺到玉米面里,蒸出窝头来个儿特别大。炊事员的这一善行深受各位食客的赞扬。这样,收同样多的粮票的,个头儿小得多的纯玉米面窝头就滞销了。人们一边吃一边表扬炊事员,并且建议今后多吃掺酱油渣的食品。于是炊事员没有过三天便又蒸了一次玉米面掺酱油渣的窝头。可能是这次炊事员认为,既然大家如此盛赞掺酱油渣窝头,不妨做些手脚,结果蒸出来的掺酱油渣窝头与纯粮食窝头个儿一样大。人们一看也就明白了,结果这次大家只买纯粮窝头而不买掺酱油渣的窝头了。掺酱油渣的窝头又滞销了,又浪费了。为此气得炊事员又骂了一通。为此大家也更不相信自己的食堂了。人们疑神疑鬼,本来粮食就不够吃,再加上怀疑食堂克扣了大家的粮食,摩擦就更多了。

炊事员是民工,就是说是人民,他一再生气,便引起了领导的注意。为这个也开了会,让大家谈认识。会上只有曲风明大谈特谈,把人们自私自利的表现讽刺了个六够。大家没有什么发言。会上就一个问题展开了争论:食堂有没有权利,有没有必要在标明的定量与实际给的食品之间做什么手脚。徐大进提出一个论点,叫做分秤多合秤少,意思是比如一百斤粮食,分成五十份——每份二两。每秤都是平秤乃至低秤,但是最后仍然是不够分的。因此,如果一个一个地秤食堂供应的食物,也许你觉得它不够分量;那么,也就是说,一个食堂如果不想亏本的话,必须每天从每顿饭每个馒头或每碗米饭中克扣一点点。

于是人们更加叫苦不迭。同时他们也怀疑,如果此说成立,数学的一条公理——分量之和等于合量还能不能成立呢?如果此说成立,一块钱分成十份难道不是一角钱而是九分九厘钱么?

比抽象的讨论更加实际得多的问题是他们只觉得馒头窝头个儿愈来愈小,粥愈来愈稀,菜愈来愈屡——没有油水,人愈来愈饿,胃口愈来愈好。每天从早到晚大家想的就是一个吃字。刚才起床,就从厨房里飘出了熬粥与蒸馒头的香气。粮食的香味,原来是这般的迷人！他们老惦记着饭厅却又怕着饭厅。没有进饭厅以前可以把希望寄托在饭厅上,如果饿,可以认为,进食堂吃完就会好了;如果馋,可以想象进饭厅吃饭是多么解馋的事情。可进完饭厅出来的时候呢,说饱根本没有饱,说馋比没有吃的时候还要馋,进了一次饭厅,什么问题也没有解决,而是使各种问题更加尖锐地摆在自己的面前了。

没有进饭厅的时候想着饭厅,进了饭厅以后,看着食物又急于吃——又怕一下子吃光。一边吃一边患得患失,早知道馒头这么稀松,还不如吃米饭呢或者早知道米饭这样软乏,还不如吃窝头呢之类。吃完了舍不得离开。刚离开了饭厅就又计算起时间——再过多少小时多少分钟才能再进食堂呢？

于是吃饭成了情结,成了第一的、并且渐渐成了唯一的兴奋灶,成了既紧张又恐慌的第一焦虑。当然吃饭是为了活着,但是,尤其是,活着要做的事就是吃饭。想的也是吃饭。他们在梦中,见到过多少美味食物啊！现在才明白,顿顿饭能吃得饱,有时候能有肉有油有糖有土豆有白薯有鸡蛋有烧酒,这是多么了不起呀！过去那么多年他们都吃得那么饱,那真是了不起呀！真是幸福呀！真是身在福中不知福呀！谁能多给点吃的,谁就硬是伟大得不行啊！

而没有出息的人啊,才少吃那么一点点就那么眼巴巴,流哈喇子,馋唧唧,灰溜溜,硬是觉得自己低人一头,丢人现眼呀！而买饭时赶上一次自己买到的馒头比别的馒头大些,自己的那碗米饭似乎比别人的饭多些或压得实一些,再或者自己买到的菜里似乎多了几许虾米皮,他们马上就感到是何等的神清气爽,得意洋洋啊！

不知道是不是为缓和与大家的关系,在得知他们为吃饭时的挑肥拣瘦而受了批评以后,炊事员民工一再向杜冲表示:"要是早听了你们哥儿几个的,哪儿至于有今天！"听了这话,大家又笑又怕,挤眼缩脖,屁滚尿流状不止。

休假回北京的时候这个焦虑也丝毫没有得到缓解。钱文在实行三十三斤粮食定量一个月后回家休假,顾不得先回家,一进城,骑车来到前门大街,看到一家名叫八珍斋的糖果食品商店,不由得大喜,连忙下车锁车,迫不及待地进店。他只盼着随便买一些吃的——能入口的就行,有吃无类;即使是只剩下了水果糖他也要一气买它二斤,倾其所有,他只希望尽快地把口袋里的人民币换成能够入口的东西。点心他是买不了,因为他身上没有粮票,但是如果有糖果,如果有干果——就更好,核桃、杏仁、大枣、榛子、葡萄干,就是酸梅陈皮梅酸枣杏干嘉应子山楂片也行,所有这些吃的东西都是有热量的,有营养的啊!

店里的形势使他大惊,因为偌大一家店,居然所有的柜台都空着。靠近拐角的柜台上边的一个玻璃罐里放着一批绿豆糕,绿豆糕也是收粮票的,而且收得很多。墙柜里是满满当当的瓶子,全部一样大小一样规格,但是货色不完全一样。原来那都是高糖分的果子露之类,最多的是橘子汁,其次还有草莓汁和菠萝汁,看那颜色与果汁相去甚远,给人以一种劣质颜料、香精、糖精再加一些白糖做出来的印象。

但是他没有别的选择,他无法买绿豆糕,因为他没有粮票——即使他有粮票他也未必值得用当今世界如此珍贵的粮票去买一小块质干无油的绿豆糕。那么,所谓的"果汁"买不买呢?

于是他拼命地"相面",隔着相当的距离他分析猜测三种果汁的浓度,他决心买一瓶浓度最高的,看起来最稠的。浓度高很可能是糖分多,或者是掺了淀粉,而淀粉,不也是能够解饥的吗?淀粉,也是碳水化合物啊。

他首先排除了买橘子汁的可能性。这里边他最熟悉的是橘子汁,说是橘子汁,橘子味很少,只是有甜有酸有说橘子不是橘子说米醋不是米醋的一股气味而已。他不喜欢这种品质低劣的橘子汁。

他也不想要草莓汁。那所谓草莓汁的红色实在可怕,像劣质的红墨水,一看就是假的。

他决定,购买一瓶标着"菠萝汁"的棕色饮料。他微感激动。他付了钱,他拿起瓶子来看了看商标。商标下有两行说明。一行是"本品成分":菠萝原汁、水、砂糖、香精、色素、赋形剂。一行是"食用方法":请用四至五倍的水将本品稀释后饮用。

　　对,砂糖和菠萝原汁,甚至于赋形剂也可能是有营养的。就是它! 要的就是它! 至于掺水,现在可顾不得了。

　　钱文本来想找服务员要一个起瓶盖的工具,看看服务员那种有气无力带搭不理的样子,他未敢造次。拿了瓶子接过找回来的零钱,他无言而退。走到门口,看看四周并没有人注意他,在冷风和些许的飞沙走石里,他拿起瓶子一口咬下了瓶盖,不顾牙齿扳得生疼和瓶盖的锯齿损伤了口腔粘膜。他把瓶子倒竖,瓶底朝上,瓶口入嘴,咕咚,就是一口。

　　这一口只觉得甜得发辣,香得发呕,黏得发酸,舌头发麻,牙齿发酥,腮帮子生疼。咕咚,又是一口,同时前一口已经百分之百地咽到了肚里,肚里产生了一种先冷后热的感觉。

　　先冷,想来这是瓶子的冷与果汁的冷所造成的。冬天,店铺的取暖设施很差很差,当然是冷的,室内温度最高不过十三四度,喝进去怎么能不冷呢?

　　后热,啊,莫非是菠萝汁立即转换成了热量? 完全可能嘛。菠萝汁里含有果糖,砂糖的主要成分是蔗糖,这两种糖都很容易转换成为能以被身体迅速吸收的葡萄糖,葡萄糖一吸收,不是就有了热量了么?

　　这么说,是成功了,成功了!

　　他兴奋地喘着粗气。他的粗气在寒风下面变成了白雾。

　　咕咚咕咚咕咚咕咚,咕咚咕咚咕咚咕咚,他把一整瓶所谓浓缩的天知道是什么做的菠萝汁,一口气喝到了肚子里。

　　他有点噎得慌,似乎马上就变得充实起来了。充实,他恍然大悟,这两个字的来源肯定是肚腹的一种感觉。原来充实的本意就是吃饱了。吃饱了是多么充实,而吃不饱是多么不充实多么空虚!

他又有点难受。这算是什么呢?饿疯了吗?馋疯了吗?这算是喝还是算做吃呢?如果被人看见,这有多么不好啊,他这是多么失态呀!而且这样喝下去,肚子里其实是多么难受呀。他继续寻找自己喝下一瓶浓缩菠萝汁的感觉,找到的感觉却愈来愈少。他仍然是饿的。他肚子里仍然空空如也。肚子有片刻的不适,然后不适的感觉依然被持续的与强烈的饥饿的感觉所代替。

最后,喝掉浓缩菠萝汁的感觉是零,是什么都没有!

白喝了吗?有什么东西能尽快地把肚子填一填呢?

有一个小杂货铺,门口排队的人很多很多。一定是好东西!钱文立刻放下车排了进去。

"卖什么的?什么呀?你们这是要买什么?"

他连续三问。无人回答。很可能是别人也不知道在卖什么。

排了四十多分钟,终于知道了,是在卖扑克牌。真是投合了买主的心理。这种牌叫做"营养扑克",扑克牌面中心没有梅花、红心、黑桃、武士的图案,这个标记只出现在牌的左上角;牌面中心位置印的是各种食品的照片与营养成分分析。黑桃系列是谷物,A 是小麦,中有麦穗的照片,上下附有小麦的成分与产生热量的数据。2 是稻米,3 是玉米,4 是高粱,5 是大麦,6 是燕麦,7 是白薯,8 是黍米,9 是糜子,10 是糯米,J 是黄豆,Q 是绿豆,K 是豌豆。红心系列是鱼肉类。A 是猪肉,中间的一大块是猪肉的照片,下附猪肉成分与产生热量的说明与数据。2 是牛肉,3 是羊肉,4 是鸡肉,5 是兔肉,6 是鸭,7 是鹅,8 是鱼,9 是虾,10 是鲜贝,J 是牡蛎,Q 是海参,老 K 是螃蟹。梅花系列则是蔬菜水果。A 是苹果,2 是柑橘,3 是梨子,4 是蜜桃,5 是西瓜,6 是菠菜,7 是胡萝卜,8 是豆腐,9 是豆芽,10 是芹菜,J 是葡萄,Q 是黄瓜,老 K 是大白菜。最有趣的是两个王,大王是牛奶,小王是鸡蛋。真是琳琅满目,美不胜收,画梅止渴,哭笑不得。

钱文还是饶有兴味地买下了这个品种的营养扑克,这些知识却原来是多么重要啊!世界上有多少美味的、有营养的并且令人愉快的食物啊!五谷杂粮,鸡鸭鱼肉,水果蔬菜,真是美好啊!真该熟悉它们,吟咏它们,抚摸它们和钻研它们啊!没有什么别的知识比营养方面的知识更亲切也更实用的了。没有什么语言比食物的名称与成分更富有激情与魅力的了。

他肚子里装着浓缩菠萝汁,口袋里装着营养扑克,他坚信自己是满载而归。

叶东菊对于研究扑克并不感兴趣。"啊,你吃不饱,唉,真可怜!"她念叨着,脸上显出了笑容。钱文不喜欢她的笑容。

你想吃什么呢?肉现在是买不到了,要买,明天我这里还有半斤肉票。大米也没有了,家里只有一个人的户口,各种票证都很有限。菜?菜也很难买,要凭本子定量供应。我想起来了,最简单的,也是你最爱吃的,也是最解馋的——对了,我、们、炸、油、饼!

什么?炸油饼?这时候谁敢炸油饼?那得多少油!谁家里开了油坊了是怎么的?

说干就干。于是解开面口袋。于是温水加盐、碱、矾。清理案板。和呀和呀,使劲揉面,农村的话,打倒的媳妇揉倒的面。哈哈哈,当然都是旧社会的说法。

当些许的也是仅有的一点点花生油在锅里加热,逐渐散发出油的气味的时候,这气味真是使钱文热泪盈眶!温热,充实,芳香,友善;啊,伟大的知识分子啊,你们连食物的重要性都不明白啊!你们的千言万语,你们的豪情满怀,你们的伟大奥妙,你们的创造发明,都是在吃饭而且是吃饱饭的基础上搞出来的呀!食物,这就是人的命啊。多伟大的人,你给我饿三天看看!不知道吃饭的重要性不关心人民的吃饭问题的人,就都是骗子!而食物,这才是上苍赏赐给人类的最伟大的礼物!为了食物而歌哭吧!为了食物而写出一千行一万行长诗来吧!膜拜炸油饼和红烧肉吧!感谢伟大的生活吧!我钱文这就要吃油饼了!

钱文吃了油饼。他的精神好多了——或者用他自己的话来说,吃完油饼,他的世界观更加健康更加开阔更加科学了。

然而有一点他不解的是,东菊只吃了很少很少一点。东菊吃的不到他的三分之一。然后她无论如何不肯吃了。如果论他钱文的胃口,他一个人差不多就可以把今天炸出来的油饼全部"包圆儿",但是他确实为东菊的少吃而极其不安,如果东菊是为了他而勒紧自己的肚皮,他这个油饼将怎么样吃下去消化下去!

吃到最后,只剩下两个小油饼的时候,两个人互相推让起来。油饼好吃不假,可是油眼瞅着被饼"吃"了进去。等到炸最后两个油饼的时候,锅里的油已经漫不过小小的油饼剂子了。小油饼下部的贴近锅底的部分由于直接受到煤火的热而发黑发焦了。小油饼的上部露出油外的部分,则还显得苍白无力。就是为这两个小油饼,两个人争执起来了。

"别开玩笑了,快吃吧。"

"我真吃不了啦。骗你不是人。"

"好吧好吧,就算我一个顶你俩吧,那这俩小油饼也该你吃呀!"

"别争了别争了,糟糕,快拿下油锅来吧。又煳了。我不吃这个,这个不好吃啦。"

于是,钱文不明白,究竟是东菊的对于他的无私的爱,促使她宁愿勒紧自己的腰带也要让他吃饱呢;还是其实是东菊不满意于他的一上来的狼吞虎咽,直到最后两个小油饼,由于油少已经不可能炸好的时候才想起来向她礼让,索性负气不吃呢?

在食物面前,甚至于最亲最亲的人,也还会有这样的计较吗?

最后,两个小油饼也是钱文吃的,然而,他吃得不安宁。

炸完这几个油饼,半斤油已经所剩无几。但是钱文还是辛辛苦苦地把锅里的油控了又控,想尽可能点点滴滴都通过一个小漏斗倒回到油瓶里。半天半天,他一直拿着一个空锅等着从锅边上往下滴油珠。东菊说算了算了,钱文说还有油呢,你看你看。钱文这么一说话,一争执,锅这么一晃,碰倒了油瓶,把仅有的一点油洒了一地。钱文的颜色变了。钱文还不甘心,他说即使是洒到了地上的油也还可以尽量收起来,油轻而污秽泥土重,收起来后沉淀一下上面的油仍然是干净的——还可以炒菜。东菊坚决制止了他。

毕竟是大特务的女儿呀。钱文悲哀地想。

……叶东菊的一个月的定量油就这样消耗了。第二天他们只能到外边找东西吃。烧饼也没有了,可能是因为没有芝麻也没有芝麻酱,卖烧饼的早点铺一律改卖椭圆形的牛舌饼——言其状似牛舌——烤得火候倒是很好,翻过来掉过去也找不到哪怕是饼里放了一点油的迹象。炸油饼与油条已经绝迹。再找几个过去卖米饭炒菜的餐馆,居然也改卖牛舌饼。好不容易找到一家卖炒疙瘩的,他们想炒疙瘩里有一个炒字,而既言炒,总要放些油的。于是他们一致决定去吃炒疙瘩。

北京的炒疙瘩倒是古已有之,把面和好,切成方丁,汆入水中煮个八成熟,拿出来一炒即可,适合在无肉无菜的情况下自己糊弄自己。也还好吃。

二人找好座位,钱文去排队。队伍不长,只有四五个人。钱文前面站着一个外地人,穿得破破脏脏,手里拿着一张五斤的全国粮票。钱文一看,怦然心动:盖全国粮票是包含着油的供应的。一个人的一个月的全国粮票,一般按三十斤计算,包含着大约半斤油的供应。而北京市的粮票,是与油票分开来计算的。例如他钱文的粮食定量是三十三斤,食油定量是五两,他在生产基地入伙,他必需按照三十三斤与五两的比例在交粮票的同时交足油票,否则他就无权在吃主食的同时购买含油的菜肴。而当他们在餐馆里吃饭的时候,粮票是一钱也不可少的,却是不需要交油票的。这样这位外地老哥在这里交全国粮票就完全"白搭",因为他交本市粮票就可以畅通无阻。而如果他钱文得到了这五斤全国粮票,就是说得到了这相当于他的月定量的六分之一的全国粮票,他就可以省下自己的小一两油票。如果他能用自己的北京市粮票换成三十多斤全国粮票,他干脆就是又赚回来一个人一个月的食油定量标准——而对于拿着全国粮票到北京的餐馆来吃饭的外地人来说,他们并无任何损失,一斤北京市粮票在餐馆与一斤全国粮票所起的作用完全相同。

他要想尽一切办法弥补他头一天弄倒油瓶给自己特别是给东菊造成的损失。

于是钱文跑向已经坐下的叶东菊,急急地说:"快给我粮票!"

"不在你手里么?"东菊指着钱文手里的一斤北京市粮票说道。

"还要五斤!快!"

还好,东菊身上还真带着更多的粮票,她凑了半天,连同零两的加在一起,一共有了五斤。

钱文先不排队而是连忙走到那个已经快轮到买炒疙瘩的外地人面前,鞠躬哈腰地对人说:"同志,对不起,我想跟您换一点全国粮票。"

那人狐疑地看了他一眼,没有做声,好像没有听明白他说的话。

"是这样。我这儿有北京市粮票,您在这里用,是一样的,我需要一点全国粮票,请您帮帮忙好吗?"

那人看了他一眼,那眼神里流露着的不仅是疑惑,尤其是厌恶。

那人含糊不清地咕哝了一下,但是含义很清楚:他拒绝了钱文所提出的要求。

……钱文一辈子做过许多事,有光荣的豪迈的了不起的受夸赞的;钱文一生同样也不乏屈辱的经验,有荒唐的幼稚的愚蠢的丢人现眼的。然而这一次,这一次他所做的是太过分了。这丝毫不相识的一个外地人的眼光是太让他无地自容了。许多年以后,他回想这件事情,仍然感到肃穆——问题并不在于耻辱,耻辱可以随着时间的逝去而逐渐淡漠乃至消失,问题在于他清楚地看到自己可能是、已经是多么的渺小。他必须正视自己的渺小,承认自己的渺小,这可以帮助他保持清醒,帮助他不去说那些自欺欺人的大话和去做自欺欺人的事。即使他常常批评别人,他也常常问自己,我不会同样的渺小吗?

他一生常常反躬自省。

如果说此后,钱文比旁人宽厚一些,开阔一些,冷静一些,他应该感谢这个拒绝换给他粮票的人。如果说他从此信奉"宁可天下人负我,不可我负别人"的原则——虽然他不可能完全做到——这也离不开他这次换粮票碰壁的经验。

而那天中午,叶东菊实在看不下去了。她走了,她连炒疙瘩也没有吃。

第 十 七 章

郑仿甚至在定为"二类"处理,定为每月只发十八块人民币生活费的时候也没有这样恐慌过。从小,他就没有为生活为物质供给而操心的习惯,在他的人生观里并没有金钱或者供给的位置。维持生活,这对于他其实是一件漫不经心的事情;活着干什么,这才是意义重大的了不起的大问题。他万万想不到,如何活下去会成为问题:粮食会成为严重的问题,吃饭会成为严重的问题,肚子会成为痛苦的根源。

饭,算什么?吃,算什么?三个菜两碗饭,又算得了什么?

从小,在他的周围总有吃不完的食物。酥糖和芝麻糊,汤圆和醪糟,水饺和抄手,灯影牛肉和五香豆干卤茶叶蛋……食物的堆积令他厌烦。他从小就喜欢在吃饭的时候撒娇闹磨,这不吃那不吃,与大人讨价还价。他只是为了大人而吃饭,如果为他自己,他宁可什么都不吃。这些他当然不记得,但是长大一点以后,他常常听长辈说起自己的旧事,他也就不奇怪自己为什么无师自通地从小就讨厌饕餮,讨厌吃饭时候的贪相与吃饭时候不雅的举止——看到几个人共餐的时候一个人拿着筷子在菜盘里挑过来搅过去,或者听着一个人嚼着食物吧唧吧唧地响,他常有义愤填膺、痛不欲生、恨不得把贪吃者赶尽杀绝的感觉。他常常设想,如果往贪吃者的菜碟里放上一对屎壳郎,那一定是非常愉快的事情。反过来说,和旁人在一起,特别是和女性在一起,他素来以吃东西的少、精、挑剔乃至干脆以厌食来有意无意地卖弄自己的清高尊贵,争取异性的青睐。

郑仿还有一个相当女性化的习惯:他爱吃零食,糖果饼干、瓜子蚕豆、杏干桃脯、金橘话梅……他吃得不多,但是口袋里常常有这些货色。有了这些,他就更容易觉得正餐的俗鄙与无聊,鱼肉腥膻,葱姜野辣,油腻堵塞,醋酱滞重,哪有什么好的?

到了一九六○年,一下子所有这些说没就没,饭食说减就减,正餐少了,零食没了,他无法想象也无法理解究竟是发生了什么事。别人好赖在旧社会还都过过吃上顿没下顿的半饥半饱的苦日子,虽然粮食定量骤然一降也颇不适应,但是起码心理上没有什么太通不过的:人之一生,谁又能老是吃饱喝足呢?吃饱喝足岂是那么便宜,那么手到擒来的事?

而对于郑仿,限制着吃饭实在是闻所未闻,想所未想,听了都不敢相信:吃完了馒头不敢相信这就是他这一顿应该吃的数量,饿了都不敢承认是饿。跃进又跃进,粮食堆成山——不,他的诗里写的是粮囤冲破天,在粮囤上工作的公社社员们是"掬起银河水洗脸,撕块白云擦擦汗"……然后然后,除了思想最最反动最最花岗岩的人以外,谁还可能认为自己是吃不饱呢?

郑仿陷入极度的恐慌之中。饭是无法多吃的了,去到供销社,除了煤油和散白酒以外,连茶叶、电池、肥皂、火柴也没有了。郑仿东张西望,东寻西看,像一个找食的馋猫。终于,他发现了一样可以入口的货色——酒。郑仿过去从来是不喝酒的,品质低劣的散白酒更是决不问津。但是这次,郑仿不顾纪律,用行军壶买了一斤劣质散白酒。他听民工议论过,酒是粮食做的,酒是粮食之精华,喝了酒,吃不吃饭都无所谓。他认定,除了酒,再没有别的什么可以帮助他度过灾荒了。

他不敢公开喝酒,便等候大家睡觉;他自己因为饿半醒半睡很不踏实,一快要睡了就觉得胃往上翻,就像吃撑着了往上翻着打嗝儿一样——以至于他时而怀疑自己究竟是吃得太多还是吃得太少才这么难受。这么一翻也就晕眩起来。他无法入睡。

估摸都睡熟了以后,他悄悄地爬了起来,先外出解了个手,摸黑回到自己的铺位,钻进被窝,用手伸到床头自己的一个破烂挎包里——说是床,其实离地只有一尺,是他们自己用砖头码的"床腿",上放铺板,权作床用。这倒好,够起床头的挎包来十分近便。他悄悄拿出了行军壶,咕咚咕咚,喝了一大口酒,苦、辣、呛、烧、扎、裂(读上声),活像是照着喉咙里扔进了一个刺猬,一个蝎子,一个手榴弹。他想起了电影《渡江侦察记》里的那位最后光荣牺牲了的老兵来,他就是拿着一个行军壶,动不动喝一点壶里的酒的,他在新中国胜利的前夕英勇牺牲,"光荣"前喝了最后一壶酒……文艺评论家曾经撰文称赞这一细节的处理是何等美妙成功富有典型性之类。他现在才知道,像烈士一样地用行军壶光荣饮酒,亦殊非易事。

他呛得剧烈地咳嗽起来。他生怕吵醒别人,一咳嗽便紧张,结果是愈来愈紧张,愈来愈咳嗽。

他的半夜喝酒的事还是很快就败露了。费可犁发现了他的秘密,并向大进作了揭发。大进正因一段时间以来无人可斗而颇感无趣,便组织大家把郑仿揭发批判了一通。他指出,同样的定量,郑仿的反应就最恶劣,原因是他的出身最不好,资产阶级影响最严重,没落阶级意识最腐朽,对于人民的事业最缺乏信心,实际上是政治的问题而不是肚子的问题——等等。由于大家都没有吃饱,都急于赶快散会好躺下来休息,发言匆忙,生活会远远不像从前开得那样激烈。

雷公打豆腐,拣软的欺。结果生产基地第一个浮肿的又是郑仿。

自从半夜喝酒招致批判之后,郑仿是更加紧张了。事实证明,就是不批判,酒也救不了他了。可惜,仪表堂堂的富家子弟郑仿,竟没有一点酒缘,酒对于他只不过是恶性刺激,变相折磨,除了坐以待饿,他是毫无办法可想的了。

这天早晨起来,先是费可犁见他喊了一声:"哟,郑仿,你怎么变了样啦,瞧你,眼睛都细成一条缝啦!"

由于郑仿的偷偷喝酒是费可犁举报的,而这种举报最能表示政治上的关怀和温暖,批评就是帮助,揭发就是友情,谁批评揭发你谁就是你最亲最亲的亲人;所以会后两个人互相都更加热乎起来。请想一想,如果举报者从此冷淡了被举报者,不是说明举报的动机不纯,意在打击被举报者吗?甚至于不是可能被怀疑举报者与被举报者有隙,所谓政治上的友谊与温暖实为挟嫌报复吗?反过来说,如果被举报者冷淡举报者,不是说明被举报者的态度恶劣,是非不明好坏不分,与积极分子为敌,坚持错误顽抗到底么?

所以,这里的规矩是,谁批评了谁揭发了谁,谁和谁就分外亲密无间。经过喝酒事件以后,费可犁果然与郑仿成了更加亲密的朋友了。

费可犁说他变了样,郑仿听了一惊。本来这一天他就觉得身上特别不得劲,早晨起床穿绒衣的时候,先把右胳臂穿进去了右袖筒,很吃力,接着把左臂伸过去找左袖筒,袖筒是找着了,但是胳臂硬是抬不起来,真是连抬胳臂的劲也没有呀!接着穿裤子抬一下腿再抬一下腿的气力也没有了。把裤腰从膝盖提到腰腹部来就用了两分钟,这是怎么了啊!他想起了同志们对自己的批评,没落阶级的恐慌悲观消沉绝望情绪,批得真准啊,如果不是没落阶级而是新兴阶级,那怎么能恐慌悲观消沉绝望呢?那不是只有自信乐观奋发昂扬吗?他应该……他无论如何应该欣欣向荣地把裤子穿上呀!他总不能这一天就不穿裤子了吧?裤子都不穿,颓废没落到了什么程度!

于是郑仿赶忙去照镜子,一看,他吓了一跳。他的眼睛都快挤没啦!他的脸整个都膀(读ㄅ)起来了。特别是靠近眼睛的部分,更是面目全非。他按了一下眼泡,一按一个青白色的深坑,半天半天坑也起不来。杜冲连忙走了过来。杜冲说,郑仿肿了。说着,大家过来,一看也都怔了,于是人人自危,个个检查自己。有的抹开袖口试着按胳臂,有的捋开裤脚按小腿,有的与郑仿一样地对着镜子按面孔——检查结果是,人人都有一点浮肿。提起浮肿,其实农民们已经早有说道,他们管这种浮肿为"膀肿",已经闹了好久了。

于是无言。

这天上级来了指示,凡浮肿者可以减轻劳动,可以减到半天干活半天休息,乃至更少。这样的事传达归传达,反正没有人敢下只干半天劳动的命令。

郑仿的浮肿厉害,大进允许他休息三天,他当然很满意。但是他的心情依然十分紧张。怎么饿得人都变了形了呢?我这是成了什么啦?我还有什么希望?元气伤了,元气伤了,这就叫伤了元气啊!元气一伤以后可怎么得了?我这么大连媳妇还没有娶呢,李福宏的话,叫做枉活一世啊!

他偷偷地流下了泪水。

为了节约能量热量,他休息期间直挺挺地躺了三天。还真管用,一动不动,虽然烦躁,身上倒是舒坦一些。他连续三天除了吃喝拉撒睡和照镜子什么也不干。果然,浮肿的程度有所减轻。第三天的黄昏,他便悄悄地起了床,穿上羊皮大衣,出门溜达。别人在库房里选土豆种,他不愿意招惹他们——他们是在劳动而他是在休息啊!他向着另一面田地——归属于附近公社的生产大队的田地方向走去。

生产大队的田地里一个人影也没有。他觉得很凄清。

他继续向着大队部方向走去,最后走到了大队部。大队部是一个破败的院落,有一间办公室,挂着布满灰尘的各式奖状、锦旗、奖旗。其余房间存放工具,作木匠房和仓库。他走入大队院子,咳嗽了一声,没有任何回应。大队部变成一个空院落了,他不由得为之叹息。

几间房子都锁着式样古老的锈迹斑斑的铁锁。东面的一间歪歪斜斜的土房的锁却虚搭在门环上。郑仿走过去,若有所求地把脸贴在房门,往里看了看,什么也看不见,天已经擦黑了。

但是他闻见了一种气味,是一种土味,一种土香,更夹杂着一种臭味,但不是可怕的恶臭,而是一种细细品来还有些甘甜的可以入口的气味——就是说是一种食物的臭味。他一阵激动,便不知不觉地把锁拿了下来,把门推开了。

黑暗中他做出了判断:是大蒜。节令已经到了,是种蒜的季节了,俗话说种蒜是要顶着凌下种的,不能再耽搁了。显然这是准备播种的蒜。蒜经过挑选,放在了一个大笸箩里。

以下的思想是飞快地进行的,所有这些想法也许没有用够一秒钟的时间:蒜能吃不能吃?为什么不能吃?蒜有没有营养?为什么没有营养?蒜一煮是面的,这说明,蒜里也含有淀粉,蒜臭,那是因为蒜里含有蒜辣素,蒜辣素是杀菌的,说不定有助于浮肿病人的康复。而且,蒜里肯定也有脂肪,蒜经常是油油的嘛,蒜并不孬呀!生产大队的蒜,生产大队的蒜就生产大队的蒜吧,人到了这时候了,总要活命呀!古时候处决犯人以前还要让死囚美美地吃上一顿呢,可见人只要有一口气就是要吃的呀!我已经只有月工资十八块了,总得让我活下去吧,活下去才能改造,活下去才能弥补自己的一切罪恶呀!我本来就是有罪的嘛!我饿呀!我罪该万死也还是饿呀!谁饿谁难受,谁不饿谁好受呀!就是死,也得先吃一顿呀!没有别的吃,还不能吃几头蒜吗?

……于是出现了惊人的事件。纨绔子弟,风流小伙,名牌大学的高才生,然后是好几年的革命干部,前途远大,儿童文学杂志的主编大人,最后是改造上游,跃进民歌的写作能手郑仿同志,因偷窃人民公社生产大队的蒜种而当场被公社社员抓住,把他的双手在他的背后捆起,送到了生产基地。

虽然都处于不同程度的浮肿状态下,郑仿的事件仍然使群情震动。徐大进、苗二进与管理员研究了两天两夜,决定:一、开会严肃批判斗争。二、通知郑仿原单位。三、搜查郑仿的全部行李什物,不排除在权家店洪嘉同志所丢的表也是他偷的可能性。四、为了防止意外,轮流对郑仿进行看守,提高警惕,严防他狗急跳墙,铤而走险,或自绝于人民,走上死路。

人们精疲力尽而又闻斗起舞。好久没有怎么斗了,确是使生活变得乏味,使人六神无主。郑仿的失足也像任何别人的不幸一样,客观上给人以自己侥幸无咎无虞的庆幸感。郑仿也像任何旁人一样,有他的既值得同情也令人讨厌之处。值得同情,所以大家既惊且怜,唉声叹气;令人讨厌,所以人们不无幸灾乐祸的熨帖,并觉得天网恢恢,天道有常,天生的一切合理,郑仿是恶有恶报,活大该!

　　这天晚上就要与郑仿思想交锋,脱郑仿的裤子割郑仿的尾巴,或者按杜冲的说法叫做屁熏郑仿了。这后一个词是杜冲的发明,他是指一个人被批斗过一阵以后,往往面色奇坏,宛如被某种屁一般的毒瓦斯熏了一阵一般。也确实传神,郑仿的盗窃案事发以后,还不待大家熏,他本人已经自动使脸色变成被屁猛熏过的样子了。

　　这天下午大家正在地里栽蒜,一边栽蒜一边议论当晚应该怎么屁熏郑上游。忽听管理员急急忙忙地来叫。管理员说:"首长来看你们来了。"大家听了不解,但是管他为什么,能有一个借口提前下班也总还是好事。便放下手里的活回去。老远就看见了小庙门口停着的灰色伏尔加牌轿车。人们好生奇怪,没有公路,这辆车怎么开过来的呢?再说,一辆小轿车开过来,这事情未免严重了啊!从他们劳动锻炼改造以来,他们接触过卡车、警车、长途公共汽车、运输用拖拉机……只有小轿车是久违了。出了什么事需要来一辆小轿车呢?小轿车里坐的将是一个怎么样的高尚权威尊严可敬的领导同志呢?他们心跳起来。模模糊糊意识到自己会与一位坐小轿车的领导同志发生一点什么关系,要与一位坐小轿车的领导同志打一点什么交道,一种光荣、一种提高、一种对于自己的价值的重新发现与重新肯定以及一件与他们的命运相关的重大事件即将发生的感觉,使他们的血液循环立即加速了。

　　是陆浩生书记。陆浩生同志身穿蓝色海军呢中山服,领扣敞着,露出了洁白的衬衫——这种衬衫的洁白在他们这里已经是很离奇,很不习惯了。陆浩生的脸、脖子、手都清洁得出奇,头发也是刚刚理过的,前额上的发卷在吹风以后一直保持着整齐美观。陆浩生同志的脸孔上焕发着一种光芒,一种自信,以及一种智慧和仁慈。他见到大家,立即显出了和蔼的笑容,这笑容立即使同志们心肺融融,肝肠寸断。他一一与大家握手,与大家磨得粗粗拉拉的手相比,他的手是那样的柔软温厚细腻光滑,使人们想起了另一个世界。

"早就应该来看看大家了,老是没有时间,唉,这也是官僚主义嘛。"一面握着手,陆浩生一面满面春风地说。

大家各自搬来了自制的板凳,高高低低地坐了下来。陆浩生问道:"小郑呢?"他问的是郑仿。见大家面有难色,他轻松地说:"叫他来叫他来。我知道的,我知道的……"

屁熏变色了的郑仿也忐忑不安地来了。陆浩生与他热烈握手,问寒问暖,又说又笑。郑仿的脸红一阵白一阵,他几次张嘴要请罪和做检讨,陆浩生不让他张口。然后陆浩生从中山服的上衣右口袋里拿出一包"大前门"香烟。他先不吸,而是先给郑仿让了一支——大家都看呆了。接着,陆书记转过身来,把一支一支的香烟抛给大家,抛烟的姿势十分慷慨优美。钱文说:"我不吸烟。"陆书记说:"吸一支吧,增加一点热量。"这一句又幽默又通俗又得民心的话一说,人人哈哈大笑,气氛立即变得融洽了。

好个杜冲,遇到这种事就显出"眼力见儿"来了,谁也没有想到,独独他立即掏出打火机给书记点烟。他略略倾斜着身体,脸上呈现着笑容,那姿势与表情都是超一流的(二十余年后回忆起来,应该说那是五星级的),令人讶异的——大家看惯了杜冲的随和与老成,还不知道他有优美的殷勤与乖觉以及京剧式的身段。然后杜冲一一给大家点烟,同样的姿势优美和服务周到,令人无话可讲。他一边点烟一边说:"这可是书记给的烟,不会吸的也得吸。这是政治任务。"他的这一举动不但及时,而且慷慨——此时火柴脱销,打火机身价百倍,同时打火机用的汽油也是很宝贵的了,杜冲能毫不犹豫地给全体点烟,这也是颇不寻常的。众人看了,佩服得五体投地。

"记住,一定要抓两头,领导一头,群众一头。只抓上一头不抓下一头,早晚要被群众乱棍打死;只抓下一头不抓上一头,一定要被断做狼子野心,碰一个头破血流呀!"这是杜冲常常发表的高论。大家想起来,不由发出会心的微笑。

做梦也想不到,陆浩生与大家聊起家常来了。"少干点活,多休息。我已经打过几次招呼了,今年冬天的主要任务是休息。中央的方针,叫做劳逸结合嘛!列宁怎么说的了。对对,还是杜冲同志学习列宁主义学习得好,对,列宁说的是'不会休息就不会工作'呀!讲得好啊!同志们,你们说列宁讲得对不对呀?"

"对!"大家迹近欢呼。

陆浩生同志的额头熠熠生光,他开始有一点谢顶了,几道皱纹里流露出智慧和自得的快意。

"我说过了嘛,最多半天工作嘛。为什么下午还要去下田?我是代表领导说的嘛,你们听见了没有?你们执行不执行?"

又一次的欢呼。

"我们的'大跃进'成绩很大呀!你们说大不大?你们也是有贡献的嘛!"

还是欢呼与响应。

陆浩生同志也笑了。一笑,他的两个笑靥非常突出。只有高贵者才有这样的笑靥的。

"但是今年从南到北,大旱呀,叫做赤地千里呀!几个月一滴雨也没有呀!"

大家沉重地点头称是。

"我们也有缺点嘛。毛主席早就指出来了嘛,叫做共产风嘛,叫做浮夸风嘛,叫做一平二调嘛,叫做脑子发热嘛。"

大家严肃地点头,眼圈开始红了。

陆浩生同志的眼睛也是很美的,富有神采;只是因为戴了一副黑框眼镜,多了几分老气。

"这么大一个国家,怎么搞革命,怎么搞建设,这不是一件容易的事情。就拿革命来说吧,先是陈独秀,后是李立三、王明,我们交了许多学费呀,最后才有了遵义会议,才有了毛泽东思想,我们知道怎么样搞革命了,革命就胜利了嘛。现在,我们是搞建设,不交一点学费怎么行呢?毛主席说了,比如说打仗,打了两仗,胜了一仗败了一仗,这就是很好的将军了,不可能是常胜将军嘛。当然,每打一仗都失败也不大好嘛,你们说是不是?"

"是,是,是,当然啦。"大家齐声称是。

"傅作义将军也说了嘛,共产党是因公而错的,不是因私而错的呀。"

傅作义将军说得太好了呀,说得真是好呀。一个国民党将军能有这样的觉悟,真是令我们惭愧死了呀。

你们的改造很有成绩。要看长期,不能只看一时一事。郑仿同志的改造很好嘛。吃了一瓣蒜?哈哈哈哈,那不是什么了不起的事情。我们了解郑仿,他是不会有这方面的问题的。他这个人马马虎虎,毛主席的话叫做书生气嘛。特殊情况嘛。大家应该理解他。我相信大家也是心中有数的。算了算了,不要再提了。注意喽,这也是一条纪律喽,今后谁也不许再提这件事啦,再提这件事就违反纪律啦。

哈哈哈哈,哈哈哈哈,心悦诚服,五体投地。郑仿热泪满面,泪水在脸上化作蒸气。大进二进深深地点着头,很感动,很庄严。曲风明也自言自语地叹道:"好嘛,好嘛。"

陆浩生的笑靥更加慈祥有力了。

这里比城里冷啊,风大啊。晚上上厕所怎么个去法?弄不好,要感冒的啦。

我们弄了一个尿桶,干脆在屋里尿。

好。我看好。我认为这个措施是正确的,必要的,也是及时的。就是要这样,我支持你们。

书记真关心我们呀。

你们可以多留一点蔬菜嘛。生产基地嘛,要让生产者自己吃得饱一些,才能帮助更多的人吃饱嘛。教育者先受教育。供应者先受供应嘛。春播用的种子,地里用完了,一律不再上缴,你们留下来改善生活。

如坐春风。如沐春雨。如赏春花。如饮春露。暴风雨般的掌声。

顺便通知大家,曲风明同志的问题已经平反了,曲风明同志收拾收拾行李,等一会儿就与我一起走了。风明同志这一段也算是很好地经受了考验了吧,革命的道路是很长很长的嘛。

怪不得曲风明同志最近显得十分意气风发呢。他当然有所耳闻了。

鼓掌,欢呼,祝贺,羡慕,眼巴巴,伤心,受到鼓舞也受到刺激,带来希望也带来失望……百感交集,泪花飞迸。

当然,大家最关心的是你们摘帽子的事。市委关心你们,党关心你们,党对你们还是寄予了厚望。我们有一个规划,近期大批给你们解决摘帽子的问题。戴帽子算什么,还不是为了你们,为了挽救你们。怎么得了!怎么得了!不制止你们,让你们沿着资产阶级的路子滑下去,那怎么得了!给你们戴上帽子对党对国家又有什么好处呢?难道多给几个人戴上帽子就能使我们的钢产量超过美国吗?如果有那样的事,那就多戴几顶帽子嘛,十亿人大家都戴嘛。

哈哈哈哈,爽朗的笑声,笑声中流下了热泪。听君一席话,胜读十年书啊。真是一句好言三冬暖,一句歹言六月寒!一语中的,五内俱热,醍醐灌顶,冰释雪融!多么朴素,多么幽默,多么舒畅呀。

所以你们要好好地改造。改造是有痛苦的,改造的成果却是香甜的。改造好了就痛快了。什么叫痛快呢?先痛后快嘛。

妙哉!说得对呀,书记同志!郑仿的欢呼,带点苏联味儿。

所以我们一定要尽快地解决你们的帽子问题,要做好,要做得细致、稳妥,重在教育,不能走过场,不能一风吹。你们说是不是呢?

是的是的是的是啊。听了您的话,我们快要乐死了啊!

总之,正如毛主席说的,我们的目标是形成一个又有纪律又有自由,又有集中又有民主,又有统一意志又有个人心情舒畅那样一种政治局面。

说得何等好呀。多么理想呀。敢情!

对对对,徐大进同志,还有苗二进同志,你们也该分配工作了嘛。下个月你们也该毕业了嘛。你们都是国家干部嘛,党和国家为你们花了不少心血嘛。不要以为是为了让你们来种萝卜!如果萝卜都由你们这样的干部来种,请问那中国的萝卜得多少块钱一个呢!

实话。大实话呀。爽朗的,出自肺腑的笑声。

噢,钱文同志啊,最近有什么诗作吗?你的诗写得不错呀!都说你是有才华的嘛。你知道吗?我的那口子,对,就是张银波同志喽,她调到文学出版社当领导去啦,她让我问你好呢,早晚你们要打交道的,你们要合作的嘛!用她们的行话,叫做要请你多支持呢!

又是笑声。陆浩生书记的到来,打开了他们的欢笑的闸门,搬开了阻挡他们欢笑的石头。钱文甚至于不敢相信自己的耳朵,书记是在说我吗?

……真是春风一夜万花开!一阵春风扫去了多少愁云惨雾!是党啊,是党在掌舵呀,在中国的所有的关键时刻,在个人命运的所有关键时刻,没有党来掌舵,我们将会堕入怎样万劫不复的深渊!党啊,伟大的党啊,党啊,亲爱的党啊!

……好久好久,钱文常常感到无法相信这一切。来的真的是陆浩生书记同志吗?书记同志真的是说了那些暖心窝子的话了么?陆浩生同志真的关心他们一直关心到他们夜晚的起夜问题了么?陆浩生同志真的说现在的主要任务是休息了么?陆书记同志还说什么来着?甚至于说到他?把他当做一个好模好样的诗人来着?还有什么?合作?与他合作?与一个还戴着帽子的人合作?他这样说话还能算是代表党吗?党说话是这味的么?他这样说话会不会犯右倾的错误呢?究竟什么是他个人的风格,什么是党的意图党的政策呢?万一他这样说话本身就是右倾,那么他们如此激动如此欢呼如此拥护,不是正说明他们还在右吗?太可怕了!太可怕了!他们已经习惯于被训斥被批评被指责被专政了,突然出来一个领导人,对于他们竟是如此地没有"界限",他们嘀咕,他们心慌,他们害怕呀!

一切又都是事实。曲风明同志走了,他只不过是调了调工作,听说他调到新华社做记者去了。新华社的记者,那不是更光荣更体面么!

大进和二进也走了。徐大进调到一个造纸厂当管理员去了。估计他会很不满足的。这小子人五人六了好几年,他恰恰是在当了右派以后自以为是身价提高了。真是没有办法呀。苗二进也不知到哪个厂子的工会里搞宣传去了,据说他的具体任务是办一份黑板报和分发电影票。不知道为什么,人们听说以后,只觉得他也同样地还不如在这儿"领导"着他们哥儿几个改造有声有色呢。

大进二进走后,组长这一任务,历史性地落到了杜冲身上。当了组长以后,杜冲的怪论少多了。他推心置腹地与大家说:"咱们心里其实都跟明镜啊似的,咱们在这儿也干不了许久了,怎么着咱们得过得去。胡说八道的话少说!乱七八糟的事不要做!我希望咱们都素素净净地把这一段日子过好!我算是谢谢各位了!"

众人齐颂新组长的圣明贤德,人心大顺,赞歌四起。

既然杜冲被任命为新的组长,那么杜冲也多了一层身份,他说话也算是代表上级——而一切上级都来自伟大的党——了。杜冲当了组长以后,钱文的惊疑的心理才逐渐被兴奋与快乐所代替。

陆浩生同志的到来对于郑仿可以说是转危为安,起死回生。他的激动自不消说。由于"偷吃蒜种事件",他受的刺激太大,也由于自己毕竟脸上一时难以过去,他便干脆借碴请假:一个是要治牙,小小年纪,由于牙周病——据说此病与情绪紧张也有关系——他竟然决心拔掉全部牙齿换一嘴的假牙。为治牙他在城里休息了一个半月,等回到基地变成了一个瘪嘴老太太。自己见人就说:"我现在真是一个无耻(齿)之徒了。"那个样子令人不忍正视。一直到春末,他再次请假进城配了假牙,一下子判若两人,居然又有些风度翩翩起来。显然几次病假,治了牙更治了交瘁的身心,自自由由地好生歇了一阵。也可能在他的阔亲戚家吃了点什么好的,反正是另一番光景了。

粮食困难,吃不饱,浮肿云云,其实最严重也就是一九六〇年入冬那一段短时间。不久,就开了一些口子,多了一些门路。一个是有了高级点心高级糖果,凡是每市斤价格在三元钱以上的,都免收粮票。这一阵子不胫而走的儿歌叫做:"高级点心高级糖,高级老头上茅房!"一个是各大饭馆都设有不收粮票的高价份饭,价格从三十元至七十元,从两人一份的到五个人一份的。另外十七级以上干部与政协委员每人每月增加供应饱含优质植物蛋白的大豆二斤。副食店里也开始供应小球藻、豆蛋白、咸带鱼以及一部分过期罐头食品等。生产基地请来了技术人员,搞了用作物秸秆做淀粉和造酒。酒与淀粉都带着一股又苦又辣又臭的怪味,但是起码里边也含有一些热量,于是人们也是不分好赖地逮着就吃就喝——自从陆书记春风化雨地来了一趟以后,饮酒也不限制了。总之,路子大大打开了,浮肿症状开始减轻了,人们的心理状态也放松多了。

依杜冲的说法就是:"咱们这些个人,就是不能给好脸,一给好脸就要没事找事了。"果然,大家一说郑仿的牙齿治得好,人变得漂亮多了,"小伙儿'倍儿'帅",郑仿便又君子好逑,辗转反侧起来。于是他又请假说是要回老家看望他的二位女朋友。这样被人们认为是无理的请求也是立即批准,真是恩情浩荡,宽大无边呀。于是郑仿向南方故乡去了。

他不到半个月就回来了。"我已经订了婚。"他宣布。然后居然放肆地唱起资产阶级歌曲《教我如何不想她》来:

> 月光恋爱着海洋,
> 海洋恋爱着月光,
> 啊——啊——啊——
> 这般蜜也似的银夜,
> 教我如何不想她!

大家笑成一团,原来世界上还有这样的语言这样的歌曲。世界上有多少吃撑着了,撑得胡说八道的故事啊。不怕叫人笑掉大牙吗?

于是这里出现了歌声,出现了京剧清唱,出现了打百分扑克牌,出现了象棋,出现了小说《林海雪原》和《青春之歌》,出现了夜晚入睡前的黄色笑话还有"荤谜素猜"与"素谜荤猜"。

"弦"就这样松下来了么?好日子就这样来了么?事情好得令人难以置信。

然而这一切都是真的。

就在大家相信了一切好事,准备素素净净地度过这段艰难的日子的最后一个尾巴的时候,先是钱文被东菊叫了回去。原因是东菊的继父——商业局孙科长病危告急。这位"关键是立场问题"的鼓吹者得到一个机会去吃筵席,一下子吃得太多了,诱发了急腹症——十二指肠穿孔,送到医院,几乎丢了性命。真是没有出息呀。钱文被叫回去本来是准备料理后事的。幸而医院抢救得成功,老孙同志才活了过来。

人是多么可怜!要吃东西是多么可怜!要吃而吃不上是多么可怜!好久吃不上,一下子吃上了又是多么可怜!

救活了孙科长,钱文只觉得反而灰心丧气。

就在钱文为了泰山老大人的死活而奔波的时候,发生了更加吓人的事:素素净净之中,东风浩荡之际,最最玩着命改造的费可犁同志犯了事,问题升级,被送走劳动教养去了。

直到这时钱文才获知,却原来费可犁的妻子是廖琼琼的妹妹。儿童文学女作家、两眼明亮得如同星月的右派分子廖琼琼,在改造期间仍然不服从领导,而且偷听莫斯科广播电台的修正主义广播,散布修正主义恶毒攻击我国我党的言论,终于受到了罪有应得的处置。在处理廖琼琼的问题的时候发现费可犁与廖琼琼有亲戚关系,于是廖的所在单位派人找费可犁了解廖琼琼的情况。他们的目的完全是为了让费可犁揭发一下廖琼琼,一是为了让廖琼琼的材料丰满一些,要送去劳动教养么,总要多一些个说法。其次,为了处理一个人的问题多找几个人了解一下,也是体现对人慎重负责之意,包括亲戚在内,多方面地搜集情况与听取意见,这才叫调查研究,科学的方法,科学的态度,也是我党的一个优良传统;我们与苏联不一样,我们这里做什么都要依靠群众,而不是事事靠安全公安部门。没想到的是工作同志一找费可犁费可犁就屁滚尿流起来,与其说是他立即揭发廖琼琼,不如说是他一见了解情况的同志立即自我检讨起来立即坦白起来。他自己交代,他也听到过莫斯科广播电台的广播。甚至于,除了苏联修正主义者以外,他还听过万恶的"美国之音"。他不但写了对于廖琼琼的揭发材料,而且写了许多篇交代自己的思想问题的坦白材料。尤其不能原谅的是,白纸黑字,他交代了自己的反动思想,其中有一条是,他听了莫斯科广播以后,他想斯大林晚年犯了个人迷信的错误,那么中国会不会也发生个人迷信的问题呢?真是罪该万死呀!真是死催的呀!真是飞蛾扑火自取灭亡呀!

他的问题严重到这个份儿上,不送去劳动教养您还想怎么着?说实话,没有枪毙了这小子就是便宜了他!

听说了这些情况,最最宽厚的杜冲也气得跺脚:"混蛋!费可犁是混蛋!"他大骂道。

"真是树欲静而风不止呀!这就是不以人的意志为转移的阶级斗争嘛!"郑仿感叹地说。

"他怎么能这样,他怎么能这样呢?"钱文无法理解,他的声音在发颤。

"我看,他妈的活该!"不与周围的人进行任何交流的高来喜也说了话了。

　　费可犁太可恶了,他的反动不仅毁坏了他自己,也加重了廖琼琼的处理,而且,他完全破坏了陆浩生书记同志的到来带来的温馨平和的空气。算了,再也不提他了。自己作死,别人有什么办法?

　　在这个事件里,钱文还有一条憋闷得要死:怎么说来归齐,费可犁还成了廖琼琼的亲戚?这是哪儿跟哪儿呀?他怎么会一直不晓得呢?当然,他是无从知道的了,他自从那次与廖琼琼在欧美同学会的西餐厅吃过午饭后,再也没有见过她,而他们一起用午餐的时候他还不认识费可犁,更不可能知道他会与费可犁一道改造,这样他就没有可能主动与费可犁谈廖琼琼的事。但是费可犁此后在与廖琼琼的接触当中不可能没有谈起过他钱文,廖琼琼也不可能不提及他们的相识与接触。怎么费可犁就矢口不提廖琼琼一个字呢?难道只因为他们三个人都是右派,就不可以有任何友谊或者音讯沟通了么?

　　活该也罢,可恶也罢,反正钱文一想起这事仍然是心惊肉跳。廖琼琼身上有一种文艺界中人的高雅和娇气,她说话的时候有一种咀嚼口香糖式的口型和慢条斯理的齿音,这使钱文对她刮目相待。她这样的人是不适合生活在劳教营地的;她那么娇嫩,强迫劳动怎么受得了!他很伤心。再说,欧美同学会的餐厅也关了门了,歇业了。

　　叫做人去楼空了。

　　从此郑仿也不再唱《教我如何不想她》了。他与廖琼琼也是老相识了,他们曾经一起致力于儿童文学事业。他明白了,现在还不是"教我如何不想她"的时候。他偷偷地在心里唱的是:"月光照耀在田野,田野笼罩着月光,改造的道路呀,多么漫长!啊——啊——啊——教我如何敢想她!教我如何敢想她!"

　　一九六一年的副食生产基地又是风调雨顺,各业兴旺。他们种了几亩小麦,上了化肥,长得十分茂盛。菜园子里的黄瓜茄子西红柿辣椒也都看好。他们甚至对农民们放弃这一大片洼地的做法评头论足起来。"这么好的地不种了,这不是罪过吗?"他们说。

由于"丰收",管理员便考虑起保卫工作的问题。大家都饿;既然连郑仿都去偷过大蒜,那么反过来农民来偷我们的小麦或者菜蔬不是不可避免的吗?怎么办呢?其他的生产基地已经出现了田里果实失窃的情况。经过一番研究,决定由郑仿负责护秋——看青,虽然现在还只是夏天。

这项工作的安排使得郑仿想起了马卡连柯的《教育诗》。马卡连柯这位工读学校的创建者,对于犯过盗窃错误的孩子特别委以经手财物的重任,借以表现他对于孩子的信任,也是为了巩固那坏孩子的改正错误的成果。想起这个,他不免苦笑。

也是不沉的湖呢。

他也很高兴,回想大蒜事件,他觉得自己毕竟已经跨过了这个危机了。也算是人生一个劫难吧,真是想不到呀。终于有贵人相助,他这才逢凶化吉,遇难呈祥了。除了感谢党以外,他还有什么话好说呢?

他也想开了。什么罪不罪的,对你宽大一点,连偷窃也不是罪。何况其他?

喜怒哀乐,祸福通塞,功罪是非,全凭一念而已。又何必执着呢?偷完大蒜,他的精神境界是更加升华了呀!

于是从麦收前开始他就看起青来了,然后是一路看了下去,他这个"青"就看不完了。麦子收完了还有一点豆子。豆子完了还有蔬菜。这茬菜完了还有那一茬。然后是看秋熟作物。他整整"看"了好几个月。

这也算是保卫工作呀,真是党的信任。

每天晚上吃完了晚饭,他的上班就开始了。他即使在夏季也要披上黄绿色旧棉军大衣,左手拿着一柄长长的装四节电池的电筒,右手拿着一根军棍——这就是他的武器了——大模大样地出发上前线。天黑之前,他先要到处转一转,查看一下情势。真的像老保卫工作者一样地看看有没有异常动态。擦黑时分,他喜欢到杉树林边的墓地去坐一会儿。这么一坐,常常有不可多得的感受。

在这里,他可以谛听各种急于下班回家的车辆的声音。日出而作,日入而息,他愿意祝福每一个工作者平安歇息。车辆声音渐渐沉寂下来之后,他便去欣赏马嘶牛吼鸡鸣犬吠。贫瘠也罢,饥饿也罢,大地总是承载着那么多生灵,人何能单独关心一己?除了地牛的苍凉沉郁的叫声以外,郑仿还听到过几次夜猫子的怪叫——更像是不知所指的笑声。这笑声他自小就是非常讨厌和以为是不祥的。在这里一个人独自在墓地上听猫头鹰的笑声,更是令人身上起鸡皮疙瘩。但是,这种不适的感觉只维持了极短极短的时间,他很快就平静起来了。比起他这几年的经验来,听听夜猫子的叫声又算什么。他甚至有点骄傲,有点自以为了不起了。除了他,甚至就是他们这里的人也没有在墓地里听猫头鹰的机会呀。人生又有几次可以独自坐在坟地里守着死人听猫头鹰的啼叫呢!这不是很独特,很有味道,很有——甚至于可以说是英雄气概的经验吗?

笑吧,笑吧;去吧,去吧;睡吧,睡吧。宇宙万物的一景啊。

他干脆躺了下来。

再过一些年,我们也都会睡在有猫头鹰啼叫的墓地的。大家都有公平的机会。

听猫头鹰笑而沉着稳定,脸不变色心不跳。呜呼,天之降大任于斯人也!如果没有伟大的事变,他郑仿一个小资产阶级资产阶级上哪里找这样的感觉去!

这样,郑仿感到了极大的安慰与补充。暮色苍茫,安息者没入永恒。三星在天,繁星渐显,树影黑沉沉,一只怪声怪气的鸟叫得离奇而又专注,深意而又随机。这不是很深刻吗?这不是如有天启么?

凉风徐来,暑意全消,大地更加迷茫,天空更加贴近地朦胧,亲切而又压迫。你接着想起——毋宁说是忘却自身。你忽然觉得原来认为是那样重要那样要死要活那样刻不容缓的事情其实根本不怎么存在,至少是不必在意。有这么一个平凡至极的人名叫郑仿?郑仿?

多么装模作样而又狗屁不通的名字！这个郑仿幼年时候居然还娇哥宝贝蛋儿了一阵子。他甚至依稀记得他的奶妈，记得爷爷把他抱在腿上的情景，记得坐着包月洋车，听着叮叮当当的铜铃声去戏园子的情形。他还记得妈妈抱着自己坐轿的高贵与舒适劲儿——原来让人家给自己抬轿是那样美好！然后又成了俊俏的书生，西服革履的大少爷，手画十字的基督徒。然而千篇一律的絮絮叨叨的耶稣教义怎么可能满足一个热血沸腾、眼比天高的青年志士的精神饥渴！于是有了共产主义马克思列宁主义毛泽东思想地下党领导的学潮学运，于是有了侃侃而谈翩翩而来而往的无往而不胜的天生革命家学生领袖郑仿同志；后来他又成了儿童文学的权威、权威的儿童文学刊物的主编。郑仿主持编政，评议稿件，生杀予夺，而且他动不动就把一篇儿童文学稿件的取舍与当时的国际形势联系起来（搞儿童文学的人士多得很，但是能够把儿童文学与国际形势联系起来的只有他一人而已）。那时候，他是怎么样地春风得意势如破竹高屋建瓴颐指气使啊！

然后是高天上的风筝一样的一个倒栽葱、嘴啃泥，跌入了臭屎坑烂泥塘，人不人鬼不鬼了。然后是一个每月十八大吊的准罪犯，一个堂舅家的食客，一个被分析得一塌糊涂又能随时把一切人分析个体无完肤的口舌如刀的改造者，一个改造的"上游"，一个"大跃进"民歌的作者，一个犯了错误才发掘出诗才的新生活的歌者，一个偷大蒜的罪犯，一个被赦免的流氓，一个小寡妇的未婚夫，一个墓地上的逍遥客，一个猫头鹰的知音，一个初夏夜的田园风光领略者了。真是有趣呀。真是如梦如儿戏如逗弄如小说如神话如不可思议如胡闹乱弹琴呀！

而翠柏如斯，土馒头如斯，星夜如斯，猫头鹰啼笑如斯，拔了牙再安装上假牙，瘦了又膀了又更瘦了的百十来斤重的又聪明又愚蠢又高贵又下贱又自私又爱别人又政治又个人又渴望女性又胆小如鼠的那个名叫郑仿或者名叫王八蛋或者大好人其实全一样的暂时还活着的讨厌的家伙如斯。

多么可笑！多么徒劳！多么庸人自扰！多么无事生非！多么过眼烟云，转瞬即逝，逝者如斯，不舍昼夜，付诸东流，了无痕迹！

于是他躺在墓地上哈哈大笑起来！他笑出了许多眼泪。他活到这么大了，还从来没有如此地舒畅过。

笑声过后，还是笑声；像是涟漪连绵，像是回声反复。郑仿坐了起来，有点吃惊。再细细听，果然仍然是笑声，而且还有说话的声音。

"你去——去——去——不去呀！"

这是忽大忽小忽高忽低、似乎有点断断续续的女声。

"别他妈的蒙我啦！"

这是粗野而又清晰的男声。

是风，是风把北京城不知道什么人的说话的声音哄笑的声音传送到南郊来了。清风送来的话声如歌如吟，比音乐还动人。

北京城真好。住在北京城，说着北京话，笑得甜甜脆脆可真好。

他和她是谁呢？你不知道。

这声音来自西单？南池子？北新桥还是六部口？

他或者她知道你在听他们吗？

有意思。反过来说，如果夜静更深，如果风往那边吹，不是北京市的人也能听得见在基地的他们的说话吗？北京人听起他们的说话来，不也就是这样断断续续，高高低低，十分有趣而又不得要领的吗？自己觉得像煞有介事，生命攸关，铁的逻辑，天衣无缝的种种事宜，别人听起来不也就是风送的咿咿唔唔婴儿学语或者无病呻吟么？

好啊。

他迎着风直挺挺站立着，劈开两腿，解开裤扣，掏出家伙，撒了泡尿，尿得很长，尿得很多，尿得很冲，尿得亮晶晶如桥如练。清风吹起了他的热尿的臊气。

也还生猛呢。他笑了。

然后他再去巡逻巡逻，一边走一边耍着军棍，想象着见到了盗窃分子他怎么样挥舞棍棒驱邪降魔,他威风起来。却原来他是这样勇敢坚强无所畏惧。

　　男儿有泪不轻弹,只因未到伤心处!

　　他学着昆曲腔调道了两句白。他又想起从小被父亲带去"捧角"的情景来了。他喜欢程派唱腔。他也喜欢白云生的北方昆曲风格。

　　苦——哇——

　　叫一声苦也会满堂彩。你的苦不过是观众欣赏的技艺罢了。戏曲如此,人生又何尝不如此!

　　我操你妈!

　　一辈子还没骂过什么脏字的郑仿突然石破天惊地破口大骂了一句,真是山摇海啸,惊心动魄。四面看看,寻找着大无畏的声波震荡四方的迹象,知道自己确是骂将出去了,而且骂得很安全,便又哈哈大笑起来。

　　仰天长啸,浩气如虹,慷慨悲歌,壮怀激烈!

　　好啊,真好啊。

　　基地本来就不大,一会儿就绕了好几圈,一切平安无事。民工们说得好,是猫就辟鼠! 现在如果有宵小蟊贼前来冒犯,还不在你郑爷爷手下受死! 天是咱们的天,地是咱们的地,无产阶级专政的铁拳会把一切害虫砸个稀巴烂!

　　革命人永远是年轻,
　　他好比大松树冬夏常青!

　　郑仿唱了起来。本来他不是特别喜欢这个歌儿,他觉得歌词太口号化了。今天,他蓦地体会到了这首歌的好处。

　　郑仿慢慢走到土路前面。那里基地为看青护秋的卫士搭了一个小小的帐篷,里面还有一个小小的行军床。郑仿低头进了帐篷,打开电筒先四处查看了一下,只见到一个癞蛤蟆,癞蛤蟆躲在帐篷的一角,在大电筒的强光照射下略显尴尬,但也安之若素。郑仿很喜欢它的这种沉着老练,觉得它自来就有一种经过艰苦改造才能获得的气质,值得自己学习。便也不管它,说了一句"你好",颓然躺在行军床上。

从帐篷门口望天望月望星,想故乡想未婚妻想自己的昨日今日,别有一番滋味。不知不觉之中,他已经泪流满面。

君问归期未有期,巴山夜雨涨秋池……

不知过了多久,他一阵迷糊,突然惊醒,醒来时还以为是儿时坐在轿中,只觉得一颠一颠,一颤一颤。他走出帐外,抬头看天,大口吸气,只觉青纱帐里传出阵阵芳香,沁人心脾。从星星的位置的变化他知道已是午夜,不由得长出一口气。再进帐篷,从大衣袋里取出一本《唐诗三百首》一本《李白诗选》,打开电筒,开始阅读。

海上生明月,天涯共此时……

他现在不在海上。可是午夜朦胧,大田如海,阡陌纵横,起伏如波涛,上弦月从东南方升起,如同明月出海上,原来这里也是海。人生何处无浩渺?人生何时无风波?

沧海月明珠有泪,蓝田日暖玉生烟……

更是此情此景,一片迷茫。

举杯邀明月,对影成三人……

他没有杯,他的行军壶里也没有劣质白酒了。行军壶里灌酒的日子也已经逝去了。来日方长,去日苦多。

他现在有一个大电筒,有一根棍子,加上明月和影子就是几个人了呢?他走出帐篷,揿动开关把电筒照向天空,只觉如向中天射去了探照灯一般,巍巍光柱,赫赫白焰,似乎将那角天空也照亮了。他的向天空照耀的举动联结了他与星月,联结了地面与天空,他自己的精神也在沿着光柱上行,攀援,飞升……

　　我欲乘风归去,

　　又恐琼楼玉宇,高处不胜寒……

又想起了东坡先生,高处是太冷了,低处又是太饿了啊。

　　君不见黄河之水天上来,奔流到海不复回……

可不是么。襄阳小儿齐拍手,沿街争唱白铜堤。夜台无李白,沽酒与何人？我醉欲眠君且去,明朝有意抱琴来。一唱一回肠一断,三春三月忆三巴……

李白与他一起看青。

一会儿在帐篷里边,一会儿在帐篷外边;一会儿吟咏徘徊,一会儿赏月观星;一会儿台步如风,一会儿莲花指掌;一会儿摇头摆尾,一会儿顾影自怜;一会儿仰天长啸,一会儿清泪长流;一会儿花旦的尖声尖气,一会儿西洋歌剧美声;一会儿挥舞棍棒,一会儿光射天庭……郑仿只觉如醉如痴,情深意满。他太幸福了！他太满足了！他太丰富了！他太享受了！世上有几个人像他这样有福！生下来有地主老财书香门第的福,有吃香喝辣,左服右侍,琴棋书画的福。大了有名牌大学纨绔子弟的福,有歌舞翩翩,哈啰拜拜,名列前茅,目光追随的福。革命胜利之际他又有了咸与革命学运弄潮之福,有了挽手并肩,冲破黑暗,团结起来到明天之福。新中国建立了,他又有了革命干部,开国小元勋之福,有了独当一面,又红又专,少年得志,万事能不够之福。天下的好事被他一个人占全了！如无他此后的生聚教训,将是世无天理！

而如今,在他洋相出尽、丑态毕露之后,他又获得这样美好的机会,与天亲地亲苍松亲逝者亲,与古人亲与诗书亲与历史亲与宇宙万物亲;他体会着某种过去从未亲身体会的情怀,他重新拾起了打从自己思想一左倾一革命就弃之如敝屣的诗词歌赋,曲戏章文,乐在其中,悲在其中,泪在其中,笑在其中。他的生活是多么丰富,多么自由,多么欢愉,多么有情有致!真是"人不堪其忧,回也不改其乐,贤哉回也,贤哉回也!"

有一次也是在后半夜的吟咏阅读之后,他漫步田头,摇头摆尾,忽然看见不远处有青烟袅袅。他循烟查访而去,来到了一个姊妹生产基地。此一个生产基地是隶属于一个地方剧团的。看青的是一个中年人老金,黑不溜秋,尖耳猴腮,二目不但熠熠生光而且透着凶狠。他见郑仿,连忙热情招呼,原来那烟是他在烧青玉米吃。这虽说是"监守自盗",毕竟小小不言,再说长夜空腹,饥馑难熬,实是情有可原。于是两个人促膝谈心,又烤火又吃喷香喷香的鲜烤青玉米。剧团的老金问道:"老郑,你是咋个回事,是不是右派呀?"

郑仿点头,并赞道:"你真有眼力呀,一说就准!"

"这还瞒得了我。一看你们就是干这个的……"他用右手食指指着自己脑袋的右太阳穴,做旋转钻探状,"太费脑筋。再说,你们这些人啊,愈是伤脑筋愈是容易出问题呀!你们的思想大大的有麻烦呀!"他用食指敲敲自己的太阳穴,叹息道。

"你呢?"郑仿反问。

"你猜猜,我是为什么下来的。"

"你呀,我看你是历史问题!"

"着呀!你也不软!我他妹妹的是国民党。旧社会我什么没有干过?除了没有杀过人,吃喝嫖赌,坑蒙拐骗,偷鸡摸狗,抽大烟扎吗啡,咱们是无恶不作的呀!"

郑仿点点头。心想若不是自己当了右派,像这样的人还真没有机会领教。现在看来,这个人倒也坦白直率。

"我给邵老板还当过管家呢!邵老板那脾气!他家里有五间房子专门放钟表,比故宫里头那个钟表是差一点,依我看,除了前清的皇上,要论钟表就得数我们邵老板了!"

老金说着说着骂将起来,骂了个血花流烂。他乱骂的一大特点是只骂"他妹妹的"而绝不骂国骂"他妈的"。这里边似乎有一点什么讲究,表示了即使在乱骂人时对于被骂者的"老家儿"仍有几分尊敬之意。郑仿听也不是,不听也不是,便只是在一旁傻笑。

"……邵老板睡醒了午觉,一阵气闷,他就挂着文明棍去了钟表屋。左看看,右看看,忽然一阵火起,抡起拐杖,哐!您猜怎么着!一个价值几百块大头(银元)的挂钟就这样给交代喽!"

"……大烟,兄弟呀,你是不懂的了……"

"我怎么不懂?我爷爷就抽大烟,我小时候肚子疼还喷过几口大烟呢!"不知为什么,郑仿此时只觉得是要面子,宁可以耻为荣,宁可谎报自己也是从小就抽的鸦片鬼,反正不能承认自己的清白——幼稚。

"小时候不行。你哪里知道抽一口大烟去找娘儿们的滋味!"

郑仿无言。

"几个孩子啦?"老金问。

"就一个。"郑仿随口答来。他不能说自己至今还没有结婚。

"要说,新社会是好啊,什么乱七八糟,什么灯红酒绿,什么纸醉金迷,什么风流花草,全他妹妹的给您捆了!共产党是真棒呀!像我这种腐朽透顶的人——叫什么来着,对,我们就叫社会渣滓,这不,也他妹妹的劳动改造重新做人来了,我他妹妹的也要做无产阶级了!您说这可有两下子吧!"

两个人谈得投机舒畅。郑仿好生奇怪,怎么戴帽子的好处有如许多,不管多么各色的人,只要小帽一戴,立刻心平气顺,随和友好,彼此理解,相互沟通;就是革命和反革命原来一见面就要白刀子进红刀子出的主儿,也可以坐在一堆拉呱,称兄道弟,你好我好。戴帽儿,这简直是消食化气,去火防瘟,解愁破闷,反骄破满,拆墙平沟,移隔掀膜,通向共产主义——世界大同之路啊!

吃完了也聊完了,两人高高兴兴——甚至是踌躇意满地各自巡逻去了。

已经是四更天,天最黑,地最静,郑仿知道,这才是盗窃的好时机,叫做月黑杀人夜,风高放火天。他有些紧张,便想若是真有亡命徒,阶级敌人这时前来盗窃,自己上前英勇奋战,浴血杀敌,盘肠大战,最后寡不敌众,壮烈牺牲,倒也不失为一条出路。死后说不定追认为人民,死后说不定追认为干部,恢复原工资待遇,甚至——他不敢想下去了,如果他在对敌斗争中表现优良,会不会死后再追认重新成为共产党员呢?可惜,他没有留下遗嘱呀!于是,正是一夜最困倦的时候的他抖擞精神,舞棍前行,念念有词,如临大敌,英勇赴死去了。

而等到天亮以后,他已经倦得滴楞当啷,站也站不稳了。他上午足睡几个小时,中午一两点钟起来,胡乱吃点东西,晃晃荡荡,直到晚饭以后才上班。由于是夜班,他每天还获得了二两粮票的补助。夜间呢,他又常常得到老金"他妹妹的"的青玉米。这样,十几天过去,郑仿不但彻底治好了膀肿,而且面色愈来愈红润,精神愈来愈蓬勃。他自己也喜上眉梢,心想,我这可真是美差呀!

如此美了下去,一直到了中秋。一九六一年的中秋,万里无云。郑仿已经从杜冲那里得悉,一两天内领导就要派人前来宣布给他们摘帽子的事了。据说,此次帽子摘得宽,估计他们几个人都要回到人民队伍去了。山回路转,雨过天晴,端的又将是一番良辰美景了也!

摘了帽子先结婚。小寡妇就小寡妇吧。他已经知道了一些风声,领导上正在考虑他们这些个人的工作分配问题。据说他有可能分到中学去教英语——他上过的那所名牌大学的英语教学也是名声在外的。革了一圈命,最后,回到一所中学去教:"This is a book.""Is this a book?"也着实可笑可叹,这不是脱了裤子放屁,多费了手续了么?为一个中学英语教员,用得着这么不惜血本地培养改造么?但是不管怎么说,他将回到城市,他将不再从事体力劳动或很少从事体力劳动,他每天可以方便地吃上豆浆油条,炸糕面茶,可以打电话可以坐无轨电车可以穿干净的衬衣可以理发吹风洗澡……您还要干什么?

他这样想着又走上了坟地。他坐在坟头上欣赏中秋圆月从地平线上升起。刚刚升起的月亮是如此之大如此之亮如此之圆,那月光是这样宏伟地笼罩着他包容着他改变着他——吞噬与消化着他,使他遍身明亮遍身通透遍身清冷,也使偌大世界温柔恬静无言;确实令人惊叹不已。

所有的关于月亮的诗词歌曲又回忆起来了。包括毛主席的《蝶恋花》,在铁面无情的反右派斗争的高潮中,毛主席发表了大有深情的怀念杨开慧烈士的词《蝶恋花》,真是动人呀!

当月亮升上高空的时候,大地是一片迷茫。郑仿坐在田边路旁,看着月光中的庄稼,只觉得是泪眼看花,梦里雾里。人生又能有几个这样的中秋夜?又能有几个这样的中秋夜的从黄昏到黎明的独自尽情享受!整个的夜都归他一个人所有,整个的明月都归他一个人欣赏!今夜老金那边他也不去了,他只要这无与伦比的全部月光。

他哼哼着贝多芬的《月光曲》在月下旋转起舞。

只有银光,只有白雾,只有庄稼的絮语,只有各种诗词,只有贝多芬与盲姑娘的故事。太美了。他好像在天空飞翔,月光下的田野与道路宛如云儿飘浮。他好像在水里游泳,月光下的大地如海如湖——不沉的湖,真是不沉的湖呀!他好像在舞蹈,万物都在月光下翩翩起舞。他好像在演奏,月光下的每一种静物都发出了乐音。他相信,即使前程依然似锦,他再也没有这样的机会以这种快乐和独一无二的方式来度过中秋了。

他累了,便又坐下休息。一坐下就又晕晕的了,似睡非睡,似醉非醉,似喜非喜,似悲非悲。

"我爱你。"他柔声说,不仅是对他的未婚妻。

他相信这月光是一种爱的启示。他相信这月光下面有一个谜底。他等待着什么东西的到来。

他喜爱这月光的迷蒙。他喜爱这月光的沉默。他喜爱这月光的清冷。它就是一切。

它发生了。它到来了。眼前陡地一花。是一团银光。是轻盈的跳跃。是从渺渺中来又到渺渺中去的一个刹那。

是月亮下到了地面。

或者那只是一个银灰色的小动物从他的眼前轻轻地走过。一只狐狸么？也许是野兔——农民叫做猫的？也许是獾？

它像仙子。它像天使。它像月光的幻化。它像广寒宫玉兔的下凡。它的移动全无声息，它决不咋呼。它就是。

回想他郑仿，过去是何等何等的蠢呀！浅薄，浮躁，做作，哄抬，目空一切或者屁滚尿流，真是丑态百出散尽德性啊！他简直是把脸放到裤裆里也还在烧个不住呀！

他对月深深地呼吸。他想起小时候看过的武侠小说神怪小说来了。他现在这样子不活像一个正在吸收日月精华以练功的老道士乃至狐狸精吗？

他得到了日月精华了，他们都得到了日月精华了啊！好啊，多么好！是的，这一切都不会是白费，这一切代价都不会白白地付出，你只消看一看，这个中秋的月亮是多么圆满，多么巨大，多么矜持，多么美妙呀！

他虽然鲁钝俗鄙，经过这个月夜，他也不会是从前的他了啊！

一周之后，他们摘了帽子。

半年之后，他们分配了工作。

一九六二年雨水连绵，基地变成了泥沼，颗粒无收。领导决定基地撤销。那年经过"调整、巩固、充实、提高"，副食供应立即有了好转，不需要他们这样事倍功半地极端浪费地搞什么机关生产了。

二十几年之后，改正了他们的右派问题，说是错划了他们。他们都感激涕零。他们也都认为他们的经历并非无益。

王大新是从农村来的，他在劳动教养之后，回乡务农，与地、富、反、坏编在一起。他改正的时候，眼睛已经基本瞎了。

只有闵秀梅哭了个死去活来。因为直到改正的时候,才查出来,她压根儿就没有定成右派。她的右派问题报上来了,但是领导小组认为她问题不严重,又是工人阶级出身,不宜划成右派,便驳回了上报。但不知为什么,人们还是一直拿她,尤其是她自己拿自己硬是当右派对待。这样,到了改正的时候了,领导上才告诉她:"你不需要改正,因为你根本就不是右派。"您说,她还能说什么呢?

　　不需要改正那时候,她才四十多岁,但是她的头发秃得一塌糊涂,据说这是"文革"中挨她的同样是工人阶级的丈夫殴打的结果。

　　她哭什么呢? 也许只是哭她的曾经乌黑的头发?

人民文学出版社 1994 年初版